EL PAGO

EL PAGO

HARLEY LAROUX

Traducción de
Marta Carrascosa Cano

Primera edición: mayo 2026

© *Losers: Part II* by Harley Laroux, 2022
© de la traducción: Marta Carrascosa Cano, 2026
© de la corrección: Isabel Panadero
© de la cubierta: Luciana Bertot (@lulybot)
© de la presente edición: Editorial Siren Books, S.L., 2026
info@sirenbooks.es
https://sirenbooks.es/
ISBN: 979-13-87864-32-3
Depósito legal: M-10200-2026
Thema: FRV
Impreso en España

Para aquellos que buscan un sitio del que formar parte.
Este es vuestro lugar.
Siempre lo será.

1

MANSON

Se hizo el silencio. Era inquietante; no estaba acostumbrado a él. En esta casa siempre se oían crujidos, gemidos, respiraciones… Era como si algo viviera en las paredes, arrastrando las uñas por las tablas viejas y presionando los hombros contra el suelo.

De pequeño, creía que esta casa estaba encantada. Ahora sabía que no era así, pero seguía oyendo cosas que no estaban allí, ruidos fantasmales en medio del silencio. ¿Estaría perdiendo la cabeza? ¿Me habría acabado rompiendo? Teniendo en cuenta que estaba sentado en el suelo, con la espalda pegada bajo la ventana, mirando hacia la puerta mientras hacía girar mi navaja entre los dedos, quizá era justo eso. Quizá mi cerebro se había roto.

Asustaba lo tranquilo que me sentía.

Las escaleras crujían con cada paso, y yo me quedé paralizado. Las botas resonaban con fuerza. Se oyó un eructo y la puerta de la nevera chirrió al abrirse. Me llegó el tintineo de los cristales al chocar, un silbido y el golpeteo del tapón de un botellín al caer al suelo.

Joder, eran las siete de la mañana. No había comida en la nevera, pero sí un paquete de veinticuatro botellines de cerveza y una botella de *whisky*. Mi padre llevaba casi seis meses fuera y yo había sido tan tonto como para pensar que esta vez no volvería.

No había forma de deshacerse de él, a menos que muriera.

Los pasos retrocedieron hasta las escaleras, pero pasaron de largo, recorriendo el pasillo; una sombra se movió bajo mi puerta. Le oía respirar con dificultad, gruñendo y resoplando como un borracho.

«Vamos, hijo de puta. Ponme a prueba. Atrévete, joder».

Había arañazos en el suelo, en el camino que recorría la cómoda cuando la ponía delante de la puerta para bloquearla, pero ahora ni siquiera estaba cerrada con llave. Debería haberla dejado abierta para que la invitación quedara más clara.

«Atrévete a intentarlo. Intenta hacerme daño. A ver qué pasa».

Las pesadas botas se alejaron, arrastrando los pies, dando pisotones, y yo solté despacio el aire que había estado conteniendo.

El mango de la navaja se me clavó en la palma de la mano al agarrarla con fuerza. Estaba preparado. Podría haberlo hecho. Podría haber matado a mi padre... Le habría cortado el cuello seccionando la yugular... Lo habría apuñalado hasta que se le hubiera hundido el pecho... Habría esparcido sus tripas por toda la casa como si fuera una puñetera obra de arte.

Dejé caer la cabeza entre mis manos y me agarré el pelo con fuerza hasta que me dolió.

No quería hacer daño a nadie. No quería...

Joder, pero *podría* haberlo hecho.

Después de tantos años de miedo, de encogerme cada vez que lo oía hablar, de agachar la cabeza cuando estaba cerca, de hablar en voz baja... Había esperado mucho tiempo.

¿Por qué molestarse ahora? Era como una serpiente decapitada, retorciéndose y contorsionándose en el suelo, muerta, pero con las fauces todavía chasqueando. ¿Por qué seguir luchando? ¿Era el instinto, algo primitivo, lo que me exigía sobrevivir? La solución más fácil habría sido dejarme morir hacía años, pero seguía aquí.

Esa trabajadora social, Kathryn Peters, me había dicho que solo tenía que aguantar un poco más. Una parte de mí no creía que ella fuera a hacer nada. Nunca, en toda mi vida, nadie se había molestado en ayudarme, ¿por qué iba a hacerlo ella? Me dijo que me buscaría una casa, un trabajo. Me dijo que encontraría un sitio que fuera seguro para mí; era demasiado mayor para el programa de acogida y no reunía los requisitos para los centros de menores. Me dijo que tal vez podría encontrarme una habitación en Memphis, pero que, si eso no era posible, buscaría más lejos.

Le dije que no me iría si eso significaba dejarlos.

Lucas, Jason, Vincent... No podía dejarlos. Siempre habíamos estado juntos. Podía renunciar a todo lo demás, pero no a ellos. Ni...

«A ella».

¿Por qué cojones pensaba en ella?

Yo no significaba nada para ella. Menos que nada. Debería ser lo último que se me pasara por la cabeza.

La idea de levantarme e ir al instituto, cuando segundos antes había estado dispuesto a matar a mi padre, me parecía una locura. Pero me levanté, cogí la mochila de la esquina y me la eché al hombro. La señora Peters —había insistido en que la llamara Kathy, como si quisiera parecer más cercana— me dijo que tenía que mantenerme alejado de los problemas, y eso significaba seguir yendo al instituto a pesar de que fuera un auténtico paripé.

Mi padre podría haber vuelto a subir, pero yo no tenía intención de salir por la puerta de casa. Abrí la ventana de golpe y tiré la mochila fuera, luego saqué las piernas. Mis botas crujieron sobre la hierba seca cuando caminé como pude por el jardín, hacia mi todoterreno. Había latas de cerveza, colillas y montones de basura por todas partes, y todo el terreno olía un poco como a comida podrida. Seguramente fuera por la basura hasta los topes que había apilada junto al garaje, que también estaba lleno de porquería.

Por suerte, mi Bronco arrancó a la primera. Volvía a dar problemas, y Lucas y yo queríamos mirar bajo el capó ese fin de semana para ver qué pasaba. Esperábamos que la pieza que hubiera que cambiar no fuera demasiado cara, o tendríamos que volver a ponernos a rebuscar en el desguace.

El aparcamiento del instituto Wickeston estaba casi lleno cuando llegué. Aún no había sonado el timbre y muchos alumnos de último curso estaban junto a sus coches, gritándose unos a otros por encima de la música alta que salía de varios de los vehículos. Mis neumáticos chirriaron cuando giré bruscamente el volante y aparqué en una plaza vacía cerca de la esquina trasera del aparcamiento, junto a un Chevrolet El Camino de color negro.

Por muy oxidado y destartalado que estuviera, Lucas adoraba ese coche. Decía que algún día lo convertiría en una bestia, un coche de carreras invencible. Me alegraba oírle hablar del futuro.

Lucas, Vincent y Jason estaban sentados en la parte trasera del coche, el primero levantó el brazo para saludarme cuando salí del Bronco y me subí con ellos.

—Creíamos que volverías a llegar tarde, cabronazo —me recibió, dándole una larga calada a su cigarrillo.

No debería estar en el campus, pero que le prohibieran algo nunca había sido un impedimento para él. Se sacó un paquete de cigarrillos American Spirit de los vaqueros y me ofreció uno, que me encendí agradecido. El calor del tabaco en mi garganta y la rápida dosis de nicotina no tardaron en hacerme sentir un poco más humano.

Vincent iba colocadísimo, rodeaba a Jason con un brazo mientras los dedos del chico de pelo azul volaban sobre las teclas de su portátil. Le di un golpecito en el pie a Jason, pero apenas levantó la vista, con los ojos inyectados en sangre clavados en la pantalla.

—Física avanzada va a acabar conmigo —se quejó mientras Vincent le masajeaba la espalda para tranquilizarlo.

Me apoyé en Lucas mientras fumaba y solté un profundo suspiro al ver al director Lector cruzar el aparcamiento directo hacia nosotros con un guardia de seguridad detrás.

Los demás lo vieron justo después que yo. Vincent retiró el brazo de los hombros de Jason a toda prisa y se levantaron. Yo también me levanté, arrastrando mi mochila conmigo al bajar de un salto de la caja del coche.

Lucas se tomó su tiempo.

El director Lector se detuvo detrás del coche y dio unos golpecitos en el metal con un bolígrafo. No tenía ni idea de para qué se traía un puto bolígrafo aquí; tal vez pensaba que le hacía parecer profesional, como su molesta costumbre de referirse a todos nosotros por nuestros apellidos.

—Señor Bent… —empezó a decir, pero se calló cuando Lucas se puso de pie, saltó de El Camino y apagó el cigarrillo con la suela del zapato.

—No vuelvas a tocar mi puto coche, Michael —advirtió, y el director parpadeó varias veces al oír que le llamaba por su nombre de pila—. Si quieres que me vaya, quítate de en medio.

Todos nos apartamos y le hice un gesto con la mano a Lucas cuando arrancó el motor y sacó el coche marcha atrás. Salió dando un bandazo del aparcamiento, dejando un rastro de goma quemada en el asfalto al marcharse a toda velocidad.

La mirada acusadora del director Lector se posó en mí, pero, en realidad, me daba igual. Mantenerme alejado de los problemas no era tan fácil cuando me rodeaban y me veía envuelto en ellos.

—Ya se le ha advertido antes sobre el tema de fumar en el campus, señor Reed —dijo, mientras Vincent y Jason esperaban a que me uniera a ellos para irnos juntos. Apreté la mandíbula, conteniendo palabras que solo habrían empeorado la situación—. Esto le supondrá un castigo. Otra vez.

Esbocé una sonrisa tensa.

—Genial. De puta madre. ¿Puedo irme?

—Esa boca, señor Reed. No llegue tarde.

Me di la vuelta para marcharme y apenas había alcanzado a Jason y a Vincent cuando Lector llamó a Jason. Vincent lo esperó, haciéndome el signo de la paz mientras yo seguía caminando. Solo capté algo de lo que decía el director, pero oí: «… preocupado. No me gustaría que su futuro se viera afectado por una mala elección de amistades. Está claro que está pasando por un momento confuso…».

Apreté con fuerza una de las asas de mi mochila mientras me clavaba las uñas en la palma de la mano.

«Estás confundido».

«Te estás rebelando».

«Solo es una etapa».

«Eres una puta decepción».

«Maricón. Puto friki».

Al final, todo me sonaba igual. La gente disfrazaba su intolerancia y sus prejuicios de preocupación.

Los odiaba a todos. Odiaba todo este puto pueblo.

Mis zapatos rechinaban sobre el suelo de linóleo mientras me dirigía a mi taquilla, empujado y zarandeado por los cientos de estudiantes que abarrotaban los pasillos. Me puse los auriculares y subí el volumen, poniendo bien alto *Born to Die in Suburbia* de Night Bird, lo suficientemente como para ahogar el resto de sonidos.

La mayoría de la gente me ignoraba. Tenía mi grupo de amigos y me llevaba bien con los otros marginados del instituto. Los deportistas y los privilegiados de los populares tenían cosas mejores que hacer que acosarme, casi siempre. Se habían acostumbrado a mi cresta y a mi ropa raída; ya no era el objetivo más entretenido al que perseguir.

Al menos, no lo era para la mayoría de la gente. Algunas personas no se cansaban de convertirme en su saco de boxeo personal.

Al doblar la esquina hacia mi taquilla, hice una mueca. Kyle Bolson y Alex McAllister estaban allí, apiñados alrededor de la taquilla junto a la mía, esperando a la novia de Kyle, o exnovia ahora, ya que él la había engañado. Me quedé atrás, con la esperanza de que se marcharan para poder coger mis cosas. Pero no iban a irse a ninguna parte, y lo último que necesitaba era llegar otra vez tarde.

Kyle no se movió cuando me acerqué. Se giró para mirarme y bloqueó mi taquilla con los hombros. Dijo algo y Alex soltó una carcajada. Mis auriculares lo bloquearon.

—Aparta —le dije.

Fui mordaz, pero tampoco lo suficiente. No estaba intentando crear problemas, pero mis intenciones no importaban. Esos cabrones sabían que podían dominarme sin problema.

Ya ni siquiera les tenía miedo. No sentía nada, era como si me hubieran vaciado el pecho y solo quedara un espacio vasto, frío y oscuro.

Alex me arrancó los auriculares y el movimiento hizo que mi móvil saliera disparado del bolsillo, volando por los aires al desconectarse de los auriculares, y cayera al suelo.

—¿Otra vez tarde, friki? —se burló Kyle mientras Alex le daba una patada a mi móvil y lo enviaba volando hacia las escaleras.

Me obligué a no reaccionar. Solo era un móvil. No importaba. Mejor eso que mi cara.

—¿Para qué coño necesitas tú libros? —preguntó Alex, guardándose mis auriculares en el bolsillo como si los necesitara—. ¿Para estudiar y tener un futuro brillante?

Se rieron entre ellos, alimentando su repugnante círculo vicioso de chistes malos.

Kyle se había movido lo suficiente como para que pudiera abrir mi taquilla. Eso me obligó a quedarme justo entre ellos.

Los ojos de Kyle se clavaron en mi perfil.

—¿Qué llevas puesto?

«No reacciones. Libros a la mochila. La cabeza alta, nada de contacto visual».

Una mano pesada cayó sobre mi espalda, haciendo que mi cabeza se golpeara contra el borde de la taquilla abierta. Contuve el aire cuando algo cálido me resbaló por un lado de la cabeza, pero no reaccioné. Apreté los dientes cuando Kyle se me acercó, pero estaba decidido a no decir ni una maldita palabra.

—Te he preguntado qué coño llevas puesto. ¿Qué haces pavoneándote por aquí con una falda como una puta maricona?

Pero yo ya no le prestaba atención. La vi acercarse por encima de su hombro y me permití esbozar una sonrisa arrogante y complaciente cuando se colocó detrás de él.

—Es una falda escocesa, Kyle. Lleva un *kilt*. Dios, qué idiota eres. Quítate de en medio.

Jessica empujó a Kyle a un lado para acercarse a su taquilla. Llevaba el pelo rubio recogido en una coleta y purpurina plateada en los ojos. Vestía el uniforme de animadora, el de manga larga y falda corta. Se puso de puntillas para llegar a la parte de arriba de su taquilla y no pude evitar quedarme mirando cómo se le subía la camiseta, dejando por un momento su vientre al descubierto.

Me resultaba físicamente doloroso lo guapa que era.

Lo intocable que era.

—¿Qué coño es un *kilt*? —preguntó Alex, y Kyle frunció el ceño, como si también estuviera intentando averiguarlo.

Jess apenas me miró mientras cogía sus cosas, cerraba de golpe la taquilla y metía un cuaderno en su mochila. Era obvio que Kyle estaba intentando pensar en algo que decirle, y entonces habló.

—Oye, cariño, sabes que…

—Cállate. —Se dio la vuelta y lo miró furiosa—. Ahórrate las excusas. No vas a salirte con la tuya. Tenías tantas ganas de estar con Veronica… Bueno, pues ya la tienes. Pásalo bien, imbécil.

Se marchó y yo me quedé mirándola. No todo iba bien en el paraíso de los populares. No podía imaginarme tener a una mujer así y engañarla. Joder, no podía imaginarme engañar a nadie en general. Lucas y yo habíamos llegado con bastante facilidad a la conclusión de que la intimidad entre nosotros no requería monogamia, solo respeto. Habíamos acordado que también nos acostaríamos con otras personas, pero eso era diferente a engañarnos a escondidas y hacernos daño el uno al otro.

Jess se merecía algo mejor que eso. Era una zorra engreída y una niñata malcriada…, pero, joder, quizá no lo sería si no estuviera rodeada a todas horas de gente tan mala.

Alex y Kyle seguían hablando y el último se quejaba de que no era culpa suya.

—Dejó de acostarse conmigo, tío. ¿Qué coño esperaba? ¿Que me quedara esperando hasta que se le descongelara el coño? Últimamente está siendo una puta zorra.

Cerré mi taquilla con demasiada fuerza. No me sorprendió en absoluto que Jessica hubiera dejado de acostarse con él. Seguro que una piedra la cuidaría más que ese idiota. Los había visto juntos, los había visto besarse, los había visto follar. Eso me hacía parecer un pervertido, pero era difícil no verlos cuando follaban en la camioneta de Kyle justo después de un partido. ¿Qué se suponía que debía hacer, apartar la mirada?

Kyle tenía la capacidad emocional de un palillo. El hecho de que culpara a Jessica por eso me enfurecía.

Un fuerte empujón me lanzó contra la taquilla otra vez, pero esta vez Alex mantuvo una mano en mi espalda.

—¿Qué crees que estás mirando, Reed? ¿Eres un pervertido que mira a la novia de Kyle? —gruñó.

Kyle esbozaba una expresión violenta mientras se crujía los nudillos. Quería descargar su rabia en alguien. Menuda puta novedad.

—Estoy bastante seguro de que ha dejado claro que ya no es su novia —dije, a lo que Alex respondió agarrándome de la chaqueta para tirar de mí hacia atrás y empujarme hacia delante de nuevo. Me dejó sin aliento y me eché a reír—. ¿Has perdido a la chica más guapa del instituto porque no puedes mantener la polla dentro de los pantalones y yo soy el pervertido? Patético de cojones.

La cara de Kyle se ensombreció. Alex me empujó al suelo, pero me apoyé bien al caer. En un segundo, me levanté y eché a correr por el pasillo, esquivando a los pocos estudiantes que aún quedaban fuera de las aulas. Kyle y Alex iban justo detrás de mí, golpeando con fuerza el suelo con las zapatillas. Giré por el siguiente pasillo y seguí corriendo mientras la gente me miraba, confundida.

Adiós a eso de no llegar tarde a clase.

Tenía que encontrar un sitio donde esconderme. Entré corriendo por la primera puerta que vi —era el baño de las chicas, mierda—, pero era la única opción que tenía. La puerta se cerró detrás de mí y me refugié en el cubículo más alejado, poniéndole el seguro a la puerta y sentándome encima del váter para que no se me vieran los zapatos.

Al menos aquí no había nadie. No me hacían falta más problemas.

Esperé lo que me pareció una eternidad, pero nadie irrumpió en el baño. Kyle y Alex debían de haberme perdido, o estaban esperando fuera a que saliera. Pero podía esperar a que se marcharan. Ya había faltado a una clase, ¿qué más daba faltar a unas cuantas más?

De todos modos, a estas alturas graduarme ya no importaba.

Me metí la mano en la chaqueta y saqué el único cigarrillo que me quedaba. Normalmente se los pedía a Lucas e intentaba que me duraran, pero, joder, lo necesitaba. Una vez que la adrenalina y la ira se desvanecieron, lo único que me quedaba era la ansiedad, y eso era una mierda.

Lo encendí y eché el humo por la estrecha ventana que había encima del retrete. Seguro que el baño apestaría igual, pero no me importaba. El frío que sentía en el pecho se estaba extendiendo a mis extremidades y a mi cabeza; ya no me importaba nada.

Me importaban demasiadas cosas, pero ninguna lo suficiente. La apatía que me invadía me asustaba, la extraña sensación de indiferencia hacia mi propio bienestar me hizo volver a los pensamientos que había tenido esa misma mañana.

¿Estaba perdiendo la cabeza? ¿Se me estaba yendo la olla? Kathy decía que iba a ayudarme, pero una parte de mí sentía que ya era demasiado tarde. No tenía futuro... ni lo necesitaba.

Pero seguía luchando. Por instinto, impulsado por el deseo de sobrevivir, mi instinto más primitivo me pedía que lo intentara. Pero estaba tan cansado...

La puerta del baño se abrió de golpe y me puse tenso al oír pasos sobre el suelo de baldosas. Alguien abrió uno de los grifos, pero el sonido del agua no era suficiente para tapar el de un sollozo entrecortado. Bajé del inodoro y miré a través de la rendija del cubículo.

Era Jessica. Estaba encorvada sobre el lavabo, agarrándose a la porcelana con la cabeza gacha. En el espejo se veían las lágrimas que le caían por las mejillas, los labios le temblaban mientras los apretaba y luego exhalaba despacio.

Se recompuso. Se enderezó, se secó los ojos enrojecidos con un pañuelo y se sonó la nariz con delicadeza. Volvió a sorber y, en el reflejo, vi cómo entrecerraba los ojos.

—¿Quién coño está fumando aquí? —espetó.

Cualquier rastro de tristeza había desaparecido de su voz cuando se dio la vuelta. Sus ojos verdes estaban lívidos. Su postura dejaba claro que estaba dispuesta a convertir la vida de alguien en un infierno por atreverse a verla en un momento de vulnerabilidad.

No dije ni una palabra mientras se alejaba pisando fuerte y abría de golpe una de las puertas de los cubículos.

—¿Quién anda ahí?

Con un suspiro, antes de que pudiera llegar a mi cubículo, salí.

Por un momento, pareció confundida. Apagué el cigarrillo con cuidado, sin querer desperdiciar nada antes de guardarlo.

—¿Qué haces aquí? —preguntó y me recorrió el cuerpo con la mirada, deteniéndose en lugares que no debía.

Nunca había entendido por qué me miraba así, como si estuviera a punto de pedirme algo pero no supiera cómo hacerlo.

—Evitar a tu novio —le dije, y ella puso los ojos en blanco.

—Ya no es mi novio —respondió cortante—, es el juguetito de Veronica y, por mí, se lo puede quedar. —Volvió al lavabo, sacó una toallita desmaquillante del bolso y se pasó el paño por debajo de los ojos—. ¿Estabas aquí sentado mirándome? Eso da mal rollo, Manson.

Me acerqué al lavabo que había junto a ella y me lavé las manos antes de meterme un chicle en la boca. No hay nada como estar cerca de la chica más guapa del instituto para que de repente me sintiera cohibido.

No podía ser más diferente a mí, con las uñas acrílicas rosas y su maquillaje brillante. Era como un rayo de sol que podía calentarte o quemarte hasta dejarte achicharrado.

—Bueno, siento lo de la ruptura.

—¿Lo sientes? —se burló—. No, no lo sientes. No me vengas con gilipolleces.

Gracias a Dios.

De todos modos, se me daba fatal fingir compasión. Siempre sonaba sádico y no era mi intención asustarla de esa forma.

—Vale —dije—. Tienes razón. No siento que hayas roto con el gilipollas de tu novio. Más bien siento que debería felicitarte por haberte librado por fin de ciento diez kilos de peso muerto, pero es un poco complicado felicitar a alguien que está llorando.

—No estoy llorando —dijo, aplicándose rímel en las pestañas y abriendo mucho los ojos—. ¿Por qué iba a llorar? Kyle es el que se lo pierde, yo tengo muchas otras opciones.

Tenía el instituto entero para elegir. ¿Quién la rechazaría? Vincent y Jason se animaban constantemente a coquetear con ella, como si fuera un juego para ver cuál de los dos era el primero en anotarse un tanto. Como si alguno de los dos tuviera alguna posibilidad. Incluso Lucas, que juraba odiarla con toda su alma, no se negaría a la oportunidad de estar con ella. Y yo…

No la rechazaría. Joder, solo pensar en estar con ella así…

Era absurdo. Yo no era una de sus «opciones». No daba la talla. Quizás si hubiera cambiado parte de mi cerebro por un poco más de músculo…, pero, incluso así, no sería lo suficientemente bueno para ella.

Había una barrera entre Jessica y los demás, una pared de cristal impenetrable, como si fuera una obra en un museo, pensada para ser observada pero nunca tocada. Esa pared me parecía un reto, como si hubiera un truco para sortearla y yo solo tuviera que descubrirlo.

Se volvió a echar brillo de labios. No pude evitar bajar la mirada a su boca ahora brillante. Podía decir cosas crueles y despiadadas, yo se las perdonaría todas; lo había hecho antes y lo volvería a hacer. Lo que me confundía era que, por muy cruel que fuera, por mucho que actuara como si le diera asco, no me evitaba. Más bien parecía que hacía todo lo contrario.

Podía haber pedido que le cambiaran la taquilla de sitio, pero no lo había hecho. Podía mandarme a la mierda en cualquier momento y yo me iría. A pesar de sus acusaciones, no estaba intentando darle mal rollo.

—¿Qué te ha pasado en la cabeza? —me preguntó.

Ya se me había olvidado lo del corte y me lo toqué con los dedos para comprobar si seguía sangrando.

—Es el precio que pagué por llegar a mi taquilla —respondí y su boca se crispó, como en un vago intento de mostrar compasión—. ¿Quién es la afortunada nueva opción? Supongo que ya estarás tramando cómo convertir la vida de Kyle en un infierno de celos.

Sonrió con aire burlón mientras se apoyaba en el lavabo.

—Por supuesto. Tiene que aprender la lección.

El sonido de la puerta al abrirse me sobresaltó. Me giré cuando una chica tímida de cabello castaño entró en el baño y nos vio. No estaba seguro de quién era, pero Jess chasqueó los dedos, llamando la atención de la chica al instante.

—El baño está ocupado, cielo —dijo, y la chica prácticamente se tropezó al salir por la puerta. Negué con la cabeza mientras Jess volvía a maquillarse, todavía pensando en su venganza—. Quizá Alex. Sé que aceptaría. Siempre intenta ligar conmigo cuando cree que Kyle no se da cuenta. Eso arruinaría su amistad y lo pondría celoso.

—¿Alguna vez te han dicho que eres diabólica? —le pregunté.

Lucas sufriría un aneurisma si Jess acabara saliendo con Alex. Francamente, solo para que Lucas no acabara acusado de asesinato, esperaba que no siguiera adelante con aquella venganza.

Se lo pensó un momento.

—No, nadie me lo ha dicho. Pero me gusta. Diabólica… —Su sonrisa se ensanchó, como si la idea le hiciera gracia—. Es lo que se merece.

—¿Y tú qué te mereces?

Su expresión vaciló y me miró como si hubiera dicho algo sin sentido.

—¿Que qué me merezco yo? ¿A qué te refieres?

—Me refiero a que quizá esta sea tu oportunidad de salir con alguien a quien realmente le importes. —No tenía ni idea de por qué me molestaba en decirle aquello; no había miedo en el vacío que sentía en mi interior, los límites que normalmente me frenaban no estaban—.

Alguien que no solo intente convertirte en su mujer florero.

Frunció el ceño aún más.

—Eh, sí, no… Eso suena muy serio, Manson.

Se echó a reír, guardó el maquillaje y se alisó la coleta.

Dios, ahí estaba otra vez: el muro. ¿Creía que ocultaba sus emociones? ¿Creía que no podía leerla? Quizá en su mente esa barrera fuera de ladrillos. Quizá pensaba que la protegía de ser percibida. Pero yo podía ver a través de ella. Podía ver la tristeza que había en su rostro, el dolor en su tono jovial, en la forma en que analizaba su propio reflejo en el espejo. Lo veía todo.

—Claro, se me olvidaba que todo lo que pasa en este infierno es una broma —comenté.

Retrocedí, me di la vuelta y me dirigí hacia la puerta. No me molesté en despedirme, porque sabía que la volvería a ver. Y quedarme allí, a solas con ella, era buscarme problemas. Me daba demasiadas ideas.

Muy, *muy* malas ideas.

Fantaseaba con ella a todas horas, pero esas fantasías eran algo imposible y atreverse a pensar lo contrario era una tontería. Estar en la misma habitación que ella me había puesto cachondo; mi cabeza se había llenado de imágenes de ella inclinada sobre el lavabo y mis dedos deslizándose bajo esa faldita.

Dios, quería correrme. Si no hubiera perdido el móvil, gracias a Alex, habría llamado a Lucas para que volviera a recogerme. La idea de sentir su boca en mi piel me ponía aún más cachondo.

Había desarrollado el hábito de aguantarme las ganas durante días; algo en ese minucioso ejercicio de autocontrol hacía que me sintiera más centrado, aunque no fuera satisfactorio. Pero siempre llegaba un punto en el que ya no podía aguantar más, los días de placer en los que no me corría me dejaban sintiéndome ligeramente salvaje.

Solo había dado unos pasos por el pasillo cuando su voz me hizo girarme.

—¡Manson! ¡Espera!

La miré. Se quedó en la puerta del baño, toqueteándose la muñeca una y otra vez mientras me miraba.

—¿Crees que…? Quiero decir… —Se le quebró la voz y se humedeció los labios brillantes—. Decías que… ¿Crees que me merezco a alguien que se preocupe por mí?

Pronunció esas palabras como si hubieran salido directamente del infierno. Sonaba disgustada, insultada… Triste. Sonaba muy triste.

—Claro que sí —respondí.

El pasillo estaba en silencio, así que bajé la voz. Estar aquí fuera con ella me ponía nervioso, sentía un cosquilleo en la nuca. Si Kyle, Alex o cualquiera de sus otros amigos nos veían, me darían una paliza.

—Quizá si estuvieras con alguien que no fuera tan gilipollas —continué—, serías más feliz y menos cabrona.

No lo dije para ser cruel; estaba siendo sincero. Una vez más, la falsa compasión no iba conmigo.

Jess puso los ojos en blanco, como esperaba.

—Soy muy feliz. ¿Por qué no iba a serlo?

Me acerqué a ella y no retrocedió. Me dejó quedarme allí, delante de ella, tan cerca que casi podía tocarla.

—Una persona triste sabe qué aspecto tiene otra persona triste —dije. Me atreví a acercarme un poco más, a rozarle mejilla para colocarle un mechón rubio detrás de la oreja. La piel de los brazos se le puso de gallina y abrí mucho los ojos—. Lo oigo en tu voz. Lo veo en tus ojos. Lo siento cuando te miro. Te mereces ser feliz, pero nunca encontrarás la felicidad con las personas que estás eligiendo.

Me miraba como si le hubiera dado una bofetada. Convencido de que había metido la pata, me alejé de ella. Su calor era demasiado para mí; había volado demasiado cerca del sol y me había quemado.

Pero si intentas forzar a una planta a crecer en una habitación oscura, buscará el sol. Incluso indefensa y arraigada, sin esperanza alguna de alcanzar el calor, lo buscará porque tiene que hacerlo.

Me agarró de la chaqueta y me arrastró con ella. Yo la seguí tambaleándome, aturdido y confundido, mientras ella volvía a meterme en el baño y me empujaba contra la pared. Tenía los ojos muy abiertos y le brillaban, llenos de asombro. Seguía agarrándome de la chaqueta y estaba muy cerca... demasiado cerca.

—¿Qué haces, Jess? —pregunté.

Tenía las palmas de las manos sudadas y la cabeza me iba a mil por hora. Su cuerpo pegado al mío, con sus hermosos labios ligeramente entreabiertos a solo unos centímetros, apenas unos centímetros, de mi boca.

Olía a fresas dulces y a nata. Se suponía que debía controlarme, pero cuanto más prohibido tienes algo, más lo deseas. Los dulces saben mejor cuando los has robado.

Quería agarrarla, morderla, ver cómo quedaba su piel enrojecida y magullada. Quería oír los sonidos que hacía cuando se perdía en el éxtasis, encontrar todos los puntos de placer y dolor de su cuerpo y utilizarlos.

—Prométeme que no se lo contarás a nadie —susurró.

—Te lo prometo.

Sus ojos no dejaban de moverse entre sostenerme la mirada y mirar mi boca. Sus intenciones parecían evidentes, pero no podía querer lo que yo estaba pensando. No, no tenía sentido.

Esta hermosa diosa no podía desearme.

Pero yo conocía esa mirada, y despertó al monstruo que dormía dentro de mí.

La agarré por los brazos e invertí nuestras posiciones, empujándola contra la pared. Soltó un jadeo, el aire entre nosotros estaba tan cargado que se me erizaron los pelos de la nuca. Respiraba con dificultad, como si acabara de correr dos kilómetros, con el corazón latiéndome a mil por hora.

Se mordió el labio inferior.

—Bésame.

Por un momento, me quedé en blanco. Solo fue un segundo. Luego me encontré a mí mismo besándola como si fuera la última puñetera cosa que fuera a hacer en la vida. Y tal vez lo fuera; el marginado del instituto besándose con la exnovia del *quarterback* era un billete directo al otro barrio. Pero me daba igual. Joder, me daba exactamente igual. Si moría mañana, moriría feliz porque esto era el paraíso.

Sus labios sabían a cereza y su boca era suave y dulce. Todo su cuerpo se movía conmigo, cada perfecto centímetro, y era como si unos fuegos artificiales me estallaran en la cabeza. Nos agarrábamos el uno al otro con desesperación, clavándonos los dedos en la piel, empujando, tirando, mordiendo…

Joder, no podía parar.

Puse la mano sobre su garganta, apreté y ella gimió en mi boca como si le hubiera dado lo que tanto ansiaba.

Dios, podía destruirla. Quería hacerlo. *Necesitaba* hacerlo.

No solo ansiaba su perfección, su belleza inalcanzable, quería sus partes más sucias, esas que eran un desastre, repugnantes y tan jodidas. Quería abrirla en canal, destrozarla, descubrir las cosas que la hacían ser ella. Quería hacerla mía de adentro hacia afuera, romperla en pedazos antes de recomponerla.

Eran pensamientos peligrosos y estaba al borde de un precipicio que nunca me había atrevido a tocar.

Cuando nos separamos, sin aliento, fue como si estuviéramos suspendidos al margen del tiempo. Tenía los labios rojos, ligeramente hinchados, y las mejillas sonrojadas. Respiraba con dificultad y, por un momento, me imaginé levantándole la falda y follándomela allí mismo, contra la pared.

Pero entonces me soltó de golpe, con los ojos muy abiertos por el horror. Como si se hubiera dado cuenta de lo que había hecho.

—Yo, yo, eh…

Sacudió la cabeza y la solté, echándome hacia atrás y dejándole espacio. Se movió a mi alrededor, retrocediendo hacia la puerta.

—Ha sido…

Se tocó la boca, temblando un poco. Una sonrisilla curvó sus labios, pero desapareció en cuestión de un segundo. Se detuvo al alcanzar la puerta, volviendo a mirarme.

Como si quisiera pedirme algo.

Como si fuera a caer de rodillas ante mí.

Luego se fue, desapareciendo por la puerta.

Me quedé donde estaba durante mucho tiempo, demasiado, apoyado contra la pared con su sabor en la boca.

2

MANSON

Cargamos nuestras cosas en el Bronco y en el WRX bien pronto, cuando el cielo aún estaba oscuro y había humedad en el aire fresco de la noche. El día anterior habíamos dejado a los perros con la familia de Vincent y su padre había accedido a pasarse por la casa durante el fin de semana para ver qué tal iba todo.

Hacía mucho tiempo que no salíamos del pueblo, y aún más que no disfrutábamos de unas vacaciones de verdad. Ahora lo necesitábamos más que nunca.

Habían pasado casi dos semanas desde que mi padre apareció en mi puerta después de meses de ausencia. La última vez que lo vi, amenazó con matarme, y esta vez no había sido mejor. Creía que estaba muerto y hubiera preferido que siguiera así, pero ahora lo único que podíamos hacer era intentar evitarlo.

Me transportó a mi infancia de una forma que no me gustó. Andando de puntillas, escondiéndome. Pero ahora las cosas eran diferentes; no tenía que preocuparme solo por mí, tenía que pensar en mis chicos. Y en Jess. Asegurarme de que estuvieran a salvo era responsabilidad mía. Además, todos queríamos pasar un rato juntos. Sin preocuparnos por el trabajo, los padres o los vecinos entrometidos. Solo nosotros, juntos, haciendo lo que nos diera la gana.

29

Jess todavía tenía una deuda con nosotros. Su BMW estaba en nuestro garaje, esperando a que le trajeran el motor nuevo. Tampoco iba a pagarnos la reparación con dinero; nos había ofrecido algo que yo consideraba mucho más valioso.

A sí misma. Su cuerpo y su tiempo.

Jugar con la intimidad era arriesgado, lo sabía. Cuando esto terminara, cuando su coche estuviera arreglado y su deuda «saldada», no podríamos dejarla marchar. No sería capaz de desentenderme como si nada y verla salir de mi vida otra vez.

Necesitaba que se quedara.

Quería que se quedara.

Pero la decisión era suya y lo único que podía hacer ahora era demostrarle que este era su sitio.

Quería enseñarle las posibilidades, darle una experiencia que nunca olvidara.

Había admitido que su mayor fantasía era que la secuestraran, la utilizaran y la dominaran, sin tener nada de qué preocuparse, excepto de ser una chica buena y obediente. Quería someterse por completo, renunciar al control al que se aferraba con tanto empeño.

Era una de las cosas que me encantaban de ella. Una vez disipados sus miedos a ser rechazada y juzgada, Jess se volvió insaciable, voraz. Pero entre los cuatro podíamos saciarla.

Durante los últimos días, habíamos hablado de ello, comentando lo que ella se imaginaba que le gustaría y lo que no, las cosas que quería probar y las que quería evitar. Conocíamos los límites de cada uno de nosotros y teníamos una palabra de seguridad, pero cuanto más la hiciéramos hablar de lo que quería, mejor.

Quería dejarla alucinada. Quería mostrarle cómo podría ser la vida con nosotros, si ella lo deseaba.

La recogimos pronto, antes de que sus padres se despertaran, cuando el sol aún asomaba por el horizonte. Su madre pensaba que iba a pasar el fin de semana con sus amigas, unas amigas que ya ni siquiera hablaban con ella porque había decidido quedarse con nosotros.

Metió su equipaje en la parte trasera del Bronco antes de subirse en el asiento delantero con esos diminutos pantalones vaqueros que se le subían por los muslos mientras se sentaba entre Lucas y yo. Saludó a Jason y Vincent con la mano por la luna trasera, ya que ellos iban en el WRX.

—Por favor, decidme que podemos parar a pillar un café —suplicó, apoyando la cabeza en el hombro de Lucas con un gemido dramático—. Creo que voy a morirme si no me meto algo con cafeína pronto.

Todos necesitábamos nuestra dosis de cafeína. Lucas se ponía de mal humor sin ella y lo último que queríamos era quedarnos atrapados en un vehículo con él de mala leche. Una vez nos tomamos nuestro café, nos incorporamos a la autopista. Subimos el volumen de la radio y bajamos las ventanillas.

No tardé mucho en sentir que no podía soportar tener a Jess sentada a mi lado sin tocarla, besarla, disfrutarla...

Pasándole el brazo por la cintura, le sonreí a Lucas mientras la arrastraba a mi regazo para que se sentara a horcajadas sobre mí, mirándome.

—Venga, tío, ¿por eso querías que condujera yo? —se quejó Lucas—. ¡Es a ti al que le gusta mirar! ¿Vas a hacerme el relevo después de esto? ¡Eh! ¡Manson!

Pero Jess me estaba besando y no podía responderle con su lengua en mi boca. Ni siquiera tenía intención de follármela, todavía. Quería sentirla, disfrutar de su sabor, de su cuerpo. Le di una palmada en el culo cuando se levantó un poco de mi regazo.

—Mm, más fuerte, amo —susurró antes de gemir en mi boca.

—Joder.

Lucas soltó una serie de palabrotas, golpeando el volante con la palma de la mano una y otra vez. Se esforzaba tanto en mirarnos que apenas prestaba atención a la carretera.

—Los ojos al frente, cachorro —le ordené, estirándome para empujarle la cara hacia delante.

El gruñido furioso que me lanzó fue suficiente para hacerme reír mientras le daba otra palmada a Jess, y ella gimió, restregándose contra mí. La giré, empujándole la cabeza hacia abajo y hacia un lado para que quedara tumbada sobre mi regazo. Tenía la cabeza sobre el asiento, en dirección a Lucas, y las piernas dobladas contra la puerta, con las zapatillas blancas desatadas.

—¿Más fuerte? —pregunté.

Le acaricié los muslos con la mano y luego las redondeadas nalgas. Aunque parcialmente ocultas por los pantalones cortos, aún se podían ver las tenues líneas rojas de mi nombre grabadas en su piel. Se había curado; odiaba ver cómo desaparecía. Quería dejar una marca permanente en ella, algo que no se borrara.

Me lanzó una mirada descarada por encima del hombro mientras agarraba con fuerza el muslo de Lucas. Esto lo estaba torturando. Meneó el culo y le volví a dar otra palmada, seguí haciéndolo hasta que empezó a jadear y a tener los muslos rojos.

Cuando llegamos a la siguiente gasolinera, Lucas estaba tan tenso que me sorprendió que pudiera mantenerse en pie.

Todos salimos del coche y estiramos los brazos y las piernas. Llevábamos horas en la carretera y aún nos quedaba un poco más para llegar a las montañas, pero ya podíamos distinguirlas delante de nosotros, a través de los árboles. Habíamos cambiado los campos de cultivo por los bosques, y la gasolinera en la que paramos era vieja, con un solo surtidor y una ranura para tarjetas de débito que no funcionaba.

—Iré a pagar a la caja —dijo Jess, quitándome el dinero.

La observé a través de la ventana sucia mientras se acercaba al mostrador, con el abdomen al descubierto bajo la camiseta roja que llevaba puesta.

—Está demasiado buena para andar suelta por ahí —dijo Lucas, con los brazos cruzados y apoyado en el Bronco con la tapa del depósito abierta.

Jess hablaba con el hombre que había detrás del mostrador, un anciano con una amplia sonrisa que parecía un Papá Noel de pacotilla con mono de trabajo. Joder, yo también sonreiría así si uno de mis pocos clientes del día tuviera ese aspecto.

Cuando volvió a salir, tenía un chupachups en la boca. Lucas repostó y ella repartió los refrescos que había comprado. Se pasó una de las latas frías por la nuca y suspiró cuando la condensación le goteó por la piel.

—¿De qué sabor es? —le preguntó Vincent, y ella se sacó el chupachups de la boca para ofrecérselo.

—Arándanos —respondió, sacando la lengua manchada de azul cuando Jason se acercó para darle un lametón él también.

Vincent admiró sus muslos enrojecidos y me sonrió mientras levantaba las cejas de forma sugerente. Pero aquella pequeña azotaina no era nada. Era para calentarla y ponerla cachonda antes de la mejor parte.

Quería que la secuestraran. Quería sentirse indefensa, devastada, utilizada.

No podía negarle eso.

Volvimos a la carretera y Jess se divirtió provocándome. Se sentó otra vez en mi regazo y empezó a pasar la lengua por el chupachups. Movió sutilmente las caderas, restregándose contra mí, todo con una mirada inocente.

Aguantamos durante media hora antes de que Lucas parara en un área de servicio desierta. El WRX se detuvo detrás de nosotros y Jess frunció el ceño, sentándose en mi regazo mientras miraba a su alrededor. El área de servicio no era más que un banco de picnic y unos baños, ocultos de la autopista por una hilera de árboles.

—¿Tan pronto tenéis que parar para ir al baño? —preguntó.

Me reí, le agarré la cara y la acerqué a mí para besarla. Gimió bajito cuando Lucas la tocó por detrás, deslizando los dedos por sus brazos antes de sujetarle las muñecas y luego…

—Oye, ¿qué…?

Jess se sobresaltó al oír el sonido de la cinta adhesiva, pero Lucas y yo fuimos demasiado rápidos para que pudiera zafarse.

Él le inmovilizó las muñecas en la espalda, atándoselas con cinta adhesiva, y luego hizo lo mismo con los tobillos mientras yo la sujetaba.

Jess sabía lo que iba a pasar, pero hay que reconocer que se resistió con todas sus fuerzas. Luchó y se revolvió, maldiciéndonos como si todo esto fuera en contra de su voluntad.

La sacamos a rastras del Bronco y Lucas la llevó encima de su hombro hasta el WRX.

—Ya estoy harto de tus putas provocaciones —gruñó y la metió en el maletero cuando Vincent se lo abrió. Jess se retorció, mirándonos con los ojos muy abiertos—. Ahora nos toca a nosotros, juguete sexual.

—Tres días en las montañas, donde nadie podrá oír tus gritos —le dije—. Y créeme, vas a gritar mucho.

Dejé el móvil en el maletero. Parte de nuestras conversaciones de los últimos días habían girado en torno a cómo podría comunicarse con nosotros si la encerrábamos así, y el móvil había sido la solución que habíamos escogido. Estaría en una llamada con Jason todo el tiempo, con el micrófono de él en silencio. Si por cualquier motivo necesitaba decir la palabra de seguridad, la oiríamos.

Me agaché y le acaricié el pelo. Luego le agarré los largos mechones rubios y la mantuve quieta para que Jason le vendara los ojos.

—Toda para nosotros —dijo, pasando los dedos por sus labios. Ella los abrió ligeramente y Jason le metió dos dedos en la boca, deslizándolos sobre su lengua hasta el fondo de su garganta, hasta que le entró una arcada—. Eso es, nena, atragántate. Que se te vaya abriendo la garganta, te va a hacer falta.

Verla atada y con los ojos vendados, tumbada en el maletero, me excitó tanto que no podía ver con claridad. Tendría que haber puesto una cámara allí para poder observarla, pero ya era demasiado tarde para eso.

No sabía cómo coño iba a apañármelas para esperar hasta que llegáramos a las montañas. Pero encontraría la manera. La espera lo hacía más dulce.

—Serás toda nuestra durante los próximos días —le dije, apoyando la mano contra el maletero mientras la miraba—. Disfruta de tu tiempo a solas mientras puedas.

Después, la encerré en la oscuridad.

3

JESSICA

La mayoría de la gente no consideraba que estar atada con cinta adhesiva y encerrada en un maletero fuera un buen comienzo de fin de semana. Pero yo no era como la mayoría de la gente.

Sí, vale, estaba un poco trastornada. Era exactamente lo contrario a lo que mi madre quería para su dulce hijita. Tampoco era algo que mi padre aprobara. Salir con esos chicos había arruinado mi reputación y me había costado unos cuantos amigos.

Pero ¿sinceramente? Mi «reputación» era una mierda. Que me conocieran como una zorra estirada no me gustaba, y fingir siempre que era mejor que los demás solo me había hecho ganarme un odio bien merecido. Estaba harta. No quería dramas.

Tenía que descubrir quién era sin todas esas tonterías, sin la máscara y la actitud altiva. ¿Y qué mejor manera de conocerme a mí misma que con la fantasía de ser secuestrada? No siempre era fácil aceptar lo que quería sin acabar juzgándome a mí misma. Renunciar al control requería un examen de conciencia, y tuve mucho tiempo para hacerlo durante el trayecto.

Me quedé allí tumbada, pensando en qué podrían hacerme. Qué me *harían*. Notaba un cosquilleo en la piel por la tela del suelo del maletero y movía los dedos bajo las ataduras, inquieta. Jason y Vincent estaban poniendo música electrónica, con un ritmo potente que retumbaba en los altavoces. El ritmo era oscuro y sensual, y me sumió en un estado de tranquila aceptación.

Yo era suya. Era su juguete, su esclava, su pequeña víctima voluntaria. Cuando el coche por fin se detuvo y el motor se apagó, se me aceleró el corazón. La expectación se apoderó de mí cuando se abrió el maletero. Entró aire fresco, más frío de lo que esperaba y con un fuerte olor a pino. El canto de los pájaros llenaba el aire y una suave brisa agitaba los árboles.

—Joder, mira qué cosita.

Reconocí la voz de Vincent, pero había varios pies moviéndose alrededor del maletero. Unas botas crujían sobre la grava, arrastrándose por la tierra y las hojas secas. Alguien me agarró de la pierna y tiró de mí, cambiándome de posición para que quedara inclinada sobre el parachoques con la parte superior del cuerpo apoyada en el interior del maletero. Cortaron con rapidez la cinta adhesiva que me rodeaba los tobillos, parecía que habían utilizado un cuchillo. Unos dedos me acariciaron el pelo, empujándome la cabeza hacia abajo. Alguien me bajó los pantalones cortos y me agarró, dándome un apretón en el culo.

—Quiero sentir ese precioso coño.

Me apartaron las bragas y me metieron unos dedos. Me penetraban con fuerza, y el sonido de la humedad hizo que me sonrojara. Gemí cuando los sacaron y la suave punta del pene de alguien —¿el de Vincent?— presionó contra mi entrada.

Me penetró, con fuerza y sin cuidado, embistiendo sus caderas contra mí.

No saber quién era, no poder moverme ni ver nada, era tan erótico que empecé a gemir, desesperada, casi al instante.

—Joder, qué gusto.

Era Vincent. Ahora no tenía dudas.

—Dale duro, Vince —dijo Manson—. Lo aguanta muy bien, ¿verdad?

—Oigamos cómo gime. Úsala como a una puta —dijo Lucas desde algún lugar a mi lado.

36

El ritmo de Vincent era brutal, y apreté los dedos. Mi clítoris ansiaba que lo tocaran.

Esto era lo que había pedido: sin decisiones que tomar ni preocupaciones, solo placer.

La voz me temblaba de desesperación mientras gemía su nombre, rogándole que, por favor, me tocara.

—¡Déjame correrme, Vincent, por favor, por favor, por favor!

Una palmada en el culo fue su respuesta.

—Cierra la puta boca. ¿Crees que nos importa que tú te corras, tía? ¿De verdad lo crees?

—Haz que se calle —dijo Jason—. Dale algo para chupar.

Me sacaron del maletero. Vincent me agarró por las caderas, manteniéndome inclinada mientras alguien me metía la polla en la boca. No tenía *piercing* y no era tan larga como la de Jason, pero sí más gruesa...

Manson.

Su sabor era indescriptible, pero lo reconocí enseguida.

Me folló la garganta con la misma dureza con la que Vincent me follaba el coño. Gruñó mientras usaba mi boca, agarrándome del pelo. Vincent cambió de ángulo, y su polla golpeó ese punto perfecto que al instante hizo que me flaquearan las rodillas.

—Eso la hace gemir, Vince —dijo Manson con un tono de voz deliciosamente ronco—. Creo que le gusta.

—Puta desesperada.

Recibí otra palmada en el culo y moví las caderas hacia atrás, ansiosa por complacerlos. Vincent siseó y luego se hinchó en mi interior. Empujó mis caderas hacia atrás con violentas embestidas y yo quedé penetrada por ambos extremos, ahogándome y dolorida mientras me usaban.

El gruñido que Vincent soltó al correrse dentro de mí me llevó al límite. Él se retiró, pero Manson aún no había terminado conmigo. Me sujetó la cabeza contra su polla hasta que me atraganté. La saliva se deslizó desde mis labios hasta su miembro hinchado cuando por fin se apartó.

Me levantó y me agarró, obligándome a caminar hacia adelante. Cuando llegué a unas escaleras, alguien más me levantó del suelo. Era Lucas; podía olerlo y reconocí la aspereza de sus manos. Se abrió una puerta y mi nariz captó un aire con algo de polvo, me volvieron a dejar en el suelo y me empujaron hasta que caí de rodillas.

—Veamos cuánto desea correrse el juguetito sexual, ¿os parece?

4

JESSICA

Sus zapatos resonaban con fuerza mientras me rodeaban y, de repente, me quitaron la venda de los ojos. Parpadeé rápidamente ante la luz mientras miraba a mis captores.

Tenía a los cuatro delante de mí en el salón de una gran cabaña. Las paredes eran de madera pulida; a mi izquierda había una chimenea de piedra y a mi derecha, un sofá de cuero marrón. En las paredes colgaban cráneos disecados de ciervos y alces. La luz se filtraba a través de las puertas de cristal que tenía delante y que daban a una terraza de madera rodeada de pinos.

—Bienvenida a tu nuevo hogar —dijo Jason, paseándose a mi alrededor—. Es hora de convertirte en la zorrita tragasemen y obediente que siempre has querido ser.

Esas palabras me atravesaron como una descarga eléctrica.

Me volvió a colocar la venda en los ojos, ajustándola bien y sumiéndome en la oscuridad.

—Las zorras tragasemen no necesitan ver —dijo, acariciándome la mejilla—. Haz lo que te digan tus señores y todo irá bien.

Otro par de pasos se acercó. Pasaron por mi lado, acariciándome el pelo mientras me echaban la cabeza hacia atrás.

—Abre la boca, ángel.

Con un escalofrío, obedecí. Los dedos de Manson exploraron mi boca, presionándome la lengua y adentrándose en mi garganta.

—No te apartes. —Me agarró del pelo para asegurarse de que permanecía en mi sitio, y su voz se volvió firme cuando me entraron arcadas—. Aprende a controlarte.

Me metió dos dedos en la garganta y los mantuvo allí. Se me llenaron los ojos de lágrimas y mojé la venda que me cubría los ojos mientras intentaba resistir las ganas de toser. Solo cuando logré controlarme y no atragantarme con sus dedos durante casi veinte segundos, me soltó.

—Así está mejor. —Me soltó el pelo y me rodeó—. Eres una buena puta. Tu garganta siempre tiene que estar lista para mí, ¿verdad?

—Sí, amo —dije con la voz ronca.

—Un juguete como tú solo sirve para complacer a sus dueños, ¿entendido?

Asentí rápidamente.

—Sí, amo —respondí con dificultad.

—Entonces vas a aceptar todo lo que te demos, ¿verdad? Vas a abrir las piernas y dejar que usemos tu coño, tu culo, tu boca. Puedes gritar todo lo que quieras, ángel. Pero vas a ser nuestra chica buena.

Respiré hondo y sentí cómo me faltaba el aire.

—Sí, amo. Seré una buena chica.

Entonces Manson dio una orden.

—Desnudadla.

Me agarraron por todos lados y me inmovilizaron en el suelo. Alguien tiró de mi camiseta y jadeé cuando me la rasgaron. Noté el metal frío en el pecho, por debajo del sujetador y, con un rápido tirón, lo cortaron. Me quitaron los zapatos, los calcetines, los pantalones cortos y las bragas.

Me pusieron boca abajo y la hoja con la que me habían cortado el sujetador rasgó la cinta que me ataba las muñecas antes de arrancármela.

—Abridle las piernas —ordenó Manson—. Quiero ver su precioso coño chorrear para nosotros.

Me agarraron de los tobillos y me los separaron. Yo yacía boca abajo, con el aire frío acariciándome la piel, expuesta e indefensa. Unos dedos me exploraron y me separaron los labios vaginales. Alguien me untó el semen de Vincent y me metió los dedos para devolverlo dentro.

—Jason, cómetela. Métele la lengua.

Manson apenas había terminado de dar la orden cuando Jason me cubrió con su boca. Me acarició con la lengua, devorándome con el mismo entusiasmo con el que se comería un menú de cinco platos. Tuve las piernas abiertas todo el tiempo, buscando de manera desesperada algo a lo que aferrarme en el suelo liso.

—¡Ay, Dios, sí!

No dejaba de lamerme el clítoris y eso hacía que mis piernas inmovilizadas no dejaran de retorcerse.

—La estás haciendo temblar, J. —Dios, Vincent sonaba tan *sexy*... Su voz tenía el humor de siempre, pero su tono era bajo y estaba cargado de deseo—. ¿Te gusta cómo sabe a mí?

—Sí, señor —gimió Jason contra mí, y estuve a punto de perder el control.

Cada centímetro de mi cuerpo se tensó en una búsqueda desesperada de un orgasmo que se me escapaba.

—No dejes que se corra —ordenó Manson, y la lengua de Jason abandonó mi clítoris para recorrer provocativamente mi entrada.

Gemí, empujando las caderas hacia él, como si eso fuera a convencerlo de desobedecer las órdenes de Manson.

—Qué desesperada —comentó Jason. Era como si su boca estuviera absorbiéndome las neuronas; apenas podía hablar, apenas podía pensar—. Puedes retorcerte todo lo que quieras, pero no dejaré que te corras hasta que Manson lo diga.

No había forma de convencerlo de lo contrario. Sabía que no la había. Pero aun así me degradé aún más.

—¡Manson, por favor! —supliqué—. Me portaré bien, seré una chica muy buena, lo prometo...

41

—Claro que lo serás —dijo Manson.

El sonido del hielo chocando contra el cristal de un vaso me puso en alerta máxima, y los recuerdos de Lucas sujetándome y metiéndome hielo me hicieron temblar. Pero, a continuación, se oyó el goteo del líquido al verterse y percibí un sutil aroma especiado en el aire.

—Te portarás bien tanto si dejo que te corras como si no, ¿verdad, ángel?

—Sí, señor.

Tenía tantas ganas de correrme que habría llorado. Pero apreté los dientes. Mi sufrimiento era una forma de adoración y quería mostrar mi respeto, mi deseo y mi anhelo de la única manera que podía.

Jason siguió provocándome mientras yo dejaba de resistirme. Era como si tuviera un mapa de mi cuerpo aterradoramente preciso, centrándose en los puntos que más hacían que me retorciera. Cada vez que reaccionaba, reducía la velocidad y repetía el movimiento que me había hecho gemir.

—Apártate.

En el momento en que Manson dio la orden, me soltó. Temblé, tumbada en el frío suelo de madera y no moví ni un músculo hasta que él me lo ordenó.

Algo daba golpecitos repetidamente delante de mí, algo duro.

—Ven aquí, ángel.

Me puse a cuatro patas, pero un pie pesado me empujó hacia el suelo.

—Arrástrate sobre tu puto vientre como la patética criatura que eres —dijo Lucas.

—Sí, señor —gemí, obediente, y solo entonces retiró el pie.

Me arrastré hacia adelante, con la barriga pegada al suelo, mientras me acercaba a la voz de Manson.

—Estoy deseando que se monte en tu polla mientras te follo el culo —susurró Vincent con voz sádica a mi lado.

Estaba hablando con Jason e imaginar su polla dentro de mí mientras Vincent se lo follaba… Oh, Dios, sí, quería hacer eso.

La cabeza me daba vueltas y sentía que me cosquilleaba todo el cuerpo. Extendí la mano y toqué una puntera de cuero suave, una suela gruesa, cordones ajustados...

El hielo tintineó cuando Manson bebió un sorbo de la copa que se había servido.

—Ya sabes lo que tienes que hacer —dijo.

Dios, sí, lo sabía.

Recorrí con la nariz su bota, inhalando el intenso aroma del cuero y el sutil olor químico del betún. Besé la punta y sentí un pinchazo en el vientre, la humillación y el deseo se mezclaron en una sensación extraña. Pasé la lengua por el borde de la suela y rocé los cordones con la nariz.

Acurrucada a sus pies, estaba a su merced. Pero me sentía segura, a salvo. La confianza que tenía puesta en ellos no dejaba lugar al miedo en mi mente.

Confiaba en ellos más que en cualquier otra persona que hubiera conocido jamás.

Manson se movió cuando gemí en voz baja, y su tono pasó inmediatamente de la autoridad despreocupada a la preocupación.

—¿Estás bien, Jess?

Sin levantar la cabeza de donde estaba apoyada contra su bota, asentí con la cabeza.

—Estoy bien. Estoy más que bien.

Una oleada de emoción hizo que me atragantara. Alguien me masajeó con delicadeza la espalda y supe, por los dedos largos y la ausencia de anillos, que tenía que ser Vincent.

—Esto me hace sentir muy bien. Me hace sentir segura. Es como si pudiera...

Dios, me costaba tanto expresarlo con palabras... Era vergonzoso, sí, pero el concepto aún era muy nuevo. ¿Por qué el hecho de que me controlaran y me dominaran me hacía sentir que todo estaba bien?

—Ahí está nuestra chica, eso es —dijo Vincent con dulzura—. Puedes hablar con nosotros.

Esa franqueza era parte de lo que hacía que esto fuera tan increíble. No me sentía vulnerable porque temiera resultar herida o lastimada. Me sentía vulnerable porque me había permitido estarlo. Les había dicho lo que quería y ellos habían decidido cumplirlo.

—Quiero obedecer —susurré, pasando los labios por el cuero—. Quiero adorarte y dejar que me uses como quieras, señor. Por favor. Por favor, úsame.

—Estoy orgulloso de que digas eso, ángel. Me gusta oírte ser sincera conmigo. —Se oyó el tintineo del hielo en el vaso y otro aroma picante a *whisky*—. ¿Quieres correrte?

Había una sonrisa en las palabras de Manson.

—Sí, amo, quiero hacerlo. Por favor.

Algo me rozó la espalda. Algo suave pero pesado, con múltiples borlas que parecían de cuero.

—Siéntate en mi bota. Frota tu cuerpo contra ella. Intenta correrte.

Sentí un cosquilleo por toda la piel. Me puse de rodillas, rodeé la pierna de Manson con el brazo y me acerqué más a él. No podía verlo, pero me lo imaginaba de pie sobre mí; completamente vestido, mientras yo estaba desnuda, y con un control absoluto sobre todos los que estaban en la habitación.

Me dejé caer, frotándome contra el cuero. La punta era suave y los cordones ásperos, era difícil encontrar el ángulo perfecto, pero lo deseaba con todas mis fuerzas. Apoyé la mejilla contra su pierna, gimiendo mientras movía y balanceaba las caderas.

Joder, cómo me gustaba. Frotaba mi clítoris contra el cuero, y mi propia excitación lo dejó resbaladizo. Me moví más rápido, jadeando, persiguiendo el placer.

—Preparadla.

No estaba segura de a quién iba dirigida la orden, solo sabía que no era para mí. Una mano me agarró por la nuca y un dedo resbaladizo, cubierto de lubricante, me tanteó el ano.

—Te voy a follar aquí mismo —dijo Lucas, pegado a mi espalda mientras empujaba el dedo más allá del estrecho anillo de músculos.

Grité ante la intrusión y él repitió el movimiento, sacando el dedo por completo y volviendo a introducirlo.

—Sigue moviéndote, ángel —ordenó Manson—. No te he dicho que pares.

Pero ahora frotarme contra su bota significaba también hacerlo contra el dedo que Lucas tenía metido en mi culo. Añadió un segundo dedo, abriéndome, y me estremecí por lo bien que me hacía sentir.

—Dios mío... —Seguí moviéndome, frotándome hacia adelante y hacia atrás, arqueando la espalda para que entrara aún más adentro—. Más, por favor... Por favor...

—¿Sí? —gruñó Lucas, rozándome el cuello con los dientes—. ¿La putita quiere más?

Me metió un tercer dedo. Ya había practicado sexo anal antes, lo suficiente como para saber que me gustaba. Me gustaba el lento estiramiento, el dolor sutil... Joder, incluso me gustaba el dolor agudo de intentar abrirme de más demasiado rápido.

Lucas me metió los dedos aún más adentro y la mano de Manson acarició mi cabello con cariño.

—¿Quieres follarle el culo? —preguntó Manson.

Esta vez, el gruñido de Lucas fue voraz. Me hincó los dientes en el cuello y movió los dedos en mi interior, soltándome solo cuando gemí de dolor.

—Sí, señor —respondió Lucas con voz ronca mientras hablaba en mi oído—. Quiero follarme este culo estrecho y hacerla suplicar piedad.

Temblé de pies a cabeza.

Se oyó un sonido repetitivo y húmedo cerca, seguido de un gemido de Jason. Deseé ver lo que estaban haciendo con todas mis fuerzas.

—Tienes mi permiso, cachorro. Fóllatela.

Lucas se movió detrás de mí, sacando los dedos despacio y agarrándome las caderas. Me levantó más sobre mis rodillas para tener un mejor ángulo. Su polla entró despacio, con el metal de sus *piercings* aún perceptible a través del fino látex del condón. Me rodeó con los brazos y me sentí pequeña, muy pequeña.

Un juguete para su placer.

—Hazla gritar.

Lucas me penetró hasta el fondo, mordiéndome el hombro al hacerlo. Grité, de placer, de dolor, de excitación, de sumisión. Me penetró con fuerza y yo me agarré con firmeza a la pierna de Manson, aferrándome a él mientras el placer me invadía.

—Por favor, no pares… Oh, Dios… —jadeé.

Manson me echó la cabeza hacia atrás, obligándome a levantarla.

—Mírame cuando te dirijas a mí. No me importa si tienes los ojos vendados. ¿Lo entiendes?

Dios… Sí, me lo había dicho antes… Dios y amo.

Me incliné hacia su mano.

—Sí, amo, lo entiendo. —Me temblaba la voz y sonaba muy débil, joder, pero no importaba.

Podía ser débil. Podía cederles el control, dejar que me tomaran y me utilizaran, porque yo quería que lo hicieran. Podía dar rienda suelta a mis fantasías tal y como necesitaba, sin importar lo desagradables, ofensivas, impactantes o repulsivas que fueran. Aquí no había juicios ni miedo. La vergüenza era solo otro juguete con el que podíamos jugar, no un arma.

Cada embestida de Lucas me hacía jadear. Estábamos de rodillas, a los pies de Manson, follando como animales mientras él observaba, y mi placer crecía tan rápido que no podía contenerme.

—¿Puedo correrme? —pregunté, al límite—. Por favor, amo, ¿puedo correrme?

Lucas gimió con fuerza contra mi espalda, su miembro palpitó dentro de mí.

—Por favor, por favor, por favor… —seguí suplicando porque no creía que pudiera contenerme, pero necesitaba permiso con desesperación.

—Puedes correrte, ángel.

Sollocé de alivio. El orgasmo me golpeó con tanta fuerza que no podía respirar ni moverme. Lucas me folló sin piedad durante todo el orgasmo, y cada embestida prolongaba el éxtasis.

Se corrió con un gruñido gutural, clavándome las uñas en la piel. Las borlas de cuero me rozaron el costado, una suave provocación antes de desaparecer. Luego se oyó un silbido, un chasquido. Lucas se tensó, su polla se retorció dentro de mí. Hubo otro silbido, otro chasquido, y él gimió.

—Gracias, señor.

El susurro me provocó un escalofrío. Se retiró y se alejó. Las colas de cuero de un látigo me acariciaron los hombros cuando Manson puso su mano sobre mi cabeza. Hubo un movimiento a mi lado, como si alguien se arrodillara cerca de su otro pie.

—Tráeme una silla.

Quienquiera que se hubiera arrodillado a mi lado —Lucas, supuse— desapareció. Sus pasos regresaron, luego se oyó el sonido pesado pero contenido de algo que se dejaba caer y Manson se movió. Se sentó y yo quedé entre sus piernas, temblando, mientras intentaba recuperar el aliento.

Incliné la cabeza cuando el látigo me recorrió la espalda.

—¿Quieres sufrir por mí, ángel?

Asentí rápidamente, sin dudar.

—Sí, amo.

Esta vez, cuando llegó el silbido y el chasquido, el dolor cayó sobre mí. El látigo que utilizó pesaba y me escoció como un millón de agujas.

—Más, por favor. —Incliné la cabeza aún más, casi hasta tocar el suelo—. Por favor, hazme daño, amo.

Se escuchó otro chasquido y el dolor se extendió. Tomé aire, pero lo que salió fue un grito. Una y otra vez, me azotó con el látigo hasta que toda la piel me ardía, encendida por el calor, y los músculos se me contraían.

—¿Qué dice una buena putita?

Tragué saliva y respiré.

—Gracias, amo.

Manson me levantó del suelo con facilidad. Me sentó en su regazo, con la espalda pegada a su pecho, y me penetró.

—Oh, joder... —No pude articular palabra sin gemir.

Tenía las piernas abiertas sobre su regazo y lo sentía muy grande dentro de mí.

Me dio una palmada en el muslo.

—Empieza a cabalgar, zorra. Ponte a trabajar.

Mis dedos apenas tocaban el suelo y tenía las piernas débiles, pero, aunque apenas podía moverme, quería obedecer. Apoyé las manos en los brazos de la silla en la que él estaba sentado, era de una tela suave, como terciopelo, y me deslicé arriba y abajo sobre su miembro, disfrutando de cada centímetro.

Alguien se acercó y unas manos me acariciaron el pecho, apretándome las tetas y pellizcándome los *piercings* de los pezones.

—Jason...

Emitió un murmullo de satisfacción antes de besarme, y el frío tacto de los anillos de sus dedos me hizo estremecer. Me dio un beso profundo y lento; su lengua hábil se apoderó de la mía y me dejó sin aliento. Se separó de mí y hubo una pausa, luego Manson me empujó hacia adelante y la suave y cálida punta del pene de Jason rozó mis labios.

Pasé la lengua por él, salivando mientras movía la cabeza. Me costó mucho meterme toda su longitud en la garganta, chupándosela al mismo ritmo que cabalgaba a Manson.

—Buena chica —me felicitó Manson—. Estás chupándole la polla muy bien.

Los elogios de Manson me animaron. Jason me agarró del pelo y me guio hacia su miembro. Me obligó a bajar la cabeza y me la metió todo lo que pude aguantar, manteniéndome allí hasta que tosí. Estaba jadeando, agotada, cuando me dejó volver a levantar la cabeza. Pero, aunque yo estuviera exhausta, Manson no.

—No creo que las putas necesiten respirar, ¿tú qué crees, J? —preguntó.

Gemí con desesperación mientras Jason se reía.

—No, no creo que lo necesiten. —Me presionó la cabeza hacia abajo otra vez hasta llenarme la garganta, pasando un dedo por mi mejilla—.

Quédate con nosotros, preciosa. Recuerda dar un golpecito si necesitas que te suelte.

Asentí antes de que me tapase la nariz, haciendo una pinza con los dedos. Mi suministro de aire se cortó por completo y los dedos de Manson se clavaron en mi piel. Sus caderas se movieron brutalmente contra mí, follándome con fuerza. Me temblaba la garganta, la desesperada necesidad de aire superaba mi determinación de no luchar.

Pero no di ningún golpecito. Conocía los límites de mi resistencia.

—Retuércete todo lo que quieras. —La voz de Vincent nos rodeaba—. Lo único que respirarás es polla.

Me dolían los pulmones, me ardían por la falta de aire. Pero me invadió una sensación de rendición total. Estaba bajo su control, su protección, su dominio. Estaba a salvo, aunque fuera muy, muy duro.

Por fin, Jason me soltó la nariz al salir de mi boca y se masturbó hasta correrse en mi cara. Me lamí las gotas de los labios y le di las gracias mientras jadeaba para recuperar el aliento.

Entonces, Manson me rodeó con los brazos y me atrajo hacia su pecho.

—Dime qué quieres —dijo.

—Tu semen, por favor —jadeé, mientras sus movimientos se volvían más bruscos—. Por favor, córrete dentro de mí, señor, por favor, lléname, por favor.

Él gimió con fuerza mientras se corría. Yo quedé exhausta y aturdida por el éxtasis, demasiado lejos del mundo como para hacer nada. Me quedé allí, tumbada, en silencio sobre su regazo, bien follada y sucia.

No se me ocurría una mejor forma de empezar el fin de semana.

5
JASON

Jess estaba tumbada en la bañera de hidromasaje, con los ojos cerrados y las extremidades relajadas mientras flotaba en el agua. Yo tenía el brazo colgando del borde de la bañera, estaba apoyado contra la pared y sentado en el suelo frente a Manson. Él estaba sentado frente a mí, apoyado en el borde con una mano sumergida en el agua, y los dos observábamos a nuestra chica volver a la realidad.

Nuestra chica. Nuestra. Sonaba muy bien, se *sentía* tan bien... Si era cierto o no, no importaba, al menos por ahora.

A pesar de lo que vendría después, Jessica era nuestra durante el fin de semana, y yo pretendía disfrutarlo.

Abrió los ojos y sonrió somnolienta mientras miraba a su alrededor. El cuarto de baño era espacioso y estaba conectado con el dormitorio principal de la cabaña. Una gran ventana de cristal esmerilado sobre la bañera dejaba entrar la luz natural, y había una ducha lo suficientemente grande como para que cupiéramos los cinco dentro, aunque un poco apretados.

Como casi todo lo que poseía la familia Peters, su cabaña era de lujo. Había cuatro dormitorios, pero solo pensábamos usar el principal, que tenía una cama enorme. En casa teníamos espacios separados, pero cuando estábamos fuera solíamos dormir juntos. Era reconfortante, aliviaba las ansiedades tácitas y los miedos silenciosos. Era como rodearnos de la sensación de estar en casa, en nuestro hogar.

Porque, en realidad, nuestro hogar no era una casa. Éramos nosotros.

Jess tomó una gran bocanada de aire.

—¿Eso que huelo es comida?

—Lucas y Vincent están preparando una barbacoa —dijo Manson—. ¿Tienes hambre?

—Dios, sí —gimió satisfecha y se estiró, incorporándose en la bañera.

Estaba aún más preciosa después de lo que acababa de pasar. Tenía los ojos cansados y una expresión suave, como si acabara de despertarse de una siesta larga.

Cuando le acaricié los hombros con los dedos, se le puso la piel de gallina y yo sonreí.

—¿Cómo estás? —le pregunté.

Tenía las rodillas dobladas, con la mejilla apoyada en ellas mientras me miraba.

—Genial —respondió—. Como si no tuviera ninguna preocupación en el mundo.

—Bien, porque durante los próximos dos días no tendrás que preocuparte de nada, excepto de portarte bien —dijo Manson.

El agua chapoteó cuando Jess se acercó al borde de la bañera, intentando acercarse lo máximo posible a nosotros sin salir del agua.

—Eso puedo hacerlo —dijo—. Sobre todo, si seguís follándome así. —Se mordió el labio inferior—. Me voy a poner cachonda otra vez si pienso en ello. Habéis matado a mi coño y luego lo habéis resucitado.

—Mm, coño zombi —me deleité, y ella soltó una carcajada.

Manson se levantó, agarró una toalla del armario y la abrió para ella. Jess se agarró a mi mano para salir de la bañera y Manson la envolvió en la toalla, tomándose su tiempo para secarla. Podría haberlo hecho ella misma, pero no queríamos que tuviera que hacerlo.

Había soportado azotes, sexo y estar atada en un maletero. Ahora se merecía sentirse como la princesa que era.

Jess dejó caer la toalla mientras se acercaba a la cama, su silueta desnuda quedó enmarcada por las puertas de cristal que tenía delante. Las puertas daban a la terraza trasera, cerca de donde Lucas y Vincent estaban preparando la cena en la barbacoa. El humo se extendía por el jardín, trayendo consigo el apetitoso aroma de la carne y las verduras.

Jess abrió la cremallera de su maleta y rebuscó entre su ropa hasta que Manson intervino.

La rodeé con mis brazos, acariciando su piel suave.

—No tienes que preocuparte por nada, ¿te acuerdas? —le recordé—. Nosotros elegimos lo que llevas puesto... o lo que no.

Manson eligió un tanga y un vestido corto azul y los dejó sobre la cama para ella.

—¿Sin sujetador? —preguntó Jess, y él se echó a reír.

—¿Por qué demonios íbamos a querer que llevaras sujetador? —Le agarró los pechos mientras yo la sujetaba por detrás, apretándoselos con ternura—. Francamente, en cuanto volvamos a entrar, te voy a quitar esta ropa.

Llamaron a la puerta de cristal. Vincent estaba fuera, sosteniendo unas pinzas grandes mientras miraba a Jess y hacía un gesto de aprobación con la mano. Ella se rio mientras se ponía el vestido, y la expresión de él cambió a una de tristeza devastadora.

Siempre le había gustado bromear, y lo fácil que le resultaba hacer reír a Jess se había convertido en una de mis cosas favoritas. Nos habíamos estado reservando durante demasiado tiempo. Nunca había tenido la oportunidad de ver cómo los demás se enamoraban a su manera.

Vincent abrió la puerta y asomó la cabeza.

—¡Eh, no te tapes! ¿Qué pasa? ¿Tienes miedo de que los árboles te vean las tetas?

Jess se acercó a él y le apartó las manos cuando él chasqueó con las pinzas en su dirección.

—Lo siento, lo siento, se han confundido —dijo, riéndose—. Estás tan buena que pensaron que tenían que agarrarte.

Jess soltó un grito cuando la rodeó con un brazo y la levantó del suelo. La llevó a través de la terraza y ella no tardó en rodearlo con brazos y piernas. El aire de la tarde era fresco, y el olor a humo y carne cocinándose me hacía la boca agua. La familia Peters era la dueña del terreno en el que se encontraba la cabaña, por lo que teníamos todo el espacio para nosotros sin preocuparnos por campistas cercanos.

Últimamente Manson había estado perdido en sus pensamientos, sobre todo después de volver a ver a su padre. Había perdido la costumbre de acudir regularmente a su psicóloga, pero le oí concertar una cita antes de salir el fin de semana.

La carga de sentirse responsable de todos nosotros le pesaba mucho. No teníamos un líder propiamente dicho; era más bien como si Manson fuera el cabeza de familia, guiando las decisiones en lugar de tener siempre la última palabra. Nunca nos decía que estaba pasando un mal momento a menos que lo presionáramos. Se guardaba esos pensamientos para sí mismo, aferrándose a la imagen de alguien tranquilo, sereno y calmado.

Actuaba bien, lo admito. Pero era solo una actuación.

—Hola. —Me miró—. ¿Estás bien?

Asintió con la cabeza de inmediato y yo entrecerré los ojos.

—Estoy bien —insistió, pero cuando no aparté la mirada, apretó los dientes—. Es solo que tengo muchas cosas en la cabeza.

Me apoyé contra él y le di un codazo con el hombro, empujándolo hasta que se echó a reír.

—Lo entiendo. Pero el capullo de tu viejo no está aquí, tío. Solo estamos nosotros.

—Sí —dijo, dio otro trago lento y luego me ofreció un poco; no me gustaba el *whisky*, era más de cerveza, pero tomé un sorbo de todos modos, disfrutando del ardor—. No voy a querer volver, J. Ya sé que...

—Suspiró, viendo a Vincent llevar a Jess por el jardín para que no se lastimara los pies descalzos—. Tenemos que salir de este puñetero pueblo.

—Lo haremos —le aseguré—. Podríamos poner la casa en venta tal y como está, ya lo sabes.

—Tenemos que terminar la última habitación. La de abajo. —Se frotó la cara con la mano y dio un sorbo mucho más largo que el anterior—. Cuando volvamos, hay que vaciarla.

La habitación de abajo, la habitación de su infancia, había permanecido cerrada con llave desde que nos mudamos. Incluso echar un vistazo al interior de esa vieja y sucia habitación le afectaba. Era un espacio maldito, una tumba en nuestra propia casa. En ella había demasiados malos recuerdos.

—Me parece un buen plan —dije, lo rodeé y le arrebaté la bebida de las manos, sosteniéndola como una zanahoria delante de un caballo mientras caminaba hacia atrás por la terraza—. Venga, vamos. Ven a por tu delicioso *whisky*. No te quedes ahí todo melancólico.

Apretó los labios formando una línea fina, una mirada que me provocó un agradable nudo en el estómago mientras se acercaba a mí, cruzando la plataforma. Me arrebató la copa y me rodeó los hombros con el brazo.

—Cuidado con las bromas, o Jess y Lucas no serán los únicos a los que ponga de rodillas este fin de semana —dijo en voz baja, sonriendo.

Como si eso fuera un problema. La verdad, era el fin de semana perfecto para portarse mal. Por lo general, sabía hasta dónde podía llegar con Vincent, pero con Manson era más complicado. El riesgo bien calculado hacía que fuera divertido.

Vincent y yo estábamos más unidos, íntimamente, pero eso no significaba que no me interesaran también Manson y Lucas. Cuando los conocí, me negaba a aceptarlo, me intimidaba su intensidad, me aterrorizaba dar un paso en falso y destruir las mejores amistades que había tenido nunca. También estaba insoportablemente cachondo. En el momento en que decidí dejar de reprimir mi sexualidad, todo el deseo que había dentro de mí explotó de forma insaciable. Había sido un delicado equilibrio entre querer follar con todo el mundo e intentar no perderme en una experimentación desenfrenada.

Tenía que reconocer que tener a Jess cerca y verla crecer en la sumisión me hacía desearlo yo también. Me gustaba cambiar de rol; me satisfacía tanto dar como recibir. Pero a veces, joder, necesitaba que me ataran y me dominaran.

Manson me soltó y pasó las piernas por encima de la barandilla de la terraza para sentarse encima. Lucas estaba junto a la barbacoa, con el móvil conectado a un altavoz Bluetooth que tenía cerca, poniendo Black Sabbath. Vincent colocó a Jess de pie junto a la barbacoa, donde la tierra era mullida y polvorienta, por lo que era poco probable que se hiciera daño en los pies.

—Más carne fresca para mí —dijo Lucas, agarrándola y apretándole el culo—. ¿Cómo estás?

—Como si me hubieran secuestrado y me hubieran dejado hecha polvo cuatro villanos malvados —respondió ella—. En otras palabras, estoy de maravilla.

La mayoría de la gente no habría considerado la leve curva de los labios de Lucas como una sonrisa, pero para quienes lo conocíamos bien era obvio.

La abrazó durante un rato, mostrándole lo que pronto comeríamos para cenar. Filetes gruesos, espárragos a la parrilla y Vincent tenía patatas hirviendo en la cocina. Estaba listo para atiborrarme y pasar el resto de la noche siendo perezoso.

—¿Los Peters son los dueños de este sitio? —preguntó Jess, dando unos pasos tentativos por la tierra para asomarse entre los árboles; era una zona preciosa, aislada y montañosa.

—Sí, es su casa de vacaciones —dijo Manson—. O una de ellas. Viví con ellos durante casi tres años y a veces todavía me sorprende la cantidad de dinero que tienen. —De repente, soltó una risita—. La primera vez que vine aquí, solo estuvimos Daniel y yo. Todavía nos estábamos conociendo. Pensé que sería un capullo todo el fin de semana, pero resultó que nos entendimos bien.

Daniel Peters era el hijo de Kathy y uno de los pocos chicos populares del instituto Wickeston que no era un completo imbécil. Ahora trabajaba para UNICEF y no lo habíamos visto desde que Manson se marchó de su casa. Pero era un buen chico, tenía un buen corazón.

—Te convenció para subirte a una barca y casi te ahogas —dijo Lucas, apuntando con la espátula en dirección a Manson con rencor en su tono.

—Parece que Lucas todavía tiene pesadillas con eso —dije, sabiendo que me encontraba a una distancia prudencial.

Me miró con los ojos entrecerrados, blandiendo la espátula de una forma mucho más amenazante que con Manson.

—Tú —siseó—. Más te vale tener cuidado.

Le guiñé un ojo y le dediqué una sonrisa que prometía más problemas.

Cenamos en el porche trasero, alrededor de una gran mesa con una fogata en el centro. Habíamos traído suficiente comida para todo el fin de semana, además de licores y cerveza. Vincent y Manson disfrutaron del *whisky*, mientras que Lucas, Jess y yo bebíamos cerveza.

A medida que el sol se hundía en el horizonte, el crepúsculo se instalaba bajo los árboles. Las sombras se alargaron y varios grillos ansiosos comenzaron a cantar.

—Mañana, Manson y yo nos levantaremos pronto para dar una vuelta con el Bronco por algunos de los caminos —dijo Lucas, que una vez terminada la cena, se recostó en su asiento, con una cerveza en una mano y un cigarrillo en la otra—. Deberías venir con nosotros, Jess.

—*Insistimos* en que vengas con nosotros —aclaró Manson—. ¿Has estado alguna vez con el coche en campo abierto?

Jess se inclinó hacia delante sobre mi regazo para coger su cerveza de la mesa. En cuanto terminó de comer, la levanté de su asiento y la senté en el mío. Me costaba mucho mantener las manos quietas, sobre todo cuando ella no dejaba de rozarme el brazo con sus afiladas uñas. Esos suaves arañazos eran relajantes y me producían un cosquilleo en la piel.

—Un par de veces —respondió—. Puedo conducir, ¿verdad?

Manson arqueó las cejas, que desaparecieron bajo su cabello suelto.

—¿Quieres conducir el Bronco? ¿Por estos caminos?

—¿Con nosotros en el coche? —añadió Lucas, como si ese detallito lo hiciera aún más increíble.

—No voy a estrellarme —dijo Jess, riéndose de su sorpresa—. Soy buena conductora, solo que se me da mal el mantenimiento.

Teniendo en cuenta que había descuidado el motor de su BMW hasta que literalmente dejó de funcionar, «mala en el mantenimiento» era quedarse muy corta.

—Mm, buena conductora, claro —dijo Lucas—. Ya lo veremos.

Pero Manson sonreía mientras daba un sorbo a su bebida.

—De acuerdo, Jess. Sí, veremos qué tal lo haces.

Ella levantó el puño con entusiasmo.

—Joder, sí. Preparaos para el viaje de vuestra vida, chavales.

—Puede que sea el último viaje de mi vida —murmuró Lucas, y ella le hizo una peineta.

—Me temo que nos lo vamos a perder —dijo Vincent, apoyando los pies sobre la mesa—. Despertarme al amanecer dos días seguidos no está en mis planes.

Jess puso cara de pena, poniendo morritos.

—Oh, vale. ¿Y tú? —Me miró—. ¿Vas a quedarte en la cama mañana por la mañana o te vienes?

Desde que empecé a ir al gimnasio con ella, no me costaba levantarme pronto. Pero la verdad era que no era una persona madrugadora, y eso debió de notarse en mi cara.

Me dio un beso en la mejilla antes de que pudiera responder.

—Esa cara parece decir «voy a quedarme en la cama».

—No quiero levantar la cabeza de la almohada antes del mediodía —dije.

Jess asintió, comprensiva, y me acarició el pelo con los dedos. Dios, me encantaba cuando hacía eso. La forma en que sus uñas me arañaban el cuero cabelludo casi me hacía ronronear.

—Vale, vale, supongo que puedes quedarte durmiendo —dijo, poniendo los ojos en blanco—. Parece que solo te da miedo que conduzca yo.

—Qué cosita más quisquillosa —le dije—. Más te vale tener cuidado mañana; Vincent y yo tendremos toda la mañana para planear lo que queremos hacerte cuando vuelvas. Por tu bien, yo intentaría asegurarme de que estemos de buen humor.

Nuestra conversación hizo que el tiempo se nos escapara. Pronto, la oscuridad que nos rodeaba se hizo más intensa. La imagen del cielo nocturno era fenomenal, con estrellas titilantes y planetas brillantes que creaban un caleidoscopio resplandeciente sobre nuestras cabezas.

—Necesito una ducha —dijo Manson, levantándose de su asiento con un gemido.

Mientras se dirigía al interior, le dio un ligero golpecito en el hombro a Lucas, que se levantó inmediatamente de su asiento para acompañarlo.

—Bueno, mientras ellos están ocupados, yo podría tomarme un ponche calentito y ver una película —dijo Vincent—. Empieza a hacer un poco de frío. ¿Me acompañáis?

—En un minuto —dije.

Jess estaba tan a gusto en mi regazo, con la cabeza apoyada en mi hombro mientras contemplaba las estrellas, que quería prolongar ese momento un poco más.

Durante varios minutos, después de que Vincent entrara, ella y yo nos quedamos allí sentados en silencio. El fuego se había apagado, solo quedaban unas pocas llamas lamiendo las brasas humeantes. Había refrescado bastante, pero entre el fuego y el calor de nuestros cuerpos, yo estaba cómodo.

Tan cómodo que no quería levantarme. Podría quedarme allí sentado con ella durante horas contemplando las estrellas. Sus dedos recorrieron mi brazo y mi mano, pasando por encima de los anillos que llevaba puestos.

—Son los mismos anillos que te hiciste en el instituto, ¿verdad? —preguntó—. ¿En la clase de tecnología?

Estaba obsesionado con esa clase. Todas mis otras clases eran avanzadas, lo que requería muchas horas de estudio y montones de deberes. Pero en tecnología podía divertirme. Podía crear lo que quisiera.

Lo que había creado eran anillos tan gruesos que podían hacer de armas. En aquella época no era muy bueno peleando; era más bien pequeño y muy tímido. Pero intentaba imitar a Lucas, porque era, sin duda, el chico más duro que conocía. Su forma de comportarse, como si nada en el mundo pudiera asustarlo, era admirable. Quería que mi sola presencia bastara para intimidar a la gente, como pasaba con él.

No lo conseguí, pero me aficioné a llevar los anillos. Me gustaba el peso en las manos, como si fueran pequeñas armaduras.

—La mayoría son los mismos de entonces. —Señalé la banda de plata en mi dedo anular, más sencilla que los otros anillos—. Este me lo dio Vincent. Lo hizo él mismo.

Me cogió la mano y se la acercó para poder examinar el anillo a la luz del fuego.

—No sabía que hacía joyas. Supongo que no debería sorprenderme, teniendo en cuenta que tiene talentos muy variados. —Cuando volvió a levantar la vista, la luz del fuego se reflejó en sus ojos—. ¿Es un anillo de compromiso?

Lo dijo con una sonrisilla, como si intentara no parecer demasiado emocionada al no saber la respuesta con certeza. Me gustó su entusiasmo.

—No exactamente —respondí—. En realidad, el matrimonio no es algo que tengamos en mente, al menos no en el sentido tradicional. El anillo es más bien… un collar que puedo llevar a cualquier parte. Simboliza devoción, amor, lealtad. —Su sonrisa se ensanchó—. Así que supongo que es similar a un anillo de compromiso, al menos en cuanto a su significado.

—¿Quieres un collar de verdad algún día? —preguntó—. ¿Uno de esos de metal?

—¿Has estado investigando sobre collares, Jess? —le pregunté, y ella bajó la mirada, con un ligero rubor tiñendo sus mejillas—. ¿Te gustan los de metal?

Asintió con la cabeza.

—Vi uno de oro rosa. Era fino y delicado, muy bonito.

Sus palabras se apagaron y su mirada se perdió en la distancia. Como si hubiera recordado algo que no le gustaba, algo que la había hecho callar.

—Creo que el anillo me queda mejor —dije—. Toqueteo demasiado los collares. Me distraen. —El pelo se le había caído sobre la cara y se lo aparté con la mano—. ¿Pasa algo?

—Es solo que... —Respiró hondo y apretó las manos sobre su regazo—. Me he acordado de cosas que te dije en el instituto. Cosas que nunca debería haber dicho. —Bajó la cabeza—. Tú también te acuerdas, ¿no?

A Jess le salían los insultos con la misma facilidad con la que le salía una conversación cualquiera. Al final del tercer año, mi sentido de la moda se había quedado estancado entre «pijo de colegio privado» y «punk recién salido del cascarón», lo que prácticamente invitaba a la gente a hacer comentarios.

—Intento no darle vueltas al pasado —dije y le cogí la barbilla para que me mirara a los ojos.

Había miedo en su mirada. Y, aunque no me gustó nada verlo, no podía dejar que su preocupación me impidiera ser sincero. Estas conversaciones nunca iban a ser cómodas y, ya que ella había sacado el tema, supuse que quería hablar de ello.

—Te trataba muy mal —dijo—. Fui muy cruel, y apenas te conocía. —Tragó saliva con dificultad y volvió a bajar la mirada—. Lo siento mucho. Por las cosas que dije e hice. Por cómo te hice sentir. Has sido mucho más bueno de lo que merezco, Jason. Has hecho mucho por protegerme, y la verdad es que no tenías por qué hacerlo.

Al oír eso, me quedé mirándola con incredulidad. Con todas las horas que había pasado con ella en el gimnasio, sentía que habíamos desarrollado una amistad especial, un vínculo que era solo nuestro. Era mejor dejar el pasado atrás; las cosas dolorosas que sucedieron, las cosas horribles que se dijeron… Intenté que ya no me importaran. Pero también aprendí a no esperar una disculpa.

—No te voy a mentir, Jess. —Quería ser amable con ella, de verdad, pero si se molestaba en disculparse, en afrontar lo incómodo que era aquello, entonces yo tenía que hacer lo mismo—. Muchas de las cosas que pasaron en el instituto me jodieron. Me hicieron sentir inseguro. Me hicieron odiar partes de mí mismo. No fuiste solo tú quien provocó eso. Tuve acosadores peores que tú. Pero…

—Pero yo seguía formando parte de ello —dijo—. Te hice daño.

Era evidente que estaba reprimiendo muchas emociones. Las lágrimas brillaban en sus ojos, como si fueran a caer en cualquier momento, pero las contuvo y mantuvo la voz tranquila.

Jess estaba intentando hablar del tema sin hacerse la víctima, haciendo todo lo posible para evitar que yo me sintiera como el malo.

—Me hiciste daño —le dije, y decirlo fue como soltar un gran suspiro—. Fue horrible. Y durante un tiempo, no supe si podría perdonarte. Pero entonces… te vi con tu madre. —Levantó la cabeza de golpe y me miró con incertidumbre—. Estabas con ella en una reunión de padres y profesores, y yo estaba allí con mi padre. Recuerdo pensar que las das ibais muy elegantes, demasiado para estar en un instituto. En un momento dado, tu madre te cogió de la mano y te regañó por tus uñas. Dijo que la avergonzabas, que no podía creer que salieras de casa con ese aspecto. —Hizo una mueca de dolor y cerró los ojos por un momento—. A veces, las personas heridas acaban hiriendo a los demás.

Después de ver esa escena, las cosas cobraron más sentido para mí. Cómo una chica podía ser tan hermosa y tan cruel al mismo tiempo. Tan segura de sí misma, pero a la vez estar tan aterrorizada. Con qué facilidad le venían a la mente esos insultos, como si criticar la apariencia de los que la rodeaban fuera algo normal.

En su mundo, lo era.

—He pasado por muchas cosas desde entonces, y creo que tú también —dije.

Ella asintió y yo cambié de posición para poder abrazarla más fuerte. Podía ver la silueta de Vincent a través de las puertas de cristal del salón, esperando a que nos uniéramos a él. Pero no quería precipitarme.

Esto era importante.

—Te perdono, Jess —le dije—. Cuando apareciste, sinceramente, no creí que pudiera hacerlo. No creí que quisiera hacerlo. Pero me sorprendiste. Encajaste con nosotros mejor de lo que pensaba. —Le acaricié la mandíbula y la mirada de sus ojos casi me dejó sin aliento; la emoción, la esperanza que había en ellos, me llegó al corazón—. Me alegro de que estés aquí. Me alegro de que tengamos otra oportunidad, porque esta vez va a ser diferente.

—Diferente —murmuró, haciéndome de eco—. ¿Cómo?

Esta vez me tocó a mí apartar la mirada, un poco sorprendido conmigo mismo. Intentaba ser cuidadoso con lo que decía, pero a veces se me escapaban cosas sin pensar.

—Bueno —empecé a decir—, me cuesta mucho dejar ir las cosas que quiero.

Nuestras miradas volvieron a encontrarse. Cada latido de mi corazón era como un martillo golpeando contra mis costillas. Mi cerebro iba a mil por hora y no podía articular un pensamiento coherente por más que lo intentara.

—Te deseo —dije—. Así que, si sigues pensando que todo esto va a resolverse sin más una vez arreglemos tu coche, siento decírtelo, pero no te vas a librar de mí tan fácilmente. Ni de ninguno de nosotros.

Frunció los labios, como si intentara reprimir una sonrisa.

—Me voy a mudar, voy a irme del pueblo, ¿lo sabes? —Asentí con la cabeza—. Y mi madre es horrible. No le gustáis ninguno. —Volví a asentir, y las siguientes frases salieron rápidamente de su boca—. La he cagado antes y probablemente la volveré a cagar. Y no siempre sé qué decir, y a veces suelto tonterías. Soy insegura y mezquina.

Puedo ser egoísta, grosera y, a veces, me enfado porque me pongo nerviosa...

Le puse un dedo sobre los labios. Sus hombros se relajaron y la tensión se desvaneció de su cuerpo.

—Eso ya lo sé, princesa —le dije—. No espero menos. No quiero menos.

Aparté el dedo y la besé, acariciándole la nuca. Sus besos eran tan dulces, y la forma en que se aferraba a mi camiseta para acercarme más a ella me volvía loco. Cuando nos separamos, se quedó allí sentada mirándome un momento, recorriendo mi rostro con los dedos como si quisiera memorizarlo.

—Me alegro de que esta vez sea diferente —dijo en voz baja—. Quiero que lo sea.

No necesitaba que dijera nada más; con eso me bastaba para estar seguro. Ella sentía lo mismo. Quería que esto funcionara, aunque aún no lo supiera.

Pero para asegurarme de que estuviera completamente convencida, seguí besándola hasta que empezó a temblar, con los ojos muy abiertos y sin aliento. Solo entonces la llevé otra vez al interior para reunirnos con Vincent en el sofá, acurrucándola entre nosotros.

Justo donde debía estar.

6

LUCAS

El grito de Jess rompió el silencio de la mañana, acompañado por el rugido del motor del Bronco. Aceleró por el estrecho camino de tierra, con la suspensión del coche chirriando con cada bache y cada desnivel, y los enormes neumáticos levantando nubes de polvo.

No me había agarrado al asiento con tanta fuerza desde la primera vez que Jason me llevó a derrapar.

Manson no podía parar de reír mientras tomábamos una curva cerrada a toda velocidad. Al parecer, mirar a la muerte a los ojos le parecía divertido.

Joder, a mí también me gustaban los riesgos, pero si iba a morir, sería según mis propios términos.

Confiar en que Jess no nos iba a lanzar volando por el precipicio era jugarme la vida, pero, joder, la adrenalina era increíble.

Jess se reía como una loca mientras atravesábamos el arroyo, el barro salpicando todas las puertas y ventanas. Nos acercamos a un bache en el camino, pero no redujo la velocidad. Pisó el pedal a fondo y aceleró, haciéndonos volar por encima de la cresta con las cuatro ruedas separadas del suelo.

—Joder, nena, vas a matarnos —dije, deslizándome por el asiento cuando giró bruscamente el volante hacia la izquierda.

—¿Cómo quieres que salte si no voy rápido? —soltó, gritando por encima de la música que sonaba a todo volumen por los altavoces.

Por fin frenó. Reía, sin aliento, con el pelo revuelto por el viento que azotaba la cabina. Llevaba los pantalones cortos vaqueros desabrochados y el top del bikini a punto de dejarle un pezón al descubierto. Se giró en su asiento para mirarme, al igual que Manson. Ambos tenían una expresión similar de maliciosa diversión en el rostro.

—¿Te he asustado, Lucas? —preguntó, riéndose cuando abrí la puerta de un tirón.

Salí y caminé de un lado a otro, disfrutando de estar otra vez en tierra firme por unos segundos.

—Supongo que sabe conducir, ¿eh? —dijo Manson, bajándose del asiento del copiloto.

Hoy no llevaba camisa y no se había molestado en arreglarse el pelo, dejando que le cayera sobre la cara. Parecía tan feliz que era imposible no devolverle la sonrisa.

—Sí, supongo que puede apañárselas —admití mientras ella rodeaba el coche la parte delantera del Bronco.

Manson la levantó en brazos para besarla. Mirar no era lo mío; era demasiado impaciente, me podían las ganas de participar. Pero verlos juntos era tan *sexy* que era imposible apartar la mirada.

—Qué bonito es esto —dijo Jess.

Se acercó a mí cuando Manson la soltó y se puso a limpiarme la suciedad de la mejilla con el pulgar. No esperaba que me tocara, pero me sorprendí a mí mismo al no retroceder.

Cada vez que me tocaba sentía que me dejaba marca. Cada vez que sus dedos me rozaban, mi piel ardía, casi como si me soltara una descarga de electricidad.

—¿Eso es un muelle? —preguntó.

De repente, echó a correr por el sendero hacia el agua. El arroyo se ensanchaba hasta convertirse en un río, y había un viejo muelle de madera que se adentraba en el agua. Jess se acercó a él, y las tablas crujieron bajo el peso de sus zapatos.

—Qué pena que no haya ningún barco —dijo cuando Manson y yo nos reunimos con ella—. Me apetece dar un tranquilo paseo por el río.

—Se vuelve menos tranquilo en un kilómetro y medio río abajo —dijo Manson—. Por eso ya no hay barco.

—Menuda tontería —dije, sacudiendo la cabeza al recordar la historia que me había contado sobre ese barco, que era una trampa mortal—. Eso es lo que pasa cuando vas a sitios sin mí. De repente pierdes el sentido común.

—Habrías estado allí con nosotros en el barco, no mientas —dijo Manson, acercándose para darme un empujón juguetón en el hombro—. No me hice ni un rasguño.

—Oh, intuyo que aquí hay una historia jugosa —dijo Jess y se volvió hacia nosotros haciendo un gesto para que nos sentáramos—. ¿Qué pasó?

Como ya conocía la historia, saqué un cigarrillo y me lo encendí mientras Manson hablaba.

—¿Te acuerdas que dije que la primera vez que vine aquí solo estuvimos Daniel y yo? —dijo—. Bueno, pues Daniel quería probar el LSD, así que le pillamos un par de pastillas a Vincent. Nos las tomamos y nos pasamos una hora haciendo el tonto. Entonces, Daniel tuvo la gran idea de lanzarnos río abajo con ese puñetero bote.

Puse los ojos en blanco, como si él no hubiera tenido nada que ver con todo lo que pasó.

—Puede que fuera idea de Daniel, pero tú estuviste de acuerdo —dije, nunca le iba a dejar que olvidara ese incidente.

—Cuando estoy colocado hago estupideces —admitió Manson—. Pero sí, nos subimos en el bote. No sé si alguna vez has bajado por un río colocado, pero es la hostia. Hasta que llegamos a la parte difícil.

La boca de Jess formó un silencioso «oh» de sorpresa. Una reacción mucho más sutil que la que yo había tenido cuando me enteré, pero había mejorado desde entonces y ya no perdía los estribos tan fácilmente.

—Así que ese fue el final del bote —dijo.

Puse los ojos en blanco por lo mucho que había resumido la historia.

—Te has olvidado de la parte en la que el bote se hizo pedazos contra las rocas y casi te ahogas. Daniel tiene suerte de que no lo estrangulara por eso.

—Es muy bonito que te preocuparas por él, Lucas —comentó Jess.

—No hay nada bonito en ello —protesté balbuceando—. Este cabrón casi hace que me dé un infarto. Casi se ahoga en un río que no puede tener más de metro y medio de profundidad. —Negué con la cabeza—. Eres tan tonto que podrías tirarte al suelo y fallar.

—Entonces, lo que estoy entendiendo es que un bote de madera no es lo bastante resistente —dijo Jess—. Pero si tuviéramos unos flotadores...

Manson asintió con la cabeza, extendiendo los brazos como para decir que Jess estaba pensando en la dirección correcta.

—A eso me refiero. Necesitamos unos flotadores.

—Estáis locos —murmuré.

Jess se puso de pie y no me di cuenta de lo que estaba haciendo hasta que me tiró la parte de arriba del bikini al regazo. Corrió y saltó desde el final del muelle, zambulléndose desnuda en el agua.

El agua fría nos salpicó a Manson y a mí, mojando todo el muelle. En cuanto Jess salió a la superficie, jadeando, soltó un grito.

—¡Joder, qué fría! —exclamó.

El agua era lo suficientemente profunda como para cubrirle hasta los hombros haciendo pie. Hundió la cabeza y, cuando volvió a salir a la superficie, nos escupió un chorro de agua.

—¡Vamos, meteos! A no ser que os dé miedo mojaros...

Manson y yo nos miramos, pero fuimos demasiado lentos. Jess ahuecó las manos y nos volvió a salpicar, rociándonos con gotas frías.

—Oh, ahora sí que te vas a enterar —solté.

Di un brinco, me quité la ropa y me lancé tras ella. Tenía razón: el agua estaba helada. Pero al cabo de unos instantes, la temperatura se volvió soportable. Metí el brazo en el agua y le salpiqué la cara, dejándola sin aliento.

—¡Oye! —gritó, salpicándome ella también.

Me sumergí bajo el agua para que no pudiera alcanzarme y nadé hacia ella para tirarla hacia el fondo. Se resistió y se retorció, riéndose mientras salíamos a la superficie.

—¡Manson, socorro!

Él sonreía mientras se levantaba y se quitaba los pantalones. Saltó desde el borde del muelle, dando una voltereta antes de caer al río junto a nosotros. Salió a la superficie y, mientras yo sostenía a Jess contra mi pecho, él se acercó por delante.

—No parece que estés aquí para ayudarme —comentó cuando le vio esbozar una sonrisa maliciosa.

Jess metió la mano en el agua, y le lanzó un buen chorro de agua, pillándolo por sorpresa.

—¿Así es como quieres jugar? Mocosa... —dijo apartándose el pelo empapado de la cara.

Jess intentó huir, pero la mantuve cautiva para que él pudiera salpicarla. Tenía la piel tan resbaladiza que se me escapó al forcejear. Nadó bajo el agua con Manson persiguiéndola, y salió a la superficie gritando cuando él la agarró por el tobillo. Forcejearon durante un tiempo, pero Manson la dominó fácilmente y la sacó del agua.

—¡Suéltame! —gritó, chapoteando mientras pataleaba.

—Si eso es lo que quieres...

La lanzó al aire y su grito se cortó cómicamente al sumergirse de nuevo en el río.

Manson y yo intercambiamos una mirada mientras ella luchaba por salir a la superficie. Él sonrió y yo me sumergí bajo el agua de inmediato. El fondo estaba turbio, pero vi las piernas de Jess y nadé hacia ella.

La agarré por la cintura y la levanté. Estaba resbaladiza en mis brazos, era casi imposible sujetarla, pero estaba quedándose sin fuerzas, sin aliento, maldiciéndome y riéndose a la vez.

—Ahí está mi viciosa muñequita sexual —le dije, incapaz de resistirme a morderle el cuello con ternura.

Manson se acercó a nosotros y ella contuvo el aliento cuando él le acarició la piel.

La sostuvimos entre nosotros, tocándola, besándola, saboreándola. La calidez de nuestra piel desnuda contrastaba con el frío del agua y era un placer único, me empalmé al pasar las manos por el cuerpo de Jess.

—Si vas a seguir luchando contra tus amos, tendremos que darte una lección —dijo Manson.

Jess gimió mientras extendía el brazo hacia atrás para agarrarlo. Su pecho estaba contra el mío, mi polla a punto de hundirse en su interior. Moviendo sutilmente las caderas, froté mi miembro sobre su clítoris. Ella levantó la mirada, y sus ojos estaban tan llenos de deseo que no pude resistirme más.

Manson me miró por encima del hombro de Jess.

—Creo que quiere que la castiguen, cachorro —comentó.

Jess gimió suavemente, contoneándose contra mí. La suave sensación de su piel me provocó un escalofrío de placer en la espalda.

La arrastramos hasta el muelle y la sacamos un poco del agua. Su pecho descansaba sobre las viejas tablas mientras las piernas le colgaban en el agua, que le llegaba hasta la mitad del muslo. Yo podía mantenerme de pie sin nadar, así que la agarré por las caderas, apretando fuerte mientras me inclinaba sobre su hermoso culo; le di un beso en cada nalga.

—¿Qué quieres, juguete sexual? —le pregunté, rozando su piel con los dientes antes de darle una palmada en el trasero.

Su jadeo fue un sonido cargado de placer. Nos miró, con las pupilas dilatadas, y sus hermosos labios formaron las palabras.

—Por favor, castigadme, señores. Castigadme por ser una chica mala.

7

JESSICA

Las cosas que Manson y Lucas estaban haciéndome con sus lenguas me hacían ver las estrellas.

Se tomaban su tiempo, Manson me chupaba y me lamía el clítoris mientras Lucas me daba lametones en el culo. Las piernas me colgaban sobre el agua fría mientras la brisa me besaba la piel húmeda, pero mis temblores no eran por el frío.

Tenía los ojos cerrados por el placer, pero volví a abrirlos cuando uno de ellos me dio una palmada en el culo. Levanté la cabeza de golpe, el agua que cubría nuestra piel hizo que el sonido seco de su mano sonara aún más fuerte.

—Las chicas malas reciben azotes, ¿verdad, ángel? —soltó Manson, y yo miré hacia atrás, justo cuando volvía a darme otra palmada.

No paró de azotarme y Lucas se unió a él. Cuando los dos empezaron a darme a la vez, grité sin contenerme lo más mínimo.

Era una combinación vertiginosa de dolor punzante y un placer cada vez más intenso. Hicieron una pausa después de varios golpes para volver a comerme, hasta que mis piernas temblaron y arañé las tablas del muelle. Luego volvieron a azotarme.

—Creo que tenemos un problema, Manson —dijo Lucas mientras volvía a darme otra fuerte palmada—. A nuestro juguete sexual le gusta que la azoten. —Otro golpe me hizo apretar los dedos de los pies—. ¿Cómo vamos a mantener a raya a esta mocosa si le gusta que la castiguen?

—Nuestro juguete es una puta que disfruta del dolor —dijo Manson—. Creo que el placer le recordará cuál es su lugar. Es difícil rebelarse cuando lo único en lo que puedes pensar es en lo desesperada que estás por correrte… y en el hecho de que no te lo permitirán.

Me volvió a dar una palmada y yo grité, pero mi alarma no era por el dolor.

«Que no te lo permitirán». Mierda. No debería haberles pedido que me castigaran, porque la perspectiva de que me negaran llegar al orgasmo era aterradora.

Empecé a retorcerme y Manson se rio.

—Vaya, vaya, empiezas a estar preocupada, ¿eh? —comentó—. Creo que deberíamos llevarte al límite hasta hacerte llorar, luego yo te follaré el culo y Lucas te follará el coño. A la vez.

Ambos me sonrieron al mirarlos. Esas sonrisas me debilitaron al instante y, a pesar del temor inminente porque no me dejaran correrme, seguía deseándolo. Lo ansiaba.

—Folladme —pedí—. Por favor, usadme para vuestro placer, amos.

—Voy a buscar el lubricante —informó Manson y le dio a Lucas un beso brusco y sucio antes de salir del agua y caminar de regreso al Bronco.

Lucas volvió a enterrar su cara en mi coño y yo cerré los ojos. Ya estaba cachonda, tenía el clítoris hinchado. Cada caricia de su lengua me acercaba más al orgasmo del que me iban a privar.

Manson regresó, pero no volvió a meterse en el agua. Cruzó la pasarela a grandes zancadas y le pasó el lubricante a Lucas, que se echó una generosa cantidad en los dedos y, mientras yo miraba, me introdujo uno de ellos en el culo.

Apreté los puños y jadeé.

—Gracias, señor… Me encanta…

—Que te den azotes y te metan los dedos en el culo te está poniendo muy cachonda —señaló mientras me penetraba—. Qué guarra. Solo quieres que te utilicen, ¿verdad?

—Sí, por favor... Oh, joder... —gemí cuando Lucas añadió un segundo dedo y más lubricante.

Manson se agachó a mi lado y chasqueó la lengua como si no pudiera creerlo.

—Qué escandalosa —dijo—. No sirve de nada quejarse. Abre la boca.

Obedecí inmediatamente; ni siquiera miré lo que tenía en la mano antes de abrir la boca. Me metió algo, un trozo de tela demasiado grande como para que cupiera. Eran los calzoncillos de Manson, la suave tela oscura me llenaba la boca y amortiguaba mis gritos desesperados.

Era degradante y asqueroso tener su ropa interior en la boca. Pero, joder, justo por eso me ponía.

—A ver que te veamos —dijo Manson, levantándome la barbilla—. Ahí está nuestra chica buena. No te cabe más en la boca, ¿verdad? No te preocupes, te llenaremos los otros agujeros.

Gimiendo con desenfreno mientras Lucas me abría poco a poco, mi cabeza descansó en las manos de Manson. Él me tranquilizaba, me elogiaba y me regañaba.

Esto es lo que les pasaba a las chicas traviesas. Tenía que aprender la lección.

Cuando Lucas retiró los dedos, Manson me sacó del agua. Me levantó, con las piernas temblorosas, y me abrazó contra su cuerpo, aunque estuviera empapada. Sentir la calidez de su pecho contra mi piel fría era un placer tan exquisito que casi me derretí en sus brazos mientras me besaba. Lucas salió del río, con el agua resbalándole por el pecho y la polla empalmada cubierta de venas hinchadas. Se enrolló mi pelo en la mano mientras Manson me guiaba hasta ponerme de rodillas, y los dos me pusieron a cuatro patas.

—Te voy a follar por el culo —dijo Manson mientras se arrodillaba detrás de mí—. Y Lucas va a follarte por el coño. —Se inclinó sobre mi espalda, besándome por toda la columna vertebral. Lucas me sujetaba con fuerza del pelo mientras Manson alineaba su polla con mi entrada fruncida, deslizando su punta gruesa en mi interior—: Y seguiremos usándote hasta que estemos satisfechos. ¿Entendido? —Solo después de que yo asintiera con la cabeza, añadió—: Da tres golpecitos si quieres tiempo muerto. Lo estás haciendo muy bien.

Era una batalla perdida, pero intentaba mantener mi respiración lenta y tranquila. La anticipación me recorría las venas mientras Manson me penetraba despacio, dándome tiempo para adaptarme a su tamaño. Lucas cogió el bote de lubricante del muelle, abrió el tapón y se inclinó hacia atrás para echar más en el pene de Manson.

Seguía teniendo el culo dolorido después de ayer, pero no me importaba. Tenía tantas ganas de sentir a Manson dentro que me presioné contra él, haciendo que se introdujera aún más.

—Buena chica, métetela bien adentro —dijo Lucas, acariciándome la mejilla.

Manson entró en mí del todo, atravesando esos últimos centímetros.

—Joder, estás muy apretada —gimió.

Sus primeras embestidas fueron lentas, ayudándome a que me acostumbrara a la sensación. Lucas siguió agarrándome del pelo y luego se agachó a mi lado.

—Eso es, deja que te folle el culo, nena —dijo—. Relájate para él.

El deseo de ser buena, de hacer que se sintieran orgullosos, superó el resto de emociones.

Arqueé la espalda, aunque eso intensificó el dolor.

Manson gimió de placer, sus dedos trazando un rastro relajante sobre mis nalgas enrojecidas.

—Muy bien —dijo, moviendo las caderas con un ritmo que hizo que mi clítoris palpitara de excitación—. Dios, qué *sexy*. Lo aguantas tan bien...

La ola de placer que me abrumó al escuchar esas palabras de elogio casi me transporta a otra dimensión. Incliné la cabeza y Lucas colocó una mano debajo de mi barbilla para aliviar la tensión en mi cabello, que todavía estaba envuelto alrededor de su puño.

—Eso es, cariño —me animó, pero apenas podía ver su rostro a través de mis ojos entrecerrados; era imposible concentrarme en otra cosa que no fuera la sensación de Manson follándome—. Te gusta, ¿verdad? Gimiendo a través de mi mordaza, asentí con la cabeza. En mi interior se acumulaba una ola de placer tras otra, hasta que sentí el cuerpo tan tenso que me mareé. Mis suplicas eran ininteligibles, no eran más que sonidos ahogados.

Pero Lucas podía ver la desesperación en mi rostro.

—¿El pobre juguete sexual quiere correrse? —preguntó, sacudiéndome la cabeza cuando asentí, soltó una carcajada cruel—. Bueno, es una pena.

—Lo siento, ángel, eso no va a pasar —dijo Manson—. Te dije que íbamos a negártelo, y no pienso incumplir mi palabra.

Manson me rodeó el pecho con los brazos y me echó hacia atrás. Con la ayuda de Lucas, me cambió de posición. Manson me sujetó en su regazo mientras se recostaba, manteniendo su polla dentro. Abrió las piernas, obligándome a abrir las mías también. Se apoyó en un brazo para sostenerse y mantuvo el otro a mi alrededor.

El resultado fue que yo quedé sentada sobre la polla de Manson, con la espalda apoyada en su pecho. Lucas se acercó a mi coño y su glande perforado me penetró poco a poco.

Dios, estaba increíblemente estrecho. No pensé que pudiera sentirme tan llena.

—Puedes con ello —me animó Manson con la voz ronca.

Su respiración se había vuelto más profunda y sentía su pecho agitado contra mí. Su polla se estremeció cuando Lucas se introdujo un poco más.

Despacio, centímetro a centímetro, me llenó por completo. Vi las estrellas y jadeé en busca de aire. Tener a los dos en mi interior era demasiado.

—Fóllatela bien, Lucas —dijo Manson—. Quiero que necesite correrse tanto que se rompa.

Menos mal que estaba amordazada, porque no podía controlar el volumen de mi voz mientras Lucas me follaba. Su boca esbozó una sonrisa rápida y ansiosa al ver cómo me derrumbaba.

—Qué pasa, ¿eh? ¿Es demasiado para ti? —canturreó.

Era demasiado y, sin embargo, quería más. La sensación de tenerlos a ambos dentro era completamente alucinante. No era solo el placer, era la sensación de propiedad total. Control total.

—Puedo sentir cómo te folla —murmuró Manson con la voz cargada de placer—. Joder, me encanta…

Lucas emitió un sonido, un gemido ahogado por el deseo, y redujo el ritmo, como si intentara controlarse.

—¿Te estás cansando, cachorro? No te he dicho que pares —dijo Manson, y pude oír la sonrisa sádica en sus palabras.

Lucas levantó la vista. Miraba más allá, hacia Manson, pero aun así pude ver claramente la desesperación en su rostro. Ya no podía más, intentaba ser obediente, pero estaba al borde del orgasmo, luchando por no correrse.

Tenía que ponérselo un poco más difícil. Era lo justo, ya que ellos no iban a dejar que me corriera.

Lucas abrió los ojos cuando apreté, como si estuviera haciendo ejercicios de Kegel. Se quedó quieto, exhalando con fuerza, con un temblor recorriendo sus brazos.

—Pequeña mocosa traviesa —me susurró Manson en el oído, riéndose—. Qué cruel por tu parte intentar que Lucas me desobedezca.

Cuando Lucas volvió a levantar la vista, parecía que quería partirme en dos. Seguía respirando con calma para controlarse, pero Manson no parecía estar de humor para la piedad.

Levantó la mano y, mientras Lucas intentaba recuperar el aliento, le acarició la mejilla con los dedos. Al principio parecía un gesto tierno, afectuoso, pero luego Manson le agarró la mandíbula y le empujó la cara hacia delante.

—No te he dicho que pares, joder —dijo.

—No puedo… —Lucas apenas pudo articular las palabras entre dientes—. Voy a correrme, Manson, no puedo…

76

—No vas a correrte sin mi permiso. Si lo haces, voy a provocarte durante una semana y no dejaré que te corras.

Lucas gruñó entre dientes, soltando una serie de palabrotas. Cuando volvió a penetrarme, fue como si intentara demostrar algo. Grité su nombre y Manson se acercó de golpe y me introdujo la mordaza un poco más en la boca.

El orgasmo estaba tan cerca… tan dolorosa y desesperadamente cerca…

Se me pusieron los ojos en blanco mientras me rendía al placer, concentrándome en él, saboreando cada pulso de calor en lo más profundo de mí. Manson me pellizcó uno de los pezones entre el pulgar y el índice, con tanta fuerza que me dolió.

—Contrólate, ángel —dijo—. Demuéstrame que puedes ser buena para mí.

Podría haber llorado de lo mucho que quería correrme. Pero más que mi propio placer, quería obedecer. La satisfacción de complacerlo, de obedecerlo, sería mucho mayor que unos segundos de éxtasis.

Pero yo no era la única que se resistía. La desesperación de Lucas crecía y sus palabras se entremezclaban.

—Joder, Manson, por favor, déjame correrme, por favor, no puedo aguantar más, joder —decía.

La risa de Manson ante las súplicas de Lucas me hizo estremecer mientras flotaba, aturdida. La polla de Manson palpitaba dentro de mí, hinchándose. Se estremeció, gimiendo mientras se corría con embestidas cortas y espasmos.

Lucas tenía los ojos cerrados con fuerza y movía los labios como si recitara un mantra silencioso mientras lograba a duras penas mantener el control.

Apretando los dientes alrededor de la prenda de ropa que me llenaba la boca, intenté pensar en otra cosa, en lo que fuera, que me impidiera correrme. Pero era imposible ignorar lo que sentía.

Mis uñas se clavaron en el brazo de Manson mientras lo agarraba, sollozando su nombre, aunque él no pudiera entenderme. Lucas me miró a los ojos durante un momento y en ellos vi reflejada mi propia desesperación.

Cuando Manson habló, su voz sonaba cansada y las palabras salían lentamente.

—Está bien, cachorro. Puedes correrte.

Lucas casi sollozó de alivio, como si lo único que le detenía fuera el permiso de Manson. Su polla palpitó en mi interior, moviéndose mientras me llenaba. Se recostó contra mí, apoyando la frente en mi hombro. El corazón le latía con fuerza, al igual que a Manson; podía sentirlos latir casi al unísono mientras me sostenían entre ellos.

—Buena chica —me felicitó Manson, dándome un beso en la mejilla mientras me quitaba la mordaza de la boca y la tiraba lejos—. Has sido una buena chica, Jess. Lucas. —El otro hombre apenas levantó la cabeza, girándola lo justo para mirar a Manson—. Buen chico. Lo has hecho muy bien. Sabía que podías aguantar por mí.

Lucas enterró la cara en mi cuello y mi hombro.

—Gracias, señor —murmuró con suavidad.

Le acaricié la nuca con las uñas y él suspiró al sentir mi tacto.

Mi cuerpo palpitaba de deseo, temblando por lo cerca que había estado del límite. Pero había sido una buena chica. Había sido obediente. Y eso saciaba algo mucho más profundo que la necesidad física.

8

VINCENT

No abrí los ojos hasta las diez de la mañana. Y cuando lo hice, fue solo para poder darme la vuelta, abrazar a Jason, que estaba acostado a mi lado, y acercarlo más a mí para poder volver a dormirme.

Mi estado natural era la pereza. Creía firmemente que los seres humanos estaban destinados a pasar los días tirados al sol, comiendo fruta, bebiendo alcohol y follando. Mi corazoncito anarquista se rompía al tener que girar como otra pieza más del engranaje del sistema, trabajando muchas horas y pagando impuestos. Pero mi sistema principal era mi familia y eso era lo que más me importaba. Trabajaba para ellos, para que tuviéramos una vida mejor, una en la que nos tumbábamos todo el día comiendo fruta, bebiendo alcohol y follando.

Cuando volví a despertarme, fue porque Jason me había tirado su camisa mientras se vestía.

—¡Despierta, vago de mierda! Vamos. —Me dio una palmada en el culo y yo gemí, pero no me moví, y seguí tumbado con su camiseta sobre la cabeza—. Tío, si seguimos durmiendo, perderemos todo el día.

—Qué más da —murmuré—. Merece la pena dormir.

Pero aun así me senté. No solíamos venir aquí a menudo y, por mucho que me gustara dormir, me arrepentiría de no aprovecharlo si me quedaba en la cama. Unas horas conduciendo por el campo en el

WRX me despertarían. Con suerte, Manson, Lucas y Jess seguirían por los senderos.

Me dejé la camiseta de Jason sobre la cabeza mientras me dirigía al baño y hacía mis necesidades, luego me lavé la cara y me recogí el pelo en un moño. Cuanto más me crecía, más salvaje se volvía, pero no iba a cortármelo ni loco. Ahora era parte de mí; llevaba años dejándomelo largo. Además, Jason se volvería loco si me lo cortara.

Cuando salí del baño, tenía un mensaje de Manson esperándome.

MANSON
Oye, tráeme unos calzoncillos al
muelle, ¿vale?

Riéndome, le respondí.

¿Tan mal conducía Jess que te
has meado encima?

MANSON
Ja, ja, me descojono. En realidad, Jess
se comió los que llevaba.

Ni siquiera iba a preguntar.

Calentamos unos burritos congelados para desayunar en el microondas y nos los comimos en el coche mientras conducía. Los caminos de tierra serpenteaban entre los árboles, algunos tan estrechos que solo podían pasar las bicicletas.

No tardé mucho en verlos, teniendo en cuenta que el Bronco estaba aparcado a un lado del camino, con la parte trasera abierta de la que asomaban tres pares de pies descalzos y sucios.

Aparqué junto a ellos, grité y di una palmada en el lateral del Bronco mientras me acercaba.

—¡Yuju, despertad, putos *hippies*!

Asomé la cabeza en la parte de atrás del vehículo y me los encontré tumbados uno al lado del otro, desnudos, con Jess en el medio. Tenían el pelo todavía húmedo, como si hubieran estado bañándose. Jason se acercó por el otro lado y le agarró los pies a Lucas, que colgaban del borde del todoterreno.

80

—¿Te ofreces voluntario para hacerme un masaje en los pies? —preguntó Lucas, abriendo un poco un ojo y levantando la pierna para poder acercar el pie a la cara de Jason—. Vamos, sabes que quieres estos dedos sucios.

Jason se rio y lo apartó de un manotazo.

—Ya te gustaría a ti. Tendrás que esforzarte más si quieres que me ponga a tus pies.

Jess se incorporó y me pidió que la ayudara a salir de la parte de atrás.

Satanás, ten piedad, parecía una diosa salvaje: sucia, con las mejillas sonrosadas y el pelo revuelto. Olía a sudor y a sexo cuando la abracé y la besé.

—Joder, mírate —le dije—. Me encanta esa mirada de recién follada que tienes en la cara. Es muy *sexy*.

Me incliné para poder cerrar la boca sobre su pecho, mordisqueándole el pezón hasta que gimió.

—Parece que has dejado agotados a estos dos —comentó Jason.

Lucas se incorporó y le dio un golpe en la nuca a Jason mientras salía del todoterreno. Se dirigió hacia el viejo muelle, donde tenía la ropa tirada.

—Solo estamos recuperando el aliento —dijo Manson, pasándose la mano por el pelo revuelto—. Esta chica no se rinde sin luchar.

Dicho eso, se levantó, rodeó a Jess con los brazos y le dio un beso en la sien. Ella echó la cabeza hacia atrás para mirarlo y su expresión habría podido derretir los glaciares.

Me encantaba esa mierda. Quería ver a mi gente feliz. Quería que *avanzaran*. El mundo era un puñetero desastre, pero mientras estuviéramos juntos, podríamos afrontar cualquier cosa que la vida nos pusiera por delante.

Quería que Jess formara parte de ese «nosotros». En muchos sentidos, sentía que ya lo era. Anoche, mientras estaba sentada con Jason, hablando en voz baja, vi la sinceridad en su rostro. Jason no me contó todo lo que le dijo. Yo tampoco pregunté, no pensaba hacerlo.

Me dijo que se había disculpado por las cosas que habían pasado y eso me bastó.

Me sentí muy orgulloso de ella; había sido lo suficientemente valiente como para tener esa conversación. Pero estas cosas llevaban su tiempo. La confianza llevaba tiempo, más para algunos que para otros.

—Muy bien, me toca conducir a mí —dijo Manson, después de vestirse y sacudirse el polvo de la ropa—. Te voy a devolver ese viaje salvaje de antes, Jess, ya verás.

El WRX podía recorrer los senderos mucho más rápido que el Bronco, pero Manson seguía sorprendentemente cerca de mí mientras acelerábamos entre los árboles. Cada vez que levantaba el pie del acelerador para tomar una curva, los gritos de emoción de Jess resonaban en el aire y me hacían reír.

Esa tarde, cuando regresamos a la cabaña, estábamos empapados en sudor y cubiertos de polvo. El WRX acabó que parecía que lo habían enterrado y desenterrado, pero no me habría conformado con menos. Un día en el bosque no estaba completo a menos que acabaras pareciendo una criatura salvaje.

Lucas y Jason prepararon unos sándwiches y nos sentamos en el suelo del salón para comer, porque estábamos demasiado sucios como para sentarnos en el sofá. Nos tumbamos en el fresco suelo de madera, con las puertas trasera y delantera abiertas para que corriera la brisa.

Jess estiró los brazos al terminar de comer y suspiró cansada.

—Uf, necesito una ducha.

—Yo creo que estás *sexy* toda sucia —dijo Manson, y ella se giró para darle un beso en la mejilla antes de ponerse en pie.

Jason y yo la seguimos, y ella nos miró con una ceja enarcada, interrogante.

—Ellos ya han tenido su turno —dije, señalando a Manson y Lucas—. Ahora nos toca a nosotros limpiarte y ayudarte a relajarte.

—Entonces os lo vais a pasar bien —comentó Lucas, con la cabeza apoyada en las piernas de Manson mientras yacía en el suelo—. Manson no la dejó correrse antes.

Cuando volví a mirar a Jess, me dedicó una sonrisa que me provocó cosquillas en el vientre antes de desaparecer por el pasillo. Miré a Jason, pero estaba demasiado ocupado mirándole el culo como para darse cuenta.

La seguimos hasta el baño principal y ella dejó correr el agua caliente en la ducha, cuyo vapor no tardó en empañar el cristal.

Nos quitamos la ropa y entramos. La suciedad y el sudor desaparecieron al enjabonarnos los unos a los otros, con la piel resbaladiza mientras nos provocábamos con caricias prolongadas y besos largos.

—Creo que Manson debería llamarte demonio en lugar de ángel —le dije cuando Jess se pasó los dedos por el pelo mojado—. Porque esta agua está tan caliente que va a quemarme la piel.

Ella se rio, se acercó a mí y me atrajo hacia el chorro para poder besarme.

—Sufre por mí —susurró contra mis labios y, joder, se acabó la ducha.

La cogí en brazos, mojada, chorreando y riéndose. Jason cerró el grifo mientras yo abría la puerta de la ducha.

La llevé a la cama y la dejé caer sin ceremonias sobre el colchón.

—¡Estoy empapada!

Intentó protestar, pero me subí encima de ella y le di un beso lento y tierno que hizo que toda la tensión desapareciera de su cuerpo.

—Me da igual que estés mojada —dije—. No me importa si estás sucia o limpia, o lo que lleves o no lleves puesto. Eres preciosa y no puedo mantener las manos alejadas de ti.

Enredó los dedos en mi pelo, tirando ligeramente mientras me besaba. De repente, gimió en mi boca, arqueando su cuerpo hacia mí. Hice una pausa, miré hacia atrás y vi a Jason masajeándole los pies. Movió los pulgares con cuidado, acariciándole el talón y el arco del pie antes de llevarse los dedos de los pies a la boca y chupárselos.

Ella volvió a gemir, esta vez más suave, y abrió mucho los ojos ante la nueva estimulación.

—Me gusta —dijo y se rio un poco, claramente sorprendida—. Nadie me había chupado los dedos de los pies.

—Lo que se han perdido entonces —dijo Jason.

Sus labios y su lengua eran increíblemente hábiles, y mientras él disfrutaba de sus pies, yo acariciaba el resto de su cuerpo.

Jess se estremeció de placer, acercándose a mi mano. Mantuvo los dedos enredados en mi cabello y tiraba de él al jadear. Cogí uno de los porros que había liado de la mesita de noche, junto con el mechero.

—¿Quieres fumar? —le pregunté—. No tienes por qué hacerlo. Sin presiones.

Ella asintió, con la cabeza apoyada en las almohadas mientras Jason adoraba sus pies.

—Sí —respondió, soltando un suspiro suave mientras se relajaba.

Encendí el porro y el olor a marihuana se extendió por la habitación.

Jess se incorporó y su mirada se suavizó por el placer mientras observaba a Jason. Me encantaba cómo lo miraba, como si lo deseara, como si la excitara ver su rostro. Entendía la sensación. Jason estaba buenísimo; a mí también me ponía mirarlo. Pero era diferente ver a alguien con la persona que amabas, ver cómo la deseaban, apreciaban, adoraban, todo eso mientras respetaba el vínculo que tenía contigo. En pocas palabras: era felicidad, era alegría, una celebración de quiénes éramos juntos y como individuos.

Unas cuantas caladas al porro me relajaron y se lo pasé a Jess.

—¿Has fumado antes? —le pregunté mientras cogía el porro entre los dedos.

No le costó nada a pesar de sus uñas acrílicas, lo que delataba su experiencia, pero se lo pregunté de todos modos; más valía prevenir que curar.

—Claro. —Me dedicó una sonrisa pícara mientras cerraba los labios alrededor del porro y daba una calada—. No fui una chica muy buena en la universidad.

Las nubes de humo que salían de sus labios me hicieron reír.

—Joder, eres perfecta.

Le acaricié la cara, atrapando el humo en mi boca y aspirándolo, respirando su aire como si fuera la vida misma. Cuando la besé, fue exquisita, suave y cálida. Era un mundo de cosas contradictorias, todas envueltas en una sola, un rompecabezas de deseos. Me separé de su boca cuando acercó el porro a mis labios y le di una calada. A continuación, se lo ofreció a Jason, que se inclinó hacia delante, observándome con sus intensos ojos azules mientras fumaba.

Nos atrajo irresistiblemente hacia ella. Nos besamos, entrelazando nuestras lenguas, mientras le acariciaba el pecho con una de mis manos y la otra se enredaba en el cabello de Jason. Sus sabores, los dos juntos como uno solo, eran perfectos. Era todo lo que quería, una unidad de sensaciones.

Nos pasamos el porro, tomándonos nuestro tiempo para hablar y reír mientras nos explorábamos mutuamente. Se escuchaba correr el agua de la otra ducha de la casa, así que sabía que Manson y Lucas habían encontrado una forma de entretenerse. Teníamos por delante varias horas antes de la cena y no quería precipitarme.

—Joder, te deseo —dijo Jason, sin aliento.

Sus ojos estaban clavados en mí mientras sus manos la acariciaban. Lo acerqué a mí y lo tumbé junto a Jess, moviéndome lentamente mientras le arañaba el pecho y le dejaba besos y mordiscos en el abdomen. Ella le agarró la mano y entrelazó sus dedos, y él apoyó la cabeza en su muslo mientras yo me metía su polla en la boca.

Olía a jabón y a limpio. El sabor de su carne me hizo salivar y me lo metí hasta la garganta. Sus muslos se tensaron y los dedos de su mano libre jugaron con mi pelo. Se pasaron el porro entre ellos, con la cabeza echada hacia atrás y los ojos cerrados, relajados.

Hice una pausa y cogí el bote de lubricante de la mesita de noche. Me unté los dedos con él y separé las piernas de Jason, untándole el lubricante en el culo antes de introducirle un dedo con cuidado.

Él gimió y Jess se inclinó para darle un buen beso. Lo exploré, encontré su próstata y la masajeé. No quería aumentar la estimulación demasiado rápido, quería que saboreara cada sensación, que se entregara a la experiencia.

Su polla se sacudió cuando moví el dedo. Le agarré los testículos, apretándolos lo justo para que contuviera el aliento entre temblores. Se estremeció cuando Jess le recorrió la mejilla con las uñas, con la mirada oscilando entre su rostro y el mío.

—Sois muy *sexys* juntos —comentó y le recorrió el contorno de la oreja, jugueteando con las dilataciones de color verde neón que llevaba ese día—. Me gusta miraros.

Jason emitió un sonido suave, con los ojos cerrados mientras flotaba en la felicidad. Introduje un segundo dedo y su respiración se volvió más profunda. Se echó hacia atrás y Jess abrió las piernas para que él pudiera masajearle el clítoris con los dedos.

—Te han follado duro antes, ¿verdad? —preguntó y ella asintió, gimiendo suavemente mientras él la tocaba, encontrando todos sus puntos sensibles y haciéndola gemir—. Creo que ya han usado tu coño suficiente por hoy, pero quiero hacer que te corras. Dios, tengo tantas ganas de que te corras... —Sus dedos se curvaron cuando enterré los míos más allá del nudillo. Respiró lenta y profundamente, atrayendo a Jess hacia él—. Siéntate en mi cara, princesa. Déjame gemir en ese dulce coño mientras él me folla.

9

JESSICA

Cuando Jason me susurró esas palabras al oído, encendió la mecha que hizo explotar mi excitación. Sus besos me dejaban sin aliento, pero cuando me senté sobre su cara y vi el destello de la malicia en sus ojos brillantes, juro que mi coño se estremeció de anticipación.

Se me había pasado la excitación cuando llegamos a casa, pero ellos dos habían hecho que las ganas volvieran y con fuerza.

Me agarró por las caderas y me atrajo hacia él, manteniéndome allí quieta mientras me devoraba. Eché la cabeza hacia atrás y le di otra calada al porro, despacio. Mi cuerpo se sentía ligero y pesado a la vez, como si estuviera flotando, pero al mismo tiempo envuelta en una manta pesada. Estaba tranquila pero aún consciente, y todos mis pensamientos se ralentizaron.

Jason me agarró con más fuerza mientras Vincent le introducía los dedos, y abrió los ojos un momento para mirarme.

Era una de las cosas más *sexys* que había visto nunca, con los ojos clavados en mí entre mis piernas mientras se estremecía.

Vincent se movió detrás de mí, noté su aliento cálido en mi espalda desnuda cuando me dio un beso en el hombro. Subió con sus besos hasta mi cuello y, por un momento, Jason se quedó quieto, gimiendo mientras se aferraba a mí.

—Está tan jodidamente estrecho, Jess… —gruñó Vincent en mi oído—. Me flipa que me apriete.

Jason volvió a comerme con renovado vigor. Vincent me quitó el porro de los dedos y yo me giré por encima del hombro para verlo. Tenía el pelo revuelto, acabando en gruesas ondas. Las piernas de Jason estaban abiertas a su alrededor y la polla de Vincent se hundía entre ellas. Jason estaba empalmado, con el líquido preseminal goteándole mientras Vincent lo penetraba aún más.

Lo embistió hasta el fondo y se detuvo para dar una lenta calada al porro. Nunca había experimentado nada parecido, pero los gemidos de placer que emitía Jason mientras me lamía, voraz, me estaban llevando al límite. Quería ver cómo Vincent se lo follaba, pero durante los siguientes segundos, lo único que pude hacer fue agarrarme al cabecero mientras el orgasmo me invadía.

Correrme estando colocada fue una experiencia trascendental. Mi mente estaba en éxtasis, sin dejar nada más que un placer exquisito y estremecedor.

—Dios mío… Jason… Por favor…

Siguió lamiéndome, rozando mi clítoris con la punta de la lengua mientras lo succionaba. Cuando lo miré, estaba completamente perdido en la sensación. Tenía los ojos entrecerrados, vidriosos de placer, y los brazos envueltos alrededor de mis muslos.

Cuando por fin se detuvo para tomar aire, jadeó.

—Joder, sabes muy bien, cariño. —Sus labios brillaban y sonreía como si estuviera borracho.

Vincent me acarició el pelo y me echó la cabeza hacia atrás. Me acercó el porro a los labios para que le diera una última calada.

—Ponlo en el cenicero y vuelve a sentarte en su cara —me susurró—. Pero esta vez quiero que me mires.

Después de tirar la colilla, me giré y me detuve para admirar la escena que tenía ante mí. Vincent se inclinó sobre Jason, acariciándole la cara con una expresión que solo pude describir como admiración. Jason cerró los ojos un momento mientras se acercaba a él, inhalando profundamente mientras Vincent movía las caderas y lo penetraba con movimientos largos y lentos.

Al cabo de un momento, Vincent levantó la cabeza para mirarme y sonrió, extendiendo la mano hacia mí.

—Ven aquí, cielo.

Jason gimió de satisfacción cuando volví a sentarme a horcajadas sobre su cara, tirando de mí con exigencia hacia su lengua. Sin embargo, esta vez yo estaba mirando hacia el otro lado, cubriendo toda su cara con mi culo.

—¿Puedes respirar, Jason? —le pregunté, riéndome con suavidad mientras él murmuraba que sí.

—Si muero, pues me muero —dijo antes de volver a hundir su boca en mí.

Vincent giró las caderas para dar en el punto justo, y la polla de Jason se estremeció, sus gemidos de placer amortiguados contra mí. Unté un poco de lubricante en mi mano y lo acaricié al ritmo de las embestidas de Vincent hasta que se estremeció.

—Joder, ah… Dios…

Las palabras de Jason eran necesidad pura.

Me incliné y se la chupé. Vincent se detuvo para no chocar conmigo. Jason jadeó bruscamente cuando separé mis labios de él, su polla se retorció en mi mano mientras le escupía y seguía acariciándolo.

—Esa es mi chica buena —canturreó Vincent, mientras yo levantaba la cabeza—. Vamos a dejarlo alucinado.

Me besó, jugando con mi lengua mientras aumentaba el ritmo, follándolo con fuerza. Jason no había dejado de comerme, acariciándome con la cara como si no pudiera saciarse. Pero ahora estaba temblando, luchando por seguir adelante. Estaba perdiendo el control y, literalmente, podía sentir cómo se derretía por el éxtasis debajo de mí.

—Creo que va a correrse —dije, sonriendo mientras Jason se retorcía.

Vincent sonrió.

—No hasta que haga que te corras otra vez. —Arrastró las uñas por el muslo de Jason, dejando arañazos rojizos mientras decía—: ¿Me oyes, chico? Haz que se corra otra vez antes de hacerlo tú.

—Sí, señor —murmuró Jason contra mi coño, asintiendo.

Me sentía muy bien y tenía la mente muy libre, volando sin una sola preocupación mientras me derretía sobre su lengua. Vincent se inclinó hacia adelante, metiéndose uno de mis pechos en la boca mientras yo gemía de placer.

Todo a la vez era demasiado abrumador. Agarré el pelo de Vincent y tiré de él mientras sus dientes me mordisqueaban el pezón. Esa chispita de dolor lo hizo perfecto, atravesando mi felicidad como una descarga de calor.

Jason jadeaba y temblaba.

—Por favor... Dios, por favor, estoy a punto... Joder, me voy a correr... —dijo, desperado, pero ni Vincent ni yo cedimos.

Su polla se hinchó y se retorció, derramando semen sobre mi mano. La solté y lamí las gotas blancas y perladas de mi piel. Vincent me agarró la muñeca y la atrajo hacia él, chupando dos de mis dedos, lamiéndolos hasta dejarlos limpios.

Luego, con su mano sobre la mía, volvió a cerrar mis dedos alrededor de la polla de Jason.

—Sigue —dijo, sonriendo maliciosamente—. Haz que se retuerza. Ya casi estoy.

Movió mi mano con la suya mientras Jason temblaba por la sobreestimulación, y sus súplicas se volvían cada vez más desesperadas.

—Joder, no puedo... No puedo... Vincent, por favor...

Llevar a Jason a la desesperación era una sensación embriagadora. No era de extrañar que le encantara sobreestimularme, porque hacerle lo mismo a él me hacía sentir como una diosa todopoderosa.

Fue muy *sexy* verlo retorcerse debajo de nosotros mientras Vincent se corría, con la cabeza echada hacia atrás y los ojos cerrados en éxtasis.

Fue perfecto.

Nos quedamos allí tumbados en silencio, felices y cansados, pero cómodos, con nuestros cuerpos entrelazados mientras nos estirábamos en la cama. El olor a marihuana flotaba en el aire y me sentía un poco más sobria que unos minutos antes. Pero seguía relajada, la tensión se había desvanecido de mi cuerpo como si se hubiera evaporado.

Suspiré y me estiré, disfrutando de la simple sensación de las sábanas sobre mi piel limpia. Aunque ahora estaba un poco más sucia que cuando Vincent me sacó de la ducha.

—¿Cómo estás? —me preguntó, acariciándome el pelo con suavidad con sus largos dedos.

—De maravilla —respondí, abriendo los ojos. Él estaba tumbado a un lado y Jason al otro, con los ojos aún cerrados—. ¿Y tú? ¿Cómo te sientes?

—Me siento el hombre más afortunado del mundo —dijo, incorporándose y apoyándose en el cabecero, se estiró y agarró el brazo de Jason—. ¿Y tú, cariño? ¿Sigues vivo?

—Oh, sí. —Jason nos dedicó una sonrisa desordenada y se acurrucó más a mi lado—. Estoy de puta madre. Cansado. Eufórico. —Se rio—. Ha sido genial.

Me reí y le acaricié el pecho.

—Los dos juntos me habéis dejado alucinada. Ha sido… Joder, ha sido muy excitante. Me ha encantado verte follar con él, Vince.

—¿Sí? —Vincent sonrió de oreja a oreja y se inclinó para besarme—. Entonces tendremos que hacerlo contigo más a menudo.

Esa promesa me provocó cosquillas en el estómago de la emoción. Todavía era algo nuevo… este concepto de amor e intimidad tan libre. Pero me gustaba, sentía que encajaba mucho mejor conmigo que las relaciones que había intentado hacer funcionar antes.

No es que esto fuera una *relación* exactamente…

Dios, ¿a quién quería engañar? Puede que todo esto hubiera empezado con mi estúpido error y la deuda que contraje por ello, pero no podía negar que había algo ahí. Lujuria, la satisfacción de un flechazo, más anhelo y atracción de lo que podía gestionar... No estábamos saliendo, no era una relación propiamente dicha, pero no podía seguir negando que estábamos muy cerca de algo así.

Y la cuestión era que disfrutaba de esas «no citas». Las disfrutaba más que las citas «reales» que había tenido. No sentía la presión de tener que cumplir, joder, ni siquiera me había maquillado. Las citas siempre me habían parecido una prueba interminable en la que ambas partes buscaban algo malo en la otra persona. Era incómodo y agotador, un baile constante en el que decir lo correcto y actuar de la manera adecuada.

Pero con ellos no era así.

—¿En qué piensas?

Jason me sacó de mis pensamientos con sus suaves palabras. Tenía la cabeza apoyada en mi estómago y la cara hacia mí.

—Tengo curiosidad... ¿Alguna vez vosotros...? Quiero decir, ¿los cuatro...? —Me mordí el labio mientras intentaba encontrar la mejor manera de preguntarlo y decidí ser directa—. ¿Habéis tenido relaciones sexuales todos juntos? ¿Entre vosotros? Es obvio que tú y Vincent os acostáis. Y Manson y Lucas. Pero... ¿Todos...?

—Manson y yo nos acostamos por turnos con Jason una vez —dijo Vincent, y Jason se rio de una forma que me indicó que aún no se había recuperado—. Manson besa muy bien, pero él y yo somos demasiado cuadriculados como activos para ser compatibles sexualmente. Y Jason le tiene miedo a Lucas.

—No le tengo miedo —refunfuñó Jason—. El tío tiene una puñetera barra de metal en la polla. Discúlpame por dudar antes de meterme eso en el culo. —Pero sonrió, temblando un poco—. Lucas me destrozaría.

—Oye, yo me metí su polla en el culo —dije orgullosa, y Jason hizo una mueca mientras imitaba burlonamente mis palabras—. Fue fantástico.

—Muy bien, señorita reina del anal, está claro que tienes un culo superior. —Jason puso los ojos en blanco—. ¿Qué tipo de tuberías tienes ahí abajo, son de acero o qué?

Me reí hasta quedarme sin aliento. Hacía tiempo que no fumaba. Casi había olvidado lo divertido que lo hacía todo.

—Perdonad si ha sido una pregunta rara.

—Preguntar es bueno —dijo Vincent—. Es la mejor forma de averiguar lo que necesitas saber. Pregunta y escucha. Me crie en un entorno en el que el poliamor era algo normal, por lo que siempre me ha resultado muy natural. Pero entiendo que a algunas personas les resulte difícil de entender, sobre todo cuando están acostumbradas a la monogamia.

—El amor es mucho más de lo que la mayoría de la gente cree —dijo Jason—. Solía pensar que debía sentar cabeza con una mujer, no tener relaciones sexuales hasta el matrimonio y ser fiel a mi única y exclusiva pareja para siempre. Se suponía que una sola persona debía satisfacer todas mis necesidades, y yo debía hacer lo mismo por ella. Sin embargo, nunca encajé en ese molde. —Entrelazó sus dedos con los míos y se llevó mi mano a la boca para darme un beso—. Es imposible comparar la forma en la que amo a Vincent con la forma en la que amo a Manson, y eso con la forma en que amo a Lucas. La intimidad puede implicar mucho sexo, poco sexo o nada de sexo. El amor es igual: no hay un molde específico en el que tenga que encajar. Hemos encontrado lo que nos llena.

Por cómo me miró mientras decía eso, mientras sus ojos se posaron en Vincent, una sensación cálida me surgió en el pecho.

Vincent se inclinó sobre mí para coger su móvil y lo trajo de vuelta a la cama.

—¿Quieres ver algo gracioso? —preguntó, y el brillo de sus ojos despertó mi interés.

—¿Están ahí las fotos de Jason desnudo? —dije, acurrucándome más cerca mientras Vincent trasteaba en su móvil.

Dejó de buscar un momento y pulsó una foto, abriéndola para mostrar a Jason en todo su esplendor, desnudo y flexionado delante de un espejo.

—Tendrás que disculpar la postura de chico fácil —dijo Jason con sequedad, pero yo no me quejaba.

—Dios, eres muy *sexy* —comenté, y Jason soltó un sonido ahogado mientras Vincent asentía con la cabeza.

—Está buenísimo. Tenemos que conseguir que lleve ropa más provocativa en casa.

—¿Quizá unos pantalones vaqueros cortos? —sugerí, y Vincent asintió con aún más entusiasmo.

—Vale, vale, centraos en el vídeo divertido en lugar de en mí —dijo Jason, aunque pude ver la sonrisa que intentaba escaparse de su rostro.

—Dios mío, espera, ¿es *ese* vídeo? —pregunté, emocionada—. ¿Es el vídeo de Lucas haciéndose un *piercing* en la polla?

Vincent asintió con la cabeza y estuve a punto de gritar.

—¡Sí, enséñamelo!

—¡Muy bien, alborotadores, se acabó el juego!

La puerta de la habitación se abrió de golpe y Manson entró tranquilamente, sonriendo al vernos, con Lucas justo detrás. Los dos se habían duchado y cambiado, Manson llevaba unos cómodos pantalones de chándal grises y Lucas solo unos calzoncillos.

—Ya basta de acaparar al juguete sexual —dijo Lucas, dejándose caer en la cama a mi lado y aplastando a Jason en el proceso, que gruñó de dolor por el peso repentino—. Dios, creía que acababais de ducharos. Estáis asquerosos.

—Aun así, estamos mucho más limpios que cuando empezamos —gruñó Jason, resoplando mientras intentaba quitarse a Lucas de encima.

Forcejearon durante un ratito, con los brazos entrelazados con tensión, ya que ninguno podía obligar al otro a moverse.

—Eh, eh, no lo acoses —dijo Vincent, guiñándome un ojo mientras observaba las travesuras que estaban haciendo—. Harás que se corra otra vez.

—Apuesto a que sí —dijo Lucas—. Apuesto a que... ¡Eh! Un momento, ¿qué es ese vídeo?

Intentó arrebatarle el móvil a Vincent, pero era demasiado rápido, incluso colocado. Sus brazos largos mantuvieron el móvil fuera de su alcance con facilidad mientras saltaba de la cama, casi chocándose con Manson.

—Ay, venga, Lucas, quiero verlo —dije, antes de chillar cuando Lucas me agarró del brazo y me arrastró debajo de él.

Me cubrió el cuello de mordiscos y besos que sonaban mucho más violentos de lo que realmente eran.

—Hueles a marihuana —gruñó, con la boca pegada a la mía—. Y a polla.

—Dos de mis cosas favoritas —dijo Vincent, que le dio un tirón a la camiseta de Manson en broma antes de decir—: Oye, hermano, tienes algo en la camiseta.

Pero cuando Manson miró hacia abajo, Vincent le dio un golpecito en la nariz antes de correr hacia la cocina, y Manson resopló. Le tendí la mano desde debajo de Lucas y él se unió a nosotros en la cama, tomándome de la mano pero sin ofrecerme ayuda.

—Me está aplastando —me quejé, pero Manson solo negó con la cabeza.

—Sí —dijo, acomodándose en las almohadas a mi lado—. No te resistas, eso lo anima.

—Me gusta cuando te resistes —dijo Lucas, que se incorporó, permitiéndome por fin respirar sin su peso sobre mi pecho—. Parece que vas muy colocada, nena. ¿Estos capullos te han drogado?

—Oh, sí —respondí, estirando mi cuerpo desnudo sobre las mantas.

Todo me parecía mucho más lujoso cuando estaba colocada: la suavidad de las sábanas, el olor de la habitación, los hombres *sexys* tumbados a mi alrededor…

—Ahora mismo me siento tan indefensa y vulnerable…

—Perfecto —dijo Manson, acariciándome el pelo—. Así es justo como me gustas.

—¡Poneos cómodos! —exclamó Vincent, que volvió con los brazos llenos de aperitivos de la cocina y nos tiró bolsas de patatas fritas y galletas antes de centrarse en conectar su móvil al televisor de la habitación—. Es noche de cine en familia, protagonizada por el pene de Lucas.

—Me vais a matar, joder, lo juro —se quejó Lucas.

Volvió a tumbarse sobre mí, aplastándome contra el colchón en represalia por atreverme a reírme de él.

Manson se rio al ver mi cara sin aire antes de levantarse de la cama.

—Deberíamos encender la chimenea para que se esté mejor aquí dentro —dijo, dirigiéndose a la puerta que daba a la terraza—. Voy a por leña. Ahora vuelvo.

10
MANSON

Cuando cerré la puerta detrás de mí, las risas y conversaciones de los demás quedaron amortiguadas. Era tarde, aún faltaban unas horas para el atardecer, pero la luz era tenue bajo los árboles y estaba llena de sombras.

La leña estaba apilada en una montañita junto a un viejo cobertizo lleno de herramientas de jardinería. Había telarañas por todas partes, así que cada vez que cogía un tronco miraba con cuidado si había arañas.

Hoy había sido un día perfecto. Toda mi gente estaba junta y feliz. Jess sonreía tanto que sabía que estaba disfrutando de estar aquí, de su tiempo con nosotros.

Eso hacía que no quisiera marcharme nunca. Toda mi vida había querido huir y, aunque ya no estaba atrapado como cuando era niño, seguía sintiendo la misma necesidad de desaparecer, de coger a mi gente e irme, de escondernos a todos en algún lugar donde nada ni nadie pudiera tocarnos.

Mi psicóloga decía que era parte de mi necesidad de tener el control, porque el control me hacía sentir seguro. Podía reconocer estas cosas; podía entender cómo ciertos sentimientos e impulsos derivaban del trauma. Pero ni siquiera entenderlo me daba el control que necesitaba.

Control sobre mí mismo. Sobre mi mente, mis miedos, mis dudas. Quería vivir el momento, ese momento. Pero no podía. Era incapaz. En lugar de apreciar lo que tenía delante, estaba demasiado distraído por un final que consideraba inevitable.

El nuevo motor de Jess llegaría a los pocos días de nuestra vuelta a casa. Una vez que hubiéramos arreglado su coche, nuestro acuerdo para el «pago» de su deuda habría llegado técnicamente a su fin. Pagarnos con sexo, con tiempo, con compañía… eso se acabaría. Se suponía que así debía ser. La única razón por la que ella aceptó fue porque no había nada permanente en esto. Podía experimentar sin expectativas.

Apoyé un brazo en el lateral del cobertizo y cerré los ojos un momento.

No podía ser tan sencillo. En las últimas semanas, había visto a Jess cada vez más feliz, más libre. La había visto aceptar ser quien quería ser. La idea de que todo eso pudiera cambiar, que pudiera desaparecer sin más…

A la mierda. Le diría la verdad: quería se quedara con nosotros, tanto que sentía que me iba a partir en dos. Probablemente se asustaría. Estaba como obsesionado. Parecería un enfermo. Pero era demasiado tarde para preocuparse por eso.

Tenía que decirle lo que sentía. Lo llevaba sintiendo durante muchísimo tiempo.

Una ramita se rompió detrás de mí y me sobresalté, girándome de golpe. Se me aceleró el corazón y una desagradable sensación de adrenalina me recorrió las venas. La luz era tenue y ya me había quitado las lentillas, por lo que las formas lejanas se veían borrosas.

El bosque no era un lugar tranquilo. Podría haber sido un animal o el viento. Pero mi corazón no dejaba de latir con fuerza. Me sudaban las manos.

Crac.

Esta vez, estaba preparado. Me llevé la mano al bolsillo trasero mientras dejaba caer la leña, con la navaja fuera y lista en el segundo que me llevó girarme hacia el sonido.

—¡Eh, tío!

Vincent levantó las manos y dio unos pasos rápidos hacia atrás. No había estado muy cerca, gracias a Dios, pero aun así.

—Mierda. —Me temblaba la mano mientras guardaba el cuchillo a toda prisa—. Lo siento mucho, Vince… Joder… —Había estado muy cerca, demasiado cerca; blandiendo un arma en la cara de uno de mis mejores amigos porque no era capaz de controlarme—. No te oí salir. Yo… Me has asustado.

—Sí, ya lo veo. —Me agarró del brazo cuando intenté dar media vuelta y yo hice una mueca de dolor al mirarlo—. ¿Estás bien? Estás pálido y sudoroso. Pareces un pez muerto.

—Vaya, gracias. —Suspiré mientras me apoyaba contra la pila de leña y él se inclinaba a mi lado, sin importarle las arañas—. Solo me he asustado yo solo. Saltando ante las sombras.

Él asintió y yo agradecí su silencio. Me resultaba más fácil hablar cuando no me sentía obligado a hacerlo. Vincent nunca había sido insistente.

—No estoy bien —dije, mirando fijamente a los árboles—. No desde que lo vi.

—A tu padre —dijo, no hacía falta que preguntara.

—Es como si una parte de mí se hubiera escondido ese día —le conté—. La parte buena. La parte feliz. No puedo… No sé cómo salir de esto. Es como una presión fría en el pecho. —Bajé la mirada hacia mis manos y flexioné los dedos, que me hormigueaban—. Me siento desconectado. De mi cuerpo, de mi cerebro. Como si me estuviera desmoronando.

Me alegraba que los demás siguieran dentro. No quería que oyeran esto. Era importante ser sincero, era crucial, pero no hacía falta que les cargara con mis problemas. Habíamos venido aquí para relajarnos y descansar. Lo último que quería era descargar todos mis miedos sobre ellos y exigirles que también se ocuparan de ellos.

No lo verían así. Querrían ayudar, pero la verdad era que no creía que pudieran hacerlo. Ni todas las palabras reconfortantes del mundo convencerían a mi cerebro enfermo de que dejara de estarlo. No funcionaba así.

—Lo entiendo —dijo Vincent—. Apenas te has dado tiempo para procesarlo. No me extraña que te cueste tanto.

Fruncí el ceño y lo miré.

—¿A qué te refieres?

—Colega, el maltratador de tu padre irrumpió de nuevo en tu vida como el puto monigote de los polvitos de Kool-Aid, y tú te sacudiste y seguiste adelante como si nada. Esta es la primera vez que te has tomado más de un día libre en el trabajo en…, joder, ni siquiera sé cuánto tiempo. Te estás quemando hasta decir basta.

Madre mía. Tenía razón, pero mi primer instinto fue decirle que se equivocaba. Podía manejar esto solo, y si no podía, entonces tendría que resolverlo y aclarar mis ideas.

—Bueno, no puedo permitirme el lujo de tomarme un descanso —dije.

—Sabes que tenemos unos buenos ahorros. Tenemos suficiente dinero ahorrado…

—No se trata del dinero. —Negué con la cabeza—. Con mi padre metiendo las narices, Alex causando problemas, un pueblo entero de capullos buscando una excusa para demonizarnos… Esa mierda no para ni espera a que yo me recupere. No puedo permitirme no estar bien, Vince. Tengo que asegurarme de que estamos bien. Tengo un negocio que llevar, una puta casa que vender…

—Y tienes una familia que te apoya en todo eso —dijo con suavidad—. En serio, lo creas o no, no tienes que hacerlo todo tú solo. Somos adultos, ¿sabes? También podemos ocuparnos nosotros de las cosas.

—Sé que podéis. Pero yo debería ser capaz de hacerlo. El hecho de que no pueda…

Me volvía loco no poder hacerlo; me hacía sentir como un fracasado.

—Eres muy duro contigo mismo, Manson. —Se rio, suavizando el impacto de sus palabras—. Eres un ser humano, no un dios. Independientemente de lo que Jess te diga en la cama. —Eso me hizo reír,

100

liberando un poco de tensión—. Mañana quiero que te relajes, tío. Déjame ser el jefe por un día. Te prometo que no dejaré que arda la cabaña.

—Sabes que no es que no confíe en ti —dije—. Es mi cerebro. No puedo apagarlo.

—Para eso están las ataduras —dijo, moviendo las cejas, caricaturesco—. No puedes ser el jefe si estás atado.

Hacía mucho tiempo que no dejaba que Vincent me atara. Me costaba mucho tolerarlo, pero cuando aprendió a manejar las cuerdas, le dejé practicar conmigo unas cuantas veces. En realidad, era relajante, una vez que superaba el terror y las náuseas de no poder apenas moverme.

Confiar en el control de otra persona era una de las cosas más difíciles que había tenido que hacer nunca. Solo de pensarlo, me volvían a temblar las manos. Pero necesitaba la liberación, la seguridad, la intimidad de dejarme llevar y confiar.

—No te presiono —dijo—. Solo te lo ofrezco si crees que te ayudará. Puede que te saque de ese estado mental tan oscuro. —Hizo una pausa y me miró de perfil—. Quiero ayudarte, Manson. Odio verte así.

A pesar de todo lo malo que había aguantado en mi vida, la suerte me había bendecido en lo que respecta a mis amigos.

—Está bien, está bien —dije al final—. Toma la iniciativa. Intentaré relajarme mañana.

—Lo intentarás. —Puso los ojos en blanco y levantó las manos como si estuviera encuadrando una toma para una película—. Imagínate esto: tú, como un dios griego, atado, desnudo y reluciente. Jess, la inocente mortal que ha entrado en tu reino, guiada por mí, por supuesto.

—Te imagino como un sátiro en esa fantasía —dije—. Además, ¿por qué tengo que estar reluciente?

—Excelente. Llámame Pan. Y el brillo es para crear efecto. A las chicas les encantan las cosas que brillan. Tenemos aceite de cocina en la despensa y puedo ir al pueblo a comprar purpurina artesanal... Ah, bueno, a juzgar por tu expresión, supongo que no te gusta la purpurina, ¿no?

—Si me atas y me echas aceite por encima, te juro por Dios...

Recogimos la leña que se me había caído y volvimos al interior. Jess estaba acurrucada entre Lucas y Jason mientras nos esperaban. De alguna manera, había convencido a Lucas para que le contara la historia de cómo había acabado con ese *piercing* en la polla.

—Entonces este hijo de puta me dijo que era demasiado cobarde como para hacerlo —contó, dándole una patada juguetona a Jason—. Así que fui y me lo hice ese mismo día. No iba a permitir que un chaval que va todos los domingos a misa me llamara cagado.

Jason se rio, mientras Vincent y yo encendíamos la chimenea.

—¿Los domingos a misa? Menuda nostalgia, joder. Hacía tiempo que no oía esa expresión. Y estabas cagado de miedo, no mientas.

Lucas se burló.

—Como si tú no lo estuvieras. Déjame bajar ahí con una aguja y ya veremos quién tiene miedo.

Vincent se encendió otro porro y lo fue rulando cuando nos acomodamos. Nos apiñamos en la cama y, cuando todos se pusieron cómodos, Jess se subió a mi regazo.

Acercó sus labios a mi oído y me dio besos en el cuello.

—¿Estás bien? —me preguntó en voz baja, lo justo para que yo la oyera.

—Por supuesto. —Sonreí y me incliné hacia atrás para que pudiera apoyar la cabeza en mi hombro—. ¿Por qué piensas que no lo estoy?

—Te conozco —dijo.

Le salió con tanta naturalidad, con tanta facilidad, que era imposible que supiera el impacto que tendrían esas palabras. Me partieron el pecho, rompiendo la fría y estremecedora presión que me asfixiaba día y noche. Se introdujeron por las grietas que había creado, haciéndose paso y trayendo consigo todo su calor.

La rodeé con los brazos y le di un beso en la frente.

—Estaré bien, ángel. Tengo a las mejores personas cuidando de mí.

11

JESSICA

A la mañana siguiente, fui la primera en despertarme. El sol empezaba a asomar entre los árboles cuando me levanté de la cama, deslizándome entre los chicos. Todos seguían roncando, con las sábanas y mantas un poco apartadas, brazos y piernas enredados por todas partes.

Cuando vivía en la hermandad, solía cocinar mucho para mis compañeras y para mí. Había perdido el hábito cuando volví a mudarme a casa, pero me gustaba mucho cocinar. Por suerte, la cabaña estaba equipada con utensilios de cocina y los chicos habían traído mucha comida para el fin de semana. Preparé unas tortitas, beicon y huevos, y la cocina no tardó en llenarse de aromas deliciosos.

Escuché unos pasos detrás de mí y Lucas me rodeó la cintura con los brazos. La barba incipiente de su rostro me rozó la piel mientras me daba un beso en la mejilla.

—Te has levantado pronto.

—Quería tener tiempo suficiente para preparar el desayuno —respondí.

Me mordisqueó la oreja, chupando y mordiendo, mientras una espiral de calor se apretaba en mi abdomen.

A pesar de seguir dolorida por lo de ayer, estaba ansiosa por más.

Insaciable. Así es como me sentía. Desesperada, necesitada, dolorida.

—¿Eso que huelo es beicon? —La voz de Jason sonaba ronca por el sueño mientras se dirigía a la cocina.

Lucas me atrajo hacia su pecho mientras se apoyaba en la encimera, descansando la barbilla en mi hombro. Jason solo llevaba puestos unos calzoncillos cuando se detuvo frente a mí. Me agarró por las caderas y se inclinó para darme un beso que me recorrió todo el cuerpo como una descarga eléctrica hasta llegar a los dedos de los pies.

—¿Por qué te has levantado tan pronto? —le preguntó Lucas a Jason mientras los dos me aplastaban entre ellos.

—Porque Jess me ha estado entrenando —respondió Jason—. Además, es difícil dormir con esta comida que huele tan bien.

En ese momento no tenía nada en los fogones, lo cual era perfecto. La polla empalmada de Lucas me rozó el culo y levantó el brazo de mi cintura para poder rodearme el cuello con los dedos. El brazo le tembló ligeramente, como si le costara mucho esfuerzo ser delicado.

—Estoy aquí para serviros, señores —dije y agarré el bulto de Jason y lo acaricié con la mano, al tiempo que restregaba el culo contra Lucas—. Usadme.

—Esta mañana estás siendo una chica muy buena —dijo Jason, acariciándome la mandíbula con los dedos.

—Creo que deberíamos darle lo que quiere, J —dijo Lucas—. Usemos esa bonita boca.

Antes de que pudieran ordenármelo, me arrodillé. Jason se pasó la lengua por el labio inferior mientras me observaba, y Lucas se acercó para colocarse a su lado. Ninguno de los dos llevaba más que ropa interior, pero se la quitaron para quedarse desnudos ante mí.

Eran tan distintos y, sin embargo, tan parecidos. Jason era rubio mientras que Lucas era moreno; luz y sombra uno al lado del otro.

Agarré una polla con cada mano y las acaricié a la vez. Ellos estaban al mando, pero su placer estaba bajo mi control. Sabía exactamente cómo jugar con sus debilidades.

—Ahh… Joder… —exhaló Jason lentamente mientras cerraba los labios a su alrededor.

Moví la cabeza, dándole largas y lentas caricias con la lengua mientras usaba la mano con Lucas. Luego cambié, metiéndome a Lucas en la boca y acariciando a Jason con la mano.

—Dios, esa lengua —murmuró Lucas—. Se te da demasiado bien.

Los dedos de Lucas se enredaron en mi cabello cuando volví a Jason, metiéndomelo bien adentro en la garganta. Usé el pulgar para presionar ligeramente el *piercing* de Lucas, moviendo la barra como sabía que le encantaba.

—Joder —gruñó Lucas, tirándome del pelo.

Arrastré las uñas por el muslo de Jason mientras separaba mis labios de él y volvía a cerrar mi boca sobre Lucas. Él me agarró del pelo con ambas manos, moviendo los pies como si no pudiera soportar quedarse quieto.

—¿Ya vas a correrte? —bromeó Jason, sonriendo mientras lo decía, con los ojos entrecerrados por el placer.

La cara de Lucas se crispó cuando lo apreté con la garganta.

—Puedo aguantar más que tú —dijo Lucas, pero su voz estaba cargada de un peligroso placer.

Lucas me permitió levantar la cabeza y me detuve un momento para sacar la lengua y pasar la punta por su *piercing*.

—No vas a aguantar —dijo Jason con sencillez, con esa sonrisa dichosa y arrogante, y se le escapó un suspiro de los labios cuando volví a él—. Odias el *edging*; yo lo hago todo el tiempo. Así que, buena suerte.

Estaban compitiendo entre ellos, pero yo también. Estaba decidida a sabotear a ambos a la vez; quería ver lo rápido que podía hacer que se corrieran.

Separé mis labios de Jason un momento y lo miré dulcemente mientras frotaba su polla sobre mi labio inferior.

—¿Lo estoy haciendo bien, señor? —pregunté.

—Joder, nena, muy bien —dijo, guiando mi cabeza hacia abajo.

Lucas parecía estar haciendo cálculos matemáticos en su cabeza, con el ceño fruncido por la concentración, pero sus muslos temblaban cada vez que mis dedos lo acariciaban.

Hubo movimiento en la puerta detrás de ellos. Manson se acercó en silencio y se apoyó en el marco mientras observaba. La sonrisita somnolienta que me dedicó me inspiró a esforzarme aún más. Me encantaba montar un espectáculo, y ahora que tenía público, estaba en mi salsa.

Acerqué a Jason y Lucas para poder meterme a los dos en la boca a la vez, o al menos intentarlo. Tuve que abrir bien la boca mientras deslizaba mi lengua entre ellos.

—Quiero vuestro semen, por favor —murmuré—. Por favor…

—Oh, Dios mío… Joder… —Lucas parecía furioso, pero yo era más lista.

Estaba a punto de correrse en mi cara. Pero Jason aguantaba, y Lucas odiaba perder, probablemente tanto como yo.

Pero, a veces, ser un perdedor podía ser muy, muy bueno.

—Sabía que te correrías tú primero —comentó Jason con tono tan burlón que casi me eché a reír, pero eso era imposible con las pollas de ambos necesitando mi atención.

—Cierra la puta boca, pedazo de mierda —gruñó Lucas, con la voz tan entrecortada que apenas podía articular las palabras. Mantuve la mirada clavada en su rostro mientras me lo introducía más en la garganta, con la mano cerrada siguiendo mis labios mientras lo acariciaba—. Juro por Dios que te pondré de rodillas si sigues hablando, joder, mierda, me cago en todo, Jess…

Se corrió con fuerza en mi garganta, y los chorros de semen estuvieron a punto de ahogarme. Jason respiró lenta y profundamente, controlándose mientras los músculos de su abdomen se tensaban y flexionaban. Me tragué el semen de Lucas, sonriendo mientras apartaba la boca de él y pasaba a Jason. Él gimió cuando mis labios lo tocaron, tan cerca de darme lo que quería.

Lucas dio un paso atrás, respirando lentamente como para recuperarse.

—¿Ya te rindes? Qué débil —comentó Jason.

Las burlas, las provocaciones, los juegos incesantes que jugaban conmigo y entre ellos… me volvían loca.

Lucas tenía una mirada asesina en su rostro.

—¿Quieres volver a preguntármelo? —dijo, con un tono bajo y amenazante, y la polla de Jason palpitó en mi lengua—. De repente te has vuelto muy valiente con esa boca insolente, J.

Jason se estremeció, mordiéndose el labio y arrastrándolo entre los dientes. Me agarró por la nuca y me mantuvo allí mientras me follaba la garganta. No dijo nada, pero no necesitaba palabras para responder.

Maldijo en voz baja mientras se corría, mirando a Lucas con una mezcla de incertidumbre y deseo. Detrás de ellos, Manson se acariciaba la mandíbula con el pulgar mientras observaba, con una expresión de intensa concentración en el rostro.

Me tragué el semen de Jason, hasta la última gota.

—Al parecer, hoy era el día de levantarse temprano —dijo Vincent, que se había unido a Manson en la puerta mientras yo estaba distraída.

—Eso parece —dijo Manson—. Al parecer alguien se ha levantado esta mañana sintiéndose muy buena chica —Me ayudó a levantarme del suelo, acariciándome la cara mientras me besaba—. Mm, me encanta ese sabor, ángel. ¿Has hecho tú todo esto?

Señaló la comida y yo asentí. Las tortitas, el beicon y los huevos se habían mantenido calientes gracias al papel de aluminio con el que había cubierto los platos. Ahora tenía más hambre que nunca.

—Tenía ganas de hacer algo bonito por vosotros —dije—. Ya sabéis, como agradecimiento. Por los orgasmos.

—Razón de más para que sigas sintiéndote agradecida —dijo Vincent, saludándome también con un beso de buenos días—. Esto tiene una pinta increíble, cariño. Gracias.

—¡Bueno, pues vamos! —exclamé—. Pongamos la comida en la mesa. ¿Quién quiere café?

12

VINCENT

Si el lenguaje del amor fuera algo que pudiera tocarse, el mío se centraría en la comida. Mi madre siempre había sido una cocinera apasionada, así que le atribuía a ella mi aprecio por la cocina. Había mucho amor en una comida casera, y la verdad era que no importaba lo simple o compleja que fuera la receta. Incluso el plato más sencillo podía elevarse si se preparaba con cariño.

Que Jess hubiera cocinado para todos nos emocionó mucho. Como siempre me levantaba tarde, el desayuno no solía formar parte de mi dieta, pero el gran plato de tortitas con sirope que me puso delante me hizo reconsiderar mi costumbre de saltarme la primera comida del día.

Jason y Lucas limpiaron los platos una vez terminamos de comer. Desde mi cómodo asiento en el sofá, podía oírlos discutir por encima del ruido de los platos, con voces cada vez más altas y amenazas y burlas cada vez más fuertes. Me hizo reír, llamando la atención de Manson y Jess, que estaban acurrucados en el otro extremo del sofá.

—Creo que esos dos necesitan follar para solucionar las cosas —dijo Jess, sorprendiéndonos tanto que Manson se echó a reír.

—Estoy de acuerdo contigo —dije—. Pero cuando Jason quiere una reacción concreta, no para de insistir hasta conseguirla.

Manson negó con la cabeza.

—Estos puñeteros mocosos y su terrible forma de comunicarse.

Jess parecía estar preparándose para protestar por ese comentario. Por suerte para ella, Jason salió de la cocina en ese momento y habló antes de que ella pudiera hacerlo.

—Ha sido una mañana estupenda, Jess —dijo, inclinándose sobre el respaldo del sofá para darle un beso en la frente—. ¿Te apetece salir a correr conmigo? Voy a caer en un coma alimenticio si no hago que la sangre me circule.

—Va a quedarse con nosotros —dije—. Después de todo, todavía tiene obligaciones que cumplir con su amo.

Jess me miró con los ojos muy abiertos y yo sonreí cuando dirigió esos hermosos ojos hacia Manson.

—No me gustaría descuidar mis obligaciones —dijo con una mirada tan dulce y recatada que apenas pude resistirme a sacarla de su regazo para mis propios fines malvados.

Pero le había prometido a Manson que hoy me encargaría de todo. No es que hubiera nada especialmente serio de lo que ocuparse; al fin y al cabo, estábamos de vacaciones. Era más un poder simbólico que otra cosa. Manson necesitaba una forma de convencer a su cerebro de que se relajara, y yo haría todo lo posible para conseguirlo.

No estábamos en nuestro mejor momento cuando uno de nosotros estaba en un mal momento, pero no dejábamos que ninguno pasara por ello solo.

—Como tú veas —dijo Jason—. Supongo que hoy vas a quedarte por aquí tirado, ¿no?

Lucas salió de la cocina, secándose las manos húmedas en una toalla que retorció y lanzó hacia el trasero de Jason.

—¿Qué tal si le dejas los chistes malos a Vincent? —dijo, cuando Jason gritó y saltó hacia atrás al sentir el golpe de la toalla—. Limítate a ser nuestro chico de gimnasio.

Jason puso los ojos en blanco mientras se frotaba el trasero.

—Estoy bastante seguro de que este chico de gimnasio puede levantar más peso que tú.

—No me importa lo que puedas levantar, colega —dijo Lucas—. Solo me importa lo rápido que puedes correr. Vamos. Si quieres salir, te acompaño.

—De acuerdo, trato hecho. Deja que coja mis zapatillas.

Seguían burlándose el uno del otro cuando la puerta principal se cerró de golpe detrás de ellos unos minutos más tarde. Manson gimió satisfecho, recostando la cabeza en el sofá mientras acurrucaba a Jess más cerca de él. Ella deslizó los dedos por su pecho desnudo, trazando sus tatuajes. Siguió las líneas de sus clavículas y luego bajó, deteniéndose con los dedos en el pequeño parche de vello oscuro que tenía en la parte baja del vientre.

Ver sus suaves caricias me dio escalofríos, sobre todo cuando empezó a darle besos en el pecho.

—¿Te lo estás pasando bien, cariño? —le pregunté, y ella asintió con la cabeza.

Manson seguía con los ojos cerrados y todo su cuerpo relajado, excepto por la tensión que se notaba en sus pantalones de chándal. Abrió los ojos un momento cuando me levanté del sofá.

—Sigue haciéndole disfrutar —dije—. Ahora vuelvo.

Tenía mis cosas en la mochila, así que fui al dormitorio a cogerlas. Normalmente era un tío bastante payaso, pero cuando se trataba de *bondage*, me lo tomaba en serio. Obviamente, seguía haciéndolo todo con una sonrisa y no podía resistirme a soltar alguna broma, pero algunas cosas eran demasiado importantes como para tomárselas a la ligera.

Ser *rigger* me había obligado, en muchos sentidos, a madurar. Desde muy pequeño había desarrollado un interés por las cuerdas y, de adulto, había tenido la suerte de conocer a personas con mucha más experiencia que yo, personas que estaban dispuestas a enseñarme y a llevarme por el buen camino.

Normalmente, rehuía cualquier cosa que tuviera que tomarme demasiado en serio, pero esto era diferente. El *bondage* podía ser subversivo, podía ser curativo. Jugar con las dinámicas de poder y el control podía ser lo más liberador que algunas personas harían jamás.

Cogí mi bolsa de viaje del dormitorio y al volver me encontré a Jess y a Manson en el suelo. Él estaba tumbado boca abajo, con los brazos cruzados debajo de la cabeza, mientras Jess le acariciaba la espalda con las uñas. Parecía que podía quedarse dormido en cualquier momento, lo cual era perfecto. No haría nada a menos que él estuviera lo suficientemente tranquilo.

Jess levantó la cabeza, curiosa, mientras yo sacaba mis cosas. Tenía varias bobinas largas de mi cuerda de cáñamo de confianza, así como algunas más cortas. También tenía unas tijeras de EMT, un cortador de repuesto que solía dejar en mi bolsa y un botiquín de primeros auxilios. Cuando levanté la vista, Manson había abierto los ojos y Jess parecía emocionada.

—¿Me vas a atar hoy? —preguntó.

—A mí, va a atarme a mí —dijo Manson, y ella lo miró sorprendida.

—¿Te gustan estas cosas? —preguntó—. Pero en tu lista ponía que las ataduras para ti eran un límite.

Él asintió con la cabeza y se incorporó hasta quedar sentado.

—Son un límite flexible.

—Quizá más bien un límite medio firme —dije, y él sonrió—. A Manson no le excita que lo aten como a ti, Jess. Es un interés platónico. —Me puse de pie y desenrollé la cuerda—. ¿Por qué no lo desnudas, cariño?

No hizo falta decírselo dos veces. Para empezar, no llevaba mucha ropa, pero ella le quitó los pantalones de chándal, besándolo y acariciándolo mientras lo hacía. Se detuvo antes de quitarle los calzoncillos, con una pregunta en su expresión.

—Puedes dejarme la ropa interior puesta —dijo—. Vince no necesita que mi enorme polla le baile en la cara.

—Ese es exactamente el tipo de ambiente en el que me siento cómodo —dije—. ¿O es que has olvidado a quién suelo atar?

—Tienes razón.

Manson tomó aire y lo contuvo durante un momento. Tenía los hombros tensos, así que le agarré uno.

—Avísame cuando estés listo —le pedí—. No pasará nada hasta que tú lo digas.

Él seguía teniendo el control, tenía que recordárselo. No serviría de nada sugerirle que se calmara, que se relajara o darle cualquier otro consejo sobre sus sentimientos. Lo que sentía era algo personal; no me correspondía a mí decidirlo. Solo podía proporcionarle el entorno para que explorara con seguridad.

Necesitaba la oportunidad de sentir lo que tuviera que sentir, sin preocuparse por cómo afectaría a otras personas. No se trataba de mí, ni de Jess, ni de nadie más. Se trataba de él, y para ser un hombre al que le gustaba que lo llamaran dios, no era lo suficientemente egoísta.

—¿Tienes miedo? —le preguntó Jess con delicadeza.

—No tengo miedo. No exactamente.

Manson clavó la mirada en la cuerda, como si fuera un compañero indeseado con el que intentaba ser educado. Pero, poco a poco, tras varias respiraciones profundas, la tensión de su rostro se disipó.

—De acuerdo —dijo—. Estoy listo.

No se le puede meter prisa al arte, y con las cuerdas ocurría lo mismo. Tenía que conocer el cuerpo con el que trabajaba. Tenía que conocer los puntos de presión, los nervios, las arterias. También tenía que conocer mi material, la resistencia de mis cuerdas, la densidad, la presión. Cada nudo se hacía con un propósito.

Me arrodillé detrás de Manson y me tomé mi tiempo para tensar las cuerdas alrededor de su pecho. Jess se sentó frente a él, con las piernas cruzadas y las manos sobre sus piernas. Al principio, él mantuvo los ojos cerrados, respirando lentamente con un ritmo cadencioso. Le até los brazos a la espalda, colocando las cuerdas alrededor de su pecho como un arnés.

Cada vuelta era como un abrazo, que poco a poco eliminaba toda la ansiedad y la tensión de su cuerpo. Al menos, así era como prefería verlo yo. Si no hubiera estado tan concentrado, habría sido más hablador, pero por eso necesitaba que Jess estuviera allí. Mientras yo lo ataba, ella mantenía a Manson entretenido con la conversación.

113

—¿Le has dejado que te ate antes? —le preguntó.

No dejaba de tocarlo, y yo no estaba seguro de si se daba cuenta de lo mucho que eso lo tranquilizaba. Yo lo noté, pero también había estado lo suficiente con Manson como para poder detectar esos pequeños gestos tan reveladores: la forma en que su respiración se entrecortada y se aceleraba un poco, cómo desaparecía la tensión de sus músculos.

—Unas cuantas veces —respondió—. Le dejé practicar conmigo cuando estaba aprendiendo.

—¿Entonces también te asustaba?

Manson emitió un sonido suave, a medio camino entre una burla y un gruñido.

—Nunca he dicho que tuviera miedo, ángel.

—Lo sé —dijo ella—. No hacía falta que lo dijeras.

Él se movió un poco y yo hice una pausa.

—¿Está demasiado apretado? —le pregunté.

Él negó con la cabeza.

—No. Está bien. Jess me pone la piel de gallina con sus uñas y estoy muy empalmado, así que... Tengo que recolocarme un poco.

Me reí entre dientes.

—Vas a tener que hacer algo al respecto pronto. —Miré a Jess por encima de su hombro—. ¿Por qué no rebuscas en mi bolsa? A ver si encuentras algo que te guste.

Le dio a Manson un beso lento y ridículamente *sexy* antes de levantarse de un salto y correr hacia el bolso.

—¡Joder, has traído un montón de juguetes! —exclamó cuando vio todas las cosas que había metido en la maleta—. ¿Cómo es que no tenía ni idea de que habías traído todo esto?

—Suelo venir bien preparado—dije—. Puede que al final no use el noventa porciento de las cosas que he metido en la maleta, pero quiero tenerlas por si acaso. Lo peor es cuando te vas de vacaciones y a mitad de camino te das cuenta de que te has olvidado tu paleta favorita o que no has metido suficientes tapones anales.

—O aquella vez que Jason y tú os fuisteis de acampada y te olvidaste del *popper* —añadió Manson, que tenía los ojos cerrados, pero sonrió mientras me lo recordaba.

—Exacto —dije—. Que nunca te pillen desprevenida. Llévate siempre *popper*.

Mientras Jess seguía buscando juguetes, hice el último nudo. No era tan restrictivo ni tan extenso como las ataduras que solía hacer, pero el objetivo no era crear una elaborada situación de esclavitud. Lo agarré por la nuca y él se inclinó hacia mí, estirando la espalda y moviendo los hombros.

—¿Qué tal? —le pregunté.

—Bien —respondió en voz baja—. Me hace sentir bien. Está apretado. —Respiró hondo otra vez y yo le froté los hombros con las manos, estimulando la circulación en su espalda y brazos—. Gracias.

—No hay por qué darme las gracias —le dije—. Yo también disfruto con esto, ¿sabes? Es como meditar.

Atar a alguien no tenía por qué ser una experiencia puramente sexual, ni siquiera excitante. A veces, era simplemente íntimo. Era otra forma de conectar con las personas cercanas a mí, una forma que no requería palabras. El proceso de creación, de hacer algo a partir de la nada, era un acto muy vulnerable. Rara vez el destinatario de esa creación, el observador, tenía la oportunidad de ser vulnerable también. Pero con la cuerda, todos los participantes tenían esa oportunidad, tanto los que ataban como los que eran atados o los que observaban.

Levanté a Manson y lo llevé hasta una de las dos columnas cuadradas de madera que sostenían el techo abovedado. Lo empujé contra ella.

—Quédate ahí y no te muevas. Mantén la cabeza alta.

Su mirada era tan dura como el acero cuando se encontró con la mía. Desafiante, como si quisiera asegurarse de que yo supiera que solo lo hacía porque quería, no porque yo se lo hubiera ordenado. Lo cual me parecía bien; esto no era en absoluto un juego de poder.

—¿Has encontrado algo que te guste? —pregunté, mirando a Jess mientras utilizaba otro trozo de cuerda para atar a Manson a la columna.

Le até los tobillos con fuerza, ligeramente separados, lo suficiente para mantener esa sensación de vulnerabilidad en su posición.

—Sí, señor —respondió, y me detuve para ver lo que había elegido.

Llevaba un vibrador y una cadena de bolas anales. Las bolas se balanceaban en su mano mientras se acercaba.

Ahora que Manson estaba completamente inmovilizado, me levanté y atraje a Jess hacia mí, examinando los juguetes que había seleccionado. Manson nos observaba con una erección bastante evidente y cómica.

—No es una situación muy mala para un *voyeur* —dije, incapaz de resistirme a esbozar una sonrisa sarcástica—. Voy a hacer que nuestro juguetito sexual te adore, como debe ser. Por supuesto, tú no podrás tocarla.

Empujé a Jess de modo que quedara delante de mí y lo suficientemente cerca de él como para tocar su pecho. Como era una pequeña provocadora, se inclinó hacia él y le acarició con los dedos las cuerdas que lo mantenían inmovilizado.

—Vaya, vaya, cómo han cambiado las cosas —comentó, riéndose.

Le rodeé el cuello con la mano y le eché la cabeza hacia atrás suavemente.

—Cuidado —le advertí—. Manson me ha dejado al mando mientras está inmovilizado. No cometas el error de pensar que voy a ser indulgente. —Le di un beso en la mejilla con suavidad antes de darle una palmada en el culo—. Quítate la ropa. Haz que desee poder tocarte.

Le salía natural montar un espectáculo. Se desnudó mientras yo daba un paso atrás para observarla. Cada centímetro de piel que revelaba era impresionante. La verdad era que no importaba cuántas veces la viera desnuda o cuánto folláramos, me dejaba sin aliento cada vez que lo hacía.

Una vez desnuda, se arrodilló e inclinó la cabeza para besarle los pies.

—Quédate así, Jess —le dije.

Cogí el vibrador, lo encendí y me arrodillé detrás de ella, acariciándola con el juguete entre las piernas. Se estremeció cuando lo pasé por su clítoris.

—Ya estás muy mojada, cariño. ¿Qué parte te ha excitado? ¿Ha sido chupársela a Lucas y a Jason esta mañana o ver cómo ataban a tu amo?

—Ambas cosas —dijo, y su risita se convirtió en un gemido cuando volví a acercarle el vibrador.

Levantó la cabeza lo justo para mirar a Manson, que la observaba fijamente. Deslizó los dedos por sus piernas, sus caderas y su abdomen. Él se estremeció por la sensación y abrió mucho los ojos cuando ella acercó la boca a su pene. Le besó la punta a través de la tela de los calzoncillos, con una mirada interrogativa.

—¿Puedo chupártela? ¿Por favor?

—Joder… Claro que puedes, ángel.

Manson contuvo el aliento cuando ella le bajó los calzoncillos y le acarició la punta con la lengua. Dejé el vibrador a un lado un momento y cogí las bolas anales y el bote de lubricante.

—Concéntrate en tu amo —le dije mientras le acariciaba la entrada del culo con un dedo lubricado.

Ella gimió cuando presioné hacia dentro, empujando más allá de ese estrecho anillo de músculos. Solo podía imaginar lo dolorida que estaría a esas alturas. Era el tercer día y apenas habíamos dejado de follar desde que llegamos.

—¿Te gusta? —preguntó Manson, y Jess gimió mientras asentía con la cabeza.

Después de darle unos segundos para que se acostumbrara a mi dedo, inserté las bolas. Empezaron pequeñas, apenas costaba esfuerzo introducirlas. Pero cada bola era más grande que la anterior.

Jadeó cuando presioné la última bola hacia dentro. Su mejilla descansaba contra el muslo de Manson mientras acariciaba su polla con la mano.

—Mm, así está mejor. Los juguetes sexuales siempre deben tener los agujeros bien llenos, ¿no? —dije en voz baja.

—Sí, señor.

Jadeó de placer y yo le rodeé el pelo con la mano, controlando la movilidad de su cabeza.

—Ahora vas a servir a Manson con la boca. Vas a hacer todo lo posible para concentrarte en su placer. ¿Entendido?

La respiración de Manson se había acelerado, su polla goteaba líquido preseminal que Jess lamía con avidez.

—Eso es, cielo —le dije, bajándole la cabeza sobre su polla—. No le quites los ojos de encima, lo estás haciendo muy bien.

Tuvo una ligera arcada cuando él le tocó la garganta, pero se adaptó enseguida. Los músculos de su cuello se tensaron mientras se movía arriba y abajo sobre él, con las mejillas hundidas mientras chupaba.

—Joder, mírate —dije.

Le solté el pelo, permitiéndole marcar el ritmo. Las piernas de Manson no tardaron en empezar a temblar y su respiración se volvió lenta y profunda. No tenía ninguna duda de que podía controlarse para que esto durara, pero disfrutaba viéndole luchar.

—Buena chica, Jess —dijo, mientras se tensaba contra las cuerdas como si instintivamente intentara alcanzarla, luego apretó los dientes y echó la cabeza hacia atrás contra la columna—. Tu boca es como un puto pecado. Me haces sentir tan bien…

Jess estaba tan excitada que había mojado el suelo. Cogí el vibrador otra vez y rodeé su pecho con el brazo para mantenerlo contra su clítoris. Al mismo tiempo, le metí dos dedos en el coño.

Ella gimió y se frotó contra mis dedos. La penetré mientras ella me apretaba con sus paredes palpitando.

—Primero complace a tu amo, Jess —le dije—. Después podrás correrte, cariño.

Levantó la cabeza y siguió masturbándolo con la mano.

—Sí, señor. Lo único que quiero es el semen de mi amo.

Lo miró con una expresión dulce y suplicante; con una cara así, podía tener todo lo que quisiera.

Hundió la boca en la base de su pene, pasando la lengua por sus testículos. Todo el cuerpo de Manson se tensó contra las cuerdas; los músculos se le contrajeron, la respiración se le aceleró y las extremidades le temblaron.

—Joder, Jess… —Apretó los dientes, pero un gemido ahogado de éxtasis se le escapó de todos modos—. Eso va a hacer que me corra, ángel.

—Por favor —suplicó ella—. Córrete en mi cara.

Manson se corrió con un grito gutural, y los chorros de semen le salpicaron la cara. Ella sonrió ampliamente, con la boca abierta y la lengua extendida. Tragó cada gota que cayó sobre su lengua y se relamió los labios. Cuando él se tranquilizó, ella le dio un beso en la punta del pene.

—Gracias, amo —susurró.

Era jodidamente imposible resistirse a ella durante mucho tiempo.

Con brusquedad, la empujé hacia atrás. Todavía intentaba recuperar el aliento, con las piernas temblorosas y el clítoris hinchado. Tenía la cara manchada de semen, las mejillas sonrosadas y la piel ardiente.

Era perfecta. Hermosa hasta decir basta.

—No te muevas —le dije.

Me quedé de pie junto a ella, que yacía temblando mientras yo me quitaba la ropa. Manson parecía aturdido, como si aún no hubiera vuelto del todo a la realidad después de ese orgasmo. Le agarré la cara y se la sacudí lo suficiente como para que recuperara la lucidez en la mirada.

—Eh, eh, no te pierdas en tus pensamientos. Vas a querer ver esto.

Me incliné sobre Jess y la inmovilicé en el suelo con una mano alrededor del cuello. Sus dedos se curvaron cuando introduje mi polla en ella. Las bolas seguían en su interior, y estaba deseando sentir cómo se derretía sobre mi polla cuando se corriera.

Completamente dentro de ella, volví a coger el vibrador y lo encendí. En el momento en que presioné el juguete contra ella y la penetré, sus ojos muy abiertos se pusieron en blanco.

—Oh, Dios mío… —dijo, gruñendo como un animal.

Me agarró del brazo, clavándome las uñas, con el cuerpo dividido entre el dolor y el placer mientras me la follaba con fuerza.

—Estás preciosa, Jess —le dije, inclinándome sobre ella y empujando su pierna hacia arriba para penetrarla más profundamente—. Mojada, necesitada y cubierta de semen. Justo como me gustas. Cosita sucia.

Su coño convulsionó alrededor de mi polla y gritó mi nombre mientras se corría. El sonido de su dulce voz rompiéndose me llevó al límite. Me corrí dentro de ella, mi visión se nubló durante unos segundos perfectos mientras mi cuerpo se veía envuelto por el éxtasis.

13
JASON

El aire de la mañana era fresco y vigorizante cuando salí del porche. Estiré los brazos, la espalda y luego las piernas, saboreando el dolor de mis músculos al liberar su tensión.

Ese orgasmo me había dejado en una nube y salté sobre las puntas de los pies mientras intentaba bajar de ella. Por eso solía reservar el tiempo de juego para después del entrenamiento, porque si no, me daba pereza funcionar. Pero podía hacerlo.

—¿Estás seguro de que quieres venirte conmigo? —pregunté mientras Lucas se ponía los auriculares y miraba la lista de reproducción de su móvil, decidiendo qué escuchar; yo escucharía música si estuviera en el gimnasio, pero aquí fuera quería escuchar los sonidos del bosque que me rodeaba—. No va a ser precisamente un trote ligero.

Lucas puso los ojos en blanco.

—No me da miedo un poquito de ejercicio.

—No sé, tío. Te quedaste sin aliento jugando al paintball con Jess.

Él hizo una mueca.

—Da igual. Tú ve delante, yo te seguiré.

Lucas siempre había odiado correr. Era raro, porque me parecía el tipo de hombre al que le vendría bien el ejercicio como válvula de escape. A mí, personalmente, hacer ejercicio me ayudaba a estar tranquilo.

Podía desconectar durante una sesión físicamente exigente y dejar que mi mente divagara. Me daba una buena oportunidad para pensar.

Y esa mañana tenía muchas cosas en la cabeza.

Desde aquella primera noche, cuando Jess me susurró una disculpa bajo las estrellas, no había podido quitármelo de la cabeza. La forma en que me había mirado, lo llenos de esperanza y miedo que estaban sus ojos... Nunca había esperado ver ese tipo de sinceridad en ella.

Era obvio que estaba esforzándose por cambiar, por supuesto. Las últimas semanas lo habían demostrado. Pero Jess era una persona orgullosa, y nunca pensé que dejaría eso de lado por el simple hecho de arreglar el pasado.

Me había sorprendido. Mis sentimientos hacia ella ya eran confusos, flotando en el límite de algo que parecía demasiado serio pero no lo suficiente. Sin embargo, después de esa conversación, algo había cambiado.

Mis sentimientos habían cambiado.

Era como si una puerta que antes había estado cerrada con llave se hubiera abierto de repente.

A medida que corría, dejé que mis pensamientos fluyeran sin rumbo fijo. Lucas me seguía el ritmo, corriendo detrás de mí mientras serpenteábamos por el sendero entre los árboles. Había kilómetros de senderos alrededor de la cabaña y no tenía ningún destino concreto en mente. Seguí corriendo hasta que me empezaron a doler las piernas y al final tuve que parar para recuperar el aliento.

Solo cuando me detuve y me quedé allí durante varios segundos me di cuenta de que Lucas se había quedado atrás. Solo tardó unos treinta segundos en alcanzarme, pero tuve que hacer acopio de todo mi autocontrol para no reírme. Se dobló por la mitad, con las manos en las rodillas, jadeando.

—No te rías, joder —espetó, y yo me encogí de hombros inocentemente.

—Yo no he dicho nada. No te mueras ahora. No quiero tener que cargar con tu culo.

—Oh, cierra el pico.

Seguimos caminando, tomándonos nuestro tiempo para que pudiera recuperar el aliento. El camino nos llevó a lo largo de una pared rocosa escarpada durante los siguientes cien metros antes de curvarse de nuevo hacia la ladera de la montaña, pero aún no me apetecía volver. Habíamos estado corriendo en una pendiente, no era de extrañar que Lucas lo estuviera pasando tan mal.

La vegetación crecía entre las enormes grietas de la pared rocosa y el agua goteaba por la piedra lisa en una fina cascada. Parcialmente oculta entre la espesa vegetación se encontraba la estrecha abertura de una caverna en la roca, excavada por siglos de agua corriente.

—¿Sabías que aquí arriba había cuevas? —preguntó Lucas, señalando con la cabeza la abertura.

En realidad, no era una cueva propiamente dicha. El espacio interior estaba iluminado por un rayo de sol que se filtraba a través de las rocas, creando un ambiente húmedo y fresco pero lleno de vida. Pequeñas ranas se posaban sobre piedras cubiertas de algas cerca del agua que fluía.

—Ya has estado aquí antes, ¿no te acuerdas? —le dije, pero él negó con la cabeza.

—La última vez que estuvimos aquí estaba completamente borracho, J.

Me miró con reproche y yo me eché a reír.

—Que fuera mi veintiún cumpleaños no significa que fuera culpa mía que bebieras demasiado —le dije—. No puedo evitar tener una gran tolerancia al alcohol, ni que tú seas tan competitivo como para intentar seguirme el ritmo.

Resopló al pasar junto a mí para entrar en la caverna y yo lo seguí. Las piedras lisas crujían bajo nuestros zapatos mientras deambulábamos por allí. Había una gran roca en medio de la cueva, situada justo debajo del haz de luz solar que se filtraba desde arriba. Me subí a ella y me senté con las piernas colgando por un lado mientras el sol me calentaba la cara.

Lucas se acercó al lugar por donde caía el agua y se quitó la camiseta. Dejó que el chorro se acumulara en su mano y luego se lo echó por los hombros, dejando que los chorritos le corrieran por la espalda. Era difícil no mirarlo. Para ser un tipo al que no le importaba una mierda el cuidado personal, tenía un físico ridículo. Cuando lo conocí, me intimidó tanto que apenas pude decirle una palabra. En aquel entonces, no estaba seguro de si quería ser como él o follármelo.

Todavía no estaba seguro. Y él seguía intimidándome, por mucho que odiara admitirlo.

La verdad es que me faltaban modelos a seguir cuando lo conocí. Los hombres a los que antes admiraba —mi padre, mi tío, los líderes de la iglesia de mi familia— me habían dado la espalda. Pero Lucas era todo lo que yo deseaba ser. Era audaz, no parecía importarle lo que pensara la gente. No intentaba complacer a nadie. Vivía su vida como quería.

Al menos, así es como yo lo veía entonces.

Me llevó un tiempo ver más allá de la bravuconería de Lucas, pero una vez lo hice, quedó claro lo mucho que luchaba. Su actitud de que no le importaba lo que pensaran los demás era mentira. No es que fuera muy valiente, sino que carecía del control necesario para manejar su ira, por lo que esta se manifestaba constantemente.

Seguía admirándolo, pero por razones diferentes a las de antes. Era digno de admiración porque, a pesar de todos sus defectos, a pesar de lo difícil que le resultaba mantener sus relaciones y preocuparse por los demás, seguía intentándolo.

—¿En qué piensas? —preguntó con voz arrastrada, sacándome de mis ensoñaciones.

—¿Además de en tu *striptease*? —dije. Él puso los ojos en blanco ante mi comentario y se echó la camisa por encima del hombro—. ¿Qué te hace pensar que tengo algo en la cabeza?

—Estás pensativo. —Se sacudió el agua de la mano y se acercó a mí—. Mirando al cielo con cara de enamorado. ¿En qué piensas?

Apoyé la cabeza sobre mis manos y di una patada a la piedra que tenía debajo.

—En ella.

Asintió mientras buscaba tabaco en su bolsillo. Pero debía de haberlo olvidado, porque suspiró profundamente y empezó a juguetear con la fina cadena de plata que llevaba alrededor del cuello.

—No eres el único. Me ha costado mucho pensar en otra cosa.

Incorporar a una nueva amante al grupo significaba cambiar las cosas. Pero esto era diferente, y me parecía que en eso todos estábamos de acuerdo. A pesar de que nuestra relación con Jess era algo temporal desde el principio, ya no lo sentíamos así. Ella me hacía pensar en un futuro mucho más lejano, más allá del tiempo que tardarían Manson y Lucas en instalarle el motor.

—Se disculpó —le conté.

Lucas abrió mucho los ojos y luego los entrecerró rápidamente.

—¿Por qué? —preguntó con cautela.

—Por todo.

Y lo había hecho en serio. Por eso no dejaba de repasar esa conversación en mi cabeza una y otra vez. Quería darle una oportunidad. Quería que esto funcionara.

Lucas apoyó las palmas de las manos contra la piedra a ambos lados de mí. Sus ojos oscuros parecían más bien de color caramelo cuando la luz incidía sobre ellos. Eso los hacía más suaves, más cálidos.

—¿Cómo te sentiste? —preguntó.

—¿Estamos hablando de sentimientos? —dije—. ¿En serio? ¿Has estado tomando notas de la psicóloga de Manson?

Saltó sobre la roca para sentarse a mi lado y me dio un empujón en el hombro mientras me regañaba.

—Cuidado con lo que dices. Vincent no está aquí para salvarte.

—Como si necesitara que me salvaran…

La mirada que intercambiamos no debería haber sido tan intensa, pero Lucas era intenso sin siquiera intentarlo.

—Me hizo sentir… esperanzado —dije al final, después de darle vueltas—. Como si las cosas fueran a mejorar. Como si algo hubiera salido bien.

Nos quedamos sentados en silencio durante un rato. A Lucas le había costado aceptar a Jess, pero no podía culparlo. Lo que me había sorprendido no era que hubiera dudado al respecto, sino que se hubiera esforzado tanto por no oponerse demasiado. Podría haberse puesto firme si realmente hubiera querido.

—Creo que lo está intentando de verdad —solté mientras Lucas tiraba de un hilo suelto de sus vaqueros, pero sus dedos se detuvieron al oír mis palabras—. Creo... No sé, creo que quiere quedarse.

—¿Sí? —Sus dedos se tensaron y sus uñas se clavaron con fuerza en su pantalón durante un momento antes de volver a relajarse—. Supongo que tienes razón. Ha cambiado... Y sigue intentando cambiar, creo. —Respiró hondo y soltó el aire con un suspiro—. No es fácil reprogramar tu propio cerebro.

—Requiere mucho esfuerzo —coincidí—. Pero yo lo conseguí. Creo que ella también puede hacerlo.

—Tú eres diferente.

—En realidad no. Me odiabas cuando me conociste. Deberías haberme visto durante mi primer año de instituto, cuando todavía estaba matriculado en ese colegio privado. —Negué con la cabeza—. Era la policía de la moralidad.

—Debería haberte conocido entonces —dijo—. Te habría dado un puñetazo en la puta boca y te habría enderezado. —Se rio entre dientes—. Probablemente, «enderezado» no es el adjetivo que debería usar.

Pasaron unos segundos más de silencio. Aún podía oír débilmente la música que salía del móvil de Lucas; parecía de Hozier y se mezclaba con el sonido del agua goteando y el susurro de las hojas.

—Estoy orgulloso de ti, Jason —dijo.

Rápidamente, le puse el dorso de la mano en la frente.

—¿Estás enfermo? Debes de tener fiebre.

Me apartó la mano, riéndose de mi broma.

—¡Lo digo en serio! Más te vale apreciar lo amable que estoy siendo, porque no es normal en mí. Voy a tener que pelearme con alguien para compensar esta mierda.

A Lucas le costaba mucho ser amable, pero a mí me costaba aún más aceptar esa amabilidad. Probablemente me habría echado a llorar si él no me estuviera mirando.

—Te lo agradezco —dije, aclarándome la garganta con tanta fuerza que tosí—. Gracias. Yo... Es que... Gracias.

Lucas negó con la cabeza.

—Eres aún peor que yo aceptando un cumplido. Por Dios, acéptalo y ya está.

Así que eso fue lo que hice, aunque no pude evitar sonreír con torpeza.

—No creías que fuera capaz —dije—. Cuando nos conocimos, pensabas que abandonaría el grupo.

—Hubiera sido lo más inteligente —dijo sin más—. Sabía que podías hacerlo, J. No te subestimaba. No quería que tuvieras que hacerlo. No sé si me explico...

Nunca lo había expresado así antes. Me acerqué un poco más, de modo que quedamos sentados con nuestros brazos tocándose.

—Tiene sentido. —Luego, tras otra larga pausa, dije—: Te quiero. No lo olvides.

—Yo también te quiero, cabroncete.

14

LUCAS

El pelo de Jason caía a mechones a su alrededor mientras le pasaba la maquinilla por el cuero cabelludo. Su cabello castaño era tan suave que podría haber sido de conejo o de algún otro animalillo tembloroso. Casi hizo que me arrepintiera de afeitarle la cabeza.

Jason había entrado en mi caravana esa mañana, con Manson y Vincent detrás, con aspecto de haber llegado para su propia ejecución. En cierto modo, así era. El Jason Roth que existía antes de hoy, la versión inventada, el chico educado, heterosexual y temeroso de Dios que había sido para sus padres, había muerto.

Yo había ayudado a matarlo.

Hoy era el día en que íbamos a ocultar el cadáver.

Apagué la maquinilla y la tiré sobre la encimera de la cocina. Hacía un calor de mil demonios en la caravana, incluso con todas las ventanas abiertas, así que iba en calzoncillos y nada más. Manson estaba preparando una mezcla de decolorante en polvo y revelador en un bol, mientras Vincent estaba absorto oliendo el tinte azul brillante que Jason había traído.

—Huele a Jolly Ranchers —dijo, frunciendo el ceño ante el frasco antes de volver a olerlo.

Vince iba demasiado colocado como para funcionar bien, como de

129

costumbre, pero yo le quería igual. Ese payaso despistado conseguía hacerme reír de vez en cuando, y eso era mucho decir.

—Intenta no respirarlo tanto —dijo Manson.

Con unos guantes, untó el decolorante sobre la cabeza de Jason, que se quedó sentado, en silencio, aunque al cabo de un par de minutos empezó a mover la pierna con impaciencia.

—¿Se supone que debe quemar? —preguntó.

—Sí. También te picará muchísimo, pero no te toques.

No le quedaba mucho pelo, así que la decoloración no tardó mucho en hacer efecto. Se sentó allí, sin camiseta, con el pecho recién cubierto por las líneas de un tatuaje a medio hacer. Le había puesto en contacto con alguien dispuesto a hacérselo, teniendo en cuenta que aún le faltaban unas semanas para cumplir los dieciocho y que la mayoría de los estudios de renombre le rechazarían. Pero él no quería esperar, y yo no lo culpaba.

Ya había esperado bastante.

—¿Tienes cerveza? —preguntó cuando Manson terminó y dejó el cuenco de decolorante en la pila de platos sucios del fregadero.

No era una persona desordenada, pero odiaba fregar los platos. Con mi padre muerto, la realidad era que me daba igual. Ahora que ya no tenía que preocuparme por pelearme con nadie por eso, dejaba los platos acumularse si me daba la gana.

—No queda —respondí.

Lo que no mencioné fue que «no queda» incluía *todo*. Cerveza, comida… Joder, se me había acabado hasta el papel higiénico. Mi sueldo del taller de neumáticos apenas cubría las facturas, ni siquiera en este asqueroso parque de caravanas. Pagar el crematorio de mi padre había sido un completo desperdicio del poco dinero que me quedaba, pero mamá había insistido en que quería las cenizas. Estaba empeorando mucho al vivir sola, sin nadie que la cuidara. El poco afecto que me quedaba por ella me exigía que al menos le diera la oportunidad de llorar la muerte de ese pedazo de mierda de marido.

Pero no iba a sacar todo eso a la luz y hacer que los chicos sintieran lástima por mí.

Por otra parte, quizá sería mejor hacerlo. Porque Jason estaba pensando en su propio futuro y necesitaba saber al menos la verdad.

Ser fiel a uno mismo estaba muy bien, pero tenía consecuencias. Consecuencias graves. Por eso había aparecido allí, con aspecto de estar a punto de morirse.

Sus padres no lo aceptaban, y nunca lo harían. Le habían dado un ultimátum: dejar de salir con Vincent o marcharse. Cumplir sus reglas, arrepentirse de sus «pecados» y rezar para que lo perdonaran. Le habían dado folletos de terapia de conversión, como si fuera un drogadicto y estuvieran intentando meterlo en rehabilitación. Le decían que lo querían y, al mismo tiempo, decían que daba asco.

Nunca en mi vida habría pensado que aconsejaría a alguien que mantuviera la cabeza gacha, pero eso fue precisamente lo que le dije a Jason. Era un chico inteligente, tenía futuro, potencial. Podía llegar lejos en la vida. Tenía una oportunidad.

Pero estaba renunciando a ella. Por nosotros. Por Vincent. Por él mismo. Era la hostia de valiente y estúpido a más no poder. No sabía si animarlo o decirle que se recompusiera, pero no tenía argumentos para hacerlo. Las cosas a las que yo había renunciado por Vincent y Manson incluían mi vida entera, así que ¿quién era yo para decirle que debía seguir intentando apaciguar a sus padres?

—Parece que necesitamos ir a por unas cervezas, entonces —dijo Manson, dándole una palmada en el hombro a Vincent—. Venga, vamos a la gasolinera. Llevo mi carné falso. Lávale el decolorante en un par de minutos.

Vincent se levantó, tambaleante, dejando el tinte azul sobre la encimera y agachándose para darle un beso a Jason antes de que Manson y él se marcharan.

Jason tenía las manos entrelazadas sobre el regazo y seguía moviendo la pierna rápidamente. Miraba un punto de la pared sin pestañear, moviendo la mandíbula como si estuviera masticando su propia ansiedad.

—¿Dónde creen tus padres que estás hoy? —le pregunté.

—No lo saben —respondió—. Me fui sin decirles nada. Preparé una maleta. —Tragó saliva y levantó una mano para rascarse la cabeza, pero de repente recordó que no debía tocar nada—. Supongo que cuando vuelva así... Se acabó. Así que ya tengo lo que necesitaba. He empaquetado todas mis cosas. Tengo la mayoría de los recibos, así que no pueden decir que he robado una mierda.

Explicó su plan como si fuera algo perfectamente normal. Era un chico inteligente, mucho más de lo que yo jamás podría ser. Pensaba las cosas detenidamente, pero eso no significaba que su proceso mental fuera infalible. Estaba asustado, pero también enfadado. La furia le daba valor, pero también lo hacía imprudente.

El deseo de protegerlo también me hacía imprudente a mí. Era demasiado bueno, demasiado puro. No se merecía esta mierda, no se merecía el odio intolerante y virulento que el mundo iba a lanzarle.

—¿Tienes miedo? —le pregunté.

La forma en que se frotaba las palmas de las manos lo dejaba claro. Era en momentos como ese cuando deseaba ser capaz de consolarlo. Quería decirle algo amable, algo que le ayudara. Pero no se me ocurría nada.

Asintió con rapidez.

—Sí, estoy... —Se estremeció y respiró hondo—. Estoy bien. Hablé con los padres de Vincent. Me dejarán quedarme con ellos. Fueron muy majos... —Apretó los dedos sobre su regazo—. Les voy a pagar. No tienen mucho espacio.

Si hubiera podido, le habría ofrecido quedarse aquí conmigo. Pero no iba a poder mantener este sitio mucho más tiempo. Apenas podía pagar las facturas tal y como estaban las cosas. En unos meses, yo tampoco tendría a dónde ir.

Jason se estremeció y se sacó el móvil del bolsillo. La llamada era de su madre. Se quedó mirándolo fijamente durante varios segundos antes de enviarla al buzón de voz.

—Que les den —le dije—. Tú sabes lo que quieres, y no es asunto suyo. Que se preocupen si quieren. No pueden controlar tu vida entera.

Palabras vacías. La comida y el alojamiento, cuando se aprovechan, pueden darle a los padres control absoluto. Pero por la expresión de su rostro, no creí que le importara ya. Había miedo en sus ojos, pero no en su voz.

—Que les den —murmuró, rascándose la mejilla porque no podía rascarse el cuero cabelludo. Luego inclinó la cabeza y miró su reloj mientras decía—: Creo que tengo que quitarme el decolorante este.

—Te ayudo.

El fregadero estaba demasiado lleno y el baño solo tenía una ducha, así que lo llevé afuera. El terreno estaba lleno de tierra y había algunas malas hierbas que brotaban aquí y allá. El olor a cigarrillos y a grasa flotaba desde la casa del vecino mientras abría el grifo, luego cogí la manguera y le pedí a Jason que se acercara.

—Inclínate y cierra los ojos.

Se puso en cuclillas, apretando los ojos e inclinando la cabeza hacia adelante. Le eché agua y le froté el cuero cabelludo con la mano mientras le quitaba la mezcla. El agua corrió hacia la tierra, formando un charco fangoso alrededor de sus zapatos.

—No les tengas miedo —le dije—. Esta es tu vida. Tus decisiones. Este eres tú.

Le quité un poco de decolorante seco del cuello y me detuve, con los dedos extendidos sobre su piel. Él no se movió; permaneció exactamente como estaba, con la cabeza inclinada.

Cuando murió mi padre —ya habían pasado tres meses, joder—, no sentí pena por él. No sentí tristeza cuando me desperté una mañana y lo encontré muerto en la ducha, víctima de un infarto casi instantáneo. Si acaso, fue un alivio que se hubiera ido. Aunque eso me dejó en una situación imposible para pagar las facturas, no me importó.

Pero hacer esto, ayudar a Jason a romper el caparazón en el que había vivido durante tanto tiempo, era como un proceso de duelo. Estaba lleno de tristeza por quien había sido mientras se aferraba a la esperanza de lo que podría ser. Era una muerte, pero también un renacimiento.

Sus experiencias eran muy distintas a las mías. Había tenido una infancia tranquila. Eso hacía que lo que estaban haciendo sus padres fuera aún peor. Al menos mi padre siempre había sido un capullo. Sabía lo que podía esperar de él. Mi padre pensaba que podía controlar a la gente con miedo e intimidación, así que cuando dejé de tenerle miedo, no pudo hacer gran cosa. Cuando me hice lo suficientemente fuerte como para defenderme, para hacerle daño a él también, las cosas aquí se calmaron.

Nada de eso importaba ya. Con mi padre muerto, mis lazos familiares estaban prácticamente rotos. El único que quedaba, el único que importaba, era Benji. Pero no saldría de la cárcel hasta dentro de muchos años.

Cuando cerré la manguera, noté movimiento debajo de la caravana. Una gatita, de no más de seis meses, me observaba desde las sombras. Maulló y se acercó lentamente cuando me reconoció.

—No, no, vete de aquí.

Chasqueé los dedos y le hice un gesto con la mano para ahuyentarla. Pero confiaba en mí; la había alimentado a ella y a sus hermanos más veces de las necesarias para que supiera que yo era una persona segura.

Pero ahí no estaba a salvo.

—¡Fuera! —le grité, dando una patada en el suelo y golpeando con la mano el lateral de la caravana; fue suficiente para que saliera corriendo, con el rabo escondido.

—Creía que te gustaban esos gatos —dijo Jason.

—Sí. Pero hay un viejo un par de remolques más abajo que intenta disparar a los animales callejeros que pasan por allí. Le parece divertido.

Hace un par de semanas atrapé a un gato y lo llevé al veterinario porque tenía varias balas de aire comprimido incrustadas en el cuerpo. Verlo me dio mucho asco. Con mucho gusto le daría una paliza a ese vejestorio si eso no me enviara a la cárcel. Pero ya estaba en mi última oportunidad con la policía de por aquí. Un pequeño desliz por mi parte y me encerrarían encantados.

—Tengo que asustarlos. Odio hacerlo, pero aquí no están seguros.

Nunca entendí por qué algunas personas sentían tanto odio hacia los gatos. Había docenas de gatos callejeros que vivían en el parque de caravanas, alimentándose de sobras y refugiándose en la basura. Los gatos eran criaturas caprichosas, traviesas e independientes, y a los humanos les solían gustar los animales que los adoraban. También solían gustarles las personas que hacían lo mismo. En cuanto una criatura no era sumisa, obediente y complaciente al instante, los humanos la consideraban un «problema».

—Solo intentas protegerlos —dijo Jason—. Lo entiendo. Si pudieran entenderlo... estarían contentos.

Se puso de pie y se quedó mirando su reflejo deformado en la ventana de la caravana. Ahora tenía el pelo corto y de un rubio amarillo pálido. Se pasó los dedos, tocándolo con delicadeza, inseguro.

Esperaba que entendiera que también intentaba protegerlo. Porque yo había visto la crueldad, había sentido el dolor. Cada día me levantaba y me decía a mí mismo que merecía la pena luchar. Por sobrevivir. Por levantar el dedo corazón al mundo y decir: «Aún no me habéis matado, joder».

Necesitaría ser lo suficientemente fuerte para hacerlo. Al mirarlo ahora, al ver la dureza de esos ojos azules, lo supe. Era fuerte. Sobreviviría.

Pero, joder, ojalá no tuviera que pasar por todo eso.

¿Dónde demonios estaba el espacio para los chicos delicados que había en el mundo? ¿Dónde estaba la seguridad para la delicadeza? ¿Por qué todos teníamos que convertirnos en guerreros, en soldados, cuando aún éramos poco más que niños?

Solo nos teníamos a nosotros mismos. Y tal vez podríamos crear nuestro propio espacio, tal vez tendríamos que luchar todos los días y nunca sabríamos lo que significaba «seguridad». Pero nos teníamos los unos a los otros.

Le rodeé los hombros con el brazo, alejándolo de su reflejo y llevándolo de vuelta al interior.

—Vamos a ponerte ese tinte, chaval. Venga.

135

15

JESSICA

Pasamos nuestra última noche en la cabaña viendo películas en el sofá. Manson y Jason votaron por una película de terror, Vincent quería una comedia y Lucas solo quería cerveza. Mi voto decidió el asunto y nos decidimos por un maratón de las películas de terror más cutres de los ochenta que se les ocurrieron.

—Empezaremos con *Campamento de verano* —dijo Jason—. Luego *Los payasos asesinos del espacio exterior*.

—Después *Elvira: reina de las tinieblas* —dijo Manson.

—Presta atención, Jess. Esta va a ser la forma muy indirecta de Manson de convencerte de que te disfraces de Elvira en Halloween —dijo Vincent, apartándose antes de que Manson pudiera darle un golpe.

—Oye, Elvira es una mujer hermosa y un icono —dijo Manson—. También tiene unas tetas increíbles, lo cual es irrelevante en mi aprecio por ella.

—Vale, vale, ya veremos cómo tienes la polla a mitad de la película, a ver lo irrelevante que es —dijo Lucas.

Jason había vuelto de la cocina con cerveza para los dos, y Lucas lo arrastró a su regazo en lugar de dejar que se sentara en el sofá.

—¿Necesitas alguien a quien abrazar para no tener miedo? —preguntó Jason mientras Lucas se ponía cómodo y abría su cerveza, y luego también la de Jason.

—Sí, eso es —dijo Lucas—. Necesito a alguien a quien abrazar muy fuerte en las partes que dan miedo.

Procedió a darle a Jason un abrazo tan fuerte que lo dejó sin aire.

—Joder, da miedo abrazarte —jadeó Jason.

Manson ya me había reclamado como su compañera de abrazos, y los dos nos acurrucamos en la esquina del gran sofá modular. Incluso horas después, las marcas de la cuerda de Vincent seguían visibles en su piel. Mis dedos recorrieron las líneas enrojecidas mientras me acurrucaba contra él.

—Estas marcas te quedan muy *sexys* —le dije en voz baja.

—Vas a hacer que me sonroje —dijo, temblando cuando le besé el pecho.

Por mucho que hubiera aprendido durante las últimas semanas, ver hoy a Manson con Vincent me había abierto aún más los ojos. Era intimidante que alguien te confiara el bienestar de otra persona: su salud mental, sus sentimientos, su seguridad física. Especialmente cuando esa persona tenía tanto que temer, por tantas razones. Era como si Manson hubiera ido a la guerra contra sí mismo, mientras Vincent y yo le entregábamos las armas para luchar.

Ahora estaba relajado, más de lo que lo había visto desde que su padre apareció en la casa. La diferencia se podía sentir físicamente mientras me recostaba contra él, escuchando los latidos de su corazón, constantes y lentos. Se había suavizado, como si la tensión que había estado soportando finalmente se hubiera liberado. Bebía *whisky* con hielo mientras veíamos a unos adolescentes desventurados caer víctimas de payasos alienígenas asesinos, los cinco riéndonos de la ridícula sangre falsa y viscosa.

Era una noche para saborear, nuestro último día de paz antes de regresar a Wickeston al día siguiente. Volver a casa significaba enfrentarse de nuevo a la realidad: mi madre y sus juicios, mis examigos y sus comentarios hirientes, Alex McAllister y su rencor infinito hacia los chicos. Y... Reagan Reed.

Manson esperaba que su padre volviera a marcharse del pueblo mientras no estábamos. El pesimismo no solía formar parte de mi instinto, pero algo me decía que Reagan no iba a marcharse tan fácilmente.

Seguiría allí. Esperando, observando, pero no sabía exactamente qué.

Manson estaba claramente excitado cuando empezamos a ver Elvira, y sus comentarios ebrios a lo largo de la película me hicieron reír hasta que me dolió la barriga.

Aunque se hacía tarde y se me cerraban los ojos, no quería irme a dormir... Todavía no. No quería que la noche terminara.

De alguna manera, en medio de la emoción y la excitación de los juegos obscenos a los que jugábamos, me sentía cómoda. Cuando estaba con ellos, no tenía que pensar en la desaprobación de nadie. No tenía que preocuparme por lo que pasaba fuera de estas paredes.

Se habían convertido en mi refugio.

El lunes por la mañana nos levantamos temprano. Metimos todo en los coches, limpiamos la cabaña y nos aseguramos de que todas las puertas y ventanas estuvieran cerradas antes de ponernos en marcha.

Y así, sin más, las vacaciones llegaron a su fin.

Volver a la realidad me producía una sensación de melancolía. Los pensamientos sobre lo que tendría que hacer en el trabajo esa semana se agolpaban en mi cabeza, y mi lista de tareas pendientes ya reclamaba mi atención. Pero el estrés del trabajo no era mi única distracción.

Estaba a punto de conocer a los padres de Vincent.

La familia Volkov había cuidado de Jojo y Haribo durante el fin de semana. Cuando Vincent mencionó que iríamos a su casa a recoger a los perros, no le di mucha importancia. Lo había mencionado de forma tan casual que apenas lo registré en mi cerebro.

Entonces, a mitad de camino, recibió una llamada de su madre. Habló con ella con una gran sonrisa en la cara, asegurándole que el viaje iba bien y que llegaríamos en «solo un par de horas».

Eso, sin duda, me provocó un nerviosismo tan intenso como un tsunami.

Mierda.

Iba a conocer a sus padres. Ay, Dios, ¿y si me odiaban? ¿Y si no me aprobaban? No me había maquillado en todo el fin de semana y hoy tampoco lo había hecho, pero de repente me encontré rebuscando en mi bolso rímel, corrector... Cualquier cosa que me ayudara a causar una mejor impresión.

Como era de esperar, Vincent se dio cuenta exactamente de lo que estaba haciendo.

—Oye, oye, no te estreses —me tranquilizó. Me cogió la mano y entrelazó sus dedos con los míos—. Mi madre está muy emocionada por conocerte. Intenté decirle que no lo hiciera, pero está preparando una cena para nosotros.

—Te va a encantar la comida de Vera —dijo Jason—. Vincent es buen cocinero, pero su madre le supera con creces.

Vincent asintió con la cabeza.

Hacía varios años que no me molestaba en conocer a la familia de nadie con quien salía. Involucrar a las familias, incluida la mía, complicaba las cosas y las volvía demasiado serias. Salir con alguien era más cómodo cuando se mantenía como algo informal. Era más fácil alejarse.

Excepto en este caso, que, por muy nerviosa que estuviera, también estaba emocionada. Si la madre de Vincent estaba ansiosa por conocerme, eso significaba que había oído hablar de mí. ¿Qué le habría contado? ¿Qué pensaría de mí? Vincent era una persona muy tranquila, así que solo podía esperar que su familia fuera igual. Sabiendo lo difícil que era complacer a mi propia madre, se me hizo un nudo en el estómago al imaginar el juicio que Vera Volkov podría emitir sobre mí.

A medida que nos acercábamos a la casa, apretaba la mano de Vincent con más fuerza. Los Volkov vivían a las afueras de Wickeston, al final de una sinuosa carretera rural bordeada de árboles. Entramos en un estrecho camino de tierra, junto al cual había un poste con un letrero de madera tallada que decía: «Hogar, dulce hogar».

La casa estaba al final de un camino lleno de curvas, rodeada de árboles. Parecía que, originalmente, había sido un granero, pero se le habían añadido elementos para convertirlo en una casa. Numerosas campanas de viento colgaban del gran porche delantero, tintineando con la brisa. Macetas y ramos de flores secas colgaban de la barandilla del porche. Las gallinas picoteaban en busca de insectos junto a la casa, levantando la cabeza con curiosidad cuando llegaron los coches.

Aparcamos y todos gemimos de cansancio al salir y poder estirar las piernas. De repente, la puerta principal se abrió de golpe y dos niñas salieron corriendo, chillando con Jojo y Haribo pisándoles los talones. Una niña más pequeña, de solo cuatro o cinco años, corría tras ellas descalza, con su cabello castaño volando alborotado alrededor de su cara mientras intentaba seguirles el ritmo.

—¡Oh, no, son los *gremlins*! —exclamó Vincent.

Las dos niñas mayores, que sospechaba que eran gemelas, se abalanzaron sobre él, riendo, mientras lo abrazaban. La niña más pequeña corrió directamente hacia Jason, que la levantó y la hizo girar.

—¡Hoy he cogido un bicho, Vince! —exclamó, saltando emocionada en los brazos de Jason.

Las otras dos treparon por Vincent como si fuera un árbol, acomodándose una en cada brazo. Una de ellas se puso inmediatamente a hacerle una trenza en el pelo, mientras que la otra me sonreía tímidamente.

—¿Ah, sí? —se interesó Vincent—. ¿Ha dado mucha guerra?

—¡No! —negó la más pequeña—. No luchamos contra los bichos, tonto. Son nuestros amigos. —Saludó a Manson y Lucas con entusiasmo—. ¡Hola, tío Manson! ¡Hola, tío Luc! —Extendió los brazos y Lucas la cogió, pero ella insistió rápidamente—: ¡Encima de los hombros, porfi!

Lucas accedió y Manson ayudó a la niña a mantener el equilibrio sobre sus hombros.

—¿Cuidaste bien de Jojo este fin de semana, señorita Kristy? —preguntó Manson, y ella asintió.

—¡Sí! Cavamos en el jardín y ella me ayudó a atrapar bichos —contestó, balanceando las piernas para que golpearan el pecho de Lucas—. También se comió algunos de mis caramelos, aunque no debía hacerlo.

—Chicas, esta es Jessica —me presentó Vincent, señalándome mientras bajaba a las gemelas.

Llevaban vestidos amarillos a juego, con las faldas manchadas y los zapatos embarrados. Me miraron con sus grandes ojos verdes, del mismo color que los de su hermano.

—Hola —saludé, agachándome a su altura para tenderles la mano y cada una me dio un rápido apretón entre risitas—. ¿Cómo os llamáis?

—Anna —dijo una.

—Franchesca —dijo la otra.

—¡Y yo soy Kristina! —La más pequeña me saludó con la mano desde los hombros de Lucas—. Te pareces a mi Barbie. ¿Eres… Eres…? —Tuvo que hacer una pausa en su rápida frase para respirar, y yo contuve la risa—. ¿Eres amante de mi hermano?

—Dios mío. —Miré a Vincent—. ¿Cómo sabe esa palabra?

—Nuestros padres son personas muy abiertas —se explicó, tratando de contener una sonrisa mientras pinchaba a la niña, que se reía—. No seas entrometida, Kristy. ¿Dónde está ese insecto que has cogido?

—¡En mi habitación! —Apoyó las manos a los lados de la cabeza de Lucas, girando su cara hacia la casa—. ¡Vamos, vamos! ¡Vamos a decirle a mamá que estás aquí!

—Agárrate fuerte —dijo Lucas.

Ella chilló de emoción mientras él corría hacia la casa, con Jojo saltando detrás de él. Haribo ya estaba pegado al lado de Jason y lo seguía mientras entrábamos.

Otra chica había aparecido en el porche, sonriéndonos mientras nos acercábamos. Parecía tener unos catorce años, era alta y delgada como su hermano, con un largo cabello castaño.

—Esta es la mayor de mis hermanas, Mary —dijo Vincent.

Mary me estrechó la mano con cortesía y me saludó con una voz tan suave que apenas se oía.

—Voy al instituto con tu hermana —dijo—. Stephanie, ¿verdad?

—¡Sí! ¿Sois amigas?

La verdad es que no sabía quiénes eran las amigas de mi hermana, pero se parecía tanto a mí que solo podía suponer que también era muy sociable.

Mary frunció el ceño un momento antes de volver a sonreír.

—Oh, eh... No... —dijo—. Pero la he visto por ahí.

—Venga, vamos, que entra el frío —instó Lucas mientras mantenía abierta la puerta principal.

Kristy le daba golpecitos en la cabeza con las palmas de las manos como si fuera un tambor, pero a él no parecía importarle.

El interior de la casa era una mezcla de decoración ecléctica. Había muebles de madera pulida junto a lujosas sillas de terciopelo y un sofá en el que estaba sentado un hombre mayor con el pelo largo y canoso. Las paredes estaban cubiertas de cuadros, algunos claramente pintados por los niños, pero enmarcados de todos modos. Las ventanas no combinaban, algunas eran de vidrio tintado, otras redondas y otras cuadradas. La casa olía a especias con un ligero toque de rosa, y el fuego crepitaba en una estufa de leña que había en la esquina.

El hombre se levantó del sofá y dejó a un lado el gastado libro de ciencia ficción que estaba leyendo.

—Bienvenidos a casa, chicos —saludó, abrazando a cada uno de ellos antes de llegar a mí. Su parecido con Vincent era innegable, sobre todo en la sonrisa que me dedicó al tomar mi mano para saludarme—. Tú debes de ser Jessica Martin. Es un placer conocerte, jovencita. Soy Stephan Volkov. Cualquier pareja de nuestros chicos es parte de la familia, así que siéntete como en casa.

—Encantada de conocerle, señor Volkov.

—Por favor, llámame Stephan —pidió, y yo le sonreí agradecida, justo cuando una mujer salía de la cocina.

Tenía una sonrisa radiante en el rostro mientras se limpiaba las manos en el delantal. Abrazó a Vincent, dejando un poco de harina en su camisa.

—Oh, mi niño —murmuró, con una voz tan cálida como su largo cabello grisáceo recogido en un moño—. Qué alegría tenerte en casa.

143

Cuando lo soltó de su abrazo, abrazó a Jason inmediatamente después, agarrando la mano de Manson como si no pudiera esperar para saludarlo a él también.

—No tenías por qué tomarte tantas molestias para cocinar, mamá —dijo Vincent.

—Siempre voy a alimentar a mis hijos —dijo ella, haciendo un gesto con la mano como para disipar sus preocupaciones—. No es ninguna molestia.

—¿En qué puedo ayudarte, mamá? —preguntó Lucas mientras la abrazaba—. Quítate ese delantal y dámelo. Seguro que ya has estado de pie bastante tiempo.

—No tienes que hacer nada, Lucas —dijo, acariciándole la mejilla con cariño—. Solo necesito un momento para conocer a la señorita Jessica. —Se volvió hacia mí con una sonrisa que transmitía toda la calidez y el consuelo de volver a casa después de un largo día—. Dios mío. Bueno, Vincent me dijo que eras guapa, pero eres un rayo de sol, ¿eh? —Me abrazó, envolviéndome con aromas de canela, nuez moscada y pachulí—. Soy Vera. Es maravilloso conocerte por fin, Jessica.

—Me alegro mucho de conocerte —dije, por fin se me habían calmado los nervios, gracias a lo acogedores que eran todos—. Estaré encantada de ayudar en lo que necesitéis.

—No hace falta, cielo, no hace falta —dijo Vera—. Ya está casi todo listo.

—No te canses los brazos machacando esas patatas. Ese es mi trabajo —dijo Lucas, asomando la cabeza desde la cocina.

Se había colado allí mientras estábamos distraídos y ahora llevaba un delantal hecho a mano con un estampado de coches clásicos. Las gemelas arrastraron a Jason por la puerta trasera, insistiendo en que jugara con ellas, y Manson ya se había visto envuelto en una conversación sobre alcohol ilegal con Stephan.

Mientras Vera volvía a terminar de preparar la comida, Vincent me tomó de la mano.

—Te enseñaré la casa. —Me llevó a través de la sala de estar, señalando las diversas pinturas y proyectos de manualidades que había por todas partes y diciéndome qué hermana había hecho cada uno—. Le dije a mi madre que no tenía que guardar todas mis viejas porquerías, pero es un poco sentimental —añadió al abrir la puertecita del trastero que había debajo de las escaleras y me quedé boquiabierta al ver las pilas de lienzos pintados que había dentro.

—¿Son todos tuyos? —exclamé.

—Y de Mary —respondió—. Pinta mucho mejor que yo.

—No es verdad —negó Mary, aunque se sonrojó ante el cumplido.

—Es demasiado modesta —comentó Vincent, cerrando de nuevo el trastero—. ¿Te importa si le enseño a Jess la antigua habitación, Mary? Prometo que no tardaremos mucho.

Ella asintió y Vincent me condujo por la estrecha escalera. Algunos peldaños estaban un poco torcidos y la barandilla era una larga rama de árbol que aún conservaba la corteza. Había pequeñas figuras y diseños tallados en la madera, y Vince me los fue señalando a medida que avanzábamos.

—Mi padre hizo los tallados —dijo—. Fue carpintero cuando era más joven, antes de que su artritis empeorara. Él mismo hizo todos los muebles de la planta baja.

En lo alto de las escaleras, al final de un estrecho pasillo, una escalera de mano conducía al ático. Los peldaños estaban envueltos en luces brillantes y decorados con flores artificiales.

—Mary ha decorado todo muy bien desde que yo vivía aquí —dijo Vincent—. La habitación no estaba tan bonita cuando era mía.

Fue el primero en llegar a lo alto de la escalera y luego me tendió la mano. El ático era más pequeño que el que ocupaba Vincent ahora, pero resultaba acogedor en lugar de agobiante. Las paredes estaban cubiertas de tapices de color verde pálido y morado, con más luces centelleantes a lo largo del techo y alrededor de la ventana alta y estrecha. La cama estaba cubierta con una mezcla de mantas y almohadas de diferentes colores y diseños.

A pesar de ser la habitación de su hermana pequeña, el espacio me resultaba familiar.

—Mary tiene que parecerse mucho a ti —comenté, al ver las estanterías con pinturas, pinceles y lienzos apilados.

Había cajones con abalorios, cajas de plástico llenas de dijes y materiales para manualidades almacenados en todas las estanterías disponibles. Era un tesoro lleno de cosas interesantes por descubrir.

—El impulso creativo es algo muy fuerte en la familia Volkov —dijo.

Me llevó hasta el asiento de la ventana, que era demasiado pequeño para los dos, pero se sentó y luego me colocó en su regazo. Podíamos ver el patio trasero, donde Jason y las gemelas jugaban a la pelota con Bo y Jojo.

—Cuando éramos pequeños, nuestros padres siempre estaban haciendo cosas. Ya fuera construyendo sus propios muebles o cultivando sus propios alimentos. Hacían todo lo posible para que tuviéramos una infancia feliz. No teníamos mucho, el dinero escaseaba, sobre todo con tantos hijos, pero se las arreglaban para que funcionara. Tampoco dudaron en acoger a Jason cuando sus padres lo echaron de casa. Ni siquiera se lo plantearon. Les debo mucho. —Su expresión se volvió sombría por un momento—. Por eso vendía pastillas en el instituto. Pensé que era la única forma que tenía de ayudar, era dinero rápido. Intenté mantenerlo en secreto, pero a mi madre se le rompió el corazón cuando me metí en problemas.

—¿Te metiste en problemas? —pregunté—. Oí el rumor de que te habían arrestado, pero volviste al instituto tan rápido que no creí que fuera cierto.

—Era cierto —dijo, haciendo una mueca—. Era un chico terriblemente problemático y tuvieron que arrestarme por el bien de la sociedad. El instituto decidió no presentar cargos siempre y cuando hiciera su programita de terapia. Por desgracia para ellos, soy un buen actor y muy terco. También soy bueno aprendiendo de mis errores. Nunca más volvieron a pillarme.

Observamos a Jason y a las niñas jugar con los perros durante un rato, acurrucados en el asiento de la ventana. La casa no tardó en llenarse de deliciosos olores y mi estómago rugió de hambre. Me fijé en un corazoncito tallado en el alféizar de la ventana y, cuando me acerqué, vi las iniciales V+J en su interior.

—Jason y yo solíamos mirar las estrellas desde esta ventana —dijo Vincent mientras yo trazaba con el dedo el contorno del corazón—. De alguna manera, siempre hacía que nuestros problemas parecieran más pequeños, como si, en toda esa inmensidad del espacio, fuéramos solo diminutas motas de polvo con diminutos problemas.

Mirando fijamente el cielo azul pálido, comprendí ese sentimiento. Unas pocas nubes tenues flotaban en el aire y la brisa susurraba entre los árboles. El otoño estaba a la vuelta de la esquina. A pesar del drama, el dolor y la confusión que sufríamos los humanos, el mundo no dejaba nunca de girar. En cierto modo, era reconfortante. Por muy estresante o incierta que se sintiera una situación, la vida seguiría adelante.

—Siempre he querido comprarle un buen telescopio —continuó Vincent—. Le encantan los planetas y todo eso. Pero aún no he podido permitírmelo. —Me dio un beso en la mejilla y apoyó la barbilla en mi hombro—. Deberíamos llevarte a ver las estrellas alguna vez. Si te apetece.

—Me encantaría. —Me reí mientras veía a Jojo perder la pelota y a las chicas correr a recuperarla—. ¿Conoces algún sitio?

—Conozco algunos. Hay uno nuevo del que he oído hablar hace poco que parece divertido; está en un parque estatal, al norte. Tienen un faro encantado en el que puedes quedarte a pasar la noche.

—¡Vale, me has convencido! —dije—. ¿Dónde está ese sitio y cuándo podemos ir?

—Está en Nueva York. —Su voz se quebró un poco al decirlo; estaba acariciándome el brazo y, cuando lo miré, la sonrisa en su rostro era casi tímida—. Podemos ir cuando tú quieras. De verdad.

—¿A Nueva York? —pregunté en voz baja, y él asintió.

—A donde tú quieras, cariño.

Oh.

Fue como si todo el aire se me escapara de los pulmones.

Me acarició la cara, inclinándose tan cerca como para besarme.

—Dondequiera que vayas, yo también quiero estar allí —dijo en un susurro apenas audible.

—¡Yuju! ¡La cena está lista! —nos llamó Vera desde abajo, rompiendo la tensión que nos dejaba sin aliento.

Ambos nos reímos y él me dio un beso antes de levantarnos.

Abajo, la mesa estaba puesta como para un banquete. Había pollo asado con patatas y zanahorias, bollitos, judías verdes y salsa. Se me hizo la boca agua al verlo y mi estómago volvió a rugir con entusiasmo cuando me senté entre Vincent y Manson.

No nos dimos las manos ni rezamos, pero Stephan se puso de pie a la cabecera de la mesa.

—Estamos agradecidos ahora, como siempre lo estaremos, por la bendición de nuestros hijos, por la bendición de su amor y, por supuesto, por la bendición del nuevo amor. —Me sonrió y Vera me tomó la mano desde el otro lado de la mesa, luego Stephan se sentó y se inclinó para darle un beso en la mejilla a su esposa—. Gracias por todo tu trabajo para prepararnos esta hermosa comida, cielo.

Todos dimos las gracias antes de que diera una palmada, animándonos a empezar a comer. Me llené el plato hasta arriba, sin querer perderme ni un solo bocado. Vera descorchó una botella de vino y la pasamos por la mesa para llenar nuestras copas.

El crepitar del fuego era cálido y la rica comida me hizo repetir. La conversación fluía con facilidad, ya que los padres de Vincent eran muy risueños y estaban deseosos de escuchar.

Durante toda la cena, las palabras de Stephan se me quedaron grabadas en la mente. «La bendición del nuevo amor». Mientras veía a Vincent hacer trucos de magia para Kristina, a Lucas y Manson bromear con Stephan y a Jason prometer jugar a las muñecas con las gemelas después de la cena, esa palabra seguía volviendo a mi mente.

Amor.

16

MANSON

Después de cenar, Stephan nos sirvió a Vincent y a mí un par de dedos del aguardiente que guardaba en su cobertizo. Vince y él se encendieron un porro, aunque yo lo rechacé, y los tres nos sentamos cerca del invernadero mientras charlábamos.

Lucas y Jess estaban ayudando a Vera a limpiar mientras Jason jugaba con las niñas. La última vez que lo vi, le estaban haciendo un «cambio de imagen»: le habían adornado el pelo azul con numerosas horquillas brillantes. Todos mis recuerdos de esta casa eran buenos, y estaba muy agradecido por ello. Volver aquí era como volver a casa, aunque no hubiera crecido en ella. Vera y Stephan habían convertido su hogar en un refugio no solo para sus propios hijos, sino para cualquier niño que lo necesitara.

Lucas y yo habíamos dormido en el sofá muchas veces cuando no teníamos otro sitio a donde ir. Nos habrían acogido a todos de forma permanente si hubieran tenido espacio.

—Jessica parece una buena chica —comentó Stephan, devolviéndole el porro a su hijo.

Siempre hablaba despacio, eligiendo cuidadosamente sus palabras.

—Es el angelito más salvaje que jamás hayas conocido —dijo Vincent—. Es increíble.

—Me hace sentir como si estuviera perdiendo la cabeza la mitad del tiempo —añadí, y Stephan se rio mientras asentía—. Por suerte, me gusta perderla.

—La persona adecuada te cambiará para mejor —dijo—. A veces, es un cambio temporal: alguien entra en tu vida un tiempo y modifica un poco las cosas antes de seguir adelante. Pero otras veces es permanente. Las cosas en tu vida cambian justo lo necesario y encajan como si ese lugar las hubiera estado esperando.

Una parte de mí sabía que Jess encajaría perfectamente con nosotros. Aunque, por experiencia, sabía que las cosas buenas no eran para mí. Ser cauteloso y esperar lo peor era más seguro que tener esperanza.

Pero, por primera vez en mucho tiempo, me sentía esperanzado. Quizá no estaba destinado a que me pasaran cosas buenas, pero lucharía contra Dios y el destino para tenerlas de todos modos.

Al final, hubo una pausa en nuestra conversación y, en el silencio que hubo después, la expresión de Stephan cambió. Se enderezó y carraspeó.

—Supongo que ya lo sabréis, pero, aun así, quería mencionarlo. Tu padre ha vuelto al pueblo.

Di otro pequeño sorbo al licor, concentrándome en el calor que me producía al bajar por la garganta. Mi estómago se retorció, amenazando con rechazarlo.

—Sí, lo sé. Vino a casa. ¿Cómo te has enterado?

—Los rumores vuelan —respondió—. El viejo Reagan ha estado yendo al bar de Billy, y un amigo mío dice que ha escuchado algunas conversaciones. —Nos miró a Vincent y a mí, y la seriedad de su expresión me dio escalofríos—. Está armando jaleo, chicos. Parece que está haciendo todo lo posible para que la gente se ponga en vuestra contra.

—¿En nuestra contra? —Fruncí el ceño, inclinándome hacia delante en mi asiento—. ¿Qué quieres decir?

—Digamos que está intentando hacerse amigo de algunas personas que no tienen muy buena opinión de vosotros. Me han dicho que Reagan ha estado hablando con un grupo de jóvenes de allí, intentando convencerlos de que os saboteen.

—¿Qué tipo de sabotaje? —preguntó Vincent.

—No tengo ni idea, pero estaré atento a cualquier noticia. Sé que os gusta arreglároslas solos, chicos, pero no penséis que no tenéis gente que os respalda. Si Reagan va a vuestra casa y os causa problemas...

—Lo tenemos bajo control —me apresuré a decir.

Lo último que quería era meter a los Volkov en este lío. Ya habían hecho más que suficiente por nosotros.

—Me imaginaba que dirías eso. —Stephan miró a Vincent—. Sé que os cuidaréis los unos a los otros, y no tengo ninguna duda de que la señorita Martin puede valerse por sí misma...

—Está a salvo. La mantendremos a salvo —dije y me terminé el último trago de licor ilegal, agradeciendo el calor que me invadió las venas.

Vincent asintió con la cabeza.

—Estaremos a salvo, papá —dijo—. De todos modos, estamos acostumbrados a esta mierda.

—Estoy seguro de que, por fin, dar el gran paso os hará sentir que os quitáis un peso de encima —dijo Stephan, que se levantó de su asiento y apagó con cuidado lo que quedaba del porro—. Estuve echando un vistazo a la vieja casa cuando pasé por allí. La habéis dejado muy bien; seguro que sacáis un buen beneficio. ¿Ya habéis decidido a dónde queréis mudaros?

—Todavía no —respondí.

El tema había surgido más a menudo ahora que estábamos a punto de poder vender. Todos habíamos intentado mantener la mente abierta en cuanto a dónde ir. Pero últimamente, aunque había ciertas zonas que me atraían, había un sitio en particular.

—Es una decisión importante —comentó Stephan—. Pero tiene que haber algún sitio que os atraiga a todos.

—Nueva York.

Miré a Vincent sorprendido, justo cuando él me miraba a mí. Habíamos respondido al unísono, y Stephan se rio entre dientes.

—Nueva York, ¿eh? Tengo un primo que vive en Buffalo. Siempre le ha gustado la zona...

Luego se fue por las ramas y se puso a contarnos por qué su primo se había mudado allí. Apenas escuché una palabra.

Cuando terminamos de beber y volvimos al interior, Vincent se quedó atrás conmigo.

—¿Estás bien? ¿Necesitas un minuto? —me preguntó.

—No, estoy bien —respondí, soltando un profundo suspiro.

Cuando Stephan abrió la puerta principal, vi a Jessica sentada en el suelo mientras las gemelas le trenzaban el pelo, con Lucas a su lado, jugando con Kristy. Jason estaba en el sofá, riéndose con Vera mientras se terminaban la copa de vino.

—Ese cabrón no va a robarme ni un minuto más.

—Me parece bien, tío —dijo Vincent dándome una palmada en el hombro y esbozando una sonrisita—. Así que… Nueva York, ¿eh?

—Todos pensamos en lo mismo, ¿no? —respondí.

Las risas y las conversaciones que provenían de la casa me ayudaron a relajarme, me hicieron sentir más tranquilo. Y la realidad era que, si no tomábamos una decisión pronto, podríamos volver a perder a Jess. Se nos podría escapar, porque tenía una vida que vivir, al igual que nosotros, pero yo quería que se quedara en la nuestra.

—Tendremos que hablar del tema, Vince. Tendremos que elegir.

—El destino nos ha dado otra oportunidad —dijo Vincent, alzando la vista al cielo como si fuera un plan divino—, que me parta un rayo si esta vez la dejo escapar.

Cuando salimos de la casa de la familia Volkov, ya había anochecido. Lucas y yo nos llevamos a los perros en el Bronco mientras que Jason y Vincent llevaron a Jess a casa en el WRX. Despedirme de ella después de darle un beso de buenas noches, fue aún más difícil de lo que esperaba. Odiaba la idea de no tenerla en mi cama todas las noches.

Después de la advertencia de Stephan, mis sentimientos no se basaban solo en el anhelo. ¿Cómo iba a saber que estaba a salvo si ninguno de nosotros estaba con ella?

Lucas se dio cuenta de que mi estado de ánimo había empeorado.

—Es una pena tener que llevarla a su casa, ¿verdad? —comentó, y yo asentí—. ¿Por qué no pasa la noche aquí? Podría traerse el portátil. Podría trabajar desde aquí por la mañana, hay muchos sitios en la casa donde podría tener algo de intimidad.

Yo me había estado haciendo la misma pregunta.

—Su madre ya la controla bastante —dije—. ¿Cómo va a explicarle dónde pasa tanto tiempo?

Jess ya había tenido que mentir sobre con quién había pasado el fin de semana. Por mucho que quisiera tenerla conmigo, tampoco quería causarle más problemas.

—Bueno, eso es una gilipollez —murmuró Lucas, cruzándose de brazos—. Voy a tener que hablar con su madre antes de que esta mierda se nos vaya de las manos.

Nos detuvimos ante la verja y le lancé una mirada de advertencia antes de salir a abrirla.

—No te enfrentes a su madre. En serio. —Se encogió de hombros, pero eso no significaba que estuviera de acuerdo, fruncí el ceño—. Lo digo en serio, Lucas.

—Vale, vale —dijo, pero como yo seguía sin moverme, señaló hacia la verja cuando Jojo empezó a lloriquear—. Venga, los perros van a mearse aquí dentro si no los dejamos salir pronto.

Aún no estaba de acuerdo, pero se mostraba terco. Puse los ojos en blanco y fui a abrir la puerta para que entrara en el patio. Aparcó y yo abrí el maletero para que los perros pudieran salir. Corrieron por el patio, olisqueándolo todo. Jojo no tardó en encontrar una pelota y traérmela a los pies, exigiéndome que jugara con ella.

—Jugaremos mañana —le dije.

Rodeé su cuerpo regordete, abrazándola con fuerza y me lamió la cara en señal de comprensión, moviendo la cola de un lado a otro.

El garaje seguía cerrado, tal y como lo habíamos dejado. Una parte cínica de mi cerebro esperaba encontrarlo con la puerta forzada otra vez, pero, afortunadamente, no habíamos tenido tan mala suerte.

Entramos en la casa con pesadez, encendimos las luces y dejamos nuestras mochilas en el salón. Probablemente pasarían unos días antes de que nos molestáramos en deshacerlas.

—¿Me pasas un cigarrillo? —le pedí a Lucas antes de que subiera las escaleras.

—¿No ibas a dejarlo? —preguntó, reteniendo el paquete como si quisiera asegurarse de que lo decía en serio.

—Lo estoy intentando.

No había comprado otro paquete desde que se me acabó el último; había estado reduciendo el consumo. Pero cada vez que pensaba que estaba listo para dejarlo definitivamente, el estrés asomaba su fea cabeza y me obligaba a volver a fumar. Mi respuesta fue suficiente para Lucas, que me lanzó el paquete con una sonrisa burlona.

—Te va a costar caro —dijo.

—¿Sí? —Saqué uno del paquete y me guardé el resto en el bolsillo—. ¿Cuánto me va a costar?

Se detuvo en lo alto de la escalera.

—Date prisa y fúmatelo, cabrón. Luego sube y lo descubrirás.

Parecía que iba a hacer un descanso corto para fumar. La mosquitera de la puerta se cerró de golpe detrás de mí cuando salí al porche trasero y respiré profundamente el aire fresco de la noche. Apoyado en la barandilla mientras fumaba, podía oír débilmente la música que Lucas había puesto arriba. Las tuberías chirriaron cuando abrió la ducha, e imaginé el cuarto de baño llenándose de vapor mientras el agua se calentaba. Había sido un día largo y una ducha caliente me parecía una delicia.

Dejé el cigarrillo un momento y olisqueé el aire con curiosidad. Algo olía raro, a menta, no, no era menta. Era mentol.

Teníamos un cenicero aquí fuera y siempre teníamos cuidado de no dejar colillas tiradas por el jardín. Pero cuando miré hacia el otro lado del porche, vi tres cigarrillos apagados en la barandilla. Estaban aplastados contra la madera, dejando quemaduras circulares en la pintura blanca.

Uno de ellos aún desprendía un fino hilo de humo blanco.

El miedo me formó un nudo en el estómago y me heló las extremidades. De repente, el porche me pareció demasiado vulnerable, como si me estuvieran observando desde todos los lados. Mi padre podría haber estado allí mismo, entre las sombras, y yo no habría sido capaz de verlo.

Apenas había entrado por la puerta trasera cuando Jason y Vincent llegaron por la puerta principal.

—Oye, estás fumando —dijo Jason, pero entonces vio mi cara y su expresión cambió—. ¿Estás bien?

—Revisa las cámaras —le pedí con la voz entrecortada—. Cierra con llave... —Sentía que me quedaba sin aire. Dios, no podía entrar en pánico, no ahora. Tenía que mantener la compostura. Apoyé la mano contra la pared y logré articular las palabras—. Había alguien aquí. Alguien ha estado en la casa.

Alguien. Sabía exactamente quién.

Jason solo tardó unos minutos en recuperar las imágenes de las cámaras en su ordenador portátil. Vincent y yo nos acercamos por su espalda y miramos por encima de su hombro mientras rebobinaba las cintas.

—Ahí —señaló Jason con gesto sombrío, deteniendo el vídeo.

Mi padre estaba de pie en el porche trasero, fumando y mirando el jardín. De vez en cuando, levantaba la vista y miraba directamente a la cámara. No parecía nervioso; ni siquiera cuando el Bronco se detuvo ante la verja mostró signo de alarma. Simplemente apagó el cigarrillo y salió del campo de visión de la cámara.

—Por poco lo pillas —dijo Vincent—. Joder, Manson. Todavía podría estar ahí fuera.

—Tenemos que registrar el jardín —dije—. Trae unas linternas. Se lo diré a Lucas.

Nuestra búsqueda fue inútil. Después de deambular en la oscuridad durante media hora, lo único que encontramos fueron huellas frescas de zapatos cerca de la valla. No nos tranquilizó volver con las manos vacías. Incluso una vez que estuvimos dentro con las puertas cerradas, no conseguí relajarme.

No se trataba solo de una violación de nuestro espacio. Mi padre estaba enviando un mensaje. Sabía que las cámaras estaban allí y había dejado los cigarrillos a la vista. Quería que me sintiera amenazado. Quería que tuviera miedo.

—Tienes que intentar dormir un poco —me dijo Lucas cuando terminamos la búsqueda y yo seguía sentado en el sofá, mirando las imágenes de la cámara en el portátil de Jason.

El más mínimo movimiento en la pantalla me hacía sobresaltar: un insecto revoloteando, una hoja cayendo con el viento.

Negué con la cabeza.

—Voy a quedarme despierto un rato. Tengo que vigilar…

Lucas cerró el portátil y me agarró la mano antes de que pudiera volver a abrirlo.

—Estás temblando —dijo, pero yo no podía parar; estaba sudando, pero tenía mucho frío—. Tienes los dedos helados.

Acercó mis manos hacia él y luego me rodeó con los brazos. Los temblores empeoraron; temblaba tanto que él supo que no era solo por el frío.

—¿Quieres tus pastillas? —me preguntó.

Tardé un rato en responder.

—No. Solo quédate conmigo.

Me abrazó con más fuerza, recolocándonos para poder recostarse y que yo pudiera apoyarme contra él. Con cada segundo que pasaba, me sentía más culpable. Me mataba que solo hiciera falta un pequeño incidente, un maldito detonante, para destruir mi autocontrol, mi valor, mi lógica.

—No voy a ir a ninguna parte —dijo y señaló una gruesa manta de lana doblada en el respaldo del sofá—. Coge esa manta.

La extendí sobre nosotros y me recosté contra su pecho de nuevo, escuchando el latido constante de su corazón.

—Buen chico —le susurré, y él se retorció debajo de mí, rodeándome con los brazos un poco más fuerte.

—Te quiero —dijo.

156

Me acarició el pelo con los dedos y yo cerré los ojos. Que me abrazaran me hacía sentir bien.

—Yo también.

Se oyó un crujido en la escalera y, a continuación, Vincent y Jason entraron arrastrando los pies en la sala de estar. Ambos llevaban mantas sobre los hombros y Vince parecía estar ya medio dormido. Jason arrastraba su almohada con una mano.

Los dos se acomodaron en el sofá y yo los miré con el ceño fruncido.

—¿Qué hacéis?

—Pensé que íbamos a dormir en el salón —dijo Vincent, reprimiendo un bostezo a mitad de la frase.

Mi amigo se dejó caer en el sofá y estiró las piernas hasta que sus dedos descalzos tocaron el costado de Lucas. Jason se acostó a su lado y los dos compartieron su almohada.

—No tenéis por qué hacerlo —dije.

Lucas me acarició la cabeza, somnoliento.

—Con todo el respeto, cállate. Déjanos cuidar de ti.

—Si crees que necesitamos dormir aquí abajo para vigilar, entonces eso es lo que haremos —dijo Jason, enterrado bajo su manta—. Me gusta dormir en el sofá.

Poco rato después, Haribo y Jojo también entraron. Jojo intentó lamerme la cara un poco y luego se acomodó en la alfombra con un profundo suspiro. Bo saltó al sofá y se acurrucó a los pies de Jason.

—Jess debería estar aquí —dijo Vincent en voz baja, pero solo estaba verbalizando lo que todos pensábamos.

17
JESSICA

Era raro estar de vuelta en casa, durmiendo en mi propia cama. Esa noche, cuando me metí en ella, me pareció demasiado fría, demasiado vacía. Después de dar vueltas durante horas, logré colocar suficientes almohadas a mi alrededor para dar la impresión de que estaba acurrucada entre los chicos y, al final, conseguí dormir un poco.

A la mañana siguiente, me desperté con cuatro mensajes de «buenos días» en el chat grupal. Me hizo sonreír, pero, Dios, ya los echaba de menos.

¿Qué me había pasado? ¿Dónde había ido a parar la Jessica independiente, la que no necesitaba a un hombre, mucho menos a cuatro? Esa versión de mí misma había sido solitaria y ansiosa, altiva y crítica. Pero también había sido bastante intocable, y vivir la vida tras una barrera hacía que muchas cosas fueran más sencillas.

Ahora nada era sencillo, absolutamente nada.

Sobre todo, ahora que había conocido a la familia de Vincent. Era evidente que les había hablado de mí, y darme cuenta de ello me intimidaba y, al mismo tiempo, me reconfortaba de una forma extraña. Stephan y Vera me hicieron sentir bienvenida al instante, como si llevara años cenando con ellos. La pequeña Kristy se puso a llorar cuando tuvimos que irnos porque ella y yo no habíamos tenido la oportunidad de jugar a las muñecas, y solo se tranquilizó cuando le prometí que volvería a visitarla pronto para jugar.

¿Era justo por mi parte prometerle eso? ¿Era correcto que estuviera construyendo una relación con su familia cuando ni siquiera estaba segura de cuánto duraría la nuestra?

Pero cuando Vincent mencionó Nueva York, juro que el mundo entero se detuvo por un segundo. Un mundo de posibilidades —de esperanzas, miedos y suposiciones— me inundó en un instante. Y la marea aún no había bajado.

Mamá me miró con recelo toda la mañana, aunque yo no tenía ni idea de qué había hecho para merecer aquello. Era como tener a un gato enfadado persiguiéndome; me sorprendía que no bufase cada vez que me veía. Algo la había cabreado y, muy pronto, descubriría qué era.

Al menos, el trabajo me permitía evitarla durante unas horas.

Como me había perdido la reunión del lunes por la mañana, mi jefa programó una llamada individual por Zoom. Después de ponerme al día sobre nuestros clientes actuales y los próximos proyectos de diseño, mencionó a un cliente con el que había estado trabajando durante las últimas semanas.

—El señor Krazinski no tenía más que elogios para ti, Jessica —dijo—. Estaba increíblemente satisfecho con tu trabajo y dijo que eras muy profesional.

El señor Krazinski había sido un cliente muy difícil que estaba convencida de que me odiaba. Pero también era un cliente habitual, alguien que llevaba años trabajando con la empresa Smith-Davies, por lo que impresionarlo era crucial. Me había costado toda la paciencia y la profesionalidad que tenía, pero lo había conseguido.

—¿Cómo te sientes respecto a tu próxima evaluación? —me preguntó—. Ya llevas casi seis meses con nosotros.

—Bien —respondí—. He estado ampliando mi portafolio tal y como me sugeriste, y estoy muy emocionada por mostrar en qué he estado trabajando.

—Me alegro mucho de oír eso, Jessica. Estoy deseando verlo. Los demás socios y yo hemos estado pensando en contratarte a jornada completa. —Se bajó las gafas y me miró con una sonrisa—. ¿Sigues interesada?

—¡Oh, sí! —Me costó mucho contener la emoción—. Por supuesto, sigo interesada.

—Estupendo. Entonces nos vemos en la reunión del viernes y programaremos tu evaluación.

Salí flotando de mi dormitorio después del trabajo. Los clientes me elogiaban y mi jefa estaba claramente satisfecha conmigo. El ascenso parecía más cerca que nunca. Estaba tan emocionada que tuve que llamar a Ashley para darle la buena noticia.

Mientras hablaba por teléfono, me preparé un tentempié en la cocina. Los ojos de mi madre me taladraban la nuca todo el tiempo, clavados en mí como misiles listos para disparar. Cada vez que me daba la vuelta y establecía un incómodo contacto visual con ella, sabía que algo iba a pasar.

—¿Has pasado un buen fin de semana con tus amigas? —me preguntó en cuanto colgué y me giré para volver arriba.

Me di la vuelta. Estaba sentada a la mesa, con el teléfono en una mano y un vaso de té delante de ella. Sonreía ampliamente y su voz era alegre y amistosa.

Señales de alarma. Había señales de alarma por todas partes.

—Ha sido genial —le dije—. Me lo he pasado muy bien.

—¿Quiénes estaban? —preguntó con tanta normalidad que casi parecía que no le importaba.

Casi. Yo sabía que no era así.

—Bastantes personas —respondí—. Seguramente no las recuerdes, así que…

—¿Danielle y Candace? —preguntó, arqueando una ceja perfectamente depilada—. Dijiste que iban a ir, ¿no?

—Sí, estaban allí.

Aquello parecía un interrogatorio y yo solo quería salir pitando de allí. Seguía sonriendo y eso empezaba a ponerme nerviosa. A

161

veces fingía estar de buen humor para darme una falsa sensación de seguridad.

Pero luego, cuando bajaba la guardia, me destrozaba.

—¡No vas a creerte el fin de semana que he tenido! —exclamó y apartó una silla indicando que me sentara.

Con una sonrisa tensa, dejé el plato y me senté mientras ella se ponía a contarme con todo detalle lo que había hecho mientras yo estaba fuera: salidas de compras con amigas, *brunch*, cenas, cócteles… La escuché sin decir ni una palabra, pero mi madre no buscaba conversación.

Era extraño sentir que intentaba ser mi mejor amiga y, al mismo tiempo, mi mánager. Pero ella siempre había sido así. Quería la camaradería de alguien que estuviera obligado a complacerla, ¿y quién mejor que su hija?

Desconecté, distrayéndome con los recuerdos del fin de semana. La sensación del agua fresca del río bañando mi piel desnuda mientras Manson y Lucas me tocaban estaba muy presente en mi mente. Me hacía sentir más ligera, y cuando pensaba en los dulces besos de Vincent y en mi conversación con Jason bajo las estrellas, no podía evitar sonreír.

Mamá pensó que la sonrisa tenía que ver con su historia.

—¡Me alegro mucho de que te acuerdes de él! —dijo, y me quedé paralizada al darme cuenta de que no tenía ni idea de a quién se refería—. Marguerite dijo que estaría muy emocionado de verte…

—Espera, espera, ¿de quién estás hablando? —pregunté.

Su rostro se frunció en señal de desaprobación.

—Oh, por Dios, Jessica. ¿Marguerite Fall y su hijo, Greg? —Mi rostro debió de reflejar mi confusión, porque ella suspiró y dijo—: ¿Greg Fall, de primaria?

Me pasé una mano por la cara.

—Creo que lo recuerdo.

—Bueno, el sábado lo conocerás mucho mejor —dijo, agarrándome del brazo con entusiasmo—. Le dije que te llevara a ese restaurante italiano que siempre te ha gustado. ¡Anthony's!

Seguramente la había oído mal o estaba malinterpretando lo que decía. Hice todo lo posible por mantener la calma.

—Mamá, ¿me has organizado una cita con un desconocido?

—Oh, cariño, no es un desconocido —dijo, riéndose como si hubiera dicho una tontería—. ¡Ya lo conoces! Solo es una cena. Además, ese hombre tiene tanto dinero que no sabe qué hacer con él...

—¡No me importa su dinero! —espeté—. Mamá, esto es muy invasivo. No puedes programar cosas para mí sin preguntarme, ¡y mucho menos una cita! —Seguía mirándome como si estuviera siendo una estúpida y una exagerada, eso hizo que mi temperamento llegara al límite—. ¿Y si ya tengo planes para el sábado por la noche?

—¿Y bien? —preguntó, cruzándose de brazos—. ¿Tienes planes? ¿Quizá con los mismos amigos con los que pasaste el fin de semana?

Yo también me crucé de brazos, dándome cuenta demasiado tarde de que estaba imitando exactamente su postura.

—Sí, de hecho, tengo planes con ellos.

Sus ojos se entrecerraron peligrosamente.

—Vi a Danielle y Candace en el pueblo el domingo. No estuvieron contigo este fin de semana, mentirosilla.

Joder. Me había pillado con las manos en la masa. Debería haber sabido que no debía decirle los nombres de personas que ella reconocería.

Sus ojos se llenaron de lágrimas y su voz temblaba mientras aumentaba el volumen.

—Después de todo lo que he hecho por ti... —sollozó—. Todo lo que he sacrificado. ¡Llevarte a los entrenamientos de animadoras, a los recitales de baile, a las clases de piano, a las clases particulares! ¡Todo el dinero que hemos invertido en tus concursos para que fueras feliz! —Volvió a sollozar de forma exagerada—. ¿Tienes idea de lo mal que quedaré si no vas a esa cena? —Se llevó la mano al pecho, jadeando entre grandes sollozos fingidos—. Me sentiré tan humillada. Y yo que pensaba que estaba haciendo algo bueno por ti... ¡No tienes ni idea de lo que es ser madre! ¡Ver a tu propia hija romperte el corazón! ¡Pasando su tiempo con *degenerados*!

—Mamá…

—Son ellos, ¿verdad? —preguntó, y sus lágrimas desaparecieron tan rápido como habían aparecido—. Esos chicos, esos «mecánicos». Dios mío, te dejamos vivir aquí sin pagar alquiler, te mantenemos, ¿y así es como me lo pagas? ¿Mintiéndome? —Me interrumpió de nuevo antes de que pudiera decir una sola palabra—. ¿Tan difícil es salir con un hombre? ¿Un hombre bueno, decente, *normal* y con un buen trabajo?

El corazón me latía con fuerza contra las costillas. La furia me invadía con cada latido.

—¿Qué quieres decir exactamente con «normal»?

Puso los ojos en blanco.

—Por favor, cariño, el papel de rubia tonta no te queda bien. No te pienses que no sé lo que hacen esos chicos. Las noticias vuelan.

—Querrás decir que los *rumores* vuelan.

—Las mujeres de la iglesia me han estado preguntando por qué dejo que te acerques a ellos —dijo, sacudiendo la cabeza como si ni siquiera me hubiera oído, pero yo ya estaba harta de que no me escucharan, más que harta.

Empujé la silla hacia atrás y salí furiosa de la casa. Mamá me gritó algo, pero la puerta se cerró de golpe detrás de mí antes de que pudiera terminar. Sentía un vacío en el estómago y el corazón me latía con fuerza por la ira. Si esperaba que fuera a esa ridícula cena, estaba muy equivocada. Podía llorar todo lo que quisiera.

Excepto que no serían solo lágrimas. Serían quejas, regañinas y comentarios pasivo-agresivos hasta que cediera por puro agotamiento. Me haría sentir culpable por cada aspecto de mi existencia que no se ajustara a sus deseos.

Tragando saliva con dificultad, saqué mi móvil del bolsillo mientras caminaba a paso ligero por la calle. Sin pensarlo realmente, como por instinto, marqué el número de Vincent.

Contestó al segundo tono.

—Hola, cariño. —Sonaba aturdido, como si acabara de despertarse—. ¿Qué pasa?

—¿Puedes venir a recogerme, por favor?

Las lágrimas de frustración amenazaban con brotar, pero ni loca iba a dejar que una discusión ridícula con mi madre me hiciera llorar.

Al instante, su voz sonó más despierta.

—Dame diez minutos, ahora mismo voy.

—¡No escucha! ¡Nunca escucha, joder! Da igual lo que diga, no le importa.

Por un momento, me quedé sin voz y me callé. Hacía mucho tiempo que no me sentía tan frustrada con mi madre, pero eso hizo que todos los viejos sentimientos volvieran a aflorar. La ansiedad. La duda.

Por un lado, tenía un deseo desgarrador de ser su hija perfecta, pero no podía serlo, nunca podría ser lo suficientemente perfecta para ella. Por otro, quería patalear, gritar y alejarme de ella a toda costa. Una parte de mí quería excluirla de mi vida, romper la relación y no mirar atrás nunca más.

Pensar en ello me ponía mala. Mala, frustrada y muy confundida.

Jason se sentó a mi lado y me acarició la espalda en lentos círculos. Después de que Vincent me recogiera, me llevó directamente a casa. Sentada en su garaje, me sentí mejor solo por tenerlos a mi lado.

Las cosas eran diferentes con ellos, diferentes a como las había vivido con cualquier otra persona que hubiera conocido. Antes me hacían sentir fuera de control, como si no pudiera controlar mi cerebro o mi lengua adecuadamente. Ahora me daba cuenta de que esa sensación de «estar fuera de control» era solo una muestra de que todas mis falsedades me fallaban. No podía fingir con ellos.

—Algunos padres intentan todo lo posible para mantener el control —dijo Jason, que había dejado a un lado su ordenador portátil cuando llegué, posponiendo su trabajo para escuchar cómo me desahogaba—. Ya sea porque tienen miedo de perderte, o miedo de cagarla, o...

—O porque son gilipollas —añadió Vincent, que estaba a mi lado, ya vestido con una impecable camisa negra con botones y pantalones

165

de trabajo; esa semana había hecho turnos extra porque se había tomado el fin de semana libre—. Que sean tu familia no significa que puedan pisotearte.

Al otro lado del patio, Lucas estaba hablando por teléfono con un repartidor mientras le abría la puerta para que entrara. Guio la furgoneta blanca mientras daba marcha atrás hacia el garaje y, luego, él y Manson ayudaron al repartidor a sacar el paquete enorme y difícil de manejar que había dentro.

Distraída temporalmente de mis problemas con mi madre, los observé mientras maniobraban para meter el paquete en el garaje.

—¿Es lo que creo que es?

Manson se apartó el pelo de la cara y me sonrió.

—Ven, echa un vistazo.

Dicho eso, rasgó una esquina del cartón bien envuelto para que pudiera mirar dentro. Mucho metal... y el inconfundible logotipo de BMW en el interior.

Casi gritando de emoción, me di la vuelta y rodeé el cuello de Manson. A continuación, abracé a Lucas, lo besé y luego chasqueé los labios al notar su sabor salado. Tanto él como Manson habían estado trabajando todo el día y estaban cubiertos de suciedad.

—Necesito una ducha, ¿verdad? —preguntó Lucas, pasándose la mano por la frente y dejando una marca de grasa, pero se la quité con el pulgar y, en su lugar, le di otro beso.

—No me importa —dije—. Estoy feliz de estar aquí en lugar de en casa. Os he interrumpido en medio del trabajo...

—Para nada —dijo Manson—. Tú nunca eres una interrupción, ángel. Siempre que nos necesites, aquí estaremos.

Mis hombros se relajaron mientras me dejaba caer en los brazos de Lucas. Él se apoyó contra el parachoques del Honda Civic blanco en el que habían estado trabajando ese día y me abrazó con fuerza, apoyando la barbilla en mi cabeza.

—¿Lo vais a instalar hoy? —pregunté, deseosa de centrarme en algo emocionante en lugar de en otras tonterías.

—Joder, nena, tienes un poco de prisa, ¿eh? —dijo Lucas—. No instalamos piezas hasta que no están completamente pagadas. Y no me hagas ese puchero o te morderé.

—Parece que me tenéis cautiva con un motor como garantía —dije en tono burlón.

Deshice el puchero retirando el labio de entre mis dientes, sin embargo, eso no le impidió morderme. Se dirigió directamente a mi garganta, agarrándome con fuerza mientras sus mordiscos afilados se convertían en besos bruscos.

—No necesitamos un motor para tenerte cautiva —dijo Manson—. Pero tendrás que ser paciente un poco más. También tenemos que atender a otros clientes. Necesitamos esa belleza de allí lista para un espectáculo dentro de un par de semanas.

Apuntó con la cabeza al Ford Thunderbird rojo brillante que estaba en un elevador en la parte trasera del taller. *El Inferno de Dante* estaba escrito en letras caligráficas en espiral en el lateral.

—Mm, a mí me parece que estás intentando ganar tiempo —dije.

Se me cortó la respiración cuando Manson se acercó a mí. Lucas todavía me rodeaba con sus brazos y Manson me apartó un mechón de pelo con delicadeza.

—Quizá sí. Quizá estoy siendo un cabrón muy egoísta porque tenerte como mi juguete es demasiado divertido.

—Yo… Eh…

Normalmente era rápida con las respuestas descaradas, pero con Manson mirándome así y los labios de Lucas en mi cuello, mientras Jason y Vincent se reían, me quedé sin palabras.

—Entonces serás paciente, ¿verdad? —dijo Manson—. ¿Serás una chica buena y paciente para nosotros?

—Sí, señor —respondí, y cuando él arqueó una ceja, rápidamente corregí—: Amo. Sí, amo.

Me cosquilleaba todo cada vez que esas palabras escapaban de mi lengua. Nunca había imaginado que llamaría a alguien de esa forma. No solo de vez en cuando, sino frecuentemente. Era una palabra con mucho peso, que transmitía una seriedad que los simples apodos no tenían. Pero también escondía una promesa: orientación, protección, autoridad. Era una forma de asegurar su cuidado.

—Eso es —dijo Manson, dándome un rápido beso en la frente antes de dirigirse al banco de herramientas y empezar a guardar las cosas.

—¿Tu madre va a salirse con la suya? —preguntó Lucas—. ¿Vas a ir a cenar con ese tío?

—Voy a hacerme la enferma —dije con determinación—. A mi madre le dan mucho asco los vómitos, así que, si finjo tener náuseas, podré librarme sin someterla a la vergüenza eterna de haberme echado atrás.

—Vamos, Jess —dijo Jason, sacudiendo la cabeza—. No deberías tener que fingir.

—No puedes dejar que ella traspase tus límites —dijo Lucas, con el tono más razonable que le había oído nunca—. Tienes que ser firme.

—Lucas sabe muy bien lo que es ser firme con los padres —dijo Vincent con una sonrisa burlona—. Era muy firme con su viejo.

—Tienes razón —dijo Lucas—. Le di un puñetazo en toda la cara y dejamos de tener problemas. En su mayor parte. Y no interpretes eso como si te estuviera diciendo que le des un puñetazo a tu madre. No lo hagas.

Agradecida por la frivolidad, me reí.

—No, no voy a pegarle a mi madre. Solo me gustaría que me escuchara. Siempre está hablando de las cosas que ha hecho para hacerme feliz, pero esas cosas la hacían feliz a ella, no a mí.

Manson se quitó los guantes sucios y los tiró a la basura.

—¿Qué sabes de ese tal Greg? ¿Fue al instituto con nosotros?

—Fuimos juntos al colegio. Se mudó antes de empezar el instituto. No sé nada más sobre él. Pero conociendo a mi madre, estoy segura de que es guapo, rico y probablemente muy aburrido. Ese es el tipo de hombre que le gusta.

—¿Un tío rico? —preguntó Vincent, moviendo las cejas de forma sugerente—. Joder, si tú no vas, lo intento yo. Dejaré que un viejo aburrido pague mis gastos.

—No es viejo —dije—. Pero si quieres ocupar mi lugar en la cena, eres más que bienvenido. Tíñete el pelo y nadie lo notará.

—Muy bien, ¿cuál es el plan, chicos? —preguntó Lucas—. ¿Vamos a matar a este tío o solo a asustarlo?

—Podríamos deshacernos del cadáver dándoselo de comer a Bo —dijo Jason—. Ese capullín se come cualquier cosa.

—Eh, tranquilos todos —dijo Manson lentamente, con tono misterioso, como si hubiera caído en algo que a los demás se les escapaba—. Quizá Jess debería complacer a su madre una última vez e ir a cenar.

Me quedé boquiabierta por la sorpresa.

—Espera, ¿qué? ¿Quieres que vaya?

Miré a los demás, pero ellos también parecían sorprendidos.

—Sí —dijo Manson—. Podrás arreglarte y pasar una velada agradable. Incluso iré contigo.

Ahora estaba confundida de verdad.

—No creo que Greg sea así, Manson...

—No me refiero a sentarme en la mesa contigo. Me refiero a que estaré allí, en el restaurante, asegurándome de que estás a salvo. Asegurándome de que lo pases bien.

Sonrió, seguro de sí mismo y ridículamente *sexy*. Eso hizo que brotaran chispas en mi pecho, crepitando en mi corazón, que latía rápidamente.

Lucas pareció darse cuenta de lo que Manson pretendía.

—Así que cuando dices que te vas a asegurar de que se lo pasa bien, lo que quieres decir es que te la vas a follar en las narices de su cita.

Manson extendió los brazos con inocencia.

—Me gusta lo que me gusta. Y me encantaría ver a nuestro precioso juguetito vestida elegante y sentada educadamente en su cita mientras yo le hago la vida imposible.

Oh, eso era obsceno. Las chispas en mi pecho ahora eran más bien fuegos artificiales, explotando en pequeñas oleadas de adrenalina, excitación e incertidumbre. Pero había una cosa de la que estaba muy segura.

—Creo que a mí también me gusta la idea —dije, devolviéndole la sonrisa ansiosa a Manson.

18
MANSON

Mientras dejaba el Mustang en el aparcamiento de Anthony's, los nervios me invadieron en una oleada lenta y densa. Pero no era la angustia repugnante de la ansiedad, ni el pánico que te paraliza la mente y te acelera el corazón.

Era el tipo de nerviosismo que sentía antes de una carrera, cuando el rugido del motor parecía recorrer todo mi cuerpo y apoderarse de mí. O antes de una escena de *bondage*, cuando tenía a mi sujeto de rodillas esperándome, sabiendo que tenía el poder de hacerle daño, darle placer o destruirlo a mi antojo. Era un torbellino, una avalancha de poder tan jodidamente dulce que era como una droga.

Durante un momento, tuve que quedarme allí sentado en silencio y con los ojos cerrados, tranquilizándome. Jess y su cita llegarían en cualquier momento, pero ella no estaba allí por él.

Estaba aquí por mí.

Después de salir del Mustang, me dirigí a la entrada, abrochándome la chaqueta por el camino.

No había vuelto a ponerme un traje desde que Kathy y James Peters renovaron sus votos, y era, sin duda, la prenda más cara que tenía. Ni siquiera sabía cuánto había costado exactamente, ya que me lo había comprado Kathy.

Había algo siniestramente satisfactorio en experimentar lo diferente que me trataba la gente cuando cambiaba los vaqueros raídos y las botas por un traje hecho a medida. Cuando entraba en un lugar tan elegante como este, solía ser el centro de atención desde que cruzaba la puerta. Pero el anfitrión me saludó y me condujo al interior sin ningún problema.

Me senté en la barra y me tomé unos minutos para empaparme del ambiente antes de mirar el menú.

Era un sitio caro, de lujo. La iluminación era tenue y romántica, la barra rodeada de una enorme superficie de azulejos brillantes como un espejo que captaban la luz y los colores de las botellas de licor. Las mesas estaban cubiertas con manteles blancos y las velas titilaban. Las cortinas rojas vaporosas y las plantas en macetas proporcionaban un poco más de privacidad a las mesas, pero yo tenía una buena perspectiva desde la barra.

La vi nada más entrar.

Jess estaba deslumbrante, en todos los sentidos. Llevaba el pelo medio recogido con numerosas horquillas que brillaban a la luz, y el resto caía suelto sobre sus hombros. Lo que llevaba puesto lo había elegido yo; los zapatos de tacón plateados, el vestido rosa pálido que se ceñía a su figura, incluso la lencería que llevaba debajo.

Saqué el móvil y abrí la foto que me había enviado antes, mientras se preparaba.

Las palabras no bastaban para describirla. Una sola mirada bastó para excitarme, y tuve que inclinarme hacia la barra para ocultar mi bulto. Pero mantuve la cabeza ligeramente girada en su dirección, sin querer apartar la mirada de ella ni un solo instante.

Greg estaba a su lado: alto, de pelo oscuro y con la mandíbula marcada. En realidad, se parecía mucho a Kyle, lo que inmediatamente me repugnó. El camarero los guio y cuando Jess pasó por delante, sus ojos se posaron en mí.

Me volvió loco la forma en que su mirada se elevó hacia mi rostro y dijo mil cosas en el espacio de un suspiro.

Había anhelo. Sumisión. Obediencia. Emoción. Su lenguaje corporal era perfecto. Se mantenía impasible, sin dar ninguna pista de lo que realmente estaba pasando.

Estaba allí para mí. Para mi placer, esperando mis órdenes. Greg, el pobre idiota, no tenía ni la más mínima idea. Estaba demasiado ocupado hablando de sí mismo, parloteando sin parar mientras se sentaban. Jess sonreía y asentía educada. Todavía no la había visto abrir la boca.

¿Por qué cojones había elegido su madre eso para ella? ¿Un tipo egocéntrico que podía sentarse allí presumiendo de sí mismo cuando tenía a una mujer como ella delante? Dios, cualquier cosa de la que yo pudiera presumir, y no tenía mucho, se me olvidaba por completo al verla. No había ni una sola cosa material en el mundo que pudiera estar a su altura. Se merecía mucho más que eso.

Llamé la atención del camarero cuando pasó por mi lado, pedí un *Sazerac* y me dispuse a ver el espectáculo.

Greg sugirió que pidieran una botella de vino. Jess quería blanco; él le explicó por qué era mejor el tinto, y yo bebí un sorbo de mi copa para calmar la ira que me invadía el pecho. Ese cabrón ya era insoportable.

Llegó la botella y ella la probó. Por la forma en que frunció los labios, supe que no le gustaba.

Después de dejar que se acomodaran durante unos minutos, volví a llamar la atención del camarero.

—¿Le importaría indicarme dónde está el baño?

Me indicó una esquina al fondo, donde había un arco enmarcado por plantas con flores. Al levantarme de mi asiento, crucé la mirada con Jess, me di la vuelta y me dirigí directamente hacia allí.

Era, sin duda, el baño público más bonito en el que había estado nunca. Una melodía de orquesta sonaba por los altavoces y me detuve frente al gran espejo, lavándome las manos antes de ajustarme el cuello de la camisa. Vincent me había dicho que me pusiera corbata, pero yo no era muy de esas cosas, traje o no. En su lugar, había dejado el cuello desabrochado.

Los minutos que tuve que esperar a Jess se me hicieron los más largos de mi vida, pero le había dicho que no lo hiciera demasiado obvio, que no se levantara demasiado pronto después de que yo lo hiciera. Alguien entró, usó el urinario y se fue. Entonces la puerta se abrió de nuevo y unos tacones resonaron en el suelo...

Dobló la esquina y, por un momento, me dejó sin aliento. Parecía ansiosa, pero insegura. Emocionada, pero ligeramente asustada.

Perfecta.

Se colocó delante de mí mientras yo me recostaba contra el lavabo. Sus ojos brillaban con el maquillaje, sus labios tenían un suave tono malva. Me fascinaba cómo era capaz de hacer eso, de transformar su rostro como una artista.

Aunque lo que más me gustaba era su piel desnuda.

Me encantaba. Esa palabra me venía a la mente cada vez que pensaba en ella. Me resultaba extraño, incluso peligroso, como si estuviera apostando por las probabilidades más altas.

Siempre había sido una persona a la que le gustan los riesgos. No podía detenerme ahora.

—¿Cómo va tu cita? —le pregunté mientras se acercaba y le acariciaba el brazo desnudo con la mano; se le puso la piel de gallina al tocarla y eso me hizo sonreír.

Puso los ojos en blanco.

—Ha estado intentando explicarme los impuestos sobre la propiedad como si tuviera cinco años. Al parecer, le gusta mucho el sector inmobiliario. Y pensaba que me llamaba Jenny.

Cambiamos de posición y me acerqué por detrás mientras observaba su rostro en el espejo. Se le cortó la respiración cuando mis manos rodearon su cintura, acariciando la parte baja de su vestido. Alguien podría haber entrado en cualquier momento, pero el riesgo de que nos descubrieran hacía que mi corazón latiera más rápido.

—Estás preciosa.

Le susurré esas palabras en forma de besos en el cuello; las grabé en su piel mientras la abrazaba con fuerza. Había intentado cubrir los chupetones del cuello y lo había hecho muy bien. Pero, de cerca, aún podía ver las marcas a través del maquillaje.

Nuestras marcas. Nuestra chica. Nuestra.

Que le dieran al juego. Ella podía seguir jugando si quería, pero para mí eso no era un juego. Nunca lo había sido.

—Ese hijo de puta no tiene ni idea de lo afortunado que es —dije en un susurro que la hizo estremecerse—. Sentado con una maldita diosa y lo único que sabe hacer es hablar de sí mismo. Qué vergüenza.

Se apoyó en el borde del lavabo de mármol con un grito ahogado cuando la empujé hacia delante. Le subí el vestido, deslizando la tela sobre su culo como si fuera el melocotón más jugoso. Unas delgadas braguitas blancas se ceñían a la curva de sus caderas, y me tomé un momento para disfrutar de la vista: inclinada, con el vestido subido y sus hermosas piernas abiertas para mí.

—Qué buena chica. Sabes exactamente cómo ponerte en posición para mí —tararee con aprecio mientras recorría con el dedo la parte interior de sus muslos.

—He practicado un poco —dijo, guiñándome un ojo en el espejo. Su tono se había vuelto ronco y sonaba jodidamente *sexy*. Le bajé las bragas y ella se mordió el labio—. Podría entrar alguien.

—Tienes razón. —Las bragas le cayeron hasta los tobillos—. Alguien podría entrar, verte inclinada sobre el lavabo mientras te comen el coño y, tal vez, hasta se quede a mirar.

Con la imagen de su rostro sonrojado en mi mente, me arrodillé detrás de ella y hundí la cara en su centro. La devoré, saboreando cada dulce pedazo de carne que podía consumir. Su sabor era embriagador, al igual que la forma en que su cuerpo se movía conmigo, reaccionando cuando lo hacía bien.

Ella gimió con suavidad y yo la agarré por los muslos, manteniéndola en su sitio.

—Shh, no hagas tanto ruido, ángel —pedí, luego continué hasta que sus gemiditos entrecortados se volvieron demasiado intensos como para que pudiera controlarlos.

Le temblaban las piernas y su rostro estaba sonrojado mientras yo me levantaba y me limpiaba la boca con el dorso de la mano.

—Por favor, no pares ahora —susurró—. Por favor.

Pero ella sabía lo que me gustaba, y a mí me gustaba tenerla al límite: temblando por mí, esperándome, disfrutando del placer hasta que yo decidiera que ya había tenido suficiente.

—Tengo un regalo más para ti —le dije, rebuscando en el bolsillo interior de mi chaqueta—. No quiero que olvides ni por un segundo quién es tu dueño, quién puede estar dentro de ti.

Saqué su tapón anal enjoyado y un bote de lubricante, y ella abrió mucho los ojos.

—Dios mío —jadeó—. Oh, joder...

—Todo el tiempo que estés ahí con él, sentada, esto es lo que sentirás. —Me puse el lubricante en los dedos, se lo unté y la penetré—. Este culo me pertenece. Tu coño, tu clítoris, todo este precioso cuerpo, cada maldito centímetro de ti... es mío. Es de Lucas. Es de Jason. Es de Vincent. —Apretó los puños en un esfuerzo por permanecer en silencio, temblando de placer mientras mis dedos la penetraban—. Eres nuestra, y quiero que lo recuerdes cada vez que te retuerzas y sientas lo apretado que está este tapón dentro de ti.

Me observaba a través del espejo mientras yo la preparaba, antes de lubricar el juguete y presionarlo hacia su interior. Gimió con suavidad y cerró los ojos cuando lo introduje en ella por completo. Le subí las bragas y le ajusté el vestido, levantándola del lavabo para poder verla bien.

—Es como si ni siquiera estuviera ahí —le dije, antes de darle una rápida palmada en el culo que hizo que sus ojos se iluminaran—. Será mejor que vuelvas antes de que tu cita empiece a preocuparse.

Respiraba hondo, intentando recomponerse.

—Joder, Manson. —Le temblaba la voz—. A veces creo que eres el mismísimo diablo por cómo me haces sentir.

No podía haberme hecho mayor cumplido.

Volvió a su mesa y yo regresé a la barra un minuto después. El camarero había tenido la amabilidad de vigilar mi copa, así que le di una buena propina antes de pedir otra. En realidad, no era muy aficionado a la bebida; mi relación con el alcohol era, como mucho, cautelosa, teniendo en cuenta lo que le había hecho a mis padres. Pero me estaba divirtiendo más de lo que esperaba y quería darme el gusto.

Pidieron la comida y Greg siguió hablando, aunque por fin le había preguntado en qué trabajaba. Pedí una copa de vino blanco y la mandé a su mesa porque ella iba a necesitarla; que le dieran por culo al vino tinto de mierda que él le había pedido. Cuando le dije al camarero que no dijera de quién era, se echó a reír y, por suerte, accedió.

Greg estaba mosca por la copa de vino y miraba a su alrededor como si fuera a partirle la cara a alguien. Como si tuviera derecho a hacerlo. Como si tuviera algún derecho sobre ella.

Jess parecía contenta, sonreía mientras bebía a sorbos. Y eso era lo único que me importaba. Pero también estaba distraída, retorciéndose en su asiento. Quizá pensaba que era cruel por mantenerla en vilo, pero yo hacía lo mismo conmigo mismo. Me mantendría al límite todo el tiempo que fuera físicamente posible, disfrutando con avidez hasta la última gota de placer que pudiera.

No podía esperar mucho más.

En cuanto dejó el tenedor, capté su mirada y le hice un gesto con el dedo. Volví al baño, intentando recomponerme de manera discreta por el camino.

Caminé de un lado a otro frente al espejo, con la paciencia a punto de agotarse. La necesitaba ahora. Ya mismo. Antes de volver allí y follármela sobre la mesa delante de él.

Me encantaba compartir, pero solo con las personas adecuadas. Quería ver cómo se follaban duro a mi chica, cómo la usaban de la forma más salvaje posible, pero quería saber que quien lo hiciera lo apreciaba de verdad. Quería que lo hicieran bien, que la satisficieran como ella necesitaba ser satisfecha. Cualquier cosa menos que eso era inaceptable.

Menuda puta suerte tuve de que el baño estuviera vacío porque, en cuanto entró, la agarré por el cuello y la empujé contra uno de los cubículos.

—De rodillas, joder —le gruñí, y ella se arrodilló delante de mí, levantando la barbilla para sostenerme la mirada.

Me desabroché el cinturón y gemí suavemente al verla. Quería arrancarle esa bonita ropa, hacerla gritar mi nombre, follármela hasta que pusiera los ojos en blanco.

En cuanto mi polla estuvo delante de ella, envolvió los labios a su alrededor y me la chupó. Mantuvo sus ojos clavados en los míos todo el tiempo, con esos iris verdes tan seductores como los de una súcubo. Me acogió con ganas, hasta que llegué al fondo de su garganta. Sus músculos se tensaron, luego volvió a sacarla por completo, con la lengua girando alrededor de mi glande.

—Joder, cómo me gusta. Qué buena chica...

Apoyó las manos en mis piernas para mantener el equilibrio. Queriendo más, le levanté las muñecas para que sus manos pudieran subirme la camiseta y arañar mi abdomen, dejando largas marcas rojas en mi piel con sus uñas.

Era tan buena... Esos labios perfectos subiendo y bajando por mi miembro, sus largas pestañas parpadeando lentamente sobre sus ojos llorosos mientras me hundía en su garganta una y otra vez. Ya estaba luchando por controlarme, era demasiado pronto, jodidamente pronto.

Me aparté, agarrándola del brazo y tirando de ella para que se pusiera de pie. Me miró sorprendida, pero entonces la empujé contra la puerta del cubículo y la besé, metiéndole la lengua en la boca. Le apreté el cuello hasta que le faltó el aire, luego la giré y la inmovilicé contra la puerta, con la cabeza pegada a ella.

—Súbete el vestido —le ordené, y ella obedeció.

Le bajé las bragas y me hundí en su coño hasta que sentí el tapón que llevaba en el culo rozándome el abdomen. La agarré por las caderas, arqueándole la espalda mientras me la follaba. Se mordió el labio, pero eso no impidió que los gemidos salieran de su boca; su autocontrol disminuía por segundos.

—Dios, me encanta —jadeó—. Joder, por favor, tócame, por favor...

178

Le froté el clítoris hasta que no pudo más y se desplomó contra la puerta con los ojos entrecerrados. Teníamos que ser rápidos, no podíamos alargar esto demasiado, pero iba a enviarla de vuelta a esa mesa con mi semen chorreándole por las piernas.

—¿Te gusta? —le pregunté, y ella asintió rápidamente, con desesperación.

Estaba tan apretada con el tapón anal puesto que podía sentirlo mientras la penetraba. Palpitaba a mi alrededor, el éxtasis le hacía contener la respiración mientras se acercaba al borde del orgasmo.

—Córrete para mí, ángel. Córrete sobre mi polla.

Dios, me apretó con tanta fuerza. Era como si lo único que la estuviera reteniendo fueran mis órdenes, y una vez que le dije que podía correrse, se estrelló contra ella sin control. Solo pensar en ello me hizo jadear, mis testículos se tensaron, prácticamente desgarrándose por las costuras mientras me corría dentro de ella.

—Eres mía el resto de la noche —le dije. El resto de la noche... El resto de la puta eternidad. En ese momento, las dos cosas parecían casi sinónimos en mi mente—. Quiero que cojas un Uber directamente a casa después de cenar, ¿entendido?

—¿A tu casa? —preguntó, y un escalofrío de calor me recorrió la espalda.

Cuando había dicho «casa», lo primero en lo que había pensado no era en la casa en la que vivía. Era en nuestra casa. Nuestro hogar.

—A tu casa, ángel —aclaré, abrazándola con un poco más de fuerza—. Mándame un mensaje cuando llegues.

—Sí, señor. —Las palabras me sacudieron, pero con fuerza.

Apenas podía mantenerme en pie, pero la sostuve conmigo, sujetándola mientras recuperaba el aliento. Le di un beso en el hombro, en el cuello, en la mejilla..., pero ya habíamos tardado demasiado y no podía dejar que nos pillaran ahora.

—Recupérate —le pedí y me separé de ella, echando inmediatamente de menos la suave y agradable calidez de su interior—. Tienes una cita que terminar, ¿recuerdas?

—No quiero —contestó y se volvió hacia mí, dándole la espalda a la puerta; tenía las mejillas muy rojas y los labios hinchados por lo fuerte que la había besado—. Solo te quiero a ti.

Oh...

Joder.

Le sonreí, a sus labios fruncidos y a la mirada suplicante de sus ojos.

—Me tendrás toda la noche, ángel, te lo prometo.

Su sonrisa era como las nubes que se abren en medio de una tormenta. Luz y destrucción, todo en uno.

Una tormenta que pensaba perseguir hasta los confines de la Tierra.

19
JESSICA

Me senté educadamente con Greg durante la primera mitad de nuestra «cita» por guardar las apariencias. Pero, una vez terminada la cena, y con un Uber de camino, disfruté de lo lindo diciéndole lo que pensaba. Había sido muy desagradable, pero no esperaba otra cosa. A mi madre siempre le había encantado emparejarme con capullos.

—¡Y otra cosa! La próxima vez que tengas una cita, ¡pídele tú mismo que salga contigo en lugar de dar por sentado que su madre es quien le busca citas! ¡No soy una vaca a la que exhibir como si fuera un trofeo! —le grité justo cuando me subía al asiento trasero del coche.

Greg parecía muy cabreado y yo sonreí satisfecha. Se había pasado toda la noche contradiciendo todo lo que decía y hablando solo de sí mismo, ¿y pensaba que yo iba a ser una chica educada y aguantarlo?

Y una mierda.

Era una buena chica para un grupo *muy* selecto de hombres, y él no era uno de ellos.

Cuando el Uber salió del aparcamiento, vi que el Mustang morado de Manson salía detrás de nosotros. No había apartado los ojos de mí en toda la noche. Y las cosas que me había hecho… Dios, hacían que me retorciera en el asiento. Todavía tenía el cuerpo caliente y saciado, pero estaba en vilo, esperando llegar a casa. Me había prometido que lo tendría esa noche y, después de ese torbellino de placer en el restaurante, lo único que quería era acurrucarme en la cama, entre sus brazos.

Estuve atenta a su coche mientras nos acercábamos a la casa, pero no lo vi. Aunque no estaba segura de cuál era su plan, le envié un mensaje cuando el Uber me dejó en casa.

Su respuesta llegó cuando entré en el porche delantero.

MANSON
Entra. Nos vemos ahora.

Mamá se dio cuenta en cuanto entré por la puerta, por supuesto.

—¿Y bien? —me preguntó, antes incluso de que se cerrara la puerta detrás de mí—. ¿No es un sueño de hombre?

—Más bien es una pesadilla —murmuré mientras me quitaba los zapatos, luego, en voz más alta, dije—: Se comportó como un idiota toda la noche, mamá, y se lo dije. —Enseguida empezó a soltar excusas en su defensa mientras yo me dirigía al salón, donde estaba viendo una película con mi hermana—. No más citas. No más intentos de buscarme pareja, no más jugar a la casamentera. Nada de nada.

Dándome media vuelta, subí directamente las escaleras sin darle ni un segundo para empezar otra discusión. Me dolían los pies por los tacones y me moría de ganas de quitarme el vestido ajustado y ponerme algo más cómodo.

En cuanto entré en mi habitación, me quedé sin aliento y cerré rápidamente la puerta detrás de mí, con la boca abierta ante lo que vi.

Había un ramo de flores encima de mi cama; rosas de color rosa pálido, del mismo color que mi vestido. Junto a él había una botella de vino, el mismo vino blanco que quise pedir en el restaurante. Mi armario estaba abierto y cerré la puerta de mi dormitorio con pestillo antes de caminar hasta el final de mi cama.

Manson estaba sentado con las piernas cruzadas en el suelo, iluminado solo por la tenue luz de la lamparita de mi escritorio. Había despejado un espacio en mi armario para que nos sentáramos, utilizando un viejo tablero de ajedrez como mesa improvisada. Sobre él había dos copas de vino, junto a una caja de comida para llevar del restaurante.

—¿Cómo has entrado aquí? —susurré.

Se puso de pie, y la sonrisa burlona de su rostro desató un enjambre de mariposas en mi estómago.

Levantó un circulito azul de plástico que llevaba en el llavero.

—Jason hizo un mando extra de la alarma de tu casa. Pero entré por la ventana para que tu familia no me viera.

—Te acordaste del vino —señalé mientras cogía la botella y se sacaba un sacacorchos del bolsillo—. No me puedo creer que me oyeras desde la barra.

—Tengo muy buen oído —respondió—. Sobre todo cuando estoy concentrado.

Sacó el corcho con un satisfactorio «pop» y nos sirvió una copa generosa a los dos.

Nos sentamos a ambos lados de nuestra mesa improvisada en el armario. Encendí las luces parpadeantes que colgaban alrededor del marco de la puerta, lo que nos proporcionó más luz. Parecía nuestro pequeño fuerte, un lugar fantástico escondido donde podíamos estar solos.

Chocamos nuestras copas y le di un sorbo, estaba delicioso.

—¿Qué has traído? —le pregunté, mirando la caja de comida para llevar.

—Como estabas ocupada echándole la bronca a Greg, no tuviste oportunidad de pedir postre —respondió—. Y eso es un delito.

Abrió la caja y tuve que taparme la boca con la mano para no gritar demasiado fuerte.

—¿Tarta de chocolate alemán? ¡Dios mío, es mi favorita! —Era una porción grande, perfectamente jugosa y con capas de *ganache* de chocolate, solo con verla se me hacía la boca agua—. ¿Cómo lo sabías?

—Una suposición fortuita —respondió, pero el brillo de sus ojos me dijo que era mucho más que eso.

No había sido cuestión de suerte. Había sido él prestando atención, escuchando, observando, preocupándose. No fue suerte, fue esfuerzo.

Me conocía. Me veía.

El primer bocado de tarta fue prácticamente orgásmico. Mi evidente placer hizo que Manson sonriera aún más. Se recostó sobre una mano, sosteniendo su copa de vino con la otra. Se había quitado la chaqueta y se había desabrochado un poco más la camisa. Llevaba el pelo peinado hacia atrás, pero algunos mechones se le habían soltado y le caían sobre la cara.

—Estás muy guapo —le dije, dejando la tarta un momento.

Abrió un poco los ojos, carraspeó y cambió de postura. Su sonrisa se volvió notablemente tímida.

—Gracias, Jess —dijo en voz baja—. Debería arreglarme para ti más a menudo.

—También me gustas sucio —le dije—. Sigues estando guapo cubierto de grasa.

Bajó la mirada y le dio un par de vueltas al vino antes de dar un sorbo. Cuando volvió a mirarme, su expresión hizo que se me acelerara el corazón.

Era como si estuviera desesperado, como si yo fuera algo impresionante, tal vez incluso aterrador.

—Ha sido muy amable por tu parte —dije—. Las flores y el vino… Gracias. Supongo que esto aumenta un poco mi deuda, ¿no?

—¿Deuda? —Pareció genuinamente confundido durante un momento, antes de darse cuenta y negar con la cabeza—. Ah, sí. El motor. Ya.

Seguía con esa mirada. Como si tuviera muchas ganas de decir algo, pero se le atragantaran las palabras y no pudiera pronunciarlas.

—¿Puedes…? —Empezó despacio, negando con la cabeza como si estuviera horrorizado por su propia petición—. ¿Puedes cerrar los ojos por mí?

Dejé mi copa de vino e hice lo que me pedía. En cuanto cerré los ojos, noté la calidez de su mano cubriéndolos, asegurándose de que, aunque los volviera a abrir, no pudiera ver nada. Se acercó más, rodeando nuestra improvisada mesa hasta que su rodilla rozó la mía.

—A veces, mirarte se me hace demasiado —dijo con voz suave y cercana—. Tus ojos ven demasiado de mí.

Extendí la mano y le agarré la que tenía libre. Él me retuvo y se llevó el dorso a los labios para darme un beso.

—Tengo que hablar contigo sobre tu deuda, Jess —dijo, y la seriedad de su voz me puso un poco tensa, pero enseguida me tranquilizó diciendo—: No pasa nada, no es eso en absoluto. Solo estoy... Intento decirte... *Necesito* decirte...

Hubo un largo silencio, roto solo por la bocanada de aire que inhaló y exhaló lentamente.

—No me importa el dinero, Jess. Nunca se trató de dinero.

Paralizada, apenas podía respirar. Me agarraba la mano con mucha fuerza, como si nunca quisiera soltarla.

—Se trata de ti. Es... Mierda, Jess. Cambiaría ese motor mil veces si eso significara tenerte en mi vida. —Se inclinó hacia mí; aunque no podía verlo, podía sentirlo... La cercanía, el calor de su piel, el suave roce de sus labios—. Cada momento que tengo contigo parece robado, como si Dios, o Satanás, o lo que sea que haya ahí fuera, me estuviera gastando otra broma. No sé si estás preparada para oír esto todavía. Probablemente no lo estés, pero me arrepentiré el resto de mi vida si no te lo digo. Si vuelves a desaparecer de mi vida... Cuando el coche esté arreglado y la deuda ya no importe... Si decides marcharte, quiero que lo sepas.

Por un momento, allí sentada en la oscuridad con él tan cerca de mí, era como si fuéramos las únicas personas en el mundo. La cabeza me iba a mil por hora, pero no podía formar un solo pensamiento.

Ya lo sabía.

Lo sabía porque me lo había demostrado.

Pero cuando me susurró esas palabras al oído, mi mundo se detuvo por completo.

—Te quiero.

Abrí los ojos de par en par, pero su mano me impedía verlo. Mantuvo la palma allí y el brazo le temblaba.

Mi corazón latía con tanta fuerza que me dolía… Dios, me dolía, pero era el mejor dolor que podía imaginar.

—Por favor, no digas nada —pidió enseguida, antes de que pudiera articular palabra; de todos modos, me habría atascado, mi lengua parecía haber perdido por completo el dominio del habla—. Esto no depende de que tú respondas. Te quiero. Te he querido durante mucho tiempo. Y te querré, aunque tú no me quieras. Te amaré incluso si este es el último día que te veo.

Pero no sería el último día. No podía serlo. No quería que hubiera un «último día» con ninguno de ellos.

Continuó hablando, y cada palabra hacía que ese dolor fuera un poco más profundo, un poco más dulce.

—Si te vas y pasas tu vida con otra persona, seguiré queriéndote. Quiero que seas feliz, Jess, sin importar con quién sea. Y te querré durante todo ese tiempo. Siempre. Para siempre.

Me parecía blasfemo hablar, pero tenía que hacerlo.

—¿Por qué? —Mi pregunta sonó mucho más vulnerable de lo que pretendía; temblaba, tanto como su brazo.

—Porque tú fuiste mi trozo de cielo en el infierno —dijo—. Fuiste el sol entre mis nubes, y ahora eres como un cometa que han enviado a la Tierra, un incendio forestal que puedo tocar… besar… abrazar… —Me dio besos en la mejilla hasta que me eché a reír, acariciándome la cara con la suya—. Eres fuerte. Eres valiente. Eres tan jodidamente preciosa… Nos has cambiado la vida, Jess. A todos. —Podía oír la sonrisa en sus palabras—. Es que no puedo mantener la boca cerrada, así que… ahí lo tienes.

Me destapó los ojos, pero bajó la mano hasta mi boca.

Me miró con ternura.

—No me respondas. Lo digo en serio. Quiero que lo pienses. Quiero que te tomes tu tiempo. ¿De acuerdo?

Sonriendo contra su mano, asentí.

Me vibraba el cuerpo. Sentía el pecho ligero. En ese momento, habría sido capaz de correr una maratón o escalar una montaña. Y mi mente seguía acelerada. No podía discernir ni un solo pensamiento lógico en mi cerebro, pero no lo necesitaba.

Amor.

Me quería.

Manson Reed me quería.

—Ahora, cuando te quite la mano de la boca, quiero que me digas lo buenísima que está esa tarta —dijo y se echó a reír cuando mi risa quedó amortiguada contra su mano—. Y luego quiero que me cuentes tus mejores anécdotas de la universidad. Quiero saber lo que me perdí durante los años que estuviste fuera. ¿Puedes hacerlo?

Volví a asentir y, cuando me soltó, eso fue exactamente lo que hice.

Después de un rato, nos fuimos a la cama, nos terminamos la tarta y estuvimos bebiendo directamente de la botella.

Hablamos durante horas entre susurros suaves y perdí la noción del tiempo. El sueño llegó poco a poco y, de repente, me quedé dormida entre sus brazos, ebria de vino, llena de tarta y feliz.

Nunca había sido tan feliz.

20

JESSICA

Me despertaron los besos de Manson. Me dio un beso en el cuello, luego otro en la mejilla, y cuando gemí suavemente y me di la vuelta, me besó en la boca hasta que me derretí por completo.

—No te vayas —le pedí, somnolienta.

Ni siquiera tenía los ojos completamente abiertos, pero mi cama estaría muy vacía sin él.

—Lo siento, ángel —se disculpó, acariciándome el cuello con la nariz—, pero tengo que irme antes de que tus padres se den cuenta de que estoy aquí. Creo que, si tu madre me encontrara aquí, me cortaría los huevos.

Siguió besándome hasta que mis gemidos de protesta se convirtieron en risitas. Se marchó por la ventana y yo me senté para verlo marchar, besándolo otra vez mientras se agachaba en el saliente del tejado junto a mi ventana.

Mis padres estaban despiertos; podía oírlos abajo. Esperaba que ninguno de los dos saliera en los próximos minutos y viera al hombre en su tejado, besando a su hija a través de la ventana abierta.

—Deberías venir hoy —sugirió, poniéndome una mano en la mejilla.

A pesar de estar recién levantado, sus ojos brillaban con energía y tenía una sonrisa juguetona en la cara.

—Iré más tarde —dije—. Le prometí a Julia que hoy iría de compras con ella.

Una expresión rara cruzó su rostro tan rápidamente que casi no la vi: frunció el rabillo de los ojos y la boca, un destello de preocupación.

—¿A dónde vas? ¿Al *outlet* de Wickeston?

Asentí con la cabeza.

—No te preocupes. Julia vendrá a recogerme. Estará conmigo todo el tiempo. —Pero aún podía ver la preocupación en sus ojos—. ¿Qué pasa? ¿Ha ocurrido algo?

Al instante, la expresión desapareció, oculta tras su sonrisa ladeada.

—No, no es nada de lo que debas preocuparte. Envíanos un mensaje si nos necesitas, ¿vale?

—Vale.

Se dio la vuelta como para marcharse, pero enseguida se giró, tomó mi cara entre sus manos y volvió a besarme.

Un beso intenso, profundo y posesivo.

—Te quiero, ángel. Pórtate bien hoy —dijo al separarse de mí.

Joder, esas palabras me dejaron sin aliento. Me hicieron sentir como si estuviera cayendo desde una gran altura y, de repente, empezara a flotar. Me dio un golpecito en los labios con el dedo, como para recordarme lo que me había dicho la noche anterior: que lo pensara, que me tomara mi tiempo. Pero Dios, qué fácil me habría resultado corresponderle. Me asustó lo rápido que esas palabras podían salir de mis labios.

—Me portaré bien —acepté—. Te lo prometo.

Se marchó, bajó al patio trasero y saltó la valla. Se giró para despedirse de mí con la mano mientras caminaba por la acera, y yo le devolví el saludo. Solo cuando dobló la esquina y desapareció de mi vista, me dejé caer sobre la cama y solté un profundo suspiro mientras miraba al techo.

Esto ya no era un juego. Era mucho más.

Él me quería. Por muchas vueltas que le diera a ese momento en el armario, seguía dejándome sin aliento. Era aterrador y extraordinario y…

Apretando una de mis almohadas con todas mis fuerzas, intenté reprimir la sensación de plenitud en mi pecho. Me sentía como una colegiala enamorada, con la mente acelerada, el corazón latiéndome con fuerza y las palmas sudorosas. Y, sin embargo, al mismo tiempo…

Me sentí segura.

Estaba convencida.

Manson quería que esperara, que lo pensara bien, y yo entendía por qué. Cada momento de mi reencuentro con ellos había sido abrumador y nuevo, pero ¿esto? Aún más.

Ya les había dicho a mis parejas que los quería, pero nunca me había sentido así.

¿Qué me había pasado? ¿Cómo me había perdido tan completamente en esto, en ellos? Pero no me sentía perdida, sino que sentía que había encontrado algo, como si estuviera recogiendo pedacitos de mí misma por el camino, ensamblando la versión de mí misma que estaba destinada a ser.

Julia vino a recogerme alrededor del mediodía. Vino en un viejo Cadillac descapotable rojo.

—Perdón por el desorden, tía. Puedes tirarlo al suelo si quieres.

Se rio mientras quitaba botellas de agua, libros y recibos arrugados del asiento del copiloto.

Fuimos al *outlet*, que estaba al otro lado del pueblo, pero cerca en coche. Después de contarle a Julia todo lo que pude sobre nuestras vacaciones en las montañas —ella se quejó de que había omitido «todos los detalles jugosos»—, le conté los intentos de mi madre por interferir en mi vida sentimental.

—Tienes que mudarte —dijo sin más—. Sinceramente, eso es muy tóxico. ¿Qué está intentando hacer? ¿Buscarte un matrimonio concertado?

—Créeme, si pudiera, lo haría —me quejé—. Pero tienes razón. La verdad es que no sé cuánto tiempo más podré aguantar viviendo con ella. Obviamente, agradezco que me dejen volver a casa, aunque prefiero arruinarme intentando pagar el alquiler en otro sitio. Pero pronto tendré la evaluación del trabajo y tengo un buen presentimiento al respecto.

Julia me miró emocionada cuando entramos en el aparcamiento del centro comercial.

—¿Sí? ¿Crees que te contratarán a jornada completa? ¡Qué emoción! —Pero, mientras aparcaba, dijo—: Eso significaría que te mudarías a Nueva York, ¿verdad?

—Sí, así es.

Nos miramos, ella con una expresión comprensiva mientras yo suspiraba. Antes, lo único que quería era mudarme lejos de mi pueblo. Ahora, la idea me hacía sentir indecisa.

Las palabras de Vincent aún resonaban en mi cabeza. «A donde tú quieras, cariño».

Atravesábamos el aparcamiento hacia la entrada cuando escuché un sonido agudo de disgusto. Al mirar hacia un lado, vi a Danielle y Candace caminando en la misma dirección, ambas mirándonos con desdén.

—Oh, genial —murmuré entre dientes, apartando la mirada de ellas.

—Ignóralas —dijo Julia con firmeza, me cogió del brazo y echó hacia atrás su melena pelirroja como si fuera una crin de fuego—. Las personas como ellas se alimentan de atención. Cuanta más les des, más querrán.

Tenía razón, pero siempre había odiado huir de las confrontaciones. Si Danielle y Candace tenían algo que decirme, que me lo dijeran. Por suerte para todas, las perdí de vista al entrar.

Las dos teníamos hambre, así que nuestra primera parada fue en la zona de restauración. Estábamos terminando de almorzar cuando Julia se inclinó hacia mí.

—No te des la vuelta, pero tienes un admirador que nos ha estado siguiendo —me dijo en voz baja.

Abrí mucho los ojos.

—Julia, no puedes decirme eso y pedirme que no me dé la vuelta. Suena aterrador.

Se rio.

—Lo siento, lo siento, vale, admito que ha sonado muy espeluznante. Pero, bueno, Lucas es un poco espeluznante.

—¿Lucas está aquí?

Olvidándome al instante de que me había dicho que no mirara, me giré en mi asiento y recorrí con la mirada el patio en el que la gente se sentaba a comer. Solo tardé un segundo en verlo. Estaba sentado en un banco al otro lado del patio, parcialmente oculto detrás de uno de los altos árboles que daban sombra al pasillo entre las tiendas. No nos miraba, distraído por algo. Pero cuando volvió la vista y me miró a los ojos, hizo una mueca y se puso de pie.

—*Acosadooor* —bromeó Julia cuando él llegó a nuestra mesa y apartó la silla que estaba a mi lado.

—No os estoy acosando —dijo, rodeándome con el brazo y sentándome en su regazo. Estábamos en medio de un concurrido patio de comidas, pero parecía incapaz de resistirse a sentarme encima de él—. Estaba aquí por casualidad.

—¿Ah, sí? —pregunté, cruzándome de brazos con escepticismo—. ¿No has venido a hacer de perro guardián?

El gruñido que soltó era muy parecido al de un perro. Me cogió de la barbilla entre el pulgar y el índice y me sacudió un poco la cara.

—No te pongas insolente conmigo, nena. Habría sido un perro guardián perfecto si esta no te hubiera avisado. —Hizo un gesto desdeñoso hacia Julia, que se hizo la ofendida—. Te lo ha dicho ella, ¿verdad?

—No has sido precisamente sutil, Lucas —dijo Julia, suspirando como si su actuación fuera dolorosamente *amateur*—. Estabas tan ocupado asegurándote de que Jess no te viera que no te molestaste en esconderte de mí.

—¿Alguna vez me has visto ser sutil? —preguntó, y ella se encogió de hombros como si tuviera razón—. No te preocupes, no voy a meterme en vuestro día.

—No te estás metiendo —dije—. Deberías quedarte con nosotras, ya que estás aquí.

Miré a Julia para confirmarlo, pero estaba claro que a ella no le importaba.

—Sí, créeme, será mucho más fácil proteger a tu pequeña si estás a su lado —dijo.

Estaba bromeando, pero por la expresión del rostro de Lucas, a él no le parecía una broma. Parecía tan serio como siempre, pero era difícil pasar por alto lo nervioso que estaba mientras miraba a nuestro alrededor cuando empezamos a caminar de nuevo. Estaba constantemente escaneando la multitud, con un brazo sobre mis hombros para mantenerme cerca.

Cuando pasamos por una tienda de lencería, se detuvo.

—Espera un momento —dijo, señalando con la cabeza la tienda—. Creo que los chicos y yo te debemos unos cuantos pares de braguitas nuevas. Y un sujetador o dos.

—Oooh, suena divertido —dijo Julia—. Me reuniré con vosotros cuando terminéis. De todos modos, tengo que ir a la librería. ¡Chao! —Se despidió con la mano mientras se alejaba, casi saltando mientras se dirigía hacia la librería.

Lucas me seguía de cerca mientras yo deambulaba por la tienda, tan cerca que me tropezaba con él cada dos por tres. Después de varios minutos en los que actuó como si fuera del Servicio Secreto, me volví hacia él.

—Lucas, ¿qué pasa? —le pregunté en voz baja—. Manson se comportó de una forma rara cuando le dije que salía hoy y ahora apareces tú. ¿Ha pasado algo?

Dudó antes de responder.

—Nada de lo que debas preocuparte. Te dijimos que te cuidaríamos.

—Sí, si iba sola a algún sitio. —Le cogí de la mano y me acerqué a él, acariciándole la mandíbula con los dedos, parecía que llevaba un par de días sin afeitarse—. Me alegro de que estés aquí y quiero que estés aquí. Pero si algo ha cambiado, si el padre de Manson ha hecho algo más y eso os está asustando, por favor, decídmelo.

Suspiró con fuerza y lanzó una mirada de ira a otra pareja que pasaba junto a nosotros. Era como si viera una amenaza en todo y en todas partes. Debía de ser agotador estar tan tenso, estar siempre atento al peligro.

—El padre de Vincent avisó a Manson —dijo por fin—. Reagan ha estado intentando causar problemas por el pueblo. Difundiendo mentiras, rumores. No sé qué más. Ninguno de nosotros lo sabe. Pero no vamos a arriesgarnos a que te encuentres con la persona equivocada y todo se vaya al garete. Como dije, no te preocupes. Estás a salvo.

Me tocó el brazo con suavidad mientras lo decía, sus dedos callosos recorriendo mi piel. Por muy aterradoras que fueran esas palabras, sabía que con él estaba a salvo. No tenía ninguna duda. Pero me dolía verlo tan nervioso. Todos habían estado trabajando muchas horas desde que regresamos de las montañas, pero el agotamiento en su rostro era evidente.

—Vamos —me animó—. No te obsesiones con esas tonterías. Vamos a comprarte ropa interior bonita que yo pueda romper.

En un intento por distraerlo de su nerviosismo, insistí en que él eligiera qué braguitas comprar. Verlo rebuscar entre los cajones de lencería con volantes, con los ojos entrecerrados y muy concentrado, no tenía precio. Para mi sorpresa, las que eligió encajaban perfectamente con mi estilo, como si las hubiera elegido yo misma. Colores vivos, bordes de encaje, estampados bonitos.

Lo pagó todo, sacando su tarjeta antes de que yo pudiera siquiera meter la mano en el bolso.

—¿Cómo se llamaba ese pintalabios tan elegante que estropeé? —preguntó mientras nos íbamos cogidos de la mano.

Insistió en llevarme las bolsas y ahora iba cargado no solo con mi bolso, sino también con varias bolsas rosas que contenían la lencería que había comprado.

—La marca se llama MAC —le dije, riéndome ante su descripción—. ¿Seguro que quieres entrar en una tienda de maquillaje conmigo? Es un territorio peligroso. Podría pasarme horas ahí metida.

Se encogió de hombros.

—Entonces pasaré horas contigo.

Lo dijo con mucha naturalidad, como si de verdad no le importara seguirme con todas mis bolsas en el brazo. Kyle solía enfadarse bastante por lo mucho que tardaba cuando iba de compras, pero elegir maquillaje era un asunto serio.

Nos reunimos otra vez con Julia en la tienda de maquillaje. Echamos un vistazo juntas, con Lucas siguiéndonos de cerca. No se pegaba tanto a Julia, pero tampoco nos perdía de vista ni un momento.

Por desgracia, tenía motivos para estar tan tenso.

Al girar por otro pasillo, me encontré cara a cara con Danielle y Candace.

No nos dijimos nada, pero la tensión en ese pasillo aumentó hasta el punto de que prácticamente me hacía vibrar los huesos. Haciendo todo lo posible por ignorarlas, seguí buscando el producto que quería, aunque eso significara quedarme justo a su lado.

Pero Danielle no pudo mantener la boca cerrada.

—Da miedo lo poco estricta que se ha vuelto la seguridad aquí —comentó, hablando con Candace y soltando un profundo suspiro. Me enfadé de inmediato, a pesar de que Julia me hizo un gesto con la cabeza para que me callara, no creí que pudiera contenerme—. Ahora dejan entrar a tantos raritos que ya ni siquiera me siento segura.

Cuando me reí, ambas me miraron como si no se hubieran dado cuenta de que estaba allí. Pero yo conocía los trucos de su mezquino jueguecito. Los insultos casuales, la falsa inocencia... Lo odiaba.

—Oh, lo siento, ¿te he asustado? —solté—. Sabía que eras una cobarde, Danielle, pero ahora pareces una paranoica.

Me miró con la boca abierta. Quizá esperaban que me quedara callada, pero si querían intercambiar insultos, yo no iba a echarme atrás.

—Uf, vámonos —dijo Danielle, dejando la paleta que estaba mirando.

Se apretujaron a nuestro alrededor y Candace chocó con torpeza con Lucas al pasar. Él apenas le dirigió una mirada.

—Ah, no hay nada como el hedor de la inseguridad —dijo Julia.

Eso consiguió arrancarle algo parecido a una risa a Lucas, solo exhaló un poco más fuerte de lo habitual, pero para mí fue lo suficientemente parecido a una risita.

Nos paseamos por allí un poco más antes de dirigirnos a la caja para pagar. Cuando nos dirigimos a la puerta y sonó la alarma al cruzarla, no le di importancia. Probablemente se habían olvidado de quitar la etiqueta de uno de los artículos al cobrarnos.

Un guardia de seguridad acompañó a la empleada que se acercó a nosotros para comprobar nuestro recibo. El guardia se quedó cerca, mirando a Lucas con recelo. El empleado quería ver el interior de nuestras bolsas de la compra y la gente empezaba a mirarnos.

—¿Todo esto es realmente necesario? —pregunté, exasperada por lo mucho que estaba tardando.

Dejaron que Julia saliera, y yo sabía que tenía prisa por llegar a casa para prepararse para el trabajo. Estaban tardando tanto que al final le hice señas para que se fuera. Yo volvería a casa con Lucas. No parecía muy contenta de dejarnos allí.

Pues vaya con la «poca» seguridad de este lugar.

—Es el procedimiento habitual, señorita —dijo el guardia de seguridad.

Tenía una mano apoyada en su pistola eléctrica y a mí me empezaban a sudar las palmas de las manos. La gente nos miraba como si ya fuéramos culpables. Sentía las miradas, oía los susurros.

Lucas había bajado la cabeza, tenía los pulgares enganchados en los bolsillos y apretaba tanto la mandíbula que le palpitaba un músculo de la mejilla. El empleado revisó todas nuestras bolsas de la compra, pero luego quiso ver el interior de mi bolso, que llevaba Lucas.

—¿Quiere su bolso? —preguntó Lucas, alzando la voz con frustración.

El guardia de seguridad se acercó y murmuró algo en su *walkie-talkie*.

—No pasa nada. No me importa, Lucas, está bien.

No teníamos nada que ocultar. Era raro e incómodo, y yo quería terminar con aquello lo antes posible.

Lucas respiraba profundamente, cada vez más tenso. Me entregó el bolso con una mirada de furiosa resignación.

Mis ojos se abrieron como platos cuando la empleada metió la mano y sacó un frasco grande de perfume en una elaborada botella de cristal. No lo habíamos pagado. Ni siquiera habíamos mirado los perfumes.

—Tiene que haber algún tipo de error —dije.

Pero el guardia agarró a Lucas por el brazo y él se echó hacia atrás de golpe, haciéndole perder el equilibrio. El hombre tropezó, la gente se quedó sin aliento y, en cuestión de segundos, sacó su pistola eléctrica.

—¡Alto! Alto, por favor, esto es un error —exclamé, colocándome desesperadamente entre Lucas y el guardia, incluso con la pistola eléctrica apuntándome directamente.

Lucas respiraba tan fuerte que podía sentir cómo temblaba contra mi espalda. El guardia volvió a decir algo por su *walkie-talkie*, algún tipo de código, antes de llamar a un «oficial».

—¿Es este su bolso, señorita? —preguntó la empleada.

—Sí —respondí—. Pero nosotros no…

—He llevado su bolso desde que llegamos —dijo Lucas—. Ella no tiene nada que ver con esto, ni siquiera ha tocado el bolso desde que entramos en la tienda.

—¡Tú no lo has robado, Lucas! —espeté.

¿Cómo demonios había sucedido esto? ¡Un frasco de perfume no se cae solo de la estantería!

Pero entonces recordé que Candace se había chocado con él al salir. Eso era. Tenía que ser eso. Ella debió meter el frasco en el bolso.

—Nos han tendido una trampa —dije y al escuchar mis propias palabras, me parecieron muy débiles, como una terrible mentira—. Revisen las cámaras, por favor. Él no cogió ese perfume.

—Vamos a necesitar que se aparte, señorita.

Sentí un vuelco en el estómago. El agente al que había llamado el guardia había llegado, un policía armado que observaba a Lucas como si fuera una bomba a punto de explotar.

Cuando me giré y miré hacia atrás, comprendí por qué. Lucas estaba acorralado en una esquina cerca de la puerta, con los ojos muy abiertos y los puños apretados. No pensaba con claridad; lo veía en sus ojos: la ira desenfrenada y el miedo se habían apoderado de él.

—Señor, por nuestra seguridad, voy a necesitar que se dé la vuelta y ponga las manos detrás de la cabeza.

Todo el cuerpo de Lucas se estremeció.

—Que te jodan.

—Lucas, está bien, está bien, por favor. —Lo agarré por los brazos, a pesar de que el guardia me había dicho que me apartara—. Mírame. Escucha. Vas a estar bien. No has hecho nada malo.

—Retroceda, señorita.

—Señor, si sigue resistiéndose, estoy autorizado a usar la fuerza.

Puse la mano sobre la mejilla de Lucas y le giré la cabeza para que me mirara. Dios, temblaba mucho.

—Escúchame. Todo va a salir bien. No te voy a abandonar. No has hecho nada malo. Solo… —Odiaba lo que estaba a punto de decir, sabía que él también lo odiaría, pero no teníamos otra opción—. Haz lo que te dice, Lucas. Por favor.

Su rostro se crispó, y esa mirada de dolor me partió el corazón. Pero asintió lentamente. Cuando di un paso atrás, cerró los ojos antes de darse la vuelta y poner las manos detrás de la cabeza.

21

LUCAS

Solo con mirarlo, supe que el imbécil del policía iba a usar esto como excusa para alimentar su patético ego.

Cuando me agarró las manos y me las esposó, lo hizo con tanta fuerza que me retorció el hombro. Pero no le dejé ver que me había hecho daño. La verdad es que apenas lo sentí. Tenía tanta adrenalina que, aunque me hubiera disparado, lo más probable es que ni lo hubiera notado.

El pánico me invadió de tal manera que no podía respirar, apenas podía pensar. Lo único a lo que podía aferrarme para mantener la cordura era a Jess: ella estaba allí, estaba conmigo y, joder, esa chica estaba armando un escándalo.

—¡Esto es absolutamente indignante! —exclamó, señalando con el dedo al torpe del guardia.

Nos habían llevado a la oficina de seguridad y nos habían hecho esperar allí mientras el oficial iba a comprobar las cámaras de seguridad de la tienda. El guardia seguía murmurando algo sobre formularios y procedimientos, pero Jess no estaba dispuesta a aceptarlo.

—¿Ya no se aplica en este país la presunción de inocencia hasta que se demuestre lo contrario? ¡Nos están reteniendo contra nuestra voluntad! ¡Esto es intimidación y acoso!

A pesar de lo horrible que era la situación, no pude evitar sonreír. Estaba poniendo al guardia muy nervioso. El hombre no dejaba de girar el bolígrafo entre los dedos con aire despreocupado, pero se le caía, carraspeaba y daba excusas cada vez más débiles.

—No está detenida, señorita, puede marcharse...

—¡Sin mi novio yo no me voy a ningún lado! —espetó.

Nunca me había llamado así. Probablemente fuera algo extraño en lo que fijarse, pero en ese momento aceptaba cualquier distracción que pudiera encontrar. Ya estaba tan alterado que lo único que consiguió fue añadir aún más adrenalina a la mezcla.

Novio. Vaya. Podría acostumbrarme a eso.

Me gustaba.

—Señorita, necesito que se calme —dijo el guardia.

Su bigote fino como un lápiz parecía un gusano sobre su labio superior. Jess apoyó las manos sobre su escritorio e inclinó el cuerpo hacia él. Era como si estuviera canalizando toda la energía de reina malvada que podía reunir.

—No se atreva a decirme que me calme —siseó—. Si no llama a ese policía y averigua lo que está viendo en esas cintas de seguridad ahora mismo, llamaré a mi abogado.

No tenía abogado, que yo supiera.

El guardia tartamudeó, revolvió entre los papeles y dijo algo sobre un formulario. Pero cuando ella sacó su móvil del bolsillo trasero, él pulsó su *walkie-talkie* de inmediato.

—Agente Madden, ¿tenemos alguna novedad para el señor Bent y la señorita Martin?

Segundos después, el *walkie-talkie* crepitó.

—Tenemos una grabación de dos jóvenes metiendo el perfume en el bolso. El sospechoso no parece haberlas visto hacerlo —dijo alguien al otro lado.

El guardia tragó saliva con dificultad y me miró de reojo. Probablemente parecía que iba a matarlo. Tendría mucha suerte si no lo hacía.

Era como si estuviera caminando en piloto automático hasta que llegamos a mi coche. Recuperé la conciencia una vez que me puse al volante, pero solo un poco. La cabeza me daba vueltas, mi torrente sanguíneo era un cóctel de sustancias químicas inducidas por el estrés que no desaparecía con facilidad. Persistía, haciendo que me temblaran las manos y se me revolviera el estómago.

Apretaba el volante con tanta fuerza que me dolían las manos mientras aceleraba por la autopista. Cada latido de mi corazón era insoportablemente fuerte.

Hacía calor, tanto que el sudor me goteaba por la espalda. Por mucho que subiera el aire acondicionado, no era suficiente.

Jess dijo algo, pero mis oídos no podían entender las palabras. Estaban ahogadas por la ira, por una rabia sofocante y asfixiante.

Mi único alivio era ver cómo el cuentakilómetros subía cada vez más mientras conducía a toda velocidad por la autopista.

Siempre pasaba lo mismo. Por mucho que me esforzara, por mucho que cambiara o prometiera mejorar, el mundo siempre me daba una razón para volver a hundirme. Le habría dado una paliza a ese policía si Jess no me hubiera detenido; probablemente me habrían llevado a la cárcel o me habrían matado.

Pero esa era la cuestión. Esa gente no estaría satisfecha hasta que encontraran la manera de hacernos desaparecer.

Se sentaban en sus iglesias y gritaban «¡amén!» al amor y al perdón, antes de dar media vuelta y utilizar todos los medios a su alcance para hacer pagar a aquellos que no aprobaban por el simple hecho de existir. No bastaba con mantener la cabeza gacha e intentar desaparecer entre la multitud. No, ellos te olfateaban y te convertían en el villano.

Un Civic nuevo y reluciente intentaba seguirme el ritmo mientras conducía, acelerando a mi lado y dejando claro que quería correr. Le hice un gesto con la cabeza y ambos redujimos ligeramente la velocidad hasta que circulamos uno al lado del otro a la misma velocidad.

Había una tormenta en mi pecho sin ningún sitio a dónde ir. La presión iba en aumento y necesitaba una válvula de escape; necesitaba hacer algo, cualquier cosa, para deshacerme de ese sentimiento.

El Civic tocó el claxon al ritmo, una vez, dos veces… A la tercera, pisé el acelerador a fondo.

Jess soltó un grito ahogado cuando El Camino rugió impulsándose hacia adelante, adelantando al Civic sin esfuerzo. Apenas era competencia para mí.

No era suficiente, no era suficiente, joder.

—Lucas, tienes que parar —pidió Jess.

Su voz era tranquila y serena, sus ojos clavados en mi perfil. Reajusté mi mano, apretándola sobre la palanca de cambios. No necesitaba que me dijeran qué hacer.

Se inclinó y puso su mano sobre mi brazo.

—Lucas, estás dando bandazos. Estás enfadado. Frena para que puedas calmarte.

La resistencia instintiva que surgió en mí no fue lo suficientemente fuerte como para desafiarla. Salí de la autopista y conduje por una tranquila calle residencial. La estrecha carretera me obligó a reducir la velocidad, que, hay que reconocerlo, había llegado a niveles peligrosos.

Manson me mataría si se enterara de que había conducido así, sobre todo con Jess en el coche. En el momento en que ese pensamiento me asaltó, me invadió la vergüenza. ¿Qué me pasaba? Había dejado que la ira se apoderara de mí, había perdido el control cuando debería haber sido lo suficientemente maduro para manejarlo.

Después de conducir sin rumbo fijo durante unos minutos, me desvié por un camino de tierra. Conducía hacia el interior de los campos, pero aparqué a un lado, bajo las ramas bajas de un enorme y viejo roble. Apagué el motor, apreté las manos con fuerza sobre las rodillas y cerré los ojos mientras me concentraba en respirar.

Los dedos de Jess me apretaron el brazo, un gesto tranquilizador que ni siquiera sabía que necesitaba. Su contacto me devolvió a la realidad y finalmente abrí los ojos.

—Salgamos —dijo, empujándome hacia la puerta—. Vamos.

Me desorientaba salir a un lugar desconocido cuando ya estaba tan nervioso, pero Jess me tomó de la mano y me acompañó hasta la parte trasera del coche. El sol estaba bajo en el cielo, proyectando rayos rosados y anaranjados a través de las nubes. Los campos a nuestro alrededor estaban en silencio, solo se oía el susurro de la hierba y el sutil zumbido de los insectos.

Abrimos la puerta trasera del coche y nos sentamos en el maletero. Jess se acercó a mí y apoyó la cabeza en mi hombro sin decir nada. Era un gesto muy sencillo, pero significaba más de lo que ella podía imaginar.

No me había abandonado. No había huido cuando todo se fue a la mierda, aunque podría haberlo hecho. No había nada que la retuviera allí excepto el deseo de protegerme, lo cual me parecía demasiado extraño como para creerlo. Pero lo había visto con mis propios ojos. Había oído sus palabras. Había sentido cómo me agarraba la mano y me sacaba de allí porque yo estaba demasiado aturdido por la ira como para encontrar la salida.

Por eso lo intenté, y por eso tenía que seguir intentándolo incluso cuando era horrible. Por ella. Por todos nosotros.

La ira cegadora se había desvanecido, pero en su lugar quedaba la aprensión. No había dicho ni una palabra en la oficina de los de seguridad porque no me había atrevido. Si me hubiera movido, si hubiera abierto la boca, habría empeorado mucho las cosas. Pero eso había dejado a Jess sola para manejarlo todo, y me habría dado una bofetada por haberle hecho eso.

Me las arreglé para disculparme. Las palabras me resultaron pegajosas y espesas en la boca.

—No debería haber conducido así. —La rodeé con los brazos, abrazándola con fuerza, y luego aún más fuerte a medida que pasaban los segundos. Dios, no quería arruinarlo todo y cometer un error que la alejara de mí—. Gracias por decírmelo.

—Lo entiendo —dijo, con voz suave y apagada contra mi pecho, antes de que yo aflojara el abrazo—. No te culpo por estar enfadado,

Lucas. Yo también lo estoy. La próxima vez que vea a Danielle o a Candace... —Se crujió los nudillos contra la palma de la mano, con una mirada tan feroz en el rostro que no pude evitar reírme.

No es que no la encontrara intimidante; era todo lo contrario. Jessica enfadada era despiadada y me encantaba.

—No te metas en peleas —le pedí—. Al menos no sin mí, ¿vale?

—Vale. Esperaré a que estés conmigo para que puedas disfrutar del espectáculo. —Esa idea me hizo sonreír, y ella me acarició la mejilla con los dedos antes de decir en voz baja—: Me gusta cuando sonríes.

La expresión desapareció rápidamente en cuanto lo señalé. Lo dijo con tanta ternura que mi cara empezó a arder, como si no estuviera ya sudando lo suficiente.

—No me gusta mucho mi sonrisa —dije.

Era una frase que en realidad no debería haberme molestado en pronunciar. ¿Qué cojones quería conseguir con eso? ¿Compasión? Pero chasqueó la lengua, no como si me compadeciera, más bien como si pensara que estaba equivocado.

—¿Por qué no?

Era sorprendentemente difícil llevar a cabo esta especie de comunicación «abierta y honesta». Me ponía nervioso, como si necesitara levantarme y salir corriendo en lugar de seguir hablando.

Me volví hacia ella, mostrando los dientes y tirando del labio inferior hacia abajo, esperando que se estremeciera de asco.

Mis dientes no eran bonitos, sobre todo los de la mandíbula inferior. Estaban torcidos y los tenía desalineados, amarillentos por el exceso de café y cigarrillos. Así que los ocultaba. No sonreía mostrando los dientes. Apenas me atrevía a separar los labios.

—Tengo la boca destrozada —dije, encogiéndome de hombros mientras volvía a darme la vuelta—. Mi familia nunca tuvo dinero para ortodoncias ni para ningún tratamiento dental. Hace unos años tuve que sacarme seis dientes porque estaban muy mal. —Carraspeé, incómodo—. Es fea, Jess, no hay otra forma de decirlo.

Esta vez, cuando me tocó la cara, fue para girarla hacia ella. Me agarró la mandíbula con los dedos y me inclinó la cabeza hacia abajo para darme un beso exigente. Yo le agarré la cintura y ella abrió las piernas y me bajó la mano para ponerla sobre su muslo.

—Escúchame —pidió cuando se separó de mi boca y yo me quedé sin aliento, deseando más—. Me gusta tu sonrisa. Me gustan tus dientes torcidos. Me gustan las cosas obscenas que dices. —Me mantuvo cerca, agarrándome la camisa. Dios, ansiaba ese lado ardiente de ella, cuanto más exigente, insistente y segura se mostraba, más la deseaba—. Me gusta cómo me hace sentir cuando me enseñas los dientes y me muerdes... —Me incliné hacia su cuello e hice precisamente eso; ella gimió y yo le recorrí la pierna con los dedos, subiéndole la falda—. Amo cómo me tocas... Cómo me haces sentir...

¿Se había dado cuenta de que había pasado de decir «me gusta» a «amo»? Porque yo sí que me había dado cuenta. La palabra me atravesó la piel como una aguja, pero la droga que fluía por mis venas no era veneno.

Qué palabra más desesperada, más anhelada. Qué palabra tan bonita... Menuda idea más hermosa.

La empujé hacia atrás, prácticamente subiéndome encima de ella mientras le mordía la suave carne de su hombro, agarrándola y apretándola cada vez que ella gemía y se retorcía.

Normalmente, cuando me sentía tan perdido, tenía a Manson para llevarme, para guiarme a través de la ira de vuelta a la realidad. Él sabía cómo centrar mi mente, cómo redirigir mi atención y mantenerla. Pero Manson no estaba allí, y yo seguía necesitando esa válvula de escape para liberarme.

Jess se detuvo y yo levanté la cabeza para mirarla a la cara. Me observaba con una sonrisa, con una pequeña y astuta sonrisa que hacía brillar sus ojos verdes.

—Arrodíllate —ordenó. Su voz era suave, pero sus palabras firmes, y eso hizo que algo dentro de mí se tensara con anticipación—. Ponte de rodillas.

La miré fijamente, sin moverme. Esto era nuevo. Superarla y dominar sus resistencias siempre había sido lo habitual, un deseo que, al parecer, tanto ella como yo compartíamos. Nunca antes había intentado tomar el mando, pero escuchar ese tono autoritario en su voz era tremendamente *sexy*.

—¿Por qué debería hacerlo, nena? —le pregunté, gruñendo las palabras en su boca mientras volvía a besarla.

Pensaba que besar no era para mí, con la excepción de Manson, porque, joder, lo que podía hacer con la lengua me volvía loco, pero Jess también se había convertido rápidamente en esa excepción. Todo su cuerpo se movía cuando me besaba; se fundía contra mí como cera caliente, llenando cada hueco dentro de mí.

—Porque estás distraído —dijo—. Estás sufriendo. Estás enfadado. Déjame...

Volvimos a detenernos, sin aliento.

Sus labios rozaron los míos y apenas pude abrir los ojos para mirarla. Era demasiado hermosa, demasiado perfecta. Si la miraba, desaparecería como un espejismo.

Me acarició la cabeza con la palma abierta, deteniéndose en la parte posterior de mi cráneo.

—Te deseo... —dijo.

—No deberías. Soy repugnante. Jodidamente asqueroso.

Ella sonrió con malicia.

—Me gustan los chicos repugnantes.

Nuestras miradas se cruzaron. La suya ardía de deseo, de necesidad, exigiéndome más, pero también ofreciéndome un escape, abriéndome la puerta a un refugio que no sabía que existía.

—¿Quieres que me arrodille? —pregunté.

—Ahora. —Su voz transmitía la misma confianza inquebrantable que había escuchado en ella durante tantos años.

Esa voz llena de desdén que le había permitido caminar por los pasillos del instituto Wickeston con la cabeza alta, sin temer a nadie. Inamovible en su autoridad.

Esto era nuevo, sin duda. No sabía qué pensar, solo que me gustaba y que hacía que mi dispersa mente se centrara de repente en una sola cosa: ella.

Me bajé de la cama del maletero y me arrodillé en la hierba, justo al borde del vehículo. Estaba ligeramente húmeda, suave al poner las rodillas sobre ella. Eso situó sus piernas abiertas a la altura de mis ojos, y se me hizo la boca agua. Imágenes de enterrar mi cabeza bajo su falda e inhalar el aroma perfecto de su coño llenaron mi cerebro.

La miré: esos ojos verdes con las pupilas dilatadas, esa sonrisa maravillosamente sádica... Joder, ¿cuándo había aparecido ese lado de ella? Quizás siempre había estado ahí, quizás todos lo habíamos intuido y había necesitado un poco de tiempo para hacer su primera aparición.

Deslizó el dedo por su muslo, las uñas acrílicas de color azul brillante enganchándose bajo el dobladillo de la falda mientras se la subía. Fue una puta provocación cuando abrió un poco más las piernas, con las bragas que apenas la cubrían.

—No te acostumbres a mandar —le dije—. Esta vez te lo voy a dejar pasar.

Arqueó una ceja perfecta y me dedicó una sonrisa burlona que hizo que quisiera devorarla. Sus muslos temblaban, su respiración se aceleraba. Estaba tan cachondo que podría haberla partido en dos.

—Sigue diciéndote eso —dijo ella—. Haz algo útil mientras estás ahí abajo. Vamos. Cómemelo.

—Será un placer, joder.

Le aparté las bragas a un lado y cerré la boca sobre ella. Ya estaba mojada, resbaladiza bajo mi lengua cuando la exploré.

—Para.

Me incorporé de un tirón. Su orden fue enérgica, pero la forma en que me miraba... Tenía las mejillas sonrosadas, los labios entreabiertos y respiraba entrecortadamente.

Le había encantado, pero aun así me hizo parar. Estaba ejerciendo su poder para hacerme obedecer.

La agarré por los muslos y la atraje hacia mí con un gruñido. Extendió la mano, me agarró la cara y me obligó a mirarla a los ojos.

Joder, qué afiladas tenía las uñas.

—No me gruñas —ordenó con ese mismo tono increíblemente enérgico. Joder, qué *sexy* era—. Pórtate bien.

Desesperado, liberé un brazo para abrirme los vaqueros y darle espacio a mi polla para que se estirara. Más valía que nadie pasara por allí, porque si lo hacían iban a ver un auténtico espectáculo.

—Adelante —me dijo—. Empieza otra vez.

Gemí mientras se lo comía. Era tan celestial que no quería parar nunca; quería que se quedara allí, bajo mi lengua, hasta que se retorciera. Me agarró la cabeza, animándome mientras me mantenía allí.

Me masturbé, estremeciéndome de placer cuando ella se rio.

—¿Te he dicho que pudieras tocarte? —dijo.

Puta mocosa.

Seguí acariciándome para ver si se atrevía a decirme que parara, pasando mi lengua por su clítoris hasta que sus piernas temblaron en mis brazos.

—Mm, entonces sabes que estás siendo desobediente —comentó, enderezándose un poco para poder inclinar mi cabeza hacia atrás, apartando mi boca de ella.

Me pasé la lengua por los labios, saboreando su exquisito sabor.

La vi temblar. Era obvio que deseaba que continuara, a pesar de su bravuconería para hacerme obedecer.

—Eres una puta de mierda. Sabes que quieres más —le solté.

—Y a ti te gustan las putas, ¿verdad, guarro?

Quizá fuera una respuesta traumática, de estar fatal de la cabeza, pero la humillación, la vergüenza, el dolor... Todo eso me ponía cachondo. El resto de mi cuerpo podía estar nadando en vergüenza, empapado en ira, y mi polla seguiría respondiendo a la ocasión. Por eso Manson podía manejarme tan bien; se alimentaba de la degradación. Podía decirme cosas por las que habría golpeado a cualquier otra persona, pero de sus labios eran eróticas, irresistibles.

Ahora sentía lo mismo con sus palabras obscenas.

—Joder, nena, sigue hablando así —le dije, mirándola desde entre sus piernas—. Si sigues así vas a hacer que me corra.

Quería hundirme en ese coño celestial y follármela hasta que gritara. Abrió un poco más las piernas, pero mantuvo mi cabeza inclinada hacia atrás.

—¿Ah, sí? ¿Te gusta que te hable así? —Se rio, y el sonido me provocó un cosquilleo en la columna vertebral—. Eres un puto cerdo, cachondo porque una chica te humille. Patético.

Me zafé de su agarre, cerré la boca sobre ella y le comí el coño como si fuera mi última cena. Jadeó y sus protestas murieron en su garganta cuando el placer la invadió.

—Joder, Lucas. —Le temblaban las palabras, pero aun así se las arregló para burlarse de mí—. ¿Te gusta cómo sabe? —Asentí con la cabeza, sin soltarla ni un segundo; cuanto más excitada estaba, mejor sabía—. ¿Quieres más? ¿Quieres follarme?

Asentí de nuevo, con la polla temblando de ganas por estar dentro de ella. Ella se empujó contra mi boca, frotando su coño contra mi lengua.

—Por supuesto que eso es lo que quieres, pervertido.

Contuvo el aliento, mirándome con un brillo malicioso en los ojos antes de escupirme en la cara.

Eso desató a la bestia y, una vez libre, ya no había forma de volver a encerrarla en su jaula. Me puse de pie tan rápido que ella gritó, la levanté y la penetré. Se agarró a mis hombros, envolviéndome con las piernas mientras yo la agarraba por las caderas y la follaba con fuerza.

—Te advertí que no te acostumbraras —le gruñí, ignorando sus gritos suplicantes mientras su coño se encogía a mi alrededor.

Puso los ojos en blanco cuando se corrió, soltando gemidos impotentes que acompañaban cada embestida. Yo no aguanté mucho más que ella.

La penetré tan hondo como pude mientras me corría, sujetándola para que no pudiera escapar de su interior ni una sola gota. Era una mierda primitiva, pero nunca era suficiente: llenarla, impregnarla de mi esencia y dejarla marcada con mi semen.

Mis fuerzas se agotaron, me dejé caer sobre la hierba y la llevé conmigo. Me rodeó con las piernas y apoyó su pecho contra el mío, con mi polla aún en su interior. Nuestras respiraciones profundas se acompasaron durante unos minutos mientras nos quedábamos allí tumbados, en silencio, con los ojos cerrados, rodeados por el suave sonido de la brisa y el cantar de los pájaros.

Después de varios minutos de silencio, se movió para apartarse de mí y tumbarse en la hierba a mi lado. Se acurrucó contra mí, apoyando la cabeza en mi hombro mientras yo la rodeaba con el brazo por la espalda.

—¿Lucas? —Su voz era suave y sorprendentemente vulnerable.

Coloqué mi brazo libre detrás de la cabeza para poder mirarla mejor.

—Lo que ha pasado hoy… No es la primera vez que la gente te hace cosas así —dijo, sus ojos no se quedaban quietos, como si quisiera bajar la mirada pero se obligara a no hacerlo—. Lo sé… Yo te he hecho cosas, he dicho cosas sobre ti que eran tan injustas como lo que ha pasado hoy. Y lo siento mucho. Ojalá pudiera borrarlo.

Respiró hondo y, por un momento, contuvo el aliento.

No podía creer lo que estaba oyendo. ¿Una disculpa? ¿Para mí? ¿De ella?

La gente no se disculpaba conmigo por nada, pero yo tampoco aceptaba disculpas. No perdonaba a la gente. No tenía sentido.

Con Jess, había decidido que el pasado era el pasado. No iba a hacerme la víctima inocente; yo también había tenido mi parte de culpa en los problemas. Ella había sido una zorra en aquel entonces y no había cambiado mucho cuando nos reencontramos, al menos no al principio.

De alguna manera, en contra de mi mejor juicio, creo que la había perdonado sin darme cuenta. Pero ahora que se estaba disculpando, podía ver la preocupación en su rostro, el miedo a haberse abierto, a haberse obligado a ser vulnerable, aunque el resultado pudiera ser doloroso.

No esperaba que la perdonara. Ni siquiera podía mirarme.

Me incorporé y ella también.

—Vale, espera, tengo que guardarme la polla para esto.

Me quité un peso de encima cuando mi comentario le arrancó una sonrisita. Me sentía muy incómodo con conversaciones como esa. Sinceramente, no recordaba la última vez que alguien me había pedido perdón, y no sabía cómo reaccionar ahora que ella lo había hecho.

Se había puesto a arrancar la hierba; pellizcaba las briznas entre sus dedos, nerviosa. Necesitaba decir algo, pero primero tenía que averiguar qué demonios estaba sintiendo. No estaba enfadado. Estaba nervioso, porque estaba confundido y me había pillado desprevenido. Pero me sentía... ¿Aliviado? ¿Validado? ¿Seguro? No sabía cómo demonios llamarlo, pero no era una sensación desagradable.

—No tienes que perdonarme —dijo a toda prisa, interrumpiéndome cuando abrí la boca para responder—. Sé que el que te pidan perdón te pone en la situación de tener que dar algún tipo de respuesta, pero no tienes por qué hacerlo. Solo quería que lo supieras. Lo siento de verdad.

—Joder, Jess. —Me froté la nuca, intentando encontrar las palabras adecuadas, pero no sabía cómo aceptar una disculpa, así que intenté pensar en cómo había reaccionado Manson cuando le pedí perdón—. Lo entiendo. Yo también puedo ser un capullo. Creo que cuando... cuando has pasado mucho tiempo sintiéndote fuera de control, sintiendo que otras personas dirigen tu vida, acabas haciendo casi cualquier cosa para recuperar parte de ese control. Incluso si eso significa dar media vuelta y hacer daño a otras personas. Eso no lo hace aceptable... —La miré y vi que me estaba observando, esperando, con una mirada de vulnerable esperanza en su rostro que me hizo querer abrazarla—. La gente no se disculpa conmigo, Jess, así que esto es territorio desconocido para mí, ¿vale? Pero acepto tus disculpas. Gracias por... por decir eso.

—Las acciones significan más que las palabras —dijo, dedicándome una pequeña sonrisa—. Te demostraré que lo digo en serio.

Ya lo estaba haciendo muy bien.

—Ven aquí.

La cogí en brazos y la senté entre mis piernas para poder abrazarla con su espalda contra mi pecho. Apoyé mi cabeza contra la suya, saboreando ese dulce aroma a fresa de su cabello.

—Bueno, ya que estamos con las confesiones… Supongo que te diré algo que probablemente deberías saber. En el instituto, cuando le rompí la botella en la cabeza a Alex… fue porque estaba hablando mal de ti, Jess.

Se puso tensa y giró la cabeza para mirarme con sorpresa.

—Espera… ¿Qué? Lucas, tú me odiabas entonces. No me soportabas. No te culpo, pero… —Sacudió la cabeza lentamente—. ¿Por qué lo hiciste?

Yo mismo apenas lo entendía, pero tenía que intentar explicárselo.

—Supongo que te odiaba, tanto como tú a mí. Pero creo que era un poco protector con ese odio. Cuando le oí hablar de ti, estaba presumiendo de que Kyle le había enseñado unas fotos tuyas…

—Lo sabía —siseó—. Sabía que Kyle se las había enseñado. Siempre lo negó. —Cerró los ojos un momento, tratando de asimilar en silencio lo que sentía—. ¿Por qué lo hiciste? O sea… Te expulsaron por eso, Lucas.

Me encogí de hombros.

—Odiaba ese instituto de todos modos, solo me quedaba por los chicos. Así que, ya sabes, vi la oportunidad y la aproveché.

Pero no parecía que me creyera, al menos no tal y como yo se lo contaba. Tampoco estaba siendo del todo sincero. No le dije lo mucho que me había cabreado escuchar a Alex hablar de ella, hasta el punto de que habría hecho lo mismo incluso si en vez de él hubiera sido mi mejor amigo.

—Supongo que me has estado protegiendo durante más tiempo del que pensaba, ¿eh? —comentó, con un rubor encantador en las mejillas.

—Supongo que sí. Los perros guardianes nunca dejan de estar de servicio —respondí.

Miré nuestras manos, entrelazadas sobre su regazo. Sus dedos eran mágicos, pero no solo porque podían darme placer. Ella sabía cómo tocarme cuando estaba enfadado, cuando tenía miedo. Ni siquiera estaba seguro de cuándo había aprendido a hacerlo, o si simplemente era algo natural en ella.

—¿Nunca? —preguntó.

Tardé un momento en darme cuenta de lo que me estaba preguntando, pero cuando respondí, lo dije de verdad.

—Nunca.

22

LUCAS

Mi padre llevaba muerto dos semanas y seguía sin parecerme real. Ya debería haberme olvidado del viejo. Debería haber sido la última persona en quien pensara. Pero seguía ahí. Me despertaba por la mañana pensando que le oía gritarme, pensando que oía el portazo. Pero lo único que quedaba de él eran cenizas. Estaban dentro de una bolsa de plástico, en una caja de cartón sobre la mesilla de mi caravana. Una parte de mí quería tirarlas a la basura. La otra parte pensaba que debía hacer las cosas como es debido, cumplir los deseos de mamá y volver a casa para darle sepultura.

Pero que le den por culo. Nunca me dejó descansar cuando estaba vivo, ¿por qué iba a descansar él en algún sitio ahora que estaba muerto?

No me entristeció la muerte del viejo, pero sin duda complicó las cosas. No tenía seguro de vida, y no me había dejado ahorros para cubrir esos últimos gastos. Había estado trabajando tantas horas como podía en la tienda de neumáticos, pero el salario mínimo no cubría las facturas.

Ya se habían ido acumulando, incluso antes de su ataque al corazón. Ahora, ni siquiera me molestaba en abrir los sobres. Estaban sobre la sucia mesa de la cocina, algunos con «ÚLTIMO AVISO» plasmado en la parte de delante.

217

No necesitaba electricidad. Podía arreglármelas con el agua de la manguera del parque de caravanas. Pero no podía apañármelas sin comida, y los fondos que tenía para eso se estaban agotando de una forma muy peligrosa. Vincent seguía apareciendo con guisos y «sobras» de su madre, cosas que él insistía en que ella enviaba porque eran «extra», pero yo sabía que no era así. Se estaban esforzando por cuidar de mí cuando ya tenían a demasiada gente bajo su techo. Cuatro hijos propios, más otro en camino. Y, últimamente, Jason se había estado quedando con ellos más a menudo, a medida que las peleas con sus padres empeoraban.

Los Volkov nos habrían acogido a todos sin dudarlo, habrían encontrado la manera. Pero yo no iba a aprovecharme de la generosidad de esa familia; tenía que encontrar la manera de salir de esta mierda yo solo.

Cada vez era más difícil seguir intentándolo. ¿Por qué todo tenía que ser tan jodidamente complicado? Era un estrés constante e interminable. Desde el momento en que me despertaba hasta el segundo en que conseguía caer en un sueño intranquilo. Pasaba la mayor parte del tiempo despierto tratando de distraerme, pero las distracciones no servían de mucho cuando tenías hambre, frío o estabas desesperado.

Por eso estaba en ese puto instituto después de que las clases hubieran terminado. No estaba muy seguro de cuál era el motivo. Parecía una especie de jornada de puertas abiertas, con los padres deambulando por el gimnasio picando sándwiches y charlando con los profesores. Los únicos estudiantes que se habían molestado en venir eran precisamente los que yo evitaba a toda costa: pijos, demasiado implicados, estirados de mierda con una cuchara de plata en la boca. No tenían nada mejor que hacer que venir aquí y charlar con los profesores, pensando que de alguna manera eso les ayudaría a progresar en la vida.

Dudaba que alguna de estas personas supiera siquiera que mi padre había fallecido. No le había dado mucha importancia; ya antes de su muerte había estado tratando de averiguar cómo emanciparme. Lo más involucrado que mi padre había estado en mi educación fue llamar para quejarse de que solo se me permitía trabajar una determinada cantidad de horas fuera del instituto.

Ya estaba llamando la atención por estar allí, así que intenté mantener la cabeza gacha y pasar desapercibido. A diferencia de mí, había mucha gente muy ansiosa por ser el centro de atención. Como Jessica Martin y su madre. Podrían haber sido hermanas gemelas, aunque se llevaran unos veinte años. Ambas llevaban vestidos azules ajustados, aunque el de mamá Martin tenía un escote muy pronunciado que dejaba ver un par de tetas muy caras.

Por muy molesta que fuera Jessica, tenía que reconocerlo: siempre conseguía parecer que iba a asistir a una fiesta elegante. No entendía de dónde sacaba la energía para arreglarse tanto. Aunque supongo que, cuando no te preocupa la supervivencia, puedes gastar energía en tonterías ridículas como bolsos brillantes y zapatos a juego con los de tu madre.

Estaban coqueteando con el señor Kotham, nuestro profesor de inglés, y, por supuesto, el viejo pervertido estaba encantado con tanta atención. No me gustaban la mayoría de los profesores de ese instituto, pero no era nada personal. Sin embargo, con Kotham, sí que lo era. Siempre estaba rondando a las chicas de clase, tocándoles los hombros, ofreciéndoles clases particulares. Un comportamiento realmente pervertido.

Jessica era una de sus favoritas. Curiosamente, Jason nos contó que aun así la chica seguía suspendiendo su clase. Quizás por eso la señora Martin le lanzaba miradas seductoras, ignorando por completo el hecho de que él no dejaba de tocar la cintura de su hija. De cogerle de la mano. De abrazarla.

Me estaba dando mucho asco.

Aparté la mirada y me concentré en llenar mi plato con tantos sándwiches y embutido como pudiera. La risa de mamá Martin seguía cortando el murmullo de las conversaciones, fuerte y aguda, como si quisiera presumir de lo bien que se lo estaba pasando.

Solo me hizo falta una mirada a la cara de Jessica para saber que no compartía el entusiasmo de su madre.

Salí por la puerta y solté un suspiro de alivio en cuanto se cerró detrás de mí. Por fin, un poco de paz y tranquilidad. Mi plan era comer lo que ya había cogido y luego llevarme a casa todas las sobras que pudiera.

La hierba estaba húmeda cuando me senté, pero no me importó. Comer bajo un cielo nocturno despejado, rodeado del sonido de los grillos, no estaba nada mal. Pero, por mucha hambre que tuviera, algo me provocaba un nudo en el estómago. Una sensación de inquietud, de *ira*, aún persistía en mi interior.

¿Qué clase de madre no protegería a su hija de un tipo repugnante como Kotham? ¿Cómo podía quedarse allí tan feliz mientras su hija esbozaba una sonrisa falsa e intentaba soportar una atención que estaba claro que no deseaba?

No importaba. Jessica y su extraña dinámica familiar no eran asunto mío.

Metí la mano en la chaqueta y saqué el cigarrillo a medio fumar que había estado consumiendo con cuidado durante las últimas horas. Se me estaban acabando los cigarrillos y no tenía dinero para comprar más. Jason me prestaría el dinero, pero odiaba tener que pedírselo.

Sin embargo, ese embutido era fantástico. Dios mío. Tendrían suerte si no volvía corriendo y me llevaba toda la bandeja.

Mientras me atiborraba, la puerta se abrió de golpe a mi lado y estuve a punto de atragantarme con una fina loncha de salami.

Al principio, Jessica no me vio, sentado entre las sombras junto al edificio. Salió al césped, respirando con dificultad, con el labio inferior apretado entre los dientes.

Me quedé en silencio, esperando y observando.

Caminaba de un lado a otro, tambaleándose ligeramente con los tacones en la hierba. Cruzó los brazos con fuerza, respiró hondo y contuvo el aire…

Las lágrimas le rodaron por las mejillas. Solo unas pocas, y el resto de su expresión no cambió. Las dejó caer y luego se limpió la cara a toda prisa, aclarándose la garganta. Parecía estar recomponiéndose para volver a entrar cuando se giró y por fin me vio.

—¡Joder! ¿Qué haces aquí fuera?

Abrió mucho los ojos y retrocedió varios pasos, como si fuera un animal salvaje que pudiera abalanzarse sobre ella.

—Por Dios, tía —murmuré—. Contrólate. Estoy haciendo lo mismo que tú aquí fuera.

Su postura cambió inmediatamente a la ofensiva. Apretó los puños y frunció los labios en una mueca familiar.

—¿A qué te refieres exactamente?

Levanté mi comida, le di un gran mordisco.

—¡Solo quiero un poco de paz y tranquilidad!

Se quedó allí parada un momento, mirándome. Luego, despacio, se acercó a la pared y se deslizó hasta sentarse a un par de metros de mí. Abrió el bolso, sacó una botellita y le dio un trago rápido.

La distancia entre nosotras era bastante grande, lo cual era un poco cómico, pero era lo más cerca que había estado de ella en mucho tiempo. Normalmente nos manteníamos lejos el uno del otro; nuestras personalidades chocaban demasiado como para hacer otra cosa.

Quizá fuera solo el ambiente, pero aquí Jess estaba diferente. Más tranquila. No levantaba la cabeza como si estuviera mirando al mundo desde arriba.

Me tendió la petaca, inclinándose hacia mí.

—Es vodka con gaseosa.

Hice una mueca, pero el alcohol gratis era alcohol gratis. Sabía a alcohol carbonatado con un chorrito de lima, y me quemó nada más tragarlo. Al menos era fuerte.

No me quedaba mucho del cigarrillo, pero como ella me había ofrecido su bebida…

—¿Fumas?

Negó con la cabeza.

—No. Es asqueroso.

—Tienes razón. Es asqueroso.

Cogió la petaca cuando se la devolví y dio otro sorbo. Levantó las piernas, suspirando por lo ajustado que le quedaba el vestido y moviéndose incómoda.

—¿Por qué te vistes así si es tan incómodo? —le pregunté.

—¿Por qué sigues fumando si sabes que es asqueroso? —espetó.

—Porque soy una persona asquerosa —respondí, dando otro bocado a mi comida. Francamente, estaba disfrutando con esto, ella era más ingeniosa de lo que esperaba—. Hago cosas asquerosas.

Se burló, poniendo los ojos en blanco, y yo me reí.

—¿Qué? ¿Vas a negarlo? —Me miró, entrecerrando los ojos, pero no dijo nada y volvió a apartar la mirada. Yo negué con la cabeza, incrédulo—. Joder, ¿te acoges a la Quinta Enmienda? Increíble.

Mantuvo la mirada en el frente, pero juraría que pude detectar una leve sonrisa en sus labios. No estaba seguro de haberla visto sonreírme antes, y aunque no era del todo evidente, para mí era suficiente.

Ni siquiera me gustaba esta chica y aun así me hizo sentir un poco mejor.

—¿Qué haces aquí exactamente? —preguntó, y cuando levanté mi plato en respuesta, ella se rio con suavidad y dijo—: ¿Tus padres no te dan de comer?

—Teniendo en cuenta que mi padre está muerto y mi madre apenas puede alimentarse a sí misma, no, no lo hacen.

Su rostro palideció.

—Oh, joder. Yo, eh…

—No empieces a compadecerte de mí. Llevaba años esperando a que mi viejo muriera, ya era hora. Solo es un pequeño inconveniente. No sé si lo sabes, pero ese papel verde con el que se compra la comida no crece precisamente en los árboles.

Se quedó en silencio. Una punzada de remordimiento me hizo suspirar, pero no tenía nada de qué arrepentirme. Jessica vivía en su propio mundo y yo no iba a endulzar la realidad por sus sentimientos.

Pero su mirada se había vuelto distante y, por alguna maldita razón, eso me dio ganas de seguir hablando.

—¿Estás aquí con tu madre? ¿Os habéis puesto de acuerdo para la ropa?

Hizo una mueca.

—No, no nos pusimos de acuerdo. —Estuvo en silencio durante tanto tiempo que pensé que lo dejaría así, pero entonces dijo—: Quería hablar con el señor Kotham sobre un proyecto de créditos extra para mí. Tengo tantas cosas en la agenda que no siempre puedo estar al día con sus deberes.

Intentó aparentar indiferencia. No funcionó. Cuando se levantó, era obvio que estaba congelando su expresión alegre. No podía permitirse un desliz ni siquiera por un segundo.

De repente, me invadió una ira tan cegadora que perdí por completo el apetito.

—Supongo que te veré por ahí —dijo, despidiéndose con un gesto despreocupado de la mano mientras volvía al interior.

Pero yo no fui capaz de articular palabra alguna en respuesta.

Guardé la comida que me quedaba en las bolsas de plástico que había traído y volví a mi coche. Mientras salía del aparcamiento, tomé nota mentalmente de dónde estaba aparcado el vehículo de Kotham. Era perfecto, la verdad: había aparcado en la parte trasera del aparcamiento, donde casi nadie más lo hacía, porque estaba muy paranoico con su preciado Cadillac antiguo.

Había cuidado muy bien ese coche. Estaba impecable.

Por ahora.

Aparqué a la vuelta de la manzana y volví andando, atravesando una zanja de drenaje y un campo para no tener que ir por la acera. Algunos de los otros coches del aparcamiento ya se habían marchado. Se estaba haciendo tarde y estaba lo suficientemente oscuro como para que se encendieran las farolas.

Agachándome detrás de los arbustos, me puse el pasamontañas que había cogido del coche.

¿Era la hostia de sospechoso que guardara un pasamontañas en el coche? Sí. Pero, obviamente, también útil.

Después de mirar con cautela a mi alrededor, me saqué la navaja del bolsillo y me acerqué al Cadillac. Era un DeVille azul claro del 59, y no pude resistirme a acariciar sus curvas con la mano.

Entonces clavé la hoja en la rueda delantera y sentí una gran satisfacción al oír el silbido del aire que se escapaba. Hice lo mismo con las otras ruedas antes de arrastrar la hoja por los laterales, arañando esa pintura perfecta. Luego me senté en el bordillo junto al lado del copiloto y esperé.

Al cabo de unos veinte minutos, se oyeron pasos que se acercaban.

Al principio, el señor Kotham no se percató del daño y tampoco de mi presencia cuando me acerqué sigilosamente por detrás. Estaba demasiado ocupado buscando las llaves, toqueteando la cerradura de la puerta con torpeza. Seguramente, esa noche se había olvidado las gafas.

Mejor para mí.

Lo agarré por detrás, le rodeé el cuello con mi cinturón y apreté hasta que se le clavó en la piel. Inmediatamente empezó a ahogarse y a forcejear. Pero era torpe y débil. No tenía ninguna posibilidad.

—No voy a matarte esta noche, Kotham —dije, manteniendo mi voz lo más baja y ronca posible para disimularla—. Pero si vuelvo a verte tocar a Jessica Martin, lo haré. Te mataré y enterraré tu cuerpo en el bosque.

Tosió y se atragantó, le aflojé el cinturón lo suficiente para que pudiera respirar un poco.

—¿Kyle? —jadeó.

Aún mejor que pensara que era el novio de Jessica, sería mucho menos probable que denunciara eso si pensaba que el chico más querido de la escuela estaba detrás.

—Ahora, te sugiero que te busques otro trabajo —espeté—, porque, dentro de unos días, en este instituto todo el mundo tendrá pruebas de que eres un salido. —Era una amenaza vacía, pero él no lo sabía y se puso tenso, lo que me indicó que tenía mucho que ocultar—. Espero que duermas de pena, pervertido.

Volví a apretar el cinturón, lo suficiente como para estrangularlo. Su cuerpo se quedó flácido y se desplomó sobre el pavimento, inconsciente. Eso me dio el tiempo que necesitaba para volver a escabullirme y regresar a mi coche.

Nunca le conté a nadie lo que pasó esa noche.

Pero Kotham dimitió al día siguiente.

23

VINCENT

Había pasado mucho tiempo desde la última vez que había tenido algo parecido a un «horario» normal. Hasta en el instituto había sido un búho que solía quedarse dormido en las clases. Pero ser el último en levantarse era en realidad una forma estupenda de empezar el día. Cuando me despertaba, el café ya estaba hecho, las sobras del desayuno me esperaban en la nevera y todos estaban tan ocupados con su trabajo que normalmente tenía tiempo sin interrupciones para trabajar un rato en mis propios proyectos.

Pero algunos días, lo primero que quería al despertarme no era café ni las sobras del desayuno calentadas en el microondas. Hoy solo quería compañía.

Así que me levanté de la cama, bajé con dificultad las escaleras del ático y me topé directamente con la habitación de Jason.

Llevaba puestos los cascos, así que no me oyó entrar. Esperaba encontrarlo trabajando, con la pantalla cubierta de largas líneas de código multicolor. Me gustaba verlo trabajar, aunque apenas entendía nada. El rápido clic de sus dedos sobre las teclas era relajante.

Pero no estaba trabajando. Estaba mirando anuncios inmobiliarios.

Me acerqué y entrecerré los ojos para ver la pantalla. Todos esos sitios estaban en Nueva York. Iba de un sitio a otro, moviendo la cabeza al ritmo de la música que estaba escuchando mientras abría fotos de una mansión enorme y carísima.

Mierda, no teníamos tanto dinero.

Dio un respingo cuando deslicé mis brazos alrededor de su silla y lo agarré por los hombros. Se quitó los cascos.

—¡Joder, me has asustado! —exclamó—. Son con cancelación de ruido, ¿recuerdas?

Aparté la silla hacia atrás y le agarré la cara mientras me inclinaba hacia él.

—Mm, estás muy bueno cuando te asustas —le dije—. Con los ojos muy abiertos.

—Oye. —Empujó su mano contra mí, pero su protesta se disolvió en el momento en que lo besé.

—¿Qué estás mirando? ¿Vagueando en el trabajo?

Me metí en su silla, básicamente obligándolo a sentarse en mi regazo, lo que hacía que sus pies colgaran del suelo; a mí me hacía una gracia tremenda, pero a él lo enfurecía.

—Solo estaba tomándome un descanso, cinco minutos.

—Claro, claro, solo cinco minutos para buscar casas.

Miré los anuncios, haciendo una mueca ante algunos de los precios, todo era muy caro.

—He estado dándole vueltas —dijo de repente, con voz reservada—. Sé que Manson y Lucas lo están posponiendo, pero el coche de Jess pronto estará arreglado...

Sentía que se le acababa el tiempo. Últimamente yo tenía el mismo temor, aunque había intentado ignorarlo. Estaba decidido a dejarme llevar, pasara lo que pasase, a dejar que el destino siguiera su curso.

Pero Jess era una persona demasiado importante como para dejarla en manos del destino. Ese día, en casa de mis padres, estuve a punto de decírselo.

Manson ya se lo había confesado, nos lo había dicho. Pensé que estaba siendo demasiado cauteloso al pedirle que no le diera una respuesta todavía, pero tal vez yo fuera demasiado impaciente. Cuando me enamoraba de alguien, lo hacía rápida y profundamente. No decírselo a Jess me tenía a punto de explotar.

¿Por qué tanto secreto? ¿Por qué tanta vacilación? Porque era un territorio desconocido y ella era nueva en todo este escenario. Tenía planes y ninguno de nosotros quería interferir en ellos. Su vida ya estaba en medio del caos y el cambio, al igual que la nuestra. Todos temíamos que cosas como el amor y el compromiso la complicaran aún más.

—No creo que vaya a largarse en cuanto recupere el coche —dije, frunciendo el ceño—. ¿No crees que ya hemos superado esa parte?

—Puede ser —dijo—. Pero no es solo eso. La van a contratar a jornada completa en esa empresa de diseño. Sé que lo conseguirá. El otro día lo comentaba en el gimnasio. Se acerca su evaluación.

Jess llevaba toda la semana emocionada con esa evaluación. Estaba muy orgulloso de ella, pero eso no había impedido que me invadiera la aprensión. Si conseguía el trabajo, su marcha no sería opcional. Claro que habría que hablar sobre la distancia, pero tampoco pensábamos quedarnos en Wickeston. La idea de que los cinco nos separáramos me parecía… un error. Un error enorme.

—También vi a Manson buscando —comentó—. En Nueva York. No puede dejarla ir. —Suspiró profundamente—. Yo… Yo tampoco creo que pueda, Vince.

Apoyé la barbilla en su hombro mientras miraba la pantalla.

—Sí. Yo siento lo mismo. ¿Se lo has dicho?

—No. Bueno, no exactamente. No todo lo que quería decirle.

Podía ser un payaso en muchas cosas, pero cuando se trataba del amor y las relaciones, había tenido que aprender por mí mismo a tomarme las cosas con calma. Obviamente, con Jason como mi pareja principal, ser demasiado frívolo con quien «traía» no sería justo. Después de todo, el hecho de que no fuéramos monógamos no significaba que fuera un «todo vale».

Así que había cosas que no le había dicho a Jess. Sentimientos que no había admitido. El destino me había dado esta segunda oportunidad y, en cierto modo, me preguntaba si la estaba desperdiciando. ¿Estaba siendo demasiado cauteloso? ¿Dudando demasiado?

Mientras lo abrazaba con fuerza, él giró la cabeza para apoyar su frente contra la mía. Nuestras respiraciones se mezclaron y cerré los ojos.

—¿Todavía piensas venir conmigo a quedarte en casa de Dante este fin de semana? —le pregunté.

No tenía sentido conducir cada noche de ida y vuelta al trabajo cuando había aceptado turnos dobles. Por suerte, no me importaban las jornadas largas. Disfrutaba de mis noches en el club. Pero odiaba volver a una cama vacía.

—Claro —respondió, estirándose con un gemido antes de frotarse los ojos.

Sus ojeras estaban volviendo a aparecer, lo que indicaba que había estado durmiendo poco. Pero yo sabía por qué. Siempre dormía peor en esta época del año.

—¿Estás bien? —le pregunté, y él intentó, sin éxito, fingir que mi pregunta le sorprendía.

—Sí, sí, perfectamente. Solo estoy distraído. El trabajo y... ya sabes... —Hizo un gesto vago con la mano—. Todo.

—¿Todo o algo más específico?

Suspiró.

—Joder, Vince. Sabes que odio hablar de ello.

—Lo sé. Es que no soporto verte sufrir y no decir nada. ¿Has pensado en llamar a tu hermano este año? ¿A ver si habla contigo?

Él negó con la cabeza.

—Tiene casi catorce años. Ya ni siquiera sé su número. Mis padres se volverían locos si intentara contactar con él por Facebook o algo así. Quién sabe lo que le habrán contado. Probablemente ni siquiera quiera saber nada de mí.

El cumpleaños de su hermano siempre le afectaba mucho. No había visto al chico desde que sus padres lo echaron de casa, y eso fue hace cinco años. Antes estaban muy unidos. La idea de estar lejos de mis hermanas me ponía enfermo, y me cabreaba muchísimo que sus padres insistieran en mantenerlos separados.

—Bueno, encontraré la manera de mantenerte distraído este fin de semana —le dije—. Quizá te lleve al trabajo conmigo y te tenga atado debajo de la barra.

—Seguro que a tu jefa le encantaría —dijo.

—No le importaría. Probablemente atraería a más clientela. —Me dio un empujón y yo me reí, levantándome de su silla—. Seguramente Dante venga pronto a recoger su coche. También me dará las llaves de su casa. ¿Vas a bajar a saludar?

—Sí. Dame un minuto para ponerme ropa de verdad.

Tenía muchas cosas en la cabeza mientras me dirigía al garaje. Dante estaba arriba, en el altillo del garaje, charlando con Manson. Lucas y Jess aún no habían regresado, pero había enviado un mensaje al grupo para decir que estaban de camino.

—Hola, ¿qué tal, colega? —Dante se levantó de su asiento para saludarme, me cogió de la mano y me abrazó con un solo brazo—. Buenas noticias. Jason y tú tendréis la casa para vosotros solos este fin de semana.

—Oh, sí, claro. —Cogí las llaves que me ofrecía y las guardé en el bolsillo—. ¿Dónde vas a estar?

—En el espectáculo con este tío de aquí —dijo riéndose mientras le daba una palmada en el hombro a Manson y volvía a sentarse—. Tenemos que presumir del T-bird, colega. Esos nuevos colectores son la hostia.

Dante era un tipo alto, aunque no tanto como yo. Tenía el pelo largo y oscuro, decolorado en las puntas, y la cara perforada con múltiples aros de oro en el labio, la nariz y la ceja. Había sido el primer cliente de verdad del taller. Había confiado su coche a Manson y Lucas dándoles permiso para volverse locos, hacer lo que fuera necesario para convertir el coche en un campeón.

231

Dante era rico; sus padres, expertos en negocios, habían criado a un hijo igual que ellos, además de tener un fondo fiduciario considerable. Tenía mucho dinero para gastar y estaba dispuesto a hacerlo aquí.

—Te garantizo que serás el rival a batir —dijo Manson—. Joder, yo no correría contra ti, no ahora. Creo que tu coche es el mejor que hemos construido nunca.

—Por supuesto. —Dante se giró en su asiento al oír el rugido del motor de El Camino al detenerse frente al garaje. Jess salió del asiento del copiloto y, cuando se volvió, se quedó con la boca abierta—. Tenéis que estar de coña. ¿Esa es la chica que os gusta a todos? —Silbó largo y bajo—. Joder, ¿cómo cojones habéis conseguido a una chica tan guapa?

—Fue gracias a nuestras increíbles personalidades—gritó Lucas, levantando el dedo corazón a Dante, que le devolvió el gesto.

—¡Sí, eres un auténtico partido, Bent! —exclamó.

Lucas y Jess se unieron a nosotros arriba y, por supuesto, Dante tuvo que sacar todo su encanto al estrecharle la mano a Jess.

—Es un placer conocerte por fin —dijo.

—Igualmente.

Jess sonrió con naturalidad mientras le estrechaba la mano, luego se acercó a Manson para saludarlo con un beso, antes de venir hacia mí.

La levanté en volandas para besarla, sonriendo, porque podía oler el sudor y el sexo en ella. Me pregunté qué habrían estado haciendo Lucas y ella.

Antes de que ella pudiera acomodarse en el sofá, Dante se inclinó hacia delante en su asiento y nos miró a ambos con aire conspirador.

—Escuchad un momento. Hace tiempo que quiero hablaros de algo. Hay… Eh…

Sus ojos se posaron en Jess un momento, indecisos. Ella no se dio cuenta.

—Cariño, ¿podrías subir a la casa y ver por qué tarda tanto Jason? —le pedí—. Lleva todo el puñetero día encerrado en su habitación.

—¡Claro! Voy a sacarlo de ahí.

Se frotó las manos con una sonrisa pícara antes de desaparecer por las escaleras y salir del garaje.

Lucas se sentó junto a Dante y entonces me di cuenta por primera vez de que había algo diferente en él.

—¿Qué coño te ha pasado en las muñecas? —le pregunté mientras se frotaba las marcas rojas de la piel.

Manson se puso en alerta al instante y se incorporó bruscamente en su asiento para mirar.

—Nada —dijo Lucas a toda prisa, pero Manson lo miró y se estremeció—. Hubo un incidente en el *outlet*. Nos encontramos con esas antiguas amigas de Jess y me metieron algo en el bolso. Casi me arrestan. —Luego, en voz baja, añadió—: Casi me electrocutan...

—¿Que qué? —Manson se levantó de un salto y se acercó a Lucas en un instante, agarrándole de la muñeca para poder verlo mejor.

La cara de Lucas no podía estar más roja.

—Joder, calma, papi —lo tranquilizó Dante—. Tu chico sigue vivo, está bien.

—Gracias a Jess —dijo Lucas, sacudiendo la cabeza. Parecía cansado y se frotó la cabeza con la mano—. Te lo contaré más tarde.

Manson seguía sin parecer contento. Se quedó donde estaba, pegado al costado de Lucas mientras, por fin, le dábamos a Dante la oportunidad de hablar.

—Mirad, no quiero asustaros y tampoco quería asustar a vuestra chica —dijo—. Pero hay algunos rumores raros circulando por ahí. Al parecer, hay algunas personas que os tienen manía de verdad a los cuatro.

—No jodas —murmuró Lucas.

—Bueno, la cosa está poniéndose seria, porque hasta yo he oído algo —dijo Dante—. La gente dice que alguien quiere haceros alguna, y no me refiero solo a pincharos las ruedas o echaros azúcar en el depósito de gasolina. —Bajó la voz y echó un rápido vistazo al garaje, como si temiera que alguien más pudiera oírlo—. Alguien os quiere muertos.

Manson asintió lentamente y Lucas apretó los dientes hasta que le crujió la mandíbula.

—Entiendo que esto no es una sorpresa para vosotros —comentó Dante cuando vio nuestras expresiones sombrías.

—Por desgracia, no —le confirmé—. Ha habido algunos problemas.

—Eso es quedarse corto —añadió Manson—. ¿Crees que va a pasar algo en el espectáculo de este fin de semana?

Dante se encogió de hombros.

—Es una posibilidad. Por eso quería avisaros. Yo os cubro las espaldas, y mi gente también. Solo tenéis que pedirlo.

Nunca había preguntado quiénes eran exactamente «la gente» de Dante. Tenía contactos tanto en las clases bajas como en las altas, y eso era lo único lo que me necesitaba saber.

—Te lo agradecemos —dijo Manson—. Estaremos atentos. Quizá... —Volvió a mirar a Lucas, a las marcas en sus muñecas—. Quizá no deberíamos llevar a Jess con nosotros. Al espectáculo de coches.

—No le hagas eso —dije—. Tiene muchas ganas de ir.

—Estaremos pendientes de vosotros —dijo Dante con firmeza—. No lo dudes. Solo mantened a vuestra chica cerca. No sé quiénes son esos tipos ni cuál es su problema, pero están dispuestos a jugar sucio.

—La mantendremos a salvo —aseguró Lucas y fuera lo que fuera lo que había pasado hoy, parecía haber encendido una nueva llama en él—. No va a pasarle nada.

No me gustaba la idea de que los tres vayan a ese espectáculo ilegal sin nosotros ahora que Dante había expresado sus preocupaciones. No es que pudiera hacer gran cosa al respecto, pero juntos éramos más fuertes. Separarnos solo nos hacía más vulnerables.

Pero mantener un perfil bajo no nos había ayudado. Intentar ignorar el problema no lo había hecho desaparecer. Pasara lo que pasase ahora, íbamos a tener que empezar a contraatacar con rapidez y dureza. Sin piedad. Esos cabrones se estaban volviendo demasiado atrevidos. Y daba igual si Reagan estaba detrás de todo o si solo se trataba de la misma mierda de siempre.

Teníamos que protegernos los unos a los otros, costara lo que costase.

Y eso significaba que habría gente que podría salir herida.

24

JASON

La advertencia de Dante me dio escalofríos. Tenía muchas ganas de pasar el fin de semana con Vincent; aunque él iba a estar trabajando, disfrutaba de pasar tiempo a solas con él. Tendría paz y tranquilidad durante el día para poder trabajar en mi ordenador mientras Vince dormía, y como él se iba por la noche, bueno, si no podía dormir, también podría trabajar.

Aunque, ahora que tenía la advertencia de Dante en mi mente, probablemente no lo haría.

—Quizá no debería irme este fin de semana —dije.

Apuntando con la mira telescópica de la pistola de paintball que tenía en las manos, apreté el gatillo.

Fallé.

Lucas se burló.

—No digas eso. Te estás preocupando por nada. Dante solo está siendo cauteloso.

Apuntó, disparó y dio en el blanco. Perfecto. La pintura amarilla salpicó la vieja puerta del coche que estábamos utilizando como blanco.

—Vaya, ¿ahora empiezas a sonar optimista? —refunfuñé.

Sonaba como un idiota, pero estaba muy cansado. Había estado intentando distraerme para olvidarme del cumpleaños de mi hermano pequeño, de todo el dolor y la culpa que eso conllevaba. Pero esta no era la clase de distracción que quería.

Lucas levantó su arma y se la apoyó en el hombro. Aunque el calor del verano aún nos tenía atrapados, unas nubes grises de tormenta se acumulaban en el horizonte. Había una punzada de electricidad en el aire, una sensación de inquietud. Tal vez era solo mi imaginación, pero incluso los perros parecían agitados últimamente.

¿Se avecinaba una tormenta? ¿O era Reagan merodeando, vigilando nuestra casa, intentando causar problemas? Había estado revisando las cámaras todas las mañanas, pero el viejo no había regresado a la propiedad desde que volvimos.

—¿De qué tienes miedo? —preguntó Lucas, con un tono tan tranquilo que me hizo sentir aún más culpable por haberle respondido mal—. ¿Es por el espectáculo? ¿Tienes miedo de que pase algo mientras estamos allí?

Apunté y disparé tres tiros rápidos. Al final, lo conseguí y la pintura azul salpicó la puerta. Pero no me sentí satisfecho.

—Se supone que habrá mucha gente —dije, y es que, a pesar de ser un evento «clandestino», lo más probable era que el evento de ese fin de semana atrajera a entusiastas de los coches de todo el condado. Cientos de personas, todas reunidas en mitad de la noche, fuera de los límites del pueblo. No era precisamente el sitio más seguro—. Podríais perderos unos a otros. Jess podría perderse. Podríais separaros y entonces…

No sabía a dónde me llevaban mis divagaciones. Pasé el brazo por la correa de la pistola y dejé que me colgara del hombro mientras me sentaba en el porche trasero.

Lucas se sentó a mi lado, con los brazos apoyados en las rodillas. No dije nada, pero no pude evitar fijarme en los ligeros moretones que tenía en las muñecas. Habían pasado un par de días desde el incidente en el centro comercial y apenas había hablado de ello. Al menos, no conmigo.

Se dio cuenta de que lo estaba mirando. Levantó la muñeca y la puso a la luz del sol, como para verla mejor.

—Sabes, cuando era más pequeño siempre estaba cubierto de moretones —me contó—. Me rompí tantos huesos de niño que es increíble que aún pueda funcionar. —Flexionó sus dedos llenos de cicatrices. Algunos estaban rígidos y otros torcidos. Eran manos grandes que mostraban los años de trabajo duro que había vivido—. Pero luego pensé que ahora, cuando tengo moretones, suelen ser por algo distinto al trabajo. O por hacer tonterías... —Su rara sonrisa era contagiosa cuando la dirigió hacia mí—. Ahora estoy mejor que nunca. Más seguro. Más feliz. Y es porque os tengo a vosotros.

Me sorprendió oírlo hablar con tanta franqueza. A Lucas no le gustaba hablar de sentimientos y yo no le culpaba por ello. Pero cuando por fin se atrevía a meterse en estas conversaciones, siempre parecían sinceras. Demasiado crudas para ser falsas.

No se detuvo en el tema. Se enderezó y agitó la mano, como si intentara borrar las palabras.

—Lo que quiero decir es que siempre nos hemos cuidado entre nosotros. Tenemos que confiar los unos en los otros.

—Yo confío en ti —dije rápidamente.

—Entonces confía en que estaremos a salvo este fin de semana. Nos cuidaremos, tendremos cuidado. Además, necesitas pasar tiempo con Vince, y él también te necesita a ti.

—Joder. —Negué con la cabeza, incrédulo—. ¿Desde cuándo das buenos consejos?

Abrió mucho los ojos, haciéndose el ofendido.

—Doy consejos maravillosos. No es culpa mía que casi nunca me escuchéis.

Me empujó juguetón y yo le devolví el gesto. Nuestras palabras se desvanecieron en risas y luego en silencio. Pero después de los empujoncitos, su brazo se quedó descansando sobre mi muslo. Pasé el dedo índice por el moratón amarillento que tenía en la muñeca.

—No sé qué habría hecho si Jess no hubiera estado allí. Ahora estaría en la cárcel, J. No habría podido manejarlo. No supe defenderme, no pude calmarme lo suficiente como para hablar. Pero ella habló por mí.

—Asintió lentamente—. Se quedó conmigo. No tenía por qué hacerlo, pero lo hizo. Igual que habría hecho cualquiera de vosotros. —Todavía había incredulidad en su voz—. La protegeré. Pase lo que pase. —Me estrechó la mano, con una determinación inquebrantable en los ojos—. No te sientas culpable por no venir con nosotros. Además, sabes que no me gusta que Vincent se quede allí solo.

Después de plantearlo así, no hubo nada más que discutir.

Asentí y me levanté con él cuando se puso de pie.

Se estaba haciendo tarde y, normalmente, habría vuelto al interior para seguir trabajando. Pero como era nuestro día de descanso del gimnasio, no había podido ver a Jess esa mañana y tenía muchas ganas de estar con ella. Después de haberla tenido para nosotros solos durante esos tres días en las montañas, pasar más de veinticuatro horas sin verla era difícil.

—¿Qué planes tienes para esta noche? —preguntó Lucas, preparando su pistola de paintball para otro disparo. Como si me hubiera leído el pensamiento, añadió—: Deberías salir de casa un rato. Ve a recoger a Jess y haced algo divertido. —*Ping, ping, ping*. Todos sus disparos dieron en el blanco y me dedicó una sonrisa de satisfacción—. ¿Ves? Lo tengo controlado.

—Salvo por el hecho de que no te vas a llevar la pistola de paintball al espectáculo —le dije con los brazos cruzados.

—Eh, da igual, sigo teniendo buena puntería con los puños —dijo. Podía ver cómo me observaba por el rabillo del ojo, esperando a que estableciera contacto visual. Pero no quería que viera la preocupación que aún se reflejaba en mi rostro—. Mira, si sigues nervioso por eso, deberías apuntar a Jess a una clase de defensa personal o algo así. De todos modos, vais al gimnasio todas las mañanas.

La verdad era que no había tiempo suficiente para enseñarle a Jess ninguna técnica seria de defensa personal antes del fin de semana, pero aun así eso me dio una idea.

Normalmente habría avisado a Jess con más antelación, pero me sentía espontáneo. La llamé mientras conducía hacia su casa y ella contestó al segundo tono.

—¡Hola! Acabo de salir de la ducha —saludó—. ¿Qué pasa?

Intenté no distraerme demasiado imaginándomela desnuda y mojada.

—¿Tienes planes para esta noche?

—No —respondió, antes de añadir con picardía—: ¿A menos que tú tengas planes para mí?

Me eché a reír.

—Por supuesto. Estaré allí en diez minutos.

—¡¿Qué?! ¡Espera! ¡No puedo arreglarme el pelo en diez minutos!

Veinte minutos más tarde, Jess se reunió conmigo en mi coche, a la vuelta de la esquina de su casa. Llevaba el pelo peinado con unas perfectas ondas rubias, y la falda negra y la blusa roja le daban un aspecto más oscuro del que estaba acostumbrado a ver en ella.

—¿Qué llevas debajo de esa falda, princesa? —le pregunté después de que se inclinara sobre la consola central para besarme.

La falda era diminuta, casi microscópica. Una provocación muy intencionada.

—Supongo que tendrás que averiguarlo más tarde —dijo con dulzura, cruzando las piernas mientras se acomodaba en su asiento—. ¿Cuál es la ocasión? Espero ir bien vestida.

—Vas perfecta —le dije. Tenía que mantener la vista en la carretera, pero con ella tan guapa a mi lado me costaba concentrarme—. Absolutamente perfecta. No hay ninguna ocasión especial, solo me apetecía ver una película.

No necesitaba ninguna *ocasión* para querer pasar tiempo con ella. Pensaba en ella casi todo el tiempo, la echaba de menos cuando no estaba cerca. Cuando estaba con ella, sentía que había elegido hacer algo arriesgado, como subir a lo alto del trampolín más alto a pesar de que apenas sabía nadar. Solo hablar con ella era emocionante; tocarla era embriagador.

—¿Has estado alguna vez en un autocine? —le pregunté, y ella negó con la cabeza—. Los jueves hacen una sesión retro y ponen películas antiguas durante todo el día. Hoy proyectan *Secretary*. ¿La has visto? —Volvió a negar con la cabeza y yo sonreí—. Creo que te va a gustar. Es bastante pervertida.

—¿Pervertida? —se rio, sorprendida—. ¿Me vas a llevar a ver una película romántica?

—No te sorprendas tanto —le dije—. A mí también me gustan las tonterías románticas, ¿sabes?

La última vez que había visto esa película, lo que menos me había importado fue la parte romántica; lo que me había atraído fue el BDSM. Era la primera película que había visto que retrataba una relación de dominante y sumisa. Solo eso ya me había dejado alucinado.

Las películas con violencia, tortura y muerte eran fáciles de encontrar, pero las que retrataban algo parecido a una perversión de forma realista eran prácticamente inexistentes. No tenía mucho sentido para mí que el sexo consentido se considerara más tabú que el asesinato. Pero tal vez por eso no me llevaba muy bien en la sociedad «normal».

Cuando llegamos al autocine, ya había una fila de coches esperando para comprar entradas. Conseguimos un buen sitio para aparcar y, como aún nos quedaba algo de tiempo antes de que empezara la película, fuimos al puesto de palomitas y dulces. A los dos nos encantaban los aperitivos y acabamos comprando mucho más de lo que habíamos planeado. Lo dejamos todo en la consola central y pasamos la primera media hora de la película atiborrándonos de dulces.

Cuando dio comienzo la primera escena de azotes, fue como si el aire a nuestro alrededor se cargara de energía al instante. Miré a Jess de reojo y vi exactamente la reacción que esperaba. Tenía los ojos clavados en la pantalla, los labios ligeramente entreabiertos y daba bocanadas de aire más grandes. Apretó las piernas cruzadas durante un momento y yo sonreí ante su evidente intento de estimularse.

—¿Te está gustando la película hasta ahora? —le pregunté.

—Oh, sí —respondió—. Cuando dijiste que era pervertida, no esperaba una escena completa de azotes.

Ya me era imposible mantener la vista en la pantalla, solo quería mirarla a ella.

—Cuando era más pequeño, antes de entender lo que me gustaba en realidad y por qué, me emocionaba mucho cada vez que encontraba una película en la que había azotes. Incluso cuando se suponía que no era *sexy*, me seguía gustando. Me esforzaba mucho por justificarlo como cualquier cosa menos un fetiche.

—Entiendo ese sentimiento —dijo.

Sus muslos se tensaron otra vez, apretando, y yo deseé con todas mis fuerzas que lo que estuvieran apretando fuera mi cabeza.

—¿Tenías más curiosidad por dar los azotes o por ser el que los recibía?

—Las dos cosas —respondí—. Lo que lo hizo todo aún más confuso.

—¿Vincent te azota?

Su pregunta me tomó por sorpresa, pero me pareció *sexy* lo segura que estaba al hablar de ello. No apartó la mirada de mí, su voz no temblaba. Una media sonrisa juguetona permaneció en su rostro mientras esperaba a que le respondiera.

—Sí. —Admitírselo me producía la humillación justa, la vergüenza suficiente para que mi polla palpitara y se empalmara—. A veces puedo ser un niñato, por si no te has dado cuenta. Yo le empujo a hacerlo, tengo muy claro lo que quiero, o al menos eso me ha dicho él. —Su sonrisa se había ampliado y descruzó las piernas mientras se inclinaba hacia atrás en ángulo, apoyándose contra la puerta—. Te gusta oír esto, ¿verdad?

Asintió con la cabeza. Abrió las piernas y su dedo recorrió distraídamente la parte interna de su muslo. Ninguno de los dos prestaba ya atención a la película, pero los sonidos de los azotes que salían de mis altavoces hacían que el interior del coche pareciera muy reducido y acogedor.

—Me gusta —contestó, con una voz apenas perceptible. Su dedo había llegado al borde de la falda y siguió, arrastrando la tela consigo.

241

Mis ojos se quedaron atrapados allí mientras su mano llegaba al vértice de sus piernas—. Cuéntame la última vez que te dio unos azotes… O la primera.

Mi polla se había empalmado tan rápido que se apretaba de forma incómoda contra la cinturilla de mis pantalones. Me apresuré a recolocármela. Mierda, o bien estaba siguiendo las indicaciones de Vincent, o ambos disfrutaban convenciéndome de que dijera cosas que me hacían sentir incómodo.

—¿Te da vergüenza? —preguntó, con demasiado entusiasmo cuando no respondí inmediatamente.

Me miraba como si tuviera hambre, como si quisiera abalanzarse sobre mí. ¿De verdad se ponía cachonda por fantasear conmigo de esa manera? Eso era… Joder, sinceramente me sentí halagado. Normalmente no me consideraba el tipo de persona con el que alguien se molestaría en fantasear. Pero la forma en que me miraba, como si solo verme le pusiera, era un subidón de ego particularmente adictivo.

—No me da vergüenza —contesté, pero mi afirmación no era del todo cierta. No era vergüenza exactamente, pero sentía una intensa sensación de bochorno que recorría mi cuerpo. Me gustaba esa sensación: el calor que se acumulaba en mi estómago, cómo mi lengua se volvía torpe y mi cerebro se ralentizaba—. Es solo que no suelo hablar de ello en voz alta muy a menudo.

Casi podía oír la risa de Vincent en mi cabeza. Era fácil imaginar lo que diría si estuviera aquí: «Como te cuesta tanto decirlo en voz alta, deberías practicar. Cuéntaselo, chico. Cuéntale hasta el último detalle». Joder. Se había metido tanto en mi cerebro que podía dominarme sin siquiera estar presente.

—Parece que te gusta hablar de ello —dijo Jess. Abrió más las piernas y levantó una sobre el asiento, de modo que su falda se levantó de forma lasciva. Tenía la mano entre las piernas, pero aun así podía ver sus bragas de encaje debajo—. El sexo contigo es muy guarro. Quiero oírte decir esas guarradas sobre ti mismo también.

Los nervios me hicieron volver a reír y me sonrojé, pero quería animarla en lo que fuera que estuviera haciendo con la mano entre las piernas.

—Te contaré la primera vez —cedí.

Los ojos le brillaban por la emoción, y su sonrisa era dulce y maliciosa a la vez. Había un poco de soberbia en su expresión, lo justo para burlarse y acentuar la degradación de lo que estaba a punto de decir.

—Vincent y yo llevábamos casi un año saliendo. Estábamos discutiendo sobre... cualquier cosa. Sinceramente, ni siquiera lo recuerdo.

—Había sido algo insignificante. A Vincent no le gustaba discutir; no le apetecía. Ahora, mirando atrás, el tema no me molestaba tanto como el hecho de que él se negara a debatirlo conmigo—. Buscaba pelea. Estaba estresado, molesto...

—Querías desquitarte con alguien, así que perdiste el control y vomitaste las palabras —dijo.

Sí, esa era una buena forma de describirlo: vomitar palabras.

—Está claro que dije algunas cosas que no debería haber dicho. Estábamos sentados en mi coche, yo tenía un *hatchback* en ese momento. Afuera llovía a cántaros. Y él me miró fijamente a los ojos y me dijo: «Estás actuando como un niñato. ¿Tengo que tratarte como tal?».

—Oh, mierda.

Abrió mucho los ojos. De todas las personas que conocía, estaba seguro de que ella mejor que nadie podía entender los sentimientos que inspiraba una amenaza como esa.

Las palabras de Vincent me habían llenado de una mezcla de temor y deseo. Era una de las muchas veces en las que me había encontrado temiendo precisamente lo que quería. Él había estado tan tranquilo que me había hecho sentir como un niño malcriado. Naturalmente, eso solo empeoró mi actitud.

—Llevaba todo el día intentando provocarle —dije—. Ya me sentía culpable y estaba cansado. —Bajándome los pantalones lo justo para agarrarme la polla, continué—: Así que le dije algo grosero. Le insulté. Salió del coche y pensé que iba a marcharse.

243

Hubo un instante de terror cuando salió. En esos breves segundos en los que no sabía exactamente qué estaba haciendo, me di cuenta de que mi comportamiento podía costarme a la persona que amaba. Un comportamiento ridículo, imprudente y mezquino.

—Pero no se marchó —añadí. Un escalofrío me recorrió el cuerpo cuando ella se apartó las bragas y se masajeó el clítoris con dos dedos. Escupí, dejando que la saliva cayera sobre mi polla para poder masturbarme—. Abrió la puerta y me sacó del asiento del conductor. Me dijo: «O te sientas en la parte de atrás tú solito o te daré unos azotes en medio del aparcamiento». Así que me senté atrás.

Me había dicho que me iba a dar unos azotes, y yo pensé que estaba de coña. La mitad de las cosas que decía eran simples bromas. Pero una parte de mí, una parte que todavía me costaba aceptar por aquel entonces, sabía que hablaba en serio.

Me sentí tan aliviado de que hablara en serio.

—¿Con qué te azotó? —preguntó, con la voz más entrecortada de lo habitual.

Estaba sonrojada, podía oír lo mojada que estaba mientras se daba placer.

—Al principio, con la mano —respondí. Las palabras eran degradantes, pero sabían tan dulces como la miel. Tenía los testículos tensos mientras me masturbaba, la mano resbaladiza por la saliva, pero sin suficiente lubricación—. Luego, con un cepillo para el pelo.

—Joder. —Su maldición entrecortada fue muy *sexy*, me volvía loco que se pusiera cachonda con eso.

—Me hizo inclinarme sobre su regazo en el asiento de atrás —expliqué, sacando las palabras de mi memoria sin importar lo difícil que fuera decirlas en voz alta—. Me dijo exactamente lo que iba a hacerme, me recordó mi palabra de seguridad y me preguntó si iba a detenerlo.

—Seguro que dijiste algo descarado, ¿verdad?

—Por supuesto.

Mi respuesta, tal y como la recuerdo, fue un rápido «que te jodan».

A Vincent le encantó, porque le dio una excusa para darme una buena lección.

—Empecé a forcejear cuando me bajó los pantalones —dije—. Pero nunca puedo vencer a Vince. Aunque soy más fuerte que él.

Era un cabrón larguirucho, pero no tenía mis músculos, eso era un hecho. Aun así su fuerza física no importaba. No me sometí a él porque me obligara, me sometí porque quería, porque lo necesitaba.

—No puedes dominarlo porque no quieres ser más fuerte —dijo—. Quieres que él te haga débil.

Su respiración se detuvo por un momento y el placer suavizó su expresión.

Lo entendía, tal y como yo sabía que lo haría.

—Me hizo llorar como un bebé —le conté, y ella emitió un suave sonido. Tan parecido a un gemido, casi un sollozo. El aire a nuestro alrededor parecía demasiado denso para respirar. No podía soportar seguir mirándola sin tocarla. Intenté sonar severo, aunque apenas podía contenerme, y dije—: Pequeña sádica. Estás disfrutando demasiado con esto.

—No pienso disculparme —dijo, sacándome la lengua—. Pensar en verte inclinado y castigado es demasiado excitante. No puedo evitarlo.

—Debería darte unos azotes solo por decir eso.

Casi me atraganto con mis propias palabras. Joder, era imposible resistirse a ella.

—Quizá se lo comente a Vincent —dijo, a pesar de mi amenaza, o quizá precisamente por ella—. Apuesto a que me dejaría mirar la próxima vez que te castigue.

La forma en la que se mordió el labio inferior, arrastrándolo entre los dientes, me dejó completamente hambriento. De repente, eché mi asiento hacia atrás para tener más espacio.

—Puta mocosa. Ven aquí.

Sacó la mano de entre sus piernas y levantó los dedos para que pudiera ver cómo su excitación los cubría. Se los llevó a la boca, sin apartar los ojos de mí, y los lamió hasta dejarlos limpios.

—Joder —maldije, y ella sonrió mientras se sacaba los dedos de la boca.

Se subió en mi regazo, a horcajadas sobre mí. Me miraba de frente, con la falda alrededor de sus muslos, que enmarcaban mi polla. Eso la colocó en la posición perfecta para que le agarrara el culo con ambas manos, apretándola antes de darle dos palmadas a la vez. Jadeó, y el sonido se disolvió en un gemido entusiasta.

—Gracias, señor —dijo, bajando la cabeza y besándome el cuello. El contacto de sus labios me provocó un escalofrío en la espalda y le di otra palmada en el culo. Tembló, rozando mi oreja con su boca de forma tentadora—. Más fuerte, señor.

Dios, ojalá pudiera inclinarla hacia delante. Pero el espacio era limitado.

Le subí la falda por detrás tirando de la cinturilla antes de darle otra palmada.

—¿Quieres que te dé más fuerte? Qué mala eres.

Le di tres palmadas rápidas seguidas y la forma en que gimió de dolor fue tremendamente *sexy*.

Me agarró de la camiseta, amasando la tela. Tenía las bragas empapadas y los muslos pegajosos. Frotarse contra mí no era suficiente para ella, y volvió a meter la mano debajo de la falda.

Joder, podía oír lo mojada que estaba mientras movía el dedo. Echó la cabeza hacia atrás y gimió mientras yo seguía azotándola, lo que me llevó peligrosamente cerca de correrme inmediatamente.

—Móntame, princesa —le pedí.

Se levantó, se apartó las bragas y se sentó sobre mí. Le di otra palmada, disfrutando de cómo su coño se apretaba con fuerza. Seguí azotándola mientras ella subía y bajaba una y otra vez, con las manos apoyadas en mis hombros.

—¿Vas a correrte por los azotes? —pregunté mientras ella cerraba los ojos y echaba la cabeza hacia atrás.

Le di otro azote más fuerte que el anterior, tan fuerte que me escoció la palma de la mano. Ella gritó suavemente, de una forma preciosa.

El suave movimiento de su cabalgada iba a hacer que me corriera demasiado rápido, y yo quería verla alcanzar el clímax primero.

—Para —le dije con suavidad, y ella se quedó quieta, con mi polla hundida en su interior. La incliné hacia mí para que su cabeza descansara sobre mi hombro y le dije—: Sigue tocándote. No pares hasta que te corras.

—Sí, señor —susurró, y jadeó cuando empecé a azotarla otra vez.

Cada golpe le arrancaba un gemidito de placer, cada vez más profundo. En poco tiempo, sus jadeos se convirtieron en gemidos y le empezaron a temblar las piernas.

—Voy a correrme, Jason —dijo y se corrió con tanta fuerza que hasta me mordió el cuello.

Gruñí por el dolor, empujando las caderas hacia ella y azotándola sin piedad mientras se estremecía sobre mí.

—Eso es, princesa —la animé—. Te encanta, ¿verdad? Correrte sobre mi polla mientras te azoto. Joder...

Me corrí dentro, hundido hasta el fondo. La rodeé con los brazos, manteniéndola apretada contra mí mientras el orgasmo me invadía.

Los dos nos quedamos sin fuerzas, respirando con dificultad. Después de permanecer sentados en silencio durante varios minutos, aún dentro de ella mientras se aferraba con fuerza a mi camiseta, le di un beso en la frente.

—Eres perfecta, ángel. Eres absolutamente perfecta.

La llevé a casa más tarde esa noche, odiando tener que separarme de ella.

—Te echaré de menos este fin de semana —me dijo. Estaba aparcado en la calle de su casa y llevábamos casi cuarenta minutos sentados allí, hablando, con las manos entrelazadas. El motor estaba apagado y solo teníamos la luz de las farolas—. Me alegro de que pases tiempo con Vincent. Creo que se siente muy solo sin ti.

—Odia estar solo —dije—. Creo que, si no nos tuviera, probablemente estaría viviendo por ahí en alguna comuna *hippy*, meditando con cristales y bebiendo ayahuasca.

Se rio. Me encantaba lo fácil que le resultaba reír, cómo parecía apoderarse de todo su cuerpo.

—Bueno, te echaré de menos en el espectáculo —dijo—. Aún no me has enseñado a derrapar.

Había presumido un poco cuando la llevé a dar una vuelta. Pero aún no la había llevado en el coche mientras hacía derrapes, y estaba emocionado por darle esa experiencia. No había nada igual.

—Escucha, Jess… —comencé, despacio, sin saber muy bien qué decir. No le habíamos mencionado la advertencia de Dante, ni tampoco la de Stephan. Ninguno de nosotros quería asustarla. Pero necesitaba saber la verdad sobre lo que estaba pasando—. Quiero hablar contigo sobre el espectáculo de este fin de semana. Es solo que… Va a haber mucha gente allí, y existe la posibilidad de que…

—Que alguien cause problemas —dijo, terminando la frase por mí. Me apretó la mano—. Jason, sé que pasa algo. No queréis asustarme, lo entiendo. Pero no me asusto fácilmente. La gente os sigue jodiendo, jodiéndonos, y estoy preparada para afrontarlo.

Fue un alivio oírla decir eso, pero ella no solo necesitaba saberlo, necesitaba prepararse de verdad.

—Esto es para ti —le dije, abriendo la guantera y sacando una bolsa de dentro.

Jess sacó el cilindro del tamaño de la palma de la mano que había dentro, manejándolo con cuidado.

—¿*Spray* de pimienta? —preguntó.

Rápidamente le cambié la posición de las manos, asegurándome de que no me apuntara accidentalmente con eso.

—Llévalo siempre contigo —le pedí y, cuando frunció el ceño con expresión severa, añadí—: Por favor. Es solo por precaución.

Sacó las llaves y enganchó el bote al llavero. Pero siguió frunciendo el ceño.

—¿Ha pasado algo? ¿Hay algo que no me estás contando?

—Reagan sigue causando problemas —le respondí—. Cuando volvimos de la montaña, descubrimos que había entrado en la propiedad.

Tenemos que tener cuidado, todos nosotros. Si estás sola, me sentiría mejor si llevaras algo para protegerte.

Se guardó las llaves en el bolso.

—Me aseguraré de llevarlo conmigo. Y tendré cuidado.

Me incliné sobre los asientos y le acaricié la cara con la mano. Me encantó la tímida sonrisita que me dedicó cuando me acerqué.

—Buena chica —le dije—. Es todo lo que necesitaba oír.

Se inclinó hacia mi beso y suspiró suavemente. Sus labios sabían a los caramelos ácidos que había estado comiendo en el cine, y esa dulzura inesperada me hizo sonreír contra su boca.

—Buenas noches, Jess —me despedí, separándome un poco de ella para susurrarle—: Te echaré de menos.

—Yo también te echaré de menos. —Volvió a besarme y luego me dio un beso rápido en la punta de la nariz—. Pero estoy deseando que me cuentes *con detalle* cómo ha ido tu fin de semana con Vincent en el lujoso apartamento de Dante.

—Joder, chica. Eres insaciable, ¿verdad? —Asintió inmediatamente y yo me eché a reír—. Te enviaré un mensaje más tarde. No te metas en líos.

—No te lo puedo prometer —respondió con dulzura, agitando los dedos mientras salía del coche.

No aparté la mirada hasta que entró. Luego, por si acaso, di unas vueltas por las calles cercanas, buscando el viejo Chevy rojo de Reagan.

Por suerte, no encontré ni rastro de él.

25

MANSON

El olor a neumático quemado, aceite y gasolina llenaba el aire mientras el humo se extendía entre la bulliciosa multitud. La energía a nuestro alrededor era palpable, con la gente vitoreando y gritando, las cámaras de los teléfonos móviles disparando sus *flashes* mientras yo pisaba el acelerador y mis neumáticos chirriaban.

Había un montón de coches y cientos de personas en el espectáculo de esta noche, todos reunidos en el aparcamiento de un K-Mart abandonado. Estábamos a unos treinta minutos de Wickeston y, por suerte, aún no habíamos tenido problemas con la policía. Al final, recibirían quejas por el ruido y el tráfico, y entonces aparecerían para dispersar a la multitud y confiscar todo lo que pudieran.

Pero, por ahora, no teníamos miedo y no nos importaba una mierda.

Jess se asomó por la ventanilla abierta del copiloto mientras yo quemaba los neumáticos del Mustang, con el teléfono en la mano grabando a la multitud que vitoreaba. Toda esa gente reunida allí en plena noche eran aficionados al motor que habían acudido para presumir o para dejarse impresionar. Había *dragsters* de todas las marcas y modelos, coches de exposición restaurados a su esplendor original; algunos incluso habían traído sus motocicletas.

Estas reuniones no eran legales; el kilómetro y medio de esta carreterilla de dos carriles estaba colapsada por el tráfico. Vimos adelantamientos en múltiples intersecciones durante todo el camino hasta aquí, idiotas bloqueando el tráfico para poder quemar rueda y hacer dónuts antes de que llegara la policía y los echara. A mí no me gustaba esa mierda, no quería molestar a nadie con mis aficiones. Pero reunirse en un aparcamiento abandonado no hacía daño a nadie, aunque la policía no estuviera de acuerdo.

Tampoco me daba miedo la policía. Cuando aparecían —y solían hacerlo—, yo ya sabía que no podían seguirme el ritmo.

Jess vitoreaba mientras yo daba vueltas alrededor del foso, con la multitud peligrosamente cerca. Lucas la sujetaba con fuerza por el cinturón para que no se cayera. Intentaba mantener la compostura, pero las carcajadas de ella se le estaban contagiando.

Era estupendo verlos disfrutar a los dos. Sobre todo después de lo que había pasado. Las muñecas magulladas de Lucas estaban curadas, pero lo que más me preocupaba era su salud mental. La última vez que Lucas tuvo un encontronazo con la policía, le afectó durante semanas. Tenía un miedo profundo a que lo encerraran. La amenaza de que se lo llevaran y lo metieran en una celda le aterrorizaba. Me había dicho más de una vez que prefería morir antes que ir a la cárcel.

Esta vez fue distinto, y sabía que era porque Jess había estado con él. Se había quedado a su lado todo el tiempo, había luchado con uñas y dientes por él. No se había sentido solo. No lo había abandonado. Y eso lo cambiaba todo.

Alguien gritó a la multitud que retrocediera, y yo dejé de lucirme un rato. Aunque no era solo por aparentar; quemar los neumáticos me daría mejor tracción cuando corriera. Mi oponente me esperaba, aparcado junto al cono de tráfico que nos servía de línea de salida.

El señalizador me guio hasta mi posición, junto a mi oponente. La multitud estaba ansiosa, reuniéndose lo más cerca posible. Lucas entrelazó sus manos sobre el regazo de Jess, abrazándola con fuerza y manteniéndola cerca. Ahora que las ventanas estaban cerradas, los vítores de la multitud se silenciaron. Jess subió el volumen de la música y movió las caderas en un bailecito que hizo que Lucas gruñera.

—Si sigues restregándote contra mí así, te voy a follar en medio de esta multitud.

—¿Eso es una promesa? —preguntó Jess con dulzura.

Lucas no tuvo oportunidad de responder. Nos dieron la salida y yo pisé el acelerador, lanzando el Mustang hacia delante y empujándonos a todos contra los asientos. Mi visión se redujo, centrándose en la línea de meta mientras volábamos hacia ella.

Una carrera de aceleración solo duraba unos segundos. Pero en ese momento, sentí como si todo se ralentizara. Era muy consciente de mi propia respiración mientras mi corazón latía lento y fuerte. Hizo que el vello de mis brazos se erizara mientras la potencia del motor retumbaba y me atravesaba, provocándome un cosquilleo en las yemas de los dedos.

Mi oponente era rápido, pero no más que yo. Crucé la línea de meta a toda velocidad y frené el coche con un chirrido de neumáticos. Ni siquiera tuve tiempo de recuperar el aliento antes de que Jess se inclinara hacia mí y me robara el poco oxígeno que me quedaba al besarme con voracidad.

—¡Has sido muy rápido! —exclamó, separándose de mí con una amplia sonrisa—. ¡Joder, le has dado una paliza a ese tío! Todavía estoy temblando.

Levantó la mano para que pudiera verla. Los dedos le temblaban de emoción, y los agarré para mantenerlos quietos.

—¿Te ha gustado? —le pregunté, y ella asintió rápidamente.

—Ha sido muy emocionante —respondió—. Deberíamos hacerlo otra vez.

Me reí y bajé la ventanilla cuando mi oponente se acercó para felicitarme. Era un buen conductor, lo había visto antes en otras exhibiciones.

—¿Qué cojones tienes debajo del capó, tío? —soltó, estrechándome la mano a través de la ventanilla abierta.

Tiré de la palanca para abrir el capó antes de que todos saliéramos del Mustang, pero esperé unos minutos a que se enfriara antes de levantar el capó con un trapo. Presumir de nuestro trabajo era precisamente lo que Lucas y yo habíamos venido a hacer aquí.

Lucas me dejó hablar, quedándose a un lado con los brazos alrededor de Jess. Le costaba mucho mantener las manos alejadas de ella, y no podía culparlo. Incluso mientras conversaba con otros conductores y curiosos, no podía apartar la mirada de ellos dos.

La expresión de Lucas era seria, como de costumbre; miraba a su alrededor como si estuviera listo para pelear, con los ojos entrecerrados, los hombros tensos y ligeramente encorvados. Pero cada vez que Jess le susurraba algo al oído, cada vez que ella se reía, sonreía o se burlaba de él, su expresión seria se suavizaba.

Mi teléfono sonó con un mensaje de texto. Era Dante, que estaba a punto de comenzar su primera carrera de la noche. Llamé la atención de Lucas y volvimos al Mustang, que conduje lentamente por el aparcamiento. Encontré El Camino de Lucas y aparqué a su lado, antes de llamar a Dante para averiguar dónde estaba.

Aun así, tardamos varios minutos en encontrarlo entre la multitud. Reconocí el sonido del motor de su T-bird antes de verlo, su profundo rugido me llamó la atención. Conocía ese coche por dentro y por fuera, y conocía su sonido tan bien como el de mi propio coche.

—Señor Reed, chaval. —Dante chocó su puño con el mío, y luego con Lucas y Jess—. ¿Estáis listos para ver de lo que es capaz este cacharro?

Su oponente conducía un Pontiac de aspecto feroz, pero no tenía la menor duda de que Dante ganaría. Retrocedimos a una distancia segura mientras el juez se colocaba entre los vehículos para comprobar que ambos pilotos estuvieran listos. Para prevenir, le tapé los oídos a Jess con las manos.

—¿Qué haces? —preguntó, pero obtuvo su respuesta en cuanto el señalizador dio la salida; había oído coches ruidosos antes, pero nunca había oído el Inferno de Dante.

El Thunderbird salió disparado con tanta fuerza que sus neumáticos delanteros se despegaron momentáneamente del suelo. El rugido del motor era ensordecedor. Retumbó por todo mi cuerpo y me dejó la piel hormigueando. Lucas cronometró la velocidad de Dante y, cuando el T-bird cruzó la línea de meta, levantó el puño en señal de victoria.

—¡Seis segundos! —exclamó, mostrándome el tiempo en su teléfono—. Seis putos segundos, por Dios. Dante tiene que llevar ese coche a la pista. Aquí no tiene competencia.

Dante se asomó por la ventanilla mientras conducía hacia nosotros, gritando y levantando el puño en el aire. Su oponente derrotado tenía cara de enfado, pero al público le encantaba. La gente aplaudía y vitoreaba mientras él aceleraba el motor y hacía girar las ruedas mientras el humo nos envolvía.

Jess me miró con los ojos muy abiertos cuando le descubrí las orejas.

—¡No me puedo creer el ruido que hacía! —exclamó, gritando para que pudiera oírla por encima del ruido de la multitud.

—Cuando te llevemos a una competición de aceleración de verdad, te daremos tapones para los oídos —dijo Lucas—. Si te pasas todo el día escuchando coches como el de Dante sin protección, te reventarás los tímpanos.

Dante se reunió con nosotros al cabo de unos minutos, abriéndose paso entre la multitud. Estaba de muy buen humor y su amplia sonrisa era contagiosa.

—¡Qué noche! ¿Os lo estáis pasando bien? —Le dio un codazo a Jess y sonrió cuando ella respondió afirmativamente—. Di que sí. Nadie os está dando problemas, ¿verdad?

—Ninguno —respondí.

Habíamos estado muy atentos desde que llegamos, permaneciendo juntos y sin perder de vista a Jess. Pero hasta el momento, nuestra precaución parecía innecesaria. El ambiente era muy bueno, la gente era amable y ya nos habíamos encontrado con varios conductores que conocíamos.

En general, parecía que iba a ser una buena noche.

—Oye, ¿eres Manson? ¿Manson Reed?

Un hombre al que no reconocí se me acercó entre la multitud. Asentí con cautela mientras Lucas lo miraba, pero el tío sonrió.

—Mi amigo quiere correr contra ti. Está en el Mercedes AMG.

Hizo un gesto con la cabeza hacia un elegante sedán Mercedes color gris mate. Las ventanillas estaban subidas y tintadas, así que no podía ver al conductor. El coche era bonito, de eso no había duda. Pero a mí me parecía de serie, sin modificaciones visibles.

En otras palabras, un bonito coche de lujo con un buen motor. No un coche de carreras.

—Ha visto tu tienda en Internet —dijo el desconocido—. Cree que puede ganarte.

Con mi brazo protector alrededor de la cintura de Jess, miré a Lucas. No parecía impresionado por ese tipo, y se acercó con los brazos cruzados.

—¿Cómo se llama tu amigo? —preguntó Lucas. Hablaba brusco, como de costumbre, pero el hombre no parecía inmutarse.

—Freddie —respondió rápidamente.

No miró a Lucas mientras respondía, y eso no me gustó. Lucas era intimidante, pero la forma en que este tipo hacía como si no existiera era una falta de respeto. Era demasiado intencional como para ser simplemente torpeza social. Entonces el tipo extendió la mano y me dio un golpecito.

—Vamos, tío, ¿estás listo?

Sus nudillos apenas me tocaron, pero aun así me hizo retroceder. Al instante, Lucas se interpuso entre nosotros.

—Cuidado —espetó, apretando los dientes mientras el desconocido levantaba las manos apresuradamente—. No lo toques, ¿entendido?

—Por Dios, tío, ¿qué problema tienes? —El tipo se rio, nervioso, y la gente que nos rodeaba empezó a darse cuenta de la creciente tensión—. ¿Es tu novio o qué?

Puse mi mano sobre el brazo de Lucas y lo animé en silencio a dar un paso atrás. Aunque no sabía exactamente por qué, algo en toda esta interacción me parecía raro.

—Escucha, tu amigo tiene un coche bonito, pero no es rival para mí —le dije.

Era una afirmación presuntuosa, sin duda, pero cierta. No iba a malgastar la poca gasolina que me quedaba en el depósito en un rival que nunca podría seguirme el ritmo.

El desconocido se rio.

—¡Oooh, parece que tienes miedo, tío! —dijo en una voz demasiado alta—. ¿Tienes miedo? —Otras personas se unieron a las burlas, ansiosas por ver más competición. Sin embargo, cuando quedó claro que no iba a ceder, el hombre se desanimó—. Joder, Reed, ¿qué pasa? ¿Eres demasiado bueno para una pequeña competición amistosa?

—Tu competidor no es nada amistoso —dijo Dante, acercándose a nosotros. Hasta ese momento había estado observando la interacción desde la distancia—. Conozco ese Mercedes. He visto esa matrícula antes. Pertenecía a un amigo mío antes de que la policía lo confiscara. Es un NOS. ¿Quién es tu amigo? ¿Es policía?

La puerta del Mercedes se abrió. El conductor salió, desplegando su corpulencia fuera del coche, y yo maldije en voz baja.

—Joder, debería haberlo adivinado —soltó Lucas, con voz baja y maliciosa, mientras Nate salía del coche y se cruzaba de brazos.

—La camioneta te quedaba mejor —dije con sequedad mientras el grandullón nos miraba—. Vas a tener problemas de espalda al apretujarte en ese sedán.

—Tu preocupación es muy conmovedora, Reed —dijo. Su amigo se había retirado rápidamente a su lado, utilizando el cuerpo del hombre más grande como escudo—. Nunca pensé que sería tan difícil conseguir que hicieras algo en lo que se supone que eres bueno. ¿Por qué tienes tanto miedo de correr contra mí?

—¿Por qué tienes tantas ganas? —contestó Dante.

Nate le lanzó una mirada que habría cuajado la leche.

—Yo que tú no me metería en esto.

—Ya estoy metido —dijo Dante, con tono severo y amenazador.

—¿Ahora papá te deja ir a comprar al depósito de vehículos incautados, Nate? —preguntó Jess, y sus palabras me pillaron por sorpresa.

Me reí burlón ante su provocación, pero teníamos que poner fin a esto. La situación se estaba deteriorando rápidamente.

Nate le dedicó una sonrisa desagradable.

—Me imaginaba que tendrías algo que decir al respecto, zorra. Siempre con la boca abierta, ¿verdad?

Lucas se abalanzó sobre él al instante, con saña. Solo la rápida reacción de Dante lo detuvo, rodeando con un brazo el pecho de Lucas.

—No vale la pena, tío. No lo hagas.

—Vuelve a llamar zorra a mi chica —espetó Lucas, forcejeando contra el brazo de Dante—. ¡Vamos, joder, Nate! Te voy a partir el puto cráneo...

—Nos vamos —dije, dejando claro a todo el mundo que ya estaba harta de esta mierda—. No buscamos problemas.

—Pues eso es una putada —dijo Nate, desplegando los brazos para crujir los nudillos—, porque los problemas os han encontrado a vosotros.

Unos tipos se colocaron detrás de Nate, abriéndose paso entre la multitud. Primero reconocí a su amigo Will. Luego vi a Alex y apreté los dientes. Había al menos tres... cuatro... cinco amigos con él.

Eso pintaba mal.

—¿Te acuerdas de dónde hemos aparcado? —le pregunté a Jess en voz baja. Ella asintió con la cabeza, pero se aferró más fuerte a mi lado. No estaba seguro de lo que iba a pasar, pero necesitaba que ella estuviera a salvo—. Si nos separamos, quiero que vayas directamente al coche...

De repente, un grito resonó entre la multitud. Tardé unos segundos en oírlo con claridad; una palabra se repetía una y otra vez a medida que el mensaje llegaba hasta nosotros.

—¡La pasma! ¡Viene la policía!

El lejano ruido de las sirenas llegó a nuestros oídos al mismo tiempo. Todo el mundo se agitó y luego la gente empezó a correr. Las bocinas de los coches sonaban mientras los conductores intentaban salir de entre la multitud que se apresuraba, atrapados por la aglomeración de gente.

Nate entrecerró los ojos. La policía ya estaba entrando en el aparcamiento.

—Ten cuidado, Reed —espetó, volviendo a subirse a su Mercedes.

En cuanto la puerta se cerró, echamos a correr.

26

JESSICA

El espectáculo se había sumido en el caos.

La gente corría en todas direcciones. Los coches circulaban a una velocidad peligrosa y muy cerca de la multitud presa del pánico, intentando llegar a la carretera por todos los medios. Manson me agarraba con fuerza del brazo mientras me arrastraba entre la multitud, y yo me agarraba a la mano de Lucas para que no nos separáramos.

Era imposible saber qué camino tomar con toda la gente que se arremolinaba a nuestro alrededor, dando empujones y golpes. El pánico aumentó cuando los agentes de policía se abrieron paso entre la multitud, algunos de ellos con perros. Las sirenas sonaban y las luces parpadeaban.

Apreté la mano de Lucas y él me devolvió el apretón, asegurándome que seguía allí. Por suerte, Manson parecía saber exactamente a dónde iba mientras nos guiaba a través del caos. Pronto vi el Mustang y El Camino aparcados delante de nosotros, uno al lado del otro.

—¿Estás seguro de que Dante tenía a alguien vigilando los coches? —gritó Lucas por encima del alboroto.

—Dante cumple su palabra. —Fue todo lo que dijo Manson antes de abrir de un tirón la puerta del copiloto del Mustang y meterme dentro a toda prisa.

Intercambiaron unas palabras y se separaron cuando Lucas se subió a El Camino y lo puso en marcha.

—¿De verdad vamos a huir de la policía? —pregunté mientras jugueteaba con las correas del cinturón de seguridad.

Manson sonrió al girar la llave y el motor rugió al arrancar.

—Por supuesto que sí. ¿Tienes miedo?

—No —respondí—. Estoy emocionada.

Manson y Lucas me mantendrían a salvo. A salvo de Nate, de la policía, de cualquier otro peligro que pudiera surgir esa noche. No tenía miedo, pero el corazón seguía latiéndome con fuerza mientras el Mustang avanzaba a trompicones.

Manson tocó el claxon y la gente que tenía delante dio un salto hacia atrás, algunos gritando con furia. Lucas conducía muy cerca detrás de nosotros mientras avanzábamos lentamente entre la multitud.

—¡Vamos, hijos de puta, moveos!

Manson volvió a hacer sonar el claxon y por fin la multitud se apartó lo suficiente como para dejarnos pasar.

Teníamos que irnos.

En lugar de intentar abrirse paso por la carretera abarrotada mientras la policía se acercaba, Manson aceleró hacia la parte trasera del aparcamiento, con Lucas siguiéndonos de cerca. El coche se raspó dolorosamente contra el bordillo cuando Manson saltó para llegar a la calle. Una carretera oscura discurría por la parte trasera del aparcamiento, alejándose del caos y adentrándose en los campos.

En cuanto llegamos al asfalto abierto, Manson aceleró. Íbamos volando por una carretera desconocida en plena noche y pronto superamos los ciento sesenta kilómetros por hora. Las formas oscuras pasaban volando a ambos lados, cada vez más rápido a medida que Manson cambiaba de marcha.

El móvil me vibró y miré para ver que era una llamada de Lucas. Contesté.

—Nos siguen. No sé quiénes son, pero no son policías —dijo antes de que pudiera decir nada.

—Mierda —siseé, y Manson me miró alarmado—. Lucas dice que nos siguen.

—¿Está seguro de que no están huyendo también? —preguntó, y Lucas lo oyó sin que yo tuviera que repetir el mensaje.

—Teniendo en cuenta que uno de ellos ha intentado embestirme, lo dudo —respondió.

Me giré en mi asiento y miré por la ventana trasera. Al principio, lo único que pude ver fue el intenso resplandor de los faros de Lucas. Pero, entonces, otro vehículo aceleró a su lado, lo adelantó y se acercó a nosotros.

—Mierda, Manson, se están acercando —dije.

Él ya los había visto; no dejaba de mirar por los retrovisores, vigilando todos los lados del vehículo. Mientras un vehículo se acercaba por nuestra izquierda, otro apareció de repente, acelerando por la derecha.

Costaba ver en la oscuridad, pero estaba casi segura de quién nos seguía. A la izquierda había un Mercedes gris. A la derecha... un Hellcat rojo.

—Puto McAllister —maldijo Manson—. Esos imbéciles no saben cuándo parar. Mierda. —De repente, golpeó el volante con la palma de la mano—. Dile a Lucas que tenemos otro problema. Me estoy quedando sin gasolina.

Eché un vistazo al indicador de combustible y vi que estaba en rojo. Por primera vez en toda la noche, sentí miedo. Íbamos muy rápido y, con solo los faros iluminando la carretera, la visibilidad de Manson era limitada.

Íbamos a casi ciento noventa kilómetros por hora.

—Joder, van a... —gritó Lucas en mi oído de repente.

Hubo un fuerte estruendo y el impacto me lanzó hacia un lado mientras el Mustang se desviaba de forma errática. Grité y casi se me cae el móvil mientras Manson luchaba por estabilizar el coche. El Hellcat nos había golpeado el parachoques trasero y ya estaba acelerando para repetir la jugada.

—Nos van a sacar de la carretera —dije con voz temblorosa—. Mierda, Manson... Joder...

—No van a hacer nada —dijo Manson.

No dejaba de mirar el indicador de combustible, incluso mientras su velocidad seguía aumentando.

—Ponme en el altavoz —pidió Lucas, y rápidamente lo hice—. Escucha, debería haber un cruce más adelante. Busca las vías del tren y gira rápido a la izquierda en cuanto las pases.

Manson asintió con la cabeza, con los nudillos blancos mientras agarraba el volante. De repente, un destello de luz brillante apareció en el espejo lateral y los faros de Lucas se desviaron detrás de nosotros cuando el Hellcat se desvió hacia él.

—¡Mierda! —gritó—. Están intentando matarnos, Manson.

Manson apretó los dientes.

—¿Puedes ponerte a mi lado y bloquearlos?

—No. Están a ambos lados, no tengo espacio para moverme.

—Esto es una mierda —gruñó Manson—. El coche está tirando con las últimas gotas de gasolina, no puedo mantener esta velocidad.

Divisé la señal del cruce ferroviario delante, brillando bajo los faros.

—¡Ahí! ¡Ahí están las vías!

La estrecha carretera que Lucas nos había indicado requería un giro muy cerrado a la izquierda. Era imposible que Manson lo consiguiera sin reducir la velocidad, pero nos dirigíamos hacia las vías a una velocidad aterradora.

—Dios mío —dije en un susurro, pero Lucas me oyó.

—Manson te cuidará, nena, no te preocupes —dijo.

Pero no me gustó cómo lo dijo, algo en su tono hizo que saltaran mis alarmas.

—Ten cuidado, Lucas —le pedí. Las vías se acercaban cada vez más—. Por favor, no hagas nada que pueda...

—Agárrate, Jess —me indicó Manson.

Pero ni siquiera tuve tiempo de prepararme antes de que girara bruscamente el volante.

Los neumáticos chirriaron y el coche tomó el desvío, con la parte trasera derrapando mientras girábamos. El coche dio un bandazo tan fuerte que se me cayó el teléfono, me agarré al arnés y me sujeté todo lo que pude. La fuerza de la gravedad era tan intensa que me entraron ganas de vomitar.

Manson enderezó el coche y el Mustang rebotó con fuerza mientras volaba por la estrecha carretera llena de baches.

No dejaba de mirar por el espejo retrovisor, con los ojos cada vez más abiertos.

—Puto Lucas —maldijo—. No nos ha seguido.

Me giré en mi asiento y solo vi oscuridad detrás de nosotros. Cuando giramos, Lucas debió de seguir recto, alejando a nuestros perseguidores.

Me apresuré a coger el teléfono y volví a llamar a Lucas. Sonó y sonó hasta que saltó el buzón de voz. Lo intenté otra vez, sin suerte. Con cada tono sin respuesta, me sentía peor.

—No contesta —dije, con voz aguda por el miedo, después de llamar a Lucas por cuarta vez.

Si esos cabrones habían tenido éxito y lo habían sacado de la carretera, a esa velocidad el choque podría ser mortal. No teníamos ni idea de dónde estaba y no teníamos suficiente gasolina para volver.

—Envíale un mensaje —dijo Manson—. Dile que nos vemos en casa. Creo que puedo volver si tengo cuidado. —Se me cortó la respiración mientras escribía, y Manson se inclinó de repente y me agarró del muslo—. Estará bien, Jess. Estará bien.

Parecía que intentaba convencerse a tanto sí mismo como a mí.

El Mustang empezó a petardear cuando entramos en el patio, con el depósito completamente vacío. Ni siquiera llegó al garaje antes de detenerse. Manson salió a toda prisa, llevándose el móvil a la oreja mientras caminaba hacia la verja. Corrí para reunirme con él y juntos miramos hacia la carretera.

Pero no venía nadie.

Manson volvió a marcar el número.

Y otra vez.

—Vamos, cabrón, contesta —dijo.

Esperé con el corazón en un puño para ver si Lucas contestaba la llamada.

Nada.

—¡Joder!

Manson hizo ademán de volver a marcar, se detuvo y empezó a dar vueltas, pasándose los dedos por el pelo.

—Ya debería estar aquí —dije. Las manos no dejaban de temblarme. La idea de que Lucas estuviera ahí fuera solo, quizá estrellado, quizá herido, quizá... No. No pienses en eso—. Tenemos que ir a buscarlo.

Manson asintió, aferrándose a mi sugerencia como si fuera un salvavidas en un océano embravecido.

—Cogeremos el Z, tiene el depósito lleno. Tengo que encontrar las...

El rugido de un motor familiar llegó a mis oídos, y sentí cómo mi corazón se rompía en mil pedazos cuando un par de faros se giraron hacia la casa.

Lucas se detuvo junto a nosotros y bajó la ventanilla con una sonrisa.

—¿Me echabais de menos?

Apenas tuvo tiempo de tirar del freno de mano antes de que Manson abriera la puerta de un tirón. El coche se caló cuando Manson lo sacó del asiento y lo abrazó con tanta fuerza que Lucas jadeó.

—Joder, me lo tomaré como un sí.

El lado del conductor de El Camino estaba dañado: tenía unos largos arañazos blancos en la pintura y una abolladura enorme en el guardabarros. Pero lo único que importaba era que Lucas estaba allí, sano y salvo.

Manson no lo soltaba, así que rodeé a Lucas con los brazos por detrás, aferrándome a él, intentando mantener la respiración estable mientras su familiar aroma me envolvía.

La sola idea de que le hubiera pasado algo malo me había sumido en el pánico. Ni siquiera quería imaginarme despertar en un mundo sin él.

—No me asustes así, joder —dijo Manson—. No sabía qué coño estabas haciendo.

—Mierda. —Lucas se rio entre dientes. Tiró de mi brazo y me colocó delante de él, de modo que quedé aplastada entre Manson y él—. ¿No me digáis que estabais preocupados por mí? Vamos, soy más rápido que esos cabrones.

—Cállate —dijo Manson—. Solo cállate.

Nos abrazamos en silencio, con fuerza, hasta que el pánico remitió, hasta que el repugnante temor a la pérdida finalmente desapareció. Y, luego, nos abrazamos aún más tiempo, porque, francamente, yo no quería soltarlos.

27

JASON

—No debería de haberos dejado ir sin mí. No debería… Joder… ¡Tendría que haber estado allí!

Me dolía el cuero cabelludo de lo fuerte que me tiraba del pelo. Era poco después de la medianoche y estaba solo en el apartamento de Dante. Normalmente no fumaba por estrés, y lo único que Dante tenía a mano eran unos porros liados, pero me encendí uno de todos modos. La marihuana ayudó, pero solo un poco. Apenas podía calmar la preocupación que sentía después de lo que Lucas acababa de contarme.

—No habría cambiado nada, J.

Lucas parecía muy cansado. Me parecía cruel mantenerlo al teléfono, pero estaba demasiado frustrado conmigo mismo como para dejar de hablar.

—Sabía que debería haber ido con vosotros —dije—. Tenía la sensación de que iba a pasar algo, ¡y, joder, pasó!

—Te estás volviendo loco —dijo Manson, hablando por detrás de él, como si estuviera más lejos del teléfono—. Estás exactamente donde tienes que estar, tío. Cuida de Vincent, ¿vale? ¿Quizá podrías contárselo todo después de que haya dormido un poco?

—Sí, lo haré… Eh… —Tuve que hacer una pausa y respirar

hondo. Dios mío, estaba atacado. Necesitaba a Vincent aquí. Necesitaba no estar solo—. Eso haré. Deberíais intentar dormir un poco.

—Vale. —La voz de Lucas estaba tan aturdida que pude oír cómo empezaba a bostezar—. Tú también deberías irte a la cama. Te queremos.

—Yo también os quiero.

Estuve a punto de suplicarle que no colgara, pero parecía muy cansado y, después del día que había tenido, necesitaba descansar.

Cuando terminó la llamada, me dejé caer en el sofá, agarrando el teléfono con las manos. Mis piernas se movían con nerviosismo mientras tenía la mirada clavada en la alfombra. ¿Qué podría haber hecho si hubiera estado allí? No habría podido evitarlo, pero al menos habría podido asegurarme de que Lucas no estuviera solo.

¿Cómo demonios habíamos llegado a esa situación? Una cosa era que esos tipos fueran unos matones. Podíamos tolerar unos cuantos moratones, habíamos aprendido a vivir con el acoso. ¿Pero intentar sacar a Lucas y a Manson de la carretera? Eso era intento de asesinato.

Joder, esa gente nos quería muertos de verdad.

El tiempo pasaba y yo apenas me daba cuenta. Era incapaz de dormir, pero tampoco me veía capaz de levantarme y buscar una distracción, así que me quedé allí sentado, perdido en mis pensamientos, hasta que de repente se abrió la puerta principal.

—Hola, cariño. Es muy tarde y estás despierto. —Vincent dejó las llaves en la encimera y tiró la bolsa al suelo, y su sonrisa se desvaneció al acercarse—. ¿Qué pasa? ¿Qué haces ahí sentado?

Manson me había pedido que no se lo contara hasta la mañana siguiente, pero eso me resultaba imposible. En voz baja y lo más tranquilo que pude, le conté lo que había pasado: que Nate había aparecido en el espectáculo para desafiar a Manson, que habían perseguido a Lucas cuando Manson y él se separaron. Se sentó a mi lado y permaneció en silencio mientras yo hablaba, absorbiendo cada palabra con expresión sombría. Me puso la mano en la espalda y me masajeó los hombros.

—Debería haber estado allí —dije, después de contarle toda la historia y quedarme solo con mi culpa.

Vincent negó con la cabeza.

—No te hagas eso, cariño. Están bien. No les ha pasado nada.

—Pero podría haber pasado. Lucas podría haber...

Me detuve antes de que se me quebrara la voz. Me rodeó con sus brazos y me atrajo hacia él. Me acurruqué contra su pecho, aferrándome a su cuerpo. Una parte de mí se avergonzaba de necesitar eso, avergonzado de que lo único que pudiera calmar mi miedo y mi furia fuera su tierno abrazo.

—Lucas está bien —dijo, y solo oír esas palabras me hizo sentir un nudo en la garganta.

Joder, odiaba llorar. Estaba decidido a no hacerlo, por muy abrumado que me sintiera.

—Me necesitaban —dije—. Me necesitaban y yo no estaba allí.

—¿Qué necesitabas *tú*, Jason? —dijo con dulzura—. Quiero que pienses en eso un momento.

Estaba confundido, pero intenté pensar. Después de contar hasta veinte, las cosas empezaron a calmarse.

—Necesitaba esto. Necesitaba estar aquí, contigo —dije tras contar hasta cuarenta.

Siguió acariciándome la espalda y abrazándome. Su camisa olía dulce, tenía un ligero aroma a alcohol. Ni siquiera había podido cambiarse la ropa del trabajo antes de prestarme atención.

—Relájate. —Sus brazos se tensaron un poco cuando intenté incorporarme y volví a desplomarme contra él—. Quédate aquí. No me molestas, ¿vale? Abrazarte es justo lo que estaba deseando hacer cuando llegué a casa, cariño. Quiero que te quedes así hasta que te sientas mejor, ¿vale?

Solté un suspiro tembloroso y cerré los ojos. El lento movimiento de su mano sobre mi espalda me estaba sumiendo en un estado de trance, casi demasiado agotado como para dormir.

—No has decepcionado a nadie —dijo al final, cuando volví a suspirar y prácticamente me derretí en sus brazos. Juraría que podía leer mis pensamientos; mis miedos eran demasiado obvios para él—. No habrías podido hacer nada si hubieras estado allí. Solo habrías estado tú también en peligro, y no puedo permitir eso.

Se levantó de golpe, manteniendo sus brazos a mi alrededor mientras nos arrastrábamos hacia la habitación de invitados. Me empujó un poco hacia la cama.

—Desvístete —me pidió—. Luego ponte cómodo en la cama.

Me dio un beso en la frente antes de retirarse al baño, aflojándose la pajarita. Me quité la ropa y me metí bajo las sábanas, temblando por el agradable frescor de la tela.

Mi preocupación se había desvanecido, pero seguía sintiendo una culpa incómoda. No estaba del todo seguro a qué atribuirla, salvo al hecho de que necesitaba esto.

Joder, ¿por qué no podía aguantar?

Vincent regresó y me encontró tumbado bajo las sábanas, con la cara hundida en la almohada. El colchón se hundió bajo su peso cuando se arrastró hacia mí y se deslizó bajo las sábanas. Se había desnudado y olía a su jabón de la cara y a pasta de dientes.

—Oye, mírame —pidió. Descubrí un ojo de la almohada para mirarlo y él se rio—. No te escondas de mí. ¿Quieres fumar antes de relajarnos?

—Ya lo he hecho —murmuré con la boca contra la almohada.

Me dio un empujoncito y me di la vuelta para que él pudiera abrazarme por detrás. Su cuerpo desnudo se acurrucó contra el mío, envolviéndome. Al instante sentí más calor y mis músculos se relajaron. Juro que me hundí otro centímetro en el colchón cuando la tensión desapareció de mi cuerpo.

—¿Qué tal el trabajo? —le pregunté, reprimiendo un bostezo mientras él me acariciaba la nuca con la nariz.

Tenía el pene duro y me rozaba el culo mientras se acurrucaba más cerca de mí.

—Bien, cariño. Ha sido una noche ajetreada, pero ha pasado rápido. Estaba deseando volver contigo.

Sonriendo, somnoliento, arqueé un poco la espalda, presionando mi culo contra él. Emitió un sonido suave, un pequeño murmullo de agradecimiento.

—Deja que cuide de ti —susurró con voz ronca en mi oído.

El calor inundó mis venas y me quedé quieto, esperando en silencio mientras se acercaba a la mesita de noche. Cogió el lubricante que habíamos traído y se echó un poco en la mano. Volvió a rodearme con el brazo, acurrucándose contra mí, y envolvió mi polla con los dedos.

Me acarició despacio, apretando con la mano mientras se deslizaba por mi glande. Contuve el aliento y lo solté bruscamente cuando lo volvió a hacer. Se movía a un ritmo pausado y me besaba la nuca. Tenía la polla pegada a mí, caliente y empalmada entre mis piernas.

—Me encanta sentir cómo te endureces en mi mano —dijo. Notaba su aliento cálido en mi cuello, su pelo me hacía cosquillas en la oreja. Movió las caderas, restregando la polla contra mí con un suspiro suave—. Quiero follarte hasta que te duermas, cielo. No tienes que mover ni un músculo.

Cerré los ojos y me relajé para disfrutar de las sensaciones. La forma en que me acariciaba era deliciosamente perezosa, provocándome gemidos suaves. Me apreté contra él de nuevo, moviendo las caderas con exigencia. Él se rio, con un sonido grave y maliciosamente condescendiente.

—Por favor... —Mis palabras fueron poco más que un susurro—. Quiero tu polla... dentro de mí, por favor...

Volvió a mover las caderas, deslizando su miembro entre mis piernas y rozándome los testículos. Su mano me abandonó un momento y oí un clic cuando volvió a abrir el bote de lubricante.

—¿Me quieres dentro de ti? —me susurró al oído—. Vas a tener que ser paciente.

Tenía la mano caliente, pero el lubricante estaba frío cuando deslizó los dedos por mi ano, masajeándolo despacio para relajarme los músculos. Echaba de menos el tirón y el apretón de su mano, pero me había dicho que no me moviera. Me quedé allí tumbado, sin fuerzas; carne y huesos que él podía manipular a su antojo.

Un dedo se introdujo en mi interior, moviéndose al mismo ritmo lento y lánguido que había utilizado mientras me acariciaba.

—Sé paciente —me dijo otra vez, cuando moví las caderas para frotarme contra él—. Voy a tomarme mi tiempo contigo, así que relájate o tendré que atarte.

No es que me disgustara que me atara, pero no quería que dejara de tocarme, así que me obligué a quedarme quieto otra vez. Pero era imposible no retorcerme y temblar mientras me acariciaba con los dedos.

Añadió más lubricante y un segundo dedo, muy cálido y resbaladizo dentro de mí.

—Por favor, Vince...

Estaba desesperado. Estaba jugando conmigo, y cada caricia era tan relajante que prácticamente me derretía. Pero mi necesidad iba en aumento. Mi polla estaba tan dura que me la agarré con la mano, pero él emitió un suave sonido de reproche.

—Paciencia —siseó. Retiré las manos, gimiendo y retorciéndome. Siguió jugando conmigo, murmurándome las cosas más obscenas al oído mientras lo hacía—. Te estás relajando muy bien para mí. ¿Notas lo fácil que se deslizan mis dedos? —Como para demostrarlo, presionó con los dedos dentro de mí, curvándolos un poco—. ¿Crees que estás listo para recibir mi polla?

—Joder, sí. —Apenas pude contenerme para no frotarme contra él de nuevo.

Sonrió, con los labios contra mi cuello.

—Mm, quizá debería hacerte esperar. Me encanta cómo te retuerces cuando te toco.

Metió el otro brazo debajo de mí, curvando los dedos alrededor de mi polla otra vez. Todo mi cuerpo se estremeció, curvándose hacia dentro, abrumado por su tacto al instante.

—No, no te escaparás —dijo. Me levantó una vez más, utilizando el brazo que había colocado debajo de mí. Cuando volví a estar pegado a su pecho, volvió a acariciarme—. Quédate aquí conmigo. Quiero sentirte.

Gemí desesperadamente, presionándome contra él, arqueando mi cuerpo contra el suyo. Apretó mi miembro con más fuerza mientras me acariciaba.

—Eres muy dramático. Ni siquiera he empezado a follarte todavía.

Sus dos dedos y su mano cerrada eran más que suficientes para destrozarme. Pero entonces retiró los dedos y su polla se acercó a mí. Empujó, presionando con firmeza contra mi agujero. Estaba tan lubricado, tan relajado por sus dedos, que le resultó fácil deslizarse dentro. Pero aun así sentí la presión repentina, la plenitud.

—Dios, qué bien... Vincent, te noto tan... tan bien...

—Shh, relájate —me recordó—. Tú solo relájate, cariño, eso es. Déjame cuidar de ti.

Las embestidas de su polla eran tan metódicamente perezosas como la forma en que me acariciaba. Era un placer lento y tortuoso. Después de un rato, se quedó quieto de nuevo, completamente dentro de mí. Estaba tan profundo que apreté los dedos de los pies.

—Tendremos que hacer algo especial para ti pronto —dijo—. Con toda la casa. Quiero que te follen hasta hacerte olvidar.

Jadeaba, retorciéndome contra él. Mantenía el mismo ritmo firme y constante mientras me acariciaba, sin piedad, sin vacilar. Era muy hábil con la mano. Desesperado, moví las caderas para follarme con él.

Oh, joder, eso...

Gemí su nombre mientras me corría. Cada caricia de su mano me hacía estremecer, me provocaba oleadas de placer que me recorrían todo el cuerpo. Gimió, acariciándome mientras lo hacía, con sus caderas empujando contra mí.

—No creas que voy a parar pronto —dijo mientras yo yacía allí, jadeando, temblando por la sobreestimulación mientras él seguía acariciándome—. Te lo advertí: quiero follarte hasta que te desmayes.

Se puso encima de mí, aplastándome contra el colchón mientras me penetraba. Sacaba su polla casi por completo antes de volver a introducirse en mi interior y, cada vez que se retiraba, sentía como si me arrancara el alma.

Hablaba en serio. Me folló hasta que me quedé sin una pizca de energía, hasta que ni siquiera podía levantar la cabeza y se me cerraban los ojos. Mis gemidos se habían reducido a unos jadeos sin aliento. Se estremeció, gruñendo mi nombre mientras se corría dentro de mí.

No se retiró. Nos puso de lado, alejándonos de la mancha húmeda que había dejado en la cama. Me rodeó con los brazos de nuevo, somnoliento, dándome besos en los hombros y en el cuello hasta que me quedé dormido, completamente ajeno al mundo y a todas sus preocupaciones.

28
JESSICA

Ese fin de semana, no fui a casa. Lo único que quería era dormir en su cama. Aún no podía asimilar lo que había pasado; me parecía irreal. Era el tipo de cosas que sucedían en las películas y en las series adolescentes excesivamente dramáticas, no en el aburrido y pequeño Wickeston.

Mi madre no dejaba de llamarme, pero yo no tenía ganas de enviarle ningún mensaje. En su lugar, le envié un mensaje a mi padre.

> Por favor, dile a mamá que
> pasaré el fin de semana con
> unos amigos. Volveré el lunes.

Como de costumbre, papá no le dio importancia.

> **PAPÁ**
> Diviértete, cariño.

Solucionado. Aunque eso no consiguió que mi madre dejara de enviarme mensajes, pero al menos hizo que no me sintiera mal por no leerlos.

El domingo, cuando me desperté, Manson seguía profundamente dormido, pero el sitio en el que había estado Lucas en la cama ya estaba frío. Me levanté en silencio y me puse unos calcetines de Jason y los zapatos antes de bajar las escaleras. Había una cafetera preparada y me serví una taza, después salí al garaje.

La mañana era agradable, más fresca de lo habitual, con una tormenta de finales de verano que acumulaba nubes oscuras sobre nuestras cabezas y destellos de relámpagos. Lucas estaba inclinado sobre el compartimento del motor de un BMW, unos años más viejo que el mío, trasteando.

Dejé el café y me acerqué por detrás, rodeándole la cintura con los brazos y apoyando la cabeza en su espalda.

—Buenos días —saludó, girándose para poder abrazarme él también.

Llevaba puestos los guantes y tenía cuidado de no tocarme con ellos, aunque a mí no me habría importado que lo hiciera.

—¿De verdad trabajas los domingos? —le pregunté, y él se encogió de hombros.

—Es un trabajo rápido, solo un cambio de aceite —respondió—. Pero sé que debería tomarme el día libre. A veces me cuesta desconectar la parte de mi cerebro dedicada al trabajo.

—Seguro que ayuda que te guste lo que haces —le dije, acercando un taburete para sentarme más cerca de él mientras trabajaba.

—Sí, eso ayuda. Me gusta el trabajo, me mantiene concentrado. —Me hizo señas para que me acercara—. No te sientes todavía. Ponte unos guantes. Te enseñaré a cambiar el aceite para que no se te vuelva a estropear el motor.

Lucas era un profesor paciente. Primero me enseñó todo lo que necesitaríamos: el filtro nuevo, las piezas y las herramientas. Luego me puso en la mano una cinta *ratcher* con una llave para filtros de aceite y me indicó cómo quitar y reemplazar el filtro.

Como era de esperar, se ensució todo. A pesar de llevar guantes, me manché los brazos de aceite y, en un momento dado, Lucas me hizo parar para limpiarme una mancha de la barbilla.

Insistió en que no podíamos usar el elevador.

—No tendrás uno cuando cambies el aceite en tu casa.

278

Así que, por primera vez en mi vida, tuve que usar un gato.

—Vamos, haz fuerza —me dijo Lucas, riéndose entre dientes mientras me veía agarrar torpemente la palanca con mis uñas demasiado largas—. No te va a morder, demuéstrale quién manda.

Mientras colocaba los gatos para mantener el coche en alto, Manson entró en el garaje con una taza de café humeante.

—Es un poco pronto para trabajar un domingo, ¿no? —preguntó.

Dio un largo sorbo al café y cerró los ojos un momento para saborearlo.

—No es trabajo, son lecciones de vida —respondió Lucas—. Muy bien, ahora vas a coger la llave hexagonal de diez milímetros...

Continuó dándome instrucciones mientras yo me tumbaba en la tabla con ruedas que me permitiría deslizarme debajo del coche, a la que él llamaba «camilla de mecánico». Después de haber drenado el aceite, estaba a punto de salir cuando, de repente, me agarraron por las piernas y tiraron.

Lucas estaba allí agachado, con los dedos agarrados a mis tobillos y una sonrisa pícara en el rostro.

—¿Te he asustado? —preguntó.

Intenté darle un golpe con el trapo que había estado usando para limpiarme las manos, pero él lo esquivó y me agarró de la muñeca, inmovilizándome contra la camilla de mecánico. Forcejeé un poco, sin intentar escapar de verdad, pero armando suficiente alboroto como para que él tuviera que esforzarse para mantenerme inmovilizada.

—Vas a ponerme nervioso si no tienes cuidado, Jess —me advirtió.

—¡Oh, no! —exclamé, haciéndome la dramática—. Eso sería un horror. —Yo seguía tumbada en la plataforma con ruedas y él me dejó espacio suficiente para apoyarme sobre los codos. La mirada que había en sus ojos era hambrienta, y eso era exactamente lo que yo quería ver. Lo provoqué—: Puede que no seas capaz de controlarte, ¿eh?

Entrecerró los ojos mientras se ponía de pie y me ofrecía una mano para ayudarme a levantarme.

—Tienes trabajo que terminar, ¿recuerdas? No te distraigas.

Pero estaba claro que él ya estaba muy distraído. Y yo fantaseaba con él inclinándome sobre el coche mientras echaba el aceite nuevo.

Lucas se colocó detrás de mí, con las manos en mis brazos para guiarme. Estaba tan cerca que me tocaba la espalda y, cuando tuvo que recolocarse, me di cuenta.

Mirando por encima del hombro, le dirigí una mirada inocente y con los ojos muy abiertos mientras volvía a colocar la tapa del depósito de aceite en su sitio.

—¿Lo estoy haciendo bien? —pregunté. Mi culo estaba pegado a él y sonreí con dulzura—. Solo quiero estar segura de que te estoy complaciendo.

Al otro lado del garaje, Manson se rio entre dientes ante mis palabras.

—Está intentando liarte, Lucas.

Pero Lucas me miraba como si ya lo hubiera conseguido.

—Se me ocurren algunas formas más en las que puedes complacerme —dijo, rodeándome el cuello con la mano para atraerme hacia él.

Nos apretamos contra la parte delantera del BMW, con mis manos apoyadas en él. Lucas prácticamente se restregaba contra mí. Me mordió el hombro; primero suave, después con tanta fuerza que me hizo gemir.

—Ah, Lucas…

Aparté el brazo y, al hacerlo, crucé una mirada con Manson. Estaba sentado en un taburete, apoyado contra un banco de trabajo, con su café cerca. Nos miraba fijamente, sonriendo de una forma que no era del todo agradable. Era una sonrisa compasiva, como si supiera algo que Lucas y yo ignorábamos.

Dios, me encantaba cuando nos miraba, era muy excitante. Los dedos de Lucas me apretaron la garganta y yo gemí, restregando mi culo contra él.

—Mm, estás muy duro —comenté. Observé el rostro de Manson, ansiosa por ver su reacción mientras hablaba con voz entrecortada—. Deberías follarme aquí mismo, Lucas. Inclíname y ábreme.

Lucas gruñó en mi oído. Al instante, su mano empezó a buscar a tientas mis pantalones, como para bajármelos. Pero la sonrisa compasiva de Manson se convirtió en algo mucho más sádico.

—No recuerdo haber dado permiso a mis juguetes para follar —dijo.

Habló con total naturalidad, pero Lucas se quedó paralizado al oír sus palabras.

El silencio se prolongó durante unos segundos.

—¿Vas a detenerme? —siseó Lucas.

Manson se rio y dio otro sorbo a su café antes de levantarse de la silla.

—Te dejaré jugar, no te preocupes. Pero lo harás según mis condiciones.

Lucas volvió a gruñir. No podía dejar de tocarme; sus manos eran pesadas mientras me agarraba y acariciaba.

Manson ladeó la cabeza y entrecerró los ojos.

—Voy a tener que inmovilizarte, ¿verdad? —dijo y sus palabras se aceleraron con la emoción, como si la idea le deleitara.

Lucas volvió a morder mi piel sensible y yo gemí. Se restregaba contra mí con desesperación, como si supiera que se le acababa el tiempo. Manson se acercó sigilosamente. Su expresión se volvía un poco más maliciosa con cada paso. Lucas se quedó quieto y un escalofrío lo recorrió cuando Manson llegó a su lado.

Manson pasó la mano por la espalda de Lucas: por la columna vertebral, por los hombros, como si lo estuviera calmando. Luego le colocó la mano en la nuca, clavando los dedos.

—Se acabó el juego —dijo con frialdad.

Manson nos llevó a su dormitorio y nos obligó a desnudarnos el uno al otro mientras él observaba. Apenas tuvo que tocarnos para ejercer control. Después de que Lucas me desnudara, Manson me ordenó que lo desnudara a él. Me obligó a quitarle las botas, los calcetines y el mono. Tuve que quitarle la ropa interior con los dientes, manteniendo las manos entrelazadas a la espalda, obediente.

Manson tenía en la mano una fusta corta y rígida de cuero, y cada vez que me daba una orden me daba un golpecito con ella.

—Ahora abre el cajón inferior de mi cómoda y tráeme el bozal.

Apresurándome a obedecer, me arrastré hasta la cómoda y abrí el cajón. En su interior había varios arneses de cuero y metal. Me llevó un momento, pero cogí lo más parecido a un bozal que encontré y lo traje de vuelta, llevándolo en la boca.

Lucas estaba de rodillas, a los pies de Manson, y miraba el bozal con el ceño fruncido, como si lo hubiera insultado.

Manson se colocó detrás de Lucas, casi a horcajadas sobre él, y le echó la cabeza hacia atrás, obligándolo a hacer contacto visual.

—Te cuesta mucho controlarte —dijo, asintiendo con la cabeza, como si Lucas fuera un tonto que no lo entendiera. Pero Lucas asintió rápidamente, casi desesperado por estar de acuerdo—. Así que tu amo tiene que ayudarte, ¿no es así?

Lucas volvió a asentir, su respiración agitada mientras Manson le ajustaba las correas de cuero alrededor de la cabeza. El bozal de metal se fijó sobre su boca y nariz, impidiéndole morder. Pero Manson no había terminado.

—Arrodíllate ahí —me dijo, señalando al lado de la cama.

Me apresuré a colocarme en posición y esperé allí, de rodillas.

Manson se dirigió al cajón inferior y sacó otro objeto, aunque no supe qué era hasta que se lo colocó a Lucas. Entonces me di cuenta de que era un anillo para el pene. La visión de los dos anillos negros alrededor de la base de su pene y sus testículos me hizo la boca agua.

—Los cachorros desobedientes tienen que llevar correa —dijo Manson, volviendo al cajón una vez más. Lucas esperó obediente hasta que regresó y luego respiró hondo lentamente mientras Manson le colocaba un grueso collar de cuero alrededor del cuello. Le ató una correa, dejando que esta arrastrara por el suelo, y dijo—: Ve. Arrodíllate junto a Jess.

Lucas obedeció.

Los dos esperamos, uno al lado del otro, mientras Manson caminaba delante de nosotros. No dejaba de golpear la fusta contra la pierna de sus pantalones, y el cuero silbaba al azotar el aire. Cada impacto me provocaba un pequeño escalofrío en la espalda.

Mis ojos permanecieron clavados en las botas de Manson, con la mirada respetuosamente gacha. El mero hecho de mostrarle respeto me ponía. Esperar allí en silencio, mientras él decidía qué hacer con nosotros, me llenaba de deseo.

Manson se detuvo frente a mí y me levantó la cabeza con los dedos bajo la barbilla. Lo miré a los ojos mientras una sensación visceral y ardiente se apoderaba de mi vientre.

—Abre la boca —me dijo.

Me colocó una mordaza negra entre los dientes y me la ató alrededor de la cabeza. No era demasiado grande y tenía agujeros para que pudiera respirar con facilidad. Manson tenía una sonrisa de orgullo en el rostro y me acarició los labios con los dedos, alrededor de la mordaza.

—Te quiero, ángel —susurró, inclinándose y dándome un beso en la frente.

Esas palabras me hicieron retorcerme de placer; habría sonreído si no hubiera tenido la boca ocupada.

Manson se acercó a Lucas, que levantó la cara amordazada cuando Manson se agachó delante de él. Enganchó los dedos en los barrotes del bozal y lo sacudió un poco. Lucas lo miró con admiración, como si quisiera cerrar los ojos pero no pudiera.

—Te quiero, cachorro —dijo con una voz tan tierna que Lucas se estremeció.

—Yo también te quiero, señor. —Su voz era mucho más suave de lo que estaba acostumbrada a oír.

Lucas se recolocó, poniendo la espalda recta y deslizando las rodillas hacia fuera para abrir más las piernas. Una gruesa gota de color blanco perlado resbaló por la punta de su pene, y parte de ella se quedó adherida al brillante metal de su *piercing*.

—Daos la vuelta —dijo Manson—. Permaneced de rodillas, mirando hacia la cama, con las manos sobre el colchón.

Mientras estiraba los brazos sobre la cama, vibraba de excitación, temblando de deseo. Pasaron unos momentos de silencio, solo interrumpidos por el lento golpeteo de las botas de Manson detrás de nosotros.

—¿Quién quiere ir primero? —preguntó, y no necesitó dar más explicaciones para que yo supiera que se refería a la fusta de cuero.

—Yo, señor —dijo Lucas, antes de que yo pudiera gemir, de acuerdo.

El chasquido del impacto del látigo fue tan rápido que me sobresalté. Lucas soltó un gemido grave, flexionando y apretando las manos.

—Gracias, señor. Otro, por favor.

La fusta volvió a emitir un chasquido, pero el impacto fue diferente. Un grito agudo brotó de él mientras Manson se reía con suavidad.

—Oh, ¿te he dado en los huevos? Parece que te ha dolido.

—Joder... Gracias, señor —jadeó Lucas como si se estuviera ahogando.

El temblor que lo recorrió hizo que todo el colchón se sacudiera.

Manson me recorrió la columna vertebral con un dedo.

—Te toca, ángel. —El cuero rígido golpeó ligeramente mi trasero—. ¿Estás lista?

Asentí con la cabeza e intenté prepararme para el impacto. Pero Manson no golpeó de inmediato; esperó y dio unas vueltas más. Cuando bajé la guardia por un momento y me reajusté, fue entonces cuando bajó el látigo.

Me escoció, un impacto agudo y punzante en la espalda. Luego volvió a golpearme, esta vez en los muslos. Y otra vez, en el culo.

Mis palabras de agradecimiento se vieron entrecortadas por la mordaza.

Manson me besó el hombro, justo donde me dolía la piel por el latigazo.

—Estás preciosa cuando sufres por mí. —Me introdujo dos dedos, y mi excitación los hizo resbaladizos—. Eso es lo que me gusta sentir, ángel. Estás tan húmeda para mí...

Apoyándome con fuerza contra la cama, me perdí en esa sensación perfecta de sus dedos penetrándome.

—Si quieres placer, entonces te va a doler —dijo, con su cuerpo cálido y pesado presionando contra mi espalda.

Cuando retiró los dedos, contuve la respiración. Volvió a azotarme con la fusta, pero el dolor era placer y temblé. Entonces se oyó un sonido metálico familiar y Manson se acercó de nuevo. Pero no fueron sus dedos los que frotaron mi clítoris. Lo que me tocó fue metal duro y ligeramente frío.

—¿Recuerdas esta sensación? —preguntó.

Sí, la recordaba. Nunca podría olvidar la sensación del mango de su navaja tocándome, frotándome, explorándome. Cuando me folló con ese cuchillo en la fiesta de Halloween hace tantos años, me sorprendió mucho a mí misma que me gustara.

Pero ¿ahora? Ninguno de mis deseos me sorprendía ya.

Me gustaba el placer extremo, me gustaba el dolor, me gustaban todas las sensaciones nuevas e inusuales que había entre medias.

Manson me penetró con el mango. Me incliné hacia delante y apoyé la cabeza contra el colchón mientras me abstraía, perdida en un estupor de sensaciones. Lucas me observaba con una expresión absorta y hambrienta. Tenía los puños apretados y yo gemí su nombre, pero la mordaza no me dejaba hablar.

De todos modos, lo entendió, porque maldijo entre dientes y giró la cara con determinación para mirar fijamente al frente.

—A Lucas no le gusta mirar tanto como a mí —dijo Manson, muy conversador mientras yo me desmoronaba—. Le vuelve loco no poder tocar. No poder morder. —Le lanzó una sonrisa complaciente a Lucas—. El autocontrol es difícil, ¿verdad?

Manson retiró el cuchillo y, mientras yo temblaba, lo sostuvo frente al rostro amordazado de Lucas.

—¿Ves lo mojada que está? Su coño es increíble.

Manson se inclinó y volvió a meterme los dedos. Luego, utilizando mi excitación como lubricante, presionó lentamente un dedo dentro de Lucas.

—Está muy húmeda, ¿verdad? —preguntó con una expresión casi maníaca y satisfecha mientras Lucas se inclinaba sobre el colchón. Tenía los dientes apretados con fuerza dentro del bozal, como si luchara por contener los ruidos.

¿Mi presencia le hacía más difícil someterse? ¿Lo dividía entre querer mantener su personalidad cruel y querer ser un buen chico para Manson?

—¿Quieres follártela? —preguntó Manson.

Lucas asintió rápidamente, luego hizo una mueca de dolor.

—Sí, señor. Sí, quiero.

—Vas a tener que ganártelo.

Manson apoyó la mano en la nuca de Lucas, inmovilizándolo, inclinado sobre la cama. Le metió los dedos hasta que la polla de Lucas se retorció, presionada contra el lateral del colchón, goteando por el deseo. Me costaba mucho esperar mi turno; era una auténtica tortura escuchar los gemidos desesperados de Lucas y no tocarme.

Cuando Manson se subió a la cama, arrastró a Lucas con él. Manson se sentó a horcajadas sobre él en el colchón, con la navaja en una mano y la polla de Lucas en la otra. No lo acarició, ni siquiera lo apretó con fuerza. Pero todo el cuerpo de Lucas se estremeció, cerró los ojos y gimió. El sonido estaba cargado de deseo y sus caderas se arquearon, mientras pequeños y desesperados ruegos salían de sus labios.

—Manson, por favor, joder, por favor, solo…

Se tensó cuando Manson le tocó el pene con la punta fría y afilada de la hoja.

—Jess. —La voz de Manson captó mi atención al instante—. Puedes quitarte la mordaza. —Volvió a golpearle con la hoja mientras yo obedecía, apretando y acariciando despacio el miembro de Lucas. Desentumeciéndome la mandíbula, dejé la mordaza respetuosamente en la mesita de noche antes de volver a mi posición. Manson asintió con la cabeza en señal de aprobación mientras su pulgar dibujaba un círculo lento y provocador sobre la cabeza del pene de Lucas—. ¿De quién es esta polla?

—Tuya, amo —respondí con rapidez.

Manson sonrió.

—Así es. Buena chica. —Sentí una oleada de endorfinas con esa simple declaración—. ¿Ves, cachorro? Ella lo entiende. Entiende cómo funciona, aunque hay que reconocer que ha costado un poco metérselo en su dura cabecita. Tú... Me perteneces.

Lo golpeó con la hoja para enfatizar sus palabras, y Lucas se estremeció con cada toque. Respiraba rápido y hondo.

—Soy tuyo, señor —dijo, susurrándolo como una plegaria—. No me dejes olvidar... No...

Manson le dio un beso en el pecho, presionando los labios justo sobre su corazón. Alargó la mano hacia la mesita de noche, abrió el cajón y sacó una toallita desinfectante. Rasgó el envoltorio de papel con los dientes y la utilizó para limpiar la hoja, sin dejar de hablarle a Lucas.

—Por supuesto que no puedes olvidarlo —dijo—. No importa cuántos años pasen, no importa la edad que tengas, no importa a dónde vayamos, siempre serás mío. *Siempre*. Nadie ni *nada* te alejará de mí. —Se inclinó hacia delante y apoyó la frente contra la de Lucas, que jadeaba, con el pecho agitado y los dedos apretados contra las sábanas—. No lo olvides nunca. Yo cuido lo que es mío.

Manson levantó la navaja y presionó la punta contra la piel de Lucas, con cuidado. Se tomó su tiempo, grabando algo en su costado, debajo de las costillas. Vi cada emoción que se reflejaba en los ojos de Lucas. Vi el momento de dolor cuando frunció los labios, temblando mientras mostraba los dientes. Luego, el éxtasis lo invadió y puso los ojos en blanco, tirando de las sábanas como si quisiera romperlas.

Manson murmuraba de placer mientras trabajaba.

—Sangras por mí, te corres por mí, vives y mueres por mí. ¿Entendido?

Lucas asintió rápidamente, cerrando los ojos mientras Manson lo acariciaba con una mano y lo cortaba con la otra.

Manson bajó la cabeza y se metió a Lucas en la boca, provocándole un gemido gutural a su víctima. Lo tomó lento y hasta el fondo; sus labios se separaron cuando volvió a levantar la cabeza y recorrió el miembro con la lengua. El sonido que salió de Lucas cuando la lengua de Manson le lamió el *piercing* me provocó mariposas en el estómago.

Las iniciales de Manson, M. R., estaban grabadas en el costado de Lucas con cortes superficiales. La sangre goteaba lentamente por su piel tatuada, su pecho se agitaba mientras Manson chupaba. Incapaz de apartar la mirada, incapaz de tocarme, sin atreverme a hablar, lo único que podía hacer era arrodillarme junto a la cama y mirar, dividida entre la fascinación y el deseo.

Cuando Manson levantó la cabeza, me miró directamente.

—Ven aquí, ángel. Túmbate boca arriba, con las manos por encima de la cabeza.

Lucas se apartó y yo me tumbé con los brazos extendidos hacia el cabecero. Manson sacó varios pares de esposas del cajón, eran de cuero y estaban unidas por cadenas cortas. Primero me ató las muñecas al cabecero, tomándose su tiempo para tocarme y provocarme mientras lo hacía. Luego me levantó los tobillos y también me los ató, esposándolos al cabecero, de modo que quedé doblada casi por la mitad, expuesta.

Menos mal que aún era flexible, porque de lo contrario esta posición se habría vuelto difícil rápidamente. Estaba colocada de forma que podía ver claramente cómo Manson jugaba con el mango de la navaja sobre mí.

—¿Quieres más, ángel? —preguntó.

Yo asentí con la cabeza mientras veía cómo me introducía el metal.

Con el mango dentro, Manson pasó la lengua por mi clítoris antes de cerrar sus labios sobre mí. Las esposas se tensaron contra el cabecero mientras me retorcía, pero me mantenían firmemente en mi sitio.

—Me encanta —gemí.

Lo único que podía hacer era quedarme tumbada y aguantar. Manson me llevó al límite antes de detenerse. Dejó a un lado la navaja y se apartó, tirando de Lucas con la correa. Le agarró la cara y lo acercó de un tirón.

—Te voy a follar el culo mientras tú te la follas a ella. Mírala. No cierres los ojos —dijo.

Cuando Lucas se volvió hacia mí, sus ojos estaban vidriosos, como si estuviera borracho. Flotaba en ese estado mental de sumisión perfecta: sin pensamientos, sin miedos, solo la pura felicidad de renunciar al control. Deseé poder tocarlo, pasar mis dedos por su pecho, atraerlo hacia mí.

—Dios, eres preciosa —dijo.

Cerró los ojos por un momento cuando Manson se movió detrás de él, con su polla presionando contra su entrada. Pero rápidamente los volvió a abrir, manteniéndolos fijos en mí mientras Manson lo penetraba.

Al mismo tiempo, alineó su polla con mi coño y empujó hacia dentro.

—Eres como el cielo —susurró, y no sabía si se refería a mí, a Manson, o si importaba realmente a quién se refería, porque tenía razón, este era el único cielo que quería.

—No pares ahora, cachorro —bromeó Manson, tensando la correa mientras Lucas se estremecía dentro de mí—. Sigue follándotela... Y toma mi polla más adentro.

Lucas gimió mientras se movía. Me penetró y, al retirarse, mostró los dientes y exhaló despacio.

—Mierda... —maldijo, como si fuera una maldición y una súplica desesperada a la vez.

—Hazlo como un hombre, joder. Fóllatela en serio —dijo Manson, enrollándose la correa en la mano.

Retorciéndome en mis ataduras, tuve que hacer acopio de todo mi autocontrol para no empezar a suplicar. El coño me palpitaba, pidiendo más; la sensación de Lucas dentro de mí me hacía apretar los dedos de los pies. Pero los dos juntos iban a volverme loca de lujuria. Al verlos, era fácil entender por qué Manson era tan *voyeur*. Era una puta delicia.

Me empapé del erotismo de sus caricias, su tensión, su anticipación. Me reafirmaba, me animaba. Encendió ese lado sádico de mi cerebro cuando Lucas gimió de dolor, con todos los músculos tensos mientras aguantaba. Pero también encendió el fuego de mi masoquismo, llenándome de deseo.

—Fóllame, Lucas —gemí. Estaba mareada de placer, prácticamente vibrando de necesidad—. Fóllame duro, por favor. Hazme daño.

—La hostia —dijo Lucas clavando los dedos en mis muslos mientras veía cómo se hundía en mí.

Encontró su ritmo, follándose a sí mismo con la polla de Manson y follándome a mí al mismo tiempo. Apoyó las manos contra el cabecero, agarrando las barras con tanta fuerza que las venas se le marcaban en los brazos.

Manson echó la cabeza hacia atrás, con el rostro contorsionado por el placer.

—Ese es mi chico bueno. ¿Qué tal?

—Increíble, joder. —Las palabras de Lucas temblaban, sus ojos se entrecerraron y se volvieron desesperados mientras observaba mi rostro.

Se inclinó y me frotó el clítoris con el pulgar. Mi placer se disparó hasta alcanzar un nivel febril, mis músculos se tensaron y se estiraron contra las cadenas.

Mirándolo entre mis piernas abiertas, gemí.

—Me encanta, Lucas, vas a hacer que me corra.

—Córrete para mí, nena —jadeó, y yo gemí con total desenfreno.

Tenía los dientes al descubierto dentro del bozal, y se inclinó, solo para gruñir con desesperación cuando se dio cuenta de que no podía besarme… ni morderme.

Manson tiró de la correa y lo incorporó de un tirón.

—Hoy alguien está muy quejica. Quizá deberías haber tenido más cuidado al desafiarme, ¿eh? —Lucas asintió rápidamente—. Porque siempre consigo lo que quiero, ¿no? —Otro rápido asentimiento. Me estaba follando sin piedad y mis músculos estaban bloqueados por el éxtasis—. ¿Quién es tu dueño, Lucas? Dilo.

—Tú, señor.

Me corrí tan fuerte que contuve la respiración. Lucas siguió tocándome, follándome, y el placer alcanzó una intensidad increíble. Me temblaban las piernas y me quedé sin aliento, tan ansiosa por que Lucas se corriera dentro de mí que se lo supliqué sin pensar.

—Quiere que la llenes —dijo Manson, gruñendo las palabras al oído de Lucas—. Mira su cara, mira lo mucho que lo desea. ¿Vas a darle lo que quiere, cachorro?

—Sí, señor. —Se derritió en un gemido cuando Manson se movió, empujando las caderas contra él.

Manson lo follaba con fuerza, introduciendo sus dedos a través de los huecos del bozal. Lucas se metió los dedos en la boca, chupándolos con una desesperación que hizo que volviese a cerrar los ojos.

La fuerza con la que Manson lo follaba lo empujó hacia mí. Su polla se hinchó y, con un gemido salvaje, se corrió. Manson se aferró a él, el sonido de sus caderas golpeándolo se volvió más errático hasta que se estremeció, cerrando los ojos por el placer.

29

MANSON

Hoy era el día. La ansiedad me invadió incluso antes de abrir los ojos, y me quedé muy quieto mientras intentaba recuperarme. Desde que nos mudamos a esta casa, habíamos reparado las tuberías y la electricidad, reconstruido las paredes y sustituido el suelo. Habíamos vaciado todas las puñeteras habitaciones excepto una.

Tenía que afrontarlo. Allí no había nada más que cuatro paredes y demasiados recuerdos. Ayer intenté expresar todos esos pensamientos en terapia, pero, joder, la doctora Wagner va a tener mucho más que escuchar la semana que viene.

Me di la vuelta y me acurruqué junto a Lucas, rodeándolo con un brazo. Él soltó un suspiro suave y se movió hacia atrás para que yo lo abrazara por la espalda. Me ayudaba tenerlo cerca; necesitaba el calor, el consuelo. Me dolía que Jess no hubiera podido quedarse a dormir, pero estaba en una situación muy delicada con su madre.

Había vuelto a discutir con ella tras quedarse a dormir el fin de semana, y la estresaba seguir discutiendo. La pobre parecía agotada cuando fuimos a tomar un café ayer, pero tenía muchas cosas en la cabeza.

Tenía la evaluación a primera hora del lunes de la semana que viene. Había trabajado muy duro para conseguirlo, pero los nervios seguían atormentándola. Sin embargo, estábamos seguros de que conseguiría ese ascenso.

Quizá por eso de repente sentí la necesidad de limpiar la antigua habitación. La vida pasaba rápido y no quería quedarme atrás.

Parecía que se había convertido en un acuerdo tácito entre nosotros que, cuando Jess se mudara a Nueva York, nosotros también lo haríamos. Pero necesitábamos tener todo listo.

Aunque me daba pena dejar la calidez de la cama, no iba a poder dormir más. Estaba completamente despierto.

Le di un beso a Lucas en el hombro, me levanté y me dirigí al baño. Las manos ya me temblaban y me corté con la cuchilla al afeitarme. Me tomé las pastillas antes de salir del baño y fui directamente a encender el difusor de aceites esenciales. Pensé en darme un baño con aceite de lavanda, pero me pareció que el aroma floral no ayudaría mucho.

Jason estaba en la cocina cuando bajé las escaleras. Me sorprendió verlo despierto y vestido, pero luego recordé que ahora solía levantarse pronto para ir al gimnasio con Jess.

—Vaya, ¿te has levantado antes que Lucas? —preguntó, agitando una botella de agua con proteína en polvo; no sonaba tan cansado como esperaba, tampoco lo parecía.

—Por desgracia —dije, sentándome en la mesa. Jojo salió del salón con pesadez y aspecto somnoliento y confundido por lo temprano que era, antes de tumbarse a mi lado con un gemido—. Pareces muy animado esta mañana.

Jason se encogió de hombros y se bebió su batido de proteínas.

—No puedo decir que me guste levantarme antes del amanecer, pero está bien empezar la mañana en el gimnasio.

Sonrió pensativo antes de dar otro sorbo, y yo me reí.

—Sí, seguro que está muy bien cuando es con Jess —comenté.

—Joder, ya ves. Tú también podrías empezar a hacer ejercicio, ¿sabes? Imagínate poder contemplar el culo de Jess en mallas a primera hora de la mañana. Te pone de buen humor para todo el día.

—Tráela después —le sugerí—. Sé que tiene que trabajar, pero dile que se traiga su portátil. Puede trabajar aquí.

—Le encantará. Sé que quiere seguir trabajando en ese proyecto para su evaluación. Apenas ha podido tener un momento de paz en esa casa.

Puso los ojos en blanco, molesto, y yo compartí su sentimiento.

La mayoría de personas que me rodeaban estaban en situaciones similares a las mías y ya no veían a sus padres, así que nunca había tenido que preocuparme mucho por complacer a los padres de mi pareja. Aunque la familia de Vincent era diferente, prácticamente me habían adoptado. Pero con Jess, sabía que mi mera presencia en su vida era una fuente de conflicto. Era un problema que no sabía cómo solucionar; ninguno de los dos sabía cómo hacerlo.

Noté un desagradable nudo en el estómago. La verdad era que hoy no me apetecía afrontar más problemas.

Demasiado nervioso como para relajarme, pasé la mayor parte de la mañana reorganizando el garaje y jugando con los perros, intentando liberar toda mi energía inquieta. Cuando Lucas se levantó, me sentí un poco mejor. Apenas hablamos, pero verlo en el porche mientras se tomaba su café y se fumaba su cigarrillo matutino me dio algo reconfortante y normal a lo que aferrarme.

En su costado, mis iniciales ya tenían costra. A veces lo descubría trazando las letras, pasando los dedos por ellas con una expresión que casi era una sonrisa, distraído. No era exactamente un collar, pero era algo parecido.

Encontrábamos nuestras propias formas de reclamarnos el uno al otro. Collares, anillos, moratones, cicatrices… Como para recordarnos mutuamente que, incluso cuando estábamos separados, había partes de nosotros que permanecían unidas. Me ayudaba a mantenerme centrado en el presente, en lugar de sumergirme en los recuerdos.

Solo era una puta habitación; odiaba estar tan obsesionado con ella. Pero había pasado dieciocho años de mi vida ahí. Había pasado hambre, había intentado dormir en ella a pesar del dolor y me había atrincherado en esa habitación. Solía pensar que moriría allí.

Aproximadamente una hora más tarde, cuando Jason entró en el patio con Jess en el asiento del copiloto, me invadió una sensación de alivio. Salió del coche y vino a abrazarme, como un rayo de sol que disipaba mi nublado estado de ánimo.

—¿Estás bien? —preguntó.

Jason le habría contado qué pasaba. Asentí, aunque decir que estaba «bien» era una descripción generosa de lo que sentía. Las pastillas estaban haciendo su función y me relajaban, pero la ansiedad no desaparecía, se escondía entre las sombras, al acecho, esperando la oportunidad de volver a meterse en mis pulmones.

—Hemos comprado burritos para desayunar —comentó Jason, lanzándome una bolsa de papel blanca.

La atrapé, disfrutando del olor a huevos con queso y beicon que salía de su interior. Comimos los cuatro en el porche y Vincent se unió a nosotros justo cuando ya estábamos terminando. Se comió su burrito despacio, con los ojos entrecerrados y la cabeza apoyada en el hombro de Jason.

Yo tenía el estómago cerrado, pero me lo comí de todos modos.

Mientras Jess preparaba su zona de trabajo en el salón, Lucas repitió nuestro plan para el día.

—Vamos a sacar todas las cosas viejas para tirarlas —informó—. Limpiaremos y pintaremos. Una vez que la pintura se haya secado, arrancaremos el suelo. Creo que podremos tenerlo todo listo para este fin de semana. —Me miró, sentado a su lado en el porche—. Quieres que lo tiremos todo, ¿verdad? ¿Todo?

Asentí. No quería revisar mis trastos viejos uno por uno, rebuscando entre recuerdos y tratando de decidir qué no me dolía demasiado como para conservarlo. Podíamos quemarlo todo.

Lucas se puso en pie de un salto.

—Muy bien. Pues manos a la obra.

Cuando entramos, Jess nos llamó desde el sofá.

—¡Eh, quiero ayudar! Decidme qué puedo hacer.

—No tienes que hacer nada, ángel —le dije, apoyándome en el marco de la puerta mientras ella apartaba a toda prisa su portátil—. ¿No tienes que trabajar?

Se encogió de hombros.

—La verdad es que hoy es un día tranquilo y ayer ya respondí a la mayoría de los correos.

Contar con otra persona que me ayudara haría que las cosas fueran más rápido. Sin embargo, una parte de mí se avergonzaba de que viera aquella vieja habitación. Estaba congelada en el tiempo, un pedazo podrido y mal conservado de mi antigua vida.

Pero tal vez era hora de superar la vergüenza.

—Puedes ayudar a sacar cosas si de verdad quieres hacerlo —le dije—. Solo tenemos que meterlo todo en bolsas o tirarlo al contenedor.

Todos se reunieron detrás de mí mientras yo buscaba a tientas la llave, delante de la puerta, hasta que al final introduje la correcta en la cerradura. No quería quedarme ahí parado pensando en ello, pero seguía dándome ánimos a mí mismo mientras lo hacía.

—Me siento como si estuviera a punto de seguir al señor Tumnus a Narnia —dijo Vincent, y yo solté una risa desesperada.

La puerta crujió cuando la empujé para abrirla, y las viejas bisagras chirriaron. Un olor distintivo a polvo nos recibió y entré en la habitación de mi infancia por primera vez en casi cinco años.

Ni siquiera había entrado a echar un vistazo cuando nos mudamos, después de la muerte de mamá. La puerta había permanecido cerrada desde el día en que me fui y nunca volví a entrar; ninguno de mis padres se había molestado en abrirla.

La cama estaba en un rincón, sin hacer. No había sábanas sobre el colchón manchado, solo una fina manta azul con textura de fieltro. El armario estaba abierto, la ropa sucia amontonada en el suelo junto a zapatos con agujeros y cordones rotos. El cajón de mi mesilla estaba abierto y, de repente, recordé vívidamente la última mañana que había pasado allí.

No había dormido, los nervios me mantenían en vela pensando en lo que estaba a punto de hacer. Me quedé despierto, mirando al techo, mientras la palabra «asesino» daba vueltas en mi boca.

No quería hacer daño a nadie. No quería.

Pero una parte de mí quería hacerlo. Una parte de mí estaba dispuesta. Una parte de mí sabía que, si Kyle no paraba, haría lo que fuera necesario.

Me levanté de la cama, abrí el cajón de un tirón y me metí la navaja en el bolsillo trasero...

Una mano me agarró del hombro y me dio un apretón.

Vincent.

—¿Estás bien, tío?

Asentí con la cabeza.

—Sí. Estoy perfectamente. Vamos a limpiar esta mierda.

—Es sorprendente —dijo Jason, con las manos en los bolsillos mientras miraba a su alrededor—. Esta habitación ha conservado perfectamente el hedor de un adolescente.

—Igual que tu habitación, colega —dijo Lucas, dándole una palmada en la espalda con tanta fuerza que le hizo resoplar.

Nos pusimos manos a la obra, equipados con bolsas de basura negras. El armario me pareció la zona más accesible, así que empecé por ahí, metiendo ropa y basura en la bolsa. No miré nada demasiado tiempo. Intenté no dejarme llevar por ello.

—Oye, Manson, ¿quieres...? —Jess se interrumpió de repente y, cuando me di la vuelta, vi que Lucas había intentado impedir que preguntara. Tenía una foto en las manos y la metió rápidamente en su bolsa de basura—. No importa. No era nada.

—No pasa nada —dije.

No quería que sintieran que tenían que andar con pies de plomo a mi alrededor. Ahora sentía curiosidad, así que saqué la foto de su bolsa y le di la vuelta.

Era una fotografía de mi madre y yo. Era el único viaje familiar que recordaba haber hecho, yo tendría unos cinco años. Habíamos ido de acampada durante el fin de semana y mi padre se había pasado la mayor parte del tiempo cazando, dejándonos a mi madre y a mí solos en el campamento.

Era diferente en aquella época, muy joven, más joven de lo que yo soy ahora. En la foto, sonreía con la mejilla pegada a mi cabeza. Tenía el brazo extendido, ya que ella misma había sacado la foto con una cámara desechable. Yo tenía una sonrisa enorme, sosteniendo una rana con ambas manos, con las gafas torcidas sobre la nariz.

Parecíamos normales, como una madre y un hijo felices.

Mamá no se parecía en nada a eso cuando murió. Era como si se hubiera podrido antes incluso de morir. Se le había quedado la cara chupada, había perdido muchísimo peso. Hacia el final, apenas dormía, apenas comía... Solo pastillas y alcohol, una y otra vez, hasta que su cuerpo ya no pudo más.

—Puedo deshacerme de ella —dijo Jess en voz baja cuando se la devolví—. ¿Quieres que lo haga?

Negué con la cabeza. No tenía ni idea de lo que significaba esa fotografía para mí, pero me resultaba extraño verla. No era que me disgustara, pero tampoco me hacía feliz. Era un recuerdo lleno de melancolía y una extraña sensación de nostalgia.

—La guardaré yo —dijo Jess, apretando la foto contra su pecho—. Así no tendrás que pensar en ella a menos que quieras.

—Gracias, Jess.

Había muchas cosas de mi infancia que no podía o que no quería recordar. Pero había pequeños momentos, puntos brillantes en un abismo sin fin, cosas como esa fotografía, que me recordaban la bondad y el amor, por breves que hubieran sido. Me parecía importante recordar esos sentimientos.

Al poco tiempo, Jason y Lucas sacaron el viejo colchón al contenedor de basura y, por fin, la habitación quedó vacía. Todavía había mucho polvo y suciedad acumulada en las esquinas, pero todas mis cosas viejas habían desaparecido.

De pie, en medio de la habitación vacía, me quedé mirando la pintura descolorida y las manchas de moho en las paredes. Este sitio solía parecerme un pozo en el que estaba atrapado, luchando por encontrar una salida. Pero ya no me parecía amenazador. Estaba apagado, como cualquier otro lugar abandonado durante años. No quedaba nada aquí que no pudiera repararse, pintarse y dejar que descansara.

Barrimos, quitamos el polvo y limpiamos todo antes de tomarnos un descanso. Vincent preparó el almuerzo, pero yo seguía sin tener mucho apetito.

Mientras todos se sentaban en el porche a comer, yo me quedé dentro, deambulando por mi antigua habitación.

Me había llevado mucho tiempo darme cuenta de que, para la mayoría de la gente, un «hogar» representaba un lugar de comodidad y seguridad. El hogar era un lugar al que la gente quería volver, no uno al que temieran o al que le tuvieran miedo. Yo había tenido que construir mi propio hogar, mi propia familia. Lo había creado de la única manera que sabía; era desordenado y extraño, pero era mío y nadie podía quitármelo.

Nadie. Ni Alex ni Nate, ni siquiera mi padre.

Me dejé caer en el suelo y me senté, con la espalda apoyada contra la pared, debajo de la ventana. De cara a la puerta abierta, sentí un vacío en el estómago. Movía los dedos con un ritmo familiar, como si estuviera abriendo y cerrando mi navaja, y cerré los ojos.

Esta sensación no era alegría; no era tristeza. Era como si por fin hubiera dejado de lado un peso que había estado cargando durante demasiado tiempo. Pero aún me dolía, como si el peso me hubiera aplastado. Incluso en su ausencia, sus efectos permanecían.

Quizá algunas heridas nunca se curaban. Necesitaban cuidado constante, un trato delicado. Era difícil aceptarlo cuando parecía una admisión de derrota. Pero, joder, incluso el vencedor podía salir herido de la batalla.

Se oyó el suave sonido de unos pies descalzos que se acercaban. Cuando levanté la vista, Jess estaba de pie en la puerta.

—¿Qué haces aquí? —me preguntó.

Hoy llevaba el pelo recogido en una larga trenza y se acariciaba las puntas con los dedos.

—Pensando demasiado —respondí.

—¿Quieres estar solo?

Normalmente habría dicho que sí, aunque no fuera cierto. No quería estar solo. Pero tampoco quería confundir a nadie con mis pensamientos dispersos, preocuparlos con mis miedos.

Pero Jess había estado allí. Me había visto en mis momentos débiles, cuando estaba fuera de control, cuando tenía miedo. Ya me había visto. Extendí mi brazo hacia ella.

—Prefiero estar contigo.

Se acercó y se sentó a mi lado, acurrucándose bajo mi brazo. Después de unos minutos de cómodo silencio, se movió para sentarse en mi regazo. Sus piernas se cruzaron sobre las mías y trazó con su dedo las líneas de la serpiente tatuada cerca de mi clavícula.

—¿Por qué una serpiente? —susurró.

No todos mis tatuajes tenían significado. Algunos solo estaban ahí porque me aburría y no tenía nada mejor que hacer. Fue una suerte que nunca se me infectara nada en los lugares sospechosos y con las personas poco fiables que dejé que me tatuaran.

Pero la serpiente era importante, ya que en realidad había dedicado un poco de tiempo a pensar en ella.

—¿Alguna vez has visto lo que pasa cuando le cortas la cabeza a una serpiente? —Puso cara de asco y arrugó la nariz—. ¿Me estás diciendo que tu padre nunca le cortó la cabeza a una serpiente cuando se coló en el jardín?

—¡No, qué asco! —se rio—. Si hubiera una serpiente, llamaríamos a control de animales y ya está.

Me alegró oír eso, por extraño que fuera. No todo el mundo actuaba como mis padres, y eso era un alivio.

—Bueno, cuando le cortas la cabeza a una serpiente, sigue abriendo y cerrando las fauces —le expliqué—. Se retuerce y se mueve en el suelo. Son solo las terminaciones nerviosas. La agonía de la muerte. En realidad, no está viva, aunque lo parezca.

Frunció el ceño y levantó la mirada de mi pecho a mi rostro.

—¿Te sientes como la serpiente? ¿Con la cabeza cortada?

—Solía sentirme así. Cuando vivía en esta casa, antes, pensaba que moriría aquí. Pensaba que algún día mi padre iría demasiado lejos, que no se detendría. Era como si ya me considerara muerto. ¿Para qué intentarlo? Seguir luchando para que la vida valiera la pena me parecía inútil.

Había estado desesperado. Incluso cuando había intentado actuar con optimismo ante mis amigos, todo había sido falso. Cada día me parecía demasiado largo y cada noche demasiado oscura. Pero, de alguna manera, seguí viviendo.

—¿Querías rendirte?

Me acariciaba la piel con suavidad, despacio y de forma relajante. Me hacía temblar, aunque al mismo tiempo me reconfortaba. Me tocaba como lo había hecho cuando Vincent me ató en la cabaña: tomándose su tiempo, moviéndose con admiración.

—A veces —respondí.

Mi respuesta hizo que se estremeciera. Cuando dije que no quería hacer daño a nadie, esto también formaba parte de lo que quería decir. Me guardaba mi dolor porque a los demás les dolía oírlo.

Cuando era más joven, cuando pensaba en acabar con todo... A veces, lo único que me hacía seguir adelante era saber que Lucas estaría perdido sin mí, o que Vincent nunca se perdonaría no haber encontrado la manera de detenerme, o que Jason quedaría devastado. Quizá seguir vivo por el bien de otras personas no era saludable, pero era mejor que la alternativa.

Busqué cualquier cosa que me ayudara a seguir adelante, por pequeña que fuera. Mi familia. Mis perros. Los amaneceres y las mañanas tranquilas. El sabor del café. La determinación de que algún día vería Europa. El deseo de hacer un viaje por carretera por el país. Tenía una creencia desesperada, casi frenética, de que algún día las cosas mejorarían. Lo que fuera necesario para mantenerme con vida.

—¿Manson? —La voz de Jess era suave, tímida, con el peso de la pregunta sobre ella.

—¿Qué pasa, ángel?

—Te quiero.

Por un momento, la tierra dejó de girar.

Me tomó el rostro entre sus manos y se acercó a mí. La rodeé, deslizando los dedos por su espalda mientras ella me levantaba la barbilla y me miraba a los ojos.

—Te quiero, Manson Reed.

Me besó, tragándose las palabras que yo no podía articular en frases coherentes. Se abalanzó sobre mí, con pasión. Nuestros labios se separaban por un momento, para tomar aire, antes de volver a juntarse. Lo susurraba, lo gruñía, lo dejaba en mi piel en forma de beso. Apretaba su pecho contra el mío, y el corazón le latía con fuerza, con tanta fuerza... ¿O era el mío? No estaba seguro de poder distinguirlos cuando estábamos tan entrelazados.

—Te quiero.

Era lo único que podía decir y aun así no era suficiente. Pero si pudiera seguir diciéndolo, si pudiera decir esas palabras desde ahora hasta el fin de los tiempos, Dios, tal vez entonces podrían adquirir la intensidad con la que las sentía.

30

JESSICA

Estaba enamorada. Desesperada e irrevocablemente enamorada.

Pero no solo de Manson.

Habíamos sido sinceros el uno con el otro desde el principio, pero eso no significaba que no tuviera en mente a los otros chicos. Cada vez que pensaba en ello, me ponía nerviosa. Cuando imaginaba sus rostros, la forma en que me abrazaban, me tocaban, me besaban, sentía lo mismo. La misma cálida sensación de confianza, la certeza.

Eso fue lo que me convenció, lo segura que estaba. Fue como si alguien hubiera pulsado un interruptor y todos los rincones oscuros de mi mente se hubieran iluminado, todas mis preocupaciones se hubieran desvanecido con la oscuridad.

Admito que al día siguiente estaba un poco distraída en el trabajo, pero no pude evitarlo. Me costaba mucho guardarme esto para mí misma, tenía que contárselo a alguien. De todos modos, ya era hora de que Ashley supiera lo que estaba pasando.

De alguna manera, como un milagro, me devolvió la llamada a los pocos minutos.

—Tía, espera, no sé qué pasa, pero… —Hizo una pausa y se oyó un fuerte crujido en la llamada mientras masticaba un aperitivo—. Suenas diferente. Suenas, como, ¿alegre? ¿Esa palabra existe?

Se echó a reír a carcajadas y la eché de menos más que nunca. Dios, estaba deseando estar en Nueva York con... con...

Todo salió a la luz. Le conté todo, cada detalle sucio y desastroso. Pensé que le daría un ataque cuando le conté que había entrado en el garaje y me había escondido de los chicos en su propia propiedad.

—Joder, tía, ¿cómo es que no estás en la cárcel? ¿Me estás diciendo que te perdonaron por eso? Yo te habría tirado al puto océano, sinceramente.

No mencioné el castigo que precedió a su perdón; eso era demasiado personal. Y tuve que retocar un poco la historia para evitar mencionar nuestro «acuerdo». Pero Ashley se enteró de toda la historia, al menos de todo lo que necesitaba saber.

—Tía, lo sabía —dijo, con un crujido de satisfacción mientras daba otro bocado—. Lo veía venir desde un millón de kilómetros.

Me reí.

—¿Ah, sí?

—Eh, ¿sí? ¡Sabía que iba a pasar después de que pasaras toda la noche con Manson en la fiesta de Halloween! Era obvio que te gustaba. Lo de los otros chicos es una sorpresa, pero ya sabes... —Casi podía imaginarla encogiéndose de hombros con indiferencia al otro lado del teléfono—. Tú decides, cielo. Se trata de lo que tú quieras. Si quieres cuatro tíos en una casa grande donde todos se quieran, adelante. Yo soy demasiado celosa para eso.

Seguimos hablando, distraídas durante varios minutos con las historias de las últimas aventuras amorosas de Ashley. Al parecer, había encontrado una nueva aplicación de citas en la que todo el mundo era rico, ¡así que se lo estaba pasando bomba! Ya ni siquiera sabía cómo se las arreglaba para salir todos los fines de semana.

Antes solo pensaba en fiestas, discotecas, eventos... en asegurarme de estar en medio de todo lo que pasaba, persiguiendo constantemente la próxima gran novedad. ¿Y ahora? Ahora ni siquiera me molestaba en preocuparme por ello. Lo único que quería hacer, todos los días, era sentarme en ese garaje mientras los chicos trabajaban. Tumbarme en el sofá junto a Jason, jugar en el jardín con los perros.

Eso era lo que me hacía feliz. Eso era lo que me daba felicidad. Y dejar eso atrás por un trabajo...

Dios. Eso era un problema.

—¿Entonces vais a tener una relación a distancia? —preguntó Ashley, como si me hubiera leído el pensamiento.

Su pregunta hizo que se me encendieran todas las alarmas, porque no tenía una respuesta clara.

—Yo... Bueno, no estoy segura —dije, y ella se quedó sin aliento.

—Espera, espera... ¿Me estás diciendo que ni siquiera habéis hablado de lo que va a pasar cuando te mudes? ¡Jess! ¿Qué haces? ¡Tienes que hablar con ellos!

—Lo sé, lo sé, es solo que...

—¡Solo nada! Jess, en serio. —Me sorprendió lo decidida que se había vuelto su voz—. Escúchame. Puedo notar el cambio en tu voz. Puedo sentir lo feliz que estás, ¿vale? Y eso es maravilloso. Me alegro mucho por ti y no quiero que te pierdas algo tan bueno. Habla con ellos. ¿Qué más da si la conversación es incómoda? Tienes que hablarlo.

—Tienes razón, tienes toda la razón —le dije—. Lo haré. Hablaré con ellos.

Pero no sabía exactamente qué decir.

Esa noche, mientras fregaba los platos, seguí dándole vueltas. Le había dicho a Manson que lo quería, pero ¿y los demás? Sentía lo mismo por ellos, pero ¿y si ellos no...? ¿Y si...?

Una taza casi se me resbala de las manos y la agarré justo antes de que se rompiera en el fregadero. Me apoyé en la encimera un momento, cerré el grifo y respiré hondo. ¿Y si los demás no sentían lo mismo? Eso era lo que me daba miedo. El rechazo de Vincent, de Jason..., de Lucas.

Dejé la taza y me quité los guantes. Tenía un nudo en el estómago y lo único en lo que podía pensar era en hablar con alguien que supiera más que yo, alguien que pudiera aconsejarme y decirme qué camino debía tomar.

Desde luego, no podía hablar con mi madre del tema. Aparte del hecho de que ya tenía prejuicios contra los chicos, sus criterios para una buena pareja eran muy diferentes a los míos. Ella creía que el dinero, el estatus y una buena apariencia prevalecían sobre cualquier otro atributo. Para ella las relaciones no tenían tanto que ver con el amor como con la estabilidad financiera y el prestigio. Pero eso no era lo que me importaba.

De repente, pensé en la madre de Vincent, Vera. Su sonrisa acogedora, su actitud amable y tranquila, con qué entusiasmo y sinceridad había escuchado, cómo se había esforzado por conectar con cada uno de los chicos… Era tan fácil llevarse bien con ella… Era tan amable… Quería volver a hablar con ella y me di cuenta de que debería haberle pedido su número de teléfono mientras estuve allí.

Se lo pediría la próxima vez. Quizá mi propia familia no podía ofrecerme el consejo que necesitaba, pero me había dado cuenta de que la «familia» era mucho más que un simple vínculo sanguíneo.

Recogí la bolsa de basura del cubo, la llevé hasta la puerta principal y la deposité en los contenedores de la acera. Había caído la noche y las farolas eran la única iluminación de nuestra tranquila calle sin salida. Conteniendo la respiración, abrí el contenedor y tiré la bolsa dentro, volviendo a respirar profundamente solo cuando cerré la tapa.

Al hacerlo, me llené los pulmones de humo de cigarrillo.

Entre las sombras, al otro lado de la calle, fuera del haz de luz que proyectaba una de las farolas, había una pequeña luz tenue. Como la punta encendida de un cigarrillo. Se distinguía vagamente una figura más allá de ese pequeño punto de luz, pero solo era una silueta.

Era imposible ver sus ojos en la oscuridad, pero juraría que me estaban mirando.

Nunca había visto a ninguno de los vecinos fumando por ahí. Y nuestro barrio estaba apartado, en un lugar por el rara vez pasaba alguien que no viviera en él.

Entonces, ¿quién coño estaba allí de pie en medio de la oscuridad? No se había movido, pero el miedo se apoderó de mí. Me estremecí al darme la vuelta, obligándome a caminar —«no corras, ¿por qué sentía la necesidad de correr?»— de vuelta a la puerta principal.

Cuando alcancé el pomo de la puerta, oí el sonido de pasos rápidos detrás de mí.

Con el corazón latiéndome a mil por hora, cerré la puerta de golpe y la bloqueé tan rápido como pude. Los dedos me temblaban tanto por la adrenalina que introduje dos veces el código equivocado al intentar activar el sistema de seguridad. Cuando por fin apareció la palabra «ACTIVADO» en la pantalla, fui directamente a la cocina y cogí el cuchillo más grande que teníamos.

Con la cabeza gacha, miré por la ventana de la cocina hacia el porche delantero. La luz estaba encendida, iluminando al hombre que ahora estaba justo delante de mi puerta.

Reagan.

Parecía aún más demacrado que la última vez que lo vi, y se balanceó ligeramente mientras se llevaba el cigarrillo a los labios de nuevo.

Ding-dong. El agradable sonido del timbre casi me hizo saltar del susto.

—¿Qué cojones? —susurré, agachándome debajo de la encimera—. ¿Qué coño, qué coño, qué coño está pasando…?

¿Acaso Reagan se había vuelto loco? No había ninguna razón para que estuviera en mi puerta después del anochecer, acechando mi barrio, *vigilándome.*

Tenía el móvil enchufado arriba, cargándose. El *spray* pimienta que Jason me había dado también estaba allí, dentro del bolso. Con la velocidad frenética de alguien que anticipaba que lo atraparían en cualquier momento, corrí por el pasillo, subí las escaleras y entré en mi dormitorio.

Con el móvil en la mano, me sentí más valiente. Pero juraría que estaba oyendo cosas. Después de que sonara el timbre por segunda vez, se produjo un largo silencio en el que estaba casi segura de haber oído el crujido de unos pasos en la planta baja. Pero era imposible. La puerta estaba cerrada con llave. La alarma estaba activada.

Pero ¿y si…?

Marqué el número de Manson e intenté calmarme mientras escuchaba el tono de llamada.

Era una persona adulta. Podía defenderme. No era un supervillano, no podía atravesar una puerta cerrada…

—Hola, ángel. ¿Estás bien?

La voz de Manson sonaba somnolienta. Ni siquiera me había molestado en mirar la hora. Mi intención era parecer tranquila, pero eso no fue lo que salió de mi boca.

—Tu padre está en mi casa —solté, con voz temblorosa y demasiado alta por el pánico—. Quiero decir que está… está fuera. Él…

—¿La puerta está cerrada con llave?

Parecía que Manson se estaba moviendo, sus palabras eran cortas y secas, pero tranquilas. No entendía cómo conseguía mantener la calma.

—Sí —dije—. Está cerrada. La alarma está puesta. Me vio sacar la basura y entonces… —Como si pudiera exhalar el miedo que me hacía temblar, respiré lentamente por la boca—. Me siguió hasta la puerta. Ha estado llamando al timbre.

—Ahora mismo voy. —Se oyó una conversación apagada al otro lado de la línea, el roce de la tela y el sonido de una puerta que se cerraba de golpe—. Jason y yo estaremos allí en cinco minutos, ¿de acuerdo?

Unos minutos después, cuando Jason y Manson llegaron, Reagan ya se había ido.

—No hay ni rastro de él —dijo Jason, después de haber dado vueltas por el barrio durante un rato.

Manson se había quedado conmigo, abrazándome mientras nos quedábamos tumbados en la cama. Cuando llegó, casi tuvo que arrancarme el cuchillo de cocina de la mano.

Ahora que Jason estaba también aquí, por fin me sentía segura de nuevo en mi propia casa. Extendí la mano hacia él, lo agarré de la camisa cuando se acercó y lo arrastré hasta la cama. Se acurrucó contra mi costado y Manson ajustó sus brazos para hacernos sitio a los dos.

—¿Os quedaréis aquí esta noche? —pregunté—. Mis padres no volverán hasta mañana por la tarde, así que...

—Por supuesto que nos quedaremos —dijo Manson, y Jason asintió con la cabeza.

—Tienes que empezar a quedarte en nuestra casa —dijo Jason. Me rodeó con fuerza con los brazos y colocó su mano de manera que pudiera acariciarme el pecho. Me lo apretó, suspirando de satisfacción antes de decir—: No sé cómo puedes mantener las manos alejadas de ellas, son muy suaves.

—¿De verdad crees que voy a estar todo el día jugueteando con mis propias tetas? —respondí, riéndome.

Jason asintió con entusiasmo.

—Eh, ¿sí? Si tuviera unas tetas tan bonitas, yo lo haría. Tendría la mano debajo de la camiseta todo el puñetero día.

—¿En lugar de dentro de los pantalones todo el día? —dijo Manson, y Jason soltó una risa burlona.

—Muy gracioso, idiota, pero eso es falso. Mi mano está dentro de los pantalones de *Vincent* todo el día, muchas gracias.

Mientras seguían metiéndose el uno con el otro, me quedé dormida. Todavía estaba conmocionada, sin saber dónde podía acechar el peligro. Pero me gustó la idea de Jason; cómo había mencionado tan casualmente que me quedara en su casa.

Eso era exactamente lo que quería.

31

VINCENT

—Fue muy espeluznante, ¿sabes? Me persiguió hasta la puerta principal y se quedó allí, tocando el timbre. ¿Qué pensaba que iba a pasar? ¿Que lo invitaría a entrar a tomar el té como si nada?

Escuchar a Jess contar la historia de su encuentro con Reagan me estaba dando urticaria, literalmente. Juraría que ya podía sentir cómo me salían ronchas en los brazos, pero estaba haciendo todo lo posible por tomármelo con calma y no flipar.

Estábamos cerca de Wickeston Heights, caminando por las colinas, cogidos de la mano. La pared de la urbanización cerrada estaba delante de nosotros y nos acercábamos a la parte de atrás del barrio, donde aún se conservaban las casas más antiguas. Caminamos entre los árboles, trepando por los arbustos y pisoteando la maleza. Curiosamente, Jess ni siquiera me había preguntado a dónde íbamos. Cuando llegué a recogerla después del trabajo, salió a mi encuentro sin dudarlo un momento.

Parecía que cada vez quería pasar más tiempo con nosotros. No por el sexo, ni los juegos salvajes. Solo por la compañía. Y, sinceramente, yo ansiaba lo mismo.

Admito que gran parte del atractivo inicial de Jess era el hecho de que era una friki encubierta. ¿Pero ahora? Jess era mucho más que

313

eso. Era introspectiva e inteligente. Era apasionada y tremendamente leal. Toda esa lealtad que había dedicado durante tanto tiempo a esos amigos que no se lo merecían ahora tenía mucho más sentido. Era una devoción mal dirigida, y ahora que la había superado, esperaba que nunca volviera a encontrarse en esa situación.

Quería asegurarme de que así fuera. No podía evitarlo. El instinto de protegerla y cuidarla, como cuidaba a Jason, era abrumador. Era el síndrome del «hermano mayor», jurado. Quería resolverlo todo, estar siempre ahí con una respuesta.

Pero esta vez, no estaba seguro de tenerla.

—Me alegro de que nos llamaras cuando lo hiciste —le dije, apartando una rama para que pudiera pasar por debajo. Mi mochila pesaba mucho sobre mis hombros, pero valdría la pena una vez que llegáramos a nuestro destino—. Me siento fatal por no haberme despertado.

—No —dijo a toda prisa—. No te sientas culpable. De todos modos, no quería despertaros a todos.

Fue un alivio que Manson y Jason se hubieran despertado y hubieran acudido. Pero yo seguía sintiéndome responsable. Eso hizo que no quisiera perderla de vista ni un momento. El hecho de no poder llevarla siempre a casa por la noche, de no poder tenerla en nuestra cama y bajo nuestra protección, era una molestia que empeoraba cada día.

—¿A dónde vamos? —preguntó, jadeando mientras se detenía un momento después de tropezar con la raíz de un árbol.

Ahora podíamos ver el muro, una formidable pared de tres metros de altura construida con gruesos ladrillos grises.

—Vamos a una fiesta para dos en una casa —dije, sacudiendo un poco mi mochila. Las latas de pintura en aerosol y las botellas de cerveza traqueteaban en su interior—. Ya casi hemos llegado, solo tenemos que saltar el muro.

Me miró con los ojos entrecerrados y una sonrisa pícara en los labios.

—¿Lo que vamos a hacer es ilegal?

—Sí —respondí sin más y ella no puso ninguna objeción.

Primero subí a lo alto del muro, me senté a horcajadas sobre los ladrillos y le tendí la mano a Jess para que pudiera trepar. Saltamos al otro lado y aterrizamos en un patio trasero cubierto de maleza. Jess se agachó inmediatamente, mientras yo permanecía de pie, y me miró con los ojos muy abiertos.

—¿No te da miedo que estén en casa? —susurró.

—No. Las casas de aquí atrás llevan años abandonadas. Mira.

Las primeras casas construidas en Wickeston Heights habían sido pequeñas mansiones excesivamente ornamentadas y ridículamente extravagantes. La que teníamos delante solo conservaba intactas algunas ventanas, y la mayor parte de su fachada grisácea estaba cubierta de enredaderas. Se había colocado una valla metálica alrededor de la casa para impedir el paso, pero estaba cortada y doblada.

—¿De verdad esto es Wickeston Heights? —preguntó.

—Sip. Estas son algunas de las casas más antiguas del barrio. —Cogidos de la mano, caminamos juntos hacia la puerta trasera rota. Nuestros zapatos crujieron sobre los cristales rotos al entrar, agachándonos bajo la valla doblada—. Mi padre recuerda cuando se construyeron. Wickeston no era gran cosa por aquel entonces. Al parecer, esta gente era muy importante. Querían convertir Wickeston en un pueblo elegante y de clase alta.

Jess se rio entre dientes.

—Es obvio que les salió bien.

Exploramos juntos la planta baja, sin prisas. Lo que más me gustaba de estas antiguas mansiones era que se habían dejado atrás muchas cosas. Las habitaciones seguían amuebladas, los restos de cortinas destrozadas colgaban flácidos alrededor de las ventanas rotas y todavía quedaban latas de comida en los armarios. Por supuesto, casi todo estaba destruido; había cristales rotos y basura esparcidos por todas las habitaciones. Pero seguía siendo hermoso. Era como vagar por un paisaje apocalíptico, tocando los restos de las esperanzas y los sueños de alguien.

Subimos hasta lo alto de las escaleras y nos sentamos uno al lado del otro, abriendo un par de cervezas. Desde nuestro asiento, teníamos delante la puerta principal y una enorme lámpara de araña sobre nuestras cabezas. Estaba cubierta de telarañas y polvo, pero algunos cristales aún brillaban y reflejaban la luz.

—Te gustan mucho los lugares abandonados, ¿verdad? —preguntó Jess, recostándose sobre las manos mientras bebía su cerveza—. ¿Por qué?

—Me hacen sentir como si estuviera retrocediendo en el tiempo —respondí. Pero eso no era del todo cierto, así que le expliqué—: O como si estuviera saliendo de la realidad. Siempre me hace preguntarme cómo era un lugar antes de ser abandonado. Como esta casa, por ejemplo... No tengo ni idea de quién vivía aquí. ¿Eran felices? ¿Les rompió el corazón marcharse? Es como tocar los recuerdos de otra persona.

—Me gusta —dijo, asintiendo mientras me escuchaba—. Solía pensar que los edificios abandonados eran solo una fachada fea. —Pasó los dedos por la barandilla de madera de la escalera, dejando huellas en el espeso polvo—. Pero tienes razón. Tienen sus propias historias.

Nos terminamos las cervezas y la agarré de la mano para ayudarla a levantarse. La conduje por el pasillo hasta el primer dormitorio. Al entrar, señalé la pared que rodeaba la puerta y el cuadro que había empezado allí la semana anterior. Las paredes de la habitación eran azules, así que había elegido una escena oceánica. Remolinos de pintura verde, azul y gris se fundían alrededor de una plétora de criaturas marinas. Las focas se escondían entre altas algas, mientras que un banco de peces de colores del arco iris nadaba por encima.

No era una escena especialmente realista, pero tampoco era mi intención. No pintaba con la intención de ser fiel a la realidad.

—Cuando era pequeño, me costaba encontrar un espacio que fuera completamente mío —le conté—. Con mis hermanas pequeñas correteando por ahí y sin cerradura en la puerta, siempre había alguien entrando. Y no me importaba. Me encantaba tener a mi familia a mi alrededor. Esa casa era ruidosa, siempre estaba llena de amor. Pero a veces... A veces quería algo que fuera solo mío, algo que nadie más pudiera ver ni tocar. Por eso me gusta pintar en lugares como este.

Sonrió al fijarse en las pequeñas alas que había pintado en el narval de la esquina.

—Pero aquí nadie lo verá nunca. ¿No quieres que la gente vea el arte que creas?

Negué con vehemencia.

—No. Hay mucha gente que no me gustaría que lo viera. El arte es algo personal. Compartirlo es un acto de intimidad, es dejar que alguien entre en tu cabeza. ¿Confiarías en la mayoría de las personas que conoces para que entraran en tu cabeza?

—Ni de coña —respondió ella—. La gente apenas sabe cómo ser educada en las interacciones del día a día, y mucho menos cuando te involucras con ellos. —Se acercó a mí y me rodeó con los brazos—. Entonces debería darte las gracias por dejarme entrar en tu cabeza. Me gusta estar aquí.

Mi corazón se aceleró y le di un beso en la coronilla.

—Tengo más cosas que enseñarte. Ven.

La llevé más adelante por el pasillo y le señalé las pinturas con las que había cubierto las paredes, explicándole sus historias mientras avanzábamos. Llevaba años viniendo a esta casa y pintando todo lo que se me ocurría. Algunas de mis obras más antiguas estaban cubiertas por grafitis, pero eso no me preocupaba demasiado.

Nunca había mostrado a nadie más las pinturas que quería enseñarle.

La puerta crujió cuando entramos en el dormitorio principal. Era una habitación enorme y la única que me había molestado en limpiar, ya que pasaba mucho tiempo allí. Había barrido los cristales del suelo y tirado la basura, pero había dejado todos los viejos adornos y muebles como estaban.

Las paredes estaban casi completamente cubiertas con mis obras, desde el suelo hasta el techo. Había botes de pintura en *spray*, pinceles y paletas esparcidos por las esquinas, y mi escalera seguía en su sitio desde la última vez que estuve allí.

Al principio, Jess no se dio cuenta de lo que estaba viendo. Dirigí su atención hacia la pared junto a la puerta, donde había hecho la primera pintura de este enorme mural.

Era una pintura de la mano de un niño sosteniendo una flor con su raíz y un trozo de tierra aún adheridos.

—¿Te acuerdas de cuando nos conocimos? —le pregunté.

—En primero de primaria —respondió con una risita—. ¡Eras tan escandaloso! Recuerdo que no parabas de correr por todas partes y la profesora no dejaba de decirte que te sentaras. Me tiraste tierra.

—Y tú lloraste porque te cayó en el pelo —dije, rascándome la cabeza con timidez—. Me sentí muy mal, no era mi intención hacerte llorar.

Tampoco era tierra. Era una flor amarilla que encontré en el patio y arranqué bruscamente de la tierra, decidido a regalársela a la chica más bonita que conocía. Pero la inmadurez infantil se apoderó de mí y, presa del pánico, se la tiré.

Su expresión cambió al mirar la siguiente parte del mural. Quizá estaba empezando a entender…

—Fuiste la princesa en la obra de teatro del colegio en segundo de primaria —le dije, y ella asintió con la cabeza mientras pasaba los dedos por mi dibujo de una princesita rubia sosteniendo una manzana para su caballo—. Yo solo había sido la parte trasera del caballo en esa obra, pero, aun así, me emocionó mucho que una de tus frases fuera sobre mí.

Ella me miró, con el ceño fruncido por la confusión.

—Vincent… ¿Qué es esto?

Joder, sentí que respiraba demasiado rápido y hablaba demasiado deprisa. Pero no podía parar ahora, no podía. Tenía que contarlo todo, aunque mi voz se quebrara y mis manos temblaran.

—La cuarta fue la última vez que te vi hasta el instituto —le dije—. Ese año te cortaste el pelo a la altura de los hombros. Oí a tu madre decirte…

—Que hacía que mi cara pareciera demasiado redonda —dijo en voz baja, sacudiendo la cabeza—. ¿Cómo pudiste oír eso…? ¿Cómo pudiste recordar…?

—Porque presté atención. Era imposible no mirarte, no escuchar todo lo que decías. Me encantaba cómo te quedaba ese peinado y quería decírtelo, pero era muy tímido. Y jodidamente torpe.

Yo era el chico más alto de mi clase, desgarbado y delgado, ansioso. Era lo suficientemente grande como para llevar la ropa vieja de mi padre, lo que significaba que todos se burlaban de mí por vestir como un abuelo, así que aprendí a reírme de mí mismo también. Mientras pudiera reírme con la gente que se reía de mí, al final les caería bien.

Por mucho que me doliera cuando se reían, me obligué a reírme yo también.

—Y los girasoles, ¿los ves? —La llevé al fondo de la habitación, donde unos enormes girasoles amarillos y hojas de colores verdes arremolinados cubrían la pared—. El primer día de primero llevabas un vestido cubierto de girasoles amarillos, y nunca lo he olvidado, joder. Porque no puedo. No puedo olvidarte, Jess. Ni un solo momento, ni los buenos ni los malos. ¿Lo ves?

Señalé la última parte del mural, la parte en la que todavía estaba trabajando. Dos figuras estaban de pie bajo la lluvia bajo un paraguas: una vestida de negro y la otra con un vestido de satén rosa. Todavía estaba trabajando en el sombreado de la elaborada falda de su vestido. Aquella noche parecía una auténtica reina, no necesitaba la corona de plástico barata que llevaba en la cabeza.

Jess no dijo ni una palabra, y sentí como si mis pulmones se estuvieran aplastando lentamente bajo una apisonadora. Quizá era demasiado. Demasiado pronto. Tendía a ponerme muy intenso. Cuando tomaba una decisión, me costaba mucho guardármela para mí. Me giré, preparándome para disculparme…

Pero se quedó allí, mirando los girasoles, con las lágrimas corriéndole por el rostro.

—Oh, Vincent… —Se sorbió la nariz, cubriendo el suave sonido con su mano—. Lo recordaste todo. Ese vestido… —Sus dedos se posaron sobre los pétalos—. Mi madre odiaba ese vestido. Me daba un poco de vergüenza, pero no quería que nadie lo supiera. —Más lágrimas brotaron de sus ojos y yo quería abrazarla con fuerza para que dejaran de caer, pero sus labios esbozaron una sonrisa—. Es precioso, Vince. Es increíble, es... —Se volvió hacia mí, con los ojos brillando bajo la luz del sol que se colaba por la ventana rota—. ¿Cuándo empezaste a trabajar en esto?

—Cuando te vi en el túnel de lavado —respondí—. Sentí que significaba algo. Sé que suena raro. —Incluso los chicos se burlaron de mí, aunque con delicadeza—. Pero sabía que tendríamos otra oportunidad. Me inspiró. Tú me inspiras. —Le cogí la cara entre las manos y le sequé las lágrimas—. Por favor, no llores, cariño. Solo quiero que seas feliz. Quiero mantenerte a salvo, cuidar de ti. Sé que es mucho que asimilar. Pero confía en mí. No te voy a dejar. Nunca más.

Le caían más lágrimas y yo se las sequé con un beso. Pero ella seguía sonriendo mientras hablaba.

—Es increíble. Los colores, todos los detalles... —dijo, todavía sonriéndome—. Tiene que haberte llevado mucho tiempo. —Apoyó la mano en mi pecho y apretó los dedos contra mi camiseta—. Siempre has sido muy bueno conmigo, incluso cuando yo me portaba fatal contigo.

—Oh, no te preocupes por eso —dije, haciendo un gesto con la mano para restarle importancia—. Estoy bien, Jess. Siento que me tolerabas bastante.

Le guiñé un ojo, pero ella seguía sin estar segura.

—Lo siento —se disculpó—. Por todo. Por todas las tonterías que dije entonces.

El arrepentimiento era evidente en sus ojos, y le acaricié la barbilla con el nudillo.

—Te perdono, cariño —le dije—. Ya lo sabes. Siento haberte insultado.

Ella se rio, y juraría que toda la habitación se iluminó. La rodeé con un brazo y la levanté para poder besarla. La llevé hasta la ventana y me apoyé contra el alféizar, bañándonos en la luz del atardecer. La volví a poner en el suelo y ella se inclinó hacia mí, apoyándose contra mi pecho mientras yo le acariciaba el pelo.

—¿Quieres saber algo más? —le pregunté. El susurro de los árboles y el canto de los pájaros se colaban por la ventana, y la brisa era fresca. Jess asintió con la cabeza, rodeándome el torso con los brazos y rozándome ligeramente la espalda con las uñas—. Te quiero, Jess.

De repente, levantó la cabeza y me miró fijamente. Abrió los labios en un sonido ahogado, silencioso.

—¿De verdad?

—Sí. —Le acaricié la cara con las manos, sonriendo ante la mirada de total desconcierto en su rostro—. Me encanta tu forma de pensar, lo inteligente que eres. Me encanta que seas tan apasionada. Y eres fuerte. Has cambiado tus convicciones más profundas, y eso no es fácil. Eres leal. Tenaz. Una fuerza que se hace notar. Me sorprendes cada día.

Sus ojos seguían brillando, pero solo había un pequeño temblor en su voz cuando habló.

—Yo también te quiero, Vincent.

Me dolían las mejillas de tanto sonreír. No podía parar, ni siquiera cuando la besé. La empujé contra la pared y le aparté el pelo para poder ver su hermoso rostro.

—Te quiero. Me encantan tus labios... —Los besé con ternura. Tenía las mejillas sonrosadas, y las besé también, primero una y luego la otra—. Y me encanta tu sonrisa...

—Vince, ¡vas a hacer que me ponga roja! —exclamó, pero, cuando le besé en el cuello, se echó a reír.

—Amo cada centímetro de ti —le dije, gruñéndole al oído—. Por dentro y por fuera, cariño. Podría pasar años diciéndote todas las formas en las que te quiero, todas las cositas que haces que me vuelven loco. Así que creo que lo haré. Creo que me gustaría pasar mucho tiempo demostrándote lo mucho que te adoro.

32

JESSICA

Nos quedamos horas en la casa; pintamos, reímos y bebimos. De vez en cuando, Vincent me volvía a tomar entre sus brazos, solo para abrazarme y susurrarme su amor. Tenía manchas de pintura por toda la cara y la ropa. La cerveza hacía que me diera vueltas la cabeza y sentía calor en el pecho. Pero me sentía ligera como una pluma, como si pudiera flotar, como si pudiera cantar.

No era la cerveza la que me daba esa sensación de calor y ligereza. No era la embriaguez lo que me hacía detenerme cada pocos minutos para mirar a Vincent, con el pelo revuelto alrededor de la cara y las manos llenas de pintura, y sentir una adoración tan profunda que me dolía el pecho.

La cabeza seguía dándome vueltas cuando me llevó a casa. Se detuvo en mi calle, desde donde apenas se veía el porche delantero.

—Odio no poder acompañarte hasta la puerta —dijo, frunciendo el ceño mientras me cogía de la mano.

—No pasa nada —le dije—. Bueno, sí pasa, pero no sé si conseguiré convencer a mi madre.

—No te preocupes, cariño —me dijo, con esa sonrisa tranquila que siempre me hacía sentir mil veces mejor—. No es culpa tuya, así que no te sientas así.

Asentí con la cabeza, aunque seguía sintiéndome culpable. Puede que el comportamiento de mi madre no fuera culpa mía, pero ella seguía acompañándome como un pasajero desagradable. Los chicos habían hecho todo lo posible por evitarla y, sinceramente, no deberían haber tenido que hacerlo.

—Gracias por la aventura —le dije, inclinándome para darle un beso en la mejilla—. Y por... todo.

Nos reímos entre besos apasionados durante un rato.

—Te quiero, Jess —volvió a decir cuando abrí la puerta para salir.

Esas palabras... Dios, me hicieron sentir como si hubiera lanzado mi corazón como un balón de fútbol, volando alto por los aires.

—Yo también te quiero.

Mi respuesta me dejó la lengua entumecida.

Primero Manson, ahora Vincent... Pero me detuve un segundo, mordiéndome el labio.

Vince se dio cuenta.

—¿Qué pasa?

—Es solo que... Todos me hacéis muy feliz —dije—. Pero también me hacéis sentir diferente. Como si no pudiera comparar lo que siento por vosotros con lo que siento por Jason o Lucas. Excepto que... en cierto modo sí puedo. En cierto modo, siento lo mismo por todos vosotros.

Tragué saliva mientras lo miraba, preguntándome si habría conseguido entender algo de ese torrente de palabras.

Había un sentimiento que todos ellos me inspiraban. Con dos de ellos había sido sincera. Con los otros dos...

—Cada relación avanza a su propio ritmo —dijo Vincent—. Incluso las que se desarrollan en paralelo. No te preocupes por si alguien se pone celoso o se siente excluido, pero, si es así, habla con ellos. Manson y yo mostramos abiertamente nuestros sentimientos. A Jason y a Lucas les cuesta un poco más.

La tensión desapareció de mis hombros.

—Gracias, Vincent. Todavía me estoy acostumbrando a cómo funciona todo esto.

—Yo también. Probablemente nos pasemos toda la vida intentando entenderlo, pero no pasa nada. Tenemos mucho que hacer en ese trozo de carne gris que tenemos ahí arriba. —Se dio un golpecito en la sien—. Bueno, la mayoría de la gente lo tiene. A veces, el mío se queda atascado, reproduciendo música de fondo horas y horas.

Me reí mientras salía del coche, cerrando la puerta detrás de mí y saludándole con la mano a través de la ventana abierta.

—Oye, Jason va a quedar contigo para ir al gimnasio por la mañana, ¿verdad? —añadió a toda prisa antes de que me alejara. Asentí con la cabeza—. Intenta animarlo mañana, si puedes. Es que… Puede que sea un día difícil.

—¿Un día difícil? —Fruncí el ceño—. ¿Qué ha pasado?

Vincent hizo una mueca.

—Te lo contará si le apetece sacar el tema. Tú solo… ¿distráelo?

Le dediqué una sonrisa pícara.

—Oh, eso seguro que puedo hacerlo.

Si no hubiera tenido que trabajar por la mañana, habría ido con él a su casa a dormir. Dormir sola en mi propia cama se estaba volviendo cada vez más difícil. Echaba de menos el calor que me daban cuando estaban conmigo. Echaba de menos levantarme temprano para tomar café con Lucas. Echaba de menos ponerme la ropa de Jason en casa.

Volver a casa no me resultaba tan cálido y acogedor como ir a su casa.

Cuando entré por la puerta, Steph estaba poniendo la mesa para la cena, quejándose mientras lo hacía.

—¡Pero, mamá, no es justo! A Olivia le pusieron las extensiones la semana pasada. ¿Por qué no me las pueden poner a mí mañana?

Sus quejas ya me estaban sacando de quicio. Mamá me lanzó una mirada rara cuando entré en la cocina y automáticamente saqué una pila de platos, ya que mi hermana apenas había puesto los tenedores.

—¿Dónde has estado todo el día? —preguntó mi madre con tono severo, mirándome de arriba abajo con expresión sospechosa.

—Salí unos con amigos —respondí, colocando los platos alrededor de la mesa.

Steph seguía quejándose, y mamá finalmente suspiró.

—Está bien, cariño, está bien, cambiaré la cita para mañana.

Por Dios, ¿ese era el truco para conseguir que mamá hiciera lo que yo quisiera? ¿Ser lo más quejica y molesta posible? Excepto que eso nunca me había funcionado. La forma en que mamá me trataba frente a cómo respondía con mi hermana, era diferente hasta parecer deprimente.

Pero al menos eso hizo que Steph dejara de quejarse. Nos sentamos a comer, pero esa extraña tensión que emanaba de mi madre hacia mí no desaparecía. No dejaba de olfatear, como si oliera algo malo, arrugando la nariz y resoplando.

—¿Pasa algo? —le pregunté al final, después de que volviera a olfatear ruidosamente y pusiera cara de asco.

—Uf, es ese olor horrible —dijo. Mi hermana y yo intercambiamos una mirada de confusión. Mi padre miraba fijamente su móvil, sirviéndose comida en el tenedor sin siquiera mirarla—. Como a hierba.

Me costó mucho esfuerzo no poner los ojos en blanco. Era imposible que mamá oliera marihuana en mí; ni siquiera había fumado. Estaba siendo mezquina, así que no dije nada y volví a comer.

Pero mamá no había terminado. Dio un largo sorbo a su copa de vino, la dejó delicadamente sobre la mesa.

—Hay un test de drogas en el lavabo del baño, Jessica —dijo con aire recatado—. Te lo harás después de cenar.

El tenedor se me cayó de la mano y golpeó el plato con estrépito.

—Mamá, eso es ridículo.

Papá carraspeó con torpeza.

—Charlene, creía que habíamos hablado de que eso no era necesario.

Pero mamá no le hizo caso.

—Sé lo que hacen esos chicos, Jessica —siseó—. ¿Qué clase de tonta crees que soy? Tu hermana va al instituto con la hermana de ese chico, Volkov, y dice que estáis saliendo. ¿Saliendo con un *traficante de drogas,* Jessica? ¿En serio?

—Él no es…

Mamá soltó una risa muy desagradable.

—Los antecedentes penales son de dominio público, para que lo sepas. Si ya tenía problemas por eso en el instituto, dudo mucho que haya dejado de tenerlos ahora. Mientras vivas bajo mi techo, seguirás mis reglas. Y no voy a permitir que salgas y te drogues con esos degenerados.

—¡Tú no los conoces! —Me levanté tan rápido que la silla chirrió al rozar el suelo. Todos me miraron con los ojos muy abiertos, olvidándose de la comida. Sentía la piel arder. Estaba tan furiosa que casi balbuceé mientras gritaba—. ¡No los conoces, ni siquiera me has preguntado por ellos! ¡Te basas en suposiciones que hiciste hace años! Si te preocupa tanto mi bienestar, si estás tan preocupada, ¿por qué no me hablas como a una persona? ¿Por qué no me tratas como si realmente te importara? ¡Solo estás enfadada porque no salgo con quien tú quieres que salga!

Mi madre me miró con la boca abierta. Steph puso una clara cara de «oh, mierda» al ver que perdía los papeles por completo. Papá me miraba por encima de sus gafas de lectura.

—Vamos a calmarnos todos —dijo, pero yo no estaba dispuesta a hacerlo.

El mantener la calma había pasado a mejor vida.

—Empezaré a pagar alquiler —dije—. Papá, podemos hablarlo pronto y ponernos de acuerdo en un precio, ¿vale? —Él asintió con la cabeza, todavía perplejo—. Y me mudaré tan pronto como pueda. Mamá… —Ella cruzó los brazos, con una obstinación que se reflejaba en cada centímetro de su cuerpo—. Si de verdad te importa, si esto tiene algo que ver con que estés preocupada por mi seguridad, estaré encantada de hablar contigo sobre ello. Pero nunca me has preguntado cómo estoy. Nunca me has preguntado si me sentía segura, feliz, cuidada, ¡nada! Y ni siquiera puedo presentártelos. No puedo darte la oportunidad de conocerlos, porque no les dejas acercarse a la casa.

—Y no voy a permitírselo —dijo—. Sé todo lo que necesito saber.

Suspiré y cogí mi plato.

—No, no lo sabes. Y si sigues negándote a verlo, algún día dejarás de conocerme. No sabrás nada de mí. No me verás. Ni llamadas, ni visitas, ni mensajes. Nada. Me estás alejando. —Mantuve el contacto visual con ella, observando cómo la furia y la tristeza se enfrentaban en sus ojos—. Por tu culpa, cuando me vaya de aquí, no voy a querer volver.

Soltó un grito ahogado, pero yo ya le había dado la espalda.

Dejé el plato en el fregadero, había perdido el apetito, y pasé el resto de la noche encerrada en mi habitación.

Se me encogió el corazón cuando oí los pasos de mi madre subiendo las escaleras. Pero no llamó a la puerta, ni siquiera se acercó a mi habitación. Oí cómo se cerraba la puerta de su dormitorio y, muy débilmente, el sonido de su televisión.

Tenía la garganta muy cerrada. Me ardían los ojos, hasta que mi visión no fue más que una imagen borrosa y llorosa.

Siempre había anhelado la aprobación de mi madre. Cuando era pequeña, la idea de decepcionarla me ponía enferma. Pero, ahora, cualquier deseo de ese estilo se había esfumado. Me sentía abrumada, frustrada, atrapada. Sentía que me habían convertido en una villana, no porque hubiera hecho algo malo, sino porque me había atrevido a hacer algo bueno para mí.

Me dolía. Era horrible. Romper mi relación con mi madre era como cortarme un brazo. Aunque fuera necesario, aunque fuera la única forma de seguir adelante con mi vida, seguía sintiéndome muy culpable.

Esa culpa no había desaparecido cuando Jason llegó a buscarme para ir al gimnasio a la mañana siguiente.

—Buenos días —saludó, inclinándose para darme un beso.

Era evidente que él tampoco había dormido bien. Tenía ojeras y su voz seguía siendo áspera, como si acabara de levantarse de la cama. Tenía el pelo revuelto, rizado en posiciones extrañas y aplastado por un lado.

—Buenos días —lo saludé, frotándome los ojos cansados.

La falta de sueño siempre me provocaba dolor de cabeza. Seguía intentando comer a regañadientes una barrita de proteínas, pero cada bocado sabía a cartón pegajoso.

Cuando llegamos al aparcamiento del gimnasio, había desistido de comérmela.

Jason aparcó, pero no apagó el motor inmediatamente. Nos quedamos allí sentados en silencio mientras sonaba la canción, ambos perdidos en nuestros pequeños mundos de mal humor.

Cuando terminó la canción, suspiramos y nos miramos con sorpresa.

—Jess, la verdad es que hoy no me apetece hacer ejercicio —dijo—. He dormido fatal.

—Yo igual —respondí—. Estoy muy cansada. Me duele la cabeza. —Puse cara de asco al ver mi asquerosa barrita de proteínas, arrugué el envoltorio y la volví a meter en mi bolso—. Hoy nos saltamos el gimnasio.

—Me parece bien —dijo él.

—Voy a llamar al trabajo para decir que no me voy a conectar —murmuré de repente—. Sinceramente, hoy no tengo energía para lidiar con tonterías.

—Vaya, hoy estás de mal humor, ¿eh? —dijo él, pellizcándose el labio, pensativo—. Creo que me voy a unir a tu día de no lidiar con tonterías. Es justo lo que necesito.

Ya me sentía mejor, así que subí el volumen de la radio y me recosté en mi asiento.

—Entonces, ¿qué hacemos?

Me dedicó una sonrisa que solo prometía cosas perversas.

33

JASON

Un espeso humo blanco llenaba el aire mientras mis neumáticos chirriaban al derrapar sobre el asfalto. Giré bruscamente el Z en un círculo cerrado, pisé el embrague mientras frenaba, aceleré un poco y volé de lado por la curva.

Jess, sentada a mi lado en el asiento del copiloto, gritaba a pleno pulmón. Aún no había decidido si le encantaba o si temía por su vida.

Pero eso era lo divertido. Por muy seguro que me sintiera al volante, siempre había un riesgo.

Habíamos conducido sin rumbo fijo durante un rato después de marcharnos del gimnasio, pero yo sabía lo que me ayudaría a sentirme mejor. Mi lugar feliz estaba al volante, sintiendo la emoción de la velocidad, experimentando la adrenalina de jugar con la muerte. Jess me había visto derrapar, pero nunca lo había sentido, nunca había tenido la oportunidad de experimentar cómo era. Así que fuimos a un terreno abandonado en las afueras del pueblo y me dejé llevar.

El motor ronroneaba y el turbo silbaba mientras hacía girar el volante. Los olores, los sonidos, el tirón de los neumáticos… Era una sensación increíble. Se me erizaron los pelos de la nuca.

Jessica se aferraba a las correas del arnés.

—Joder, joder, joder… —Otra vuelta, y su maldición se convirtió en un grito—. ¡Joooder!

Cuando por fin me detuve, tenía gotas de sudor en la frente y jadeaba de tanto reír. Era imposible escuchar sus reacciones y mantener la concentración, pero no me importaba.

Me gustaba enseñarle cosas así. Disfrutaba siendo alguien que podía proporcionarle nuevas experiencias. Era una felicidad sencilla en un mundo tan complejo, pero era justo lo que necesitaba hoy.

Alegrías sencillas, pequeños momentos de felicidad. El peso en mi mente era grande, pero la risa lo aligeraba.

El interior de la cabina parecía una sauna, así que me quité la camiseta y la tiré al suelo. Sentado, allí, con las ventanillas bajadas, dejando que la brisa fresca fluyera por el coche, me sentí increíble.

—¿Qué opinas? —le pregunté cuando recuperó el aliento lo suficiente como para hablar.

—¡Ha sido increíble! —jadeó—. Joder, ha sido aterrador… pero la hostia… Dios mío. ¡Vamos, otra vez!

Por supuesto que no iba a decirle que no.

No paramos hasta que se me acabó la gasolina y mi estómago empezó a rugir con fuerza, pidiendo comida. Fuimos a nuestro sitio favorito, una pequeña cafetería familiar que tenía los mejores burritos para desayunar que había probado nunca. Sentarnos en silencio mientras comíamos permitió que los malos pensamientos volvieran a aparecer, pero ya me lo esperaba. Esa sensación no iba a desaparecer.

Este día llegaba cada año, tan inevitable como un reloj, pero nunca se hacía más fácil. Algunos años, como este, parecía que había empeorado.

El cumpleaños de mi hermano pequeño. El hermano al que me habían prohibido ver desde que mis padres me echaron de casa. El hermano al que le habían contado mentiras sobre mí desde que era pequeño, que probablemente ahora me odiara, que probablemente pensara que su hermano mayor lo había abandonado a propósito. Así fue como lo pintaron mis padres.

Yo había elegido esto. Había elegido marcharme, vivir en pecado. Podría haber seguido las reglas y haber superado mis deseos pecaminosos. La culpa era mía, y probablemente siempre lo sería.

La mayor parte del tiempo apenas pensaba en la familia que había perdido. Pero cada vez que se acercaba el cumpleaños de Charlie, la realidad me golpeaba como un puñetazo. Cuánto había perdido, cuánto me habían *quitado* en un arranque de intolerancia y rabia.

Las mismas personas que me habían criado para ser amable, que decían quererme, que me cogían de la mano y me secaban las lágrimas, eran las mismas que me habían causado tanto dolor que estuvo a punto de matarme.

Perdí el apetito. Jess se dio cuenta. Aunque intenté que pareciera que simplemente estaba lleno y distraído con el teléfono, cuando envolví mi burrito a medio comer en el papel, frunció el ceño.

—¿No has dormido mucho esta noche? —le pregunté rápidamente, con la esperanza de que hablara de sus propios problemas en lugar de los míos.

Podía lidiar con los problemas de los demás; podía encontrar formas de resolverlos, podía ofrecer consejos, podía consolar. Mis problemas... no tenían solución. No había respuestas fáciles. Era un proceso constante de dolor y aceptación y, año tras año, me decía a mí mismo que estaba sanando. Que estaba mejorando.

Pero a veces dudaba de si realmente estaba sanando. Quizá había estado enterrando el dolor, cada vez más adentro, hasta que se perdió en lo más recóndito de mi alma y ya no era capaz de separarlo de las partes más auténticas de mi ser.

Jess suspiró.

—Sí. Anoche me peleé con mi madre. Otra vez. —Hice una mueca de compasión mientras ella continuaba—. Vincent me dejó en casa e inmediatamente empezó a decirme que olía a marihuana y que me iba a hacer un test de drogas. Luego me dijo que no volviera a veros a ninguno y... perdí los nervios.

—Mierda... ¿Qué hiciste?

—Grité. Mucho. —Cruzó los brazos y miró con ira su burrito, como si ya no le interesara—. Le dije que iba a pagar alquiler hasta que me mudara, lo que espero que sea pronto.

Una punzada de preocupación que no esperaba me atravesó el pecho. Hasta que se mudara… Pronto. La incertidumbre de eso hacía que mi cerebro diera vueltas y vueltas.

—¿Cómo vas con eso? —pregunté, intentando parecer tranquilo y despreocupado—. ¿Has estado buscando apartamentos?

—Sí. Bueno… Más o menos. A veces. —Frunció el ceño y dio un sorbo a su zumo de naranja—. Es complicado. Estaba muy segura de lo que buscaba, pero ahora…

—¿Ahora?

Me miró desde el otro lado de la mesa, como si sus pulmones se hubieran congelado y solo yo pudiera hacerla respirar de nuevo.

—Ahora es más complicado —dijo—. Nunca tuve nada en Wickeston por lo que quisiera quedarme, pero…

—Wickeston sigue sin merecer la pena —dije con firmeza. Sí, las cosas eran complicadas y no tenía ni puta idea de lo que íbamos a hacer. Pero de lo único que estaba seguro era de que Jessica Martin no tenía por qué cuestionarse ninguno de sus sueños por nuestro bien—. Llevas mucho tiempo queriendo ir a Nueva York y lo conseguirás.

Una sonrisa se dibujó en su rostro, disipando la preocupación.

—Gracias, Jason. Supongo que me siento abrumada por todo. El trabajo y mi madre, el problema con Reagan, Alex y Nate.

—Las cosas mejorarán —le dije, aunque, nada más pronunciar esas palabras, no me gustó lo falsas que sonaban.

«Las cosas mejorarán» era solo otra frase que la gente solía decir cuando no sabía cómo diablos arreglar algo. ¡Las cosas mejorarán! ¡Espera y verás! ¡Solo aguanta el dolor y deja que el tiempo lo entierre por ti!

Joder, hoy me sentía como un idiota.

Pero Jess asintió y, cuando volvió a sonreír, supe que era tan falsa como mis palabras.

—Tienes razón. Mejorará.

—Pero eso no ayuda con lo que está pasando ahora mismo —dije—. Siento que te esté haciendo pasar por un mal trago, Jess. No te lo mereces.

—Oh, estoy acostumbrada —dijo, con un optimismo exagerado que hacía que su voz sonara más aguda—. Mi madre es así, ¿sabes? Siempre lo ha sido. Le dije que me perdería… —Su expresión optimista se congeló. Su labio inferior tembló por un momento—. Probablemente no le importe. Ya no encajo en su pequeño mundo perfecto.

Se aclaró la garganta y se bebió el resto del zumo. Odiaba ver cómo lo ocultaba: reprimiendo el dolor, haciendo como que no le importaba, con una máscara de sonrisas.

—Vamos —le dije, levantándome de mi asiento y cogiendo lo que quedaba de mi comida—. Vamos a dar una vuelta en coche.

Jess eligió la música, algo alegre con un bajo potente, y condujimos por Wickeston sin ningún destino concreto en mente.

Pero, al final, sin siquiera quererlo, acabé conduciendo por las calles familiares de un barrio residencial. Era un lugar tranquilo, con casas antiguas en parcelas pequeñas, a diferencia de las nuevas urbanizaciones con casas idénticas.

Después de un rato, me detuve y aparqué. La calle estaba bordeada de árboles y el canto de los pájaros llenaba el aire. Delante de nosotros, al final de la calle, había una casa familiar de dos pisos. Había un coche en la entrada, un SUV Toyota que mi madre había conducido sin descanso durante años. Solo podía suponer que papá estaba en el trabajo, como de costumbre. Charlie probablemente estaría en el colegio.

Nos quedamos allí sentados en silencio durante un rato. Jess quería preguntar algo; no dejaba de moverse ligeramente en su asiento, respirando hondo como si se preparara para hablar. Quizás pensaba que me molestaría que me lo preguntara, o quizás tenía sus propios problemas de los que preocuparse y no necesitaba que yo le contara los míos también.

—Jason... —Cuando al final habló, por muy suave que fuera su voz, me sentí como si me hubieran pinchado con algo afilado—. ¿Estás bien?

Temía esa pregunta. Siempre la había temido. La mayoría de la gente no quería una respuesta sincera cuando la hacía, querían una respuesta conveniente, algo que no les obligara a sentir nada ni a ofrecer ninguna simpatía.

Jess me lo preguntaba porque se preocupaba, lo sabía. Pero la interpretación más cínica seguía dominándome.

—No —respondí. Apagué el motor y suspiré en el silencio que siguió—. No estoy bien, Jess. Es... es el cumpleaños de mi hermano pequeño. Charlie. Hoy cumple catorce años.

¿Por qué demonios me estaba quejando? ¿Qué derecho tenía a sentarme ahí a lamentarme por eso? Mi vida era buena. Era muy afortunado con las cosas que tenía. ¿Qué derecho tenía a quejarme cuando había gente que había acabado en circunstancias mucho peores? ¿Gente que no tenía a nadie?

A veces me sentía culpable por sentir dolor.

—¿Este es tu antiguo barrio? —preguntó, sus palabras pinchándome suavemente cuando me quedé en silencio durante un rato—. ¿Hemos venido a verlo? Me... me encantaría conocerlo.

Dios, lo decía con tanta sinceridad... Estaba mirando a su alrededor, sin duda, intentando averiguar qué casa era la de mi familia. Pero esta no iba a ser una visita tan agradable como la de la familia de Vincent; no cenaría con mi madre ni escucharía los chistes malos de mi padre.

—Mis padres no me dejan verlo —le dije—. No lo he visto... desde que... desde que me fui. Desde que me obligaron a irme.

Ella se inclinó sobre el asiento y puso su mano sobre la mía. No dijo nada... y yo agradecí mucho que no lo hiciera. Porque esa era la parte en la que la gente se disculpaba, en la que decían lo mucho que lo sentían. Pero sentirlo no ayudaba, la compasión no me llevaba a ninguna parte. La simpatía no cambiaba las opiniones intolerantes de mis padres, no borraba las ideas que le habían inculcado a mi hermano.

Su silencio me hizo sentir que podía seguir hablando. Cuando la gente expresaba su tristeza por mí, me callaba rápidamente. Si mis palabras causaban dolor, ¿por qué seguir hablando? Pero se quedó callada, manteniendo ese espacio para mí y tocándome para hacerme saber que estaba allí.

—Cuando Lucas o Manson hablan sobre su infancia, es obvio lo mucho que les dolió —dije, empezando lentamente—. Creo que cualquier persona decente estaría de acuerdo en que la forma en que sus padres los trataron fue una mierda. Pero para mí... No es exactamente así. Mi infancia fue buena. Fue tranquila, calmada. Mis padres no gritaban, rara vez nos pegaban. Mi madre se quedaba en casa con nosotros todo el día, nos leía cuentos antes de dormir, jugaba con nosotros... Cenábamos juntos en familia todas las noches, íbamos a la iglesia todos los domingos, nos íbamos de vacaciones en familia y hacíamos una gran fiesta en Acción de Gracias. Ese es el tipo de infancia que se supone que uno debe desear. Pero... no era tan sencillo.

Por un momento, juré haber visto movimiento en la ventana superior de la casa. Quizá mamá estaba limpiando, tarareando *Amazing Grace* mientras limpiaba el polvo de los alféizares y barría el suelo. Siempre le había gustado cantar. Era una mujer tímida, pero desde que se unió al coro de la iglesia, le encantaba actuar.

—Es extraño que pueda pensar en mi familia y en la forma en que me criaron y sentir que fue bueno. Pero lo fue, en muchos sentidos. Es solo que toda esa bondad, todo ese amor, afecto y amabilidad eran condicionales. De verdad, es una estupidez pensar que el amor incondicional existe, porque en realidad no es así. Ni por parte de la familia, ni de los amigos, ni de las parejas. Todo tiene una condición. Y si no la cumples...

Odiaba pensar en ello. Había revivido una y otra vez el día en que lo descubrieron todo. La forma en que me miraron cuando abrieron la puerta de mi habitación y me dijeron que «teníamos que hablar». Cómo me llevaron al garaje para discutir, porque no querían que mi hermano pequeño los oyera gritar, regañarme. Diciéndome que era repugnante, que era un pecador enfermo y confundido. Que, si dejaba de hacerlo ahora, me perdonarían. Que podría «arreglarlo». Que podría arreglarme a mí mismo.

Pero yo no estaba roto.

Había intentado decírselo con todas mis fuerzas, hacerles entender. Solo se habían enfadado más. Mis explicaciones eran rebeldía, mi insistencia desesperada se interpretaba como que estaba perdido en el pecado. Decían que hubieran preferido descubrir que era adicto a las drogas o que había dejado embarazada a alguien.

Pero no. Lo peor que pude haber hecho fue enamorarme de un chico.

Lo segundo peor fue negarme a renunciar a ese amor.

—Jason…

Me agarró de la mano y entrelazó sus dedos con los míos. Fue como un ancla que me devolvió a la realidad, un recordatorio de que había superado ese acontecimiento, ese dolor.

—Valió la pena renunciar a ello —le dije—. Aunque tenía miedo. La verdad es que tuve mucha suerte. Conozco a chicos que acabaron en la calle durante años después de que sus padres los echaran de casa, chicos que murieron. Ese podría haber sido yo, fácilmente. —Por eso Lucas me había dado esa advertencia entonces, por eso me había preguntado si no sería mejor que mantuviera un perfil bajo. Porque sabía lo que les pasaba a los chicos como yo—. Mis padres intentaron utilizar mi seguridad como moneda de cambio. Si hacía lo que ellos querían, estaría a salvo. Me cuidarían. Tendría un techo, comida, una cama. —El miedo seguía siendo muy real. Seguía vivo en mí, ese pavor a que me arrebataran de un plumazo todo lo que conocía y necesitaba con solo chasquear los dedos—. Pero tenía que vivir una mentira. Tenía que fingir ser alguien que no era para siempre. No podía hacerlo. Y no podía… no podía alejarme de Vince. Recuerdo a mi madre gritándome que, si aparecía en la puerta de Vincent necesitando un sitio donde quedarme, él me rechazaría. Intentaron hacerme creer que él me estaba utilizando, que me había corrompido.

Debo admitir que me gustaba la corrupción. A Vince también. Pero eso lo descubrí después; se había convertido en un mecanismo de defensa. Interpretar el papel de la corrupción religiosa me tranquilizaba, reorientaba mi cerebro, permitiéndome tomar algo doloroso y convertirlo en un juego.

—Él nunca te rechazaría —dijo, como si la sola idea fuera ridícula.

Y lo era. Pero, al igual que sus padres, los míos habían basado todas sus suposiciones en creencias en lugar de en conocimientos reales. No les había interesado conocer la verdad, solo aferrarse a sus opiniones de mierda.

—No, no lo haría —dije—. Pero incluso si lo hubiera hecho, incluso si mis padres hubieran tenido razón y Vincent fuera solo un capullo que utilizaba a un chico ingenuo para tener sexo, incluso entonces… eso no cambiaría quién soy. No cambiaría el hecho de que hay partes de mí que ellos nunca aceptarán.

Cuando la miré, tenía la mirada clavada en el frente, con los ojos perdidos en la lejanía. Solo podía imaginar lo que sentía. No sabía lo que le había dicho su madre, ni qué oscuras preocupaciones habitaban en su corazón, pero sabía que ella tampoco se merecía vivir una mentira. Tanto si nos elegía a nosotros como si seguía adelante, merecía vivir con autenticidad.

—Mereció la pena —dije—. Aunque dolió. Mereció la pena aferrarme a quien era y no dejar que nadie me quitara eso. También merecerá la pena para ti, te lo prometo. Sé que es horrible. Duele enfrentarse a las personas que amas. Duele aún más cuando te rechazan. Sinceramente, no sé si ese dolor desaparecerá alguna vez. Pero, aunque me duela el resto de mi vida, no me arrepentiría.

—Eres una de las personas más valientes que he conocido, Jason —dijo—. Pero no deberías haber tenido que ser valiente. No deberías haber tenido que luchar para ser quien eres. No fue justo.

—Supongo que la vida no es justa —dije—. Pero creo que las cosas me han salido bastante bien. O sea… mira lo que tengo. Un novio que lleva más de seis años conmigo, amantes que me entienden, una familia que me respeta, tú… —Le acaricié la cara con el dedo—. Una mujer extraordinaria, una luchadora, una princesita desafiante. —Se rio de mí y, aunque puso los ojos en blanco, lo hizo con una sonrisa—. Fue difícil de cojones llegar hasta aquí, pero mereció la pena. Si tuviera que volver atrás... No cambiaría nada.

Hubo un tiempo en el que soñaba con llevar a una chica como ella a casa para presentársela a mi familia. Ver el orgullo en el rostro de mi padre, contar con la aprobación de mi madre. Pero esas cosas ahora estaban fuera de mi alcance, y no pasaba nada. Tenía algo mejor. Mi familia me había elegido y yo los había elegido a ellos. Me querían... y yo también los quería con locura.

Se inclinó hacia mí y nos encontramos en el centro de la cabina. Nuestras frentes se tocaron durante un segundo, en silencio, mientras le cogía la mano. Antes me ponía muy nervioso. Cada vez que la miraba, el corazón me latía más rápido y de repente me daba cuenta de todos mis defectos.

Ya no me sentía así.

El corazón todavía me latía más rápido cuando la miraba, pero era porque no podía creer que estuviera ahí. Conmigo. Abrazándome, besándome, follándome. Me dejaba alucinado.

Unos años atrás, nunca hubiera pensado que eso fuera posible. Pero ahora... ahora no estaba seguro de cómo iba a ser posible dejarla ir.

—Sé que estas últimas semanas han sido... raras —dije—. Probablemente hayan sido abrumadoras. Pero independientemente de cómo hayamos llegado hasta aquí, me alegro de que lo hayamos hecho. Me alegro de que seas una niñata caprichosa que no supo decir que no y que acabases abandonada en nuestro garaje. Me alegro de que una parte de ti supiera qué era lo correcto, de que fueras valiente y de que decidieras enfrentarte a nosotros en lugar de huir.

—Yo también me alegro. —Se sentó erguida y me miró con una expresión que era en parte temerosa pero totalmente salvaje en su determinación—. Jason, tengo algo que decirte... y no sé si debería... —Le temblaba la voz, al borde del susurro.

—Puedes contarme cualquier cosa —le dije—. Vamos, ya me conoces. Ya lo he oído todo, princesa.

Bajó la mirada y, cuando volvió a levantarla, parecía estar preparándose para algo que le iba a doler.

—Te quiero, Jason.

Me quedé mirándola, asimilando las palabras poco a poco. Sus ojos eran muy sinceros y se acercó para cogerme la mano. Pasó un dedo por mis anillos, nerviosa.

—Te quiero mucho —dijo después de tragar saliva.

Para mi sorpresa, se me llenaron los ojos de lágrimas.

Joder.

Me quería.

Me reí en voz baja, una risita que se convirtió en algo más. No era suficiente con abrazarla, deseaba poder meterla dentro de mí y mantenerla allí. Quería poder transmitirle de alguna manera, físicamente y no solo con palabras, lo mucho que significaba eso para mí.

Pero lo físico tampoco era suficiente.

Le acaricié el pelo con la mano, y los mechones dorados se enredaron en mis dedos.

—Dios, Jess. Nunca pensé que te oiría decir eso. —Mi sonrisa me pareció demasiado vulnerable, demasiado sincera. Como si hubiera olvidado mis límites, mi cautela se esfumó de repente—. Te quiero. Joder, yo... —Me temblaba la mano mientras la mantenía contra su cabeza—. Te quiero tanto, Jess, que siento que estoy perdiendo la cabeza. Pero soy feliz, soy... —Mis palabras se enredaban. Joder, me había vuelto loco, pero me encantaba—. Soy tan feliz... Me haces tan feliz...

34
JASON

Apenas logramos regresar a casa antes de empezar a arrancarnos la ropa el uno al otro.

La camiseta de Jess quedó tirada en el suelo y yo tenía los pantalones medio bajados cuando salí del Z. Después de subirme los pantalones, me eché a Jess al hombro y la llevé por el jardín, con sus tetas rebotando contra mi espalda y pataleando mientras chillaba.

Al pasar por el garaje, Lucas salió de debajo de un vehículo y Manson se asomó desde el altillo.

—¡Eh, creía que estabais trabajando! —gritó Manson.

—¡Nos hemos escapado! —gritó Jess, sin aliento de tanto reír cuando le di una palmada en el culo.

—No te chives —le regañé, riéndome con ella. Jojo y Bo estaban muy intrigados por este nuevo juego mientras llevaba a Jess a la casa; Jojo no paraba de saltar para lamerle la cara a Jess—. Si Vince se entera de fingimos estar enfermos...

—¿Si me entero de qué? —Vincent asomó la cabeza desde la cocina y nos miró a ambos con el ceño fruncido y confundido—. Creía que hoy teníais que trabajar.

—No nos apetecía —respondí, lo cual era cierto. Le di un beso rápido y lo dejé atónito al pie de la escalera mientras le decía—: Me apetece más pasar el día follándome a esta princesita hasta que no pueda ni ver.

Llevé a Jess directamente al ático y abrí la puerta de una patada. La tiré sobre la cama y cayó sobre las almohadas con una carcajada. Me empujó hacia ella cuando me subí encima, agarrándome con fuerza de la camiseta mientras me besaba con pasión. Me sentía como si estuviera drogado, como si hubiera tomado demasiada cafeína. Me costaba tocarla sin temblar.

La desnudé, le puse las piernas sobre mis hombros y enterré la cara en su coño. Dios, saborearla era lo más parecido que podía imaginar a estar en el cielo.

Me agarró del pelo mientras gemía, tirando hasta hacerme daño.

—Joder, sí, tira así —murmuré, moviendo los labios contra sus pliegues hinchados.

Frunció los labios con malicia mientras me observaba, pero su expresión se desvaneció rápidamente cuando empecé a trazar círculos alrededor de su clítoris. Un gemido frenético brotó de ella, entrelazando sus piernas alrededor de mi cabeza y apretando sus muslos.

—Ah... Jason... —Su voz se quebró, disolviéndose en un sollozo de éxtasis.

La forma en que me apretaba la cabeza con los muslos mientras se corría me hizo frotarme desesperadamente contra las sábanas. Estaba empapada y mi cara llena de su humedad. Introduje mi lengua, saboreando su calor, agarrándole las tetas mientras ella gritaba.

Cuando la solté, temblaba, jadeando en busca de aire. Me quité los pantalones de una patada y luego los calzoncillos, y los tiré a un rincón sin cuidado alguno. Con sus piernas abiertas rodeándome, acerqué mi cadera a la suya. Gimió cuando restregué mi polla sobre su clítoris, deslizándola hacia adelante y hacia atrás mientras ella gemía.

—Por favor, fóllame, Jason. Fóllame como si me odiaras.

—Joder, princesa. —Me incliné sobre ella, apretando mi mano alrededor de su garganta—. Haré algo mejor que eso. Te follaré como la pequeña pecadora desesperada que eres. Creo que necesitas aprender una lección, ¿no? Necesitas que te castigue por tentarme a pecar.

Sus hermosos ojos se abrieron de par en par.

—Deberías darme una lección.

—¿Sí? —Podía sentir su corazón latiendo fuerza en su garganta, golpeando con rapidez contra mis dedos—. ¿Y cómo debería hacerlo? ¿Debería empezar con...?

—Deberías empezar con unos azotes y luego entregárnosla.

O bien habían entrado en el ático sin hacer ruido, o yo estaba tan absorto en el placer de Jess que no me había dado cuenta de que habían entrado los tres. Manson y Lucas flanqueaban a Vincent, uno a cada lado. Manson tenía los brazos cruzados y una sonrisa torcida en el rostro. Lucas clavaba su mirada en mí y todavía llevaba puestos unos guantes negros de látex, de los que solía usar para trabajar, pero ese par parecía limpio, como si se los hubiera puesto justo antes de subir.

Vincent sonrió, con la cabeza ligeramente inclinada, mientras se acercaba a la cama. En la mano llevaba la paleta que tenía en mi habitación y, al detenerse en el borde mi cama, la golpeó suavemente contra su pierna.

—¿Y bien? —quiso saber—. Veo a dos pequeños pecadores que se merecen un castigo. Así que dale la vuelta y azótala hasta que digamos que ya es suficiente. Luego, te tocará a ti.

Joder, su voz... Peligrosamente dulce y oscura como la noche, me produjo un escalofrío cuando se paró junto a la cama. Jess se retorció, con las piernas aún abiertas a mi alrededor. Era una posición infernal en la que quedar atrapado. Mi polla estaba tan jodidamente cerca de hundirse en ella. Obligarme a parar ahora era cruel.

—¿Vas a obligarme a hacerlo? —me burlé.

—Mierda, Jason, ¡vas a meterme en problemas! —exclamó Jess.

—Ya estás en problemas, ángel. —La expresión de Manson era juguetona, pero la escalofriante intensidad de su mirada sobre mí era suficiente para que me arrepintiera de haber sido tan sarcástico—. No podemos permitir que vivas en pecado bajo nuestro techo.

Las palabras rozaron recuerdos dolorosos dentro de mí, pero no los reavivaron. En cambio, apartaron el dolor y ocuparon con exigencia el espacio donde antes se había enquistado. Transformaron los recuerdos en algo que podía recuperar.

—Sabes muy bien que puedo obligarte a obedecer, Jason —dijo Vincent con suavidad, con delicadeza, como lo haría con alguien inferior a él—. Es elección tuya. U obedeces y aceptas tu castigo como un buen chico, o sigues hablando sin pensar…

—¿Y si elijo la segunda opción? —pregunté.

Pero Vincent parecía muy entretenido. De hecho, se rio.

—Sigue siendo así de impertinente, J —dijo Lucas—. En serio, hazlo. Me pone.

Me relamí los labios y lo miré fijamente. Toda su atención estaba puesta en mí. Parecía que fuera a destrozarme.

Eso me hizo sentir un escalofrío por todo el cuerpo.

—Castígame, Jason —dijo Jess. Sonaba muy emocionada, sus palabras se entremezclaban, temblando, puntuadas con un pequeño gemido—. Me lo merezco.

—Esa es mi chica buena —dijo Manson—. Quieres aprender la lección, ¿verdad?

—Sí, señor —dijo, y se me escapó un gemido ahogado antes de darle la vuelta rápidamente.

Se tumbó boca abajo, con el culo levantado ansiosamente hacia mí, las piernas aún abiertas a mi alrededor. Deslizó una mano entre sus muslos y la observé mientras se tocaba, con los dedos resbaladizos por la excitación.

—No se le permite tocarse —dijo Vincent. Como por arte de magia, sacó un par de esposas de cuero y me las lanzó—. Átala al cabecero.

Jessica levantó las manos mientras yo le colocaba las esposas. Manson se colocó junto a su cabeza, mirándola.

—Lo estás haciendo muy bien, ángel —la animó—. Esto es lo que les pasa a las pecadoras impenitentes, ¿no? Te lo has ganado.

346

—Sí, señor —susurró ella.

Tenía los ojos cerrados mientras la inmovilizaba, con una expresión relajada mientras se sumergía en ese dulce estado mental de sumisión. Deslicé los dedos por su espalda y le agarré el culo con ambas manos, apretándolo con ganas.

Joder, me encantaban los juegos como este. Inmovilizarme, regañarme, decirme todas las cosas horribles, sucias y pecaminosas que había hecho y castigarme por ellas. Saca los miedos reales a la condena eterna del fondo de mi mente y los hace inofensivamente reales, convierte mi terror en algo controlable, en un juguete. No habría sido capaz de expresar con palabras lo mucho que necesitaba esto, pero Vincent lo sabía. Siempre lo sabía. Me leía como un libro abierto.

—¿Estás lista, Jess? —le pregunté.

Me incliné y le di un beso en la espalda, bajando lentamente por su columna vertebral hasta que se le puso la piel de gallina.

—Estoy lista, señor —respondió.

Le di una palmada, un golpe seco y doloroso para empezar. Cuando le di el segundo azote inhaló bruscamente, con los ojos aún cerrados. Fui cogiendo el ritmo, alternando entre las nalgas, primero una y luego otra, hasta que ambas quedaron bien rojas. Apretaba los dedos con fuerza, y pequeños gemidos y quejidos de dolor brotaban de ella mientras enterraba la cara en las almohadas.

Todo ese tiempo, yo me mantenía dolorosamente empalmado. Jess arqueó la espalda, ofreciendo su culo para el castigo a pesar de lo roja que se le había puesto la piel. Incluso con la cara apretada contra la almohada, sus gemidos de dolor eran cada vez más altos.

—Sigue —dijo Vincent.

Caminaba despacio junto a la cama, supervisando cada uno de mis movimientos. Lucas estaba haciendo algo detrás de mí; podía oír cadenas moviéndose, sonidos de metal siendo arrastrado y colocado en algún lado. No sabía lo que tenían preparado para mí, pero la expectación me ponía nervioso, con todos mis sentidos en alerta máxima.

—¡Ah! ¡Jason, por favor!

Jess mantuvo la boca apretada, amordazándose a sí misma. Pero Manson le levantó la cabeza, le echó el pelo hacia atrás y le acarició la cara.

—Ya casi está, ángel —dijo—. Dios, mírate. Lo estás haciendo muy bien, eso es. Arquea la espalda para él.

Ella obedeció, a pesar de que gemía y le temblaban las piernas. Joder, mi polla lloraba al verla, con el semen chorreando por mi miembro. Le di otra palmada y ella gritó con un pequeño sollozo desesperado.

—¡Gracias, señor! —jadeó mientras mantenía valiente su posición, aunque estaba seguro de que sentía el ardor.

—Diez más —dijo Vincent—. De los buenos.

Solo diez más, y luego sería mi turno.

Le di los azotes, saboreando cada hermoso grito que me regalaba. Se retorcía, su cuerpo le pedía que intentara evitar el dolor. Otro sollozo se le escapó con el último azote, mientras Manson la elogiaba.

—Buena chica, estoy muy orgulloso de ti. —Le acarició la cabeza, le dio un beso en la mejilla y le secó las lágrimas que se le habían escapado. Sonrió, sin avergonzarse, aunque un poco aturdida—. Lo has aguantado muy bien.

Estaba muy mojada. Esos azotes solo la habían puesto más cachonda. Agarré mi polla y le pasé la punta por encima, frotándole el clítoris. Sería muy fácil penetrarla; estaba seguro de que podría correrme en dos embestidas si pudiera...

Me echaron la cabeza hacia atrás y unos dedos ásperos se enredaron en mi pelo. Lucas me sonrió con aire burlón y me dio una palmada en la mejilla con su mano enguantada.

—No te emociones demasiado pensando que vas a poder follártela, mocoso —dijo—. Eres todo mío.

Oh... Mierda.

Lucas prácticamente me arrastró fuera de la cama, obligándome a arrodillarme a los pies de Vincent. Me empujó la cabeza hacia abajo, pero yo empujé hacia atrás, lo que nos llevó a una lucha de fuerza que parecía estar firmemente estancada en un punto muerto.

—Creo que este chico quiere que le hagan daño —dijo Vincent, llamándome la atención con precisión.

Tenía razón. Yo quería dolor. Quería ser vencido, utilizado, reclamado. Quería desafiar a todos y a todo lo que me rodeaba, pero que me dejaran indefenso a pesar de todo.

—Oh, yo puedo ayudarte con eso —dijo Lucas, y mi desafío le hizo sonreír.

Empujó su bota entre mis piernas, hasta que se apoyó contra mis testículos. Siguió presionando.

—Oh, mierda... —La repentina sensación de dolor cada vez más fuerte en mi abdomen me hizo doblarme por la mitad. Pero Lucas era despiadado, estaba casi aplastándome. Conteniendo el aliento y frotando mi frente contra el suelo, grité—: Puto cabrón, no tengo por qué... Ahh...

Si no hubiera estado tan distraído por el dolor, me habría avergonzado el sonido lastimero que me obligó a emitir. Me apretó los testículos con la punta de acero de su bota, una y otra vez, cambiando la intensidad cada vez que lo hacía para que no supiera qué esperar.

—Joder, por favor, me portaré bien, me callaré... —dije, retorciéndome y gimiendo, con el cuerpo temblándome.

—Es un poco tarde para prometer nada —dijo Vincent—. Sabes perfectamente lo que te has ganado.

Mientras Lucas me torturaba, Vincent se alejó. Volvió al cabo de unos segundos y dejó algo cerca de mi cabeza. Era una barra de suspensión hecha de metal resistente, con cuatro gruesas esposas que colgaban de ella. Mientras Lucas me sujetaba, Vince me ató las muñecas a la barra. Me llevaron a rastras y, aunque aún podía levantar los brazos, me resultaba mucho más difícil atado a la barra.

Vincent me agarró de la cara y me sonrió. Esa sonrisa me revolvió el estómago, retorciéndose de anticipación. Lucas me sujetaba por detrás, con su erección rozándome el culo.

—Joder, te voy a destrozar —murmuró.

—Te toca —dijo Vincent. La forma en que se inclinó sobre mí me hizo sentir muy pequeño, una mota insignificante en comparación con el tamaño y la fuerza de los hombres que me rodeaban—. Como no puedes controlar esa lengua, le vas a dar un buen uso.

Lucas me giró hacia la cama y yo jadeé en voz baja. Manson había desencadenado a Jess y ahora tenía la parte superior de su cuerpo apoyada contra su pecho. Ella estaba tumbada boca arriba y él le mantenía las piernas abiertas.

—Ponte en posición. La cara en su coño, el culo arriba —ordenó Lucas, empujándome hacia la cama.

—Sí, señor.

Era la primera vez que conseguía responder correctamente desde que habían subido, pero estaba embelesado por su aspecto. Cuando me puse en posición, hundiendo la cara entre sus piernas, ella se acurrucó contra mí. Tenía los ojos muy abiertos y me miraba mientras Manson la sujetaba.

Cerré la boca sobre ella y empecé despacio. Le di unos lametones suaves, succionando delicadamente; ya estaba muy sensible y cada pequeño contacto la hacía estremecerse. Tenía la barra debajo del pecho y, por mucho que lo deseara, no podía tocarla con las manos.

La paleta me golpeó en la espalda. No fue un golpe fuerte, no me dolió. Vincent me estabilizaba, asegurándose de que el golpe cayera donde él quería y no en algún lugar que pudiera lastimarme. Cada centímetro de mi cuerpo estaba en tensión. Apretaba los músculos con tanta fuerza que me dolían. No importaba cuántos azotes hubiera recibido, no importaba cuántas veces jugáramos con el dolor, en los momentos previos a que sucediera, la anticipación siempre me dejaba paralizado.

Jess era una distracción bienvenida. Su sabor en mi lengua…

¡*Zas!*

El impacto fue fuerte, y el dolor, agudo y punzante. Joder, cómo ardía. Levanté la cabeza de golpe, abrí y cerré la boca varias veces antes de apretar los dientes.

—¿Qué te habíamos dicho, chico? —preguntó Vincent, jovial como siempre—. Baja la cabeza.

Sin darme otra opción, Lucas me obligó a bajar la cabeza otra vez, golpeándome la parte posterior del cráneo. Jess se estremeció cuando gemí, levantando las caderas para pedir más.

¡Zas!

Mierda, mierda, mierda. El dolor hizo que todo mi cuerpo se estremeciera y volví a levantar la cabeza bruscamente. Moví los dedos de los pies y me tomé un momento para exhalar lentamente.

—Es cabezota, ¿eh? —comentó Lucas.

—Un cabezota de lo más desobediente —dijo Manson—. Quizá no le estás pegando lo suficientemente fuerte, Vince.

Me dio un golpecito con la paleta, exigiendo mi atención.

—¿Es eso cierto? ¿No te estoy dando lo suficientemente fuerte?

—No, señor, no es suficiente —dije, aunque me arrepentí en cuanto lo dije.

Hubo unos segundos de silencio, solo interrumpidos por los suaves gemidos de Jess, y casi solté una disculpa mientras el silencio se prolongaba.

¡Zas!

Ese azote me hizo gritar.

Joder, estaba en problemas.

¡Zas!

El sonido de la paleta volviendo a estrellarse contra mi cuerpo fue humillantemente fuerte. Exhalando despacio, logré no hacer ruido.

—Vuelve a bajarle la cabeza, Lucas —dijo Vincent—. Mantenlo ahí. No me importa si no puede respirar, tiene que obedecer.

La mano de Lucas se aferró a la parte posterior de mi cabeza y me obligó a bajarla. Podría comerme a Jess eternamente. Estaba jodidamente hambriento. Pero cada golpe me hacía gritar, y el dolor iba en aumento; era casi imposible hacer algo útil con la lengua cuando me esforzaba tanto por no suplicar clemencia.

La paleta me golpeó el muslo y yo me estremecí.

—Quiero estar seguro de que no te estoy decepcionando —dijo Vincent—. ¿Son lo suficientemente fuertes?

Asentí con la cabeza, murmurando contra su coño.

—Sí, señor.

—¿Estás seguro? Todavía suenas relativamente coherente... —¡*Zas!*—. ¿Tal vez un poco más fuerte?

El sonido que salió de mi boca fue vergonzosamente agudo.

Jess tenía la cabeza echada hacia atrás, pero seguía mirando, con los músculos temblándole alrededor de mi lengua. Se iba a correr solo de verme recibir los golpes. Solo de pensarlo, mi polla empalmada se estremeció.

Y pensar que había estado tan cerca de follármela...

¡*Zas!*

Joder, tenía el culo en carne viva.

La mano de Vincent me acarició la parte baja de la espalda, cálida y relajante antes del siguiente azote. Mi cuerpo se apartó instintivamente de la fuente del dolor mientras intentaba bajar el culo. Pero Lucas no me dejó. Con una mano, me mantuvo la cabeza baja y, con la otra, me agarró entre las piernas, cogiéndome de los testículos y apretándolos.

—Quédate en esa posición —ordenó—, o lo lamentarás.

Los siguientes azotes me hicieron retorcerme y gritar como un bebé.

—Me encanta, Jason. Dios, estás tan *sexy* —decía Jess entre jadeos.

Lucas se rio entre dientes.

—El sonido de tu voz hace que se le mueva la polla, Jess. Está desesperado por follar. —Apretó más fuerte y yo me estremecí.

Me estaban destrozando y yo disfrutaba de cada segundo.

—Solo una más —dijo Vincent—. Tengo que hacer que esta sea la más fuerte. Va a doler, pero sé que puedes aguantarlo. ¿Estás listo?

—Sí, señor...

Por mucho que me preparara, el dolor no se hacía más soportable, pero ya casi había terminado.

Hubo una pausa y luego Lucas me levantó la cabeza. Me secó cuidadosamente una lágrima, dándome un momento para recuperar el aliento.

—¿Puedes soportarlo? —preguntó y la dureza de su voz se suavizó, su tacto era tierno—. Sé sincero conmigo.

Vincent me había advertido en el pasado de que me tomara un tiempo para aclarar mis ideas en estas situaciones. Así que no respondí de inmediato. Calmé mi mente y me concentré en mi cuerpo lo mejor que pude. Más allá de la lujuria desenfrenada, me sentía increíble. Me dolía, pero era exactamente el dolor que ansiaba.

—Puedo soportarlo —contesté—. Quiero hacerlo.

Lucas se inclinó para darme un beso en la sien antes de obligarme a bajar la cabeza de nuevo. Estaba decidido a hacer que Jess se corriera y, por los sonidos que emitía, no me costaría mucho conseguirlo. Cerré la boca sobre su clítoris, pasando la lengua de un lado a otro mientras ella gemía y jadeaba.

—Oh, joder… Joder, eso me gusta mucho.

La paleta rozó lentamente mi culo dolorido, con un toque engañosamente suave. Intenté prepararme cuando volvió a golpear, pero aun así me destrozó. Mi grito fue ahogado, al igual que el jadeo que le siguió.

Jess se tensó en brazos de Manson, con las piernas temblando.

—Por favor, sigue, Jason, por favor, ¡vas a hacer que me corra! —exclamó.

Aunque se me escaparon algunas lágrimas, seguí. Estaba decidido a sentir cómo se corría en mi lengua otra vez, joder.

—Eso es, J, buen chico. —Vincent me colmó de elogios y volvió a acariciarme la espalda con la mano.

—Haz que se corra para nosotros —dijo Manson.

Jess soltó un gemido largo y sonoro mientras se sumergía en el olvido más absoluto. Entonces me levantaron y me arrastraron de nuevo al suelo. Sujeto e inmovilizado por Lucas, Vincent me levantó las piernas y las esposó a la barra de suspensión. Eso me dejó expuesto, con las piernas abiertas y los brazos levantados y sujetos.

—Ahora me toca a mí —dijo Lucas, sonriendo como un loco sobre mí—. ¿Qué te parece, Manson? ¿Deberíamos atarlos y hacer que las putitas se miren entre sí?

—Joder, me gusta esa idea —dijo Manson—. ¿Dónde está la otra barra de suspensión, Vince?

Después de proporcionarle a Manson la sujeción solicitada, Vincent bajó una de las cadenas que habíamos fijado al techo. No era un sistema muy complejo, pero servía para lo que necesitábamos. Enganchó la cadena a la barra a la que estaba esposado y luego se tomó su tiempo para comprobar dos veces mis ataduras.

—¿Todo bien? —me preguntó mientras se aseguraba de que las esposas estuvieran lo suficientemente apretadas como para soportar mi peso—. ¿Sientes algún hormigueo? ¿Te aprieta algo?

—No, nada —respondí. Respiraba hondo y exhalaba despacio, preparándome—. Estoy bien.

Me besó y me susurró lo mucho que me quería, lo guapo que estaba y lo orgulloso que estaba de mí. Quería sumergirme en esas palabras, envolverme en ellas como en una manta y vivir ahí para siempre. Ya era abrumador que un hombre me amara; sinceramente, de verdad, sin límites, este hombre me amaba. Pero tener a los cuatro reunidos a mi alrededor, utilizándome, dándome placer, provocando a mi cuerpo hasta alcanzar nuevos niveles de sensación, me producía una felicidad intensa.

Vincent dio un paso atrás y la cadena hizo clic cuando Lucas la accionó. Las esposas se tensaron, arrastrándome hacia arriba hasta que quedé suspendido. Jess estaba sujeta de forma similar y, una vez que me colocaron en mi posición, ella también quedó suspendida.

Nos quedamos allí, uno frente al otro. Estábamos completamente expuestos, mientras Manson, Vincent y Lucas nos acechaban. Lucas se colocó delante de mí y me acarició las piernas con sus manos enguantadas.

—¿Tienes algo agradable que decir? —me preguntó con una sonrisa burlona que me indicaba que ya sabía que no era así.

Mi boca se crispó en una sonrisa que apenas pude contener.

—Que te den, Lucas.

Abrió mucho los ojos, en un intento burlón de ofenderme.

—Parece que entonces no tendrás el privilegio de hablar.

—Esto debería callarlo —dijo Manson, y en ese mismo instante me metieron un trozo de tela en la boca—. Son las bragas de Jess. Solo para recordarte lo que te estás perdiendo mientras me la follo.

Su olor me inundó la nariz, tenía su sabor en la lengua, pero el grosor del algodón me llenaba la boca e hice una mueca, apretando los dientes alrededor de él. Que Jess me viera así me provocaba mariposas en el estómago, era dulce y amargo a la vez.

—Mierda... —Mi voz se quebró y la palabra quedó amortiguada por sus bragas.

Manson me dio unas palmaditas en la mejilla, cada una más fuerte que la anterior hasta que fueron lo suficientemente fuertes como para empezar a doler.

—¿Ya te estás quejando? —preguntó—. Y yo que pensaba que te resistirías más. ¿No quieres seguir insultándonos?

—No puedo imaginar por qué no lo haría —dijo Lucas, pasando las manos por mis muslos abiertos antes de darles una palmada. El dolor se extendió como chispas explotando por mi piel. Mantuve su mirada, negándome a apartar la vista—. Adelante, Jason. Antes tenías tanto que decir, ¿dónde está ahora esa bocaza?

Apretando los dientes alrededor de la mordaza, apenas pude contener un fuerte gemido cuando Lucas volvió a azotarme. Las piernas me temblaban por la tensión, los músculos se me contraían y se estremecían.

—Veamos quién es el primero en pedir piedad —dijo Manson, mirando por encima de mi hombro a Lucas.

Vincent estaba de pie cerca y se rio suavemente ante la sugerencia de Manson.

—Me parece una idea perfecta —dijo—. ¿Qué opinas, chico? ¿Eh? Veamos cuánto tardas en rogar piedad. —Me echó la cabeza hacia atrás para que pudiera mirarlo, dejándola descansar contra su pecho—. Veamos cuánto tardas en rogarle a Lucas que te folle.

Ya quería suplicárselo. Estaba casi loco de las ganas, a pesar de que Lucas me aterrorizaba, a pesar de que era, con diferencia, el hombre más intimidante que había conocido jamás.

—No tardará mucho en hacerlo —dijo Lucas—. Míralo, babeando y manchándose todo. —Me dio otra palmada—. Patético.

Detrás de él, Manson hundió dos dedos en Jess, haciéndola gemir. Había encontrado un vibrador y lo pasaba provocativamente por sus muslos abiertos hasta que ella temblaba.

—Eso es, ángel —murmuró, con la cabeza muy cerca de la suya mientras le metía y le sacaba los dedos—. Joder, estás muy húmeda. Voy a hacer que te corras otra vez, ¿entendido?

—Sí, amo.

Gemí al oírla. Esa voz hermosa, dulce y sumisa. Tan deseosa por complacer...

Entonces Lucas me agarró la polla, acariciándomela lentamente antes de bajar la cabeza y metérsela en la boca.

Puse los ojos en blanco ante el calor de su lengua y la repentina succión. Apretaba los dedos mientras me aferraba con fuerza a las cadenas, mi abdomen se contrajo cuando Lucas se inclinó un poco más y pasó su lengua por mi agujero. Metió su lengua dentro de mí, mirándome entre mis piernas abiertas.

—Lucas, por favor... Por favor...

Las palabras no salieron de mi boca, pero las sentí con cada fibra de mi ser. Para él, mi súplica no fue más que un gemido ahogado.

—Mira quién está suplicando ya —dijo Vincent.

Jess gritó cuando Manson movió el vibrador contra su clítoris, y el sonido resbaladizo de sus dedos entrando en ella era casi insoportablemente erótico.

Lucas tenía la nariz hundida en mi perineo, acariciando, empujando y dando vueltas con la lengua. Me agarró los muslos con las manos y me mantuvo pegado a su boca. Luego volvió a pasar la lengua hacia arriba, lamiéndome y chupándome los testículos como si quisiera comerme vivo.

Ver sus dientes tan peligrosamente cerca de mis partes más íntimas era aterrador.

No se detuvo. Volvió a meterse mi polla en la boca, chupando y lamiendo hasta que estuve muy dentro de su garganta. Al mismo tiempo, deslizó un dedo dentro de mí. Empecé a gemir de inmediato, flexionando los dedos de las manos y los pies con desesperación.

Vincent seguía sujetándome la cabeza, acariciándome con suavidad el pelo.

—Eso es, lo estás haciendo muy bien —murmuró mientras mis gemidos ahogados se volvían más desesperados.

Me sentía como si estuviera teniendo una experiencia extracorporal. Todo me parecía muy intenso: cada caricia, cada escalofrío que me recorría. La adrenalina hacía que me temblara todo el cuerpo, exacerbando mis reacciones. La saliva me caía por la barbilla porque no podía tragar bien, y Vincent me la limpió con los dedos.

—Ya estás hecho un desastre —dijo, utilizando esos mismos dedos para penetrarme—. Intentas parecer duro, pero en cuanto te atan con cuerdas te conviertes en la putita más mona, ¿verdad? —Pronunció las palabras con un tono condescendiente, casi como si hablara a un bebé.

El dedo de Lucas se unió al de Vincent, presionándome por dentro mientras levantaba la cabeza para burlarse.

—Parece una puta, sí. Mira lo pegajoso que está. —De manera despreocupada, recogió el líquido preseminal de mi estómago con un dedo antes de chuparlo mientras me atravesaba con la mirada—. ¿Qué dices, putita? ¿Debería follarte?

Asentí desesperadamente.

Jess temblaba, con la cabeza echada hacia atrás por el éxtasis, mientras Manson le provocaba otro hermoso orgasmo. Yo quería... No, necesitaba correrme. Estaba más que dispuesto a abandonar hasta el último ápice de orgullo si eso convencía a Lucas de hundir esa polla gruesa en mí.

Lucas se enderezó, sin dejar de meterme el dedo mientras se limpiaba la barbilla.

—Bájalo un poco, Vince. —Metió más adentro el dedo cuando vio mi expresión—. ¿Qué pasa? ¿Tienes miedo? Bien. Deberías tenerlo.

Vince se alejó y la cadena hizo *clic*, bajándome varios centímetros hasta que quedé suspendido a la altura de las caderas de Lucas. Tenía el mono abierto, la polla fuera, y se acariciaba lentamente, rozándome con la punta. El *piercing* brillaba y yo lo miraba fijamente, deseando no sentirme tan jodidamente indefenso. No podía moverme, solo podía tensar los músculos y temblar.

Vincent le pasó un bote de lubricante. Lucas se lo untó por todas partes y me echó aún más a mí. Seguía soltando palabras suplicantes que ellos no podían entender, cada vez más alto a medida que él se alineaba en mi culo.

—Tranquilo, cariño, respira hondo —dijo Vincent, sosteniéndome la cabeza, casi abrazándome.

Lucas empujó con fuerza, con tanta fuerza que noté al instante el inusual bulto de su *piercing*. Cerré los ojos, porque todo era demasiado: las imágenes, los olores, los sonidos que me rodeaban…

Estuve a punto de correrme solo con la sensación de Lucas llenándome.

—Oye, abre los ojos. —La mano de Lucas me tocó la cara y los abrí. Se había hundido en mí hasta el fondo. Verlo allí de pie entre mis piernas, con el pecho tatuado al descubierto, el mono desabrochado, sonriéndome como si hubiera ganado algo… Hizo que me diera vueltas la cabeza—. No cierres los ojos. Quiero que me mires.

Me penetró y casi volví a cerrar los ojos.

No es que lo sintiera muy diferente a Vincent. Era un tamaño diferente, una técnica diferente y el *piercing*… Sí, eso era diferente. Me habían follado otras personas además de Vincent, pero Lucas no. Era la persona a la que mi yo más joven y medio oculto le tenía puto miedo, y no solo porque fuera un luchador capaz, o aterradoramente sádico, o despiadadamente honesto. Es que era *sexy* de cojones. Era un hombre cruel, salvaje y descaradamente obsceno que sabía lo que quería y cómo conseguirlo.

Sabía lo que quería de mí.

Y, Dios, mientras me follaba, no estaba seguro de que fuera a sobrevivir. Me sentía muy bien, el dolor era increíble. Lucas follaba duro, con brutalidad. Vincent me sostenía la cara y me elogiaba, y Jess me miraba con una expresión de éxtasis…

—No contengas la respiración. Grita si lo necesitas —me dijo Vincent, quitándome las bragas de la boca.

Ni siquiera me había dado cuenta de que lo estaba haciendo. Pero al liberar mi boca, también se liberó mi lengua.

—Joder, Lucas, por favor, necesito… Joder, eso va a hacer que me corra, por favor, déjame correrme, por favor…

—¿Sí? ¿Quieres correrte? —Lucas me apretó la cara mientras se inclinaba sobre mí, con una mano todavía enganchada a mi muslo mientras me penetraba una y otra vez—. Pues sigue suplicando.

Dios, quería que me tocara. Tenía tantas ganas de sentir su mano sobre mí. Seguí suplicando, con un torrente de palabras inútiles y casi imperceptibles saliendo de mi boca.

Intenté mantener la mirada fija en él, pero era imposible no mirar a Jess. Manson utilizó el vibrador para hacerla correrse una vez más y ella temblaba tan fuerte que las lágrimas le corrían por la cara. Notaba la polla de Lucas en el estómago, la fuerza de sus embestidas era casi suficiente para hacerme sollozar.

—Por favor… —Ya no sabía a quién le estaba suplicando. A Lucas, a Vincent, a Manson… Joder, a cualquiera que me ofreciera el alivio que necesitaba—. Déjame correrme, por favor, por favor, por favor…

Mi piel castigada ardía mientras las caderas de Lucas me golpeaban. En marcado contraste, Vincent me dio un beso en la mejilla, sin dejar de sostenerme la cabeza con ternura.

—Puedes correrte, pero él no te va a tocar —dijo—. Solo puedes correrte sin tocarte.

Joder, joder, joder.

—¡Manson, por favor! —gritó Jess de repente, pero no podía luchar, apenas podía moverse.

Lo único que podía hacer era quedarse colgada mientras Manson subía la intensidad del vibrador y lo utilizaba junto a sus dedos mientras la penetraba. La excitación brotaba de ella, reluciente, y juro que mi cuerpo ascendió.

Lucas se abalanzó sobre mí y los sonidos que yo emitía le hicieron sonreír.

—Quiero ver cómo te corres sobre ti mismo —gruñó—. Ensúciate para mí.

Me derrumbé. La polla me palpitó mientras me corría, eyaculando sobre mi vientre en gruesas vetas blancas.

—Eso es, eso es lo que me gusta ver. Córrete sobre ti mismo, puta.

Vincent recogió el semen y me lo untó por la cara, metiéndome los dedos en la boca para que pudiera saborearme. La forma en que me sonrió me hizo sentir un vacío en el estómago; la suavidad de sus manos contrastaba con la brutalidad de Lucas.

—Gracias, señor, gracias por dejar que me corra, gracias por dejar que me use, gracias… —dije en un balbuceo tartamudo entre hipos y jadeos entrecortados, mirándolo.

Lucas me agarró con más fuerza, de forma dolorosa y posesiva. Se hundió hasta el fondo mientras se corría, gruñendo con saña.

—Joder, esto es la hostia de perfecto.

35
LUCAS

Aunque esa noche tuvimos que llevar a Jess a casa, dormimos todos en la misma cama. Normalmente, solíamos juntarnos en la cama de Manson; esa noche, después de dejarla en casa, subí al ático.

Vincent y Manson se estaban duchando. Jason estaba tumbado en la cama, con el pelo húmedo, vestido solo con unos pantalones de chándal, trasteando con su móvil. Me tumbé a su lado y le acaricié la cabeza con la mano.

Él dejó el móvil, despacio, y me miró con curiosidad.

—¿Qué haces?

Sonreí.

—Cuidarte después del sexo.

Riéndose con suavidad, cambió de posición para acurrucarse más cerca de mí.

—Tonto. Cuidados después del sexo, claro que sí.

Su dedo tocaba rápidamente la pantalla mientras jugaba el siguiente nivel del juego. No sabía cómo seguía el ritmo de todas las explosiones, habilidades y gráficos brillantes. Yo podía manejarme con juegos sencillos: ir a algún sitio, disparar a algo, recoger objetos. Pero hasta ahí. Algunos de los juegos de Jason eran ridículamente complicados.

Estar allí tumbado con él era agradable. Llevábamos años viviendo juntos. Era uno de mis mejores amigos. Pero nuestra relación era algo que había descuidado, que casi daba por sentada. Era complicado admirar a alguien tanto como yo lo admiraba a él, al tiempo que sentía esa necesidad casi irracional de protegerlo. Del mundo, de mí mismo.

Cuando lo conocí, me sentí una amenaza para él. Era como si fuera a arruinarle la vida. Supongo que, inconscientemente, eso me llevó a mantener las distancias.

Pero sentirme solo y aislado durante tanto tiempo era agotador; no quería seguir así. Que me cuidaran me daba miedo, así que alejé a las personas que más se preocupaban por mí. En un intento por no perder el amor que había encontrado, casi lo destruyo.

Sentí el dolor en su voz aquella noche cuando lo llamé después del espectáculo. La idea de que estuviera herido, la idea de perderme, le había dejado muy alterado. No se me daba bien eso de leer las emociones de las personas, no siempre podía distinguir los significados ocultos como lo hacían Vincent o Manson. Pero la ira y el miedo en su voz habían sido evidentes.

Este hombre al que había intentado proteger con tanto ahínco quería protegerme a mí también.

—Sabes que te quiero, ¿verdad? —dije, enredando los dedos en el pelo de Jason.

Fue una forma horrible de expresarlo. No podía decir «te quiero» como una persona normal, nada de eso, tenía que matizarlo como si fuera una exigencia.

Jason echó la cabeza hacia atrás para mirarme.

—Por supuesto que lo sé. Y tú sabes que yo también te quiero.

Lo sabía, pero aun así me sentí muy bien al oírlo.

Odiaba evitar las confrontaciones. Al contrario, las disfrutaba. Si alguien tenía un problema conmigo, quería resolverlo. Prefería gritar, insultar, pelear, cualquier cosa antes que simplemente ignorarlo.

Con el cigarrillo colgando por la ventana, miré hacia la calle, en dirección a la casa de Jessica. Su madre estaba fuera, con una pamela enorme, podando los rosales. Tenía unas uñas acrílicas largas, como su hija; incluso mientras trabajaba en el jardín, iba vestida como si fuera a ir a un *brunch* elegante. Probablemente había sido una chica fiestera en su juventud, una mujer que atraía irresistiblemente a la gente. Cabello voluminoso, gran personalidad y una soberbia aún más grande.

Evitar la casa de Jess para no irritar a su madre era algo que hacía por el bien de Jess y de nadie más. Pero me ponía de los nervios. Si la señora Martin tenía algún problema conmigo, prefería que me lo dijera a la cara. Acabemos de una vez, con gritos y chillidos; nada de andar a escondidas.

Lo más seguro era que Jess se enfadase, pero yo ya había tomado una decisión. Quería verla y no quería esperar a que se escapara de casa y se inventara alguna excusa ridícula para su madre.

Jess estaba atada a nosotros. Podía hacer los planes que quisiera: mudarse al otro lado del estado, del país, del maldito mundo. Nosotros la seguiríamos. No tenía mucho sentido, pero ni siquiera mis planes mejor trazados lo tenían. No «pensaba las cosas detenidamente», tomaba una decisión y la llevaba a cabo.

De ninguna manera iba a perder a Jess ahora; ya había decidido que era nuestra. Así que su madre tendría que aceptar la situación.

Tiré el cigarrillo en el cenicero, salí del coche y, por una vez, tuve cuidado de no dar un portazo. El barrio era demasiado tranquilo, y eso me incomodaba. En el parque de caravanas siempre había ruido. Perros ladrando, bebés llorando, música sonando… siempre había alguien gritando. El barrio de Jess parecía una versión silenciosa de Villa Quién.

Era como si la señora Martin pudiera sentir mi llegada. Me miró cuando subí por la acera e inmediatamente se enderezó. Se volvió hacia mí, agarrando sus tijeras de podar como si fueran un arma, cuando me detuve al final de su entrada.

—Buenos días, señora.

Asentí con la cabeza, pero no me acerqué. No me extrañaría que me lanzara esas puñeteras tijeras. Se la veía tan horrorizada como esperaba, pero también enfadada. Esa era una emoción con la que podía lidiar, algo que podía apoyar.

Antes de que pudiera abrir la boca para echarme la bronca, hablé.

—Ya sé que no me quiere en su propiedad. Y no lo estoy, mire. —Señalé el suelo, donde mis botas estaban firmemente plantadas en una acera pública—. Solo he venido a recoger a Jess.

La señora Martin bufó burlona, cruzando los brazos con las tijeras colgando de una mano.

—Ah, ¿para eso has venido? ¿Crees que puedes aparecer así como así y llevarte a mi hija?

Ojalá fuera de los que saben fingir una sonrisa. En lugar de eso, me quedé allí quieto, con una mirada llena de odio, intentando parecer educado. Al menos la educación era real. Mi padre me había inculcado algunos modales básicos, pero poco más.

—Para ser sincero, señora, no creía que fuera a ser tan fácil —dije—. Pensé que primero necesitaría su bendición.

Levantó las cejas y abrió los ojos, que eran del mismo color que los de su hija. Muchos de los gestos de Jess eran un reflejo de los suyos, era un poco inquietante. De tal palo, tal astilla.

—¿Rosas Bonica? —pregunté, señalando el espeso arbusto detrás de ella—. Mi madre también tenía, le encantaban. Solía poner ramos grandes en la mesa de la cocina. Siempre me gustó su color.

—El color que tienen… Sí, por eso las elegí —dijo con recato—. Es un color precioso. —Se había sorprendido y aflojó el agarre de las tijeras, aunque su mirada no perdió intensidad—. ¿Cómo te llamas, joven?

—Lucas Bent —respondí—. Le daría la mano, pero…

Volví a señalar su entrada. Hasta que ella no me diera permiso, no iba a dar ni un puto paso más allá de los límites de su propiedad. Me quedaría allí todo el día si fuera necesario.

—Te arrestaron hace varios años —comentó con el labio inferior apretado.

—Sí, señora.

No le dije que no se presentaron cargos. Pasé unos días en un centro de menores después de golpear a Alex en la cabeza, hasta que mi padre fue a buscarme. Personalmente, hubiera preferido seguir en la cárcel.

—¿Qué hiciste?

Por la forma en que me miraba, ya lo sabía. Quizá me presionaba para ver si mentía. Le diría la verdad, aunque fuera fea y desagradable.

—Le rompí una botella de cristal en la cabeza a otro estudiante —le conté—. Le abrí la cabeza unos dos centímetros y medio. Necesitó puntos. Estaba hablando de manera irrespetuosa sobre alguien a quien yo... alguien a quien yo quería. Y perdí los estribos.

No me creería si le dijera que Alex había estado hablando de Jess; parecería que estaba exagerando.

—¿Pierdes los estribos a menudo? —me preguntó.

—No tan a menudo como antes. —Entonces esbocé algo parecido a una sonrisa, al menos eso me pareció—. No le haría daño a su hija, señora. No soy así. Sé que tengo un aspecto horrible y probablemente parezca ese tipo de persona, pero lo único que quiero de Jess es un poco de su tiempo y su compañía. Conmigo está a salvo.

Ella asintió despacio.

—Ya, claro. ¿No es eso lo que dicen todos?

La puerta se abrió y Jess asomó la cabeza, con una expresión de incredulidad atónita en el rostro.

—¿Lucas? ¿Qué estás...? —Entonces vio a su madre y su rostro se ensombreció—. Oh. Eh... Mamá...

—Dice que ha venido a recogerte —dijo, volviéndose hacia sus rosas, sin mirarme.

No estaba seguro, pero me pareció que había un poco menos de rencor en su voz. Siguió podando, cortando cada rama con especial entusiasmo. Busqué la mirada de Jess y señalé con la cabeza el Chevrolet El Camino aparcado junto al bordillo. Ella asintió rápidamente.

—Ahora vuelvo, solo deja que coja mi bolso.

Desapareció en el interior durante un minuto. La señora Martin siguió de espaldas, continuando con la poda sin decir palabra. Su mensaje era alto y muy claro.

—¡No puedo creerme que te hayas acercado a ella! —exclamó Jess. No estaba enfadada, sino más bien atónita e incrédula—. Tienes mucha suerte de que no haya llamado a la policía. Se va a enfadar conmigo.

—No, si se enfada contigo, llámame y pásale el teléfono —dije.

Jess se echó a reír.

—Lucas, no puedes… No conoces a mi madre. —Sacudió la cabeza—. Es aún más terca que yo, créeme, no hay forma de hacer que cambie de opinión.

—¿No? Ponme a prueba. Yo puedo cambiar hasta a un puto diamante.

Aunque parecía sobrepasada, me gustaba cómo se reía.

—¿A dónde vamos? ¿Cuál es la gran sorpresa?

—Quería enseñarte algo —dije—. Es… es difícil de explicar, pero tengo unos amigos que quiero que conozcas.

—Mierda, Lucas, ¡no llevo maquillaje! —se quejó y se puso a buscar a tientas su bolso.

Me acerqué, le agarré la mano y la acerqué a mí.

—No empieces a ponerte nerviosa —le pedí, dándole un beso en el dorso de la mano antes de sostenerla sobre mi regazo—. Confía en mí, no les va a importar si llevas maquillaje, cómo tienes el pelo o qué llevas puesto… Aunque me gusta lo que llevas puesto. —Me encantaba verla con falda. Me daban ganas de subírsela por los muslos y hundir la cara en ella. La falda era de cuadros amarillos y la camiseta que llevaba era blanca, ceñida sobre su pecho como un corsé—. Estás la hostia de *sexy*.

Me incliné y la besé, y ella gritó que íbamos a tener un accidente, pero yo no estaba preocupado. Odiaba este sitio, pero conocía sus carreteras como la palma de mi mano; incluso las viejas y llenas de baches que atravesaban las zonas más desagradables de Wickeston.

—Tú vivías allí, ¿verdad? —preguntó, señalando Montgomery Park al pasar por delante.

El parque de caravanas solía ser bonito, allá por los años setenta, cuando estaba lleno sobre todo de jubilados. Pero mucha gente había ido y venido a lo largo de los años, deteriorando el lugar. La pintura se había descascarillado del viejo cartel que había delante y las manchas de agua se filtraban a través de la madera.

—Sí. Hogar, dulce hogar —dije.

El parque de caravanas daba a una zanja de drenaje, donde la gente llevaba años tirando la basura. Colchones viejos, muebles rotos, botellas de vidrio y otros desechos estaban esparcidos por toda la zona.

Giré por el estrecho camino de tierra que bordeaba la zanja, aparqué y apagué el motor. Tras varios segundos de silencio, unas caritas curiosas asomaron por debajo de la basura.

—¿Es esto? —preguntó Jess.

Asintiendo con la cabeza, me llevé el dedo a los labios.

—Son un poco tímidos, así que intenta hablar en voz baja.

Parecía confundida, pero salió del coche detrás de mí. Algunas caritas se escondieron rápidamente cuando me acerqué a la parte trasera y saqué los suministros que había traído.

—Lucas... ¿Por qué tienes toda esta comida para gatos? —preguntó Jess mientras me veía abrir una caja de *Friskies*.

—Para mis amigos —respondí, manteniendo la voz baja mientras le indicaba que me siguiera.

Había varias bandejas de horno que había escondido a la sombra de los árboles más cercanos, y abrí una bolsa de comida para verterla en las bandejas. Chasqueé la lengua para animarlos a salir, me alejé un momento y esperé.

Un montón de gatos salieron corriendo de sus escondites. Jess se quedó boquiabierta mientras corrían a nuestro alrededor, con el rabo en alto y maullando, muy ruidosos, para pedir comida. Algunos eran lo suficientemente valientes como para restregarse contra mis piernas, pero otros mantuvieron las distancias, demasiado recelosos como para acercarse.

—Ay, Dios, ¿son todos callejeros? —preguntó.

Hablaba en voz baja, pero se notaba que le apetecía mucho agacharse y acariciarlos. Los gatos empezaron a comer, incluso antes de que añadiera varias latas de comida húmeda encima del pienso.

—Son callejeros —respondí—. La mayoría son salvajes y han vivido aquí toda su vida. Esta colonia lleva aquí años. —Di un paso atrás para que los gatos más asustadizos pudieran comer—. Solía venir aquí a fumar para que mi padre no me echara la bronca. Así es como los descubrí. Tenían hambre y nadie les daba de comer, así que empecé a traerles comida. Y les he estado dando de comer desde entonces. Intento venir una vez a la semana. Pero si hace mal tiempo, vengo más a menudo para ver cómo están. Solía tener refugios aquí para ellos, pero la gente no deja de romper cosas.

La gente era muy cruel, sobre todo con los gatos. Cuando descubrí que unos adolescentes idiotas traían petardos e intentaban atraparlos, casi me volví loco. Pero desde que me encontraron un día esperándolos, no han vuelto a aparecer.

—He conseguido atrapar a la mayoría y llevarlos al veterinario —dije—. El refugio local tiene un programa para esterilizar y castrar a los gatos callejeros de forma gratuita. Pero hay algunos que nunca he podido atrapar, así que...

Señalé a una gatita naranja que salió tambaleándose de entre la maleza. Jess chilló de alegría y se tapó rápidamente la boca para amortiguar el sonido.

—¡Es muy pequeña! —exclamó, observando cómo la gatita se metía en la comida.

Sospechaba que había nacido otra camada hacía poco, pero como solo apareció una gatita y no había ninguna madre cerca, tuve el mal presentimiento de que no habían sobrevivido.

La vida era dura ahí fuera y no podía salvarlos a todos.

Moviéndome despacio, saqué a la gatita del montón. Inmediatamente se puso agresiva, retorciéndose en mis manos y lanzándome un bufido feroz. Levantó sus patitas y sacó las garras. Cabía en la palma de mi mano, y la sostuve cerca de mi pecho, formando un capullo con las manos para que se escondiera mientras Jess le acariciaba el lomo con suavidad.

Estaba demasiado delgada, demasiado frágil en mis brazos. Era evidente que estaba desnutrida, que era demasiado pequeña para dejar de mamar.

—Nadie más lo sabe —le dije, y ella me miró sorprendida—. No es que crea que deba ser un secreto. Es solo que siempre ha sido algo mío. Me hace sentir que estoy haciendo algo bueno. Si puedo mejorar un poco sus vidas, entonces… significa algo. Pero nunca quise presumir de ello ni hacer alarde…

De repente, no estaba seguro de por qué la había traído aquí. Ayer, cuando compré la comida, se me ocurrió la idea y no se me fue de la cabeza. Quería compartir con ella algo que nunca había compartido con nadie, que siempre había sido solo para mí. No…, *necesitaba* compartirlo.

Con delicadeza, cogió a la gatita en sus manos. La pequeña la miró con sus grandes ojos azules, aún lechosos. Pero no volvió a bufar cuando Jess la acarició bajo la barbilla y le habló con suavidad.

—Creo que le gustas —comenté.

—Es tan suave… —Jess mantuvo su voz en un susurro.

Abrí otra lata de comida húmeda y la dejé en la parte trasera del coche para que la gatita pudiera comer sin competir con los adultos. Tenía un apetito enorme y gruñía mientras devoraba la comida, dando los bocados más grandes que cabían en sus pequeñas fauces.

—Es una pequeña luchadora —dije.

Gruñó aún más cuando le acaricié el lomo con el dedo, con toda la cara manchada de comida. Cuando levanté la vista, Jess estaba mirándome.

—Creo que esa ha sido la sonrisa más grande que te he visto esbozar —dijo—. No tenía ni idea de que te gustaran los gatos. ¿Por qué no tienes uno en casa?

No había una respuesta fácil. No eran los perros lo que me preocupaba; Jojo era una blandengue que no haría daño ni a una mosca, y Bo podía parecer duro, pero un solo zarpazo de un gato le enseñaría a respetarlos.

—Supongo que es... Hace mucho tiempo que no tengo un gato. En realidad, nunca he tenido uno como mascota, al menos no durante mucho tiempo.

No iba a profundizar en el tema, pero Jess se estaba volviendo demasiado buena a la hora de ver más allá de mis evasivas. Me puso la mano en la mejilla y me acarició la barba incipiente con el pulgar.

—¿Quieres hablar de ello?

Sí. No. Ambas cosas.

Hablar de ello, por repugnante que fuera, me daba ganas de vomitar. No quería hacerlo, pero probablemente me sentiría mejor una vez hubiera terminado.

—No hay mucho de qué hablar —dije—. A mi padre no le gustaban los gatos, pero yo encontré uno cuando tenía nueve años. Una gata callejera tuvo una camada debajo del porche de nuestra casa y, cuando empezaron a vagar por ahí, mi padre los ahuyentó. Uno se quedó atrás, el más pequeño. Tenía una cara rara, un defecto de nacimiento; parecía que siempre estuviera frunciendo el ceño. Intenté esconderlo en mi habitación, pero no se puede esconder a un gatito. —Era como si tuviera retortijones en el estómago. Manson lo habría llamado una respuesta al trauma, pero yo intenté ignorarlo—. Me dijo que me deshiciera de él, que lo sacara de la casa y que le dispararía si veía al gato por la propiedad.

Jess contuvo el aliento bruscamente. Su expresión era de dolor, de horror. Era algo de lo que rara vez hablaba y no esperaba una reacción cuando lo hacía. La mayoría de las personas que conocía habían tenido una educación similar, por lo que cosas como esta no les resultaban impactantes.

Pero Jess no había experimentado nada parecido; para ella era impactante. Mi reacción instintiva fue decirle que no era tan grave. Yo había sobrevivido. Había salido bien. Pero, tal vez, su reacción era normal, y el entumecimiento y el pasotismo que yo sentía al respecto no lo eran.

Tragué saliva con la sensación de tener algo atascado en la garganta. Mi cuerpo me parecía extraño, pero mi cerebro permanecía en blanco, rechazando cualquier entrada emocional.

—No podía dejar que el pequeño se las apañara solo —dije—, así que lo cogí y me fui. Tenía pensado huir y no volver nunca más. No lo pensé bien; solo era un niño. Cuando cayó la noche y seguía caminando, empecé a darme cuenta de que tendría que volver a casa. Tenía que comer. Seguí caminando toda la noche, con la cabecita del gato asomando por mi mochila, llorando a lágrima viva porque pensaba que tendría que dejarlo en algún sitio.

Ese recuerdo rompió el entumecimiento. Todavía lo sentía real: el dolor de estar tan solo, la impotencia de no poder hacer nada. Odiaba ese sentimiento con cada fibra de mi ser.

—¿Qué hiciste? —preguntó.

Se había acercado y me ayudaba el hecho de que no me mirara directamente a mí, sino al gato. Cuando me miraba, me preocupaba demasiado sobre qué aspecto tenía mi cara.

—Había una anciana que vivía a unos kilómetros de nosotros —expliqué—. La señora Isabella Thorn. La mayoría de los niños del pueblo la considerábamos nuestra abuela. No sé por qué cojones esa anciana estaba sentada en el porche a las cinco de la mañana fumando pipa, pero allí estaba. Cogió al gato y me dijo que lo mantendría a salvo. Y eso fue todo. Me fui a casa. No volví a tener otro animal hasta que Manson cogió a Jojo y Vincent se mudó con Haribo.

Por fin volví a mirarla, esperando ver compasión o tristeza. En cambio, había furia en sus ojos.

—¿Quién demonios trata así a su hijo? —espetó—. ¿Amenazando con matar a un animal? ¿Asustándote tanto que te escapaste? ¡Qué mierda! Si no estuviera ya muerto, yo...

Se interrumpió bruscamente y abrió mucho los ojos. Pero la detuve antes de que pudiera disculparse.

371

—Créeme, si no estuviera muerto, volvería a matarlo. Odiaba a mi padre. Lo odiaba con cada puto hueso de mi cuerpo. Él hizo que lo odiara. Pensaba que mostrar emociones o encariñarse con las cosas te hacía débil, te hacía menos hombre. Los juguetes, las mascotas, mi propia madre... Un hombre de verdad no debía preocuparse por ninguna de esas mierdas.

—¡Eras un crío! —Estaba tan enfadada que balbuceó, asustando a algunos gatos—. ¡Los niños necesitan consuelo! ¡Los niños necesitan juguetes! Es que... No puedo imaginar... —Sacudió la cabeza—. Siento mucho que hayas pasado por eso. Es... es enfermizo.

Enfermizo... Sí, supongo que lo era.

—Supongo que, en cierto modo, tenía razón —dije. A pesar de lo mucho que detestaba a mi padre, él me crio. Había sido la mayor influencia en mi vida, después de que se llevaran a mi hermano—. Si te preocupas demasiado por algo, es mucho peor cuando lo pierdes.

—Pero vale la pena —dijo con vehemencia—. Sí, todos perdemos cosas en la vida: cosas que amamos, personas que adoramos, cosas realmente importantes. Y duele. Es horrible y, a veces, parece que el dolor nunca va a desaparecer. Pero vale la pena, incluso cuando es difícil.

Mi intención no era ponerme sentimental, pero lo estaba, lo que me confundía aún más. Algo en mi cerebro había decidido que quería ser escuchado, quería derribar el muro que me había mantenido a salvo durante tanto tiempo.

Ahora estaba rodeado por los escombros de mis defensas y no tenía ni idea de qué hacer conmigo mismo.

—Deberíamos llevarla a casa —dije de repente, señalando con la cabeza a la gatita—. A los chicos no les importará, y ella no sobrevivirá aquí fuera. No sola. —La acaricié suavemente, recibiendo otro bufido feroz antes de que volviera a devorar su comida—. Joder, qué enfadada estás. Estoy intentando ayudarte, ¿sabes?

De alguna manera, mis propias palabras actuaron como un *boomerang*. Las lancé sin pensar, solo para que volvieran y me golpearan en la cara.

Las personas que se preocupaban por mí siempre intentaban ayudarme. Incluso cuando reaccionaba con ira, por instinto, seguían recogiéndome y cuidándome, a pesar de mis afiladas garras.

Jess puso su mano sobre la mía y mi corazón dio un vuelco.

—Te mereces mucho más de lo que te ha dado la vida, Lucas —dijo.

—No sé qué cojones me merezco, Jess —dije, mirando sus dedos perfectos sobre los míos, torcidos—. Pero no quiero estar enfadado todo el tiempo. No quiero sentir siempre que estoy luchando contra el mundo. Solo quiero vivir. Eso es todo.

—Lo sé —dijo—. No estarás enfadado para siempre. Solo a veces. Y tampoco te dolerá para siempre.

—Solo a veces —repetí, y ella asintió.

—Me alegro de que me hayas traído aquí. Significa mucho para mí que hayas querido compartir esto conmigo.

Joder, se me estaba haciendo un nudo en la garganta. Todo seguía pareciendo opresivo y sofocante, pero era como si por fin pudiera respirar.

—Lucas. —Me cogió las dos manos entre las suyas. Dios, era aterradoramente hermosa. Era tan tierna que me dolía y, cuando me miraba, sentía que podía romperme en mil pedazos—. Te quiero, Lucas. Te quiero, aunque tú no me quieras. Aunque aún no confíes en mí del todo. Aunque...

Le puse los dedos en los labios para que se callara. Mi corazón latía a mil por hora y mi cerebro iba igual de rápido, demasiado rápido para poder pensar en nada, excepto en una cosa.

—¿Por qué me quieres?

No eran las palabras que quería decir. No eran tiernas, ni suaves, ni las palabras que ella se merecía. Pero necesitaba saberlo, porque, si no, me convencería a mí mismo de que todo era una mentira. No era la persona que la gente quería. Era la persona que toleraban, la aceptaban a regañadientes. Era detestable, desagradable, grosero y temperamental.

—Porque siempre me has dicho la verdad —dijo—. Eres honesto, pero te preocupas mucho. Sé que intentas fingir que no es así. Y eres muy fuerte. Eres valiente. Has pasado por muchas cosas y sigues siendo... sigues siendo amable.

—No lo dices en serio. —Mi voz era demasiado débil para mi gusto.

—Sí, lo digo en serio. ¡Mira lo que has hecho por unas criaturas que ni siquiera pueden hacer nada por ti a cambio! La mayoría de estos gatos nunca te dejarán tocarlos, puede que nunca confíen en ti, pero sigues aquí, cada semana, asegurándote de que estén bien cuidados, asegurándote de que tengan una oportunidad. Estás intentando darles lo que el mundo nunca te dio. —Tragó saliva—. Te presentaste en mi casa y hablaste con mi madre, sabiendo que no le caías bien, sabiendo que te juzgaría. Y me protegiste, incluso cuando yo no sabía que necesitaba protección.

Cerré los ojos, incliné la cabeza y crucé los brazos, haciendo todo lo posible por contenerme. Era demasiado. Dios, sentía que me iba a aplastar.

—Te mereces ser amado, Lucas —dijo ella. Estaba cerca y hablaba en voz baja, abrazándome como si intentara protegerme—. Te mereces ser feliz. Te mereces sanar.

—Joder.

Me froté rápidamente los ojos antes de rodearla con los brazos y apretarla contra mi pecho. La estaba abrazando con demasiada fuerza, lo sabía, pero temía que, si aflojaba el abrazo, aunque fuera un poco, ella desaparecería y todo esto sería una mentira. Repitiendo sus palabras una y otra vez en mi cabeza, intenté obligarme a creerlas, a dejar de cuestionarlas.

Merecía sanar...

«¿De qué coño necesitaba sanar? Solo tenía que superarlo».

Merecía ser feliz...

«¿Por qué demonios debería ser feliz?».

Merecía ser amado...

«Una persona como yo no merecía amor».

Como si pudiera esconderme allí, apreté mi cara contra su pelo. Era mucho más fácil ser sincero con ella cuando estaba enfadado, no cuando estaba llorando como un niño.

—Yo también te quiero. —Qué palabras más aterradoras. Pero decirlas no me mató, el mundo no se derrumbó. Así que las repetí, para estar seguro—. Te quiero mucho, Jess. —Dios, tenía un nudo en el vientre—. Te quiero, joder. —Cuanto más lo decía, más me costaba parar. Las palabras eran como pesas que salían de mi boca y me hacían sentir más ligero—. Te quiero tanto que no puedo dejarte marchar.

Asintió con la cabeza, apoyada en mí, y no necesitó decir nada más.

Me quería, y yo la creía. Pensaba que yo me merecía cosas mejores, cosas bonitas, y posiblemente, por primera vez en mi vida, yo también empezaba a pensar que me lo merecía.

36

LUCAS

Manson tuvo que notar un cambio en mí.

No estaba seguro de cómo lo sabía. Cuando entró en el garaje a la mañana siguiente, tenía una taza de café recién hecho en mi banco de herramientas y la gatita naranja en una gran caja de cartón cerca de mí. Los lados eran lo suficientemente bajos como para que ella pudiera verme, pero no lo suficiente como para que intentara escapar. Jess la había llamado Cherry y pensé que el nombre le quedaba bien.

Ninguno de los chicos se sorprendió cuando traje a casa una gatita. Ni siquiera un poco. Al parecer, estaba perdiendo mi toque, o no era tan sutil como creía.

Manson me vio entrar en la casa con Cherry anoche y lo único que dijo fue: «Ya era hora de que tuvieras un gato».

Vincent se obsesionó con ella al instante. Jason puso mala cara y dijo que lo último que necesitábamos era un gato que destrozara los muebles con sus garras, pero, aun así, lo pillé haciéndose amigo suyo y ofreciéndole trocitos de la carne de su sándwich.

—¿Cómo está la bolita de pelo? —se interesó Manson, agachándose junto a la caja para ofrecerle la mano a Cherry. Ella le hizo saber lo que pensaba de su intrusión con un fuerte bufido—. Es una gruñona, ¿eh? No me extraña que os llevéis bien.

—Es una guerrera —dije, mirando con orgullo a la pequeña y valiente gatita.

Presentársela a los perros la noche anterior había sido una de las cosas más divertidas que había visto en mucho tiempo. Jojo, como era de esperar, le tenía miedo. Haribo corrió en círculos a su alrededor, ladrando, mientras Cherry lo enfrentó con las garras fuera y el rabo erizado. Ni siquiera se había atrevido a acercarse lo suficiente como para que ella pudiera arañarlo.

Se llevarían muy bien.

Pero Cherry aún era pequeña y no quería dejarla sola mientras trabajaba. Así que allí estaba, mirando alrededor del garaje, poniéndose de pie sobre sus patas traseras para ver mejor su nuevo territorio. Tenía la música puesta, pero no a todo volumen; la pequeña necesitaba tiempo para acostumbrarse a todas las nuevas imágenes y olores.

Manson era el que solía encender los altavoces, ya que prefería trabajar con sonido en lugar de en silencio. A mí nunca me había importado mucho, pero hoy la alegre lista de reproducción me parecía adecuada. Me mantenía en marcha, me daba energía.

Pero no era lo único que me daba energía.

«Te mereces sanar, Lucas. Te mereces ser amado».

Esas palabras se negaban a dejarme en paz. Llevaban días en mi cabeza, invadiéndome cada vez que aparecía un mensaje de Jess en mi móvil, cada vez que veía su rostro en la casa.

Al principio me enfadé, porque, ¿qué cojones significaba eso? La vida no tenía nada que ver con merecer. Te toca lo que te toca y lo aceptas. Insinuar que alguien merecía inherentemente una cosa u otra me parecía ingenuo, como el sueño de un niño.

Nadie merecía una mierda. La vida era injusta. Luchabas por sobrevivir o no lo conseguías.

Pero luego la ira se disipó. No sabía si yo merecía algo, pero sabía que los chicos merecían a alguien que no perdiera los estribos ante cualquier provocación aleatoria, alguien que no los alejara en cuanto las cosas se ponían demasiado difíciles. Se merecían algo mejor, Jess se merecía algo mejor. Quizás yo me merecía algo mejor de mí mismo.

La llave se me resbaló de la mano y cayó al suelo con estrépito, haciendo que Manson se sobresaltara.

—¿Estás bien?

—Sí, sí... Joder.

Me agaché para recoger la llave inglesa y me quedé quieto durante un momento. Tenía la cabeza hecha un lío, fluctuando salvajemente entre el vértigo y la desesperación.

Jess me quería, *joder*. Quería que mejorara.

Dios, me costaba demasiado.

No era la única que quería ver lo mejor de mí. No solo quería lo mejor de mí, sino lo mejor para mí. No era un buen hombre, nunca lo había sido, pero Jess me hacía sentir como si lo fuera, como si pudiera serlo.

Si me hubieran dejado a mi bola, me habría dejado llevar por la autocompasión. A la mierda todo, era una basura y seguiría siéndolo. Pero no podía seguir así, no cuando tenía a mi alrededor gente que se preocupaba tanto por mí, gente que podía aliviar mi dolor, que no me juzgaba por lo mucho que luchaba.

La confianza me aterrorizaba. La intimidad, aún más. Pero estaba aprendiendo a ser vulnerable.

Quizás así era como se sentía sanar. Era impresionante.

—Oye, Manson. —Asintió con la cabeza para indicar que me había oído—. Creo que quiero ir al psicólogo.

Hizo una pausa, se inclinó para bajar el volumen de la música y luego se volvió hacia mí con expresión atónita.

—Tú... ¿Tú qué?

Ahí estaba mi oportunidad de retractarme. Negar que había dicho nada. Callarme la boca. Pero esta vez no iba a hacerlo.

—Quiero probar ir a terapia. Por mi... Ya sabes... Por todo el trauma y esas cosas. Creo que tal vez si... si hablara con alguien, tal vez podrían decirme cómo superarlo... o algo así.

Sí. Vale. No ha estado tan mal. No me ha matado. No se ha burlado de mí.

Manson parecía eufórico.

—Bueno, sí, claro, eso está bien. Puedo darte el número de mi psicóloga...

Cerré los ojos y conté hasta diez.

Obligarme a hacer esa llamada me llevaría un tiempo. ¿Qué se supone que debía decir? «Hola, doctora, estoy bastante jodido y supongo que debería hablar con alguien sobre ello. ¿Quiere oír hablar de abusos infantiles? Además, mi hermano era ese asesino del que hablaban todos los periódicos, así que, ¿le importa si también le cuento toda la confusión que sentí al respecto?».

—Yo llamaré por ti —dijo Manson rápidamente—. Pediré cita. ¿Te parece bien?

Me aclaré la garganta y volví a asentir con la cabeza. Si pensaba seriamente en lo que me merecía y lo que no, sentía que no le merecía a él. No merecía ese nivel de paciencia ni de empatía. Pero quizá pensar eso era parte del problema.

Caminé hacia la entrada del garaje para encenderme un cigarrillo. Solo me temblaban un poco las manos. Podría haber sido peor.

Manson se unió a mí, en silencio, mientras fumaba. Eso siempre se le ha dado bien, siempre estaba dispuesto a compartir la tranquilidad conmigo. Las palabras eran difíciles, y odiaba sentir tantas cosas contradictorias a la vez sin poder darles sentido. Pero su presencia era estable. Era una de las pocas cosas con las que siempre había contado.

—Estoy orgulloso de ti —dijo, y yo gruñí.

—¿No puedes darme un puñetazo en el vientre en vez de hacer eso? —le pregunté—. Sería mucho más fácil de soportar que... que lo que sea que estés haciendo ahora mismo.

Se rio entre dientes y negó con la cabeza cuando le ofrecí el cigarrillo.

—Sobrevivirás. Por cierto, ¿qué te hizo cambiar de opinión sobre la terapia?

—Jess dijo algo —murmuré—. Ayer dijo muchas cosas.

—¿Qué dijo?

Manson me contó cuando le confesó que la quería. Me asustó mucho. Saber que él estaba enamorado de ella y creer que ella nunca podría amarme a mí no había sido fácil de aceptar. El poliamor no era todo color de rosa, requería esfuerzo. Teníamos que lidiar con esos sentimientos incómodos cuando surgían.

—Me quiere —dije. Eso me hizo sonreír como un tonto mientras levantaba mi mano temblorosa para darle otra calada al cigarrillo—. Me dijo que merezco sanar. Pero ¿y si no puedo? ¿Qué se supone que debo hacer entonces? ¿Y si me siento en ese puto sofá y le cuento todo y ni siquiera un profesional puede ayudarme?

—Entonces te buscaremos un nuevo psicólogo —dijo—. Vas a tener que ser paciente contigo mismo. Va a doler. Pero lo conseguirás. Te conozco. Estarás bien.

Tenía los ojos tan oscuros que casi parecían negros. Fue lo primero que me llamó la atención de él: la forma en que miraba el mundo, la forma en que me miraba a mí. Me miraba como si fuera algo que valía la pena salvar, algo bueno.

Levantó la mano y me acarició los labios con el pulgar.

—Jess tiene razón, ¿sabes?

Negué con la cabeza rápidamente y de forma abrupta.

—Lo dudo.

—Quizá. Pero tú te lo crees lo suficiente como para intentarlo.

Odiaba el miedo que me oprimía los pulmones, cómo me exigía rechazar esto. Quería aislarme, desesperarme, enfadarme y asustarme. Ese miedo casi había ganado. Pero no se lo permitiría. Ni ahora ni nunca.

Me acerqué a él. Manson y yo habíamos sido vulnerables el uno con el otro antes incluso de saber lo que eso significaba. Todas aquellas noches que habíamos pasado tumbados en el Bronco, acurrucados el uno contra el otro, con una manta fina y el calor de nuestros cuerpos como única defensa contra el frío. Pensé en los moratones que él había besado borracho, en las promesas, en las lágrimas que nunca habíamos dejado que nadie más viera.

—No se me da bien hacer cosas por mí —dije, bajando la voz y con un nudo en la garganta por el esfuerzo—. Pero lo haré por ella. Y por ti. Por todos nosotros.

—Me alegra verte hacerlo —dijo—. Independientemente de para quién o para qué sea. Ya lo descubrirás.

—Será mejor que dejes de hablar así o vas a emocionarme —dije.

Pero ya era demasiado tarde para que se detuviera.

Me besó despacio, casi perezoso. La boca le sabía a menta, como si acabara de lavarse los dientes. Probablemente yo sabía a ceniza y a café, y me aparté de él de repente, cohibido.

Me atrajo hacia sí con fuerza. Esta vez su beso fue más profundo, autoritario, mientras me empujaba contra la pared del garaje. Me besó como si estuviera hambriento de mí y me subió la camiseta con la mano para poder pasar los dedos por mi pecho.

Encontró sus iniciales, grabadas en mi piel, y las recorrió con los dedos. Si los cortes no dejaban cicatrices al curarse, tenía la intención de tatuarme sus iniciales en su lugar. Él había dejado su huella en mí de mil maneras invisibles; yo quería al menos una que fuera perfectamente visible, una que nunca pudiera borrarse.

—No seas tan delicado —le dije.

Me tocaba con tanta ternura que exacerbaba las emociones contra las que luchaba. No quería pensar, solo quería *sentir*.

Me acarició el cuello y el hombro con la nariz, emitiendo suaves sonidos de satisfacción mientras me besaba.

—¿Que no lo sea? ¿Por qué?

Era una pregunta estúpida. Él sabía la respuesta.

—No me lo merezco —dije, porque era la forma más fácil de explicarlo.

Era lo más sencillo a lo que podía reducir mi respuesta: la delicadeza no era algo que me hubieran dado nunca y, francamente, no era algo que sintiera que me mereciera.

Era una persona enfadada y violenta. Era agresivo y peligroso y…

—Sí que te lo mereces.

Me tensé y él me agarró de las muñecas y me las inmovilizó a los costados mientras seguía besándome lenta y suavemente en el cuello.

—Creí haberte dicho que dejaras esa mierda. —Mis palabras rezumaban amargura y me odié por ello, odié lo petulante que sonaba, lo condenadamente enfadado que estaba.

—¿Desde cuándo me dices lo que tengo que hacer?

Su respuesta me hirió mucho. Mi primera reacción fue el arrepentimiento, porque, ¿qué demonios me pasaba para hablarle así? Luego apareció la furia, la rebeldía, porque nadie mandaba sobre mí y no iba a rendirme y someterme sin más.

Luego vino el miedo, porque había soltado palabras sin pensar y eso tenía consecuencias. En realidad, no le tenía miedo a Manson. No temía que me hiciera daño, aunque podía hacerlo, ya lo había hecho y lo volvería a hacer con gusto porque nos complacía a ambos.

No se trataba del miedo a ser golpeado, como había pasado con mi padre. A él le soltaba estas cosas y me preparaba para lo peor. Esperaba a que empezaran los golpes. Aprendí a bloquear el dolor, a ignorar la humillación, a hacer como que no importaba.

No tenía miedo de que Manson abusara de mí.

Tenía miedo de que se hartara y se marchara.

Me hacía sentir como un manipulador gilipollas. Él se merecía algo mejor, pero ¿cómo iba a esperar que se quedara? ¿Cómo de tóxico de mierda era eso?

—Deja de darle vueltas, cachorro.

Manson me miraba con empatía, pero con una sonrisita que suavizaba la lástima. Me puso la mano en la mejilla y yo me incliné hacia su calor.

—Por favor, no lo hagas. —Inhalé tembloroso y un patético gemido acompañó mi exhalación. Furioso conmigo mismo, apreté los puños—. No… No…

—¿Que no sea amable contigo? A la mierda con eso. —Me miró como si fuera algo precioso, algo increíble—. Tienes miedo, lo entiendo. Las cosas están cambiando y el cambio es difícil. Incluso los cambios buenos son muy difíciles. Lo sé. Pero te quieren. Te cuidan. Cada cambio que venga, lo afrontaremos juntos.

Yo seguía negando con la cabeza, en bucle. Me apartó del lateral del garaje y me hizo retroceder mientras entrábamos. Me mantuvo en pie cuando estuve a punto de tropezar, guiándome con una mano en la cintura y la otra todavía acariciándome la cara. Cuando terminé por chocar contra algo, miré hacia atrás y me di cuenta de que me había empujado contra el BMW de Jess.

—Te tengo —dijo. Me quitó la camiseta y la tiró al suelo sin cuidado. Luego extendió sus manos sobre mí y yo siseé al sentir el frío del coche contra mi espalda desnuda. Pero él solo se rio por lo bajo y añadió—: Voy a sacarte esos pensamientos desagradables a base de sexo.

37

MANSON

Lucas temblaba como una hoja cuando lo toqué. Se esforzaba mucho, ninguno de nosotros lo dudaba, pero seguía siendo cruel consigo mismo. En realidad, no era mejor que yo a la hora de tratarse con cariño.

Pero para eso nos teníamos el uno al otro. Algunas personas decían que no se podía ser amado por otra persona hasta que no te amaras a ti mismo, pero eso no era cierto. Aprendí a amarme a mí mismo gracias al amor que me daban los demás. Todavía estaba aprendiendo, siempre estaría aprendiendo. A Lucas le costaba ver lo bueno que había en él, pero cada día iba a mejor. Solo necesitaba que se lo recordaran.

—Yo te cuidaré —le aseguré, rodeando su bulto con mi mano y apretándolo mientras él gemía.

Me estaba tomando mi tiempo y él se estaba poniendo nervioso, esperando el momento en que lo inmovilizara y fuera brusco con él.

Pero esta vez no iba a suceder, por mucho que protestara. Quería castigarse a sí mismo por necesitar consuelo, pero yo no podía permitirlo.

Tomándole de la mano, abrí la puerta del asiento trasero del coche de Jessica.

—Entra.

385

Me miró desconcertado, pero entró. Lo empujé hacia atrás mientras entraba detrás de él, de modo que quedó recostado contra la puerta opuesta, con una pierna sobre el asiento y la otra estirada en el suelo.

—Huele a nuestra chica, ¿verdad? —comenté.

Le desabroché el botón de los pantalones y se los quité y, luego, también los calzoncillos.

Estaba buenísimo. Completamente desnudo, con las piernas extendidas sobre los asientos de cuero rojo, la polla dura descansando contra su vientre. No había mucho espacio ahí atrás, pero estaba decidido a que funcionara.

Follar con él en el coche de Jess me parecía lo más adecuado.

—Sí que huele a ella —dijo—. Espero que no le importe que calentemos su asiento trasero.

Negué con la cabeza mientras me quitaba los pantalones.

—¿Estás de coña? Le encantará. Se va a volver loca cuando se lo cuente. —Me subí encima de él y le separé aún más las piernas, sonriendo—. Apuesto a que incluso se corre.

Escupí en mi mano, lubricando primero mi polla. Aquí no teníamos lubricante, pero daba igual, encontraría la manera de hacerlo. Lucas quería un polvo duro de todos modos, y aunque yo estaba decidido a ser cuidadoso, en realidad disfrutaba cuando me costaba meterme dentro de él.

Acercándome a él todo lo que pude, enganché su pierna sobre la mía y empujé la otra hacia arriba, de modo que su pie descansara sobre mi hombro. Él resopló, retorciéndose contra la puerta, mirándome con ira por haberlo puesto en una posición tan ridícula. Nos tomé a ambos con la mano, sosteniendo nuestras pollas juntas mientras empujaba contra él.

—Joder —jadeó, mostrando los dientes por el placer—. Fóllame, Manson. No me importa si duele, tú solo...

—A mí sí me importa —dije. Seguí masturbándonos juntos, embelesado por nuestra imagen—. No estoy apresurando nada. Estás tan bueno así... —Me gruñó, furiosamente petulante, y yo lo provoqué—:

¿De verdad estás en posición de gruñirme? ¿Con las piernas en el aire? ¿Abiertas como las de una puta?

—¡Entonces fóllame como a una! —exigió, sacudiendo las caderas y retorciendo todo el cuerpo.

De repente, recordé la primera vez que me lo follé. Había sido tan... insistente. Casi enfadado por lo exigente que era, como si me estuviera desafiando todo el rato a que me defendiera, a que lo pusiera en su sitio.

Ahora, podía reconocer esa desesperación en sus ojos.

—¿A qué esperas? —espetó con la voz entrecortada.

Sus dedos se crisparon cuando le presioné la pierna aún más hacia arriba, aplastándolo contra el asiento.

—Pídelo con amabilidad —le dije.

Prácticamente me enseñó los dientes.

—¿Estás de coña? ¡Venga! ¡Reed! —Empujó sus caderas hacia mí. Agresivo. Exigente—. ¡Fóllame, capullo! ¡Venga!

Sus pupilas se dilataron visiblemente cuando mi mano se movió rápidamente y le agarró la cara.

—¿Perdón? ¿Podrías repetir eso?

Tragó saliva. El asiento de cuero crujió debajo de él.

—Eh... No. No... Yo no...

—Vamos, *Bent* —espeté, apretándole la cara con fuerza—. Ponme a prueba, cariño. Llámame capullo otra vez. Te reto. De verdad que quiero que lo hagas. Adelante.

Negó con la cabeza, con los labios cerrados con firmeza. Temblaba como si de verdad me tuviera miedo y me sentí un poco mal por sonreír.

—Te prometí que sería cuidadoso. ¿Por qué te esfuerzas tanto en obligarme a no serlo? —le dije, aflojando el agarre en su cara.

—Te he dicho que no me lo merezco —dijo. Su voz era suplicante, como si me estuviera rogando que le creyera. Bajó la mirada, gimiendo con suavidad mientras yo seguía acariciando nuestras pollas juntas—. Por favor, Manson. Por favor... Me cuesta mucho.

—Lo sé. —Lo solté y me incliné hacia su ano. Todo su cuerpo se tensó por la expectación, pero me tomé mi tiempo—. Pero poco a poco se irá haciendo más fácil. Te lo recordaré todos los días si es necesario: lo mucho que te quiero y lo precioso que eres para mí.

Gruñó como si estuviera enfadado, agarrándome el brazo mientras me veía presionarlo contra él. Me moví despacio, empujando hacia dentro solo hasta que encontré resistencia. Entonces me detuve, dejando que sus músculos se relajaran, dándole tiempo para abrirse a mí.

Después de varios minutos estirándolo, centímetro a centímetro, pude penetrarlo por completo. Abrió mucho los ojos, abrió la boca como para emitir algún sonido, pero cerró la mandíbula de golpe y apretó los dientes. Me moví despacio y él estaba más que preparado para mí, pero seguía mirándome como si lo estuviera matando.

—Esto es exactamente lo que te mereces —le dije—. Te mereces que te traten con cariño. Te mereces que te amen, te den placer y te cuiden.

—Para —susurró, y yo me detuve. Tragó saliva con dificultad y parpadeó rápidamente—. Amarillo… Solo… necesito un segundo…

Cerró los ojos y respiró hondo, despacio. Esperé, completamente dentro de él. Tenía los testículos tan tensos que lo único que quería era follármelo duro y rápido. Pero asegurarme de que estaba bien era mucho más importante que el placer momentáneo.

Cuando volvió a abrir los ojos, la dureza había desaparecido de su mirada. Joder, se le veía tan vulnerable así… Con las piernas levantadas, aplastadas debajo de mí, y los ojos muy abiertos. Había sido un luchador toda su vida, rara vez había tenido la oportunidad de mostrarse vulnerable.

—Aquí estás a salvo —le dije, y él asintió con la cabeza.

Empecé a moverme, balanceándome contra él, y él dejó escapar un gemido ahogado. Estaba atrapado entre la puerta y mi polla, sin ningún sitio al que escapar, ningún sitio donde esconderse.

—Eres la hostia de *sexy*, Lucas. Joder, soy un hombre con suerte.

Sacudió la cabeza como si eso fuera a convencerme de que dejara de hablar. Esto lo estaba torturando, pero yo no tenía intención de parar. No necesitaba causarle dolor físico para satisfacer mi sadismo; verlo luchar tan duramente contra mi ternura era más que suficiente.

—Quiero ver cómo te corres sobre ti mismo —le dije, rodeándolo con mi mano y acariciándolo mientras lo follaba. Se estremeció cuando le masajeé el glande con los dedos, con las piernas temblando y la respiración entrecortada—. Quiero sentir esta hermosa polla palpitar en mi mano. Quiero saborearte... —Me incliné sobre él, nuestros jadeos se entremezclaron, calientes—. Esto es lo que necesitabas, ¿verdad, cachorro? Alguien que te cuidara, que se follara todos tus pensamientos malos, que te recordara lo jodidamente *sexy*, fuerte e increíble que eres...

Gimió y se calló. La polla le palpitó y yo apreté, entonces sus piernas temblaron y el semen brotó sobre su barriga. Seguí follándomelo, pero verlo era demasiado perfecto, era exquisito. Gemí, mis movimientos se volvieron erráticos a medida que el placer aumentaba, irradiándose a través de mí. Me corrí solo unos segundos después que él, con mi frente sudorosa presionada contra la suya.

No nos movimos durante casi un minuto. Nuestros cuerpos estaban tan apretados y pegados en la parte trasera del coche que, cuando acabé de estirarlos, me dolían los músculos. Pero por el momento estaba muy satisfecho, apretujado en la esquina del asiento trasero de Jess aún dentro de Lucas, que tenía los ojos cerrados mientras se recuperaba.

—Hemos... Hemos dejado su coche hecho un asco —dijo en voz baja.

—Qué pena que no esté aquí para limpiarlo con la lengua —respondí, y él soltó una risa suave.

Nos movimos despacio, desenredándonos el uno del otro, estirando las extremidades mientras salíamos del coche. Cogí un trapo limpio y nos limpié a los dos, eliminando el desastre que había sobre su vientre. Mi lengua también ayudó un poco, lo que le hizo temblar y quejarse de que le hacía cosquillas.

—Sigue quejándote y te haré cosquillas de verdad —le dije, y eso lo calló bastante rápido.

Por el rabillo del ojo, vi a Jason abrir la puerta principal para dejar salir a los perros, estirando los brazos mientras salía arrastrando los pies al porche. Corrieron hacia los árboles, como solían hacer para hacer sus necesidades. Sin embargo, pronto pude oír a uno de ellos revolviendo cerca de la valla, olfateando y rascando.

—Parece que Jojo está cavando otra vez —comentó Lucas.

Me abroché los pantalones y me dirigí con dificultad hacia el lateral del garaje para detenerla. Tenía la mala costumbre de cavar en la valla y no quería que se escapara del jardín.

Pero cuando rodeé el garaje, no estaba cavando. Tenía algo en la boca, algo húmedo y viscoso, y estaba tratando de tragárselo lo más rápido posible.

—Oye, ¡eh, escupe eso...! ¡Joder! —Le rodeé el cuello con el brazo y le apreté las grandes fauces para intentar que lo soltara. Me miró con cara de culpa, pero no lo soltó—. ¡Lucas! ¡Me cago en todo, necesito ayuda!

Lucas corrió hacia mí y, mientras yo sujetaba a Jojo, consiguió abrirle las mandíbulas. Ella escupió su presa y se lamía los labios con decepción. Lo que había escupido era rojo y olía raro, y goteaba un líquido verdoso.

—¿Es un animal muerto? —preguntó Lucas.

Bo ladraba emocionado, sin saber muy bien qué estaba pasando, pero con la certeza de que quería formar parte de ello.

—Oye, ¿qué pasa? ¿Eso es...? —Jason se detuvo de golpe al salir del garaje, intentando averiguar qué estábamos mirando—. ¿Es eso un filete?

No era solo un filete. El fino corte de carne cruda estaba en un charco de líquido verde neón, cerca de la base de la valla. El olor era ácido, como de algún producto químico...

Como veneno para ratas.

—Mete a los perros dentro —pedí. Creía haber llegado a tiempo para Jojo, pero no tenía ni idea de si había conseguido tragarse algo antes de que yo llegara—. Jason, llama al veterinario de urgencia. Dile que Jojo puede haber comido veneno para ratas.

Pasamos la siguiente media hora registrando la propiedad. Encontramos más carne dentro de la valla, también envenenada. Por suerte,

Jojo parecía estar bien y no se había tragado nada. Pero unos segundos más y no habría tenido tanta suerte.

—He revisado las cámaras —dijo Jason cuando Lucas y yo volvimos a entrar.

Mientras colocaba la caja de Cherry sobre la mesa del comedor, me incliné para observar la pantalla de Jason. Reprodujo el video y señaló la figura delgada que apenas se veía, fuera de nuestra cerca.

Eran más de las tres de la mañana.

—Reagan —dije, serio.

—¿Has revisado también las grabaciones más antiguas? —pregunté, y Jason negó con la cabeza. Tenía los brazos cruzados y daba golpecitos con el pie sobre la alfombra—. Quiero saber con qué frecuencia ha estado viniendo. Documenta todo. —Odiaba lo que estaba a punto de decir, pero creía que ya no teníamos otra opción—. Tenemos que denunciarlo a la policía. Aunque no hagan nada. Necesitamos pruebas para cubrirnos las espaldas.

Necesitábamos pruebas de que habíamos intentado resolver este problema por la vía legal. Porque, con toda probabilidad, la resolución sería algo completamente distinto.

38
JESSICA

A pesar de no tener ni idea de lo que estaba pasando, nunca había estado tan emocionada.

—Vas a salir volando del puto asiento si no te tranquilizas —dijo Lucas, pero yo no podía evitarlo.

Manson y él estaban instalando mi motor nuevo, y yo apenas podía contener la emoción por volver a tener por fin la libertad de disponer de mi propio coche.

—No te preocupes, Jess —dijo Vincent, llamándome desde el sofá del piso de arriba—. Es que Lucas no está acostumbrado a tener tanta gente mirando mientras trabaja.

Lucas refunfuñó y volvió a darme la espalda mientras intentaba concentrarse. Seguramente lo distraería mucho menos si dejara de mirar constantemente por encima de su hombro, así que subí al altillo para reunirme con Jason y Vincent. Me senté entre ellos en el sofá y sonreí cuando ambos me dieron un beso en la mejilla al mismo tiempo.

—¿Cómo te sientes por lo de mañana? —preguntó Jason.

Tenía la revisión con mi jefe a primera hora de la mañana y había estado intentando distraerme para no estresarme.

—Estoy muy nerviosa —dije, secándome las palmas sudorosas en los vaqueros—. Todo irá bien. Creo. Al menos, eso espero.

—No te preocupes —dijo Vincent—. Vas a conseguir ese ascenso, vas a empezar a ganar mucho dinero. —Se frotó las manos con una sonrisa—. Y luego nos cogerás a todos como tus *sugar boys*.

Jason resopló, riéndose.

—¿*Sugar boys*? ¿En serio?

—Solo si consigo que se ponga un disfraz de chico gato —dije—. Y si no se queda atascado porque le queda pequeño, no cuenta.

—Eso puede arreglarse —dijo Vincent, y Jason levantó las manos.

—No vais a convertirme en un chico gato. Vamos…

—¡Eh, bajad la voz! —gritó Lucas—. ¡Todas vuestras conversaciones raras sobre gatos están incomodando a Cherry!

—Si vamos a tener un chico gato y un cachorro en la misma casa, voy a necesitar una escena de juego entre vosotros —añadió Manson, y se echó a reír al ver la mirada que le dirigió Lucas—. No mientas, sabes que lo disfrutarías.

De repente, Jason pareció interesado en la idea.

Por suerte, los chicos hicieron un excelente trabajo distrayéndome de mis nervios. Aquí arriba era el lugar perfecto para ver cómo Manson y Lucas desmontaban mi coche. Pieza a pieza, quitaron todo lo que estaba conectado al motor y lo dejaron las piezas a un lado. Luego trajeron lo que parecía una grúa en miniatura y conectaron un gancho y una cadena a la parte superior del motor para poder levantarlo.

Hicieron una pausa para almorzar y Vincent preparó unos deliciosos macarrones con queso y beicon. Después de estar tan nerviosa toda la mañana, la deliciosa comida me adormeció y me quedé dormida en el sofá sin querer. Cuando me desperté unas horas más tarde, fue porque Manson me acarició la mejilla hasta que abrí los ojos.

—Ya está listo, ángel —me dijo mientras yo bostezaba y me frotaba los ojos para despertarme—. El nuevo motor ya está instalado. Es hora de probarlo.

Hasta que me senté al volante y empecé a recorrer la autopista con el viento azotándome el pelo, no me había dado cuenta de lo mucho que echaba de menos el simple hecho de conducir. Una vez en la autopista, aceleré, incapaz de evitar que una amplia sonrisa se apoderara de mi rostro.

—¡Sí! ¡Por fin! —exclamé, golpeando el volante con la palma de la mano, emocionada—. Dios, qué bien sienta volver a conducir.

Manson se rio entre dientes. Tomé la siguiente salida, saliendo de la autopista para poder dar la vuelta y conducir en dirección contraria, de vuelta a casa.

—Aunque lo admito: voy a echar de menos que me llevéis a todas partes —confesé.

—Te seguiremos llevando cuando quieras —dijo—. Solo tienes que llamarnos y acudiremos. Personalmente, no voy a renunciar a nuestras salidas diarias para tomar café.

A pesar de mi emoción, me invadió una extraña sensación de melancolía.

—Así que esto es el final de mi deuda, ¿no? ¿Ya la he pagado toda?

Mientras yo intentaba mirar la carretera, Manson me observaba. Creo que no me había quitado los ojos de encima ni un solo instante desde que nos subimos al coche.

—Te daré un recibo y toda la parafernalia. ¿Tendré que volver a retarte a juegos sucios para que me folles?

Me reí, me incliné y le di un empujoncito en el brazo.

—Sabes que nunca digo que no a un reto. —Ya casi habíamos llegado a casa, cuando salí de la autopista y tomé la Ruta 15—. Pero no necesitamos un juego. Ni un reto. Ni una deuda.

—Ya hemos superado todo eso, ¿no? —preguntó mientras yo tomaba el camino de tierra que llevaba de vuelta a casa.

Me detuve en la puerta y le agarré la mano antes de que saliera a abrirla.

—Manson, te quiero. Os quiero a todos. Ya hemos superado los juegos. Aún no sé cómo lo haremos… Me refiero al futuro. No sé qué haremos cuando acabemos estando lejos unos de otros…

Una sonrisa se dibujó en su boca.

—¿Alejarnos unos de otros? ¿Por qué coño íbamos a hacer eso?

Parpadeé rápidamente.

—Bueno... A ver... Vamos a mudarnos, todos. Vosotros tenéis vuestros planes, yo tengo los míos...

No era así de simple... Dios, al menos esperaba que no lo fuera.

Aquel día, cuando Vincent habló de irnos a Nueva York en su vieja habitación, me aferré a esa esperanza. La escondí en mi corazón, sin atreverme a sacarla a la luz. ¿Quién querría mudarse a otro estado por una chica? Sobre todo, cuando, siendo realistas, ellos solo me habían tolerado durante las últimas semanas.

Era demasiado bueno para ser verdad. Intenté ser optimista, pero algunas cosas eran demasiado inverosímiles como para creerlas.

Manson me besó la mano antes de salir del coche, abrió la verja y se dirigió hacia el garaje mientras yo entraba en el jardín. Pero frené de golpe cuando vi a los chicos, todos dentro del garaje esperándome.

Llevaban ramos de flores. Sus diferentes elecciones de flores eran casi ridículamente distintas, pero de la forma más dulce que jamás hubiera imaginado.

Lucas llevaba dos: un gran ramo de rosas rojas que le entregó a Manson, mientras que él se quedó con el ramo de acianos azules y rosas silvestres de color rosa. Jason llevaba un ramo de margaritas; Vincent, girasoles.

Era imposible levantarme de mi asiento. Las lágrimas caían por mis mejillas y mi respiración se entrecortaba mientras intentaba mantener la compostura.

Vincent abrió la puerta y me tendió la mano.

—Ven aquí, cariño. No pasa nada. No llores.

Me rodeó con sus brazos, pero eso solo hizo que las lágrimas fluyeran aún más.

Joder, tenía la cara hinchada y roja, pero lo único que sentía era alegría. No estaba segura de lo que estaba pasando, solo que verlos a todos esperándome me había llenado el corazón hasta los topes.

Cuando levanté la cabeza de su pecho, todos se habían reunido a mi alrededor.

Jason me sonrió, rodeándome el cuello con la mano mientras me besaba.

—¿Qué es todo esto? —sollocé mientras me apartaba de los brazos de Vincent—. Las flores...

—Has pagado tu deuda —dijo Lucas, aclarándose la garganta con brusquedad. Le costaba mirarme, sus ojos no dejaban de mirar hacia cualquier otro sitio mientras movía los pies—. No nos debes nada, Jess. Absolutamente nada. Pero nosotros... No queremos que esto sea el final. Probablemente sea bastante obvio a estas alturas, teniendo en cuenta todo, pero... Mierda... —Se rascó la nuca con la mano—. Debería hablar alguien que lo haga un poco mejor.

Vincent se rio por lo bajo y Manson se acercó.

—Jess, sabes lo que sentimos. Todos hemos tenido la oportunidad de hablar contigo individualmente, pero no juntos.

—Te queremos —dijo Jason, lo que me hizo contener el aliento de nuevo con un nuevo sollozo.

—Sinceramente, estamos un poco obsesionados contigo —comentó Vincent.

—Un poco sería quedarse corto, Vince —añadió Jason, guiñándome un ojo, lo que me hizo reír entre lágrimas.

—Queremos que sepas exactamente lo que es esto —dijo Manson—. Sin deudas, sin retos, sin juegos. Solo nosotros, contigo.

—Eso es lo único que queremos —dijo Lucas—. Y sabemos que te vas a mudar, pero eso no nos preocupa. Joder, lo más seguro es que nosotros también nos mudemos.

Parecía un sueño, probablemente porque lo había soñado muchas veces. Pero era todo real.

Me querían. Querían estar conmigo, querían cambiar toda su vida para estar cerca de mí.

—¿Queréis mudaros a Nueva York? ¿Todos? ¿Lo decís en serio? —Pero estaba claro lo en serio que iban. No había duda en sus ojos, ni vacilación. Incrédula, negué con la cabeza—. ¿Cómo podéis estar tan seguros?

—Te conocemos desde hace años, Jess —dijo Vincent—. Lo hemos visto todo. Hemos visto lo peor de ti, tú has visto lo peor de nosotros. Queremos la oportunidad de mostrarte lo mejor de nosotros.

—Queremos que seas nuestra —dijo Manson—. Te perdí una vez, Jess. No puedo volver a hacerlo. No puedo ver pasar más años sin ti en mi vida, preguntándome dónde estás, si eres feliz, si estás a salvo... Sencillamente, no puedo.

Lucas volvió a aclararse la garganta mientras se acercaba a mí. Parecía inseguro sobre dónde tocarme; sus dedos se detuvieron sobre mis labios antes de rozarme la mejilla.

—No quiero que te vayas —dijo, con una voz apenas audible—. Has hecho que me encariñe contigo, Jess. Estás atada a mí. A todos nosotros.

—Queremos llevarte a una cita —dijo Vincent—. Una cita de verdad, una que sea auténtica. Queremos llevarte a Tris.

—El club —dije.

Una emoción vertiginosa, cargada de nerviosismo, hizo que un escalofrío me recorriera el pecho. Tris no era solo el club nocturno en el que trabajaba Vincent, sino también el lugar donde Manson y él habían aprendido a practicar BDSM de forma segura. Había sido un refugio para los cuatro cuando encontraron su comunidad.

—Queremos mostrarte más de nuestro mundo —dijo Jason.

—Queremos más aventuras —dijo Vincent.

—Más retos —añadió Lucas con una sonrisa burlona.

—Te queremos a ti —dijo Manson—. Queremos que formes parte de nosotros. ¿Lo harás?

No era necesario pensar en mi respuesta, pero aun así me detuve un momento para respirar, para asimilar que esa era mi realidad. Que todo, en realidad, había cambiado.

—Sí, lo haré —dije—. Por supuesto.

39

VINCENT

Todos estábamos muy nerviosos, a la espera de conocer los resultados de la evaluación del trabajo de Jess. Confiaba ciegamente en ella; nuestra chica era alguien a quien no se podía subestimar, una artista, una auténtica campeona. Con la esperanza de que le diera un poco de ánimo para afrontar el día, le envié un mensaje a primera hora de la mañana.

Tenía un nudo en el estómago, a pesar de sus recientes esfuerzos por ocultar lo nerviosa que estaba por la evaluación. No estaba totalmente segura de sí misma, pero yo no quería que tuviera ni una sola duda. Todo lo que había hecho hasta ahora palidecería en comparación con lo que era capaz de hacer, y quería que lo supiera.

Cuando quería a alguien —y la quería con todo mi corazón, si es que tenía uno—, quería que sintiera que podía con todo. Que podía hacer cualquier cosa, ser cualquier cosa. Cuando mis parejas crecían, yo también lo hacía. Mi optimismo podía irritar a algunas personas, pero prefería que me consideraran molesto por ser tan positivo antes que arriesgarme a desanimar a alguien, sobre todo a las personas que me importaban.

Jess por fin llamó a mi móvil, unos cinco minutos después del mediodía.

—¡Jess nos está llamando! ¡Tenemos noticias, chicos! —grité tan fuerte como pude.

Por suerte, ya estaban en casa. Corrieron al salón y Manson tropezó al cruzar tan rápido la puerta que casi se cae sobre la alfombra. Todos se agruparon a mi alrededor mientras contestaba la llamada y la ponía en el altavoz.

—Hola, cariño —la saludé—. Dime que tienes buenas noticias para nosotros.

—¿Estáis todos? —preguntó.

Por más que intenté distinguir alguna emoción en su voz, se me escapaba lo que en realidad estaba sintiendo.

—Estamos todos, ángel —dijo Manson, tamborileando rápidamente con los dedos en el respaldo del sofá.

Jason se mordía nervioso el labio y Lucas fruncía el ceño. Incluso los perros podían notar la tensión: Bo y Jojo estaban sentados cerca, con las orejas y las colas erguidas. Lo único que había en la cabeza de Cherry era Lucas y jugar, así que estaba revolcándose detrás de Jojo, intentando en vano atrapar la cola del perro.

—¡Lo conseguí! —exclamó Jess—. ¡Me han ascendido! ¡Empiezo a trabajar en tres meses!

Nuestros vítores fueron tan fuertes que ahogaron su voz. Los perros ladraban y movían la cola. No entendían nada, pero estaban felices de participar.

—Sabíamos que lo conseguirías —dije—. Enhorabuena, Jess. Te lo mereces, joder.

—Estoy muy orgulloso de ti —dijo Manson—. Has trabajado muy duro para conseguirlo.

—Todos estamos orgullosos —añadió Jason—. Lo vas a hacer genial, Jess.

—Nueva York no sabe lo que le espera —comentó Lucas, agachándose para coger a Cherry del suelo antes de que Jojo pudiera pisarla.

La alegría de Jess era contagiosa. Parecía estar sin aliento por la emoción, y su sonrisa impregnaba cada una de sus palabras.

—Muchas gracias —dijo—. No habría podido hacerlo sin vosotros. Utilicé el dibujo de vuestra casa como parte de mi portfolio. A mi jefa le impresionó mucho. Dijo... —Hizo una pausa y pude imaginar la sonrisa en sus labios—. Dijo que se notaba que había puesto mucho amor en ese proyecto.

Cada vez que usaba esa palabra, se me hinchaba el pecho.

—Te vamos a dar una experiencia VIP completa en Tris para celebrarlo —dije. Ya lo había hablado con mi jefa; incluso si Jess no hubiera conseguido el ascenso, se merecía la mejor noche que pudiéramos ofrecerle—. Este sábado por la noche, todo el alcohol que quieras a tu disposición. ¿Qué te parece?

—Creo que está emocionada —dijo Manson, cuando el entusiasta grito de «¡Sí, sí, sí!» de Jess llegó a través de la línea.

El Club Tris estaba en un edificio alto y estrecho, situado entre una pizzería y una tienda de discos. Tenía la fachada de ladrillo pintada de negro y las ventanas tapadas desde el interior. La puerta principal estaba ligeramente entreabierta, lo que te permitía vislumbrar la escalera interior, iluminada con luz roja. Sobre la puerta había un letrero de neón con la forma de dos corazones rotos entrelazados, uno rosa y otro morado.

La gente hacía cola hasta el final de la manzana esperando para entrar. Estaba lleno de energía, me sentía increíble. Había pasado mucho tiempo desde la última vez que había venido a Tris para divertirme en lugar de para trabajar. Este lugar era mi antiguo territorio, había sido mi sitio.

La primera vez que me colé aquí era nuevo en este mundillo. Manson y yo habíamos esperado en la cola lo que nos pareció una eternidad, con nuestros carnés falsos, nerviosos de la hostia por si nos descubrían.

Tardaron un tiempo, pero nos acabaron pillando. Aun así, fue tiempo suficiente para ganarnos la confianza de los trabajadores del club y los clientes habituales. Así que, en lugar de echarnos para siempre, nos expulsaron solo durante seis meses, hasta que cumplimos veintiún años.

A diferencia de Manson y yo, Jason y Lucas nunca se habían sentido atraídos por el ambiente de los clubs. Jason se había ido acostumbrando, pero le había llevado tiempo y, también, mi insistencia insaciable en que saliéramos a menudo. Al principio le resultó difícil salir en público, sobre todo en pareja. Siempre había tenido miedo, miraba por encima del hombro, estaba constantemente a la defensiva. Pero a medida que fue ganando confianza en sí mismo, le empezó a gustar mucho más ese ambiente, lo que para mí era perfecto.

Me encantaba presumir de él. Si hubiera dependido de mí, lo habría paseado desnudo por todas partes, presumiendo de que era mío.

Ahora, caminar hacia Tris con Jason cogido de un brazo y Jess del otro, hacía que mi ego se inflara hasta alcanzar el tamaño de Júpiter. Sonreía como un puto idiota por estar acompañando a dos personas tan atractivas al mismo tiempo.

—Se van a pensar que buscas pelea —refunfuñó Lucas, dándome un golpecito en la nuca mientras caminábamos por la concurrida calle—. Deja de sonreírle a todo el mundo, joder.

Como de costumbre, la multitud enfureció a Lucas. Manson caminaba de su brazo, sonriendo mientras el otro fruncía el ceño.

—La mayoría de la gente no va a empezar una pelea por una sonrisa —dijo Manson. Lucas se estremeció cuando un coche pasó y petardeó, y Manson añadió suavemente—: Estás a salvo. No te preocupes.

Para Lucas, era más fácil decirlo que hacerlo. No había salido mucho de casa desde el incidente en el espectáculo de coches. Pero respiró hondo y con calma. Al soltar el aire, parte de la tensión de su espalda se desvaneció.

—Sí. Tienes razón —dijo, moviendo los hombros para descargarlos.

Jess se soltó de mi brazo para cogerle de la mano. Esa noche Lucas llevaba unas botas hasta las rodillas; los cordones amarillos eran el único toque de color en su conjunto, por lo demás oscuro. Manson iba de negro, salvo por la cadena de plata que llevaba sobre la camisa con botones.

Caminando a su lado, Jess estaba radiante. Estaba hecha para ser el centro de atención: llevaba unos tacones plateados que alargaban aún más sus piernas y una falda negra ajustada que se ceñía a sus caderas y a su culo. Su camiseta era de tela plateada drapeada, sujeta al cuello y a la espalda con dos finas cadenas. Tampoco llevaba sujetador.

Solo tardó unos minutos en distraer a Lucas mientras hablaba con él. Fue un alivio oírlo reír por fin mientras Jess se aferraba a él, llenándolo en dulzura y afecto. La delicadeza con la que trataba con él era increíble. Hubo un tiempo en el que creía que solo Manson sabía cómo calmar a Lucas; Jess me había demostrado que estaba equivocado.

Conduciendo a mi grupo hasta el principio de la fila, me acerqué al portero y le estreché la mano para saludarlo.

—¿Qué tal, Robbie? —le pregunté—. ¿Está siendo una buena noche?

—Por supuesto —respondió el hombre corpulento y de voz grave mientras me colocaba una pulsera VIP amarilla en el brazo. Saludó a los demás mientras nos colocaba las pulseras y nos indicaba que siguiéramos hacia el control que había más adelante. Cuando llegó a Jess, soltó—: Vaya, joder. Habéis estado muy ocupados, chicos. ¿Cómo se presenta la noche, preciosa?

Jess sonrió radiante y extendió la muñeca para que le pusieran la pulsera. Siguió agarrada a la mano de Lucas mientras Robbie nos dejaba pasar.

—¡Rachel y Mark están arriba, en el salón! —nos gritó Robbie—. ¡Seguro que les encantará saludaros ahora que estáis aquí!

—¡Los buscaremos! —le respondió Manson, con el pulgar hacia arriba.

Llegamos al rellano de la escalera y nos detuvimos allí para decidir a dónde queríamos ir. Jason movía la cabeza al ritmo de la música, bailando al compás de los graves. La camiseta que había elegido era de rejilla, lo que dejaba ver su musculoso físico y la cuerda que le había atado al pecho en un elaborado arnés.

La necesidad de presumir de él era irresistible. Lo abracé por detrás, le di un beso en la coronilla y él levantó la barbilla para mirarme.

—Estás guapísimo —le dije.

Su sonrisa era amplia, alegre y desenfrenada.

—Tú también —respondió, y lo volví a besar, esta vez en la boca.

Sabía a la sidra que había bebido de camino hasta allí, a mango y manzana. Demasiado dulce para resistirme, pasé la lengua por la comisura de su boca para saborearlo otra vez.

—Vamos a intentar llegar a la zona VIP antes de arrancarnos la ropa los unos a los otros, ¿vale? —dijo Manson.

—¿Voy a tener que empezar a llamarte padre Manson en lugar de papi? —pregunté, y él puso los ojos en blanco.

—Sigue caminando, cachondo cabrón —dijo, agitando el brazo para que me pusiera en marcha—. Al menos déjame sentarme antes de que me la pongas dura. —Cogió la mano de Jess, de modo que ella caminaba entre Lucas y él mientras nos adentrábamos en el club—. Quédate cerca de nosotros. Estás demasiado guapa como para perderte de vista.

—Sí, señor —dijo y, aunque su tono era recatado, su expresión no lo era en absoluto—. Aunque, si querías que te obedeciera, deberías haber traído una correa.

Le guiñó un ojo y juraría que pude ver cómo Manson se le escapaba toda lógica por las orejas. Llevarla a la intimidad de una cabina VIP era una de mis prioridades y cada segundo que pasaba se volvía más urgente.

—No te preocupes, cariño —dijo Lucas, acercando los dientes a su oído como si fuera a morderla—. Manson siempre cuida de sus mascotas.

Otro pequeño tramo de escaleras nos llevó a la pista de baile. Una barra circular ocupaba el centro del espacio, con una enorme lámpara de araña colgando del techo. Las dos plantas superiores nos miraban desde arriba, con gente bailando y restregándose contra la barandilla. Más allá de la barra, al otro lado de la sala, un mar de gente bailaba frente al DJ en el escenario. Como traviesas decoraciones navideñas, había jaulas doradas sobre pedestales alrededor de la sala, con los bailarines dentro vestidos solo con tangas y tirantes.

—Esto es increíble —comentó Jess mientras lo observaba todo. Había cabinas VIP acordonadas a lo largo de las paredes, pero el salón principal estaba arriba. Ahí era a donde nos dirigiríamos después de tomarnos nuestras copas.

—¿Esperabas un sótano mugriento? —pregunté. Nos mantuvimos juntos mientras nos abríamos paso entre la multitud; el club estaba abarrotado esa noche, con gente apretujándose por todos lados—. ¿Manchas de humedad en las paredes, suelos de hormigón?

—Los fanáticos del *bondage* siempre actúan en sótanos —dijo Manson—. O en habitaciones rojas.

—Ni siquiera tenéis una habitación roja —dijo Jess, suspirando dramáticamente—. ¿Qué clase de dominantes sois?

—Personalmente, me gustaría una habitación arcoíris —dije—. El rojo no pega con mi tono de piel.

—No necesitamos una puñetera habitación para destruirte —dijo Lucas cuando llegamos al bar—. La primera ronda la pago yo.

El bar estaba tan lleno como la pista de baile. Aunque era pequeño, contábamos con un buen equipo de camareros. Los tres que trabajaban esa noche podían gestionar el ajetreo sin problemas y, aunque tuvimos que esperar un poco, una de ellas no tardó en acercarse a nosotros.

—Más te vale estar aquí por trabajo, Vince —dijo mientras apoyaba los codos en la barra frente a nosotros—. Estoy hasta arriba, por si no te habías dado cuenta.

—Ni hablar, hoy no estoy de servicio —dije, inclinándome sobre la barra para chocar mis nudillos con los suyos—. ¡Es mi noche libre, Keisha!

—¿Qué clase de idiota se pasa su noche libre en el trabajo? —preguntó—. Supongo que se supone que debo atenderte a ti y a todos tus amigos en medio de un... —De repente, dejó de burlarse cuando sus ojos se posaron en Jess. Su mirada se iluminó y rápidamente se ajustó la pajarita—. Oh, bueno, perdona. No me había dado cuenta de que esta vez habías traído a una chica. ¿Qué vas a tomar, cariño?

—Un cosmo, porfa —respondió Jess.

Keisha agitó la coctelera entre sus manos mientras la preparaba y se la entregó con un gesto teatral. Menuda presumida. Jess sacó primero la cereza de la bebida y se la llevó a la boca con una sonrisa.

—¿Qué hace una chica como tú con estos bichos raros? —preguntó Keisha, frotando la cáscara de naranja alrededor de un vaso para el *Sazerac* de Manson.

—Me ofrecieron un trato muy bueno para arreglarme el coche —dijo Jess.

—¿Ah, sí? Déjame adivinar, ¿luego empezaron a ofrecerte viajes por el pueblo mientras te arreglaban el coche? —respondió Keisha.

Jess se rio.

—Algo así. Ha habido muchos… viajes.

—Viajes cortos, viajes largos, viajes difíciles… —enumeró Manson.

—Paseos en público… —comenzó a decir Jason, y Keisha levantó las manos.

—Dios, está bien, lo entiendo, sois unos salidos —lo interrumpió, riéndose mientras nos miraba y negaba con la cabeza.

Puso nuestra selección de bebidas en la barra: *Sazerac* para Manson, cerveza para Lucas, vodka con bebida energética para Jason y un *Sex on the beach* para mí. Keisha puso cara de asco cuando di un buen trago a la bebida de color naranja fosforito y chasqueé los labios con satisfacción.

—¿No puedes ser un camarero normal y limitarte a pedir una cerveza y un chupito? —soltó—. ¿Mezcal con hielo, tal vez? ¿Dónde está tu desprecio de camarero por el azúcar, Vince?

—Perdóname porque me gusten las cosas que saben bien —le dije, pinchándola con la fresa que tenía clavada en el palillo—. Todavía no he conseguido acostumbrarme al sabor del neumático quemado.

—Vale, lárgate —dijo Keisha—. Me vas a tener aquí hablando toda la noche y estás retrasando la cola.

Nos dirigimos hacia las escaleras que nos llevarían a los reservados. Tris no era explícitamente un club fetichista, pero la influencia de la comunidad BDSM local era obvia si sabías dónde mirar. Algunas personas llevaban collares de cuero, metálicos o cadenas. Algunas vestían látex, otras cuero. Pañuelos de varios colores colgaban de los bolsillos traseros de la gente, indicando sus deseos.

Mostramos nuestras pulseras VIP para que nos dejaran subir a los reservados y algunos ya tenían cerradas sus sedosas cortinas negras por privacidad. Nuestro reservado estaba más adelante, pero quería saludar a Rachel y Mark antes de acomodarnos. Guiándolos hacia su reservado de siempre, asomé la cabeza por la esquina y no me sorprendió encontrar a los dos ya en una posición comprometedora.

Bueno, los tres. A Rachel y Mark les encantaba jugar con otros. Rachel tenía sus tacones de aguja apoyados en la espalda de un joven que le hacía de reposapiés. Mark estaba a punto de servirle más vino, vestido de cuero, como de costumbre.

La cara de Rachel se iluminó cuando me vio.

—¡Vincent! No sabía que estarías aquí esta noche. —Tendría unos cuarenta y tantos años, si tuviera que adivinar, pero era difícil saberlo. Tenía una cara que parecía joven y madura al mismo tiempo. Llevaba su largo cabello oscuro suelto y un vestido rojo ajustado que marcaba sus voluptuosas curvas—. ¡Estáis todos aquí! Qué alegría. Parece que hace siglos que no os vemos.

—Hace siglos que no venimos —dijo Lucas mientras ella lo abrazaba.

Era una mujer alta, y lo parecía aún más por los tacones de aguja que siempre llevaba. Cuando se ponía de pie, era tan alta como yo.

—Rachel, Mark, esta es Jessica —la presentó Manson, apartándose para que Jess pudiera saludarla.

—¿Hemos añadido una nueva integrante al grupo? —preguntó, le dio la mano a Jess y la miró de arriba abajo. Los ojos de Rachel podían destrozarte sin necesidad de decir una sola palabra, pero Jess la hizo sonreír—. Preciosa. Más les vale tratarte bien. —Bajó la voz como si estuviera revelando un oscuro secreto—. Hice todo lo posible por enseñarles a ser unos caballeros, espero que haya funcionado.

La primera vez que hablamos y se dio cuenta de que algo fallaba, casi me hago pis encima. Fue ella quien descubrió que Manson y yo éramos demasiado jóvenes para colarnos aquí, y tuvo que delatarnos. Pero aun así nos ofreció su tiempo y su compañía; sabía que veníamos a Tris porque nos interesaba el BDSM e insistió en ser nuestra mentora.

—Debes de ser una buena profesora —dijo Jess—. Aunque todavía no he conseguido que hagan eso. —Miró al joven que estaba en el suelo, que obedientemente mantenía la mirada fija en el suelo.

La risa de Rachel era fuerte y ruidosa, y llenaba fácilmente cualquier espacio en el que se encontrara. Chasqueó los dedos y el hombre que estaba en el suelo levantó la cabeza.

—Joven, levántate. Ve a buscar otra bebida para Mark.

—Sí, ama.

Desapareció tan rápido que apenas pude verle la cara. Supuse que era uno de sus compañeros de juegos habituales. Rachel y Mark eran aventureros, pero exigentes, y no les gustaba jugar con gente sin experiencia.

—No te entretendremos mucho —dije, estrechándole la mano a Mark cuando se levantó para saludarnos—. Solo queríamos saludaros y presentaros a nuestra nueva víctima.

—Prefiero señorita juguetito sexual, gracias —dijo Jess, con una mirada de desaprobación en su rostro mientras se examinaba casualmente las uñas.

—Lo siento, lo siento —me disculpé, levantando las manos con gesto inocente—. Debería haberte presentado como es debido, señorita juguetito sexual.

Jess levantó la barbilla con orgullo.

—Así está mejor.

—Veo que os habéis hecho con una guerrera —dijo Rachel, pasando pensativamente su garra pintada de rojo por la barbilla—. Es perfecta para vosotros cuatro.

—Los mantengo a raya —dijo Jess.

Ahora asumía su papel con mucha confianza, y me encantaba ver el orgullo en su rostro. Antes de traerla aquí, me preguntaba si estar entre tanta gente en un lugar público la haría sentirse avergonzada de nuevo. Era normal, no la habría culpado. El miedo al juicio de los demás puede ser agobiante.

Pero ahora parecía más segura de sí misma que nunca. Se comportaba como una reina, manteniendo con cuidado el equilibrio entre el respeto y el descaro cuando nos hablaba. Personalmente, no me gustaba la sumisión incondicional. A todos nos gustaban los retos, y Jess había encontrado el punto perfecto entre la obediencia absoluta y la rebeldía juguetona.

—Como debe ser —dijo Mark.

Rachel le dio un ligero golpe en el brazo.

—Muy travieso por tu parte fomentar la desobediencia —dijo y, aunque el hombre intentó parecer arrepentido, todo era en broma. Rachel le agarró la mandíbula para darle un beso, y sus afiladas uñas dejaron marcas rojas en su piel—. ¿Qué te está pareciendo Tris hasta ahora, Jessica? ¿Es tu primera vez aquí?

—Sí —respondió Jess—. He estado en muchos clubs, pero nunca en uno como este. Me encanta. Me siento... Me siento libre.

—Nosotros sentimos lo mismo cuando vinimos aquí por primera vez —dijo Mark.

—Cuando has pasado mucho tiempo tratando de ocultar quién eres, el primer lugar en el que encuentras la libertad siempre será especial —dijo Rachel—. No se puede subestimar el poder de una comunidad que te apoya. Por eso nos ofrecemos como mentores.

—Apoyar a la próxima generación de fetichistas mantiene a la comunidad en la dirección correcta —dijo Mark riéndose mientras le daba una palmada en la espalda a Manson—. ¡Creo recordar que este tío llegó aquí mintiendo no solo sobre su edad, sino también sobre su experiencia!

Manson hizo una mueca al recordar aquello, con una rara expresión de vergüenza en el rostro.

—Pasé bastante tiempo «educándome» en blogs de fantasías BDSM —le explicó a Jess—. Puede que una vez le contara a Mark una mentira muy elaborada sobre ser un experto con el látigo.

—Descubrimos su mentira en cuanto le puse uno en las manos —añadió Rachel.

Jessica abrió mucho los ojos y se echó a reír.

Jessica, Rachel y Manson siguieron charlando. Lucas se había adentrado más en el reservado, alejándose de la gente que pasaba. Tenía las manos metidas en los bolsillos y, quizá para la mayoría de la gente, parecía un poco aburrido. Pero lo conocía demasiado bien como para dejarme engañar por eso. Estaba nervioso por estar en público. La multitud, los ruidos, la claustrofobia de estar atrapado en un lugar con salidas limitadas.

—¿Hace tiempo que no sales? —le preguntó Mark a Lucas, sacándolo de su expresión distante.

—Sí, supongo que sí —respondió. Observó a un grupo de personas que pasaba, entrecerrando los ojos ante sus risas—. Últimamente, cada vez que salgo de casa ha acabado pasando algún desastre. Es difícil emocionarse por salir cuando tienes que preguntarte si acabarás luchando por tu vida.

Mark asintió con la cabeza, con la mirada baja en señal de comprensión.

—Muchos de nosotros hemos tenido que pasar nuestras vidas viviendo con miedo. Pero eso es exactamente lo que ellos quieren. Las personas que dicen odiarnos, las que están dispuestas a hacernos daño, prefieren que todos permanezcamos ocultos. Cuando juzgarnos y avergonzarnos no funciona, recurren a la violencia. Luego ofrecen sus pensamientos y oraciones cuando la gente acaba muerta a causa de su odio.

Alguien se rio demasiado fuerte detrás de él y Lucas volvió a estremecerse. Pero esta vez Jason agarró el brazo de Lucas, despacio, y se acercó a él, colocando su cuerpo entre Lucas y la pasarela. No dijo nada; no era necesario.

Protegíamos a los nuestros. Teníamos que hacerlo.

—El mundo no es un lugar muy agradable —dijo Lucas, pero su voz se suavizó y parte de la tensión desapareció. Se irguió un poco más bajo el tacto de Jason, como si de repente hubiera recordado quién era—. Pero no es tan malo cuando tienes cerca a las personas adecuadas. A veces me dejo llevar por mis pensamientos.

No era tan sencillo, todos lo sabíamos. Encontrar el equilibrio entre vivir con precaución y vivir con miedo a veces parecía casi imposible. Lucas tenía mucho que temer. Todos lo teníamos.

Charlamos unos minutos más antes de dejar a Rachel y Mark para que disfrutaran de su noche. Al salir de su reservado, rodeé con el brazo los hombros de Lucas y le di un beso en la mejilla que le hizo gemir de afecto.

—Estás siendo muy valiente, ¿sabes?

Se estremeció y me miró como si le doliera.

—No empieces a decirme cosas bonitas, tío. Vamos, yo… No… —Suspiró—. Gracias.

Manson nos oyó, porque miró por encima del hombro.

—Oye, pórtate bien con él. Obligarle a escuchar cosas bonitas sobre sí mismo es un límite flexible.

—Vamos a tener que ampliar un poco ese límite —dijo Jess, poniéndose a mi lado.

Estaba deseando que Jess viera nuestra mesa VIP, así que le cogí de la mano y la llevé hasta allí. Nuestro reservado estaba al final del pasillo, justo encima del DJ. Un gran sofá negro modular ocupaba la mayor parte del espacio, con una mesa baja de cristal en el centro. Había una botella de champán en una cubitera sobre la mesa, junto a varias copas. La pared trasera y el techo eran espejos, y las luces que colgaban del techo tenían forma de largas tiras, como rayos de lluvia brillantes.

Manson se sentó, estirando las piernas cómodamente. Lucas se movió para sentarse a su lado, pero Manson lo detuvo con una mano en su pecho.

—De rodillas —dijo, señalando el suelo entre sus piernas—. Donde deben estar los cachorros.

La cortina que rodeaba nuestro reservado seguía abierta, y cualquiera que pasara por allí podía ver fácilmente el interior. Me dejé caer

cómodamente en el sofá, estirando los brazos mientras Jason se sentaba a mi lado. Jess dudó un momento, indecisa entre sentarse a mi lado
o unirse a Manson y Lucas.

Manson le facilitó la decisión.

—Tú también, ángel. Ven aquí.

Contento de observar el espectáculo, le di un trago a mi bebida y
me puse cómodo.

40

JESSICA

Las cortinas estaban completamente abiertas para que todos pudieran ver cómo me arrodillaba a los pies de Manson, igual que Lucas, aunque él no podía quedarse quieto. No dejaba de moverse como si estuviera incómodo, carraspeando y mirando a cualquiera que se acercara a nuestra mesa. Manson nos hizo esperar casi un minuto, simplemente observándonos en silencio mientras bebía de su copa.

—Pareces nervioso, cachorro —dijo al final. Jason se rio entre dientes y Lucas giró la cabeza bruscamente para responderle con algo. Manson le agarró la cara y se la echó hacia atrás—. Te he hablado a ti. No a él. Mantén la mirada donde debe estar.

Manson parecía demasiado satisfecho, con una sonrisa inquietantemente amplia. Si yo estuviera en la posición de Lucas, estaría temblando. Estaba ansiosa por comportarme. Algo me decía que Manson podría ponerme sobre sus rodillas en este club y nadie pestañearía. Era una idea que me aterrorizaba tanto como me atraía.

—Ángel, tráele a Lucas su bebida —dijo Manson.

Sin levantarme, a gatas, me giré, cogí la cerveza de Lucas de la mesa y se la llevé rápidamente a Manson, que hizo un gesto con la cabeza para señalar a Lucas.

—Dale de beber —ordenó.

413

Cuando Lucas me miró, su mirada ardía con intensidad. Le acerqué la cerveza a los labios para que pudiera beber, y parte del líquido goteó por la comisura de su boca. Lamí las gotas, recorriendo con la lengua su garganta y su barbilla. Su cuerpo retumbó con un gruñido, y yo misma tomé un sorbo de cerveza antes de besarlo.

El líquido pasó entre nuestros labios, desordenado y goteando mientras nuestras lenguas se entrelazaban. Manson me quitó el vaso de cerveza de la mano y yo rodeé con mis brazos los hombros de Lucas, arañándole la espalda con las uñas. Gimió, agarrándome por la cintura mientras empujaba sus caderas contra mí.

El duro bulto en sus pantalones me hizo querer arrancarle toda la ropa.

Con los ojos cerrados, sentí que alguien se unía a nosotros. Jason se arrodilló detrás de Lucas y le besó el cuello mientras yo seguía besándolo. La respiración de Lucas se hizo más profunda y la mano de Jason se deslizó entre nosotros, acariciando la polla de Lucas a través de sus pantalones.

Manson extendió la mano y enredó sus dedos en mi pelo, agarrándome con fuerza por los largos mechones para separarme de Lucas.

—Qué buena mascota eres —dijo. Vincent y él intercambiaron una mirada maliciosa, y luego Manson ordenó—: Besa las botas de tu amo, ángel.

Se me aceleró el corazón. Me incliné, las besé y le susurré mi agradecimiento. Ni siquiera estaba segura de si él podía oírme, pero no importaba. Lo único que importaba era adorar la parte de mi amo que se me había permitido tocar, el lugar que él había considerado adecuado para mí.

Cuando me daban órdenes, era como si mi mente alcanzara otro plano existencial, una realidad diferente en la que la obediencia inquebrantable era el placer supremo. Anhelaba complacerlos; ansiaba escuchar más elogios de los labios de Manson.

—Esa es mi chica buena —me elogió Manson—. Siéntate.

Lo hice, a tiempo para ver a Manson verter la cerveza de Lucas en su mano. Se la ofreció y Lucas bebió de su palma mientras Manson le acercaba la mano a los labios, incluso le chupó los dedos cuando acabó. Los ojos de Lucas se oscurecieron, casi embriagados, aunque no había bebido lo suficiente para eso. Empujó contra la mano de Jason, echándose hacia atrás y tirando de la cabeza del otro hombre hacia su cuello en una demanda obvia. Jason obedeció, acariciando con la boca la garganta de Lucas, mordiendo con suficiente fuerza como para dejar marcas rojas en su piel.

—Es tu turno, cachorro —dijo Manson, acariciando con afecto la cabeza de Lucas—. Besa las botas de tu amo.

—¿Con la puta cortina abierta? —Lucas pareció arrepentirse de sus palabras en cuanto las pronunció, cerrando la boca tan rápido que sus dientes chocaron entre sí.

—Oh, ahora te vas a enterar. Te va a aplastar por eso —susurró Jason, riéndose por lo bajo.

Manson estaba en su salsa. No retiró la mano de la cabeza de Lucas, pero dirigió su atención a Jason, inclinándose para mirarlo directamente a los ojos.

—Si no tienes cuidado, tú acabarás igual, es cuestión de principios —le dijo.

Vincent se levantó de su asiento y tiró de la cabeza de Jason hacia atrás, agarrándole del pelo con tanta fuerza que le hizo estremecerse.

—¿Ya estás causando problemas? —dijo y su tono era engañosamente alegre, como si hubiera pillado a Jason en una travesura infantil—. ¿Cómo cojones esperas sobrevivir la noche si ya estás buscando que te castiguen?

Le dio una palmada en la mejilla, lo suficiente fuerte como para que le doliera. Jason le sonrió con pereza, inclinándose hacia su mano.

—Entonces, quizá deberías distraerme —le dijo.

Vincent asintió con la cabeza y se inclinó para darle un beso en la frente a Jason antes de darle otra palmada en la mejilla.

—Pórtate bien —le dijo.

Pero la expresión de Jason distaba mucho de ser obediente. Se puso de pie cuando Vince lo soltó e inmediatamente me tendió la mano.

—¿Quieres bailar con nosotros? —me preguntó, y yo asentí emocionada, aceptando su mano mientras me ayudaba a levantarme.

Vincent se bebió rápidamente lo que le quedaba en el vaso antes de rodearme por la cintura y darme un beso en el cuello.

—Entonces vamos a bailar, cariño.

Jason me agarró fuerte de la mano y cogió a Vincent de la otra mientras nos sacaba del reservado. Nos dirigimos a la barandilla que daba al DJ, debajo, y a la pista de baile, una masa ondulante de cuerpos que se movían y se rozaban. La música resonaba en mi pecho mientras me movía al ritmo. Vincent estaba justo detrás de mí, y yo apretaba el culo contra él mientras movía las caderas. Jason se apoyó en la barandilla, pero no miraba a la multitud que había abajo; nos estaba mirando a nosotros, bebiendo de su copa con una sonrisa en los labios.

Levanté los brazos y los estiré hacia atrás, pasando los dedos por el cuello de Vincent mientras me balanceaba.

—Joder, sí que sabes moverte —comenté.

Él se rio en mi oído, provocándome un escalofrío en la espalda mientras sus manos se movían sobre mí.

—Me paso todos los fines de semana en una discoteca. Por supuesto que sé bailar.

Su polla se empalmaba a medida que yo bailaba pegada a él. Busqué a Jason, acercándolo a mí, acariciándole el pecho con las uñas. Me besó cuando bajó el ritmo y la multitud se volvió loca con el sonido de los bajos que salían de los altavoces. Sabía dulce, a bebida energética y a licor, y me hacía cosquillas en la lengua.

Los dedos de Vincent se deslizaron peligrosamente hacia abajo y se introdujeron bajo mi falda. Se me cortó la respiración cuando me acarició las bragas, estimulando mi excitación mientras me masajeaba el clítoris hinchado.

—¿Qué tal, princesa? —preguntó Jason, sonriendo mientras miraba hacia abajo—. Joder, me encantaría ver cómo te corres en sus dedos.

Mi cuerpo ansiaba lo mismo. Cuando moví el culo contra Vince, también presioné su mano, frotándome contra él. Él me apartó las bragas y yo gemí cuando introdujo dos dedos en mi interior.

—¿Ya estás empapada para nosotros? —murmuró, moviendo los dedos dentro de mí—. ¿Te pone estar en público?

Sí. Cada vez que cruzaba la mirada con alguien que pasaba a nuestro lado, me excitaba más. La gente de este club no se escandalizaría ni se ofendería por las actividades sexuales; estaba segura de haber visto a una pareja en la esquina de la pista de baile que, de hecho, estaba follando. Al mirar hacia nuestra mesa, apreté los dedos de Vincent cuando vi a Lucas con la cabeza apoyada en el regazo de Manson, los dos mirándonos juntos.

Manson acariciaba la cabeza de Lucas despacio, con suavidad y ternura. Todo en su postura denotaba control, y Lucas tenía los ojos entrecerrados, el cuerpo finalmente relajado mientras me veía bailar.

Presumir siempre me había salido de forma natural, me encantaba que nos estuvieran mirando, me encantaba montar un espectáculo para excitarlos.

Vincent sacó la mano de debajo de mi falda, con los dedos resbaladizos por mi humedad, y los llevó a los labios de Jason. Me invadió una oleada de calor cuando Jason se metió los dedos de Vincent en la boca y los chupó despacio. Pasó la lengua entre ellos y abrió la boca como para mostrar lo que era capaz de hacer. Vincent hinchó el pecho mientras respiraba hondo y enganchó los dedos alrededor de la mandíbula de Jason para acercarlo más a él. Se besaron por encima de mi hombro mientras la mano de Vincent volvía a deslizarse bajo mi falda.

—Oh… Joder…

Incliné la cabeza hacia atrás mientras Vince me acariciaba con los dedos. Me sentía envuelta en el calor que emanaban ambos, mi respiración era profunda y pesada, casi abrumada por mi creciente placer. Había tantas sensaciones: las luces intermitentes, la música atronadora que retumbaba en mi pecho, la piel de gallina que me provocaban al tocarme. Jason acercó su bebida a mi boca y la inclinó hacia atrás, el condensado del vaso frío goteando sobre mi pecho.

—Creo que va a correrse para nosotros —dijo Vincent, mientras yo volvía a apretar sus dedos.

Jason me pellizcó los *piercings* de los pezones a través de la camiseta hasta que gemí, mi respiración agitada mientras sus caricias me llevaban más alto.

—Será el primer orgasmo de muchos —dijo Jason, acercando su boca a mi oído—. Quiero verte temblar, princesa.

Joder, iba a perder el control.

Una mujer pasó por delante y me llamó la atención; su mirada se desvió hacia abajo y volvió a subir con una sonrisa. Sabía lo que estaba pasando.

—Te gusta que la gente te mire, ¿verdad? —se rio Vincent—. Sucia puta. Tenemos que conseguirte público, ¿no, nena? ¿Qué te parecería que unas cuantas docenas de personas te dijeran lo *sexy* que estás cuando te corres?

Sus obscenas palabras me llevaron al clímax. Abrí los labios, sin aliento, luchando por no hacer demasiado ruido mientras temblaba de placer, perdiéndome en el momento.

Me costaba mucho más caminar con los tacones después del orgasmo. Jason y Vincent tuvieron que sostener mis piernas temblorosas mientras me llevaban de vuelta a la mesa. Lucas seguía sentado en el suelo, bebiendo una cerveza fresca con el brazo apoyado en las piernas de Manson. Manson tenía una sutil sonrisa en el rostro, recostado en su asiento como si fuera el dueño del lugar.

Aplaudió lentamente cuando entramos.

—Bravo. Menudo espectáculo. ¿Te has divertido, ángel?

Me acerqué a él y pasé por encima de Lucas para sentarme a horcajadas en el regazo de Manson. Gimió de placer cuando lo besé y me froté contra él. Cuando levanté el culo, unas manos me acariciaron los muslos.

—Dios, estás chorreando —dijo Lucas con la voz ronca por el deseo—. Creo que vamos a necesitar un poco de intimidad.

Jason cerró la cortina negra, encerrándonos en el reservado. La botella de champán hizo un ruido seco cuando Vincent la abrió, y un torrente de burbujas se derramó por la parte superior y le bajó por los dedos. Mientras nos servía, Manson me agarró la mandíbula e hizo que volviera a prestarle atención.

—Desnúdate para nosotros —pidió—. Quítatelo todo.

Con una sonrisa burlona, me bajé de su regazo y me puse delante de él. Lucas permaneció en el suelo y Jason se sentó junto a Manson, con los ojos sobrenaturalmente brillantes bajo la tenue iluminación. Desenganché las cadenas que me sujetaban el top y dejé que la sedosa tela cayera al suelo. No llevaba nada debajo, ni siquiera pezoneras. Lucas me miraba con los ojos muy abiertos y Manson me observaba con la uña del pulgar entre los dientes. Se la mordió con ganas cuando me di la vuelta y me bajé la falda despacio.

Vincent todavía tenía la botella de champán en las manos. Cuando me quité la falda de una patada y me quedé allí de pie, solo con los tacones y un diminuto tanga, me volvió a dar la vuelta para que quedara de cara a los demás y me acercó la botella a los labios.

Era ácido y ligeramente dulce, frío y espumoso. El efecto del alcohol era justo lo que necesitaba para hacerme entrar en calor y relajarme, pero aún con ganas de más.

Manson se levantó y se acercó para recorrer mi cuerpo con los dedos, siguiendo cada curva. Vincent bajó ligeramente la botella y volvió a inclinarla. El champán frío resbaló por mis pechos y Manson lo lamió, pasando la lengua por uno de mis pezones antes de cerrar la boca.

Temblando, gemí ante la cálida succión. Giró la lengua alrededor de mi pezón, jugueteando con la barra que lo atravesaba antes de levantar la cabeza.

—De rodillas —dijo Vincent, y yo accedí encantada.

Jason y Lucas se acercaron mientras yo me arrodillaba entre los cuatro. Me acordé de aquella noche de Halloween, que ahora parecía tan lejana, cuando, por primera vez, todos nos atrevimos a cruzar la línea. Pero conocerlos como los conocía ahora, amarlos como los amaba, hacía que esto fuera aún más intenso.

Lucas tomó un sorbo de champán, pero no se lo tragó. Se inclinó sobre mí y Jason me echó la cabeza hacia atrás.

—Ábrele la boca, princesa —dijo con dulzura.

Sentí un calor intenso cuando Lucas escupió el champán en mi boca abierta. Me cosquilleó la lengua y me goteó por los labios, bajándome por la barbilla. Jason lamió lo que se había derramado y me besó sin ningún cuidado mientras Lucas vertía un poco más del champán de su copa sobre mis tetas.

—Joder, qué *sexy* —murmuró Manson, devorándome con la mirada.

Quería romper su autocontrol casi perfecto. Quería que estallara bajo la presión y me tomara con fuerza, sin piedad. Era solo cuestión de tiempo.

—Por favor… —gemí cuando Lucas se unió a Jason para consumirme.

El tacto de sus bocas codiciosas era exquisito y sus dientes dejaban marcas agudas de dolor por todo mi cuerpo. Lucas me empujó hacia adelante, poniéndome a cuatro patas, agarrándome el culo antes de darme una fuerte palmada. Jason me besó profundamente, sujetándome la cara mientras Lucas me penetraba con los dedos.

—¿Tienes un condón? —preguntó Lucas, y Vincent respondió afirmativamente—. Ponlo aquí.

Era imposible ver lo que estaban haciendo, distraída por los besos de Jason. Manson caminaba a nuestro alrededor mientras observaba, con pasos lentos, haciendo tintinear el hielo de su vaso al remover el líquido. Después de dar una vuelta completa a nuestro alrededor, volvió a sentarse en el sofá: con las piernas abiertas y un brazo apoyado casualmente en el respaldo.

—Arrástrate hasta allí, cariño —dijo Vincent, mientras Jason se ponía de pie y Lucas retiraba los dedos.

Temblaba de excitación mientras me arrastraba, trepando para volver a sentarme a horcajadas sobre el regazo de Manson. Él me rodeó la nuca con la mano, atrayéndome hacia él.

—Eres perfecta —susurró Manson—. Mi pequeño y hermoso bicho raro, ¿verdad?

—Sí, amo.

Sabía a *whisky* cuando lo besé, con un sutil toque picante y cálido en los labios.

El sofá se hundió cuando Lucas se sentó con pesadez junto a Manson. Ya no sostenía la botella de champán, sino que agarraba el pelo de Jason con ambas manos, embistiendo contra su boca. Jason se atragantó cuando Lucas le golpeó en la parte posterior de la garganta, pero mantuvo la cabeza gacha, con los ojos en alto para mirar su rostro. Lucas respiraba profundamente y se inclinó para acariciar mi espalda y la curva de mi culo con la mano.

—Haz que la monte, Vince —dijo.

Manson sonrió.

—¿Te vas a portar bien? —preguntó, manteniendo la mano firmemente apoyada en mi cuello.

No podía mirar atrás para ver lo que estaba haciendo Vincent, pero algo rozó mi coño. La suave sensación del condón era reconocible, pero el objeto que cubría no lo era. Sin embargo, asentí con la cabeza, porque quería todas las experiencias obscenas que pudieran darme. Quería *más*.

—Te voy a meter la botella, cariño —dijo Vincent.

El objeto con el que me estaba frotando, la botella de champán, se introdujo en mi interior. Estaba bien protegida por el condón, pero su forma inusual y su dureza me hicieron estremecer.

Mientras Vincent la empujaba hacia dentro, despacio, Lucas acercó su dedo a mis labios.

—Chupa —me ordenó.

Después de humedecer el dedo en mi boca, lo introdujo en mi culo. Me estremecí ante la intrusión, pero enseguida me relajé. Manson dejó a un lado su bebida y me agarró los brazos, moviéndolos detrás de mi espalda y sujetándome las muñecas.

—Móntala —dijo—. Quiero ver cómo te corres con esa botella.

Moviendo mis caderas arriba y abajo, me embestí con la botella de champán mientras Vincent la mantenía en su sitio. Manson estaba muy cachondo, pero no se tocaba mientras me sujetaba y me observaba con atención. De vez en cuando, movía las caderas en busca de estimulación, delatando sus deseos. Lucas me metió el dedo en el culo y soltó un fuerte gemido cuando la lengua de Jason rodeó la punta de su polla.

—Joder, chúpamela —dijo Lucas, mientras empujaba la cabeza de Jason hacia abajo, follándole la boca sin piedad. Jason se agarró a sus muslos, arrastrando sus uñas pintadas de negro sobre la piel de Lucas. Sus ojos se humedecieron un poco por el esfuerzo, los músculos de sus brazos se tensaron. Lucas le levantó la cabeza de repente y Jason jadeó en busca de aire—. Empieza a acariciarme. Haz que me corra en tu cara.

—Joder, cariño —dijo Vincent, riéndose por lo bajo cuando aceleré el ritmo.

El cuello de botella no era demasiado grueso, pero me parecía deliciosamente obsceno obtener placer así. Lucas me metió los dedos en el culo mientras Jason lo acariciaba, jugando con la lengua alrededor de la cabeza de Lucas y jugando con su *piercing*.

Cuando Lucas se corrió, gruñendo con fuerza mientras su semen salpicaba la cara de Jason, yo también me corrí. Todo se desvaneció, salvo el éxtasis que se derretía por mi cuerpo.

—Eso es —me animó Manson, soltándome los brazos para que pudiera apoyarme contra su pecho—. Córrete para nosotros, queremos oírte…

Me levantó la cabeza, obligándome a mirarlo mientras las oleadas de placer me invadían.

—Gracias, amo —gemí, con los ojos casi en blanco—. Gracias… por dejar que me corra…

Manson se sacó la polla y me guio hacia ella mientras Vincent dejaba a un lado la botella de champán. Nos llevó a la esquina del sofá, dejando espacio suficiente para que Vincent se subiera al sofá detrás de mí. Vince me echó el pelo hacia atrás mientras me hundía en Manson, apartándolo de mi cara y dejándome besos ligeros como plumas detrás de la oreja.

Con la cara aún cubierta por el semen de Lucas, Jason se arrastró hasta mi lado. Lucas lo acariciaba, y él se estremeció visiblemente cuando lo acerqué a mí, lamiendo una gota nacarada de su mejilla.

—Dios, estás hecha un asco —dijo.

—Tú también —le respondí sin aliento, con una risita.

Pero esa risa se disolvió en un grito de impotencia cuando la polla de Vincent presionó contra mi coño, junto a la de Manson.

—Recuerda tu palabra de seguridad, ángel —dijo Manson, con un estremecimiento de placer recorriendo su rostro mientras Vincent se deslizaba aún más dentro de mí.

Me sentí increíblemente estrecha. Tenía los músculos relajados por los dos orgasmos consecutivos que había experimentado, pero seguía sin ser fácil de soportar.

—La recuerdo —dije en voz baja.

Respirando lenta y profundamente, me concentré en mantener los músculos relajados. A modo de prueba, me moví hacia adelante y hacia atrás, dejando que Vincent entrara cada vez un poco más. Él dejó que me moviera a mi ritmo.

Jason gimió mientras Lucas lo abrazaba con fuerza y lo masturbaba con caricias rápidas. Los observé, embelesada, mientras Lucas acercaba su boca al oído de Jason y le gruñía.

—Mira cómo la follan. No puedes correrte hasta que ellos lo hagan.

—No… No puedo… Joder…

Jason no podía articular ni una sola frase. Me miró y, fuera lo que fuera lo que vio en mi expresión, pareció sacudirlo hasta lo más profundo del alma. Vincent empujó aún más hondo y se acomodó completamente en mi interior, Manson y él me llenaron hasta el límite. Cuando grité, Jason apretó los ojos con fuerza en un último intento por controlarse.

—Quién es el que no puede puto aguantar ahora, ¿eh? —se burló Lucas, y Jason se encogió contra él mientras se corría, con el semen chorreando sobre la mano de Lucas.

No vi qué castigo decidió imponer Lucas a Jason por desobedecer. Manson y Vincent se movieron juntos, penetrándome a la vez. Lo estrecha que estaba, lo que me estiraban y la puta felicidad que sentía me provocaron un cortocircuito en el cerebro.

—¿Qué tal, cariño? —dijo Vincent, acompañando sus palabras con otra embestida.

Mi respuesta fue otro grito, entrecortado y tembloroso.

—Más fuerte —fue lo que por fin logré articular—. Sin piedad...

—¿Sin piedad? —Manson acercó mi cara a la suya, cubriéndome la boca con la palma de la mano mientras me agarraba—. ¿Quieres que te duela? —Sonrió ante mi asentimiento y sentí la diferencia casi de inmediato: cómo cambiaba su ritmo, cómo me penetraban con más fuerza—. ¿Quieres que te utilicen como la sucia putita que eres?

—¡Sí, sí, sí, por favor! —Mis palabras quedaron amortiguadas contra su mano, mi interior palpitaba y se apretaba alrededor de su enorme grosor.

—Shh, no hagas ruido —pidió Manson con suavidad, ajustando su mano para taparme la boca con más fuerza.

Vincent cogió aire con brusquedad, apoyándose contra mi espalda mientras me penetraba con fuerza.

—Vamos a llenarte —dijo—. Y nuestro semen te va a chorrear todo el camino de vuelta al hotel.

Su promesa me destrozó de la forma más exquisita. Mi cuerpo estaba fuera de mi control, dominado. Me habían llenado tanto que cuando sus pollas se movieron al correrse, pude sentir cada vibración. La sensación de estar tan llena y poseída de una forma tan brusca era incluso mejor que mis fantasías.

41

LUCAS

Salimos del club con las piernas temblorosas, tan perdidos en las secuelas del orgasmo que parecíamos más borrachos de lo que realmente estábamos. Vincent nos guio de vuelta al hotel, con el brazo alrededor de los hombros de Jason, mientras los dos cantaban a pleno pulmón canciones de Rob Zombie. Manson llevaba a Jess a cuestas mientras caminaba a mi lado, y yo tenía sus tacones colgando de mi mano.

—Necesito una ducha muy caliente —dijo, con la cabeza apoyada en el hombro de Manson, cansada—. Estoy muy pegajosa.

Todos lo estábamos. El sudor, el champán y la corrida nos habían dejado hechos un asco, incluso después de asearnos antes de salir del reservado.

Nos habíamos dado un capricho con el hotel, ya que solo era para una noche. Estaba a un par de manzanas del club, y el gran vestíbulo con suelo de mármol estaba casi vacío cuando entramos. Nuestra habitación estaba en la última planta, con unas vistas impresionantes. Vincent y Jess se ofendieron al ver las dos camas separadas y se pusieron manos a la obra para reorganizar los muebles y juntarlas.

—Vais a hacer que nos echen —dijo Manson—. La mayoría de las habitaciones de hotel no tienen camas lo suficientemente grandes para cinco personas.

—Inaceptable —dijo Vincent, apoyándose con determinación contra la pared mientras intentaba mover la cama, aunque fuera un centímetro.

Jess intentaba apartar la cómoda que había entre las camas, pero tampoco lo conseguía.

—Vosotros dos sois un caso —dije. Agarré a Jess por la cintura y la levanté del suelo—. Que alguien coja a Vincent y lo meta en la ducha.

—Después podremos discutir sobre en qué cama duerme Jess —dijo Jason, pero yo negué con la cabeza mientras llevaba a Jess al cuarto de baño.

—Va a dormir conmigo, chicos, y punto —dije, abriendo el grifo de la ducha con una mano mientras con la otra seguía sujetando a Jess. Ella no intentaba escapar, todo lo contrario. Me rodeaba con los brazos, me besaba el cuello y me tocaba con avidez—. Quién se meterá en la cama con nosotros, ya lo decidiréis vosotros.

Me siguieron al cuarto de baño, que era lo bastante grande para todos, por los pelos. Pero estábamos acostumbrados a los espacios pequeños. Me quité la camiseta y estaba a punto de ayudar a Jess a quitarse la ropa cuando Manson se me acercó, me agarró por el cuello y me inmovilizó contra la pared.

—Ella duerme conmigo —dijo, en un tono que no admitía réplica. Juro que medíamos lo mismo, pero él parecía más alto—. Si te comportas, te dejaremos unirte a nosotros.

«Si te comportas».

Me cago en la puta. Sabía exactamente cuáles eran las palabras adecuadas, las artimañas de humillación y control que me aplastarían el orgullo en la medida justa. Ya había pasado gran parte de la noche haciendo mi cerebro papilla: obligarme a arrodillarme ante él donde todos podían verme me había formado un nudo en el estómago. Era la única persona a la que permitía traspasar mis límites de esa manera, pero confiaba en él para hacerlo.

Me había vuelto adicto a la sumisión. Anhelaba lo que él podía hacerme.

—Me portaré bien —dije.

Me sentí ridículamente bien cuando él murmuró con satisfacción y me besó con ternura antes de soltarme. Se quitó la camiseta mientras daba un paso atrás, Vincent y Jason ya se habían desnudado. Por un momento, me quedé apoyado contra la pared con Jess todavía bajo el brazo, observándolos.

Ya estaba medio empalmado otra vez. Aunque dudaba que pudiera correrme tan pronto, no importaba. El olor a sudor, sexo y alcohol en su piel me ponía ansioso; despertaba en mí un instinto animal primitivo que solo quería follar.

—Dios, qué *sexys* sois, no es justo —dijo Jess, suspirando, como si nuestras mentes funcionaran en la misma onda.

—No es justo, ¿verdad? —Intercambié nuestras posiciones, empujándola contra la pared mientras desenganchaba las cadenas que sujetaban su camiseta—. Creo que lo que no es justo es que no haya podido empaparte con mi semen esta noche.

Después de bajarle la falda, me arrodillé a sus pies y agarré su ropa interior con los dientes, quitándosela también.

—Mira qué sucia está —dijo Jason, agachándose a mi lado.

La humedad de sus piernas era evidente; su diminuto tanga estaba empapado. La exploramos a la vez mientras ella se apoyaba con pesadez contra la pared, con nuestros dedos resbaladizos hundiéndose en su calor. Cerró los ojos y dejó escapar gemidos de placer.

—Mantenla abierta para mí —le pedí, y Jason supo qué hacer.

Se levantó, colocó a Jess frente a él y le levantó la pierna, enganchando el brazo debajo de su rodilla para sostenerla mientras ella se apoyaba en él para mantener el equilibrio. La posición la abrió ante mí, con su coño brillando por su propia excitación y el semen en su interior.

La imagen me hizo salivar. La forma en que me miraba —con los ojos muy abiertos, vulnerable, llena de deseo— hizo que me empalmara mientras cerraba mi boca sobre ella. Gimió profundamente, empujando sus caderas contra mi boca. Estaba tan jugosa, deliciosamente húmeda; podría habérmela comido durante horas.

Pero el agua seguía corriendo en la ducha y no estaba seguro de si los hoteles de lujo se quedaban sin agua caliente, pero no quería averiguarlo.

Me puse de pie y le sacudí un poco la cara aturdida que tenía.

—Entra en la ducha —le ordené—. Me uniré a ti después de mear.

Probablemente debería haber meado antes de volver a empalmarme, pero, joder, no podía planear mis erecciones. Levanté la tapa del váter mientras todos se metían en la ducha e intenté concentrarme en mi objetivo cuando la voz de Jess detuvo todo el proceso.

—Espera, Lucas, por favor…

Eso volvió a atraer mi atención hacia ella de inmediato. Estaba de pie en la puerta abierta de la ducha, mirándome.

—Lo quiero —susurró, con un hilo de voz apenas audible. Pero eso nos hizo detenernos a todos y mirarla. Su rostro se sonrojó, se puso rojo como un tomate mientras se mordía el labio, luchando por articular las palabras—. Por favor… Yo… No lo malgastes.

Joder. No podía estar hablando en serio… No… Imposible. Tenía deseos obscenos, pero eso… No podía estar hablando en serio. Estaba más borracha de lo que pensaba.

—Creo que vas a tener que ser un poco más clara, Jess. ¿Qué es lo que quieres exactamente? —dijo Jason, sonriendo con picardía.

Ella lo miró con enfado, como si le estuviera pidiendo demasiado. Pero entonces Vincent se unió a la conversación.

—No creo que te entienda, cariño, vas a tener que ser más explícita —dijo.

Jess parecía querer esconderse bajo tierra. Mi necesidad de hacer pis quedó eclipsada por el deseo de oírla confirmar lo que estaba pidiendo.

—Uf, yo no… —Se cruzó de brazos y nos miró a los cuatro, como si esperara que alguno de nosotros lo interpretara por ella para no tener que decirlo—. Ya sabéis a qué me refiero.

—Me temo que no, cielo —le dije—. Explícate.

—Adelante, Jess —dijo Manson—. Dile lo que quieres. La comunicación es importante, ¿recuerdas?

—Quiero… Eh… Mierda…

Era francamente adorable lo roja que se había puesto. Con todo lo que habíamos hecho, me gustaba saber que todavía había cosas que podían hacerla sonrojar.

Por mucha vergüenza que le diera, por muy embarazoso que fuera, quería oírla decirlo.

—¿Qué quieres? —le pregunté.

Sonreía como un loco, pero no podía evitarlo: verla luchar así, tratando de ocultar su vergüenza, con desesperación, me ponía muy cachondo.

—Quiero… —Jess hizo una pausa, se humedeció los labios y respiró hondo antes de decir las palabras que hicieron que mi corazón se acelerara—. Quiero que me mees encima.

—Qué chica más sucia —dijo Vincent, mientras Manson murmuraba entre dientes.

—Joder.

—Mírame —le pedí, y ella tragó saliva mientras levantaba la mirada. Tenía los ojos muy abiertos, las pupilas dilatadas y oscuras por la lujuria. Observé su expresión, sus movimientos, su estado de conciencia, buscando cualquier indicio de que no estuviera lo suficientemente presente mentalmente como para tomar esa decisión. Pero lo único que vi en ella fue vergüenza y deseo, inextricablemente entrelazados—. ¿Eso es lo que de verdad quieres, Jess? ¿Quieres que te ponga de rodillas y te mee encima?

Incluso su pecho estaba rojo por el calor de su vergüenza mientras asentía con la cabeza.

—Sí, por favor… Yo… Soy tuya. Debes reclamar tu propiedad.

—Joder —gimió Jason. Al menos no era el único con una erección; la petición de Jess había dado en el clavo para todos nosotros—. Hazlo, Lucas. Ensucia a nuestra chica.

Sintiéndome como si estuviera moviéndome en un sueño, entré en la ducha. El vapor era espeso, el aire era pesado. Tener tantos cuerpos desnudos a mi alrededor a la vez, pieles resbaladizas rozando la mía, todos mirándome, era francamente un poco intimidante. No estaba acostumbrado a ser el centro de atención.

Jess se estremeció cuando sus rodillas tocaron las baldosas. Esperó, con la cara hacia arriba, mirando mi polla una y otra vez con una expectación nerviosa. Sería un reto; estaba muy cachondo. Nada podía cambiar el hecho de que tenía a la mujer más hermosa que había visto nunca de rodillas ante mí, pidiéndome que la cubriera con mi orina.

—Mírame —dije con voz grave. Levantó la vista y me miró a los ojos—. Dime lo que quieres.

—Méame, señor —dijo y esta vez estaba segura, cualquier vacilación había desaparecido—. Ponme en mi lugar.

Joder, si pensaba que su lugar estaba de rodillas, a mis pies, era un hombre afortunado.

Por una fracción de segundo, me preocupó no poder hacerlo. Mi instinto me exigía que parara, mi cerebro domesticado me gritaba que eso era vil, sucio e incorrecto. Las miradas de todos sobre mí añadían una dificultad adicional. Pero Manson ya se estaba masturbando y todos parecían ansiosos por verme hacerlo. Y Jess, esa mujer hermosa, salvaje e insaciable, me miraba como si estuviera esperando un regalo, suplicándome con la mirada.

La forma en que gimió cuando el chorro le golpeó el pecho fue quizá una de las cosas más *sexys* que había visto nunca. Las joyas que adornaban sus pechos desnudos reflejaban la luz mientras el líquido dorado resbalaba por su cuerpo, que temblaba por completo a medida que me acercaba. La agarré del pelo y le eché la cabeza hacia atrás para poder ver su cara mientras le meaba encima.

—Gracias, señor —dijo.

El olor era embriagador; era excitante a un nivel profundo, oscuro y primitivo. Aunque la ducha lo limpió enseguida, seguía sintiendo que estaba dejando una marca permanente en ella.

—Joder, qué imagen más bonita —dijo Vincent, con los brazos alrededor de Jason mientras me observaban.

Manson gimió en voz baja; se acariciaba con fuerza y rapidez, temblando. Si hubiera podido, no habría parado. Jess me sonrió cuando me detuve, con mi mano aún enredada en su pelo.

—Dios, te quiero —dijo, y eso me desarmó.

El agua caliente nos bañó a los dos cuando me arrodillé para besarla. Escuchar esas palabras todavía me daba de lleno en el corazón, se aferraban a mí y hacían que mi mente se pusiera patas arriba.

Me quería. Todas las personas que me rodeaban me querían. Hasta que conocí a Manson, no había pensado que algo así fuera remotamente posible. Tener una familia, un hogar, enamorarse... eran cosas bonitas para otras personas, pero no para mí.

—Yo también te quiero —dije, aunque las palabras aún me daban miedo pronunciarlas. Pero eso hizo que se le iluminara todo el rostro. La giré, empujándola hacia Manson—. Entrégale tu boca, cielo.

Abrió la boca, deslizando los labios sobre él, y apartó la mano para poder rodear su miembro con el pulgar y el índice. Lo acarició con los dedos mientras movía la cabeza arriba y abajo, murmurando y succionando con entusiasmo.

Él le acarició la cabeza, gruñendo con fuerza mientras le follaba la garganta. Metí la mano entre sus piernas y le masajeé el clítoris mientras ella le hacía correrse.

—Eres una chica muy buena —comentó Jason, y ella se estremeció ante el elogio.

Manson se corrió en su boca con una palabrota ahogada. La soltó, pero permaneció apoyado contra la pared, con la mirada perdida y aturdida. Vincent se arrodilló a mi lado y besó a Jess mientras yo la llevaba a otro orgasmo tembloroso. Gritó contra su boca cuando la euforia se apoderó de ella, y él la elogió durante todo el proceso, susurrándole palabras de afecto, palabras de amor.

El resto de esa ducha quedó tan borroso en mi memoria como el vapor que nos rodeaba. Ninguno tenía energía. Cuando salimos tambaleándonos del baño, apenas pude agarrar una toalla antes de arrastrar a Jess a la cama. Lo último que recuerdo es a Manson abrazándome por detrás y sentir los dedos de Jason posarse sobre mi mano. Vincent se rio y dijo algo sobre «tumbarse encima de nosotros».

Pero no me importaba lo llena que estuviera esa puta cama. De alguna manera, todos nos metimos en ella y no podía moverme ni un centímetro, pero aun así dormí como un tronco.

42
JESSICA

Por primera vez desde que me mudé de vuelta a casa, mi madre no me dio problemas por pasar el fin de semana fuera. Apenas se dio cuenta. No me esperaba ninguna prueba de drogas, ninguna cita sorpresa y, lo mejor de todo, ninguna discusión. Ningún grito.

En general, la casa estaba más tranquila de lo que había estado en semanas.

Ya estaba empezando a asumir más tareas en el trabajo. Como iba a pasar a una jornada completa, tenía que completar una formación adicional además de mis tareas habituales. En unos meses no me limitaría solo a responder correos electrónicos y a manejar hojas de cálculo, y casi me puse a vitorear cuando mi jefe me dijo que ya habían contratado a la persona que ocuparía mi puesto a media jornada. La perspectiva de poder sacar partido a mi título me hizo bailar por toda la casa, tarareando cancioncillas mientras completaba mis tareas.

Era fácil olvidar los problemas que aún teníamos. Reagan, Alex, Nate... Estaba tan centrada en el futuro que los había borrado de mi mente. Estaba demasiado ocupada soñando despierta con apartamentos y con todas las travesuras que los chicos y yo podríamos hacer en la ciudad. Sería un nuevo comienzo para todos, el inicio de algo mucho más grande de lo que jamás pudiera haber imaginado.

Julia me invitó a un paseo por el campo a mitad de semana y aproveché la oportunidad para salir de casa después del trabajo. Cuando salimos hacía bueno, aunque fresquito, con una masa de nubes gris pálido que ocultaban el sol. Solo unos minutos después de llegar al sendero, Julia redujo el ritmo y se quedó unos pasos detrás de mí.

—¿Voy demasiado rápido? —le pregunté, girándome para caminar de espaldas mientras la miraba.

—No, solo estoy intentando mirarte el culo en esas mallas —dijo, sonriendo burlona—. Vaya culazo.

La agarré del brazo y la arrastré para que caminara a mi lado.

—Dios, eres igual de mala que los chicos.

—Soy peor —dijo, y ambas nos reímos.

Estaba encantada con mi ascenso, aunque, tras unos minutos de emoción, su estado de ánimo se volvió repentinamente serio.

—Eso significa que te vas —dijo—. Quiero decir, sabía que iba a pasar, pero, joder, acabamos de empezar a quedar.

—Nueva York no está muy lejos —dije, aunque mis palabras no servían de consuelo. Sería un alivio dejar Wickeston, pero lamentaba lo que eso supondría para mi amistad con Julia. Era una buena amiga, a pesar de que solo me conocía desde hacía un par de meses, y eso era difícil de encontrar—. Vendré a visitarte tan a menudo como pueda. ¡Y tú también puedes venir a visitarme!

Eso la hizo volver a sonreír.

—Me encantaría ir a verte. ¿Ya has encontrado casa?

—Aún no —respondí—. El jefe me ha dado tres meses para arreglar todo, lo que probablemente pasará mucho más rápido de lo que creo. He estado buscando apartamentos en la ciudad por Internet. Sin embargo, los precios de los alquileres son altísimos. Quizá tenga que elegir algo un poco más rural y desplazarme todos los días.

—¡Tía, sí, busca un sitio más grande y más barato! —exclamó—. Además, querrás tener un poco más de espacio para los chicos, ¿no? ¿Qué planes tienen? ¿Cómo se tomaron la noticia?

Era complicado hablar de ello sin emocionarme, y me negué a llorar en medio de una excursión. Nunca había sido de las que lloran por un hombre, pero estos hombres me habían llegado de una forma que nadie más había conseguido.

—Ellos también se mudan —dije—. A Nueva York.

Su grito de emoción asustó a los pájaros que estaban cerca y los hizo salir de sus nidos.

—¡Dios mío, sí! ¡Por fin! ¡Estoy tan feliz por vosotros! —Sonrió con orgullo y empezó a caminar con un poco de arrogancia—. Sabía que se enamorarían, lo sabía.

El sendero giraba, volviendo hacia el principio y al aparcamiento. Llevábamos caminando un rato, aunque parecía que solo habían pasado unos minutos. Dos personas subían por el sendero hacia nosotros, pero al principio no les presté mucha atención. Solo cuando se acercaron y pude ver sus caras con claridad, me di cuenta de quiénes eran.

—Oh, no —dije en voz baja.

Julia se puso inmediatamente en alerta, entrecerrando los ojos al ver a los hombres que se acercaban a nosotras.

—¿Ese es Nate Calkin? —preguntó, ralentizando el paso.

—Y Alex McAllister —añadí—. ¿Los conoces?

No parecían dispuestos a pasar de largo, sino que se dirigían directamente hacia nosotras. Aunque redujimos la velocidad, la distancia entre nosotros se acortaba rápidamente. Las alarmas sonaban en mi cabeza y las manos me sudaban de la tensión.

Fuera lo que fuese lo que querían, no podía ser nada bueno.

—Nate y yo estábamos en el mismo curso —dijo—. Teníamos clases juntos. —Julia me agarró del brazo con más fuerza—. Siempre fue un capullo. ¿Llevas el *spray* pimienta?

—Siempre —dije, agarrando la riñonera que llevaba atada a la cintura.

Alex y Nate se detuvieron justo delante de nosotras, bloqueándonos el paso. Decidida a seguir caminando, agarré con fuerza el brazo de Julia y los rodeé, manteniendo la mirada al frente. Pero Alex extendió el brazo, bloqueándome el paso una vez más, y el corazón se me aceleró.

—¿A dónde vais con tanta prisa? —preguntó Alex.

Nate tenía los brazos cruzados y se mantenía allí como un muro humano en nuestro camino.

—A ti qué te importa —espeté, intentando volver a esquivarlo.

Con una mano agarraba el brazo de Julia y con la otra sujetaba mi *spray* pimienta. Ninguno de los dos lo había visto, ya que lo mantenía pegado a mi costado.

Esta vez, en lugar de bloquearme el paso, Alex me empujó hacia atrás. Tropecé y Julia evitó que me cayera. En cuanto recuperé el equilibrio, se abalanzó sobre él.

—¡Vete a la mierda! —gritó, empujándolo con fuerza en el pecho. Apenas lo movió—. Aléjate de nosotras antes de que llamemos a la policía.

No teníamos cobertura, ambas lo sabíamos y, a juzgar por la sonrisa maliciosa en el rostro de Alex, él también.

—Oye, oye, solo queremos hablar —dijo Alex, aunque su tono no era nada inocente.

No era casualidad que estuvieran aquí; nos habían seguido. Habían esperado a que estuviéramos solas, lejos de cualquiera que pudiera ayudarnos.

—Nate y tú atacasteis a Lucas primero —dije con vehemencia—. ¿Estáis locos? Podríais habernos matado. Dejadlo ya, joder. ¡Dejadlos en paz, dejadnos en paz!

Julia estaba justo detrás de mí y yo no había bajado ni un centímetro el *spray* pimienta. Nate seguía sin decir nada, su silencio era inquietante. La forma en que me miraba era fría, más sombría que el cielo gris. Julia emitió un sonido suave, no sabía si era un juramento o un suspiro.

—Si quieren romper lo que me pertenece —dijo Alex—, entonces yo romperé algo que les pertenece a ellos.

De repente, Nate dio un paso hacia mí y yo apunté el *spray* pimienta directamente a su cara, pero Alex me agarró. Apreté los ojos con fuerza y rocié el *spray*. Uno de ellos gritó con furia, pero Alex siguió sujetándome, con tanta fuerza que sus dedos se clavaban dolorosamente en mi bíceps. Cuando intentó rodearme con el brazo para mantenerme quieta, le mordí con todas mis fuerzas.

Mi satisfacción al oírlo gritar de dolor duró poco. Me empujó al suelo y la grava me arañó las rodillas y el brazo al caer. Algo se torció con brusquedad en mi tobillo y un dolor agudo me atravesó como una descarga eléctrica.

Julia me agarró del brazo y me ayudó a levantarme. Intenté correr con ella, pero, Dios mío, el dolor en el tobillo era tan intenso que parecía como si me clavaran una aguja en la articulación.

No sé ni cómo conseguí llegar al coche. Mi mente y mi cuerpo estaban como sedados; el tobillo me palpitaba con fuerza, pero lo sentía muy lejos. ¿Era el *shock*? ¿La adrenalina? ¿Pánico puro?

—¿Qué cojones acaba de pasar? —jadeé, solo cuando ya estábamos en el coche de Julia con las puertas cerradas—. Qué coño… Dios mío…

—Tenemos que salir de aquí —dijo Julia, su voz sonaba firme, pero tenía los brazos apoyados en el volante y respiraba con dificultad—. Dios mío, Jess… Tu tobillo.

No quería mirarlo. Ya me había roto huesos antes y este no parecía estar roto, pero me dolía tanto que me costaba no llorar.

—Tengo que ir a casa —dije, concentrándome en respirar hondo y despacio—. Pero… a casa de mis padres no —añadí rápidamente mientras ella salía a toda velocidad del aparcamiento—. Necesito a los chicos. Ellos sabrán qué hacer.

—Creo que necesitas un médico, Jess —dijo Julia, sacudiendo la cabeza mientras se incorporaba a la autopista, pero yo sabía que me llevaría con ellos.

No me sentiría segura hasta que estuviera con ellos.

43

VINCENT

—¡Cógela, Bo! Vamos, tráela, puto *gremlin*.

Suspiré y observé cómo Haribo recogía la pelota de tenis que le había lanzado, corriendo en círculos mientras intentaba mantenerla alejada de Jojo. El concepto de «traer» nunca le había quedado claro. Atravesando el jardín, recogí la pelota mojada cuando la dejó caer y la lancé de vuelta hacia la casa.

—Estás haciendo más ejercicio tú que él —se burló Manson, riéndose mientras me observaba desde el garaje.

Jason estaba trabajando con ellos hoy, ayudándoles a recalibrar el *software* del coche que estaban arreglando.

Bo cogió la pelota, pero en lugar de traerla de vuelta, corrió hacia Jason.

—Te has equivocado de persona, Bo —dijo mientras el perrito se sentaba resoplando y jadeando a sus pies—. No hay mucho en esa cabecita tuya, ¿verdad?

Lucas tenía puestos los cascos, inclinado con una soldadora en las manos, mientras Cherry estaba encaramada en su hombro. Esa gatita se había adaptado rápido. La mayor parte de su agresividad se había desvanecido, al menos con Lucas. Apenas se alejaba de él y maullaba lastimosamente si él se alejaba demasiado de su vista.

Estábamos intentando matar el tiempo antes de reunirnos con nuestro agente inmobiliario. Por fin íbamos a poner la casa en venta y la tasación había salido mejor de lo esperado. Manson seguía mostrándose cautelosamente optimista, pero yo quería celebrarlo antes incluso de que esta casa del demonio saliera al mercado.

—¿Esa es Jess? —soltó Manson de repente, mirando hacia la puerta.

Un viejo descapotable rojo se había detenido en la entrada tras levantar una nube de polvo al pasar a toda velocidad por nuestra calle.

—Hoy ha salido de excursión con Julia —dijo Jason, saliendo del asiento del conductor para poder ver mejor.

—Es el coche de Julia —dije. Antes incluso de que se abrieran las puertas, una extraña sensación de inquietud me heló la sangre. Algo no iba bien, pero no sabía qué era hasta que Julia abrió la puerta del copiloto y tuvo que ayudar a Jess a levantarse del asiento—. ¿Qué cojones...?

Corrí por el jardín y llegué el primero a la verja. Los perros pensaron que se trataba de un nuevo juego emocionante y tuve que ahuyentarlos para poder abrir. Jess tenía el brazo alrededor de los hombros de Julia mientras cojeaba hacia el patio, con el rostro contraído por el dolor.

—¿Qué coño ha pasado? —pregunté mientras cogía a Jess en brazos de inmediato, para que no apoyara el peso sobre la pierna.

Manson, Jason y Lucas se habían acercado y todos hablaban a la vez, casi ahogando la voz de Julia cuando intentaba explicar lo sucedido.

—Estábamos haciendo senderismo —dijo, intentando aparentar calma—. Nate y Alex...

—¿Qué mierdas le han hecho? —La voz de Lucas temblaba por el esfuerzo de controlar el volumen.

Tenía a Cherry agarrada con una mano y con la otra buscó a Jess, le cogió la mano y le dio un fuerte apretón.

—¡Callad la puta boca todos menos Jess y Julia! —solté y, al instante, se hizo el silencio.

Era raro que yo levantase la voz, pero no podía pensar con todos hablando unos por encima de otros, presas del pánico. Jess había apretado los ojos con fuerza. Estaba sufriendo y eso me enfureció tanto que vi todo rojo.

—Cuéntanos qué ha pasado, Jess.

—Nate y Alex nos siguieron —dijo, apretando los dientes mientras tomaba otra bocanada de aire—. Nos detuvieron en el camino. Ellos... Joder... —Siseó de dolor, y su siguiente respiración entrecortada sonó peligrosamente cercana a un sollozo.

—Voy a matarlos —gruñó Lucas—. Voy a matarlos, me cago en todo.

—Matarlos sería un acto de misericordia —dijo Jason—. Tienen que sufrir.

—Llévala dentro —pidió Manson—. Tenemos que llamar a un médico.

—No está roto —insistió Jess mientras la llevaba por el jardín y la metía en la casa. Apoyó la frente contra mi pecho y, a pesar del fresco, estaba sudando—. Está torcido, ya me ha pasado antes. Necesito... Solo necesito...

—Hielo y ponerlo en alto —dije, mirando a Jason con insistencia mientras llevaba a Jess al salón y la tumbaba en el sofá.

Él entendió lo que quería decir y, en menos de un minuto, volvió con una bolsita de hielo envuelta en un paño de cocina. Julia apiló almohadas debajo del tobillo de Jess y yo le subí con cuidado las mallas para poder mirarlo mejor.

Manson soltó una palabrota cuando vio los moratones y la hinchazón.

Jason le puso el hielo e hizo una mueca cuando ella gimió de dolor.

—Lo siento, Jess. Joder...

—Alex me agarró —dijo Jess por fin, obligándose a contar el resto de la historia. Parecía demasiado tranquila teniendo en cuenta lo que había pasado, pero al menos uno de nosotros lo estaba—. Les rocié con *spray* pimienta, pero me empujó. Así es como me torcí el tobillo. Dijo que, como habíamos roto algo suyo, él iba a romper algo vuestro.

El impacto que esas palabras tuvieron en mí fue mucho más profundo que la ira. Con solo mirar a los demás, pude ver la misma emoción en sus rostros.

Rabia. Rabia pura y ciega.

—Entonces está claro —dijo Manson—. Tenemos que encontrarlos. Esta noche. Ahora mismo.

—Manson, no quiero que ninguno de vosotros salga herido —dijo Jess—. Alex quiere una reacción. Quiere que vayáis a por él.

Negué con la cabeza.

—No. Alex quiere una reacción, pero no cree que vayamos a ir a por él. Es demasiado orgulloso como para pensar que es vulnerable. Si pensara que fuéramos a ir a por él, nunca se habría atrevido a hacer esto.

—Le demostraremos que se equivoca —dijo Jason con fiereza—. *Nadie* toca a nuestra chica.

—No tenéis que hacer nada —dijo Jess, desesperada—. Esto podría arruinar todo por lo que habéis trabajado. ¿Y si os metéis en problemas? ¿Y si os arrestan? ¿Y si...?

—¿Y quedarme aquí quieto sin hacer nada? —soltó Lucas. Había dado un paso atrás y se apoyaba contra la pared con las manos entrelazadas a la espalda. Era una postura de autocontrol, luchaba por contenerse, pero desprendía ira. Eran las primeras gotas de una inundación antes de que se rompiera la presa—. ¿Y dejar que ese cabrón haga daño a alguien que me importa y no hacer una mierda al respecto? —Apretó los dientes y negó con vehemencia—. No va a salirse con la suya. Ni hablar. Al parecer, la última vez no le pegué lo suficientemente fuerte, pero esta vez será distinto.

No importaban las consecuencias. No estaba acostumbrado a sentirme así; por lo general, era un tío tranquilo. La mayoría de las cosas me resbalaban, la gran mayoría de las circunstancias no merecían que me pusiera violento.

Pero no había reglas cuando alguien a quien quería resultaba herido; no había límites, no había precaución. No se trataba solo de venganza, no era una revancha mezquina, era un castigo. Era necesario para garantizar que Jess nunca más volviera a correr peligro.

Pensar en lo que podría haber pasado si hubiera estado sola, si no hubiera tenido el *spray* pimienta, si no hubiera conseguido escapar...

Joder, ni siquiera podía soportar pensar en ello.

Lucas caminaba de un lado a otro del salón, demasiado alterado como para quedarse quieto.

—¿A dónde fue? Necesito saber dónde está, joder.

—No se quedarán en el sendero —dijo Manson. Estaba sentado en el sofá justo detrás de Jason, sin apartar la mirada de Jess ni un segundo—. Llama al bar de Billy. Todavía conoces a uno de los camareros, ¿no? Llámalo y pregúntale si están allí.

Lucas salió de la habitación y, al cabo de unos segundos, le oí hablar con alguien por teléfono.

—Puedo llevarte a urgencias —le sugerí, apartándole el pelo de la cara con suavidad, pero ella negó con la cabeza.

—No pasa nada. Estoy bien. El hielo me está ayudando. —Me apretó la mano mientras yo la sostenía y me dedicó una sonrisita—. Estoy bien, Vince. De verdad.

—Pero no lo estás, joder —le dije.

Dios, sentía como si fuera a romperme en mil pedazos. Estaba enfermo de ira, de preocupación. Debería haber estado con ella. Debería haber estado allí.

Todos sabíamos de lo que eran capaces Alex y Nate, sabíamos que había peligro. ¿Cómo pude ser tan tonto como para pensar que estaría a salvo?

—¿Quieres que me quede, tía? —preguntó Julia, retorciéndose las manos mientras estaba de pie cerca de nosotros—. Llamaré al trabajo esta noche. Les diré que ha habido una emergencia.

—No hace falta. —Jess sonrió con dificultad, con la respiración entrecortada por el dolor—. Te enviaré un mensaje más tarde, no te preocupes por mí. Aquí estoy a salvo.

Cuando Julia se marchó, Lucas regresó.

—No están en el bar de Billy. Al menos, todavía no. Pero me llamará si aparecen —dijo.

—Tenemos que encontrarlos —dijo Manson—. No me importa lo que cueste, joder.

—Por favor, no os vayáis —dijo Jess, abriendo mucho los ojos mientras intentaba incorporarse, pero la volví a tumbar.

—Tranquila, cariño, tranquila. Déjame darte algo para el dolor, ¿vale? —Prácticamente tenía una farmacia arriba, pero no quería alejarme de ella. Volví a mirar a Jason, suplicante—. ¿Puedes traerme el botiquín del ático? Está debajo de la cama.

Manson se hizo cargo de la bolsa de hielo cuando Jason se levantó. No dijo ni una palabra, pero su expresión lo decía todo. La furia se reflejaba en su rostro, se le notaba en los hombros y en la mandíbula tensa.

Provocar peleas y destrozar los coches... podía perdonarles eso. Pero cuando fueron a por Manson y Lucas en el espectáculo, supe que teníamos que vengarnos. Ahora que habían ido a por Jess...

Iban a desear estar muertos.

—Lo siento, Jess —se disculpó Manson. Le estaba poniendo hielo en el tobillo y cada vez que movía las manos, temblaban—. Lo siento mucho.

—No es culpa tuya —dijo ella. Recuperé la respiración al ver a Jason con mi botiquín y, mientras rebuscaba, Jess añadió—: Dame mierda de la buena, por favor.

—Uno de nosotros debería haber estado contigo —dijo Lucas—. Yo debería haber... —El móvil le vibró con una llamada entrante y, tras echar un rápido vistazo a la pantalla, lo descolgó y preguntó—: ¿Están ahí?

Apenas podía oír al hombre que hablaba con él, pero percibí una súplica desesperada.

—No empieces con tonterías, ¿eh? Esta es mi última advertencia. Si apareces aquí porque tienes un problema con esos chicos, entonces...

Lucas colgó.

—Nate y Alex acaban de llegar al bar de Billy. ¿Quién viene conmigo?

—Yo —respondió Jason de inmediato, y luego me miró—. ¿Te quedarás con ella?

—No la voy a dejar sola —dije—. Más vale que tengáis cuidado.

—Lo tendremos. —Manson se puso en pie, dejando el hielo sobre el tobillo hinchado de Jess. Era difícil adivinar qué pasaba por su cabeza, ya que controlaba cuidadosamente su expresión. Me miró, su voz era sombría cuando preguntó en voz baja—: ¿Dónde está?

Por mucho que odiara llevar esa puñetera cosa, me había hecho con un arma por una razón. Necesitábamos defendernos, y no estaba dispuesto a dejar que los tres salieran de allí sin más protección que sus puños.

—En la caja fuerte —respondí—. Ya sabes el código.

Asintió con la cabeza y salió de la habitación. Sus pasos resonaron en las escaleras mientras Jess nos miraba a ambos con creciente angustia.

—No os vayáis. Por favor, no vayáis tras ellos. —Lucas se sentó a su lado y le acarició la cara con las manos. Ella se inclinó hacia él y lo rodeó con los brazos—. No vayas. No quiero que te hagan daño.

—Estaré bien —la tranquilizó—. Jason y Manson estarán bien. No les tenemos miedo.

—No se saldrán con la suya —dijo Jason.

Estaba de pie en la puerta, con las manos metidas en los bolsillos. Ansioso por irse pero odiando tener que hacerlo, sobre todo cuando Jess le dirigió una mirada suplicante.

—Prefiero que estéis a salvo —dijo ella, y todo el esfuerzo que había hecho por parecer tranquila se esfumó de repente—. No hace falta que vayáis tras ellos.

—Sí, hace falta, ángel —respondió Manson, poniéndose la chaqueta de cuero. Alcancé a ver la pistola que llevaba metida en los vaqueros justo antes de que la volviera a ocultar—. No pueden tocarte. Estás fuera de sus límites y no han sabido respetarlo. Lo pagarán.

Lucas se despidió de Jess con un beso, se alejó de su abrazo y salió de la casa con Jason siguiéndole los pasos. Verlo salir por la puerta me hizo desear poder partirme en dos. No podía protegerlo a él y a Jess, y me aterrorizaba dejarlo ir.

Manson me estrechó la mano antes de irse.

—No te atrevas a volver herido, joder. No... —Bajé la voz, porque Jess ya estaba asustada y no quería empeorar las cosas—. No dejes que le hagan daño, Manson.

—Sabes que no lo haré —respondió—. Cuida de nuestra chica. Volveremos pronto.

44
MANSON

No quería hacer daño a nadie.

Me aferraba a ese hecho, me lo repetía a mí mismo como una especie de oración diaria. A pesar de las cosas que me gustaban en las relaciones —y era un sádico, de eso no había duda—, no quería hacer daño. No era como mi padre, no era como la gente que me acosaba. El monstruo que vivía dentro de mí estaba domesticado, controlado. No era una persona violenta.

Pero cuando entré en el bar de Billy, con Jason y Lucas flanqueándome, la moral a la que me había aferrado dejó de darme indicaciones. Las líneas que me había trazado, los límites que había tratado mantener, ya no importaban una mierda.

Habían hecho daño a Jess. Alex y Nate habían puesto las manos sobre mi familia más veces de las necesarias para justificar una represalia. Siempre había creído que la violencia física solo era necesaria en defensa propia, pero esta vez estábamos atacando.

Daba igual a dónde fueran, daba igual que intentaran esconderse, daba igual quiénes fueran sus amigos o sus contactos, daba igual si tenía que hacerlo en público o en privado... Habían hecho daño a nuestra chica. Habían cruzado la línea hasta tal punto que la habían roto.

Quería hacerles daño por lo que habían hecho. Mientras nos abríamos paso poco a poco entre la multitud, buscando a nuestros objetivos, lo único en lo que podía pensar era en lo mucho que deseaba oírlos gritar. No era un deseo salvaje, ni estaba cargado de ira o frenesí, era tranquilizador, meditativo. Me sentía bien al pensar en su agonía.

Estaba furioso, sí, pero esa palabra no abarcaba este sentimiento. No podía transmitir la abrumadora necesidad de ver cumplida la venganza. No era tan moralista y egocéntrico como para pensar que esta era la elección correcta, ni siquiera era una buena elección.

No se trataba de lo que estaba bien o mal, iba mucho más allá de eso. Lo único que me importaba era proteger a mi gente, a mi familia.

Nada ni nadie estaba por encima de aquellos a quienes quería.

Nos abrimos paso entre la multitud, sin dejar de estar atentos. Lucas recibió un gesto de disgusto del camarero, que pareció aún menos contento cuando nos vio al resto. No dejaba de limpiar la misma taza una y otra vez, mirándonos, nervioso. Él no interferiría, pero alguien más podría hacerlo si no teníamos cuidado.

—Ahí —dijo Jason, y seguí su mirada.

Nate y Alex estaban sentados en una mesa de la esquina, cerca de los baños, encorvados sobre sus vasos de cerveza. La iluminación del bar era tenue, pero era evidente que Nate tenía la cara enrojecida y los ojos inyectados en sangre.

—Parece que el grandullón se llevó la peor parte del *spray* pimienta —dije.

La pistola que llevaba debajo de la chaqueta pesaba mucho. Se la pasé a Jason mientras me daba la vuelta, manteniéndola baja. Se la guardó debajo de su camiseta con un movimiento rápido.

—Vaya, ¿a quién tenemos aquí? —soltó Alex con tono burlón cuando nos vio acercarnos a su mesa. Nate nos miró con el ceño fruncido, con los ojos tan hinchados y enrojecidos que me sorprendió que pudiera vernos—. Tienes muchos huevos para entrar en el bar de Billy, Reed.

Era cierto, normalmente evitábamos este sitio. El bar de Billy no era más que un antro, un cuchitril que se llenaba hasta los topes casi todas las noches. No era nuestro tipo de gente, y podía sentir las miradas curiosas de los que nos rodeaban. Sabiendo que mi padre había estado pasando el rato aquí, solo podía imaginar lo que los clientes habituales habían oído sobre mí.

—Y teniendo en cuenta que has atacado a dos mujeres que no te han hecho nada, tú huevos no tienes —le devolvió Jason.

Lucas se quedó en silencio; le había advertido que se mantuviera callado. Lo último que necesitábamos era que abriera la boca y empeorara las cosas antes de tiempo.

—¿Atacar? —Alex se burló—. ¿Eso es lo que te dijo esa zorra? ¿Que yo la ataqué? Joder, qué típico. ¿Por qué cojones os creéis todo lo que ella dice?

Dio un sorbo a su cerveza, con una fea sonrisa burlona en los labios. Se sentía seguro allí, confiado. No creía que pudiéramos hacerle nada.

—Jess no es una mentirosa —dijo Lucas con voz tranquila—. Le pusiste las manos encima, McAllister. Esperaste a que estuviera sola, a que no hubiera nadie cerca para ayudarla. Eres un puto cobarde.

Alex puso los ojos en blanco y empezó a dar golpecitos con el pie en el taburete. Nate se cruzó de brazos y se dio la vuelta.

—Esto es una puta mierda.

—Tenemos que resolver esto —dije—. No más sabotajes, no más acoso. De hombre a hombre.

—No tenemos nada que resolver —dijo Alex—. Vete a la mierda.

Jason se rio, lo que hizo que Alex volviera la cabeza hacia él.

—No me extraña. Eres un tipo muy duro, Alex. Acosas a las mujeres cuando están solas, pero te acobardas en cuanto ves a alguien de tu tamaño.

Parecía que Nate quería marcharse, pero la ira de Alex podía más que él. Se levantó de un salto, golpeando la mesa y salpicando cerveza por toda la madera.

Jason sonrió cuando Alex se le encaró.

—Tienes mucho valor para hablarme así —dijo, con la rabia a flor de piel, mientras Jason parecía a punto de volver a reírse—. ¿Quieres pelear tú conmigo, marica?

—¡Eh, fuera! —gritó de repente el camarero.

Alex y Nate intercambiaron una mirada, mientras yo me dirigía a la salida de cerca de los baños y empujaba la puerta que daba al callejón de atrás.

—¿Quién es ahora el marica? —lo provocó Jason cuando Alex no lo siguió inmediatamente por la puerta, pero su burla surtió efecto.

Nate me empujó con fuerza en cuanto salió al callejón, lanzándose hacia mí con los puños en alto. El callejón era largo y estrecho, con contenedores de basura desbordados a un lado. Nate me empujó contra ellos, agarrándome con fuerza por la camiseta mientras echaba el puño hacia atrás.

Se quedó paralizado cuando sintió mi navaja contra su garganta.

—Yo que tú, me movería muy despacio —le dije. Tragó saliva y su garganta se movió, la hoja clavándose en su piel—. Las manos se me mueven mucho y no me gustaría cortarte la yugular por accidente.

Nate estaba tan distraído intentando averiguar cómo responder a una navaja en su garganta que no se dio cuenta de que yo había echado el brazo hacia atrás hasta que fue demasiado tarde. Mi puño se estrelló contra un lado de su cabeza. Se le pusieron los ojos en blanco y se quedó tenso, luego cayó al suelo con un fuerte golpe.

En cuanto cayó al asfalto, me abalancé sobre él. La sangre salpicó todo cuando mi siguiente puñetazo le dio en la nariz, y seguí golpeándolo a pesar de lo flácido que estaba. Se le partió el labio y también la ceja. No emitía ningún sonido, salvo gruñidos, y apenas respiraba. El mundo se cerró a mi alrededor y el único pensamiento que permaneció en mi mente fue lo mucho que podría haberme quitado.

Podría haber matado a Lucas. Lo había intentado. No le había importado una mierda. Había ayudado a hacer daño a Jessica, la había amenazado. Estaba dispuesto a utilizarla como un peón en su enfermiza y retorcida venganza contra nosotros.

La idea de perderlos... a cualquiera de los dos... Joder, me mataría. La vida merecía la pena porque tenía a mi familia, porque nos teníamos los unos a los otros. Perder a cualquiera de ellos destrozaría mi mundo en pedazos.

El rugido en mis oídos acabó por detenerse. Me dolían los nudillos. Respiraba con dificultad. La cabeza de Nate estaba apoyada contra el pavimento, solo se veía el blanco de sus ojos. Me puse de pie, le escupí en la cara y luego me miré la mano. Tenía los nudillos partidos, posiblemente por darle puñetazos en los dientes.

—Hijo de puta —dije y le di una patada en el costado, esperaba haberle roto las puñeteras costillas.

Cuando me giré, Alex parecía aturdido. Tenía los ojos muy abiertos mientras observaba a Nate retorciéndose en el suelo. Había sucedido muy rápido, en cuestión de segundos. Alex parecía estar a punto de vomitar.

—¿A dónde vas, colega? —preguntó Jason, bloqueando la puerta cuando Alex se dio la vuelta como si quisiera volver a entrar, como si fuéramos a dejar que se escapara.

—Quítate de en medio, joder... —Alex calló cuando Jason sacó la pistola.

Todos habíamos entrenado con ella. Cuando Vincent decidió que necesitábamos un arma de fuego, no tomamos esa decisión a la ligera, y llevarla con nosotros esa noche tampoco lo fue.

Era necesario.

—¡Levántate, Nate! —espetó Alex, pero su amigo gimió, probablemente incapaz de enfocar la vista el tiempo suficiente como para moverse.

—No vas a ir a ninguna parte, Alex —dije, probando el filo de mi navaja con la yema del pulgar. Había que volver a afilarla pronto, pero tendría que servir—. Vas a recibir una paliza y vas a mantenerte alejado de nosotros. Nada de fiestas, nada de carreras, nada de nada.

—Os habéis vuelto locos —dijo.

Intentaba retroceder, pero no tenía a dónde ir. Lucas le bloqueaba la salida del callejón y Jason la puerta de entrada. Los ojos de Alex se movían rápidamente como los de un animal atrapado.

—Cuando alguien a quien quiero sale herido, me vuelvo un poco loco —dije, haciendo girar la navaja entre mis dedos.

Alex no sabía qué temer más: a mí con el cuchillo, a Jason con la pistola o a Lucas crujiéndose los nudillos detrás de él.

—No vais a iros de rositas —dijo—. ¿Todo esto solo para defender a vuestra putita? ¡No es más que un pedazo de carne usada y sin valor que os pasáis de uno a otro!

Alex no sabía cuándo rendirse. Tropezó cuando me abalancé sobre él, el miedo a la navaja lo había vuelto torpe. Clavado contra la pared con mi hoja presionando peligrosamente contra su garganta, llegó a gemir.

Joder, qué patético.

Solo hacía falta un pequeño movimiento: un corte, una puñalada. Le habría rajado la garganta y no habría habido forma de salvarlo. Él también lo sabía; respiraba rápido y maldecía entre dientes.

—¿Qué pasa, amigo? —le pregunté—. ¿Me tienes miedo?

Por la forma en que abrió los ojos, debía de parecer desquiciado. Se retorció y la hoja le hizo un corte, un hilo de sangre le corrió por el cuello.

—Vamos, Reed —se quejó, con un tono de voz tan molesto que puse los ojos en blanco—. No fue… tan grave…

—¿Y eso se supone que me tiene que hacer sentir mejor? —siseé—. Le hiciste daño a nuestra chica, McAllister. Le has puesto las manos encima. —Le limpié la sangre que le había corrido por el cuello con la yema del pulgar y se la unté por la boca mientras él balbuceaba horrorizado—. Si te metes con uno de nosotros, te metes con todos. Así que aquí estamos el resto. Ahora ya no eres tan valiente, ¿eh?

—Cobarde de mierda —dijo Jason con un suspiro, como si le decepcionara.

—No me gusta hacer daño a la gente, Alex —dije.

Aparté el cuchillo, lo alejé de la pared y lo empujé al suelo. Tropezó, cayó de rodillas y se apoyó en las manos. Se apresuró a ponerse frente a mí, pero no dejaba de mirar a los demás, sin saber de dónde vendría el primer golpe.

Mientras abría y cerraba la navaja, el sutil sonido del metal le hizo estremecerse.

—No me gusta hacer daño a la gente —repetí—. Pero a él sí.

Asentí con la cabeza hacia Lucas, que sonreía mientras se crujía los nudillos. No hacía falta que dijera nada.

—Mierda, mira, no volveré a meterme con ella —balbuceó Alex, levantando las manos como si eso fuera a apaciguarnos.

Nate se puso en pie en ese momento, aunque con dificultad y, por un instante, Alex se atrevió a albergar esperanzas. Pero su amigo pasó tambaleándose junto a él, junto a Jason y Lucas. Tenía la cara manchada de sangre y se balanceaba mientras murmuraba para sí mismo. Ninguno de nosotros se molestó en detenerlo, aunque Lucas se volvió para ver cómo se alejaba.

Por fin, Alex pareció darse cuenta de que estaba jodido, y su voz adquirió un tono más agudo y aterrado.

—No volveré a meterme con ninguno de vosotros —dijo. Seguía de rodillas cuando nos acercamos a él—. Es que... Vamos, tío. Solo estábamos de broma...

Jason le golpeó con la culata de la pistola, tirándolo al suelo con tanta fuerza que su cráneo rebotó al golpear el pavimento. Se acurrucó en posición fetal mientras Jason le daba patadas, gritando cuando una fuerte patada le dio en las costillas. Se abrazó la cabeza con los brazos, pero Lucas le agarró las muñecas y lo estiró a la fuerza en el suelo.

—No debería haber llegado a esto, Alex —le dije. Sus gruñidos de dolor y sus respiraciones desesperadas y entrecortadas eran música para mis oídos—. Pero no podías dejarnos en paz. Eso es lo único que queríamos: que nos dejaran en paz, joder.

—¿Con qué mano la agarraste? —gruñó Jason, inclinándose sobre él mientras Lucas lo sujetaba, pero Alex se limitó a negar con la cabeza, jadeando.

—Es diestro —dijo Lucas sin más.

Le inmovilizó el brazo derecho contra el cemento y Alex gritó.

—¡Joder, sois unos putos psicópatas! —chilló. Su tono se volvió aún más frenético cuando Jason levantó el pie——. ¡Para! Joder, para, mierda, no…

Sus dedos crujieron cuando le pisó con fuerza. Gritó, pataleando, y me subí encima de él para ayudar a Lucas a mantenerlo quieto.

Cuando Jason dio un paso atrás, Lucas tuvo su oportunidad. Primero me miró, solo una mirada. Apenas tuve que asentir con la cabeza para que se lanzara. Sus puños impactaron con golpes dolorosamente fuertes y él se reía entre dientes con cada uno. Había esperado demasiado tiempo este momento. Años de ira y contención se desataron, y siguió golpeando con determinación.

—Ya basta —dije y le puse la mano en el hombro.

Su brazo se detuvo en el aire, con los nudillos ensangrentados. Alex parecía a punto de desmayarse.

—¿Ya deseas estar muerto? —le pregunté, dándole unas bofetadas para que me mirara.

Puso los ojos en blanco mientras le sangraba la nariz.

—Que… que te jodan. —jadeó de dolor, pero no tenía mucho sentido—. Debería habérmela… follado cuando tuve la oportunidad…

Fruncí el ceño.

—¿Te importaría repetir eso?

—¡Debería haberme follado a esa putita cuando tuve la oportunidad! —gritó.

Mis dedos se tensaron.

—Dadle la vuelta.

Hicimos falta los tres para ponerlo boca abajo. Le corté la camiseta, la aparté y mantuve la mano firme. Gritó cuando la navaja se clavó en su piel. Quería que le quedara cicatriz y no me importaba lo profundo que tuviera que cortar para conseguirlo. Lucas mantuvo la rodilla presionada contra el hombro de Alex, agarrándole con fuerza del pelo.

—¿Te duele? —preguntó, burlándose maliciosamente mientras Alex forcejeaba. Su sangre me manchaba las manos y las volvía resbaladizas, pero seguí cortando sin importarme lo sangriento que se estaba volviendo el asunto—. ¿Por qué no gritas más fuerte? Quizá así dejemos de hacerlo.

La satisfacción que sentí cuando mi navaja atravesó la carne de Alex fue casi orgásmica. Una sonrisa se dibujó en mi boca. Me reí cuando gritó.

—¡Me estás matando, joder, para! Para... Joder... ¡Por favor! —exclamó.

—Esto no va a matarte —le dije con calma—. De todos modos, no me molestaría en matarte, aunque seas un puto inútil. La muerte está lejos de ser lo peor que le puede pasar a una persona, Alex. Por ejemplo, te podrían cortar la polla y metértela por la garganta. No te mataría, pero seguro que desearías estar muerto.

—Me gusta la idea —comentó Lucas.

Alex se lamentó con voz entrecortada, luchando inútilmente contra nuestro agarre.

—Basta, basta, basta... Prometo que nunca más... ¡Mierda!

—Esta navaja está algo desafilada —dije con tono burlón mientras la hoja se atascaba en su piel y cortaba en un ángulo extraño—. Qué pena. Apretaré un poco más fuerte.

Teníamos poco tiempo y, la verdad, me sorprendía que la policía aún no hubiera aparecido. Así que me apresuré a hacer los últimos cortes, provocando más gritos y súplicas desesperadas. Pero el resultado final fue una advertencia clara, lo suficientemente profunda como para dejar cicatriz y lo suficientemente fea como para ser evidente.

La palabra «ABUSADOR» estaba grabada en su espalda. Presioné mi mano ensangrentada contra su cara, aplastándolo contra el asfalto.

—Este es el único aviso que vamos a darte, ¿entendido? —le dije—. Si vuelvo a verte por aquí, te despellejaré, joder. No me importa dónde sea, Alex. No dejes que vuelva a verte la puta cara.

Lo dejamos tirado en el suelo, encogido como un insecto.

45

ALEX

Me pareció que pasó una eternidad hasta que conseguí levantarme del suelo y sentarme contra la pared de ladrillos. Tenía la cara hinchada y me dolía; no podía respirar por la nariz y tenía un sabor metálico en la boca. Escupí saliva con sangre al suelo, pero eso no eliminó el desagradable sabor.

¿Cómo coño se atrevían a atacarme en público?

Habíamos tenido la oportunidad perfecta para acabar con esos capullos en el espectáculo de coches, solo teníamos que sacarlos de la carretera. Debería haber sido fácil provocar un accidente mortal a más de ciento sesenta kilómetros por hora. Pero se nos escaparon. Ese puto Chevrolet era increíblemente rápido.

Ahora Nate me había abandonado, menudo puto cobarde. El grandullón era todo ladrar y poco morder, pero había pensado que era mejor que eso. Reed lo había noqueado de un puñetazo antes de hacerle papilla, por si acaso.

Me saqué el móvil del bolsillo y mi dedo se posó sobre el botón de llamada de emergencia. Pero, tras unos segundos, lo aparté, furioso. No necesitaba una ambulancia, necesitaba venganza y la iba a conseguir por mis propios medios.

—A la mierda esos capullos —murmuré—. A la mierda esa zorra…

Todo eso era culpa de Jessica, esa zorra engreída. No estaba tan mal antes de cambiar de bando y decidir convertirse en la puta de los frikis de Wickeston. Las mujeres como ella necesitaban que las mantuvieran a raya. Ser tan atractiva que los hombres casi babeaban por ella le había inflado muchísimo el ego, convenciéndola de que era la leche.

Pero no era *nada*. Solo era otra puta sin valor que pensaba que el mundo giraba en torno a su coño. Debería haberles hecho mucho más daño a ella y a su estúpida amiguita.

Alguien apareció al final del callejón. El humo del cigarrillo llegó hasta mí y aparté la cara, muy cabreado porque alguien se atreviera a venir a verme así.

—Vete a la mierda —dije mientras se acercaban los pasos.

No estaba de humor para que vinieran a ver cómo estaba.

—Me parece que alguien te ha dado una paliza.

—¡He dicho que te vayas a la mierda, viejo! —espeté.

En cuanto oí su voz, supe exactamente quién era. Era Reagan, ese viejo que llevaba semanas pasándose todos los días por el bar de Billy. Nos había ofrecido a Nate y a mí quinientos dólares a cada uno por ir a por Manson y Lucas en aquel espectáculo. No nos había explicado por qué, pero en aquel momento no necesitaba una explicación.

Se acercó, dándole una larga calada a su cigarrillo. Lo miré con ira, pero no podía verle bien la cara porque tenía los ojos hinchados y cerrados por los moratones.

—No quiero tu ayuda —le dije con amargura mientras se colocaba a mi lado.

—No te he ofrecido mi puta ayuda, ¿verdad? —dijo, arrastrando a voz.

Con dolor, me puse de pie. Me dolía todo, sentía punzadas en músculos que hasta ahora ni siquiera sabía que existían.

—¿Qué coño pasa contigo, Reagan? ¿Por qué estás aquí?

—Solo soy un ciudadano preocupado. —Me ofreció un cigarrillo. No era muy fumador, pero lo acepté de todos modos—. Los hombres que te han atacado hoy causan muchos problemas en este pueblo. Solo soy un hombre que busca soluciones.

—Con que soluciones, ¿eh? —me burlé, aceptando el mechero cuando me lo ofreció.

Mientras encendía el cigarrillo, le miré más detenidamente a la cara. La última vez que hablamos fue dentro del bar y yo estaba borracho. Lo suficientemente borracho como para pensar que aceptar dinero para intentar matar a mis rivales era una buena idea. Pero al examinar su rostro, me llamó la atención lo familiares que me resultaban sus rasgos.

—Eres el padre de Manson, ¿verdad? —le pregunté—. Por eso tienes problemas con esos tipos. Es tu hijo.

Exhaló despacio, y el humo pálido se desvaneció en el aire frío.

—Supongo que sí —respondió.

Su parecido con Reed era asombroso. Pero había algo diferente. Quizá fuera la mirada apagada o la expresión seria de su boca. Era difícil definir qué era, pero había una cosa que sabía seguro: cuando me miraba, este tipo me daba escalofríos.

—Quieres vengarte, ¿verdad? —preguntó—. Se merecen pagar por los problemas que te han causado.

—Sí, se lo merecen —dije, aunque sus palabras me provocaron un extraño escalofrío—. Llevan demasiado tiempo sintiéndose cómodos aquí.

Se rio, con una risa grave y áspera.

—Entonces estamos de acuerdo. Todos estaremos mucho mejor...

Se alejó de mí y yo lo miré confundido.

Sacudiendo la cabeza, di una profunda calada al cigarrillo e inmediatamente tosí. Joder, esto era mucho más fuerte que un cigarrillo electrónico...

—¿Vienes o no, chico? —El hombre me esperaba a la entrada del callejón—. ¿Vas a dejar que te pisoteen? —soltó.

La forma en que me miró me hizo sentir avergonzado, como si hubiera hecho algo vergonzoso y no tuviera ni idea de qué era.

—No… —respondí, apretando los dientes—, pero ¿qué coño quieres que haga al respecto?

Me sonrió, mostrando unos dientes amarillos y podridos.

—Quiero que me sigas y dejes de hacer preguntas estúpidas.

46

JESSICA

Vincent, Jojo, Bo y Cherry estaban acurrucados a mi alrededor en la cama. De vez en cuando me despertaba, pero Vincent me acariciaba la espalda durante un rato y me tranquilizaba para que volviera a dormirme, asegurándome que los demás volverían pronto.

No me gustaba despertarme y no tenerlos a todos allí. Incluso con Vincent y todos los animales a mi alrededor, la cama me parecía demasiado vacía; la casa también. Como si los hubiera estado escuchando mientras dormía, me desperté al instante al oír sus pasos entrando por la puerta.

—¿Han vuelto? —murmuré, sin poder abrir los ojos todavía.

Estaba recostada contra el pecho de Vincent, todavía medio dormida. Jojo y Bo saltaron de la cama y sus uñas hicieron ruido al caminar por el pasillo para saludar a los chicos.

—Han vuelto —me aseguró Vincent, acariciándome la espalda. Sus hábiles manos me masajeaban los hombros, aliviando la tensión—. No te preocupes, cariño. Subirán enseguida.

Al oírlos entrar en el ático, por fin abrí los ojos. La habitación estaba a oscuras, salvo por la luces multicolores que rodeaban la cama de Vincent. El suave resplandor los iluminaba mientras se subían a la cama y dejaban los zapatos y las chaquetas en el suelo.

—¿Qué ha pasado? —susurré, acariciando el rostro de Lucas mientras se tumbaba junto a Vincent.

—No nos han hecho daño, nena —dijo, inclinándose para darme un beso en la mejilla.

—No pasa nada, Jess —dijo Jason, metiéndose bajo las sábanas y abrazándome—. Estamos aquí.

Me costaba mantener los ojos abiertos mientras buscaba la mano de Manson y la agarraba con fuerza mientras él se metía en la cama al lado de Lucas. Tenía las manos muy frías y el pelo revuelto.

—¿A dónde habéis ido?

—Teníamos que mandar un mensaje, ángel —dijo, acercándose mi mano y besándome los dedos—. Siento haberte despertado.

—¿Seguro que no estáis heridos?

Odiaba no saber qué había pasado, pero sentía los párpados muy pesados y el sueño me arrastraba de nuevo a sus garras.

—No estamos heridos —dijo Manson, con la voz flotando en la oscuridad mientras yo volvía a cerrar los ojos—. No te preocupes, Jess. Estaremos aquí contigo. Vuelve a dormirte.

En cuestión de segundos, me quedé profundamente dormida.

Horas más tarde, volví a abrir los ojos. Los hombres dormían a mi alrededor, Haribo y Cherry estaban acurrucados a nuestros pies. Por mucho que odiara abandonar el calor de la cama, tenía que ir al baño. Me zafé de sus brazos y bajé rápidamente del ático al cuarto de baño.

Todavía tenía el tobillo hinchado y lleno de feos moratones, pero no me dolía tanto como antes. La pastilla que me había dado Vincent había surtido efecto; mis músculos todavía estaban como gelatina.

Jojo lloriqueaba y arañaba la puerta principal cuando salí del baño arrastrando los pies. Con un suspiro, bajé cojeando las escaleras para dejarla salir. Corrió hacia los árboles para hacer sus necesidades y yo me apoyé cansada contra el marco de la puerta, con los ojos cerrados.

Me desperté sobresaltada cuando mi cabeza se inclinó demasiado y salí al porche.

—¡Jojo! ¡Ven, chica! —la llamé.

Se oyó un crujido en lo más profundo de los árboles. Dios, ¿qué estaba haciendo allí? ¿Por qué quería explorar durante la noche?

Gruñendo, salí del porche y me dirigí al lado de la casa.

—¡Jo! ¡Ven aquí! —Me esforzaba por que se me oyera sin gritar, no quería despertar a los chicos llamando a la perra. Chasqueé los dedos para llamar su atención como pude—. ¡Jojo! ¿Quieres una golosina, chica? ¡Vamos!

No funcionó. Preparándome para ir a buscarla con otro profundo suspiro, fruncí el ceño ante el olor que invadió mi nariz. Ahumado y penetrante, como el mentol…

De repente, una mano me agarró de la cara por detrás, tapándome la boca y tirando de mí hacia atrás. Un brazo grueso me rodeó y me inmovilizó las manos a los costados, casi dejándome sin aire en los pulmones. Incapaz de gritar, pataleé y me retorcí para liberarme, pero fue en vano.

—¡Joder, deja de resistirte!

Reconocí esa voz. Mierda, era…

La desagradable colonia de Alex me envolvió mientras me arrastraba hacia la parte delantera de la casa. Maldijo de dolor cuando le di una patada en la espinilla y lamenté no haberme puesto zapatos antes de salir. Quería darle una patada tan fuerte que le rompiera los huesos. Si me dolía darle una patada con la pierna lesionada, no lo sentí. La adrenalina me inundaba.

Cuando llegamos a la parte delantera de la casa —se lo había puesto tan difícil que estaba jadeando—, vi a otra persona en el porche. Al verlo, dejé de forcejear y me quedé paralizada por la sorpresa.

Reagan me miró con ira mientras se quedaba de pie frente a la puerta abierta. Apagó el cigarrillo en la barandilla del porche y lo dejó allí, desprendiendo un fino hilo de humo.

—¿Qué hago con ella? —preguntó Alex.

Su voz sonaba extraña, como si no pudiera respirar por la nariz. Con suerte, los chicos se la habrían roto.

—Lo que quieras —respondió Reagan—. No importa.

Se encendió otro cigarrillo antes de entrar y cerrar la puerta en silencio tras de sí. Había algo extraño en ese gesto, una abrumadora sensación de pavor. Impulsada a volver a la acción, volví a resistirme, como si mi vida dependiera de ello.

Probablemente fuera así.

No tenía ni idea de lo que Alex tenía planeado y, sinceramente, él tampoco parecía saberlo. En ese momento, lo único que podía hacer era evitar que escapara.

—¡Joder! ¡Puta zorra! —Me empujó al suelo cuando le mordí la mano, apretando los dientes con todas mis fuerzas. Me lanzó una mirada asesina mientras yo gritaba, y me agarró de nuevo antes de que pudiera levantarme del suelo—. Deja de resistirte, joder, antes de que...

Se quedó quieto. Jojo había salido trotando de entre los árboles. Nos miraba fijamente, con la cola recta y en tensión. Ladeó la cabeza y me miró con sus grandes ojos marrones.

Entonces, todo su lenguaje corporal cambió. Ladró y se abalanzó hacia delante, convertida en una mancha gris mientras cruzaba el jardín a toda velocidad. Alex intentó huir, pero no llegó muy lejos. Jojo saltó sobre él y le mordió el brazo. Gruñó, sacudiendo la cabeza de un lado a otro mientras apretaba los dientes y se negaba a soltarlo.

Eso me dio la oportunidad de escapar.

A pesar del dolor agudo, corrí hacia la casa. La puerta se estrelló contra la pared cuando la abrí de un empujón y tropecé en la cocina, jadeando cuando mis pies descalzos tocaron algo frío y húmedo que se acumulaba en el suelo. Reagan estaba allí, vertiendo algo sobre el suelo, salpicándolo contra las paredes. Entonces, un olor fuerte llegó a mi nariz.

Gasolina.

—¡Reagan, para!

El viejo levantó la cabeza. Su expresión era inquietantemente inexpresiva, fría y desprovista de toda pasión.

—No lo hagas —le pedí.

Levanté la voz, pero no sabía qué coño hacer. La puerta del ático estaba cerrada, pero seguro que alguno de los chicos me había oído.

Si Reagan encendía los fogones o prendía una sola cerilla...

Si este lugar se incendiaba con ellos todavía en el ático...

No había salida.

Levanté las manos e intenté sonar tranquila, razonable. Como si hubiera manera de razonar con un hombre como este.

—No... Es tu hijo, Reagan...

Él se burló.

—Es una pena que te encariñado con ellos. Una puta tragedia. Dudo que alguien quiera este lugar después de lo que está a punto de pasar. Cinco personas muertas en un incendio. —Sacudió la cabeza, como si la idea fuera terrible, incluso mientras avanzaba hacia mí—. Los chicos tienen suerte, ni siquiera sabrán lo que pasó. Pero tú... tú vas a ser un puto problema, ¿verdad?

Se abalanzó sobre mí y era mucho más fuerte de lo que parecía. El olor acre de la gasolina me quemaba la nariz mientras caíamos con fuerza contra suelo; sus dedos apretándome el cuello. Intenté defenderme, presionándole la cara con las manos y arañándole con las uñas. Pesaba mucho y, cuando me pegó en un lado de la cabeza, vi las estrellas.

Una parte de mi cerebro, la parte que parecía observar todo lo que sucedía desde arriba, se dio cuenta de que estaba a punto de morir. No solo me estaba estrangulando, sino que también me apretaba los lados del cuello, cortando el flujo sanguíneo a mi cerebro y...

No paraba. No le importaba. Mis forcejeos se hacían cada vez más débiles y él pesaba demasiado, era demasiado fuerte. Me zumbaban los oídos, débilmente, un tono lejano en una vasta extensión de oscuridad creciente.

Se oyó un sonido como si algo hubiera sido golpeado. En mi oscuridad privada de oxígeno, me hizo pensar en un saco de carne lanzado contra una pared de ladrillos.

Entonces, el aire volvió a entrar en mis pulmones. Apartaron las manos de Reagan de golpe y hubo gritos... Muchos gritos. Se me nubló la vista. Estaba tan aturdida que pensé que iba a marearme mientras jadeaba en busca de aire, colocándome boca abajo y con ganas de vomitar. La gasolina me chorreaba del pelo; ese sabor áspero se me metió en la boca, estaba por toda mi piel.

De repente, me sostuvieron, unos brazos fuertes me rodearon, me acunaron.

—¡Respira, Jess! Vamos, cariño, tú solo respira. —La voz de Vincent sonaba como un montón de ecos a la vez.

Moví la cabeza hacia un lado y se me nubló la vista. Me apartaron el pelo empapado de la cara y pude oír los latidos del corazón de Vincent mientras descansaba contra él.

Parpadeando varias veces, intenté concentrarme a pesar del caos que me rodeaba. El frenético alboroto, los golpes y los gritos eran una tormenta interminable. Aunque todo estaba borroso, pude ver a Manson en el suelo, acorralado en una esquina contra los armarios de la cocina. Tenía el brazo alrededor del cuello de Reagan, estrangulándole mientras Jason le sujetaba las piernas. Los labios del hombre estaban hinchados y azules, y tenía los ojos en blanco.

—¡Sí, necesitamos una puta ambulancia! No... Me cago en la puta, señora, la casa está empapada en gasolina. ¿Cómo coño se supone que voy a calmarme?

Lucas... Pobre Lucas... ¿Cómo había acabado siendo él quien llamara a emergencias?

Todos los sonidos se desvanecían y volvían, como si alguien estuviera girando el dial de una radio de un lado a otro.

—Ey, cariño, vamos, abre los ojos. Mantente despierta, ¿vale? Sigue respirando, respira hondo.

La voz de Vincent sonaba tan agradable que quería que siguiera hablando. El olor a gasolina era fuerte, ineludible. Necesitaba más aire. Mis jadeos eran demasiado rápidos, no eran suficientes...

47

MANSON

Jessica tenía los ojos cerrados. Era imposible oír, pensar o ver nada más que a ella, inerte entre los brazos de Vincent mientras él intentaba que se mantuviera despierta.

—Se ha desmayado —dijo Jason. Tenía el brazo extendido hacia mí y ya no sujetaba las piernas de mi padre, lo cual era una tontería. Pero quizá no le había oído bien, porque yo pensaba que se refería a Jess, pero él seguía hablando—: ¡Se ha desmayado, Manson! Está inconsciente. Lo vas a matar.

Tuvo que arrancar mi brazo del cuello de mi padre. Por mucho que mis pensamientos fueran acelerados, era como si mi cerebro funcionara mucho más lento.

Mi padre cayó inerte a mi lado cuando aflojé el agarre. Cuando se desplomó en el suelo, parecía un saco de huesos.

Muerto... O desmayado... No importaba.

Nada más importaba.

Fui a donde yacía Jess, corriendo. Vincent la había llevado al salón y la había tumbado en la alfombra mientras le tomaba el pulso con un dedo en el cuello. Sus ojos parpadearon un momento cuando le agarré la mano, arrodillándome a su lado.

—Alex... —apenas susurró el nombre—. Afuera... Jojo...

Así que eso eran todos esos putos gritos de fuera. Jojo estaba justo a mi lado, mirando a Jess con las orejas tiesas. Me importaba una mierda si Alex estaba vivo o muerto ahí afuera, los paramédicos podrían ocuparse de él cuando llegaran.

—Creo que está en estado de *shock* —dijo Vincent. Su voz era tranquila, tan tranquila que me daban ganas de gritar—. Demasiado poco oxígeno, demasiada adrenalina. Tú solo sigue respirando, cariño.

Jason apareció de repente con un paño húmedo y le limpió la cara, quitándole la gasolina de los ojos y la boca, con los ojos entrecerrados por la concentración.

—¿Está despierta? —preguntó Lucas, que seguía al teléfono mientras se arrodillaba a mi lado. Informó del estado de Jess por teléfono, pasándose la mano por la cabeza cada dos por tres antes de espetar—: Señora, no estoy hiperventilando. Estoy de puta madre.

En la distancia, se escucharon las sirenas. Vincent tenía una mano en el pecho de Jess y la otra en mi hombro. Era mi ancla a la realidad. Jess giró la cabeza, con los ojos vidriosos y entrecerrados, y extendió la mano hacia mi cara.

—Estoy aquí. —Le agarré la mano y la sostuve contra mi mejilla. Quizá yo también estaba en estado de *shock*, porque no estaba seguro de poder levantarme, y mucho menos de alejarme de su lado—. Estás bien. Te pondrás bien.

Pronto, nuestro patio se llenó de luces intermitentes y sirenas.

Lucas encerró a los perros cuando la casa se llenó de policías. Alex había escapado de Jojo trepando a los cubos de basura que había cerca del garaje, pero no se había librado de su ira. Por lo poco que pude ver cuando se lo llevaron, estaba claro que le había roto el brazo.

Apenas parecía real. No dejaba de esperar despertarme de otra pesadilla caótica, jadeando.

Lucas y yo nos quedamos con Jess mientras los paramédicos la atendían, sentados en la parte de atrás de una ambulancia. Vincent y

Jason estaban dando declaración a la policía. Sacaron a mi padre de la casa, en un estado delirante y violento al recuperar la conciencia. Lo esposaron a una camilla mientras lo subían a la ambulancia y me miró directamente antes de que cerraran la puerta.

No había nada que valiera la pena leer en su expresión. Lo que fuera que le hacía odiarme, que le había convertido en ese monstruo, no iba a desaparecer. Pero se iba. Por fin, después de tantos años.

Lucas se estremeció de miedo cuando le pusieron una vía intravenosa en el brazo a Jess.

—Joder. Uf...

Lo agarré del brazo y le di un apretón para tranquilizarlo. Seguía temblando a pesar de la manta que le habían dado los paramédicos.

—Cierra los ojos —le pedí, pero él seguía mirando cómo le clavaban la aguja en el brazo con cara de asco.

Jess tenía una mascarilla de oxígeno sobre la cara y unos moratones oscuros con forma de dedos alrededor de la garganta.

Cuando bajé las escaleras a trompicones y encontré a mi padre encima de ella... Dios, fue como si me desmayara. No podía recordar lo que había pasado desde que los vi hasta que mi padre cayó inconsciente mientras lo estrangulaba. Incluso ahora, esa imagen del rostro de Jess estaba congelada en mi mente. Lo condenadamente frágil que parecía mientras le arañaba.

Pero ella no era frágil. Parecía mucho más fuerte de lo que yo me sentía en ese momento, apoyando la cabeza en el hombro de Lucas mientras Jason y Vincent por fin regresaban.

—¿Estás bien? —preguntó Jason, colocando el cabello húmedo de Jess detrás de su oreja. Ella asintió y Jason exhaló con nerviosismo—. Joder, Jess. Cuando te desmayaste, yo... —No pudo terminar la frase. Se sentó en el parachoques de la ambulancia, a sus pies, y le acarició la pierna cubierta por el pijama con los dedos—. Siento que te hayan hecho daño.

—No lo sientas —dijo ella, bajando la mano para posarla sobre su cabeza—. Estoy bien, te lo prometo. —De repente, soltó una risita—.

Deberías haber visto lo rápido que corrió Alex cuando vio a Jojo. Se merece todas las golosinas del mundo.

Me reí con total incredulidad. Jojo nunca había gruñido a nadie, y mucho menos había mordido a una persona. Cuando la adopté del refugio, después de mudarme de la casa de los Peters, era una cachorra muy tonta. Había crecido y se había convertido en una perra aún más tonta.

Pero daba igual lo amable o bueno que uno pudiera ser. Cuando se trataba de proteger a nuestros seres queridos, supongo que Jojo y yo éramos iguales.

—Debería haber matado a Alex —dijo Lucas con fiereza—. Debería haberlo matado, joder... —Pero Jess le dio un codazo con el hombro.

—No dejes que la policía te oiga decir eso —dijo en voz baja—. Me alegro de que no lo mataras, Lucas. Te necesito conmigo. Os necesito a todos conmigo.

—No vamos a ir a ninguna parte —prometió Vincent mientras me acariciaba la espalda con una mano, yo extendí mi mano libre hacia la suya.

Yo también los necesitaba a todos conmigo. Estábamos mejor juntos, éramos más fuertes juntos. Y estaríamos juntos. Costara lo que costase.

—¡Jessica! ¡Dios mío, mi niña! ¡Mi pobre niña!

Los padres de Jessica habían llegado. Su madre corrió hacia nosotros y abrazó a Jess. Los paramédicos estaban cabreados porque hubiera tanta gente en su espacio de trabajo, pero la señora Martin estaba histérica y no se movía. Lloraba desconsolada, con los brazos temblorosos mientras abrazaba a su hija.

—Mamá, estoy bien —la tranquilizó Jess—. Estoy bien, te lo prometo.

—¿Manson Reed?

Su padre se acercó y yo me levanté a toda prisa. Me tendió la mano y me la estrechó primero a mí, y luego a Vincent, a Jason y a Lucas. Solo llevaba un abrigo sobre el pijama azul y las zapatillas.

—La policía me ha dicho que habéis salvado a mi hija. Es una pena que no hayamos podido conocernos en mejores circunstancias, pero espero que podamos conocernos después de todo este embrollo. —Miró a Jess y sacudió la cabeza, con los ojos llorosos—. No sé qué haríamos sin ella. Yo... Gracias. Gracias por cuidar de ella. Por protegerla.

—Siempre hemos intentado mantenerla a salvo, señor Martin —dije, poniendo todo el énfasis que pude en la palabra «siempre».

—La queremos —dijo Vincent.

El señor Martin pareció sorprendido al oírlo decir aquello sin rodeos, pero creo que todos habíamos superado ya esa parte. Había muchas cosas que decir después de tanto tiempo.

La señora Martin lloraba sobre el hombro de Lucas, lo cual era un espectáculo digno de ver.

—Vamos, mujer, no te alteres por todo esto —le decía mientras le acariciaba la espalda con torpeza.

—Todos la queremos, señor —dijo Jason—. Quizá no sea lo que usted quisiera oír, pero...

El señor Martin levantó una mano para interrumpirlo.

—Lo único que quiero oír es que mi hija está a salvo, es feliz y es querida. No me corresponde a mí decirle cómo debe vivir su vida.

A pesar de todo lo que había pasado, escuchar esas palabras me produjo un gran alivio. Estaba tan cansado... Cansado de luchar, de esforzarme. Quería paz. Quería vivir la vida por la que había luchado.

De repente, la señora Martin se acercó a mí y me rodeó con sus temblorosos brazos. Seguía llorando y temblando de frío. Ni siquiera se había puesto una chaqueta.

—Habéis salvado a mi bebé —sollozó.

Me abrazó durante tanto tiempo que no tuve más remedio que devolverle el abrazo. No dejaba de darme las gracias, llorando y disculpándose. No sabía qué hacer ni qué decir, salvo consolarla.

Los paramédicos se preparaban para irse, pidiéndole a Jess un traslado al hospital para que le echaran un vistazo a la cabeza. Volvía a estar lúcida, o casi. Los restos de pánico que aún me atenazaban se disiparon cuando volví a abrazarla, acompañándola en la parte trasera de la ambulancia.

—Pareces muy cansada —le dije—. ¿Te encuentras bien? ¿Cómo llevas la cabeza?

—Estoy bien —respondió, con la voz entrecortada. A pesar del brillo que había en sus ojos, todavía parecía aturdida—. Tengo mucho sueño. Pero dicen que puede ser por... —Bostezó—. Por una conmoción cerebral. No me siento como si tuviera una conmoción cerebral.

—No vamos a correr ningún riesgo —dijo Lucas con firmeza, cabreado porque solo uno de nosotros pudiera ir en la ambulancia con ella. Vincent estaba luchando con él para meterlo en el WRX y así poder seguirnos al hospital—. Quiero que te examinen, que te hagan todas las pruebas que hagan falta. ¿Y si tienes una hemorragia interna o algo así?

—No te alteres —dijo Jason, poniendo ambas manos sobre los hombros de Lucas mientras lo conducía hacia el garaje—. Voy a hacer que esas putas enfermeras te den un sedante cuando lleguemos allí. Te va a dar un infarto.

Uno de los paramédicos me dijo que tenía que ir en el asiento del copiloto, pero me hice el sueco. Recosté la cabeza contra el pecho de Jess y cerré los ojos. Quería oír los latidos de su corazón, fuertes y constantes. Quería sentir su calor, su piel suave, su hermosa voz.

—Te quiero —dijo. Mientras la ambulancia salía dando tumbos de nuestro jardín, parecía que el sueño podía con ella—. No quiero... No quiero estar sin ti, nunca. Por favor... Prométemelo...

Estaba medio dormida. Quizá no era consciente de lo que estaba pidiendo, o quizá estaba más lúcida que yo. Qué más daba.

—Te lo prometo, ángel —dije—. Te prometo que nunca volverás a estar sin nosotros. Nunca estarás sola. No lo dudes nunca. —Le di un beso en los dedos, contemplando su hermoso rostro cuando cerró los ojos—. Te quiero, Jess. Entonces, ahora y siempre.

48
JESSICA

Dos meses después

La propiedad estaba a una hora en coche de Nueva York. Pero había una estación de tren en el pueblo, algo que Vincent mencionó con orgullo varias veces, y Manson insistió en que el trayecto se hacía mucho más rápido de lo que parecía.

—Lo comprobé. Hasta en hora punta. —Pero al mencionar la hora punta, había hecho una mueca—. Bueno… No siempre es genial. A algunas horas del día es una mierda.

Me alegraba que hubieran encontrado una casa que les entusiasmara tanto.

Era nuestro segundo viaje a Nueva York en los últimos meses. La primera vez, yo había buscado apartamentos en la ciudad mientras los chicos visitaban casas en las afueras. Decir que los precios de los alquileres eran impactantes era quedarse corto. Incluso con el considerable aumento que me había dado mi jefa, seguía horrorizándome el gasto. A los chicos tampoco les resultó fácil encontrar la casa adecuada, y el tiempo se nos acababa.

Su antigua casa tenía varios interesados. Por suerte, Reagan no había causado daños importantes, aunque el olor a gasolina permaneció en la cocina durante semanas. Pero los titulares que generó el incidente atrajeron mucha atención positiva hacia la propiedad. Si la casa era lo suficientemente buena como para cometer un asesinato múltiple por ella, valía la pena comprarla.

Lo más probable era que el juicio contra Reagan se prolongase meses, pero Manson era optimista al respecto. Parecía que para él era un alivio tener, por fin, la oportunidad de asegurarse de que su padre desapareciera de su vida para siempre. Independientemente del tiempo que Reagan pasara en la cárcel, al menos ya no sabría dónde vivíamos. Ya no podría atormentarnos.

La familia de Alex estaba dispuesta a luchar con uñas y dientes para demostrar la inocencia de su hijo, pero las imágenes de las cámaras de seguridad en las que se le veía agarrándome y sujetándome complicaban mucho las cosas. Otro obstáculo en sus planes fue que Nate lo confesara todo, incluyendo que Reagan les había ofrecido dinero para que fueran a por Manson y Lucas en el espectáculo de coches.

Ahora intentaban llegar a un acuerdo con la fiscalía con la esperanza de que Alex evitara la cárcel. Sin embargo, mi madre estaba dispuesta a ir a la guerra; el hecho de que la vida de su hija se viera amenazada había cambiado por completo su actitud. No era perfecta, ni mucho menos, su desesperado deseo de controlarlo todo seguía provocando discusiones innecesarias, pero al final había aceptado que saliera con los chicos y ya no me daba problemas cuando los invitaba a casa. Era un paso en la dirección correcta.

Pero ya no pasaba mucho tiempo en casa de mis padres. Pasaba casi todos los días con los chicos y casi todas las noches en su casa. A decir verdad, ver apartamentos era deprimente. Los únicos que podía permitirme eran tan pequeños que parecían un armario empotrado. ¿Cómo iba a meter a mis chicos en un apartamento diminuto cuando vinieran a visitarme?

Ashley no paraba de burlarse de mí diciendo que esos eran los «horribles» problemas con los que tenía que lidiar.

—Oh, pobrecita, ¿cómo vas a meter a todos tus chicos en tu diminuto apartamento? —me había dicho cuando salimos a tomar unas copas la noche anterior—. Dios, mataría por tener tus problemas.

Al menos tendríamos mucho espacio en la nueva casa. Jason había mencionado varias veces lo grande que era y, cuando por fin la vi, tenía razón.

La casa estaba en una pequeña parcela de tierra en un barrio tranquilo y antiguo. Era una clásica casa victoriana, con el exterior restaurado. Cuando aparcamos el todoterreno de alquiler junto a la acera y salimos, me enamoré al instante de la valla de hierro forjado y ladrillo que rodeaba el cuidado jardín, a la sombra de unos arces centenarios. Unas hermosas hojas rojas y amarillas cubrían el césped y la acera donde nos esperaba la agente de la inmobiliaria.

—¡Hola! ¿Manson Reed? —Le tendió la mano cuando nos acercamos y se la estrechó con entusiasmo—. Y estas personas deben de ser sus...

—Mi familia —dijo, señalándonos al resto mientras nos presentaba.

Si la agente inmobiliaria estaba confundida, se esforzó mucho en no dejar que se le notara. Mantuvo una gran sonrisa en el rostro mientras nos acompañaba hasta la casa, entusiasmada con los detalles decorativos del porche que rodeaba la vivienda.

—Como pueden ver, el anterior propietario se tomó muy en serio la restauración —comentó—. Pero encontrarán mejoras modernas en el interior de la casa, sobre todo en la cocina.

—Joder, sí, eso es lo que me gusta oír —dijo Vincent—. Tengo que ver esa cocina.

Al entrar en el vestíbulo, me quedé sin aliento. El interior de la casa se mantenía fiel a sus raíces estructurales, pero la decoración era moderna. Las vidrieras de la puerta principal proyectaban patrones de colores sobre los pulidos suelos de madera y la hermosa escalera curva. Había ventanales en todas las estancias, que llenaban la casa de luz.

—Como ven, la luz natural se ha tenido muy en cuenta en el diseño de la casa —dijo la agente inmobiliaria mientras sus tacones resonaban sobre los relucientes suelos—. Los techos tienen una altura de tres metros y medio y las habitaciones son muy amplias.

En el salón había una enorme chimenea y, mientras la agente seguía hablando de lo acogedora que sería la estancia en una noche fría, yo solo podía pensar en que había espacio más que suficiente para montar una orgía frente al fuego. Le susurré mi idea a Jason al oído, y él me miró como si le hubiera prometido su propia tienda de golosinas.

—¿Ya te has decidido por la casa, Jess? —preguntó Vincent, que había oído mi sugerencia.

—Como si no fuera a hacerlo —respondí—. ¡Sabíais que me enamoraría de este sitio!

Vincent se encogió de hombros con inocencia.

—No teníamos ni la más mínima idea. Esta casa no tiene nada de especial.

Solo pude negar con la cabeza.

La agente inmobiliaria nos animó a echar un vistazo y explorar la casa a nuestro antojo. Decidí ver la planta de arriba y recorrer los dormitorios del segundo piso. Eran amplios y la mayoría tenían puertas que los conectaban directamente entre sí, en lugar de solo con el rellano, una característica común en estas casas antiguas.

Manson estaba en la habitación que había al final del pasillo de arriba. Era el dormitorio principal y tenía cuatro ventanas en arco con vistas al patio trasero. Me oyó entrar y sonrió al volverse, extendiendo el brazo para que me acurrucara debajo.

—¿Qué te parece la casa? —quiso saber.

—Es impresionante. —Lo rodeé con mis brazos—. Pero creo que ya sabías que me encantaría.

—¿Te encanta? —Se llenó de orgullo cuando asentí con la cabeza—. ¿Más que tu apartamento?

—No me lo restriegues —me quejé—. Yo viviré en una caja de zapatos, pero al menos podré venir de visita a esta casa. Si decidís comprarla, claro.

—Ya hemos hecho una oferta.

Sonreía de oreja a oreja. Yo me quedé boquiabierta, sorprendida y emocionada al pensar que ese lugar podía ser realmente suyo.

—¿De verdad? ¿Cuándo?

—Encontramos esta casa en Internet hace unas semanas —admitió, mirando el césped cubierto de hojas—. Era una ganga, así que hicimos una oferta antes de poder visitarla. Ahora que estamos aquí, me alegro de haberlo hecho.

A través de las ventanas, vi a Lucas en el jardín, echando un vistazo al garaje independiente. Después de darle un beso en la mejilla a Manson, salí al porche trasero y corrí por el césped para reunirme con él.

—¿Este va a ser el nuevo taller? —le pregunté cuando me recibió con un brazo alrededor de la cintura y una mano sobre mi culo.

—Solo será para nuestros coches —respondió mientras recorríamos el interior del garaje. Era más pequeño que el taller que tenían ahora, pero lo suficientemente grande para sus vehículos—. Manson y yo decidimos no tener nuestro lugar de trabajo en casa. Dado que a los dos nos cuesta mucho tomarnos días libres tal y como están las cosas.

—Se acabó eso de trabajar los fines de semana —le recordé—. Los fines de semana son para el libertinaje.

—¿Sí? —Me empujó contra la pared del garaje cuando salimos, cubriéndome el cuello de besos y mordiscos—. Bueno, mira por dónde: hoy es sábado.

Me besó hasta que se me doblaron las rodillas y me invadió el calor. Solo le hice parar cuando la agente nos vio y se escondió con torpeza para que no la viéramos.

—Déjala que mire —gruñó—. Joder, puede unirse si quiere…

—¡No asustes a la pobre mujer! —le dije, riéndome mientras le daba un golpecito en el brazo—. Ya está bastante confundida intentando averiguar quién está con quién.

Caminamos por el jardín, con las hojas crujiendo bajo nuestros zapatos.

—Me encanta lo grandes que son estos árboles —comenté, mirando las ramas extendidas del arce que daba sombra al patio trasero—. Podríamos construir una casa en el árbol allí arriba.

—Creo que somos demasiado mayores para las casas en los árboles, Jess —dijo, pero aún había nostalgia en sus ojos, como si deseara no serlo, como si construir una casa en el árbol fuera una tentación demasiado grande.

—Bueno, aunque seas demasiado mayor para eso... A los niños les gustaría —comenté con la mayor naturalidad posible, sonriendo y encogiéndome de hombros mientras me daba la vuelta para volver al interior—. Voy a buscar a Jason y Vincent. ¿He oído que esta casa tiene sótano? Si no lo convertís en una mazmorra, me voy a llevar una decepción...

Solo había dado unos pasos cuando me llamó y me volví.

—¿Niños? —preguntó, su voz denotaba terror y esperanza, ambas cosas a la vez.

—Sí, ya sabes, versiones en miniatura de ti... Manson... Jason... Vincent... —Sus ojos se agrandaban con cada palabra que pronunciaba, y no pude evitar reírme al ver su expresión—. Seguro que les gustaría tener una casa en el árbol.

Abrió y cerró la boca varias veces antes de lograr articular algo.

—Sí, seguro que les gustaría. —Con las manos en los bolsillos, miró fijamente a lo lejos durante un momento, con una sonrisa nerviosa en el rostro—. Les gustaría mucho.

Quizá me había precipitado, pero ya me había acostumbrado a no ocultar lo que quería.

Tuvimos el tiempo justo para prepararnos para la cena después de visitar la casa. Los chicos habían reservado mesa y se negaron a decirme dónde, ya que querían que fuera una sorpresa. Lo único que me dijeron fue que me arreglara, así que no pude resistirme a comprarme un vestido nuevo para la ocasión.

Cuando salí del baño, ya estaban listos. Todos llevaban pantalones ajustados y camisa, hasta Lucas, que odiaba los botones con toda su alma. Verlos a todos tan elegantes me provocó un cosquilleo en el vientre.

—Joder, estáis todos guapísimos —admiré, con los tacones dándome la altura suficiente para besar a Vincent sin que él tuviera que agacharse.

—Aun así, nos dejas a todos en evidencia. Mírate. —Lucas me rodeó, asintiendo con la cabeza en señal de admiración.

El vestido que llevaba puesto era de satén amarillo y apenas me llegaba a la mitad del muslo, me hacía un culo increíble. Manson me dio un beso en el cuello y pasó el dedo por el pendiente de diamantes que colgaba de mi oreja.

—Estás espectacular —me elogió.

Jason me tomó de la mano y me hizo girar mientras Vincent silbaba.

—¿Cómo esperas que salgamos de casa contigo así? —soltó Jason—. Creo que prefiero quedarme aquí y quitarte todo eso.

—Te prometo que follar con Jess será aún más placentero después de una cena en un restaurante con estrella Michelin —dijo Vincent, rodeándome los hombros con el brazo mientras me guiaba hacia la puerta—. Hace semanas que tenemos esta reserva, lo siento, pero podría morirme si no pruebo el pato asado.

—Más vale que sea un pato muy bueno —gruñó Lucas. Me dio un apretón en el culo y me susurró al oído con voz ronca—: Sabía que llevarías tanga debajo de ese vestidito ceñido.

—¿Tanga? —Lo miré, inocente—. ¿Crees que llevo ropa interior?

Lucas se detuvo en seco.

—Vince, el pato no vale la pena.

Vincent tuvo que sacarme de la casa sobre su hombro, como si fuera una zanahoria colgando para que los demás la siguieran. Jason conducía, Vincent iba en el asiento del copiloto y yo me senté detrás, entre Manson y Lucas. Cada uno de ellos puso una mano sobre mis muslos desnudos y esas manos no dejaron de moverse mientras íbamos en el coche. Pronto, me habían provocado tanto que ni siquiera la música podía ocultar mis gemidos.

—No le estropeéis el maquillaje antes de llegar —dijo Jason, sonriéndonos por el espejo retrovisor.

—Contraargumento: estropeadle el maquillaje y dejad que se retuerza delante de los camareros —dijo Vincent, asomándose por encima de su asiento con una sonrisa maliciosa.

Me habían dicho que el restaurante era «bonito», pero era mucho más que eso. Nos sentamos cerca de los ventanales, desde donde teníamos una hermosa vista de la puesta de sol sobre los árboles. Un pianista, que estaba sentado ante un enorme piano de cola bajo una elaborada lámpara de araña, tocaba Chopin mientras nos traían dos botellas de champán a la mesa.

—Creo que nunca volveré a ver una botella de champán de la misma forma —dije, ganándome cuatro miradas ardientes.

Levantamos las copas para brindar, haciendo que tintinearan mientras la luz titilante de las velas hacía que las burbujas brillaran como si fueran pequeños fuegos artificiales. La comida estaba deliciosa y pensé que estaba demasiado llena para comer ni un bocado más hasta que vi la carta de postres. No me costó mucho convencer a Vincent para que compartiera conmigo una porción de tiramisú.

En cuanto el camarero se dio la vuelta tras servir la porción, los chicos intercambiaron una mirada.

—¿Qué os parece? —preguntó Manson—. ¿Le estropeamos el maquillaje ahora?

—Sigo pensando que deberíamos haberlo hecho antes —contestó Vincent—. Intentar ser paciente es una tortura.

—Está lista —dijo Lucas, guiñándome un ojo, lo que me provocó un cosquilleo por todo el cuerpo.

—Hagámoslo —decidió Jason.

—¿Qué coño hacéis? —susurré, intentando mantener la voz baja—. ¡No podemos hacer tonterías aquí!

—¿Quién ha hablado de hacer tonterías? —preguntó Manson.

Se metió la mano en la chaqueta y sacó una cajita negra con una cinta plateada. La puso delante de mí, para luego entrelazar las manos con fuerza.

—No son tonterías, Jess. Esto es algo serio.

—¿Qué pasa? —pregunté, mirándolos a todos mientras desataba la cinta. Vincent parecía a punto de saltar de su asiento. Jason hacía rebotar la pierna bajo la mesa y juraría que Lucas estaba conteniendo la respiración. Me eché a reír—. ¿Es alguna broma? ¿Va a saltar una serpiente en cuanto abra...?

La cinta cayó al suelo cuando abrí la caja.

Dentro había una llave... y un anillo.

La llave brillaba, estaba claro que era nueva. El anillo tenía cinco gemas engastadas en una banda de platino, con dos diamantes a cada lado de un zafiro rosa tallado en forma de lágrima. Era impresionante. Reflejaba la luz de maravilla, proyectando destellos mientras la caja se agitaba en mis manos.

Cuando levanté la cabeza, vi que todos me miraban nerviosos.

Manson carraspeó.

—Hemos conseguido la casa, Jess. —Se me llenaron los ojos de lágrimas mientras jadeaba—. Fue una lucha tremenda hacer una oferta lo suficientemente alta, pero ayer cerramos el trato. Le dijimos a la agente inmobiliaria que nos la guardara. Esa es tu llave. —Se aclaró la garganta otra vez—. Hay una nota dentro. Pensé que, eh... Bueno... Pensé que nos quedaríamos un poco sin palabras, así que...

Me temblaban tanto las manos que apenas pude desplegar la nota con cuidado, estaba colocada encima del anillo.

> Jessica:
> Nos hemos estado provocando los unos a los otros desde que éramos apenas unos críos. Nos has visto en nuestros peores momentos y has estado ahí para ver cómo nos convertíamos en la mejor versión de nosotros mismos.
> Esta llave abre tu refugio: un lugar donde puedes ser quien eres, donde puedes crecer, cambiar y vivir como quieras, sin miedo. Queremos compartir este lugar contigo, queremos que nuestro hogar sea tu hogar. Incluso una sola noche más sin ti sería demasiado.
> Puede que nuestra familia no sea normal ni fácil de entender, pero queremos que formes parte de ella.

Sabemos que el matrimonio no es exactamente una opción para nosotros, al menos no en el sentido legal. Pero eso no cambia lo que este anillo significa: queremos estar contigo, quererte y apoyarte. Nuestras vidas están entrelazadas, como las piedras de este anillo. Pueden brillar por sí solas, pero cada una sostiene a la otra. Si faltara alguna, el equilibrio se rompería.

Tú te arriesgaste por algo que creías que no debías tener, y nosotros hicimos lo mismo. Esa oportunidad valió la pena en todos los sentidos, así que decidimos arriesgarnos otra vez.

Te queremos, Jessica, mucho más de lo que las palabras pueden expresar. Hemos pasado toda nuestra vida buscando la luz, y tú nos has iluminado, como el fuego. Somos los hombres más afortunados del mundo por tenerte en nuestras vidas, y nos harías aún más felices si aceptaras esto.

La llave es una promesa de hogar, seguridad, comodidad y apoyo. El anillo es una promesa de amor y devoción, un vínculo que nunca se romperá.

¿Nos dirás que sí?

Todos habían firmado con sus nombres. La hoja temblaba en mis manos, hundiéndose en mi regazo. Era como si el anillo me estrujara el corazón, impidiéndome respirar, con un dolor y una pesadez que me parecían algo demasiado hermoso, algo que me hacía demasiado feliz como para expresarlo con palabras.

—Jess… —Había un nerviosismo inconfundible en el tono de Lucas—. Si es demasiado de golpe, puedes decírnoslo. Esperaremos. O buscaremos cualquier solución que te venga bien…

Levanté la cabeza. Mi maquillaje estaba hecho un desastre; no lloraba de una forma bonita y perfecta.

—Por supuesto que sí —respondí con la voz entrecortada, y las sonrisas con las que me respondieron me hicieron sollozar—. Por supuesto que me mudaré con vosotros, yo… No quiero volver a vivir sin vosotros. Nunca más. Los años que estuvimos separados, yo… No estaba viviendo. No como quería, no como necesitaba. Necesitaba…

—Volví a sollozar y Vincent me rodeó con el brazo hasta que pude recomponerme—. Os necesitaba —dije cuando por fin recuperé la voz lo suficiente como para poder hablar—. Os quiero... Os quiero mucho, a todos.

Debió de ser todo un espectáculo, todos ellos reunidos alrededor de mi silla mientras yo intentaba dejar de llorar, abrazándome y besándome. Pero, sinceramente, no me importaba cómo nos veían. No me importaba si todo el mundo nos miraba, porque con ellos estaba en mi mundo.

Nuestro mundo era lo que necesitábamos que fuera. Nadie más podía decidir, ningún juicio podía determinar cómo nos sentíamos. Habíamos encontrado nuestra propia manera de rodearnos de amor. Habíamos encontrado seguridad y consuelo, incluso cuando algunos estaban decididos a quitárnoslo.

Lucas me cogió de la mano mientras Manson me ponía el anillo. Jason me dio un beso en la frente mientras Vincent me acariciaba el pelo y me secaba las lágrimas. Lo único que distraía más que esas gemas brillantes eran los hombres a los que representaban.

Habíamos luchado por nuestro amor. Habíamos luchado contra nosotros mismos, entre nosotros y contra aquellos que no querían que nuestro amor existiera. Pero esta era nuestra victoria.

Este era nuestro para siempre.

EPÍLOGO
JESSICA

Cuando apagué la luz del porche y cerré la puerta principal, las chuches se habían acabado y los últimos niños que venían a pedir golosinas se habían marchado. Era una noche de Halloween fría en nuestro pequeño barrio residencial, pero la fila de niños, ansiosos por llegar a nuestra puerta, había sido casi constante durante toda la noche.

Por supuesto, nos habíamos esforzado al máximo para Halloween. Era una fiesta especial en nuestra casa. El jardín estaba decorado como si fuera un cementerio encantado, con lápidas y manos zombis saliendo de la tierra. Había telarañas falsas esparcidas por todo el porche delantero, con guirnaldas de lucecitas naranjas y moradas enroscadas a lo largo de la barandilla. Incluso teníamos una máquina de humo.

Mis tacones resonaban con fuerza en la casa silenciosa mientras recorría el pasillo y entraba en la cocina. No era un disfraz muy original, iba vestida de animadora; sin embargo, a los chicos les había encantado y afirmaron que hacía realidad una fantasía que todos compartían.

Una fantasía en la que Jessica, la animadora engreída, recibía su merecido.

Habían desaparecido hacía unos treinta minutos, cuando yo estaba repartiendo los últimos caramelos. No explicaron el motivo de su ausencia, pero tenía una idea bastante clara de lo que estaban haciendo. Al fin y al cabo, este disfraz les había inspirado toda una fantasía. Querían hacerla realidad antes de que acabara la noche.

Por eso no me quité los tacones. La presentación era importante y, si iba a interpretar mi antiguo y perverso yo, tenía que parecerlo.

Abrí la nevera, saqué una jarra de limonada y me serví un vaso. Cherry entró en la cocina y se anunció con un amistoso «¡miau!» mientras se restregaba contra mis piernas. Nuestra gatita se había convertido en una preciosa gata naranja de ojos verde claro. Era buena y cariñosa con todos, pero prefería la compañía de Lucas.

Probablemente Cherry no recordaba el montón de basura del que la habíamos rescatado. Julia seguía dando de comer a la colonia de gatos callejeros, tomando el relevo de Lucas cuando nos mudamos. Nos enviaba fotos cada dos por tres; había intentado ponerles nombre a todos los gatos, pero eran demasiados y se confundía. Aun así, a Lucas le gustaba recibir las fotos. Se sentía culpable por haber dejado atrás a sus viejos amigos.

Me terminé la limonada y dejé el vaso en el fregadero antes de darme la vuelta. Menos mal que lo hice, porque me llevé las manos a la boca a toda prisa, sorprendida al encontrar a Lucas en la puerta de pie y en silencio.

—¡Joder, Lucas! —exclamé—. ¡Me has asustado!

Los chicos habían elegido disfraces similares este año y me parecieron deliciosamente espeluznantes. A Jason se le ocurrió la idea después de ver *Hellraiser*; todos se parecían a los cenobitas de la película. Lucas llevaba un traje de látex con cremallera, con el cuello lo suficientemente alto para llegarle hasta la mandíbula. El traje estaba hecho para que pareciera que llevaba todo el cuerpo grapado, acentuado con líneas de costuras metálicas. Tenía los ojos pintados de negro, lo que hacía que pareciera que los tenía hundidos y vacíos.

No se movió y no dijo ni una palabra. Solo me dedicó una sonrisita...

Entonces se apagaron las luces.

El tenue resplandor de la luz de la luna a través de la ventana de la cocina era mi única fuente de iluminación. La puerta estaba a oscuras, oí pasos... Y luego, silencio.

—¿Lucas?

Avancé, arrastrando los pies, con las manos extendidas para no chocarme con la mesa, pero se había ido.

Toda la casa estaba a oscuras. Tenían que haber cortado la luz. Con un suspiro dramático, seguí avanzando a tientas, saliendo de la cocina.

—Vale, vale, el cuadro eléctrico está en el sótano... Claro... En el puto sótano...

La puerta del sótano estaba en el pasillo, debajo de las escaleras. Estaba un poco entreabierta y se veía una luz titilante en el interior. Antes de abrir la puerta, me tomé un momento para animarme. Sabía que solo era un juego; los chicos querían asustarme. Pero me invadió ese tipo de miedo que da vértigo, ese en el que no sabes si tienes más ganas de reír o de gritar.

Al final, carraspeé y abrí la puerta, bajando las escaleras antes de que el miedo pudiera apoderarse de mí otra vez. Los tacones resonaban en cada escalón y las escaleras crujían bajo mi peso. La tenue luz provenía de la esquina de la parte de atrás del sótano, cerca del cuadro eléctrico.

—¿Hola?

Mi voz se escuchó demasiado alta al acercarme al final de las escaleras. Había tantas sombras que era imposible ver nada más que siluetas vagas. Debería haber cogido el móvil antes de bajar, o una linterna...

¿Pero qué había de divertido en eso?

Mientras me dirigía al cuadro eléctrico notaba que alguien me observaba. Había una sola vela encendida junto a él, lo que básicamente gritaba que era una trampa. Apostaría lo que fuera a que la vela había sido idea de Vincent. Le encantaba crear escenas dramáticas.

Pero yo disfrutaba interpretando el papel de víctima desventurada. Abrí el cuadro y entrecerré los ojos, intentando averiguar qué coño tenía que hacer.

Alguien apagó la puñetera vela. Oí su respiración mientras lo hacía y, por un instante —tan breve que casi pensé que lo había imaginado—, alcancé a ver su rostro entre las sombras cuando se inclinó hacia delante.

Manson.

Joder. Estaba muy cerca y yo ni siquiera me había dado cuenta.

Pero ahora, sumida en la más absoluta oscuridad, ni siquiera podía encontrar el camino de vuelta a las escaleras.

—Mierda...

Retrocedí despacio, con cuidado, con los brazos extendidos. Tener los ojos bien abiertos y solo ver oscuridad era muy desconcertante. No podía distinguir ninguna forma, pero podía oír movimientos: pasos a mi alrededor.

—¡Esto no es gracioso, capullos! —exclamé, levantando la voz—. Quienquiera que esté haciendo esto... —como si no lo supiera— será mejor que pare. Cuando mi madre se entere de que me estáis molestando, irá directa al director. Os expulsarán a todos.

Era el tipo de amenaza que habría utilizado en mi juventud. Se oyó un sonido suave, una risa. Pero estaba sorprendentemente cerca de mí, y me sobresalté, alarmada, solo para chocarme con un cuerpo duro que me bloqueaba el paso.

Luchando por zafarme de las manos que intentaban agarrarme, corrí hacia las escaleras. Solo podía adivinar dónde estaban mientras forcejeaba en medio de la oscuridad. Me tropecé en el primer escalón y caí, pero no tardé en ponerme a trepar a cuatro patas por las escaleras, quitándome los tacones mientras lo hacía.

Llegué al pasillo, me puse de pie y corrí hacia el salón.

En la chimenea, el fuego brillaba tenue y las llamas proyectaban sombras que danzaban en las paredes. Una luz clara entraba por la ventana abierta, pero no llegaba a la oscuridad de la puerta del pasillo ni a la puerta que daba a la cocina.

Me atacaron por ambos lados.

Lucas y Jason fueron los primeros en salir de entre las sombras. Sus pasos eran pesados mientras avanzaban uno al lado del otro por el pasillo. En lugar de llevar un traje de látex completo como Lucas, Jason iba sin camiseta, mostrando su pecho cubierto de coloridos tatuajes. Tenía la cara pintada, maquillada de esqueleto, los ojos oscurecidos y las mejillas hundidas. Llevaba pantalones ajustados de cuero, cubiertos de correas y hebillas. Cada vez que daba un paso, las cadenas que colgaban de sus pantalones chocaban con el resto de sus accesorios de metal, lo que añadía un sonido siniestro a sus movimientos.

Entonces, desde la puerta de la cocina, apareció Manson. Era el único que había decidido no ponerse el traje de látex. Seguía vestido de negro de pies a cabeza, incluso los tirantes. Mientras entraba, se subió las mangas de la camisa hasta los codos.

Como si lo que estuviera a punto de hacer fuera a ensuciarlo todo.

—Hola, Jess. —Su voz grave no era alta, pero aun así me sobresaltó.

La casa estaba muy tranquila, salvo por el sutil crujido del suelo cuando me rodearon.

—¿Qué quieres, bicho raro? —solté, y casi sonreí cuando sus ojos se iluminaron y las comisuras de su boca se curvaron hacia arriba, una sonrisa apenas reprimida.

Jason se rio por lo bajo.

—Deberías haberlo visto venir. Todos estos años has ido por ahí con la cabeza bien alta, tratando a todo el mundo como una mierda. Ya era hora de que afrontaras las consecuencias.

—Tienes que pagar por todas las putadas que nos has hecho —añadió Lucas—. La verdad es que creo que necesitas que te bajen los humos. Te hace falta que te pongan en tu sitio.

Notaba que Lucas no quería otra cosa que seguir persiguiéndome. Tenía demasiada energía; se balanceaba sobre las puntas de los zapatos. No dejaba de lanzar miradas rápidas a Manson, esperando la señal que le permitiera darme caza.

Manson se acercó y cada paso que daba hacía que el corazón me latiera un poco más rápido. Me mantuve firme, con los puños apretados como si fuera a pelear. Pero la emoción que me recorría las venas estaba centrada en cuál sería el resultado final. Podía pelear todo lo que quisiera, pero no ganaría.

Podrían conmigo.

—¿Ponerme en mi sitio? —me burlé, intentando sonar lo más cabrona posible—. ¿Perdón? ¡Como si fuera a tocaros!

Estaba tan concentrada en Manson que no me di cuenta de que Jason se estaba acercando sigilosamente. Cuando habló, fue con un susurro áspero, justo en mi oído.

—Pronto no tendrás elección, princesa.

Jason me agarró antes de que pudiera correr. Luché, pero entonces Lucas vino a ayudarle y entre los dos me sujetaron.

—Siento que haya tenido que ser así, Jessica —se lamentó Manson, aunque su tono de voz me decía que no lo sentía nada de nada. Yo tampoco, me encantaba pelear contra ellos, adoraba nuestros juegos perversos—. Pero llevas demasiado tiempo provocándonos. Pavoneándote por el instituto con esa minifalda. —Se acercó y yo no pude moverme, ya que Lucas y Jason me sujetaban—. Sabes que nos vuelve locos, pero no puedes evitarlo. Siempre quieres más atención. Más, más, más.

—Va a haber algunos cambios en la jerarquía —intervino Lucas—. La reina ya no está en la cima.

Me burlé, aunque ahora estaba sin aliento. No sonaba tan intensa como unos segundos antes.

—Como si alguno de vosotros pudiera presumir de ser mejor que yo.

—Oh, no, no, mejor no —dijo Jason—. Somos unos degenerados, Jess.

—Unos perdedores —añadió Lucas.

Manson sonrió.

—Unos frikis.

—Pero ahora que te hemos atrapado, no tenemos por qué dejarte marchar —dijo Jason, rozándome el cuello con los labios mientras hablaba, justo detrás de mi oreja—. Te vamos a retener. Te vamos a romper. Te vamos a convertir en el juguetito sexual perfecto.

Todo mi cuerpo se estremeció de deseo.

Me pregunté dónde se escondía Vincent, aún no lo había visto. Pero Manson se acercó a mí y, de repente, solo pude concentrarme en él.

—Te he deseado durante tanto tiempo... —dijo—. Pero lo único que hacías era provocarme, como si fueras la más especial. —Sus palabras eran duras, estaban empapadas del veneno más dulce—. Pero eso se acabó. Vamos a coger lo que queramos. A partir de ahora, tu único objetivo será complacer a tus amos.

—Por favor, mis... ¡¿Qué?! —Volví a resistirme, pero era una excusa para restregarme contra Jason—. ¡Aquí tú no mandas sobre mí! ¡No soy de tu propiedad!

Lucas soltó una de esas risas deliciosamente siniestras que lo caracterizaban.

—Mm, qué gracioso. Cree que no somos sus dueños, Manson.

—Menuda cosita más estúpida —comentó Jason.

Manson se limitó a sonreír.

—Bueno, es justo. Al fin y al cabo, todavía no lleva el collar.

Parpadeé rápidamente. Manson no había salido de su personaje, pero yo estaba a punto de hacerlo.

—Espera, ¿collar? ¿Has dicho collar?

Llevaba semanas mirando collares en Internet de forma obsesiva; alguno de ellos tenía que haberse dado cuenta. Había pasado tanto tiempo desde que le confesé a Jason que quería uno, que sinceramente pensé que lo habrían olvidado.

Pero si no lo habían olvidado...

—Así es, ángel. —Manson levantó la mano y trazó una línea con los dedos por mi garganta—. Creo que ponerte un collar te ayudaría a recordar cuál es tu lugar. También se lo recordaría a todos. Nadie te mirará igual cuando lleves el collar, como una dulce mascota.

Sentí una gran emoción en el pecho, pero intenté mantenerme en la escena.

Por dentro, estaba saltando de alegría, aplaudiendo y prácticamente chillando. Pero, por fuera, empecé a forcejear con todas mis fuerzas.

Sabían que no podía escapar, aunque me dejaron creer que sí. Me dejaron ir, pero Lucas me empujó contra el sofá y tropecé con él. Cuando intenté levantarme, Jason me sujetó por el hombro y me hizo tropezar con Manson.

Manson no me soltó. Me rodeó con sus brazos, apretándome como una serpiente.

—Sabía que llevarías algo *sexy* debajo de esta faldita —dijo con una voz peligrosamente grave mientras me aplastaba contra él y me levantaba la falda de forma lasciva—. Solo un tanga diminuto. ¡Apenas te tapa!

Jason se arrodilló a mis pies y me recorrió el muslo con la lengua. Se había hecho un *piercing* en la lengua el mes pasado y ahora que por fin se le había curado, quería lucirlo a todas horas.

—Es una putita —dijo, mientras su lengua recorría el borde de mi ropa interior, la bola plateada del *piercing* brillaba bajo la luz—. ¿De verdad llevas este tanga cuando sales al campo de fútbol? ¿O cuando caminas por los pasillos?

—Es como si lo estuvieras pidiendo —gruñó Lucas.

Me apretó las tetas a través de la camiseta, con tanta fuerza que me dolió. Se rio cuando me estremecí de dolor, lo que hizo que volviera a luchar por escapar.

Tenía sus manos por todas partes, agarrándome, pellizcándome, empujándome, tirando de mí. Me llevaron a rastras de vuelta al sótano, que ya no estaba completamente a oscuras.

Vincent estaba esperándonos.

—¡Ahí está! —exclamó, alegre. El maquillaje oscuro que llevaba en el rostro hacía que sus ojos y su sonrisa parecieran inquietantemente grandes. Tenía una cuerda enrollada en la mano mientras se ponía en pie de un salto, inclinando la cabeza para mirarme con curiosidad—. Pensé que podrías escapar, y eso sería una pena. —Hizo un puchero—. Tengo muchos trucos que enseñarte.

Sus escalofriantes palabras, y la sonrisa que las acompañaba, me inspiraron a hacer otro intento frenético de escapar. No se lo veían venir y, por un breve segundo, logré escapar de los brazos de Manson.

Fue Lucas quien me trajo de vuelta a rastras mientras yo pataleaba y gritaba.

—Lo siento, cariño —se disculpó—. Pero no vas a ir a ninguna parte.

Por primera vez, me fijé en las velas que habían colocado sobre la cómoda junto a la pared. Los cajones estaban llenos de juguetes, cuerdas, lubricantes... de todo lo que pudiéramos necesitar para una escena. Pero, por un segundo, me distraje con lo que había encima de los cajones, en lugar de dentro de ellos.

Las velas negras estaban dispuestas en un semicírculo y algo brillaba en el centro. Era un collar de oro rosa, fino y delicado. Brillaba a la luz de las velas y no podía apartar la mirada de él.

Estaba obsesionada con el anillo que me habían regalado. Odiaba quitármelo, incluso cuando me duchaba. La gente me preguntaba si estaba comprometida y la mayoría de las veces me limitaba a decir que estaba casada. El hecho de que no hubiéramos firmado documentos legales no le restaba importancia al anillo.

Pero, al ver el collar, volví a emocionarme.

—Es tuyo, nena —susurró Lucas, con una voz suave a pesar de la fuerza de su agarre. Ahora le resultaba mucho más fácil mostrarse amable. Sus primeros meses de terapia habían sido duros, pero, con el paso del tiempo, el cambio en él era evidente. Volviendo a meterse en su papel, siseó—: Te lo pondremos y luego tiraremos la llave.

Manson estaba de pie junto a la mesa y me fijé en que tenía algo colgando de la mano: una pequeña llave de metal que iba atada a un cordón rojo. La levantó para que pudiera verla mejor y Vincent le dio un golpecito con el dedo, haciendo que se balanceara erráticamente en la mano de Manson.

—Parece que la reina no nos encuentra tan detestables como nos quiere hacer creer —comentó Jason—. Te gusta el collar, ¿verdad, princesa?

—Ven aquí, Jess —pidió Manson, y Lucas me soltó, dándome un suave empujón—. Arrodíllate ante mí.

Me quedé allí un momento, vacilante. No tenía ni idea de qué planeaban hacer con esto, aunque de repente me di cuenta de que habían estado dándome pequeñas pistas durante toda la semana. Por eso Vincent había hecho tantas bromas sobre comprar collares nuevos para los perros. Por eso Manson había hecho comentarios a todas horas sobre lo mucho que le gustaba cómo me quedaban las gargantillas.

Olvidándome casi por completo del juego, di un paso adelante. La luz de las velas bailaba en los ojos de Manson mientras me arrodillaba ante su cuerpo, manteniendo la mirada clavada en él mientras caía. Mis rodillas desnudas golpearon el suelo de hormigón y Manson sonrió.

—Dios, menudas vistas —comentó.

Vincent cogió el collar de la mesa. Se abría con una pequeña bisagra que resultaba casi invisible. Levanté un poco más la barbilla mientras me lo colocaba y temblé al sentir el contacto del metal frío. El collar era muy fino, pero tenía un peso agradable cuando caía en su sitio.

Hizo clic al cerrarse y tragué saliva.

Vincent me dio un beso en la nuca y me acarició con ternura.

Manson se acercó, sosteniendo la llave.

—Eres nuestra —dijo—. Tu seguridad y tu bienestar son nuestra responsabilidad. Has confiado en nosotros, Jess y nos tomamos esa decisión muy en serio.

—Siempre protegemos lo que es nuestro —dijo Lucas, que estaba de pie junto a Manson y, aunque su expresión era reservada, pude ver el amor en sus ojos.

Amor por mí. Por nosotros.

—No pudimos decidir quién se quedaría con la llave —dijo Jason—. Así que vamos a hacer tres más para que todos tengamos una.

Nos habíamos salido del personaje por completo, pero estaba tan feliz que me daba igual. El peso del collar alrededor de mi cuello me llenaba de orgullo. Me senté más erguida cuando Manson se inclinó sobre mí y utilizó la llave para cerrar el collar.

Se oyó un pequeño *clic* y sentí como si el corazón me diera un vuelco.

—Cuando dije que nunca podría dejarte marchar, lo decía en serio —dijo Manson.

Me dio un beso en la coronilla y, de repente, tuve que contener las lágrimas. Llevar el collar era *sexy* e insoportablemente erótico, pero también era mucho más que eso. Era un consuelo, una garantía, una promesa. Era una señal para todos los que lo veían de que estaba protegida y cuidada.

Pero seguíamos en medio de una escena. Después de recomponerme, sus expresiones volvieron a ensombrecerse.

—Ahora vamos a darle una lección al angelito sobre cómo respetar a sus amos —dijo Manson, guardándose la llave en el bolsillo.

Me ataron a una de las gruesas columnas de madera del sótano. La cuerda de Vincent se enroscó alrededor de mis tetas, apretándomelas mientras me ataban a la columna. Me levantó una pierna y la ató, de modo que me quedé en equilibrio sobre un solo pie.

—Pobrecita —comentó con voz burlona—. Parece que estás metida en un pequeño lío.

Se rio de su propio chiste y Lucas resopló ante el juego de palabras.

—No os saldréis con la vuestra, frikis —solté.

Me costaba mucho fingir con ellos después de que me hubieran puesto el collar. El peso de la pieza me hacía desear ser una buena chica, inclinar la cabeza y obedecer.

—Ya nos estamos saliendo con la nuestra —contestó Lucas. Me ponía nerviosa el no poder verlo; se mantenía fuera de mi campo de visión, caminando justo detrás de mí. De repente, me cogió de la cara, me metió los dedos en la boca e hizo presión sobre mi lengua. Me dieron arcadas, pero él los mantuvo allí, sin piedad—. Cuidado con ese reflejo para contener las náuseas, nena. No querrás vomitarme sobre la polla, ¿verdad?

—Sabes que te encantaría que lo hiciera —dijo Manson, que me miraba a los ojos mientras hablaba, volviendo a entrar en mi campo de visión con Jason justo detrás de él.

Me miraba desafiante, burlón, como si quisiera provocarme para que siguiera luchando. Funcionó.

—¡Estáis como una cabra! —solté—. ¡Sois unos raritos pervertidos! ¡Nunca os saldréis con la vuestra, le contaré a todo el mundo lo que habéis hecho!

Manson y Jason intercambiaron una mirada, con los ojos muy abiertos y una expresión de incertidumbre en el rostro. Pero cuando volvieron a mirarme, toda esa falsa incertidumbre desapareció.

—¿Que estamos como una cabra? —repitió Jason con voz inocente, acercándose a mí—. ¿Que somos unos raritos? Eso no es muy amable, Jessica.

—Creo que la señorita protesta demasiado —dijo Vincent, apareciendo a mi lado como el puto muñeco de las cajas sorpresa—. ¿Puede que esté avergonzada? ¿Quizá está un poco… incómoda… por su reacción? —Se arrodilló a mi lado y me miró con curiosidad mientras me acariciaba la pierna—. ¿Qué tenemos aquí? ¿Esto es…? ¿Puede que sea…? ¿Una mancha de humedad en el tanga? —Me acarició ahí y yo forcejeé, intentando apartarme de él, sin éxito—. Vaya, tenemos a una chica traviesa, ¿no? Veamos… —Me apartó el tanga e introdujo dos dedos en mi interior. Ya estaba tan húmeda que se deslizó con facilidad—. ¡Oh, eres una putita! ¡Estás disfrutando, mírate! —Se levantó a toda prisa y sacó los dedos, relucientes por mi excitación. Luego me los metió en la boca, hasta la base de la lengua, hasta que me entraron arcadas—. Eso es. Prueba lo que has hecho. Apuesto a que te encantaría que te folláramos este coño mojado. Ya estás chorreando. Tienes muchas ganas de que te dejen preñada, ¿verdad? De que te llenen de semen y quedarte embarazada.

Abrí mucho los ojos.

—Se lo tendría bien merecido esta zorra provocadora —añadió Manson—. Si la dejáramos embarazada, nunca volvería a alejarse de nosotros.

Sus palabras eran obscenas, aterradoras, pero fuera del juego, más allá de la fantasía, me llegaron al corazón, al instante. Mis ojos se movían rápido, de unos a otros, buscando, esperando, vislumbrar algo de sinceridad.

Manson hizo una pausa.

—¿Qué opinas, ángel? —preguntó, y supe que quería ver cómo reaccionaba, esperando mi aprobación—. ¿Te parecería bien convertirte en nuestra perfecta ama de casa y recibir nuestra semilla una y otra vez hasta que te dejáramos embarazada?

Asentí con rapidez. Había estado luchando contra ellos con todas mis fuerzas, pero ya no quería luchar más. Quería complacerlos, quería someterme.

Su sonrisa torcida era tan *sexy*...

—Entonces vamos a follarte, Jess. Todos, uno tras otro, hasta que estés tan llena de nosotros que chorrees.

De repente, Manson se alejó y volvió con su navaja. La abrió con un movimiento sorprendentemente rápido. Con cuidado, pasó la lengua por la hoja, abriéndose un pequeño corte en la lengua que enseguida se llenó de sangre.

Luego me besó, metiéndome la lengua en la boca. Cortó las cuerdas hasta que pudo tomarme en brazos y levantarme. Enrosqué las piernas a su alrededor, lo agarré del pelo con una mano y le arañé la nuca con las uñas de la otra.

—Quiero ver cómo te follan hasta que no puedas moverte —gruñó.

De repente, se inclinó hacia delante y me tumbó sobre la mesa acolchada de cuero que teníamos cerca. Vincent estaba allí, con más cuerda, y me sonrió mientras se ponía a atarme otra vez.

Me retorcí, suplicándoles sin aliento.

—Esperad, esperad, por favor, no...

Vincent se detuvo, cuando ya casi había terminado de atarme las muñecas a los tobillos.

—¿Cómo vamos? —preguntó en voz baja.

—Verde, sigue —respondí, esbozando una sonrisa rápida—. Me estoy dejando llevar por el juego. Soy una damisela muy angustiada.

Vincent resopló, bajando la cabeza por un momento.

—Cariño, vas a arruinarme el personaje.

—Oh, eh... —Volví a abrir los ojos y gemí—: Lo siento mucho, señor.

Sin dejar de reírse de mí, me agarró la cara con una mano y me apretó las mejillas.

—Mocosa descarada. Vamos a sacarte ese sarcasmo a embestidas, ¿verdad?

Terminó de atarme, sujetándome las muñecas a los tobillos. El resultado fue que me quedé tumbada boca arriba con las piernas dobladas y abiertas. Mis pies se flexionaron y apreté los dedos, incapaces de moverse de otra manera. Todos me rodeaban, pero Vincent fue el primero en colocarse entre mis piernas. Se bajó la cremallera de los pantalones de látex, tan pegados que no dejaban nada a la imaginación. La polla le cayó hacia delante, empalmada, sobresaliendo y en mi dirección.

—Mirad este precioso agujerito —comentó, frotando la punta de su polla sobre mí—. Apuesto a que estarás muy estrecha. Qué suerte tengo, voy a ser el primero en poseerte. —Se rio con malicia—. Yo seré quien te desgarre.

Fiel a su palabra, me metió la polla y sentí como si fuera a partirme en dos. Me temblaba el cuerpo, las piernas se me movían sin control. Cada embestida era deliciosamente profunda. Llegaba hasta el fondo y luego empujaba un poco más, lo suficiente como para hacerme daño y suplicar.

—Estás muy adentro, Vince, por favor… Dios mío…

—Ay, qué dulce suenas —dijo con voz melosa—. Mira qué pucheros más *sexys* haces. ¿Demasiado profundo para ti, cielo?

—No, no… Ah… No es… Joder…

—Ni siquiera puede hablar —comentó Jason, riéndose de mí mientras se quedaba de pie junto a la mesa—. Creo que vas a hacer que se corra, Vincent.

—Joder, sí, mira cómo pone los ojos en blanco —señaló Lucas, de pie junto a mi cabeza mientras me miraba. Dios, se les veía enormes, parecían gigantes, mientras que yo era un insecto diminuto. Lucas apoyó las manos a ambos lados de mi cara y dijo—: Córrete para él, nena. Veamos lo sucia que puedes ponerte.

Grité con desenfreno mientras me corría. Estaba tan abierta y Vincent me penetraba tan adentro que me hizo chorrear. Me corrí alrededor de su polla y recibí elogios entusiastas de los hombres que había a mi alrededor.

—Me encantas, cariño —dijo Vincent, inclinándose sobre mí y castigándome con cada embestida—. Voy a follarme este coño todos los putos días, ¿me oyes?

—Sí, señor —gemí mientras su rostro se contraía de placer, penetrándome con fuerza mientras se corría.

Vince se quedó inclinado sobre mí durante casi un minuto, con los brazos apoyados en la mesa, antes de sacar la polla despacio. Podía notar cómo goteaba, pero no había nada que pudiera hacer al respecto.

Entonces Jason se colocó en posición.

—Qué húmeda estás —comentó, golpeándome con su polla ridículamente gruesa. Me dio un golpecito, luego otro, y entonces se hundió en mí y gimió—. Joder, sí, estás chorreando.

Miró hacia abajo mientras se movía, observando cómo su polla entraba y salía de mi interior.

—¡Dios mío, Jason, por favor! —Mi súplica se convirtió en un gemido desesperado cuando se inclinó sobre mí.

—¿Es demasiado, princesa? —preguntó con dulzura—. ¿Te gusta tanto que no puedes soportarlo?

Me follaba despacio, con unas embestidas largas que sentía hasta lo más profundo de mi interior mientras sus caderas hacían presión contra mi culo.

—Es increíble —murmuré y casi puse los ojos en blanco cuando aumentó la velocidad de las embestidas.

—Eso es, Jason, hazla gemir —dijo Vincent.

Sus manos descansaban sobre la mesa, a mi lado, mientras observaba, y Manson estaba de pie frente a él. Lucas todavía se cernía sobre mi cabeza, con el traje desabrochado para poder masturbarse.

Jason gimió, temblando mientras se inclinaba sobre mí y me llenaba con su semen. Siguió moviéndose incluso después de correrse, hasta que, poco a poco, se apartó. Todos se inclinaron para mirar después de eso, mientras yo yacía indefensa y abierta sobre la mesa.

—Creo que la has dejado sin sentido, J, mírale los ojos —dijo Manson.

Dios, estaba en el séptimo cielo. No podía pensar, no podía articular una frase coherente, pero gemí de deseo cuando Lucas se colocó en posición, masturbándose y pasándose la lengua por el labio inferior, despacio.

—Mirad este coño sucio —dijo, golpeándome con la punta de la polla.

Se restregó contra el semen que caía de mi interior y, sin preámbulos, se introdujo en mí con una suave embestida.

Había una satisfacción profunda y primitiva en ser penetrada con tanta brutalidad. Me folló de inmediato, con violencia. No hubo preparación, no hubo piedad.

Gemí con total desenfreno, lo más fuerte y descaradamente que quise. Ya estaba dolorida y la polla de Lucas golpeaba ese punto profundo y dolorido en mi interior.

—Grita para mí, nena —pidió, golpeándome con las caderas. Cada embestida de su polla sonaba muy húmeda—. No puedes hacer nada más que quedarte ahí tumbada y aguantar, como debe hacer un buen juguete sexual.

Se corrió con un gruñido ronco y salió de mí, soltando una serie de palabrotas mientras recuperaba el aliento.

—Tuya, Manson —dijo, riéndose por lo bajo—. A ver qué te parecen las sobras.

Lucas hundió los dedos en mi interior, resbaladizos y húmedos. Me metió su semen dentro y el sonido me hizo gemir.

Manson se colocó entre mis piernas, agarrándose la polla. Lucas retiró los dedos, se inclinó y acarició el miembro de Manson con la lengua. Mi amo se estremeció, sonriendo por el placer mientras le acariciaba la cabeza a Lucas, pasándole la palma de la mano por el cráneo.

—Mm, estás muy cachonda, ¿verdad, cariño? —murmuró Vincent—. ¿Quieres que Manson te llene con su semen?

Asentí con la cabeza, moviendo las piernas atadas y acercando mis caderas hacia él. Manson enganchó un dedo alrededor de mi collar mientras se inclinaba sobre mí.

Noté un cosquilleo en el vientre.

—Dime lo que quieres —pidió.

Tenía la polla lista para hundirse en mí y yo no quería nada más que sentir ese dolor profundo y perfecto otra vez.

—Por favor —supliqué—. Por favor, señor. Fóllame.

Manson se introdujo despacio, sin apartar la mirada de mi rostro. Estaba tan húmeda, tan llena, que me sentí sucia y lasciva mientras me penetraba. Él gimió al acomodarse en mi interior. Al principio se movió con embestidas lentas, casi perezosas.

Me dolía, pero me sentía bien. Manson retiró las caderas, me agarró por los muslos y me atrajo hacia él mientras empujaba hacia adelante otra vez. Grité, y unas palabras sin sentido salieron de mi boca.

—Me gusta mucho, me encanta, Dios, por favor…

—Mírame —me ordenó Manson y levanté la mirada. Había toda una mezcla de hormonas correteando por mi torrente sanguíneo y esa reacción química me provocó un sentimiento de eufórica—. No apartes la mirada. —Se salió casi por completo de mí antes de volver a penetrarme, arrancándome un grito desgarrador—. Quiero ver tu cara cuando te llene.

Aunque quería cerrar los ojos con fuerza, no lo hice. Miré a Manson, abrumada por la creciente ola de placer y dolor.

Vincent se agachó y me frotó el clítoris mientras Manson me penetraba con fuerza.

—¡No puedo volver a correrme! —grité, moviendo las piernas sin poder evitar que me tocara—. Oh, por favor, Vince, por favor, no puedo, estoy muy sensible, me duele…

—Vas a correrte de todos modos, cariño —dijo, con un tono suave pero firme, sin dejar lugar a discusiones—. Vas a ser una buena chica y te vas a correr sobre la polla de Manson, ¿entendido?

—Sí, señor —asentí, aunque con dificultad.

Mi cuerpo estaba completamente fuera de mi control y ellos me manipulaban como querían. Cada centímetro de mi cuerpo se tensaba y temblaba. Estaba llorando, pero las lágrimas que me corrían por las mejillas no eran algo malo, era un alivio llorar, gritar y luchar mientras el placer se apoderaba de mí.

—Eres una chica muy buena, Jess, eso es. Te gusta, ¿verdad? —dijo Jason, dándome un beso en la mejilla cuando me corrí.

—Dios, mira cómo tiemblas —observó Lucas—. Eres preciosa. Grita para nosotros, vamos, deja que salga.

Y lo hice, fue increíble. Era placer y dolor, degradación y admiración, crueldad y amor. Y yo estaba a punto de estallar. Cuando Manson se corrió dentro de mí era un manojo de nervios, deseo y necesidad saciada.

—Mm, pásame otro bombón de mantequilla de cacahuete, por favor.

Eran las cuatro de la mañana y el baño olía a chocolate y marihuana. Estábamos tumbados en la bañera de hidromasaje, con los chorros a toda potencia y el aire lleno de vapor por el agua caliente. Jason rebuscaba a tientas en la bolsa de los dulces, con los ojos entrecerrados y sumergido en el agua hasta la barbilla. Me pasó el bombón y yo añadí el envoltorio al montoncito que había en el borde de la bañera, detrás de mí.

—No vas a poder dormir si sigues comiendo todo ese azúcar —refunfuñó Manson.

Tenía los ojos completamente cerrados; pensaba que se había dormido. Lucas se había quedado frito y tenía la cabeza apoyada en el hombro de Manson mientras roncaba.

—Confía en mí, podré dormir —dije—. Siento que necesito una semana entera para recuperarme después de esto.

—Deberías —dijo Vincent, pasándome el porro. Llevaba el pelo largo recogido en un moño desordenado para que no se le mojara. Atrajo a Jason hacia él y lo abrazó con un suave suspiro—. De todos modos, deberíamos salir ya. Me estoy arrugando como una pasa.

—Creo que todos necesitamos una semana para recuperarnos —dijo Jason, estirándose mientras se incorporaba—. Tienes un coño peligroso, Jess. Me ha absorbido el alma.

Intentó levantarse, resbaló y salpicó agua por todo la bañera. Empecé a reírme y Lucas parpadeó rápidamente al despertarse.

—Mierda —gimió, frotándose los ojos—. Tengo que irme a la cama. Benji va a llamar por la mañana y no quiero perderme la llamada.

Llevaba toda la semana esperando con ilusión esa llamada de su hermano. Al parecer, existía la posibilidad de que Benji saliera antes de la cárcel por buen comportamiento. Pero Lucas lo sabría con más detalle durante la llamada del día siguiente. Aunque estaba muy emocionado, también estaba nervioso, evidentemente. Hacía años que no hablaba con Benji.

—Muy bien, salgamos —dijo Manson.

El agua le corrió por el pecho cuando se levantó, después salió con cuidado y se envolvió una toalla alrededor de la cintura. Había perdido la noción del tiempo mientras nos relajábamos en la bañera de hidromasaje y el agua caliente había aliviado la tensión de todos mis músculos. Sin embargo, entre mis piernas todavía sentía un dolor especial.

De pie frente al espejo, me recogí a toda prisa el pelo mojado en una trenza larga. Ver ese collar alrededor de mi cuello, brillante y hermoso, me hizo sonreír sin control. Me incliné hacia el espejo y recorrí el delgado aro con un dedo.

Manson me abrazó por la espalda y apoyó la cabeza sobre la mía.

—¿Te gusta? —me preguntó—. Jason estaba bastante seguro de que era el que querías.

—Es perfecto. —Me di la vuelta y lo besé—. Es exactamente lo que quería.

Sonrió.

—Es lo único que quería oír, ángel. Te queda precioso.

—Vamos. A la cama. Ya. —Lucas tiró de la mano de Manson, intentando sacarlo del baño—. Me voy a quedar dormido de pie.

Habíamos juntado dos colchones *king size* para formar nuestro monstruo de cama. Había mucho espacio para todos y la habíamos cubierto con mantas y almohadas. Me parecía que el tamaño era un lujo. Era un sitio cálido y cómodo, uno de mis lugares favoritos de la casa.

Jason y Vincent ya estaban en la cama. Corrí por delante de Lucas y Manson para poder saltar al colchón y aterrizar con suavidad en la montaña de almohadas. Vincent y Jason se acurrucaron a mi lado mientras que Manson y Lucas se metían en la cama. Ninguno de ellos se había molestado en ponerse ropa interior.

Lucas me rodeó la cintura con un brazo, suspirando por el cansancio, y Manson se acomodó detrás de él. La cama tenía espacio suficiente para que pudiéramos estirarnos, y a lo largo de la noche acabábamos separados unos de otros. Pero cuando nos acostábamos, casi siempre nos amontonábamos unos encima de otros.

Estaba agotada, pero antes de cerrar los ojos, tenía que preguntarlo.

—Entonces... Durante el juego de antes... Lo que dijisteis sobre dejarme embarazada... ¿Qué significaba eso?

Manson se rio entre dientes.

—Nunca pensé que me gustaran ese tipo de cosas. Pero fue muy *sexy*.

Vincent se rio.

—Sí, la verdad es que yo tampoco pensé que me gustaría. Pero, joder, hablarte así, llenarte hasta que te corrieras... —Soltó un suspiro largo—. Ha sido increíble.

—Me refiero a lo que dijisteis sobre dejarme embarazada...

Me parecía casi ridículo hablar de ello de esa manera, era cómicamente sexual. Nunca habíamos jugado así antes, ni siquiera se me había pasado por la cabeza. Pero ahora que lo habíamos probado, me gustaba mucho más de lo que esperaba.

La idea de ampliar la familia... algún día... me parecía maravillosa.

—¿Nos estás preguntando si lo decíamos en serio? —preguntó Jason, besándome las manos mientras se acurrucaba más cerca de mí.

—Sí, supongo… Supongo que eso es lo que estoy preguntando —respondí.

—No estamos intentando que suceda nada de inmediato —dijo Manson—. Pero en un par de años… Quizá necesitemos que te quites el DIU.

—Si crees que es lo que quieres —añadió Vincent.

—Porque nosotros sabemos que es lo que queremos —dijo Lucas, y me dio un beso en la nuca—. Los niños me dan pánico, pero… Ya sabes… Estaría muy bien.

—Algún día —dijo Jason—. Creo que a todos nos gustaría mucho.

Me costaba contener lo feliz que me hacía eso. No creía estar preparada para tener hijos ahora; mi carrera acababa de empezar, los chicos tenían un negocio que llevar y que cada día iba mejor. Pero, algún día, sabía que a mí también me gustaría mucho.

—Ahora, duérmete —pidió Manson, cansado—. Podemos hablar de bebés cuando no estemos tan agotados. —Pero yo seguía retorciéndome de emoción, con todo el azúcar en mi torrente sanguíneo impidiéndome estar quieta. Me revolví y me di la vuelta hacia el otro lado, y Manson murmuró—: Te dije que todos esos dulces no te dejarían dormir.

—Lo siento, lo siento —me disculpé, riéndome—. Puedes castigarme mañana. —Me senté y me incliné sobre Lucas para poder darle un beso en la mejilla a Manson y susurrarle—: *Amo*.

AGRADECIMIENTOS

Para empezar, tengo que darme las gracias a mí misme. Gracias, Harley, por no perder completamente la cabeza mientras escribías este libro, aunque poco faltó. Gracias por superar los momentos de crisis, el pánico y las lágrimas. Gracias por no rendirte.

A mi marido, ¡te prometo que volveré a tomarme los fines de semana libres! Gracias por recordarme siempre que me merezco descansar, por sacarme de casa y por asegurarte de que coma bien. Y por no dejar que nunca me olvide de tomarme mi taza de té.

A Z, mi fantástica editora, la maga de las palabras, gracias por todo. Siento mucho haber añadido capítulos después de que ya hubieras editado el manuscrito entero, y por todos los guiones largos. (Aunque son EL signo de puntuación por excelencia).

A Tasha, muchas gracias por trabajar sin descanso para ayudarme a desarrollar este libro. Tus consejos mientras todo iba tomando forma tienen un valor incalculable, al igual que todo tu apoyo.

A mis encantadoras chicas de *JLCR Author Services*, todas sabéis que no podría haberlo hecho sin vosotras. A mi equipo, diseñadores gráficos, maestros del *marketing*: habéis hecho de todo y os estoy muy agradecide por ello.

A Bethany, gracias, como siempre, por creer en estos libros. Les has ayudado a llegar más lejos de lo que jamás pensé que sería posible.

Al equipo de ARC y al grupo de lectores de *Wicked Dark Desires*: ¡SOIS INCREÍBLES! Me siento muy afortunade por la comunidad que hemos creado. Todo vuestro apoyo, entusiasmo y emoción por estos libros es lo que me anima a seguir cuando quiero rendirme. ¡Gracias!

Y a ti, querido lectore. Gracias por elegir este libro, gracias por quedarte hasta el final. Gracias por entrar en mi extraño mundo durante un rato. Espero que vuelvas para la próxima aventura.

Hasta la próxima,
HARLEY